鄭谷詩集箋注

〔唐〕鄭谷 著
嚴壽澂 黄明 趙昌平 箋注

上海古籍出版社

圖書在版編目(CIP)數據

鄭谷詩集箋注/(唐)鄭谷著;嚴壽澂,黄明,趙昌平箋注.—上海:上海古籍出版社,2009.10(2021.2重印)

(中國古典文學叢書)

ISBN 978-7-5325-5417-1

Ⅰ.鄭… Ⅱ.①鄭…②嚴…③黄…④趙… Ⅲ.唐詩—注釋—中國 Ⅳ.I222.742

中國版本圖書館CIP數據核字(2009)第134774號

中國古典文學叢書
鄭谷詩集箋注
[唐]鄭谷 著
嚴壽澂 黄明 趙昌平 箋注
上海世紀出版股份有限公司
上 海 古 籍 出 版 社 出版、發行
(上海瑞金二路272號 郵政編碼200020)
(1)網址:www.guji.com.cn
(2)E-mail:gujil@guji.com.cn
(3)易文網網址:www.ewen.co
新華書店上海發行所發行經銷 常州市金壇古籍印刷廠有限公司印刷
開本850×1156 1/32 印張17.75 插頁5 字數344,000
2009年10月第1版 2021年2月第3次印刷
印數:1,301-1,800
ISBN 978-7-5325-5417-1
I·2139 精裝定價:92.00元

前言

一　鄭谷的行事交遊及時代

鄭谷，字守愚，袁州宜春（今江西宜春）人，約生於唐宣宗大中五年（八五一），卒於後梁太祖開平四年（九一〇）稍後，其一生大致可分爲五個時期。

宣宗大中五年至懿宗咸通十二年（八七一）爲早年時期。幼時其父鄭史任國子監易學博士，他隨在長安，約五歲啓蒙，以早慧受知於馬戴，「謂他日必垂名」。七歲隨父赴永州刺史任，巳能題詩岳陽樓。咸通九年十二歲時仍在永州。十八歲前後隱居荆門，咸通十二年秋由袁州鄉貢入京。

從咸通十二年（八七一）秋至僖宗廣明元年（八八〇）底爲十年長安時期。約咸通末遷居同州，不久又遷長安，並一度赴汝州爲幕賓。雖遷動頻繁，然大致以赴長安應試爲活動中心。谷雖曾爲當時最推利市的同州解首薦，但終因門第「孤寒」，無得力奥援而金榜無名。不過舉場的失意，在文場中却得到了補償。此期他曾受教受知於復古派詩人曹鄴，苦吟派詩人李頻，與詩風工麗、自視極高的薛能，及許棠、張喬等被時人稱爲「咸通十哲」。「永巷閒吟一徑蒿，輕肥大笑事風騷。……十年春淚催衰颯，羞向清流照鬢毛。」韋下冬暮咏懷詩大抵反映了鄭谷此期的精神面貌。

從廣明元年（八八〇）冬至昭宗景福二年（八九三）秋冬約十三年爲巴蜀荆楚吴越飄泊時期。廣明元年十二月黄巢入破長安，鄭谷也開始了「十年五年道路中，千里萬里西復東」（倦客）的漂流生活。他匆匆奔蜀，輾轉至成都。中和四年（八八四）黄巢被鎮壓，谷由西川至東川擬回長安，却因東西兩川楊師立、陳敬瑄交兵，直至光啓元年（八八五）春僖宗返長安時方得旋。然同年底，中官田令孜、邠寧朱玫、鳳翔李昌符（按與咸通十哲之李昌符爲二人）與河中王重榮、河東李克用大戰，克用進逼京師，僖宗奔興元，谷又二次奔亡巴蜀，擬取長江水路返荆門故居。又遇秦宗權之蔡軍長圍荆州而淹遲峡中。直至光啓三年初春，方得出峡沿漢江返長安應試，竟然得中。復折回蜀中，似擬搬取家小。但十六年夙願雖一旦得償，却非但未能授官，更遇蜀中王建結東川顧彦朗同西川陳敬瑄及其兄田令孜（田令孜本姓陳）構兵，因再沿江下荆州。復遊湘源，更於大順初（八九〇），東遊吴越。是時徐汴一帶朱全忠、時溥連年大戰。河中河東唐師討李克用大敗虧輸，道路阻絶。延至景福元年（八九二）方再返長安。次年春又四入蜀中，往探恩地柳玭，同年秋返長安，不久釋褐爲京兆鄠縣尉，然此時業已「鶯離寒谷七逢春」了（結綬鄠郊縻攝府署偶有自詠）。

從景福二年秋冬至天復二、三年（九〇二、九〇三）爲仕宦時期。釋褐次年（乾寧元年）春兼攝京兆府參軍，同年以詩名拜右拾遺，至三年遷補闕。其秋，昭宗謀削節鎮兵權，鳳翔李茂貞犯闕，天子幸華州，鄭谷亦出奔。「半年奔走頗驚魂，來謁行在淚眼昏」（奔問三峰），於乾寧四年春抵行在，以尚書右丞狄歸昌薦，遷都官郎中。至光化元年（八九八）方隨駕返京。天復二年（九〇二）朱全忠欲劫昭宗幸洛陽，十一月車駕西奔，鄭谷復隨行。約於本年或次年，見機隱退宜春仰山華堂。

從天復二、三年至後梁開平四年（九一〇）爲歸隱時期，齊己、黃損、孫魴等從之學詩，其時更蜚聲詩壇。

二　鄭谷詩的「悲涼」氣局（鄭谷詩通變一）

歷來批評鄭谷詩，均稱之「格卑」，而與盛唐詩對舉。可鄭谷自己却一再表示了他對風騷，對盛唐詩的祈向。乾寧三年（八九六）他自編舊作爲雲臺編三卷，有卷末偶題三首，可看作他詩歌理論的集中表現。詩云：

一卷疏蕪一百篇，名成未敢暫忘筌。何如海日生殘夜，一句能令萬古傳。（其一）

一第由來是出身，垂名俱爲國風陳。此生若不知騷雅，孤宦如何作近臣。（其三）

又有讀前集二首，從其中「國步多艱」云云看，當與上詩時間相先後。詩云：

殷璠裁鑒英靈集，頗覺同才得旨深。何事後來高仲武，品題間氣未公心。

風騷如綫不勝悲，國步多艱即此時。愛日滿階看古集，只應陶潛是吾師。

參以谷故少師從翁隱巖別墅詩所云：「喪亂時多變，追思事已陳，浮華重發作，雅正甚湮淪」等，可見他對中興間氣集爲代表的大曆後漸趨澆薄的詩風頗多不滿和對晚唐部分詩人之「浮華」風氣尤爲反對。他反覆强調的是詩經、楚辭的傳統，對陶潛以至於河岳英靈集爲代表的盛唐詩「既多風骨，復備興象」（殷語）的格調尤爲推崇。鄭谷的這種創作思想，與其時代、經歷密切相關。當時萬方多難，僅帝王因戰亂出奔即有六次（上述五次，又乾寧二年李茂貞、韓建、王行瑜三鎮犯闕，昭宗奔石門），後更遇朱温劫駕遷都，朱梁代唐的重大變故。這些變亂以及不少地方性的戰亂，鄭谷都親歷其難。鄭谷又出身孤寒，因此「游於舉場一十六年」，方博一第；入第七年，才授一尉。以後雖三轉而至於郎曹，但最後仍只是「冷曹孤宦甘寥落，多謝攜筇數訪尋」（寄題詩僧秀公）。唐摭言卷二載大中七年京兆尹韋澳論當時科舉云：

近日已來，前規頓改，互爭强弱，多務奔馳；定高卑於下第之初，決可否於差肩之日；會非考核，盡繫經營。奧學雄文，例舍於貞方寒素；增年矯貌，盡取於朋比羣强。雖中選者曾不足云，而爭名者益熾其事。

可見鄭谷的遭遇正是當時爭名益熾，請託公行，「奧學雄文，例舍於貞方寒素」的社會現象的反映。又鄭谷父鄭史曾任易學博士，家風清素；谷投時相十韻即云「故舊寒門少，文章外族衰」，他初舉階段又受到復古派詩人曹鄴的教誨，「小生誠淺拙，早歲便依投。夏課每垂淚，雪飛常見憂。」

（送史部曹郎中免官南歸）這樣他之傾向風雅，推崇盛唐，也就在情理之中了。清人費嘉樹六先生詠（鄭守愚），江爲龍鄭守愚詩，均以鄭谷與李、杜並論，謂爲「一代風騷主」，這當然是過譽；但通觀其詩，如果不爲唐詩派、宋詩派的門户之見所拘，必會發現，雲臺編三卷中貫串着一種寓時代苦難於一己不平的孤憤之氣。薛雪一瓢詩話即別具隻眼地指出：「鄭守愚聲調悲涼，吟來可念。豈特爲鷓鴣一首始享不朽之盛名。」確實，「悲涼」二字很中肯地揭示了鄭谷詩的特點之一。我們不必過分强調雲臺編中如感興、貧女吟等某些反映民生疾苦的詩作；也不必一一列舉「誰知野性真天性，不扣權門扣道門」（自遣）等別具懷抱的警句，最值得注意的是雲臺編中佔三分之一强的奔亡詩。黄巢起義後，唐末重大的政治軍事動亂幾乎都能從鄭谷漂流江湖的一葉破舟中直接或間接地得到反映。如：

黄巢攻破長安前，谷渚宫亂後作詩，反映了江陵兩遭兵火的破敗景象。他又有一系列詩篇記述了黄巢攻破長安後奔亡蜀中的景況，其中如蜀江有弔詩，抒發了對上疏極諫僖宗、彈劾宦官而爲田令孜所殺的孟昭圖的哀思。梓潼歲暮詩，作於黄巢被鎮壓後，正反映了中和四年東西川楊、陳交兵，僖宗及從難臣民歸途阻絶的實情。中和五年（三月改光啓元年），谷隨衆返長安，其長安感興、漢陂諸作所記「落日狐兔徑，近年公相家」的景況，正可爲史載亂後「荆棘滿城，狐兔縱横」（舊唐書僖宗紀）印證。本年底，李克用進逼京師，谷巴江詩，記載了唐末的第二次大動亂。稍後奔避、峽中二首諸作，留下了秦宗權軍久圍荆南兩年的痕迹。漂泊詩，作於王建等與田令孜、陳敬瑄交兵，唐末蜀中第二次大騷亂時。大順二年（八九一）他有送進士許彬詩，在送別中表現了對徐泗朱全忠、時溥交兵，河東唐師討李克用失利的憂慮。乾寧二年（八九四）李克用擊敗韓建等三鎮軍，屯兵三橋，谷搖落詩云：「日暮寒鼙急，邊軍在雍岐」，表現了對新的動亂的隱憂。乾寧三年李茂貞犯闕，昭宗幸華州時，谷又有順動後藍田偶作、奔問三峰寓止近墅諸作。乾寧五年（八九七）迴鑾詩表示了對中興的向往憧憬。天復三年（九〇二），朱全忠欲劫昭宗東遷，鄭谷隨駕出奔鳳翔，有壬戌西幸詩。直到歸隱後，其黯然詩，仍對朱全忠劫昭宗往洛陽途中羣臣遭戮的悲劇表現了無盡的神傷。鄭谷兩唐書無傳，唐詩紀事、唐才子傳所記甚略且多疏誤，但今天仍可從他的詩中，對照史書，排出較詳細的年譜來，這足以說明他的詩作與時代的緊密聯繫。雖然這些作品的深度不能與杜甫相比，但在精神上却有相通之處，頗類於同時代的杜荀鶴。如：

歎後爲羈客，兵餘問故林（水軒）。

火力不能銷地力，亂前黃菊眼前開。（初還京師寓止府署）

亂後江山悲庾信，夜來煙月屬袁宏。（次韻和盧侍郎江上秋夕寓懷）

宗黨相親離亂世，春秋閑論戰爭年。（宗人作尉唐昌）

鄉園幾度經狂寇，桑柘誰家有舊林。（作尉鄠郊）

亂前別業依稀在，雨裏繁花寂寞開。（漢陂）
詔書罪己方哀痛，鄉縣徵兵尚苦辛。（巴江）
十口飄零猶寄食，兩川消息未休兵。（漂泊）

這些詩句將個人的怨憤與時代的悲愁揉合一體，凝聚在洗煉的對句中，深沉渾成，故不同於一般的嗟老歎貧，而表現出薛雪所云「聲調悲涼」的特色。

晚唐詠物詩大盛，鄭谷所作亦不少，然思理深切，別有寄託，不同流俗。如菊（「王孫莫把比荆蒿」）與十日菊，前詩表達了詩人位處「孤寒」而兀然不阿的心胸，後詩則更以重陽次日黄菊頓遭冷落，諷刺世態之炎冷，有一種慷慨悲涼的氣韻。因此，對此詩的品題，宋陳知柔休齋詩話、清吴旦生歷代詩話均置於王安石、蘇東坡同題詩詞之上。

許學夷詩源辨體卷三〇論許渾、鄭谷云：「愚按晚唐諸子體格雖卑，然亦是一種精神所注。渾五、七言律工巧襯帖，便是其精神所注也。若格雖初、盛而庸淺無奇，則又奚取焉？孟子曰：『五穀者，種之美者也，苟爲不熟，不如荑稗。』以此論詩則有實得矣。」此論不爲無見，却又反映了盛唐詩派評詩的内在矛盾。許氏看到晚唐諸子自有其不可抹煞處，而云渾、谷等「亦是一種精神所注」，勝於贋鼎，是其超勝於李空同、王元美等處，然謂晚唐之比盛唐仍有穀、稗之分，則又不能自圓其説。因爲「歌謡文理，與世推移」，一個階段有一個階段的社會形態，民情風俗，語言習慣，亦必有一個階段的格調。如果强以盛唐句格律晚唐諸子，則必不能別有「一種精神所注」，欲其不爲贋鼎，殆無可能。標榜「詩必盛唐」，極詆晚唐詩的明代前後七子的創作充分證明了這一點。應當說鄭谷詩無復盛唐詩的雄渾之氣，但却未可言其格卑。因爲多難的時代、衰退的國運使晚唐詩必定帶有一種蕭瑟的情韻。觸物緣情，詩以寫懷，變盛唐之悲壯爲唐季之悲涼，這正是鄭谷等唐季優秀詩人「別一種精神」的根本。至許氏所論表現手法的因素，倒是第二位的。下文我們再進而就這方面討論鄭谷詩對盛唐的承革。

三　鄭谷詩風綜合前人自成一體的傾向（鄭谷詩通變二）

鄭谷讀故許昌薛尚書詩集詩有云：「篇篇高且真，真爲國風陳，澹薄雖師古，縱横得意新。」唐人所云淡薄是與華縟相對而言的，說的是一種真樸而有遠意的格調。鄭谷認爲作詩必須力斥當時的浮華風氣而以古人之淡薄爲師，但又須不落窠臼，「縱横得意新」，自成一家之體。詩至開、天而極盛，如何取法盛唐而又不落畦畛，杜甫以後各個詩派都在探索着自己的路子，鄭谷亦然。

谷自遣詩云：「强健宦途何足謂，入微章句更難論。誰知野性真天性，不扣權門扣道門。」可見他極强調詩歌的天性即自然之趣。但章句「入微」，表達自然之趣實難工易拙，因此他嘗說：「他夜松堂宿，論詩更入微」（喜秀上人相訪）、「屬思看山眼，冥搜倚樹身」（讀故許昌薛尚書詩集）、「衰遲自喜添詩學，更把前聯改數題」（中年）。頗强調創作中的討論推敲與修訂功夫。所謂「屬興同吟詠，成功更琢磨」（予嘗有雪景一絶爲人所諷吟段贊善小筆精微忽爲圖畫以詩謝之），就是他處理天性與推敲兩者關係的觀點，即創作伊始當以性情與外物的泊然相湊爲契機，而不能先將筆墨工拙横於心胸；一旦成功，又當反覆推敲，以求「更入微」妙。有兩件事頗有助於對鄭谷上述觀點的理解。

前引卷末偶題詩之一谷舉王灣江南意「海日生殘夜」句，歎爲觀止。此詩張説「手題政事堂，每示能文，令爲楷式」。可見確爲盛唐詩之典範，後句江南地暖，舊年未過，春意已萌的特定物候，因着前句殘夜中半輪冉冉而昇的紅日的襯映，彌覺清新而有遠韻，「生」、「入」二動詞尤其傳神。鄭谷所拳拳服膺的正是盛唐詩人這種言雖近切而韻味邃遠、自然工妙的藝術境界。陶岳五代史補記：「鄭谷在袁州，齊己攜詩詣之，有早梅詩云：『前村深雪裏，昨夜數枝開。』谷曰『數枝非早也，不若一枝。』齊己不覺下拜，自是士林以谷爲『一字師』。」易「數」爲「一」，一字之改雖普通，但早梅之韻，待客之情，正從此傳出。「一字師」的故事，正典型地反映了鄭谷上述深入淺出的藝術觀點。因此宋以後唐、宋二大詩派每每評谷詩爲淺俗，實未爲探本之論。谷詩淺切誠是，凡俗却未必，因爲這淺切中實包含對物象的深刻體察，作者的深刻匠心。這一點即使對鄭谷詩多所不滿的詩評家也有所首肯，如歐陽修稱「(谷)詩極有意思，亦多佳句」(六一詩話)。賀裳載酒園詩話又編稱「鄭谷詩以淺切爲妙」。紀昀四庫全書總目提要更稱他「往往於風調中獨饒思致，汰其膚淺，擷其菁華，固亦晚唐之巨擘矣」。而最能代表唐末至宋初人看法的則是祖無擇鄭都官墓表中所說的：「辭意清婉明白，不俚不野。」其五言如：「潮來無別浦，木落見他山」(登杭州城)、「碓喧春澗滿，梯倚綠桑斜」(張谷田舍)、「春陰妨柳絮，月黑見梨花」(旅寓洛南村舍)、「極浦明殘雨，長天急遠鴻」(夕陽)、「漲江垂螮蝀，驟雨鬧芭蕉」(蜀中寓止夏日自貽)、「孤館秋聲樹，寒江落照村」(奔避)、「野綠梅陰重，江深浪勢麤」(送舉子下第東歸)等等均淺而能遠，清婉有韻，有獨特生動的感受。與前引寫戰亂之「十口飄零猶寄食，兩川消息未休兵」、「宗黨相親離亂世，春秋閑論戰爭年」等七律異曲同工，均明白如話却凝煉堪味，非親歷其境不能言。

鄭谷的這種風格，究竟上承何種流派呢？清李懷民中晚唐詩主客圖以賈島爲清真僻苦主，而以鄭谷爲及門。誠然，如前述，他與賈、姚詩派後勁如馬戴、方干、李頻、李洞等都有較深關係，又不止一次地凭弔賈島墓(長江縣經賈島墓)；鄭谷又廣交詩僧，集中所及有十餘名，曾言「詩無僧字格還卑」(自貽)，因此從上引詩句中可以看出其深於體察，善於刻畫中見悠然情韻的藝術特色，此均得力於賈、姚詩派；然而谷詩與賈、姚詩歌有明顯不同，他的詩絕無此派的「僻苦」之態、險澀之句，却以淺切之辭、舒徐之致拔戟自成一隊。這種變化是與賈、姚詩的流變及鄭谷的經歷、詩論有關的。

唐詩之尚刻畫苦思，始自杜甫，貞元時皎然詩式曾予以理論總結云：「或曰，詩不假修飾，任其醜朴，但風韻正，天真全，即名上等。予曰不然。無鹽缺容而有德，曷若文王太姒有容而有德乎？又云：不要苦思，苦思則喪自然之質。此亦不然。夫不入虎穴，焉得虎子？取境之時，須至難至險，始見奇句；成篇之後，觀其氣貌，有似等閑不思而得，此高手也。」賈、姚詩派，實從此論開拓，誠有所得，每能於清麗中見峻拔之態，邃然遠意。但又往往失之奇險，更有甚者，墮入小結裹的魔障，而反走向寒澀。司空圖與李生論詩書即云：「賈浪仙誠有警句，視其全篇，意思殊餒，大抵附於寒澀，方可致才。」故此派後勁，較著者如馬戴、顧非熊、劉得仁、李中等均有意識地糾賈、姚之弊，取其幽微而去其艱澀，向清通方向發展。鄭谷與賈、姚同中有異，首先是與這一轉化趨勢相應的，而其早年受影響於馬戴當更有關係。

又鄭谷自七歲起至二十二歲初舉長安，及晚年隱居十年，均在湖南、江西度過。長安十年後又有十三年時間在巴蜀、荆楚、吳越漂流。這些地區在中、晚唐時，民間歌謠及由此而發展而成的曲子詞、僧俗詩人的俗體詩尤其發達，從雲臺編中不僅可在鷓鴣、傒家鷓鴣、席上貽歌者等篇章中看到鄭谷如何醉心於這類俗體詩歌，並且從他的大部分七言律、絶中可以看到這方面始終一貫的影響。浯溪詩是今存谷詩中最早的一首，約十歲前後作於永州，詩云：

湛湛清江疊疊山，白雲白鳥在其間。漁翁醉睡又醒睡，誰道皇天最惜閑。

此詩三用疊字句，造成流轉的音聲以表達閑逸之趣，實爲中晚唐後受南方民歌影響的文人七絶的常見格調。這只要看一下杜甫夔州歌中「中巴之東巴東山」、「瀼東瀼西一萬家」諸作，看一下劉禹錫、白居易竹枝詞中「東邊日出西邊雨，道是無晴却有晴」、「巴東船舫上巴西，波面風生雨脚齊」、「江上何人唱竹枝，前聲斷咽後聲遲」等句即可明瞭。鄭谷幼年浸淫南方俗體詩，給其一生創作帶來不可磨滅的印象；而長期飄泊南國的生活又不斷加深這一特點。他今存七絶八十首，用疊字句者達二十七首。這又進一步影響其七律。葛立方韻語陽秋卷一云：

> 杜荀鶴、鄭谷詩，皆一句好用二字相疊。然荀鶴多用於前後散句，而鄭谷用於中間對聯（按：杜對聯、鄭散句亦多用）。荀鶴詩云云（詩略），皆用於散聯。鄭谷「那堪流落逢搖落，可得潸然是偶然」、「身爲醉客思吟客，官自中丞拜右丞」、「初塵芸閣辭禪閣，却訪支郎是老郎」（按此爲七絶，葛氏記誤）、「誰知野性非天性，不扣權門扣道門」，皆用於對聯也。

葛氏敏鋭地看到杜、鄭律詩中這一句式特點，却未能揭示它與二人絶句的關係，及此一句式的南方民歌淵源（按杜爲池州人）。必須注意到貞元、元和後這種取法於南方俗體詩的風氣已蔚爲大國，而其傑出代表爲白居易。白長期生活作宦於荆楚、吳越，每以吳越詩人自居。這種疊字、疊句格，在白集中俯拾皆是，如寄韜光禪師：「一山門作兩山門，兩寺原從一寺分。東澗水流西澗水，南山雲起北山雲。前臺花發後臺見，上界鐘聲下界聞。遥想吾師行道處，天香桂子落紛紛。」一律中用疊字句多達三聯。因此從鄭谷、杜荀鶴句法的簡析中可見，鄭谷詩「淺切」一面，正與中、晚唐時白居易等取法南方俗體詩從通俗方向開拓的風氣有密切關係。江師韓詩學纂聞以「香山長慶集，必老嫗可解；鄭谷雲臺編，必小兒可教」相提並論，正透出其中消息。

鄭谷詩雖然受到多種風格的影響，但就全體觀之，以受賈、姚體與白體——晚唐詩壇上最盛行的兩種詩體——影響爲最著。粗粗看來其五言多近賈、姚，七言每類香山，然而細究之，這兩方面又是相互滲透的。因爲有香山格調的影響，故其五律清遠處雖同賈島，却少賈詩之峻拔之氣，亦無其寒澀之弊；因爲有賈、姚一派的功底，其七言雖淺切可諷類香山，却少香山的豪宕之氣，亦無其率爾粗俗之病。五言、七言雖體勢不同，然其佳作均表現出祖無擇所説的「清婉明白，不俚不野」，紀昀所説的「風調中獨饒思致」的總體特點。五言已見前引，此更録其七言律絶各一首以見一斑：

揚子江頭楊柳春，楊花愁煞渡江人。數聲風笛離亭晚，君向瀟湘我向秦。（淮上別友人）

石門蘿徑與天鄰，雨檜風篁遠近聞。飲澗鹿鳴雙派水，上樓僧蹋一梯雲。孤煙薄暮關城没，遠色初晴渭曲分。長欲然香來此宿，北林猿鶴舊同羣。（少華甘露寺）

前詩賀貽孫詩筏評云：「蓋題中正意『君向瀟湘我向秦』七字而已，若開頭便説，便淺直無味，此却用作倒結，悠然情深，覺尚有數十句在後未竟者。」沈德潛唐詩別裁更稱其與王昌齡、李白、李益、杜牧雖「氣象稍殊，亦堪接武」。後詩題材與盛唐崔顥名作行經華陰略同。而崔詩以雄渾勁健擅勝，此則分明融入香山流利筆致，工秀中見跳脱之趣。李調元雨村詩話評云「神韻遠也」。二詩正可見鄭谷詩因綜合賈、白，去其僻澀與粗率，故雖淺切却渾成有遠韻，自成一格，與盛唐詩自有貌異而神通之處。

鄭谷詩還明顯受到許渾、薛能一派的影響，集中亦屢稱二人。許、薛詩以工麗綿密稱。鄭谷雁、燕、鷓鴣、海棠等詩尤爲近之。然相比之下鄭谷詩更顯得疏宕輕靈。如寫鷓鴣云「雨昏青草湖邊過，花落黄陵廟裏啼」；狀雁云「石頭城下波摇影，星子灣西雲同行」；形燕云「低飛緑岸和梅雨，亂入紅樓揀杏梁」。於三種飛禽均能略貌取神，從言外領取，互易不得。體物入微又流轉生趣，分明融入賈、姚、白傅筆致，而不盡同於許、薛之工麗矣。

從上二章分析可見，鄭谷推尊盛唐，却不步趨盛唐，他以盛唐之自然渾成爲根本，而順應中、晚唐人意必求新，詞必己出的潮流，立足自身的經歷習染，對前輩名家採取綜合融會的態度，終於轉益多師，創造出自己深察淺出、悠然遠韻的獨特風格。這就是他對盛唐詩人的承革。稍後，孟賓于於李中碧雲集序中論風騷傳統，有云「亂後江南，鄭都官、王貞白，用情創志，不同轍，不共軌」，斯論得之。如從欣賞角度看，可見仁見智，亦不妨認爲他的詩不及前輩名家；但從詩史演進的角度看，通變雖或稚弱，總是勝於紙花贋鼎；因此紀昀雖對谷詩頗多微辭，却仍推許他爲「晚唐之巨擘」。也正因此，所以在唐末至宋初近百年内，他的詩能廣爲流傳。

四　鄭谷體詩在唐末五代的盛行

鄭谷不僅爲咸通十哲之一，而且因詩名而得官。薛廷珪授鄠縣尉鄭谷右拾遺制云：「聞爾谷之詩什，往往在人口而伸王澤。舉賢勸善，允得厥中。」又唐季詩人多以得其品評爲榮。王貞白寄鄭谷云：「五百首新詩，緘封寄去時。祇憑夫子鑒，不要俗人知。」齊己寄鄭谷郎中更稱其「高名喧省闥，雅頌出吾唐」。谷又有光化戊午年舉公見示省試春草碧色詩偶賦是題、送下第舉公等詩，可見其在舉子心目中已爲詩壇重鎮。由此可悟，盛傳而成典實的「一字師」故事，正是歐陽修所説「鄭谷詩名盛於唐末」的產物。

鄭谷詩在五代，尤其在南方諸國仍久傳不衰。今存齊己風騷旨格、徐寅雅道機要、文彧詩格等十種唐末五代詩格類著作透出了重要信息。這些著作多大量引用鄭谷及其流裔之詩，如徐衍風騷要式琢磨門云：

> 夫用文字要清濁相半，言雖容易，理必求險。句忌凡俗，意便質厚。如鄭谷送友人詩「流年俱老大，失意自東西」，此君子離位也。鄭谷沙苑詩「日暮前心速，愁聞孤雁聲」，此賢人他適也。齊己落照詩「夕照背

高臺，殘鐘殘角催」，右君昏而德音薄矣。鄭谷春晚書晴「鶯春雁夜長如此，賴有幽居近酒家」，此失志而自銷愁也。齊己靜院詩「浮生已向空王了，箭急光陰一任催」，此君子思退也。鄭谷杭州城樓詩「歲窮歸未得，心逐片帆還」，此君子舍此適彼也。李建勳「偏尋雲壑重題石，欲下山門更倚松」，此憂國之情未廢也。虛中寄(司)空圖「豈思爲鄰者，西南太岳清」，此未忘臣節也。今之詞人循依此格則自然無古今矣。

此條引谷四詩，齊己二，虛中、李建勳各一，後三人均鄭谷之流裔。鄭谷詩在唐末五代的盛傳，正是通過他周圍兩個詩人羣。

先有咸通十哲凡十二人(見唐詩紀事張喬)。這羣詩人有以下特點：其一均出身寒微，久遊舉場，四方漂遊，未爲顯宦；其二都廣結僧人，有一段隱居經歷。大多與馬戴，方干、李頻、李洞等賈、姚後勁及薛能有較深淵源，其中最顯的四人：張喬、許棠、張蠙及鄭谷，都曾有人認爲他們詩學賈島，可見十子之於賈、姚詩派有相近的一面；其三十二人中吳罕、李栖遠無存詩，籍貫無考；劇燕，山西蒲坂人，僅存詩一聯，三人影響甚微。餘九人，許棠宣州，張喬、周繇池州，喻坦之睦州，任濤筠州，鄭谷袁州，均爲江南東、西道人。李昌符原籍亦未詳，然其旅遊傷春詩有「鳥思江村路」句，亦以江南人可能爲大。唯温憲太原(亦久居江南)、張蠙清河，爲北人。十子之目得自長安，而其主體却爲江南人。聯繫同時「江東三羅」，皮、陸江東唱和，可見南方詩人的活躍及其對北方詩壇之浸淫。十子詩風雖微别，而大抵以清婉明白見長，正是江南輕清之氣揉合賈、姚詩風的結果。

谷晚年歸居宜春後，又有南昌孫魴(詳見後)、長沙齊己及連州黃損等從之學詩。後二人又與鄭谷共定詩格，爲湖海騷人所宗(見前)。又形成一詩人羣。

這兩個詩人羣五代時尚存者及鄭谷同鄉楊夔、虛中等又各各廣結詩友，活躍於五代南方諸國，成爲鄭谷詩風流播的直接媒介。據十國春秋、唐詩紀事等記載可知，荆南與楚詩壇有齊己、虛中、鄭谷詩友尚顏、推崇谷詩的孟賓于(見前)等與沈彬、廖匡圖、劉昭禹、徐仲雅等唱和，爲一時盛事。南漢，鄭谷門人黃損、同年趙光裔爲詩壇重鎮。咸通十子之一的張蠙廣明後入蜀，馳譽前蜀詩壇，後蜀韋縠才調集選谷詩多達十一首似與此有關。南閩徐寅詩名頗重，其雅道機要一仍齊己風騷旨格。吳越詩壇是羅隱的天下，而羅詩與谷淺切方面本甚相近。五代人文，以南唐與吳(南唐代吳)最盛，且對宋初文壇影響至鉅，今就鄭谷詩風在這一帶地區的浸淫略加尋索。

十國春秋南唐孫魴傳記：「孫魴字伯魚……故唐末都官郎中鄭谷避亂江淮，魴從之遊。盡得其詩歌體法。吳時，文雅之士駢集，魴遂與沈彬、李建勳爲詩社……魴有題金山寺詩，與張祜詩前後并稱，一時以爲絶唱。」沈彬傳又引江南野史云：「彬與浮圖輩虛中、齊己以詩名，互相吹噓。」又張喬是咸通十哲中詩名僅次鄭谷者。文苑英華録其詩一百零八首。唐詩紀事記黃巢起義後，張喬隱池州九華山，有伍喬等從焉。伍喬入南唐，「元宗大愛喬文，命勒石，以爲永式。」(十國春秋本傳)又楊夔爲鄭谷同鄉兼密友，二人集中多有贈答。杜荀鶴與鄭谷齊名，後人多以並稱。他與殷文圭均爲池州人，曾隱九華，與張喬當有交往。十國春秋吳楊夔傳記：「楊夔，有雋才，與殷文圭、杜荀鶴、康駢、夏侯淑、王希羽等同爲宣州田頵上客。」後與殷同入吳，「當時爭傳其文」。可見通過孫魴、齊己、張喬、楊夔等，吳與南唐有一大批文人間接受到鄭谷影響，並曾結有詩社。上述沈彬爲吳吏部郎中，李建勳由吳入南唐爲相，殷文圭爲吳翰林學士，其子崇義爲南唐宰相。這批人及由南唐入宋著名詩人鄭文寶、張泌、張洎、徐鉉、楊徽之等詩風均清淺明白，大類鄭谷。如宋詩菁華録所載鄭文寶名作闕題：「亭亭畫舸繫寒潭，直到行人酒半酣。不管煙波與風雨，載將離恨過江南。」與前引谷淮上別友人同樣清婉淺切，均於前三句蓄勢，末句撥明，餘韻不盡。宋詩菁華録所載徐鉉名作送王四十五過東都：「海内兵方起，離筵淚易垂。憐君負米去，惜此落花時。想憶望來信，相寬指後期。殷勤手中柳，此是向南枝。」對照谷久不得張喬消息詩：「天末去程孤，沿淮復向吳。亂離何處甚，安穩到家無？樹盡雲垂野，檣稀月滿湖。傷心繞村落，應少舊耕夫。」可見均以語淺情深見長。徐鉉爲文苑英華主修之一，另一主修李昉詩亦清淺，且與推崇谷詩的孟賓于同年而交密。這些因素，使得鄭谷詩在宋初時相當盛行。

鄭谷詩今存三百餘首，而文苑英華載録其詩爲一百四十七題，約佔百分之四十（録張喬詩一百零八首）。相比之下，録李白二百一十七題，爲今存詩之百分之二十二，録杜甫詩二百一十三題，爲今存詩之百分之十四。録高適僅五十一題，岑參五十三題，韋應物六十題，韓愈四十九題，柳宗元不録，杜牧三十一題，李商隱四十七題，皮日休一十九題，陸龜蒙一十七題，韓偓、吳融均不録。可見宋初文人對鄭谷詩決非等閑視之。

歐陽修嘗稱宋初以谷詩教小兒，他亦曾習誦，祖無擇鄭都官墓表更云：「當時正人，多稱其善，尤工五七言詩……有雲臺編與外集，凡四百篇行焉。士大夫家曁委巷間，教兒童咸以公詩，與六甲相先後。蓋取其辭意清婉明白，不俚不野故然。」因此祖氏在袁州將鄭谷配享韓文公祠。學愼始學，每一時期的幼學詩文讀本，必與時代趨向緊密聯繫，故云「當時正人，咸稱其善」。這從以下材料可窺一斑：吹劍録三録記宋初陳堯佐代呂夷簡爲相獻踏莎行賀呂壽誕：「……翩翩又睹雙飛燕。鳳凰巢穩許爲鄰，瀟湘煙暝來何晚。亂入紅樓，低飛緑岸，畫梁輕拂歌塵散……」此詞顯本鄭谷燕詩：「年去年來來去忙，春寒煙暝渡瀟湘，低飛緑岸和梅雨，亂入紅樓揀杏梁。」可見貴爲相國，也稔知鄭谷詩。晏殊的浣溪沙（一曲新詞酒一杯）是宋初的名篇：鄭谷有和知己秋日傷懷詩云：「流水歌聲共不迴，去年天氣舊亭臺。梁塵寂寞燕歸去，黄蜀葵花一枝開。」可知晏詞不僅襲用谷詩之意，且全用其「去年」句。柳永望遠行中云：「亂飄僧舍，密灑歌樓，迤邐漸迷鴛瓦。好是漁人，披得一簑歸去，江上晚來堪畫。滿長安高却，旗亭酒價。」末二句化用鄭谷輦下冬暮詠懷「雪滿長安酒價高」，前此則全用鄭谷雪詩：「亂飄僧舍茶煙濕，密灑歌樓酒力微。江上晚來堪畫處，漁人披得一簑歸。」蘇軾仇池筆記卷一又記云：「黄州故縣張憨子，行止如狂人，見人輒駡曰：『放火賊！』

稍知書，見紙輒書鄭谷雪詩。」從這些材料不難看出宋初谷詩曾廣泛流傳於社會各階層。

通檢歷代論詩著述，對鄭谷詩的批評實始於宋慶曆、元祐期間，由歐陽修六一詩話首開其漸，並隨着宋調詩的發展而愈演愈烈；然而這時去谷謝世已近一個世紀，而離宋開國亦已六、七十年。而前此不僅如歐氏所云「鄭谷詩名盛於唐末」，而且整個五代以及宋初谷詩均曾有過不可輕忽的地位。吹劍録三録云：「近世詩人攻晚唐體，句語輕清而意趣深遠，則謂之作家詩；餖飣故事，語澀而旨近，則謂之秀才詩。」所謂「句語輕清而意趣深遠」，正同於谷詩之「清婉明白，不俚不野」；「極有意思，亦多佳句，但其格不甚高」（六一詩話）；「淺切而妙」（載酒園詩話）。因可見鄭谷實爲「晚唐體」作家的中堅之一，在唐末至宋初詩風演進中佔有相當的地位。因此我們對鄭谷詩集作箋注，希望對唐末宋初詩風之研究有所裨益。

五　關於鄭谷詩集的版本

鄭谷詩，新唐書藝文志載有雲臺編三卷，又宜陽集三卷。崇文總目卷五、郡齋讀書志卷五則均載雲臺編三卷，宜陽外編一卷。又考祖無擇都官鄭谷墓表云：「有雲臺編與外集，凡四百篇行焉。」合谷雲臺編自序所云「編成三百首，分爲上中下三卷」，可知所謂外集，當爲百首左右，或即所稱宜陽外編一卷者。祖表作於至和元年（一〇五四），新唐書成於嘉祐五年（一〇六〇），晚於祖表，則所謂宜陽集三卷者頗可致疑。今按宜春縣志卷二〇藝文云：「按諸志載谷詩，於雲臺編三卷外，又云有宜陽集三卷，考宜陽集，邑人劉松（按五代人）輯，其輯谷詩三卷即雲臺編詩，非宜陽另有一集。」由此可知此誤似正始於新唐書藝文志。又南宋袁州教授童宗説雲臺編序稱「自至和甲午迄今百有七年，外集又闕其半」，則知宋高宗、孝宗之時，谷詩除雲臺三百篇外，約僅存五十篇左右。此後自陳振孫直齋書録解題有宜陽外編一目，諸藏書家均不録，可知在宋末已湮没，行世者僅雲臺編一集。

今天我們所見的雲臺編大致有五個系統的本子。最早者爲捺有「翰林國史院官書」朱記的宋蜀本，題名鄭守愚文集（所見爲四部叢刊影印本），題下有子目雲臺編三字。此本共録詩二百七十六首（卷一一百零二首，卷二七十六首，卷三九十八首），其次爲明嘉靖乙未（一五三五）年嚴嵩刻本（所見爲豫章叢書翻刻本），稱「此集余得之吳中故少傅王文恪公。公本録自秘閣，予假以歸，手自讐校，正其譌闕三分之一刻之」。嚴刻亦三卷，卷一一百首，卷二九十七首，卷三九十三首，凡二百九十首。較之蜀宋本溢出巴江、題汝州從事廳、賀左省新除章拾遺、寄贈詩僧秀公、永日有懷、槐花、小桃、嘉陵、中秋、朝謁、錦浦、峨眉雪、蜀江有弔、書村叟壁、送舉子下第東歸、寄察院李侍御、偶懷寄孫瑞公啓、次韻和秀上人游南五臺、乖慵、南宮寓直、恩門小諫雨中乞菊栽、寄左省張起居一百言尋蒙唱酬見督過實即用舊韻重答、讀故許昌薛尚書詩集等二十四詩(均見嚴本卷三)。又較蜀宋本少去乳毛松、樗里子墓(蜀宋本卷三)、次韻和王駕校書結綬見寄之作、江行順動後藍田偶作、荔枝(蜀宋卷一)、峽中、爲人題(蜀宋本卷二)、錦二首(蜀宋本卷三),凡十首。損此益彼,嚴本實多出蜀宋本十四詩。豫章叢書翻刻嚴本時補入除前二首外之八首。

分析以上二本又可見以下幾個特點:

(一)均不足谷自序三百篇之數,而二本去其重複,正得三百篇。

(二)均爲三卷。各卷起訖篇目均同。而中間各篇排列次序大體看來也還相近,但亦有前後參差,甚至有同詩不同卷者。

(三)二本互缺篇目,基本上都見於文苑英華、王安石唐百名家詩選,洪邁萬首唐人絶句等宋人唐詩總集、選集中。

(四)雲臺編成於乾寧年間,然二本均收有個別此後詩篇,如光化戊午年舉公見示省試春草碧色詩偶賦是顯詩。又均有個別篇章,如越鳥、江宿聞蘆管等,就詩意看似爲北人所作(參詩注)。

(五)二本編次均混亂,無規律可尋。

就以上幾點觀之,可以推斷:二本所收詩除越鳥、江宿聞蘆管及與白居易重出之曲江詩稍有可疑外,大抵可以信爲鄭谷作。然二本已均非鄭谷原編。很可能是南宋末雲臺編與外集已不多見，所存者則已散亂且有失落，已不足四百，甚至三百之數。當時人分别重加釐訂，依自序約爲三卷，於是遂有乾寧後詩甚至個别他人篇什羼入。蜀宋本正題爲鄭守愚文集，子目小題方題爲「雲臺編」，似正可窺見此中消息。

第三個系統是唐音戊籤本和錢謙益首編季振宜續成之全唐詩稿本。戊籤本鄭谷詩分五言律詩一，五言律詩二，五言排律、七言律詩一，七言律詩二，五絶、七絶各部分，凡三百二十五詩（篇目詳下）。全唐詩稿本鄭谷詩則分五言律詩、七言律詩、五言排律、五絶、七絶各部分。收詩三百二十四首。二本均分體編排，雖前後略有不同，但各體中具體篇目編次基本相同。所差一詩是稿本少七絶贈楊夔二首，多出京師歲暮詠懷一詩，而此詩就是各本均有的輦下歲暮詠懷下之「初稿附記」（所以實際上稿本比戊籤本少二詩）。以戊籤較之蜀宋本及嚴刻二本，多二十五詩，據考來源大體如下：七律四首：送水部張郎中彦回宰洛陽、松、梅、鶴，取之文苑英華。七絶二十一首：其中重陽夜旅懷亦取之文苑英華；壬戌西幸後、多虞、短褐、曲江紅杏、折得梅、牡丹、寂寞、亂後灞上、長門怨二首、郊野戲題、宗人惠四藥、題張衡廟、山鳥、黯然、借薛尚書集、小北廳閒題、菊（日日池邊載酒行），見趙宧光增補洪邁萬首唐人絶句；贈楊夔二首見吟窗雜録。從以上來源看二十五詩大抵可信。我們知道，分體編排是明中葉後最常用的編集方式，又所謂全唐詩稿本，從版面情況看乃收用現成之版本，而編者用墨筆改訂於上。由此大抵可以推測到，在明中葉時已有人合蜀宋本及嚴刻二本，又從英華及萬首集得二十三首詩，共三百二十三詩，分體編排，胡震亨和錢謙益及季振宜，均取用是分體本編入戊籤與稿本，並按各自體例調正各體次序，而胡又從吟窗雜録收得贈楊夔二首，故雖篇目較稿本略多，而二者當同出一源。

第四個系統是席啓寓唐百名家集本，三卷，第一卷九十九詩，二卷九十六詩，三卷一百零四詩，不分體，共二百九十九詩。觀其篇目正是合蜀宋本及嚴刻二本所收者，唯刊遺二本均録之七律贈咸陽王主簿一詩。席略晚於胡和錢、季，而收詩反少，當是未見三人（二本）所據之分體本之故。

第五個系統是全唐詩本，前三卷編次、篇目一同席刻，第四卷二十六詩，則是合席刻所遺贈咸陽王主簿詩一首及前述戊籤所録二十五詩所成。又察此本文字及校語，則取去於戊籤、稿本之間，尤以同於稿本者爲多。由此可見，此本在篇目上所據爲戊籤及稿本，而編例上則仍席刻，又將席刻所少二十六詩由二本輯出編爲第四卷。其所以不用二本之分體編法，當是由於全唐詩編者認爲席刻——其編例上承蜀宋本與嚴刻本——之編例更接近於鄭谷手編雲臺編三卷及宜陽外編一卷之本來面目，又篇數近於三百篇。不過今天看來也不一定如此。

據上析可見鄭谷詩集以唐音戊籤及全唐詩收録最全，兩相比較，我們感到後者訛誤較少。所以這個整理本即以康熙揚州詩局本全唐詩爲底本，校以唐音戊籤（簡稱戊籤）、全唐詩稿本（簡稱稿本）、豫章叢書翻刻嚴嵩本雲臺編（簡稱豫章）、四部叢刊影印蜀宋本（簡稱叢刊），至於席刻唐詩百名家全集因與底本同源，故僅取其足資參考者入校（簡稱百家）。此外參校了才調集（簡稱才調）、文苑英華（簡稱英華）、萬首唐人絶句（簡稱萬首）、瀛奎律髓（簡稱瀛奎）、三體唐詩（簡稱三體）、唐音（即稱唐音）、唐詩品彙（簡稱品彙）等明以前重要唐詩總集及參考價值較大的清人所編全唐詩録（簡稱詩録）。凡底本誤而有改動者，均於校記説明依據何本；一般異文則校録而不改；底本明顯刻誤及宋以後避諱字則徑改；異體字、古今字等，則除今不常見或易滋誤解者外一般不出校。

除全唐詩所録三百二十五首詩外，我們又於齊己白蓮集孫光憲序輯得鄭谷五律一首（題汾）。此詩可靠。又唐音遺響所録鄭谷七絶胡笳曲一首，諸集本亦均未收，然此詩唐詩别裁作無名氏詩；乾隆三水縣志卷一録鄭谷七律春遊郇邑一首：此二詩均難定真僞，今併上詩輯爲附録一，他書尚有録爲鄭谷作而據考已可確定爲僞作者亦附焉，而加説明，以免再以訛傳訛。又集歷代著録鄭谷詩集的序跋爲附録二；有關鄭谷詩集的版本著録爲附録三；有關鄭谷傳記資料爲附録四；唐至清與鄭谷酬答或弔懷鄭谷詩爲附録五；歷代總評鄭谷詩風資料爲附録六——其單評各詩者，則相應隸於各詩後；自撰鄭谷傳箋爲附録七。以上可供研治鄭谷詩的同志參考。

本書箋注合一，凡時間、地點、酬答對象可考者，均於注〔一〕下箋明；其中情況過於複雜，須與其他篇章參見方可明瞭者，則注明參見他詩或傳箋。語典注釋盡可能徵引原文，原文過長或複雜費解者，則改寫綜述。不論何種方式，凡引用詩文别集者均注明篇名；引用總集所録詩文及經、史、文者，則注明書名卷數（或篇名），以便讀者查核。

作者三人，同學於施蟄存先生門下。本書或有所得，則爲先生煦育之功。又承王鎮遠先生爲封面題簽，并致謝忱。囿於水平，誤漏錯失處在所不免，敬請方家指正。

趙昌平

一九八七年八月

鄭谷詩集箋注目次

卷一

卷二

卷三

卷四

鄭谷詩集箋注卷一

感興

禾黍不陽豔，競栽桃李春〔一〕。翻令力耕者，半作賣花人。

【校】

「半」，原校「一作多」，萬首即作「多」。

【箋注】

〔一〕「禾黍」二句：唐時兩都尚栽桃李，李白古風十七：「天津三月時，千門桃與李。」而唐人常以桃李比豔而無實，李白古風四十六：「桃花開東園，含笑誇白日，偶蒙東風榮，生此豔陽質。豈無佳人色，但恐花不實。」谷詩設想略同，而意在諷刺時政。

望湘亭〔一〕

湘水似伊水〔二〕，湘人非故人。登臨獨無語，風柳自摇春。

【校】

題：「湘」，萬首作「湖」。

【箋注】

〔一〕望湘亭：一名湘江亭，在湘江濱。見乾隆長沙府志卷一二。古今詩話：「湘潭縣唐興寺有劉夢得撰儼禪師碑、孟賓于、鄭谷詩，『湘水似伊水，湘人如故人』之句，乃此寺前江流也。」

〔二〕湘水：即湘江，在今湖南省，注入洞庭湖。伊水：即伊河，洛河支流，在今河南省西部。

採桑〔一〕

曉陌攜籠去〔二〕，桑林路隔淮。何如鬥百草〔三〕，賭取鳳凰釵〔四〕。

【校】

桑林：「林」，原校「一作村」，稿本、豫章即作「村」。

【箋注】

〔一〕採桑：樂府相和歌辭名，見樂府詩集卷二八。

〔二〕「曉陌」句：玉臺新詠日出東南隅行：「日出東南隅，照我秦氏樓。秦氏有好女，自言名羅敷。羅敷善蠶桑，採桑城南隅。青絲爲籠繩，桂枝爲籠鈎。」此用其句意。

〔三〕門百草：宗懍荆楚歲時記：「五月五日，四民並踏百草，又有門百草之戲。」

〔四〕鳳凰釵：王嘉拾遺記卷九：石季倫愛婢名翔風，「常侍於側。使翔風調玉以付工人爲倒龍之珮，縈金爲鳳冠之釵，言刻玉爲倒龍之勢，鑄金釵象鳳皇之冠。」

悶　題〔一〕

落第春相困〔二〕，無心惜落花。荆山歸不得〔三〕，歸得也無家〔四〕。

【箋注】

〔一〕據詩意，此詩當作於乾符六年（八七九）或廣明元年（八八〇）春。

〔二〕落第：國史補卷下：「京兆府考而升者，謂之等第。」落第即姓名落去，不入等第中。計有功唐詩紀事卷二〇：「開元中，進士唱第尚書省，落第者至省門散去。詠吟曰：『落去他，兩兩三三戴帽子。日暮祖侯吟一聲，長安竹柏皆枯死。』」春相困：唐時進士放榜在春二、三月。王定保唐摭言卷二：「去年冬十月得送，今年春三月及第。」

〔三〕荆山：嘉慶一統志卷三五二載，鄭谷嘗隱居荆門縣（今湖北省縣名）南白社。荆門山在荆門西南。荆山泛指荆門一帶。

〔四〕「歸得」句：資治通鑑卷二五三載，乾符五年春正月，王仙芝攻荆南，山南東道節度使李福率衆并沙陀五百騎擊仙芝，仙芝兵敗，焚掠江陵。又乾符六年十月，黄巢軍自桂州（今桂林市）編大筏數十，沿湘江而下，克潭州。巢將尚讓乘勝進逼江陵，衆號五十萬。荆南節度使王鐸留部將劉漢宏守江陵，自帥衆奔襄陽。「鐸既去，漢宏大掠江陵，焚蕩殆盡，士民逃竄山谷。會大雪，僵尸滿野。」十一月，黄巢北趣襄陽，山南東道節度使劉巨容與江西招討使淄州刺史曹全晸設伏於荆門以待之。巢軍敗走。唐軍復江陵。荆門爲谷隱居之處，故曰「歸得也無家」。

中臺五題〔一〕

乳毛松

松格一何高〔二〕，何人號乳毛。霜天寓直夜〔三〕，媿爾伴閑曹〔四〕。

【校】

何人號：「號」，稿本作「見」，下校「一作號」。

【箋注】

〔一〕據詩意，此五詩當作於任都官郎中時。谷於乾寧四年（八九七）由補闕遷都官郎中。參順動後藍田偶作詩注。

中臺：即尚書省。通典卷二二：「漢初，尚書雖有曹名，不以爲號。靈帝以侍中梁鵠爲選部尚書，於是始見曹名。總謂尚書臺，亦謂中臺。」

〔二〕「松格」句：論語子罕：「歲寒，然後知松柏之後彫也。」陶淵明飲酒之八：「青松在東園，衆草没其姿。凝霜殄異類，卓然見高枝。連林人不覺，獨樹衆乃奇。」此化用其意。

〔三〕寓直：當值，值宿公署。文選潘岳秋興賦：「寓直於散騎之省。」李匡乂資暇集卷中：「常見直宿公署，咸云『寓直』。徒以『當直』字俗，稍貴文言，而不究其義也。案字書，寓，寄也。『寓直』二字，出於潘岳之爲武賁中郎將，晉朝未有將校省，故寓直散騎省。今百官各當本司，而直固是當直，安可云『寓』？何異坐自居第而稱僑僦也。」

〔四〕閑曹：通典卷二三：「都官郎中：……掌簿斂、配役、官奴婢、簿籍良賤及部曲、客女、俘囚之事。」谷時官都官郎中，非繁劇之職，故云「閑曹」。曹即司。通典卷二二：「都堂居中，左右分司。……凡二十四司，分曹共理，而天下之事盡矣。」文獻通考卷五二：「漢成帝初置尚書五人，其一人爲僕射，四人分爲四曹。」故司亦稱曹。

樗里子墓〔一〕

賢人骨已銷〔二〕，墓樹幾榮凋。正直魂如在〔三〕，齋心願一招〔四〕。

【校】

「幾」，原校「一作半」。稿本即作「半」。

【箋注】

〔一〕樗里子：秦惠王異母弟，名疾，所居在渭南陰鄉之樗里，故號樗里子。滑稽多智，秦人號曰「智囊」。伐晉、楚、趙有功，爲右丞相。見史記樗里子甘茂列傳。

〔二〕骨已銷：禮記祭義：「衆生必死，死必歸土。骨肉斃于下，蔭爲野土。」

〔三〕「正直」句：史記樗里子甘茂列傳：「昭王七年，樗里子卒，葬於渭南章臺之東。……至漢興，長樂宫在其東，未央宫在其西，武庫正直其墓。」「正直」語本此，而語意雙關，兼含品質正直，應前「賢」字。魂如在，禮記祭義：「氣也者，神之盛也；魂也者，鬼之盛也。」論語八佾：「祭如在，祭神如神在。」

〔四〕齋心：清心澄慮。周易繫辭上：「聖人以此齋戒。」韓康伯注：「洗心曰齋，防患曰戒。」莊子知北游：「老聃曰：『汝齋戒而心，澡雪而精神。』」列子黄帝：「退而閒居大庭之館，齋心服形。」

牡丹

亂前看不足〔一〕，亂後眼偏明。却得蓬蒿力，遮藏見太平。

【校】

「得」，稿本作「付」。

【箋注】

〔一〕「亂前」句：乾寧三年（八九六），昭宗募兵數萬，使諸王將之，以謀自强。鳳翔節度使李茂貞以爲欲討己，引兵逼京師。嗣覃王嗣周與戰，敗績。七月，昭宗奔華州，依節度使韓建。「茂貞遂入長安，自中和以來所葺宮室、市肆，燔燒俱盡。」見資治通鑑卷二六〇。胡三省注：「黄巢之亂，宮室燔毁，中和以來，留守王徽補葺粗完。襄王之亂，又爲亂兵所焚，及僖宗還京，復加完葺。上出石門，重罹燒爇，還又葺之，至是爲茂貞所燔。」又據同書卷二六一，宣武節度使朱全忠營洛陽宫，累表迎車駕，李茂貞、韓建聞而懼，請修復宫室，奉上歸長安。乾寧五年八月，昭宗還京，改元光化。鄭谷於乾寧四年始任都官郎中，故詩中之「亂」當指此役。

玉蕊

亂前唐昌觀玉蕊最盛〔一〕。

唐昌樹已荒，天意眷文昌〔二〕。曉入微風起，春時雪滿牆。

【箋注】

〔一〕玉蕊：周必大玉蕊辨證跋語：「玉蕊花苞初甚微，經月漸大，暮春方八出，鬚如冰絲，上綴金粟。花心復有碧筩，狀類膽瓶，其中別抽一英，出衆鬚上，散爲十餘蕊，猶刻玉然。花名玉蕊，乃在於此。」唐昌：康駢劇談録：「上都安業坊唐昌觀，舊有玉蕊花，每發，若瓊林瑶樹。」玉蕊辨證跋語：「唐人甚重玉蕊花，故唐昌觀有之，集賢院有之，翰林院亦有之，皆非凡境也。」

〔二〕文昌：指尚書省。隋書百官志中：「出納王命，敷奏萬機，蓋政令之所由宣，選舉之所由定，斯乃文昌天府。」又舊唐書職官志二：「尚書都省，龍朔二年，改爲中臺；光宅元年，改爲文昌臺；神龍初復。」

石柱

外祖在南宮，七轉名曹，鐫記皆在〔一〕。

暴亂免遺折〔二〕，森羅賢達名〔三〕。末郎何所取〔四〕，叨繼外門榮〔五〕。

【校】

「繼」，豫章作「記」。

【箋注】

〔一〕石柱：唐時郎官（郎中、員外郎）鐫名石柱上。清人勞格有唐郎官石柱題名考。南宮：漢書天文志：「南宮朱鳥，權、衡。衡，太微，三光之廷。筐衛，十二星，藩臣，西將，東相。」因「南宮」爲藩臣將相星位，故以「南宮」稱尚書省。後漢書鄭弘傳：「（弘）建初爲尚書令。……前後所陳，有補益王政者，皆著之南宮，以爲故事。」轉：遷官。晉書李密傳：「密有才能，常望內轉。」名曹：著名曹司。

〔二〕暴亂：參前牡丹詩注。

〔三〕森羅：森然羅列。藝文類聚卷七八引陶弘景茅山長沙館碑：「夫萬象森羅，不離兩儀所有。」

〔四〕末郎：文選任昉啓蕭太傅固辭奪禮：「昉往從末宦，禄不代耕。」鄭谷爲尚書郎，故謙稱「末郎」。

〔五〕叨：忝。外門：指外祖家，谷外祖家事迹，未能詳知。

別同志〔一〕

所立共寒苦〔二〕，平生同與游〔三〕。相看臨遠水，獨自上孤舟。天澹滄浪晚〔四〕，風悲蘭杜秋〔五〕。前程吟此景，爲子上高樓〔六〕。

【箋注】

〔一〕同志：周禮大司徒：「五曰聯朋友。」鄭玄注：「同志曰友。」

〔二〕所立：指立身，語本論語里仁：「不患無位，患所以立。」寒苦：鮑照代東門行：「食梅常苦酸，衣葛常苦寒。」

〔三〕同與游：論語微子：「鳥獸不可與同羣，吾非斯人之徒與而誰與？」

〔四〕滄浪：水色清澄貌。楚辭漁父：「漁父莞爾而笑，鼓枻而去，歌曰：『滄浪之水清兮，可以濯我纓；滄浪之水濁兮，可以濯我足。』遂去，不復與言。」浪音 lāng.

〔五〕蘭杜：蘭與杜衡。楚辭離騷：「時曖曖其將罷兮，結幽蘭而延佇。」洪興祖楚辭補注：「劉次莊云：『蘭喻君子，言其處於深林幽澗之中，而芬芳郁烈之不可掩，故楚辭云云。』」又離騷：「畦留夷與揭車兮，雜杜衡與芳芷。」王逸注：「杜衡、芳芷，皆香草也。言己積累衆善以自潔飾，復植留夷、杜衡，雜以芳芷，芬香彌暢，德行彌盛也。」

〔六〕「爲子」句：文選王粲登樓賦：「人情同於懷土兮，豈窮達而異心。」切首句「所立共寒苦」。

【集評】

文彧：三論詩腹：……亦云頸聯，與頷聯相應，不得錯用。……別同志：「天淡滄浪晚，風悲蘭杜秋。」此兩句別所經之景，情緒可量。」……四論詩尾：亦云斷句，亦云落句，須含畜旨趣。……別同志：「前程吟此景，爲子上高樓。」此乃句盡意未盡也。（詩格）

惠洪：梅：「前村深雪裏，昨夜一枝開。」別所知：「相看臨遠水，獨自上孤舟。」前對齊己作，後對鄭谷作。皆十字叙一事，而對偶分明。（石門洪覺範天廚禁臠卷上）

黄生：觀題中同志二字與起二語則知此友的係莫逆，分手之際千難萬難者也，只「相看」、「獨自」四字，爾時光景至今使人掩卷不樂。　將結句之景先提於五六結云爾，到「前程吟此景，爲子上高樓」，更説得纏綿真摯，覺道路雖分，精神不隔。　嚮因詩中二上字不入選。　至今閲之，畢竟佳絶，安得以小疵棄之。（唐詩摘鈔卷一）

送進士盧棨東歸

灞岸草萋萋〔一〕，離觴我獨攜〔二〕。流年俱老大〔三〕，失意又東西〔四〕。曉楚山雲滿，春吳水樹低。到家梅雨歇〔五〕，猶有子規啼〔六〕。

【校】

題：「棨」，豫章、戊籤作「啓」。稿本原作「啓」，下注「一作棨」，墨去「啓一作」字存「棨」。

【箋注】

〔一〕灞：灞水，今灞河，在陝西省中部。上有灞橋，爲唐人送別之所。王仁裕開元天寶遺事：「長安東灞陵有橋，迎來送往，皆至此，人呼爲銷魂橋。」萋萋：詩周南葛覃：「維葉萋萋。」毛傳：「萋萋，茂盛貌。」白居易賦得古原上草送別：「又送王孫去，萋萋滿別情。」

〔二〕「離觴」句：語本文選蘇武詩四首之一：「我有一樽酒，欲以贈遠人。願子留斟酌，叙此平生親。」王昌齡送十五舅：「夕浦離觴意何已，草根寒露悲鳴蟲。」

〔三〕流年：藝文類聚卷二三引傅毅迪志詩：「於戲君子，無恒自逸。徂年如流，尠茲暇日。」語本此。

〔四〕失意：漢書蓋寬饒傳：「寬饒自以行清能高，有益於國，而爲凡庸所越，愈失意不快。」失意即不快之意。東西：語本玉臺新詠古詞：「東飛伯勞西飛燕。」

〔五〕梅雨：太平御覽卷九七〇引風俗通：「五月有落梅風，江淮以爲信風。又有霖霪，號爲『梅雨』，沾衣服皆敗黦。」又引周處風土記：「夏至之雨，名爲『梅雨』。」

〔六〕子規啼：子規，杜鵑鳥。吳曾能改齋漫録卷四：「鮑彪少陵詩譜論引陳少敏曰：『……此鳥晝夜鳴。土人云，不能自營巢，寄巢生子。細詳其聲，乃是云「不如歸去」，此正所謂子規也。』」

【集評】

文彧：送人下第：「曉楚山雲滿，春吳水樹低。」此是送人所經之處，失意可量。（詩格）

徐衍：夫用文字要清濁相半，言雖容易，理必求險，句忌凡俗，意便質厚。如鄭谷送友人詩：「流年俱老大，失意自東西」，此君子離位也。（風騷要式）

黃生：意餘言外。尾聯寓意。春、曉、吳、楚，四爛熟字，安頓得極新。鍊辭不如鍊句，此之謂也。（唐詩摘鈔卷二）

從叔郎中諴輟自秋曹分符安陸屬羣盜倡熾流毒江壖竟以援兵不來城池失守例削今任却叙省銜退居荆漢之間頗得琴尊之趣因有寄獻〔一〕

華省稱前任〔二〕，何慚削一麾〔三〕。滄洲失孤壘〔四〕，白髮出重圍。苦節翻多難〔五〕，空山自喜歸。悠悠清漢上〔六〕，漁者日相依〔七〕。

【校】

題：「諴」，戊籤、稿本、豫章作「誠」，均誤。　一麾：「麾」，百家作「揮」。　清漢：「清」，叢刊作「青」，誤。

【箋注】

〔一〕本詩當作於乾符四年（八七七）六月至十一月間。按舊唐書僖宗紀載，乾符三年九月，「户部郎中鄭諴爲刑部郎中。」秋曹：即刑部，蓋職掌同周禮秋官司寇，故名。又資治通鑑卷二五三記，乾符四年六月，「王仙芝陷安州。」全唐文卷八二六司直陳公墓銘：「然而大盗移國……德公文行之深者，安州鄭郎中誠……」合詩題而觀，則知誠由刑部郎中外放安州刺史，復於乾符四年六月以安州失陷獲罪削職。資治通鑑同卷又記同年十一月「王仙芝寇荆南」，荆南即「荆漢」。爾雅釋地：「漢南曰荆州。」故知十一月後誠不得在荆漢有「琴尊之趣」。因定本詩之作時如前。

郎中：通典卷二二：「今尚書省有左右司郎中各一人，員外郎各一人，分管尚書六曹事。」分符：說文解字五篇上竹部：「符，信也。漢制以竹，長六寸，分而相合。」漢書文帝紀：「(二年)九月，初與郡守爲銅虎符、竹使符。」顏師古注：「與郡守爲符者，謂各分其半，右留京師，左以與之。」故「分符」即指出任郡守。安陸：隋安陸郡，唐武德四年改安州，屬淮南道，治所在安陸縣(今湖北省安陸縣)。見舊唐書地理志三。流毒：古文尚書泰誓中：「有夏桀，弗克若天，流毒下國。」僞孔安國傳：「桀不能順天，流毒虐於下國萬民。」言凶害。江壖：壖，史記河渠書：「五千頃，故盡河壖棄地。」韋昭注：「謂緣河邊地。」安州在長江支流溳水之濱，故云。例削：謂依例削安州刺史之職，省銜仍保留。省銜，指郎中銜。銜，錢易南部新書庚：「官銜之名，蓋興近代，當是選曹補授，須存資歷，先具舊官名品於前，次書擬官於後，使新舊相銜不斷，故曰『官銜』，亦曰『頭銜』。」琴尊：喻隱居。楊炯李君碑：「武城弦唱，優遊禮樂之中；彭澤琴樽，散誕羲皇之表。」

〔二〕華省：指尚書省，語出文選潘岳秋興賦：「宵耿介而不寐兮，獨展轉於華省。」稱任：即稱職。漢書成帝紀贊：「公卿稱職。」顏師古注：「稱職，克當其任也。」

〔三〕削一麾：削去刺史之職。崔豹古今注輿服：「麾，所以指麾，『武王執白旄以麾』是也。乘輿以黃，諸公以黃，刺史二千石以纁。」文選沈約齊故安陸王碑文：「建麾作牧，明德攸在。」建麾即指出任牧守。

〔四〕滄洲：泛指濱水之地，此指安陸。文選謝朓之宣城出新林浦向板橋：「復協滄洲趣。」李善注：「揚雄檄靈賦曰：『世有黃公者，起於蒼洲。』」滄即「蒼」，爾雅釋水：「水中可居者曰洲。」壘：周禮夏官司馬量人：「營軍之壘舍。」鄭玄注：「軍壁曰壘。」

〔五〕苦節：困於守節之意。易節卦：「苦節不可貞。」節即本分。左傳成公十五年：「聖達節，次守節，下失節。」孔穎達疏：「節猶分也。」姚寬西溪叢語上：「今人不善乘船謂之苦船，北人謂之苦車。苦音『庫』。」苦，困。

〔六〕「悠悠」句：詩鄘風載馳：「驅馬悠悠。」毛傳：「悠悠，遠貌。」清漢：藝文類聚卷二六引王僧孺答江琰書：「且登清漢，乍棄黃污。」漢，指南漢水。

〔七〕「漁者」句：王逸楚辭章句漁父：「屈原放逐，在江湘之間。憂愁歎吟，儀容變易，而漁父避世隱身，釣漁江濱，欣然自樂。」

送徐渙端公南歸〔一〕

青衿離白社〔二〕，朱綬始言歸〔三〕。此去應多羨〔四〕，初心盡不違〔五〕。江帆和日落，越鳥近鄉飛〔六〕。一路春風裏，楊花雪滿衣。

【校】

題：「渙」，原校「一本無渙字」，叢刊即無「渙」字，英華作「澳」。　朱綬：「綬」，原校「一作紱」，稿本、豫章即作「紱」。　「應多」，戊籤、稿本、豫章、叢刊、英華皆作「多應」。

【箋注】

〔一〕徐渙：袁州（治所在今江西省宜春縣）人，大中十年（八五六）進士，曾官侍御史，乾符五年（八七八）遷大理少卿，光州刺史，禦黄巢軍有功。見同治宜春縣志。　按侍御史從六品下，大理少卿從四品上，官品懸殊，則本詩當作於乾符五年前多年。據題及詩當作於長安。谷由荆南至長安在咸通十二年（八七一）前後（參卷二獻大京兆薛常侍詩注）。故本詩當作於咸通、乾符之交。　端公，侍御史別稱。通典卷二四侍御史：「侍御史之職有四，謂推、彈、公廨、雜事。定殿中、監察以下職事及進名改轉臺内之事悉主之，號爲臺端。他人稱之曰端公。」

〔二〕青衿：詩鄭風子衿：「青青子衿。」毛傳：「青衿，青領也，學子之所服。」此處代指舉子。　白社：太平御覽卷五〇二引王隱晉書：「董京字威輦，不知何許人。太始初，值魏禪晉，遂被髮佯狂，常宿白社中。」後遂以「白社」指隱居之處。

〔三〕朱綬：禮記玉藻：「公侯佩山玄玉而朱組綬。」鄭玄注：「綬者，所以貫佩玉相承受者也。」史記張耳陳餘列傳：「（陳餘）乃脱印綬推予張耳，張耳亦愕不受。」「朱綬」此指「印綬」。唐制，侍御史從六品下，據舊唐書輿服志，無綬帶。故此爲借指。

〔四〕「多羨」句：用漢疏廣、受故事。漢書疏廣傳：「廣謂受曰：『吾聞知足不辱，知止不殆，功遂身退，天之道也。今仕官至二千石，宦成名立，如此不去，懼有後悔。……』即日父子俱移病，滿三月賜告。廣遂稱篤，上疏乞骸骨。上以其年篤老，皆許之。……故人邑子設祖道供張東都門外，送者車數百兩。辭決而去，及道路，觀者皆曰：『賢哉二大夫！』或歎息，爲之下泣。」

〔五〕初心：世說新語言語：「孫綽賦遂初，築室畎川，自言見止足之分。」此用其意。

〔六〕「越鳥」句：喻不忘故土。文選古詩十九首之一：「胡馬依北風，越鳥巢南枝。」李善注：「韓詩外傳曰：『詩曰：代馬依北風，飛鳥棲故巢。』皆不忘本之謂也。」

送祠部曹郎中鄴出守洋州〔一〕

爲儒欣出守，上路亦戎裝。舊製詩多諷〔二〕，分憂俗必康〔三〕。開懷江稻熟，寄信露橙香。郡閣清吟夜〔四〕，寒星識望郎〔五〕。

【箋注】

〔一〕祠部郎中：通典卷二三：「祠部郎中一人」條：「掌祠祀、天文、漏刻、國忌、廟諱、卜祝、醫藥等及僧尼簿籍。」

曹鄴：兩唐書無傳。據唐詩紀事、唐才子傳及谷集卷二送吏部曹郎中罷官南歸詩等片斷史料可知：字業之，桂州陽朔（今廣西壯族自治區陽朔縣）人，大中四年（八五〇）進士，累官太常博士、祠部郎中，洋州刺史，以吏部郎中罷官南歸。有曹祠部集二卷行世。唐詩紀事卷六〇：「鄴能文，有特操。咸通初（起自八六〇）爲太常博士。白敏中卒，議謚，鄴責其病不堅退，且逐諫臣，舉怙威肆行，謚曰醜。高元裕子璩，懿宗時爲相，卒，鄴建言璩爲宰相，交遊醜雜，進取多蹊，謚法『不思妄愛曰刺』，請謚爲刺。」洋州，唐時州名，或爲洋川郡，治所在今陝西省洋縣。郎官石柱題名祠部郎中，張裼下爲曹鄴。岑仲勉郎官石柱題名新考訂，據翰林學士壁記載張裼咸通九年六月由刑部員外郎遷祠部郎中，九月知制誥，十年七月遷中書舍人，而定曹鄴任祠中爲咸通末。差是。本詩當作於咸通末或乾符初。

〔二〕詩多諷：古文苑宋玉諷賦章樵題注：「白虎通諫有五，一曰諷諫。諷也者，謂君父有闕而難言之，或託興詩賦以見乎詞，或假借他事以陳其意，冀有所悟而遷於善。」

〔三〕分憂：晉書宣帝紀：「黄初五年，天子南巡，觀兵吳疆。帝留鎮許昌，加給事中，録尚書事。帝固辭。天子曰：『吾於庶事，以夜繼晝，無須臾寧息。此非以爲榮，乃分憂耳。』」

〔四〕「郡閣」句：用晉庾亮故事。世説新語容止：「庾太尉在武昌，秋夜氣佳景清，使吏殷浩、王胡之之徒登南樓理詠。音調始遒，聞函道中有屐聲甚厲，定是庾公。俄而率左右十許人步來，諸賢欲起避之，公徐云：『諸君少住，老子於此處，興復不淺。』因便據胡牀，與諸人詠謔竟坐，甚得任樂。」

〔五〕寒星：指使星。後漢書李郃傳：「和帝即位，分遣使者，皆微服單行，各至州縣，觀採風謠。使者二人當到益部，投郃候舍。時夏夕露坐，郃因問曰：『二君發京師時，寧知朝廷遣二使耶？』二人默然驚相視曰：『不聞也。」問何以知之。郃指星示云：『有二使星向益州分野，故知之耳。』」李冶寄校書七兄：「寒星伴使車。」此處應鄭出守洋州事。望郎：北堂書鈔卷六〇引山公啓事：「舊選尚書郎，極清望也，號稱大臣之副。」國史補卷下：「國初至天寶，常重尚書，……兵興之後，官爵寖輕，八座用之酬勳不暇，故今議者以丞、郎爲貴。」郎中、員外郎皆爲尚書郎，故以「望郎」稱鄭。

【集評】

王玄：立言盤汨曰意。送曹郎中赴漢州（鄭谷）：「開懷江稻熟，悦性路花香。」此意字體也。（詩中旨格）

送進士許彬〔一〕

泗上未休兵〔二〕，壺關事可驚〔三〕。流年催我老，遠道念君行〔四〕。殘雪臨晴水，寒梅發故城。何當食新稻，歲稔又時平〔五〕。

【校】

題，「彬」，豫章作「郴」。

【箋注】

〔一〕本詩當作於大順二年。

進士：唐時舉子即稱進士，得第則謂之前進士（見唐摭言卷一）。許彬：睦州（轄境相當於今浙江省桐廬、建德、淳安三縣地）人，舉進士不第。題曰「送進士」，詩由泗上而及壺關，知於南方送之也。

〔二〕「泗上」句：資治通鑑卷二五九：景福元年（八九二）二月，「朱全忠連年攻時溥（胡三省注：「光啓三年，徐、汴始交兵」），徐、泗、濠三州民不得耕穫，兗、鄆、河東兵救之，皆無功，復值水災，人死者什六七。」泗上，泗水之濱，此指徐、泗二州。徐州，或稱彭城郡，治所在彭城縣（今江蘇省徐州市）。泗州，或稱臨淮郡，治所在臨淮縣（今江蘇省泗洪縣東南，盱眙縣對岸）。

〔三〕「壺關」句：大順元年（八九〇）五月，詔削奪河東節度使李克用官爵、屬籍，命宰相張濬、宣武節度使朱全忠等討之。七月，朱全忠遣葛從周自壺關入潞州，遣李讜等圍澤州。濬遂遣京兆尹孫揆趣潞州赴鎮。八月，李克用將李存孝設伏，擒揆，獻於克用。克用欲以爲河東副使，揆不屈。克用命以鋸鋸之，不能入，揆罵，乃以板夾而鋸之，至死。九月，李存孝敗宣武軍，解澤州圍，復引兵取潞州。其冬唐軍更屢敗，張濬撤民屋爲柹濟河，師徒喪失殆盡。克用再上表奏數張濬，自言：「已集蕃漢兵五十萬，欲直抵蒲潼。」大順二年春敗濬連州參軍，再敗繡州司户。賜克用詔復其官爵，又加守中書令。見資治通鑑卷二五八。是役以河中爲戰場，而壺關爲必爭之地，聯上句而觀，知「壺關事可驚」當即指此。此詩有「殘雪」、「寒梅」等語，可知作於大順二年初春。壺關，即壺口關，唐時屬潞州（治所在今山西省長治縣）。資治通鑑卷二五八胡三省注：「九域志：『壺關西至潞州二十五里。』宋白曰：『壺關縣以山形似壺，古於此置關，故名。』」

〔四〕「遠道」句：文選古詩十九首之六：「涉江采芙蓉，蘭澤多芳草。采之欲遺誰？所思在遠道。」

〔五〕歲稔：國語吳語：「歸不稔于歲。」說文解字七篇上禾部：「稔，穀熟也。」

次韻和王駕校書結綬見寄之什〔一〕

直應歸諫署〔二〕，方肯別山村〔三〕。勤苦常同業，孤單共感恩〔四〕。醉披仙鶴氅〔五〕，吟扣野僧門。夢見君高趣，天涼自灌園〔六〕。

【校】

題：「次韻和」稿本、豫章作「次和韻」；「校書」下稿本又有「山居忽聞」四字。

【箋注】

〔一〕本詩當作於乾寧中（八九四—八九八）。按王駕：唐才子傳王駕：「駕字大用，蒲中人，自號守素先生。大順元年（八九〇）楊贊禹榜登第，授校書郎，仕至禮部員外郎。棄官嘉遁於別業，與鄭谷、司空圖爲詩友，才名籍甚。圖嘗與駕書評詩曰：『國初雅風特盛，沈、宋始興之後，傑出江寧，宏思至李、杜，極矣。右丞、蘇州，趣味澄敻，若清流之貫遠。大曆十數公，抑又其次。元、白力勍而氣孱，乃都市豪估耳。劉夢得、楊巨源亦各有勝會。浪仙、無可、劉得仁輩時得佳致，亦足滌煩。厥後所聞，徒褊淺矣。河汾蟠鬱之氣，宜繼有人。今王生寓居其間，沈漬益久，五言所得，長於思與境偕，乃詩家之所高者……』當時價重，乃如此也。今集六卷行世。」按詩題言「王駕校書結綬」，則爲駕始仕校書郎時所作，而玩詩前四句，首句自寫，二句言王，三、四句共寫己與王，則駕爲校書時，谷正任諫官，按谷乾寧元年爲右拾遺，三年遷補闕，四年轉都官郎中（參卷一順動後藍田偶作，卷二寄贈狄右丞注及傳箋），故知乾寧中作也。

校書：通典卷二六：「秘書校書郎：漢之蘭臺及後漢東觀，皆藏書之室，亦著述之所，多當時文學之士，使讎校於其中，故有校書之職。……大唐置八人，掌讎校典籍，爲文士起家之良選，其弘文、崇文館，著作、司經局，並有校書之官，皆爲美職，而秘書爲最。」結綬：文選江淹別賦：「君結綬兮千里，惜瑤草之徒芳。」李善注：「結綬，將仕也。」同書顏延年秋胡詩：「結綬登王畿。」李善注：「綬，仕者所佩。」什：詩小雅鹿鳴之什毛傳：「歌詩之作，非止一人，篇數既多，故以十篇編爲一卷，名之爲什也。」後遂以「什」代指詩篇。

〔二〕諫署：諫官官署，稱諫垣或諫院，其名見于貞元之際，詳見宋龐元英文昌雜録補遺。通典卷二一：「拾遺、補闕：武太后垂拱中置補闕、拾遺二官，以掌供奉諷諫。……自開元以來，尤爲清選。左右補闕各二人，内供奉者各一人。拾遺亦然（兩省補闕、拾遺凡十二人）。左屬門下，右屬中書。按據詩題駕結綬校書，知此句谷自指。

〔三〕「方肯」句：謂駕結綬。卷三有題進士王駕郊居詩，可互參。

〔四〕「孤單」二句：謂己與駕窮通相共。卷三送進士王駕下第歸蒲中：「孤單取事休言命，早晚逢人苦愛詩……應嗟我又巴江去，遊子悠悠聽子規。」可互參。孤單，南齊書孝義傳：「同里陳穰父母死，孤單無親戚。」「孤單」即「無親戚」之意。

〔五〕仙鶴氅：世説新語企羨：「孟昶未達時，家在京口，嘗見王恭乘高輿，被鶴氅裘。于時微雪，昶於籬間窺之，歎曰：『此真神仙中人。』」

〔六〕灌園：太平御覽卷五〇七引高士傳：「陳仲子，齊人。……楚王聞其賢，欲以爲相，遣使持金百鎰，至於陵，聘仲子。仲子入謂妻曰：『楚王欲以我爲相。今日爲相，明日結駟連騎，食方丈於前，意可乎？』妻曰：『夫子左琴右書，樂在其中矣。結駟連騎，所安不過一肉，而懷楚國之憂，意可乎？』於是謝使者，遂相與逃，而爲人灌園。」後遂以「灌園」喻隱居不仕，躬耕自足。文選潘岳閒居賦序：「灌園鬻蔬，以供朝夕之膳；牧羊酤酪，以俟伏臘之費。」

秘閣伴直〔一〕

秘閣鎖書深，牆南列晚岑〔二〕。吏人同野鹿〔三〕，庭木似山林〔四〕。淺井寒蕪入，迴廊叠蘚侵。閑看薛稷鶴〔五〕，共起五湖心〔六〕。

【校】

列晚岑：「列」，豫章、叢刊作「別」，誤。

【箋注】

〔一〕秘閣：語本文選陸機弔魏武帝文：「元康八年，機始以臺郎，出補著作，游乎秘閣，而見魏武帝遺令。」此處指秘書省。新唐書百官志二：「秘書郎三人，從六品上，掌四部圖籍，以甲乙丙丁爲部，皆有三本，一曰正，二曰副，三曰貯。」伴直：陪伴宿直，卷三春夕伴同年禮部趙員外省直詩可證。

〔二〕「牆南」句：指終南山，又稱南山，秦嶺山峰之一，在今陝西省西安市南。太平御覽卷三八引關中記：「終南山一名中南，言在天中，居都之南也。」岑，爾雅釋山：「山小而高，岑。」此處代指山。

〔三〕野鹿：莊子天地：「至德之世，不尚賢，不使能，上如標枝，民如野鹿。」郭象注：「放而自得也。」成玄英疏：「上既無爲，下亦淳樸，譬彼野鹿，絶君王之禮也。」白居易初到忠州贈李六：「吏人生梗都如鹿。」

〔四〕山林：莊子天道：「夫虛靜恬淡，寂寞無爲者，萬物之本也。……以此退居而閒遊，江海山林之士服。」「山林」喻隱居之處。

〔五〕薛稷鶴：張彦遠歷代名畫記卷九：「薛稷，字嗣通，河東汾陰人，道衡之曾孫，元超之從子。詞學名家，軒冕繼代。景龍末，爲諫議大夫、昭文館學士，多才藻，工書畫。……先天二年，官至銀青光禄大夫、太子少保，封晉國公。竇懷貞累之，年六十九。尤善花鳥、人物、雜畫。畫鶴知名，屏風六扇鶴樣，自稷始也。」趙璘因話録徵部：「秘書省内有落星石、薛少保畫鶴、賀監草書、郎餘令畫鳳，相傳號爲四絶。」

〔六〕五湖心：指歸隱之心。國語越語：「(范蠡)遂乘輕舟以浮於五湖，不知其所終極。」韋昭注：「五湖，今太湖。」

送太學顏明經及第東歸〔一〕

平楚干戈後〔二〕，田園失耦耕〔三〕。艱難登一第〔四〕，離亂省諸兄〔五〕。樹没春江漲，人繁野渡晴。閑來思學館〔六〕，猶夢雪窗明。

【校】

題：「顏」，原校「一作時」。　離亂：「離」，原校「一作喪」。　春江漲：「漲」，豫章作「氣」。

【箋注】

〔一〕據資治通鑑卷二五二載，乾符三年（八七六）冬王仙芝、黄巢攻破復郢二州後，吴楚兵火不絶。從詩前四句看，詩當作於此後，具體時間，難以詳究。

太學顏明經及第：文獻通考卷四一：「武宗會昌五年（八四五）制：公卿百官子弟及京畿内士人寄客修明經、進士業者，並隸名太學。外州寄士人並隸名所在官學。」太學顏明經即指顏姓士人隸名太學修明經業者。太學：唐制，凡學六：國子學、太學、四門學、律學、書學、算學，皆隸於國子監。見文獻通考卷四一。明經：唐貢舉科名。唐貢士之法，有秀才、明經、進士、明法、書算諸科。秀才科早廢。士子所趨向，惟進士、明經而已。明經以經義試帖爲主，進士以詩賦文辭爲主。進士大抵千人，得第者百一二，明經得第者十一二。見通典卷一五。及第：高承事物紀原學校貢舉十六："漢之取士，其射策中者謂之『高第』。隋唐以來，遂有『及第』之目。"資治通鑑卷二四一長慶元年三月胡三省注："取中進士，謂之及第，言其文學及等第也。"此指明經及等第。

〔二〕"平楚"句：平楚，文選謝朓郡內登望："寒城一以眺，平楚正蒼然。"（李善注："蕭子顯齊書曰：『朓出爲宣城太守。』"）吳景旭歷代詩話卷三二："木之子然特出者爲楚。從城而眺，一概如平，所謂『平地樹如薺』也。"干戈，詩大雅公劉："弓矢斯張，干戈戚揚。"鄭玄箋："干，盾也；戈，句子戟也。……公劉之去都，整其師旅，設其兵器。"後遂以"干戈"泛指兵器，再引伸爲喻戰爭。

〔三〕耦耕：論語微子："長沮、桀溺耦而耕。"鄭玄注："耜廣五寸，二耜爲耦。"耦耕即二人並耕，此處喻隱居田園，躬耕壟畝。

〔四〕登一第：孫光憲北夢瑣言卷七："唐盧延讓業詩，二十五舉，方登一第。"登第，即"及第"之意。

〔五〕省：禮記曲禮上："昏定而晨省。"鄭玄注："省，問其安否何如。"

〔六〕學館：指太學館舍。

送進士趙能卿下第南歸

不歸何慰親，歸去舊風塵〔一〕。灑淚慚關吏〔二〕，無言對越人〔三〕。遠帆花月夜，微岸水天春。莫便隨漁釣〔五〕，平生已苦辛。

【校】

無言：「言」，原校「一作書」，戊籤、稿本、豫章即作「書」。　「隨漁釣」：叢刊作「漁翁釣」。

【箋注】

〔一〕趙能卿：會稽人，見羅隱往年趙能卿嘗話金庭勝事見示叙：「會稽詩客趙能卿。」

〔二〕風塵：行旅辛苦之意。文選陸機答張士然詩：「行邁越長川，飄颻冒風塵。」舊風塵，言下第，對及第榮歸，景象非昔而言。

〔三〕「灑淚」句：反用終軍棄繻事。喻趙功業不就，落拓而歸。漢書終軍傳：「初軍當詣博士，從濟南步入關，關吏予軍繻。軍問以此何爲。吏曰：『爲復傳還，當以合符。』軍曰：『大丈夫西遊，終不復傳還。』棄繻而去。軍爲謁者，使行郡國，建節東出關，關吏識之，曰：『此使者乃前棄繻生也。』」今趙東出關，非終軍建節可比，故曰「慚」。

〔四〕「無言」：趙能卿爲會稽人，故云。

〔五〕漁釣：藝文類聚卷三六引陸機幽人賦：「世有幽人，漁釣乎玄渚，彈雲冕以辭世，披宵褐而延佇。是以物外莫得窺其奧，舉世不足揚其波，勁秋不能凋其葉，芳春不能發其華；超塵冥以絶緒，豈世網之能加？」

送人遊邊〔一〕

春亦怯邊遊，此行風正秋。別離逢雨夜，道路向雲州〔二〕。磧樹藏城近〔三〕，沙河漾日流〔四〕。將軍方破虜〔五〕，莫惜獻良籌〔六〕。

【校】

春亦：「亦」，叢刊作「日」。「逢雨夜」：原校：「一作聞夜雨」，豫章、叢刊即作「聞夜雨」。城近：「近」，稿本、英華作「遠」。

【箋注】

〔一〕此詩當作於廣明元年（八八〇）秋。

〔二〕雲州：或稱雲中郡，治所在雲中縣（今山西省大同市）。

〔三〕磧：沙地。

〔四〕沙河：即滹沱河，流經今山西、河北二省，俗名沙河。

〔五〕「將軍」句：乾符五年（八七八），振武節度使沙陀酋長李國昌之子克用殺大同防禦使段文楚。國昌父子遂據雲州。廣明元年五月，蔚、朔等州招討都統、節度使李琢與盧龍節度使李可舉、吐谷渾都督赫連鐸共討沙陀。七月，琢、鐸攻蔚州，國昌敗，部衆皆潰，獨與克用及宗族北入達靼。詔以鐸爲雲州刺史、大同軍防禦使。見資治通鑑卷二五三。「將軍」指赫連鐸，「虜」指沙陀。合第二句，知詩作於本年秋。

〔六〕獻良籌：「獻籌」即獻策。文選張載劍閣銘：「齊得十二，田生獻籌。」

送人之九江謁郡侯苗員外紳〔一〕

澤國尋知己〔二〕，南浮不偶遊。湓城分楚塞〔三〕，廬嶽對江州〔四〕。曉飯臨孤嶼，春帆入亂流〔五〕。雙旌相望處〔六〕，月白庾公樓〔七〕。

【校】

苗員外紳：「紳」，英華無。　澤國：「澤」，百家作「郡」，誤。

【箋注】

〔一〕九江：尚書禹貢荆州節鄭玄注：「九江在尋陽南，皆東合爲大江。」秦時始置九江郡。唐時爲江州，或稱潯陽郡，治所在今江西省九江市。　郡侯：指州刺史。後漢書百官志五：「列侯所食縣爲侯國。」後遂以「縣侯」稱縣令，「州侯」或「郡侯」指州刺史。　苗員外紳：苗紳曾任司勳員外郎職（郎官石柱考司勳員外郎），故云「苗員外」。宋陳舜俞廬山記卷二：「咸通八年（八六八），刺史苗紳有二韋寫真贊。」全唐文徐帋證廬山太乙真人廟記：「咸通九年，江州牧苗公紳自塘橋移入山口。」詩當作於此期。又按南唐劉崇遠金華子雜編卷下：「苗紳貶南中，崔相國彦昭，其故人也，見而憫焉。呼紳至第而慰勉曰：『苗十大是屈人。』再三言之。紳歎久淹屈，既聞時宰之撫諭，莫勝其喜。及還家，其子迎於門。紳笑語其子曰：『今日見崔相國，憫我如此。』遂坐於廳，高誦其言曰：『苗十大是屈人。』喜笑一聲而卒。悲夫。」按舊唐書崔彦昭傳，彦昭並無鎮江西事，乾符初同平章事（乾符元年，八七四），可知金華子所記與前事未合。或苗紳江州後又貶南中某地，則當卒於乾符初也。録以備參。

〔二〕澤國：指九江。周禮地官掌節：「澤國用龍節。」尚書禹貢：「九江孔殷。」鄭玄注：「殷，多也。九江從山溪所出，其孔衆多，言治之難也。」故此云「澤國」。尋知己：戰國策趙策一：「豫讓遁逃山中，曰：『嗟乎！士爲知己者死，女爲説己者容。』」

〔三〕湓城：即潯陽縣，唐時爲江州治所，隋時曾名湓城縣（因湓水而得名）。楚塞：江州舊爲楚地，故云。

〔四〕廬嶽：即廬山，在江州境内。

〔五〕「曉飯」二句：文選謝靈運登江州孤嶼：「亂流趨正絶，孤嶼媚中川。」嶼，水中陸地，上有石。

〔六〕雙旌：新唐書百官志四下：「節度使掌總軍旅，顓誅殺。初授，具帑，抹兵仗，詣兵部辭見。觀察使亦如之。辭日，賜雙旌雙節。」故唐人以「雙旌」指節度使、觀察使。舊唐書職官志三：「至德之後，中原用兵，大將爲刺史者，兼治軍旅，……奉辭之日，賜雙旌雙節。」故中唐以後亦得以「雙旌」指州刺史。

〔七〕「月白」句：用晉庾亮故事，參前送祠部曹郎中鄴出守洋州注。庾公樓當在武昌，後誤以爲江州。陸游渭南文集入蜀記：「樓正對廬山之雙劍峰，北臨大江，氣象雄麗。……庾亮嘗爲江、荆、豫州刺史，其治實在武昌。若武昌南樓名庾樓，猶有理。今江州治所，在晉特柴桑縣之湓口關耳。此樓附會甚明。」

【集評】

吳山民曰：首句説題已盡，次句見有所爲，三、四紀地遠景，五、六紀地近景，結亦着題。（唐詩選脈會通評林）

送許棠先輩之官涇縣〔一〕

白頭新作尉〔二〕，縣在故山中。高第能卑宦〔三〕，前賢尚此風。蕪湖春蕩漾〔四〕，梅雨晝溟濛〔五〕。佐理人安後〔六〕，篇章莫廢功〔七〕。

【校】

題：「涇」，叢刊作「徑」，誤。　故山：「故」，原校「一作古」，戊籤、稿本、豫章即作「古」。　佐理：「佐」，叢刊作「化」。　廢功：「功」，原校「一作攻」。

【箋注】

〔一〕此詩當作於咸通末。許棠：唐詩紀事卷七〇：「棠字文化，宣州涇縣人，登咸通十二年（八七一）進士第，有洞庭詩爲工，時號『許洞庭』。」唐摭言卷一〇：「咸通末，京兆府解，李建州（頻）時爲京兆參軍主試，同時有許棠與喬，及俞坦之、劇燕、任濤、吳罕、張蠙、周繇、鄭谷、李棲遠、温憲、李昌符，謂之十哲。其年府試月中桂詩，喬擅場。……其年頻以許棠在場席多年，以爲首薦。」又李頻有送許棠及第歸宣州詩，送許棠歸涇縣作尉詩。前詩云：「秋歸方覺好，舊夢始知真。」爲秋日事。後詩云：「青桂復青袍，一歸一榮高，縣人齊下拜，邑宰共分曹。遶郭看秧插，尋街聽繭繅。」爲春日事。因知咸通十二年棠及第後未即授官，其尉涇縣，當在十三年（八七二）或稍後春日也。又舊唐書僖宗紀載，乾符二年（八七五）春正月，李頻由都官員外郎出爲建州刺史，則其送許棠尉涇縣祇能爲咸通十三、十四年，乾符元年（咸通十五年十一月改乾符元年）之春也。

先輩：宋程大昌演繁露卷一：「唐世呼舉人已第者爲先輩，其自目則曰前進士。案：魏文帝黃初五年立太學，初詣學者爲門人，滿一歲試通一經者補弟子，不通一經，罷遣，弟子滿二歲通二經者補文學掌故，不通經者聽須後輩試。故後世稱先試而得第者爲先輩由此也。前進士者云，亦放此也。猶曰早第進士，而其輩行在先也。」谷爲光啓三年進士（祖無擇鄭都官碑銘，詳見卷二京兆府試春漲曲江池詩注），故稱許爲先輩。按先輩含義有二，辨見卷二高蟾先輩以詩筆相示抒成寄酬詩注。涇縣：江南西道宣州屬縣。今名同。

〔二〕「白頭」句：許棠講德陳情上淮南李僕射八首之五云：「三紀吟詩望一名，丹霄待得白頭成。」獻獨孤尚書詩：「虛抛南楚滯西秦，白首依前衣白身，退鷁已經三十載，登龍僅見一千人。」唐才子傳許棠稱其及第時，年「及知命」。知棠遊舉場三十餘年，及第時已年及五十。尉，指縣尉。通典卷三三：「大唐縣有令，而置七司，一如郡制。丞爲副貳，主簿上轄，尉分理諸曹，録事省受符歷，佐史行其簿書。」

〔三〕「高第」句：宋吴曾能改齋漫録卷四：「陳正敏遯齋閒覽言，杜子美『脱身簿尉中，始與箠楚辭』；韓退之『判司卑官不堪説，未免箠楚塵埃間』；杜牧之『參軍與簿尉，塵土驚劻勷，一語不中治，鞭笞身滿瘡』；謂唐時參軍、簿尉，不免受杖。」可見唐時簿尉品位之卑。按縣尉從九品，見舊唐書職官志三。高第：因棠李頻門下進士首薦，故云。

〔四〕蕪湖：湖名，在今安徽省蕪湖市西南。

〔五〕溟濛：即「冥蒙」，雨氣迷蒙貌。藝文類聚卷三六引沈約八詠守山東：「上瞻既隱軫，下睇亦冥蒙。」「隱軫」「冥蒙」互文，皆隱約模糊之意。

〔六〕「佐理」句：理當作治，唐人避高宗治諱改。人當作民，避太宗世民諱改。佐理，縣尉爲令之輔佐，故云。

〔七〕「篇章」句：謂莫廢作詩。

送司封從叔員外徽赴華州裴尚書均辟〔一〕

如何拋錦帳〔二〕，蓮府對蓮峰〔三〕。舊有雲霞約〔四〕，暫留鴛鷺蹤〔五〕。敷溪秋雪岸〔六〕，樹谷夕陽鐘〔七〕。盡入新吟境，歸朝興莫慵。

【箋注】

〔一〕司封員外郎：通典卷二三：「司封郎中一人（掌封爵、皇之枝族及諸親、內外命婦告身及道士、女冠等），員外郎一人。」從叔：見前從叔郎中誠……注。徵：從叔之名。華州：在今陝西省，唐時治所在鄭縣（今華縣）。華山在州境內。裴尚書均：未能詳考。岑仲勉郎官石柱新考訂司封員外郎鄭徵條於徵、均二人有所推測，亦未能斷定。又謂鄭徵之赴辟「最遲應在僖宗奔蜀（中和元年八八一）之前」，差是，可參看。

〔二〕錦帳：指尚書省。太平御覽卷二一五引漢官儀：「尚書郎給青縑、白綾，被以錦被，帷帳、氈褥、通中枕。」故唐人常以「錦帳」用於尚書郎，如李白寄王漢陰詩：「錦帳郎官醉，羅衣舞女嬌。」

〔三〕蓮府：南齊時王儉有令望，時人以其幕府比作蓮花池。見南史庾杲之傳。後人遂稱將軍之幕府爲蓮府或蓮幕。中唐以後，刺史常兼防禦使、團練使等職，故亦得稱蓮府。蓮峰：太平御覽卷三九引華山記：「山頂有池，生千葉蓮花，服之羽化，因曰華山。」又曰：「山有三峰（謂蓮花、毛女、松檜也）。」

〔四〕雲霞：藝文類聚卷三六引劉孝標始居山營室詩：「自昔厭喧囂，執志好棲息。嘯歌棄城市，歸來事耕織。……夜誦神仙記，旦吸雲霞色。」故以「雲霞」喻隱居在野。

〔五〕鵷鷺：喻朝列。如杜甫至日遣興奉寄兩院遺補二首之一：「去歲茲辰捧御床，五更三點入鵷行。」九家集注杜詩引晉王沈詩：「幸參鵷鷺行。」韓愈晉公破賊回重拜臺司以詩示幕中賓客愈奉和：「鵷鷺欲歸仙仗裏，熊羆還入禁營中。」

〔六〕敷溪：即敷水，渭河支流，在今陝西省華陰縣。

〔七〕樹谷：華山谷名。卷二華山詩有云「雲臺分遠靄，樹谷隱斜輝」，可参證。

送京参翁先輩歸閩中〔一〕

解印東歸去〔二〕，人情此際多。名高五七字〔三〕，道勝兩重科〔四〕。宿館明寒燒〔五〕，吟船兀夜波〔六〕。家山春更好，越鳥在庭柯〔七〕。

【校】

寒燒：「燒」，原校「一作燭」，戊籤、叢刊、英華均作「燭」。稿本、豫章作「曉」，誤。

【箋注】

〔一〕京参翁先輩：京参，上京参選。清陳熙晉駱臨海集箋注卷二送王贊府上京参選賦得鶴注：「参選，猶列選也。」新唐書選舉志下：「凡選有文武。文選，吏部主之；武選，兵部主之；皆爲三銓，尚書、侍郎分主之。……每歲五月，頒格于州縣。選人應格，則本屬或故任取選解，列其罷免善惡之狀，以十月會于省。過其時者不敘。其以時至者，乃考其功過。」先輩参送許棠先輩之涇縣。翁當爲先輩之姓，疑爲咸通十子之翁承贊，唐詩紀事卷六三：「承贊，字文堯，閩人，唐末爲諫議大夫。」

〔二〕解印：去官。

〔三〕五七字：五、七言近體詩。

〔四〕道勝：借用淮南子精神所引子夏語：「出見富貴之樂而欲之，入見先王之道又欲之。兩者心戰，故臞；先王之道勝，故肥。」兩重科：當指進士科與制科。通典卷一五：「大唐貢士之法，多循隋制。……其常貢之科，有秀才、有明經、有進士、有明法、有書、有算。……其進士大抵千人得第者百一二，明經倍之，得第者十一二。其制詔舉人不有常科，皆標其目。」唐人多登進士第後復應制科入第，以爲榮事。如白居易然。

〔五〕燒：音shào，野火。

〔六〕兀：不安貌。文選傅毅舞賦：「兀動赴度。」李善注：「兀然而動。」

〔七〕「越鳥」句：喻思念家鄉。越鳥，見前送徐渙端公南歸注。庭柯：陶淵明停雲詩：「翩翩飛鳥，息我庭柯。」

贈別

南遊曾共遊，相別倍相留。行色迴燈曉，離聲滿竹秋。穩眠彭蠡浪〔一〕，好醉岳陽樓〔二〕。

明日逢佳景，爲君成白頭〔三〕。

【校】

竹：原校「一作笛」，戊籤、英華均作「笛」。

【箋注】

〔一〕彭蠡：指今江西省鄱陽湖。語出尚書禹貢：「彭蠡既豬。」

〔二〕岳陽樓：在今湖南省岳陽市。范致明岳陽風土記：「岳陽樓，城西門樓也。下瞰洞庭，景物寬闊。唐開元四年（七一六），中書令張説除守此州，每與才士登樓賦詩，自爾名著。」

〔三〕「爲君」句：謂爲君成白頭吟一曲，以喻二人同心，至於白首。白頭：指白頭吟，樂府楚調曲名。樂府詩集卷四一白頭吟節引樂府解題：「古辭云：『皚如山上雪，皎若雲間月。』又云：『願得一心人，白頭不相離。』始言良人有兩意，故來與之決絶。次言别於溝水之上，敘其本情。終言男兒重意氣，何用於錢刀。」

南遊

淒涼懷古意，湘浦弔靈均〔一〕。故國經新歲，扁舟寄病身。山城多曉瘴〔二〕，澤國少晴春〔三〕。漸遠無相識，青梅獨向人。

【校】

向人：「向」，原校「一作問」，戊籤、稿本、豫章即作「問」。

【箋注】

〔一〕「淒涼」二句：用賈誼弔屈原故事。史記屈原賈生列傳：「乃以賈生爲長沙王太傅。賈生既辭，往行，聞長沙卑濕，自以壽不得長，又以適去，意不自得。及度湘水，爲賦以弔屈原。」湘，湘水；浦，水濱。屈原自沈於汨羅江，屬湘水流域，故云「湘浦」。靈均，屈原。楚辭離騷：「名余曰正則兮，字余曰靈均。」

〔二〕瘴：瘴氣，舊指南方山川間厲氣，人中之成疾。周去非嶺外代答卷四：「南方凡病，皆謂之瘴。其實似中州傷寒。蓋天氣鬱蒸，陽多宣洩，冬不閉藏，草木水泉，皆稟惡氣。人生其間，日受其毒，天氣不固，發爲瘴疾。輕者寒熱往來，正類痞瘧，謂之冷瘴。重者純熱無寒。更重者，蘊熱沈沈，無晝無夜，如卧灰火，謂之熱瘴。最重者，一病則失音，莫知所以然，謂之啞瘴。」

〔三〕澤國：見前送人之九江謁郡侯苗員外紳注。此指湘浦。

巴賓旅寓寄朝中從叔〔一〕

驚秋思浩然〔二〕，信美向巴天〔三〕。獨倚臨江樹，初聞落日蟬。衰榮悲往事〔四〕，漂泊念多年。未便甘休去，吾宗盡見憐。

【校】

衰榮：「衰」，原作「哀」，據豫章、叢刊、英華改。

【箋注】

〔一〕巴賨：今四川省東部與貴州省一帶。古文苑揚雄蜀都賦：「東有巴賨。」章樵注：「山海經云：『西南有巴國。』賨春秋時巴師侵鄾，其地在漢爲巴郡。應劭風俗通曰：『巴有賨人，剽勇，高祖爲漢王時，募取以定三秦。』賨音『悰』，古國名。始祖巴氏子，其後子孫布列巴中地，爲黔中郡。」此詩似作於光啓三年（八八七）後谷流寓巴蜀時。參傳箋。

〔二〕驚秋：鮑照秋日示休上人：「枯桑葉易零，波客心易驚。」

〔三〕信美：語出離騷：「雖信美而無禮兮。」後王粲登樓賦云：「雖信美而非吾土兮，曾何足以少留。」

〔四〕衰榮：即衰盛。

寄司勳張員外學士〔一〕

平昔偏知我，司勳張外郎。昨來聞俶擾〔二〕，憂甚欲顛狂。煙暝搔愁鬢，春陰賴酒鄉。
江樓倚不得，橫笛數聲長〔三〕。

【箋注】

〔一〕司勳張員外學士：以司勳員外入爲翰林學士者。岑仲勉補唐代翰林兩記昭宗朝疑爲張文蔚（郎官石柱題名新考訂附）。惟舊唐書文蔚父裼傳附傳及舊五代史卷一八本傳皆謂文蔚由中書舍人入充翰林學士，與詩題不合。此張員外或當爲張茂樞。茂樞與谷交往頗密，然據舊唐書昭宗紀，天祐元年（九〇四）七月，茂樞自司勳員外郎遷禮部郎中；又，天祐二年十二月，載祠部郎中知制誥張茂樞，惟未見爲翰林學士之記載。然翰林學士壁記止於咸通，史傳失載，亦未可知。待考。司勳員外，舊唐書職官志二：「司勳郎中一員，司勳員外郎二員，……郎中、員外郎之職，掌邦國官人之勳級。」學士，新唐書百官志一：「學士之職，本以文學言語被顧問，出入侍從，因得參謀議，納諫諍，其禮尤寵；而翰林院者，待詔之所也。……玄宗初，置翰林待詔；……既而又以中書務劇，文書多壅滯，乃選文學之士，號翰林供奉，與集賢院學士分掌制誥書敕。開元二十六（七三八）年，又改翰林供奉爲學士，別置學士院，專掌內命。凡拜免將相，號令征伐，皆用白麻。其後，選用益重，而禮遇益親，至號爲『內相』，又以爲天子私人。凡充其職者無定員，自諸曹尚書下至校書郎，皆得與選。」

〔二〕俶擾：騷亂，語出古文尚書胤征：「俶擾天紀。」

〔三〕「江樓」二句：翻用趙嘏長安秋望「殘星幾點雁橫塞，長笛一聲人倚樓」句意。

寄邊上從事〔一〕

男兒懷壯節，何不事嫖姚〔二〕。高壘觀諸寨〔三〕，全師護大朝〔四〕。淺山寒放馬，亂火夜防苗〔五〕。下第春愁甚，勞君遠見招。

【校】

「何不」，原校「一作河外」，豫章、叢刊即作「河外」。護大朝：「護」，豫章作「獲」，誤。春愁：「愁」，叢刊作「秋」，誤。

【箋注】

〔一〕由下第句知爲光啓三年（八八七）登進士第前作。從事：指節度使，採訪使等之佐吏。通典卷三二：「州之佐吏，漢有別駕、治中、主簿、功曹、……等官，皆州自辟除。……歷代職員互相因襲，雖小有更易，而大抵不異。……大唐無州府之名，而有採訪使及節度使，採訪使有判官二人、支使二人、推官一人，皆使自辟召，然後上聞。其未奉報者稱攝。」

〔二〕「男兒」二句：用漢霍去病故事。史記衛將軍驃騎列傳：「天子爲治第，令驃騎視之。對曰：『匈奴未滅，何以家爲也？』」去病曾官剽（嫖）姚校尉，故稱「嫖姚」。

〔三〕「高壘」句：史記淮陰侯列傳：「足下深溝高壘，堅營勿與戰。」

〔四〕大朝：指朝廷。語本穆天子傳卷一：「天子大朝于黄之山。」

〔五〕亂火：指烽火。 防苗：即防秋。舊唐書陸贄傳：「河隴陷蕃已來，西北邊常以重兵守備，謂之防秋。」説文解字一篇下艸部「苗」段玉裁注：「春秋經莊七年：『秋，大水，無麥苗。』廿八年：『冬，大無麥禾。』麥苗即麥禾。秋言苗，冬言禾。」故「防苗」即「防秋」。

寄左省韋起居序〔一〕

風神何蘊藉，張緒正當年〔二〕。端簡爐香裏，濡毫洞案邊〔三〕。飾裝無雨備〔四〕，著述減春眠〔五〕。旦夕應彌入〔六〕，銀臺曉候宣〔七〕。

【校】

題：「序」，原校「一作字」。豫章無「序」字。 「曉候」，叢刊作「候曉」。

【箋注】

〔一〕左省韋起居序：韋序，憲宗朝宰相貫之孫，父澥，登進士第，早卒，有子五人。序行三，登進士第，官至尚書郎，見舊唐書韋貫之傳。 左省，門下省。通典卷二一：「時謂尚書省爲南省，門下、中書爲北省。亦謂門下省爲左省，中書省爲右省，或通謂之兩省。」 左省起居，即起居郎（右省起居爲起居舍人）。新唐書百官志二：「門下省起居郎二人，從六品上，掌錄天子起居法度。天子御正殿，則郎居左，舍人居右；有命，俯陛以聽，退而書之；季終，以授史官。」韋序任起居郎時間未詳。

〔二〕「風神」二句：南史張緒傳：「劉悛爲益州刺史，獻蜀柳數株。齊武帝植於太昌靈和殿前，歎曰：『此楊柳風流可愛，似張緒當年時。』」當年：即丁年，丁壯之年。晏子春秋外篇八仲尼見景公景公欲封之晏子以爲不可：「當年不能究其禮。」蘇輿注：「丁，當也。丁、當，一聲之轉。」文選李陵答蘇武書：「丁年奉使，皓首而歸。」李善注：「丁年，謂丁壯之年也。」

〔三〕「端簡」二句：指起居於御前執筆記錄事。新唐書百官志二：「貞觀初，以給事中、諫議大夫兼起居注，或知起居事，每仗下議政事，起居郎一人執筆記錄於前，史官隨之。」洞案，宋祁宋景文筆記卷上：「予昔領門下省，會天子排正仗，吏供洞案者，設於殿前兩螭首間，案上設燎香爐，修注官夾案立。予詰吏何名『洞』，吏辭不知。予思之，通朱漆爲案，故名曰『洞』耳。丞相公序謂然。唐人鄭谷嘗用之。」胡震亨唐音癸籤卷一七：「景文此解恐非是。洞洞，敬也。案列於中，以起人敬，或其取義歟？」

〔四〕「飾裝」句：唐會要卷二五：「貞元十三（七九七）年六月詔：『自今以後，時暑及雨雪泥潦，亦量放朝參。』」宋范鎮東齋記事：「（唐在京文武官職事）若雨雪霑服失容及泥潦，（朝參）並停。」可見唐時百官朝參無雨具。

〔五〕著述：起居郎修起居注，故云。

〔六〕彌入：彌，終、極。故「彌入」即「深入」意。此處謂遷官。

〔七〕銀臺：唐宮門名。有左右二門。門下省在左銀臺門西，見徐松唐兩京城坊考卷一宮城。

寄贈藍田韋少府先輩〔一〕

王畿第一縣〔二〕，縣尉是詞人。館殿非初意〔三〕，圖書是舊貧〔四〕。斫冰泉竇響〔五〕，賽雪廟松春。自此昇通籍〔六〕，清華日近身〔七〕。

【校】

近身：「近」，原校「一作逼」，叢刊、英華即作「逼」。

【箋注】

〔一〕藍田：縣名，唐時屬京兆府，故治在今陝西省藍田縣西。宋敏求長安志卷一六引三秦記：「蓋以縣出美玉，故名藍田。」少府：洪邁容齋四筆卷一五官稱別名：「唐人好以它名標榜官稱，……下至縣令曰明府，丞曰贊府、贊公，尉曰少府、少公、少仙。」先輩：見前送許棠先輩之官涇縣注。

〔二〕「王畿」句：周禮夏官職方氏：「乃辯九服之邦國，方千里，曰王畿。」藍田屬京兆府，相當於古時王畿千里之內。又，舊唐書職官志三：「京兆、河南、太原所管諸縣，謂之畿縣。」

〔三〕館殿：指朝廷，引申爲「入仕」之意。

〔四〕「圖書」句：庾信寒園即目：「隱士一床書。」盧照鄰長安古意「寂寂寥寥揚子居，年年歲歲一床書。」此化用之。

〔五〕「斫冰」句：用王休敲冰煮茗故事。宛委山堂本説郛弓五二王仁裕開元天寶遺事敲冰煮茗：「逸人王休居太白山下，日與僧道異人往還。每至冬時，取溪冰，敲其精瑩者，煮建茗，共賓客飲之。」

〔六〕通籍：指釋褐爲官，意謂得通門籍於朝中。漢書元帝紀初元五年「通籍」注：「籍者，爲二尺竹牒，記其年紀名字物色，縣之宫門，案省相應，乃得入也。」

〔七〕清華：指官品清高顯貴。北史袁聿修傳：「（聿修）少年平和温潤，素流之中，最爲規檢，以名家子歷任清華，時望多相器待，許其風鑒。」大唐六典卷二列有「清望官」及「四品以下八品以上清官」諸官稱，文繁不録，可參看。

寄懷元秀上人〔一〕

悠悠干禄利〔二〕，草草廢漁樵〔三〕。身世堪惆悵，風騷頗寂寥〔四〕。高秋期野步，積雨放趨朝〔五〕。得句如相憶，莎齋且見招〔六〕。

【校】

本詩全唐詩又録入司空圖卷。英華題下奪作者名，前一詩題「司空圖」，後詩題「前人」。按：據考當爲谷詩。英華題下當奪「鄭谷」字。辨見卷二贈日東鑒禪師校記。

詩題：「元秀」，疑爲「文秀」之訛。按唐詩紀事文秀條有「重訪秀上人詩，本書卷二及英華題作重陽日訪元秀上人，而詩意寫重陽事，因知唐詩紀事之題中脱「陽日訪文」四字，故疑「元秀」爲「文秀」之訛。參注〔一〕並卷二喜秀上人相訪詩注。　頗寂寥：「頗」，豫章下校云「一作頓」。

【箋注】

〔一〕據「積雨放趨朝」句，知爲乾寧元年（八九四）爲朝官後作。又卷三次韻和秀上人長安寺居言懷詩有句「老郎無計可追攀」，則更以乾寧四年爲都官郎中後作爲近是。唐詩紀事文秀條：「秀，南僧也，而居長安，以文章應制。」而重陽日訪元秀上人詩有云：「別畫常懷吳寺壁，宜茶偏賞霅溪泉。」又云「醉吟朝夕在樊川」，知元秀即爲吳僧而居長安者，因可知即紀事所稱「文秀」也。參全唐詩卷八二三文秀詩，唐才子傳卷三道人靈一條附見「文秀」。

〔二〕悠悠：即「滔滔」，周流貌。史記孔子世家：「桀溺曰：『悠悠者，天下皆是也。』」論語微子作「滔滔」。

〔三〕草草：詩小雅巷伯：「勞人草草。」鄭玄注：「草草，勞心也。」

〔四〕「風騷」句：謂無暇作詩。風，國風；騷，離騷；引申爲詩篇。

〔五〕「積雨」句：見前寄左省韋起居序「飾裝」句注。趨朝，上朝。

〔六〕莎：一年生草本植物，莖呈三角形，葉細長而硬。夏日莖頂別生三葉，開黃褐色小花。地下根塊狀，有香氣，入藥名香附子。此處泛指草。

贈圓昉公 昉，蜀僧。僖宗幸蜀，昉堅免紫衣〔一〕。

天階讓紫衣〔二〕，冷格鶴猶卑〔三〕。道勝嫌名出〔四〕，身閑覺老遲。晚香延宿火，寒磬度高枝。長説長松寺，他年與我期〔五〕。

【校】

晚香：「晚」，豫章、英華作「曉」。　寒磬：「磬」，英華作「碧」，「磬」義較長。

【箋注】

〔一〕廣明元年（八八〇）十二月，黃巢陷長安。僖宗出奔，次年正月，至成都（據新唐書僖宗紀及資治通鑑卷二五四）。據題注及首句此詩似作於中和年間（八八一——八八五）僖宗在蜀時。

紫衣：舊唐書輿服志讌服節：「貞觀四年（六三〇）又制，三品已上服紫。」資治通鑑卷二〇四則天天授元年（六九〇）：「（十月）壬申，敕兩京諸州各置大雲寺一區，藏大雲經，使僧昇高座講解，其撰疏僧雲宣等九人皆賜爵縣公，仍賜紫袈裟、銀龜袋。」胡三省注：「西域胡僧衣毛衣，謂之袈裟，流入中國，以繒帛爲之。常僧皆衣緇，惟賜紫者乃得衣紫。」

〔二〕天階：殿庭之階，指宮中。文選潘尼贈侍御史王元貺：「遊鱗萃靈沼，撫翼希天階。」劉良注「靈沼、天階，喻左右省閣也。」

〔三〕「泠格」句：謂圓昉高格，鶴比之猶遜。文選鮑照舞鶴賦：「散幽經以驗物，偉胎化之仙禽。」李善注引鶴經：「色雪白，泥水不能污。」故以鶴喻品格之高潔。

〔四〕「道勝」句：淮南子精神：「故子夏見曾子，一臞一肥」節高誘注：「道勝，不惑縣於富貴。」參見前送京參翁先輩歸閩中注。

〔五〕「長説」二句：英華注云：「居長松山。」長松寺：明曹學佺蜀中名勝記卷八簡州：「志云：西北十里長松山爲一州斧扆，界內諸山皆發脈於此。長松寺本蠶叢廟址，開元中馬祖行空和尚乃建寺。明皇召對，賜額『長松衍慶寺』，又賜名香，爲亭以儲之，曰『御香亭』。」

寄題方千處士〔一〕

山雪照湖水，漾舟湖畔歸。松篁調遠籟〔二〕，臺樹發清輝〔三〕。野岫分閑徑，漁家並掩扉。暮年詩力在，新句更幽微。

【校】

遠籟：「籟」，原校「一作韻」，戊籤即作「韻」。　閑徑：「閑」，原校「一作開」。　新句：「新」，原校「一作析」，戊籤即作「析」。

【箋注】

〔一〕方干：唐摭言卷一〇韋莊奏請追贈不及第人近代者：「方干，桐廬人也，幼有清才，爲徐凝所器，誨之格律。干或有句云：『把得新詩草裏論。』反語云村裏老，譏凝而已。王大夫廉問浙東，干造之，連跪三拜，因號『方三拜』。王公將薦之於朝，請吴子華爲表草。無何公遘疾而卒，事不諧矣。」干，字雄飛，舉進士不第，隱鏡湖上，咸通末（八七四）卒，門人謚玄英先生（據唐才子傳）。　處士：指隱居不仕者。史記魏公子列傳：「趙有處士毛公藏於博徒，薛公藏於賣漿家。」

〔二〕篁：原義爲竹田，此處即指竹。　調：和合樂音，如「調笙」。　籟：説文解字五篇上竹部：「籟，三孔籥也。」常用以泛指聲音。　莊子齊物論：「地籟則衆竅是已，人籟則比竹是已，敢問天籟？」

〔三〕臺榭：古文尚書泰誓上：「惟宫室臺榭。」僞孔安國傳：「土高曰臺，有木曰榭。」

【集評】

蔡正孫：薛能云：「詩深不敢論。」鄭谷云：「暮年詩律在，新句更幽微。」詩至於深微極玄，絶妙矣，然二子皆不能踐此言。唐人惟韋、柳，本朝惟崔德符、陳簡齋能之。」（詩林廣記續集卷二）

寄獻湖州從叔員外〔一〕

顧渚山邊郡〔二〕，溪將霅畫通〔三〕。遠看城郭裏，全在水雲中。西閣歸何晚〔四〕，東吳興未窮〔五〕。茶香紫笋露〔六〕，洲迥白蘋風〔七〕。歌緩眉低翠，杯明蠟剪紅。政成尋往事，輟棹問漁翁〔八〕。

【校】

城郭裏：「裏」，原校「一作外，又作處」，叢刊作「外」。

【箋注】

〔一〕湖州：唐時州名，或稱吳興郡，治所在今浙江省湖州市。從叔員外：未詳，據詩意，當爲以尚書員外郎外放湖州刺史者。羅隱有送霅川鄭員外詩。霅川在湖州，當即此人，可互參。

〔二〕「顧渚」句：即指湖州。湖州有顧渚山，在今浙江省長興縣西北三十里，見乾隆湖州府志。

〔三〕「溪將」句：據乾隆湖州府志載，湖州長興縣西有霅畫溪，一名西溪，上有霅畫亭。

〔四〕西閣：喻朝廷清要之職。此從叔曾爲尚書郎，故云。語本晉書衛玠傳：「（玠）辟命屢至，皆不就。久之爲太傅西閣祭酒，拜太子洗馬。」

〔五〕「東吳」句，指下文所述名茶、白蘋洲諸事。

〔六〕「茶香」句：國史補卷下：「風俗貴茶，茶之品益衆。……湖州有顧渚之紫筍。」南部新書戊：「唐制，湖州造茶最多，謂之顧渚貢焙。」

〔七〕「洲迴」句：玉臺新詠柳惲江南曲：「汀洲採白蘋，日暖江南春。」乾隆湖州府志：「白蘋洲在府城内霅溪東南。蘋，大萍。」

〔八〕「政成」二句：言政成歸隱。張衡歸田賦：「追漁父以同嬉。」按羅隱送霅川鄭員外：「明時塞詔列分麾，東擁朱輪出帝畿。銅虎貴提天子印，銀魚榮傍老萊衣。歌聽茗塢春山暖，詩詠蘋洲暮鳥飛。知有掖垣南步在，可能須待政成歸。」從「老萊衣」可知此鄭員外家在湖州，與谷詩「尋往事」合，故知爲同一人。政成，岑參京兆府中甘露詩：「相國尹京兆，政成人不欺。」

訪姨兄王斌渭口别墅〔一〕

枯桑河上村〔二〕，寥落舊田園。少小曾來此〔三〕，悲涼不可言。訪鄰多指塚〔四〕，問路半移原〔五〕。久歉家僮散，初晴野薺繁。客帆懸極浦，漁網曬危軒〔六〕。苦澀詩盈篋〔七〕，荒唐酒滿尊〔八〕。高枝霜果在，幽渚暝禽喧。遠靄籠樵響，微煙起燒痕〔九〕。哀榮孤族分〔一〇〕，感激外兄恩〔一一〕。三宿忘歸去〔一二〕，圭峰恰對門〔一三〕。

【校】

題：原校「一本無王斌二字」，豫章、叢刊即無此二字，稿本原無，墨筆加入。「口」，英華作「上」。「枯桑河」，原校「一作桑柘江」。曾來：「曾」，英華作「常」。幽渚：「渚」，英華作「沼」。暝禽喧：「喧」，豫章作「暄」。燒痕「燒」，叢刊作「曉」，誤。

【箋注】

〔一〕詩當作於黃巢起義（八八五）後，景福二年（八九三）入仕前。參傳箋。渭口：渭河入黃河處，在今陝西省華陰縣東北。

〔二〕「枯桑」句：古文苑庾信枯樹賦：「東海有白木之廟，西河有枯桑之社。」此處即指渭口別墅。

〔三〕「少小」句：同治宜春縣志載：谷父史開成元年（八三六）進士第，官易學博士，終永州刺史。據考，史爲易學博士在京，谷方三、五歲，故云，參傳箋。

〔四〕「訪鄰」句：古詩十五從軍征：「道逢鄉里人，家中有阿誰？遥望是君家，松柏冢累累。」此用其意。

〔五〕移原：以陵谷變遷喻人事滄桑。詩小雅十月之交：「高岸爲谷，深谷爲陵。」毛傳：「言易位也。」關中所謂原指高地而上廣平者。此處以「原」代「陵」，就韻耳。

〔六〕軒：文選左思魏都賦：「周軒中天。」李善注：「軒，長廊之有窗也。」

〔七〕苦澀：言己詩格，苦謂苦吟，澀謂思滯，謂有錘鍊，非必艱深之謂也。

〔八〕荒唐：莊子天下：「（莊周）以謬悠之説、荒唐之言、無端厓之辭，時縱恣而不儻，不以觭見之也。以天下爲沈濁，不可與莊語。」

〔九〕燒：見前送京參翁先輩歸閩中注。

〔一〇〕哀榮：死後尊榮。孤族：孤單之族。說文解字十四篇子部「孤」段玉裁注：「孟子曰：『幼而無父曰孤。』引申之，凡單獨皆曰『孤』。孤則不相酬應。」分：音fèn，本份。

〔一一〕感激：感動激奮，與今義有別。諸葛亮前出師表：「由是感激，遂許先帝以驅馳。」外兄：凡母黨、妻黨皆稱外（見爾雅釋親）故姨兄可稱「外兄」。

〔一二〕三宿：後漢書襄楷傳：「浮屠不三宿桑下，不欲久生恩愛。」此反用之。

〔一三〕「圭峰」句：喻圭峰對門，正可參佛法。圭峰，京兆鄠縣（今陝西省户縣）牛首山東有圭峰。華嚴宗五祖宗密大師曾住峰北草堂寺，卒後葬於圭峰。裴休撰有圭峰碑（即定慧禪師碑）。見清王昶金石萃編卷一一四。

【集評】

唐汝詢：平調，有逸思。（唐詩選脈會通評林）

周敬：「訪鄰」四語，悲情苦景可憐。（同上）

譚元春：「荒唐」二字如此用，奇甚。（同上）

周珽：中六句總見悲涼不可言。起末無限真情。通篇非根衷說不出。（同上）

放朝偶作〔一〕

寒極放朝天，欣聞半夜宣〔二〕。時安逢密雪〔三〕，日晏得高眠〔四〕。擁褐同休假〔五〕，吟詩賀有年〔六〕。坐來幽興在〔七〕，松亞小窗前〔八〕。

【校】

日晏：「日」，豫章、叢刊作「月」。　得高眠：「得」，稿本、豫章、叢刊作「待」。　休假：「假」，豫章作「暇」。

【箋注】

〔一〕放朝：即「免朝」，見前寄左省韋起居序注。

〔二〕「欣聞」句：謂半夜下詔，來日免朝。

〔三〕「時安」句：孫楚雪賦：「堯九載以山棲兮，湯請禱於桑林。罔二聖以濟世兮，孰繁衍以迄今。……豐隆灑雪，交錯翻紛，……肅肅三麥，實穫豐年。」庾肩吾咏花雪詩：「瑞雪墜堯年。」

〔四〕高眠：即「高枕」。楚辭宋玉九辯之九：「堯舜皆有所舉任兮，故高枕而自適。」

〔五〕褐：粗布衣。　同休假：唐會要卷八二：「開元二十五年正月七日勅：自今已後，百官每旬節休假，不入曹司。至天寶五載五月九日勅：頃自宴賞，已放入朝，節假常參，未聞申命。公私協慶，千年一時。自今已後，每至旬假休假，中書門下及百官，並不須入朝，亦不須衙集。」

〔六〕有年：豐收。穀梁傳桓公三年：「五穀皆熟，爲有年也。」

〔七〕來：語助辭，無義（參廣釋詞卷七）。

〔八〕亞：說文解字十四篇下亞部：「亞，醜也，象人曲背之形。」故木枝低垂亦曰「亞」，唐人詩常用。

順動後藍田偶作 時丙辰初夏月〔一〕

小諫昇中諫〔二〕，三年侍玉除〔三〕。且言無所補，浩歎欲何如。宮闕飛灰燼，嬪嬙落里閭〔四〕。藍峰秋更碧〔五〕，霑灑望鑾輿〔六〕。

【校】

侍玉除：「侍」，豫章、叢刊作「待」。　「且言」句：「且」，原校「一作直」，稿本、豫章即作「直」；「所」，原校「一作以」，稿本、豫章即作「以」；「補」，豫章作「報」。

【箋注】

〔一〕本詩作於乾寧三年（八九六）初秋，題下注有誤。順動：天子行幸謂順動。貞觀政要卷三九：「貞觀十四年（六四〇）冬十月，太宗將幸櫟陽遊畋，縣丞劉仁軌以收穫未畢，非人君順動之時，詣行所，上表切諫，太宗遂罷獵。」按：周易豫卦：「豫（坤下震上），利建侯行師。」象辭：「豫，剛應而志行，順以動豫。」「順動」語本此。李鼎祚周易集解卷四引鄭玄注：「坤，順也；震，動也。順其性而動者，莫不得。得其所，故謂之豫。……震又爲雷，諸侯之象。坤又爲衆，師役之象。故利建侯行師矣。」昭宗乾寧三年丙辰（八九六）六月，鳳翔節度使李茂貞勒兵犯闕，嗣覃王嗣周與戰，敗績。七月，茂貞逼京師。嗣延王戒丕請往太原，求援於河東節度使李克用。昭宗奔華州，依節度使韓建。謀討茂貞（見資治通鑑卷二六〇）。順動即指此事。按昭宗離京師至渭北在七月，且本詩有「藍峰秋更碧」之句，故原注中「初夏月」爲「初秋月」之誤。

〔二〕「小諫」句：唐人稱拾遺爲小諫，又曰遺公；補闕爲中諫，又曰補袞，見容齋四筆卷一五。

〔三〕玉除：文選曹植贈丁儀：「凝霜依玉除，清風飄飛閣。」說文解字十四篇下阜部：「除，殿陛也。」按谷自乾寧元年起任拾遺，三年遷補闕（詳傳箋）。故有「三年侍玉除」之句。

〔四〕「宮闕」二句：資治通鑑卷二六〇：「（乾寧三年七月）（李）茂貞遂入長安，自中和以來所葺宮室、市肆，燔燒俱盡。」胡三省注：「黄巢之亂，宮室燔毁，中和以來，留守王徽補葺粗完。襄王之亂，又爲亂兵所焚，及僖宗還京，復加完葺。上出石門，重罹燒爇，至是爲茂貞所燔。」嬪嬙，妃嬪、宫女。

〔五〕藍峰：即藍田山，元和郡縣圖志卷一：「藍田山，一名玉山，一名覆車山。在縣東二十八里。」

〔六〕鑾輿：崔豹古今注輿服：「五輅衡上金爵者，朱雀也，口銜鈴。鈴謂鑾，所謂和鑾也。」蔡邕獨斷上：「天子至尊，不敢渫瀆言之，故託之於乘輿。乘猶載也，輿猶車也。」「鑾輿」即「乘輿」，指天子。

府中寓止寄趙大諫〔一〕

老作含香客〔二〕，貧無僦舍錢〔三〕。神州容寄迹〔四〕，大尹是同年〔五〕。密邇都忘倦〔六〕，乖慵益見憐〔七〕。雪風花月好，中夜便招延。

【箋注】

〔一〕府：唐制，雍州、洛州、太原稱「府」。通典卷三三：「開元元年（七一三），改雍州爲京兆府。……改雍州長史爲京兆尹，總理庶務，凡前代帝王所都皆曰『尹』。」又：「開元元年，改洛州爲河南府，改長史爲尹。其牧尹之制一如京兆。……開元以後，增置太原府爲北京，官屬制置悉同兩京。」此處「府」當指京兆。趙大諫：未詳何人。據詩中「同年」云云，則亦爲光啓三年（八八七）進士。徐松登科記考卷二三，是年進士，趙姓者三人：趙光裔、趙昌翰、趙光庭。然史書未有三人爲大諫及大尹（見詩第四句）記載。録以備考。大諫，唐人稱諫議大夫爲大諫或大坡（見容齋四筆卷一五官稱別名）。

〔二〕含香客：應劭漢官儀上：「尚書郎含雞舌香，伏其下奏事。」谷晚年任都官郎中，屬尚書郎。

〔三〕僦舍：租屋。僦，租賃。

〔四〕神州：史記孟子荀卿列傳：「（騶衍）以爲儒者所謂中國者，於天下乃八十分居其一分耳。中國名曰『赤縣神州」。〔二〕寄迹：暫時託身。陶淵明命子：「寄迹風雲，冥茲慍喜。」

〔五〕大尹：此處指京兆尹。據詩題，趙當以諫議大夫爲京兆尹。或題「諫」爲「尹」字之誤。同年：國史補卷下：「（進士）俱捷謂之同年。」

〔六〕密邇：親近。古文尚書太甲上：「密邇先王其訓。」

〔七〕乖慵：懶散而又不合時宜。

峽中寓止二首〔一〕

荆州未解圍〔二〕，小縣結茅茨〔三〕。强對官人笑，甘爲野鶴欺。江春鋪網闊，市晚鬻蔬遲〔四〕。子美猶如此〔五〕，翻然不敢悲〔六〕。

傳聞殊不定，鑾輅幾時還〔七〕。俗易無常性〔八〕，江清見老顔〔九〕。夜船歸草市，春步上茶山〔一〇〕。寨將來相問，兒童競啓關〔一一〕。

【校】

甘爲：「甘」，原校「一作偏」，稿本、豫章即作「偏」。

【箋注】

〔一〕據詩意，可知二詩作於光啓三年（八八七）早春。按詩言「荆州未解圍」，又言「鑾輅幾時還」，知作詩時荆州有圍城之戰而天子播遷在外。資治通鑑卷二五六、二五七載光啓元年秋，中官田令孜結邠寧節度使朱玫、鳳翔節度使李昌符攻河中王重榮。河東李克用助重榮。十二月克用破朱、李軍，追逼京師，令孜奉僖宗奔鳳翔。次年二月，間關至興元。直至三年三月亂事初敉，方移駕鳳翔。四年二月返長安。同書卷二五六又記光啓元年九月秦宗權之蔡軍圍荆南。至二年底，「秦宗言(宗權弟)圍荆南二年，張瓌嬰城自守，城中米斗直錢四十緡，食甲鼓皆盡，擊門扉以警夜。死者相枕，宗言竟不能克而去。」按唐末天子數次播遷，然同時荆南長圍，則僅此次。由此可知，二詩似當作於光啓二年春。然谷又有奔避詩(卷二)，有云：「孤館秋聲樹，寒江落照村。更聞歸路絶，新寨截荆門。」爲秋日事。谷此次出奔，在光啓元年底，李克用進逼長安時(參前并卷三巴江詩注)，則奔避詩必爲光啓二年秋所作。因此此二詩又以光啓三年初春作爲近是。是時荆州長圍雖初解，然消息尚未達峽中也。不久谷當聞信，即下峽又溯漢水北上應試及第，參卷二下峽及擢第後入蜀經羅村路見海棠盛開詩注。

峽中：巫峽之中。資治通鑑卷二五六光啓元年正月，胡三省注：「峽，巫峽也。」在夔州西。卷二峽中詩：「萬重煙靄裏，隱隱見夔州，夜靜明月峽(即巫峽)，春寒堆雪樓。」知谷確於光啓三年初春至夔州峽中也。

〔二〕荆州：即荆南，見前從叔郎中諴……詩注。

〔三〕結茅茨：王嘉拾遺記卷六：「(任末)或依林木之下，編茅爲庵。」後遂以「結茅」喻隱居山林。茨，草。

〔四〕市：集市。易繫辭：「日中爲市，致天下之民，聚天下之貨。」

〔五〕「子美」句：子美，杜甫字。據錢謙益少陵先生年譜，甫自嚴武卒後，離成都草堂，居夔州二年，結茅種菜網魚，生活清貧，故此句云云。

〔六〕翻然：荀子彊國：「反然舉惡桀紂而貴湯武。」楊倞注：「反音『翻』。翻然，改變貌。」

〔七〕「傳聞」二句：見注〔一〕。殊，猶。宋本六臣注文選卷三〇謝靈運南樓中望所遲客：「圓景早已滿，佳人殊未適。」注云：「五臣作『猶』。」可見「殊」即「猶」義（參廣釋詞卷九）。鑾輅，即「鑾輿」。輅，論語衛靈公：「乘殷之輅。」邢昺疏：「殷車曰大輅。」

〔八〕「俗易」句：語本孟子梁惠王上：「若民，則無恒產，因無恒心。」易，變易。常性，即「恒心」之意。

〔九〕江：長江。夔州濱臨長江。

〔一〇〕茶山：國史補卷下：「風俗貴茶，茶之名品益衆。……東川有神泉、小團、昌明、獸目。」夔州屬東川，產茶。

〔一一〕闗：說文解字一二篇上門部：「闗，以木横持門戶也。」即門栓。後遂用以指門。

顏惠詹事即孤侄舅氏謫官黔巫舟中相遇愴然有寄〔一〕

猶子在天末〔二〕，念渠懷渭陽〔三〕。巴山偶會遇〔四〕，江浦共悲涼〔五〕。謫宦君何遠，窮游我自强〔六〕。瘴村三月暮〔七〕，雨熟野梅黄〔八〕。

【校】

題：「侄」，稿本、豫章作「妣」，誤。　巴山：「山」，叢刊作「賓」。

【箋注】

〔一〕詹事：官名，太子官屬。舊唐書職官志三：「太子詹事一員，少詹事一員。詹事統東宮三寺十率府之政令。少詹爲之貳。凡天子六官之典制，皆視其事而承受之。」實則不任職事，僅爲空名，常用以位置待遷轉之臣僚。　黔：秦時有黔中郡，唐置黔州，治所在今四川省彭水縣。　巫：巫州，治所在今湖南省黔陽縣，因巫水而得名。均屬江南西道，接壤四川。參舊唐書地理志三。

〔二〕猶子：禮記檀弓：「兄弟之子，猶子也。」此處即指孤侄。

〔三〕渭陽：詩秦風渭陽毛傳：「渭陽，康公念母也。……念母之不見也，我見舅氏，如母存也。」後遂以渭陽稱舅氏。

〔四〕巴山：泛指巴中之山，黔、巫均古巴子國地，參水經江水注、舊唐書地理志四。

〔五〕江浦：長江邊。江，指長江。

〔六〕窮游：遠游。說文解字七篇下穴部：「窮，極也。」　自强：周易乾卦：「天行健，君子以自强不息。」

〔七〕瘴村：見前南游注。

〔八〕「雨熱」句：見前送許棠先輩之官涇縣「梅雨」注。

訪題進士孫秦延福南街居〔一〕

多病久離索〔二〕，相尋聊解顔〔三〕。短牆通御水〔四〕，疏樹出南山〔五〕。歲月何難老，園林未得還。無門共榮達〔六〕，孤坐却如閑。

【校】

出南山：「出」，叢刊作「映」。　孤坐：「坐」，叢刊作「座」。

【箋注】

〔一〕據七、八句，似爲光啓三年（八八七）得第前作。進士：唐舉子即稱進士，見唐摭言卷一。孫秦：未詳。延福南街：長安朱雀街西第三街，即皇城之西第一街十三坊由北向南第九坊，爲延福坊。其北爲崇賢坊，南爲永安坊。延福南街，當爲延福與永安二坊之間横街，參宋敏求長安志卷一〇。

〔二〕離索：離羣索居之簡。禮記檀弓上：「吾離羣而索居。」鄭玄注：「索猶散也。」

〔三〕解顔：即笑。列子黄帝：「夫子始一解顔而笑。」

〔四〕御水：河水之流入宫中者。據雍録卷六唐都城道水：長安御水有三，經延福坊者當爲起於永安渠或清明渠者。參卷二街西晚歸注。

〔五〕南山：即終南山，在長安南。

〔六〕無門：語本左傳襄公二十三年：「禍福無門，唯人所召。」此處無門乃無術之意。

訪題進士張喬延興門外所居〔一〕

平生苦節同〔二〕，旦夕會原東〔三〕。掩卷斜陽裏，看山落木中。星霜今欲老〔四〕，江海業全空〔五〕。近日文場内，因君起古風〔六〕。

【校】

落木：叢刊作「萬水」：「落」，原校「一作萬」。　今欲老：「今」，原校「一作吟」，豫章、叢刊即作「吟」。　全空：「全」，叢刊作「成」。

【箋注】

〔一〕張喬：唐摭言卷一〇：「張喬，池州九華人也。詩句清雅，夐無與倫。」爲咸通十哲之一。參送許棠先輩之官涇縣詩注。按許棠咸通十二年（八七一）進士及第，見唐詩紀事卷七〇，又據「近日」一聯，可知此詩作於咸通十二年稍後。蓋谷十三年初應進士試，十二年冬十月方隨計入京。參傳箋。延興門：唐長安外郭城東門有三：北通化門，中春明門，南延興門，見唐兩京城坊考卷三。

〔二〕苦節：見前從叔郎中誠輟自秋曹……注。

〔三〕原：當指白鹿原。長安志卷一一萬年縣：「白鹿原在縣東南二十里。」按長安以朱雀大街爲界，西爲長安縣地，東爲萬年縣地，故萬年縣東南，即外郭東門之三南之延興門外。

〔四〕星霜：指年歲。柳宗元代柳公綽謝上任表：「歷踐中外，星霜屢移。曾無涓埃，上答鴻造。」

〔五〕「江海」句：謂飄零江海，功業無成。

〔六〕「近日」二句：李頻主試，喬擅場，而許棠反爲首薦，喬與俞坦之在其下。「薛能尚書深知，因以詩唁二子曰：『何事盡參差，惜哉吾子詩。日令銷此道，天亦負明時。有路當重振，無門即不知。何曾見堯日，相與啜澆漓。』」（唐摭言卷一〇）二句當指此事。文場，即舉場。國史補卷下：「進士爲時所尚久矣。……其都會謂之舉場。」古風，指古人淳樸敦厚之風。

寄南浦謫官〔一〕

多才翻得罪，天末抱窮憂〔二〕。白首爲遷客，青山繞萬州〔三〕。醉欹梅障曉〔四〕，歌厭竹枝秋〔五〕。望闕還鄉淚，荊江水共流〔六〕。

【校】

「醉敧」句：「敧」，稿本原作「歌」，圈去，未補字；「曉」，原校「一作晚」。稿本即作「晚」。

【箋注】

〔一〕本詩當作於光啓二年（八八六）秋。

南浦：縣名，唐時萬州（天寶元年至乾元元年改稱南浦郡）治所，今四川省南浦縣。

〔二〕天末：見前顏惠詹事……注。　窮憂：極憂。

〔三〕「青山」句：蜀中名勝記卷二三：「南浦在縣（萬縣）南岸。……常璩所云小石城是也。三面峭壁，惟山後長延一脊，容徑尺許，累石爲門關。」

〔四〕障：步障、屏幕。世説新語汰侈：「（王）君夫作紫絲布步障，碧綾裏，四十里。石崇作錦步障五十里以敵之。」「梅障」句本此，謂梅樹如步障。

〔五〕竹枝：歌曲名。樂府詩集卷八一近代曲辭竹枝：「竹枝本出於巴渝。唐貞元中，劉禹錫在沅湘，以俚歌鄙陋，乃依騷人九歌，作竹枝新辭九章，教里中兒歌之。由是盛於貞元、元和之間。禹錫曰：『竹枝，巴歈也。巴兒聯歌，吹短笛擊鼓以赴節。歌者揚袂睢舞，其音協黄鍾羽，末如吴聲，含思宛轉，有淇濮之艷焉。』」

〔六〕「望闕」二句：闕：古今注都邑：「闕，觀也。古每門樹兩觀於其前，所以標表宮門也。其上可居，登之則可遠觀，故謂之『觀』。人臣將朝，至此則思其所闕多少，故謂之『闕』。」故「闕」以喻朝廷。　荆江：指江陵（荆州）一帶之長江。　按：前峽中二首注已考，谷光啓三年初春至夔州，萬州爲由巴蜀出峽之要道。此二句顯見谷欲取長江水路至荊州復北上向京師，而云「竹枝秋」，則當爲光啓二年秋也（谷此次出奔，始自光啓元年底，見峽中二首注）。而卷二峽中詩所云：「萬重烟靄裏，隱隱見夔州」又正爲由萬向夔景象。

李夷遇侍御久滯水鄉因抒寄懷〔一〕

簪笏年何久〔二〕，懸帆興甚長。江流愛吳越，詩格愈齊梁〔三〕。竹寺晴吟遠，蘭洲晚泊香。高閑徒自任，華省待爲郎〔四〕。

【校】

愈齊梁：「愈」原校「一作邁」。「蘭洲」句：「洲」，稿本作「舟」；「晚」，原校「一作曉」。

【箋注】

〔一〕李夷遇：登科記考卷二十七附考：「李夷遇，三水小牘：「咸通丁亥歲，隴西李夷遇爲邠州從事。」若谷所送即此人，依唐時升遷慣例推之，詩當作於乾符年後。侍御：指殿中侍御史或監察侍御史。趙璘因話録卷五：「御史臺三院。一曰臺院，其僚曰侍御史，衆呼爲端公。……二曰殿院，其僚曰殿中侍御史，衆呼爲侍御。……三曰察院，其僚曰監察御史，衆呼亦曰侍御。」舊唐書職官志三：「殿中侍御史掌殿廷供奉之儀式。……凡兩京城內，則分知左右巡，各察其所巡之內有不法之事。……監察掌分察巡按郡縣、屯田、鑄錢、嶺南選補、知大府、司農出納、監決囚徒。」

〔二〕簪豸：簪，戴；豸，獬豸冠。後漢書輿服志下：「法冠，一曰柱後，……執法者服之，侍御史、廷尉正監平也。或謂之獬豸冠。獬豸，神羊，能別曲直，楚王嘗獲之，故以爲冠。」舊唐書輿服志：「法冠，一名獬豸冠，以鐵爲柱，其上施珠兩枚，爲獬豸之形。左右御史臺流内九品以上服之。」殿中侍御史從七品下，監察御史正八品上（舊唐書職官志三），皆服獬豸冠。

〔三〕「詩格」句：謂夷遇詩度越流輩。其時省試詩依齊梁體格，故云。范攄雲谿友議卷上：「文宗元年秋，詔禮部高侍郎鍇復司貢籍，曰：『……其所試賦，則准常規；詩則依齊梁體格。』乃試琴瑟合奏賦、霓裳羽衣曲詩。」

〔四〕「華省」句：見前從叔郎中諴轂自秋曹……注及送祠部曹郎中鄴出守洋州注。

寄膳部李郎中昌符〔一〕

鄠郊陪野步，早歲偶因詩〔二〕。自後吟新句，長愁減舊知。靜燈微落燼，寒硯旋生澌〔三〕。夜夜冥搜苦〔四〕，那能鬢不衰。

【校】

題：「昌符」，稿本原無，墨筆加上。

【箋注】

〔一〕膳部郎中：舊唐書職官志二：「膳部郎中一員，員外郎一員，……郎中、員外郎之職，掌邦之祭器、牲豆、酒膳，辨其品數，及藏冰食料之事。」李昌符：唐才子傳卷八：「昌符，字若夢，咸通四年禮部侍郎蕭倣下進士。工詩，在長安與鄭谷酬贈，仕終膳部員外郎。嘗作奴婢詩五十首，有云『不論秋菊與春花，个个能噇空肚茶。無事莫教頻入庫，每般閑物要些些』等句。後爲御史劾奏，以爲輕薄爲文，多妨政務，虧嚴重之德，唱誹戲之風。謫去，匏繫終身。有詩集一卷行於世。」（據詩題，當云「仕終膳部郎中」。）

〔二〕「鄠郊」二句：昌符爲谷先輩。谷咸通十二年（八七一）至長安，時昌符已頗有詩名，爲咸通十子之一（見唐詩紀事張喬條）。故云。鄠：縣名，唐時屬京兆府，今陝西省户縣。參舊唐書地理志一。

〔三〕澌：當作「凘」。說文解字十一篇上水部：「澌，水索也。」十一篇下仌部：凘，流仌也。」段玉裁注：「謂仌初結及已釋時隨流而行也。」「仌」，即「冰」。故「澌」爲「凘」之誤。

〔四〕冥搜：玄思探微。孫綽天台山賦「遠寄冥搜」。

寄前水部賈員外嵩〔一〕

謝病別文昌〔二〕，仙舟向越鄉。貴爲金馬客〔三〕，雅稱水曹郎〔四〕。白鷺同孤潔〔五〕，清波共渺茫〔六〕。相如詞賦外，騷雅趣何長〔七〕。

【校】

「雅」，原校「一作野」。

【箋注】

〔一〕水部員外：舊唐書職官志二：「水部郎中一員，員外郎一員，……郎中、員外郎之職，掌川瀆陂池之政令，以導達溝洫，堰決河渠。凡舟楫溉灌之利，咸總而舉之。」賈嵩：趙嘏贈解頭賈嵩詩云：「賈生名迹忽無倫，十月長安看盡春。顧我先鳴還自笑，空沾一第是何人。」可知嵩會昌四年爲解頭，然未及第。參卷二弔水部賈員外詩注。

〔二〕文昌：尚書省，見前中臺五題之四玉蕊注。

〔三〕金馬客：以漢東方朔喻賈嵩。史記滑稽列傳：「（東方朔）時坐席中，酒酣，據地歌曰：『陸沉於俗，避世金馬門……』金馬門者，宦署門也。門傍有銅馬，故謂之金馬門。」後遂以「金馬門」爲官署之代稱，金馬客則指爲朝官。

〔四〕「雅稱」句：以何遜喻嵩。何遜，字仲言，梁東海郯人，官至尚書水部郎，能詩，見南史卷三三本傳。唐時有何遜集八卷行於世（見舊唐書經籍志下）。又中唐詩人張籍亦曾爲水部郎中，世稱張水部，故云云。稱，讀去聲。

〔五〕「白鷺」句：詩周頌振鷺：「振鷺于飛，于彼西雝。」藝文類聚卷九二引詩義疏：「鷺，水鳥也。好而潔白，謂之白鳥。齊魯謂之春鋤，遼東樂浪、吳揚謂之白鷺。」
〔六〕「清波」句：用范蠡扁舟泛五湖故事。見前秘閣伴直注。
〔七〕「相如」二句：謂嵩詩賦俱勝，卷二弔水部賈員外詩所云：「八韻與五字，俱爲時所先。」八韻指賦，唐時試賦爲八韻。相如，司馬相如，善辭賦。趙嘏成名年獻座主僕射兼呈同年：「賈嵩詞賦相如手。」騷雅，指離騷、大、小雅，此以喻詩。

寄棋客

松窗楸局穩〔一〕，相顧思皆凝。幾局賭山果，一先饒海僧〔二〕。覆圖聞夜雨〔三〕，下子對秋燈。何日無羈束，期君向杜陵〔四〕。

【箋注】

〔一〕楸局：棋局。棋盤多以楸木爲之，故名。
〔二〕「一先」句：謂讓海僧一子。海僧：指日本、新羅諸國僧人。時諸國人至唐者不少，中頗有善弈者。如張喬有送棋待詔朴球歸新羅詩，即爲一例。
〔三〕覆圖：三國志魏志王粲傳：「（粲）觀人圍棋，局壞，粲爲覆之。棋者不信，以帊蓋局，使更以他局爲之，用相比較，不誤一道。」

〔四〕杜陵：在唐京兆府萬年縣東南（今陝西省西安市東南），見元和郡縣圖志卷一。漢宣帝陵所在。漢書宣帝紀：「元康元年春，以杜東原上爲初陵，更名杜縣爲杜陵。」

【集評】

葛立方：古今人賦棋詩多矣。「幾局賭山果，一先饒海僧」者，鄭谷之詩也。「雁行布陣衆未晚，虎穴得子人皆驚」者，劉夢得之詩也。「古人重到今人愛，萬局都無一局同」者，歐陽炯之詩也。觀諸人語意，皆無足取。（韻語陽秋卷一七）

聞進士許彬罷舉歸睦州悵然懷寄〔一〕

桐廬歸舊廬〔二〕，垂老復樵漁。吾子雖言命〔三〕，鄉人懶讀書。煙舟撐晚浦，雨屐翦春蔬〔四〕。異代名方振，哀吟莫廢初〔五〕。

【箋注】

〔一〕罷舉：唐摭言卷二有等第罷舉條，列舉歷年京兆府試入等第而終於落第者。知罷舉即不第。唐人稱進士及第爲舉進士，故云云。　許彬：見前送進士許彬注。　睦州：唐江南東道州名，又稱新定郡，見舊唐書地理志三：治所在今浙江省建德縣。

〔二〕桐廬：唐縣名，屬睦州，今浙江省桐廬縣。　歸舊廬：彬桐廬人，故云。文選左思招隱詩之二：「經始東山廬，果下自成榛。」李善注：「王隱晉書曰：『左思徙居洛城東，著經始東山廬詩。』」

〔三〕言命：文選劉峻辨命論：「斯則邪正由於人，吉兇在乎命。……或立教以進庸怠，或言命以窮性靈。積善餘慶，立教也；鳳鳥不至，言命也。」

〔四〕雨屐：屐，木屐，底有二齒。宋書謝靈運傳：「（靈運）好登山，常着木屐，上山則去前齒，下山則去後齒。」屐可行泥地，故名「雨屐」。　鬻春蔬：藝文類聚卷六五引謝承後漢書：「（戴）宏卒成儒宗，知名東夏，爲河間相。因自免歸家，不復仕，灌園蔬，以經書教授。」文選潘岳閒居賦：「灌園鬻蔬，以供朝夕之膳。」

〔五〕哀吟：楚辭漁父：「屈原既放，游於江潭，行吟澤畔，顔色憔悴，形容枯槁。」　初：指初志。

【集評】

劉克莊：鄭谷送人下第云「吾子雖云命，鄉人懶讀書」，七言云「愁破方知酒有權」，皆有新意。（後村詩話後集卷二）

長安夜坐寄懷湖外嵇處士〔一〕

萬里念江海，浩然天地秋。風高羣木落〔二〕，夜久數星流。鐘絶分宮漏〔三〕，螢微隔御溝〔四〕。遥思洞庭上〔五〕，葦露滴漁舟。

【校】

題：「寄懷」，叢刊作「懷寄」。　遥思：「思」，原校「一作知」，英華即作「知」。　「滴」，原校「一作滿」。

【箋注】

〔一〕湖外：洞庭湖以南。

〔二〕「風高」句：文選漢武帝秋風辭：「秋風起兮白雲飛，草木黄落兮雁南歸。」

〔三〕「鐘絶」句：古制，滴漏有鐘鼓和節。初學記卷二五：「酈善長水經注曰：洛陽金墉城東門曰含春門，北有退門。城上西面列觀五十步，睥睨居屋置一鐘，以和漏鼓也。」舊唐書職官志二：「每夜分爲五更，每更分爲五點。更以擊鼓爲節，點以擊鐘爲節也。」分：區分，辨别。漏：古計時器，即「銅壺滴漏」。説文解字十二篇上二水部：「漏，以銅受水，刻節，晝夜百節（原作「刻」，據段玉裁校改）。」

〔四〕御溝：見訪題進士孫秦延福南街居注。

〔五〕洞庭：元和郡縣圖志江南道岳州巴陵縣：「洞庭湖，在縣西南一里五十步，周迴二百六十里。」

【集評】

唐汝詢：風格雄渾，何減盛唐。晚唐中最優者。（唐詩選脈會通評林）

鍾惺：此等高貴起句，中、晚最不易得，勿輕視之。（同上）

周珽：中四句總詠長安夜坐之景，承「浩然天地秋」句來。結見寄湖外嵇處士，應「萬里念江海」句。大抵谷詩

真至，一氣森遠，中多温厚。又如別挏志、送顔明經等篇，往往有高、岑風骨。（同上）

黄生：首尾相應。　夜坐時所見所聞秋氣之可悲如此。因動念江海之士，遠隔萬里。既下江海字，則不得不下天地字，既下天地字，即不得不下浩然字以襯其氣勢。筆端有此二句，便覺挑燈夜坐之人精神魂魄，一夜皆遍萬里之内，如親見洞庭處士孤篷獨宿也。（唐詩摘抄卷一）

贈文士王雄〔一〕

知己竟何人，哀君尚苦辛。圖書長在手，文學老於身。公道天難廢〔二〕，貞姿世任嗔。小齋松菊靜〔三〕，願卜子爲鄰〔四〕。

【校】

竟何人：「竟」，叢刊作「更」。　哀君：「哀」，原校「一作夫」，叢刊即作「夫」。　「世任嗔」，戊籤、叢刊、英華皆作「玉任真」，稿本、豫章作「士任真」。

【箋注】

〔一〕王雄：全唐詩翁洮有贈進士王雄詩：「河清海晏小波濤，幾番垂鈎不得鰲。空向人間修諫草，又來江上咏離騷。」知雄爲南人，屢舉不第。

〔二〕「公道」句：左傳昭公二十六年引晏子語：「天道不諂。」杜預注：「諂，疑也。」此句謂天道不疑，故公道終難廢棄。公道，淮南子修務：「私志不得入公道，嗜欲不得枉正術。」公道、正術互文。

〔三〕「小齋」句：陶淵明集歸去來兮辭：「三逕就荒，松菊猶存。」

〔四〕「卜鄰」句：左傳昭公三年：「非宅是卜，惟鄰是卜，二三子先卜鄰矣。」

贈富平李宰〔一〕

夫君清且貧〔二〕，琴鶴最相親〔三〕。簡肅諸曹事，安閑一境人〔四〕。陵山雲裏拜〔五〕，渠路雨中巡〔六〕。易得連宵醉，千缸石凍春〔七〕。

【校】

夫君：「夫」，豫章作「使」。　雨中：「雨」，叢刊作「水」。

【箋注】

〔一〕富平：唐京兆府縣名，見舊唐書地理志一，治所在今陝西省富平縣東北。　宰：縣令。

〔二〕夫君：唐人對男子之尊稱。盧綸冬日宴郭監林亭：「此山招老賤，敢不謝夫君。」語本楚辭九歌雲中君：「思夫君兮太息。」湘君：「望夫君兮歸來。」一

〔三〕「琴鶴」句：藝文類聚卷四四引馬融琴賦：「昔師曠三奏，而神物下降，玄鶴二八，軒舞於庭。何琴德之深哉。」故後人常以「琴鶴」喻人之清節。白居易解蘇州自喜：「鶴與琴書共一船。」

〔四〕「簡肅」二句：謂李宰治富平，事簡政肅，一境安閑。劉向説苑載，宓子賤治單父，彈琴，身不下堂，單父治。

〔五〕陵山：長安志卷一九：「唐中宗定陵在縣（富平）西北一十五里龍泉山」，「代宗元陵在縣西北三十里檀山」，「順宗豐陵在縣東北三十三里金甕山」，「文宗章陵在縣西北二十里天乳山」，「懿宗簡陵在縣西北四十里紫金山。」

〔六〕渠路：溝渠等水利工程。富平縣水利發達，溝渠甚多，鄭國渠、北白渠、堰武渠、長澤渠、永濟渠等皆在縣境，見長安志卷一九。

〔七〕石凍春：酒名，産於富平。國史補卷下：「酒則有郢州之富水，……富平之石凍春。」

贈尚顔上人〔一〕

相尋喜可知，放錫便論詩〔二〕。酷愛山兼水，唯應我與師。風雷吟不覺〔三〕，猨鶴老爲期〔四〕。近輩推樓白〔五〕，其如趣向卑〔六〕。

【校】

推棲白：「推」，原校「一作唯」，戊籤、稿本、豫章、叢刊即作「唯」。

「尚顏」，叢刊無「尚」字。

【箋注】

〔一〕尚顏：字茂聖，俗姓薛，尚書薛能之宗人，出家荆門。工五言詩。與陸龜蒙、方干、陸肱、陳陶諸人往來。

〔二〕放錫：謂僧人雲游息脚。錫，僧人所持錫杖。文選孫綽天台山賦：「王喬控鶴以沖天，應真飛錫以躡虚。」李善注：「大智度論曰：『菩薩常應二時，頭陀常用錫杖、經傳、佛像。』」李周翰注：「應真，得真道之人，執錫杖而行於虚空，故云飛也。」

〔三〕風雷：文心雕龍序志：「肖貌天地，稟性五才，擬耳目於日月，方聲氣乎風雷，其超出萬物，亦以靈矣。」

〔四〕猨鶴：文選孔稚圭北山移文：「蕙帳空兮夜鵠怨，山人去兮曉猿驚。」鵠，通作「鶴」。猨，即「猿」。「猿鶴」常以喻隱居山林。

〔五〕「近輩」句：棲白，晚唐詩僧。唐詩紀事卷七四有專條，全唐詩録其詩一卷。李洞贈棲白上人詩有「秋濤夢越中」語，知爲越中僧。曹松薦福寺贈白上人詩：「才子紫檀衣，明君寵顧時。講昇高座懶，書答重臣遲，瓶勢傾圓頂，刀聲落碎髭。還聞穿禁内，隨駕進新詩。」知其後住長安薦福寺，又供奉内廷，賜紫。能詩，與姚合、李洞、曹松、劉得仁等士人結交。李洞有哭白上人詩。洞約卒於乾寧末，則棲白較鄭谷略年長，故稱近輩。

〔六〕「其如」句：謂棲白詩格卑，雖有盛名，然不及尚顏。

贈泗口苗居士〔一〕

歲晏樂園林，維摩契道心〔二〕。江雲寒不散，庭雪夜方深。酒勸漁人飲，詩憐稚子吟。四郊多壘日〔三〕，勉我捨朝簪〔四〕。

【校】

歲晏：「晏」，原作「宴」，據稿本、叢刊、英華改。　「勸漁」，原校「一作共游」，叢刊即作「共游」。

【箋注】

〔一〕據末二句，知作於乾寧元年（八九四）爲朝官後，參傳箋。

泗口：唐時泗水南流入淮。泗水入淮之口名泗口，或稱淮口。故地在今江蘇省淮陰縣。　居士：佛語「迦羅越」之義譯。隋慧遠維摩義記：「在家修道，居家道士，名爲居士。」

〔二〕維摩：即維摩詰，佛教大乘居士。維摩詰經記其事。　道心：佛語，猶菩提心，即求正覺之心。佛氏格義，取荀子解蔽：「（故）道經云：『人心之危，道心之微。』」

〔三〕四郊多壘：禮記曲禮：「四郊多壘，此卿大夫之辱也。」鄭玄注：「壘，軍壁也。數見侵伐，故多壘。」此指唐末多事之秋。

〔四〕捨朝簪：棄官之意。

梁燭處士辭金陵相國杜公歸舊山因以寄贈〔一〕

相庭留不得〔二〕，江野有苔磯。兩浙尋山徧〔三〕，孤舟載鶴歸。世間書讀盡，雲外客來稀。諫署搜賢急〔四〕，應難惜布衣〔五〕。

【校】

相庭：「庭」，叢刊作「延」。　雲外：「雲」，原校「一作僧」，英華即作「僧」。　惜布衣：「惜」，原校「一作借」，叢刊、英華即作「借」。

【箋注】

〔一〕梁燭：全唐詩伊璠及第後寄梁燭處士詩有「獨將羈事遶江沙」句。張喬寄處士梁燭詩云：「採藥楚雲裏，移家湘水東。」伊璠爲咸通四年（八六三）進士（登科記考卷二三），因知梁燭有聲於咸通中，而隱居湘東。又登科記考卷二七引永樂大典所載宜春志有梁燭，爲進士，則似後復登第。金陵相國杜公：指杜審權。審權，字殷衡，如晦六世孫，第進士，累官學士承旨、兵部侍郎。懿宗立，進同中書門下平章事，再遷門下侍郎，見新唐書卷九六本傳。故得稱「相國」。資治通鑑卷二五〇：「（咸通四年五月）戊子，以門下侍郎、同平章事杜審權同平章事，充鎮海節度使。」（新唐書懿宗紀同）鎮海節度使治所在潤州（今江蘇省鎮江市）。

新唐書方鎮表五：「（建中二年）合浙江東、西二道觀察置節度使，治潤州，尋賜號鎮海軍節度。」而唐人常以「金陵」稱潤州，如資治通鑑卷二四五：「（太和九年三月）初，李德裕爲浙西觀察使，漳王傅母杜仲陽坐宋申錫事放歸金陵，詔德裕存處之。」又如王讜唐語林卷七：「李德裕自金陵追入朝，且欲大用。」皆稱潤州曰「金陵」。故審權得稱「金陵相國」。可知此詩作於審權任鎮海節度使之時，當在咸通四年五月至十一年三月間。蓋咸通十一年三月，以左僕射、同平章事曹確同平章事，充鎮海節度使。見資治通鑑卷二五二及新唐書懿宗紀。

〔二〕相庭：指審權潤州官署。

〔三〕兩浙：指浙東、西二道。唐肅宗至德以後，江南東道析置浙江東、西二道，浙江（錢唐江）以南爲浙東，以北爲浙西，參新唐書方鎮年表五。

〔四〕諫署：見次韻和王駕校書結綬見寄之什詩注。按唐代搜求逸才，多以充諫官之職。如唐才子傳朱放：「貞元二年詔舉韜晦奇才，詔下聘禮，拜左拾遺。」故云。

〔五〕布衣：指平民。桓寬鹽鐵論散不足：「古者庶人耋老而後衣絲，其餘則麻枲而已，故命曰布衣。」

哭建州李員外頻〔一〕

令終歸故里〔二〕，末歲道如初。舊友誰爲誌，清風豈易書〔三〕？雨墳生野蕨〔四〕，鄉奠釣江魚〔五〕。獨夜吟還泣，前年伴直廬〔六〕。

【箋注】

〔一〕建州：唐江南東道屬州，或稱建安郡。治所在建安（今福建省建甌縣）。見舊唐書地理志三。李員外頻：字德新，睦州壽昌（今浙江省建德縣西南）人，大中八年（八五四）進士。遷武功令，豪猾屏息奉法。懿宗時擢侍御史，守法不阿。表丐建州刺史，以禮法治下，更布條教，卒於官。見新唐書卷二〇三文藝傳下。有梨岳集傳世。此詩當作於頻卒年，據考乃乾符三年（八七六）。乾符二年正月，頻自都官員外郎爲建州刺史。三年十一月，以度支分巡院使李仲章爲建州刺史（見舊唐書僖宗紀）。可見頻之官後次年即卒。

〔二〕令終：詩大雅既醉：「昭明有融，高朗令終。」鄭玄箋：「有，又也；令，善也。天既助汝以光明之道，又使之長有高明之譽，而以善名終，是其長也。」

〔三〕清風：詩大雅蒸民：「吉甫作誦，穆如清風。」鄭玄箋：「穆，和也。吉甫作此，工歌之，誦其調和人之性，如清風之養萬物然。」

〔四〕蕨：苔蘚類植物。

〔五〕鄉奠：新唐書文藝傳下：「時朝政亂，盜興，相椎奪，而建賴頻以安。……卒官下。喪歸，父老相與扶柩，葬永樂州。爲立廟梨山，歲祠之。」

〔六〕伴直廬：即「伴直」，見前祕閣伴直注。直廬，直宿之所。漢書嚴助傳顏師古注：「張晏曰：『……直宿所止日盧。」

【集評】

景淳：「第三句見題格。……哭李建州：『令終歸故里，末歲道如初。舊友誰爲誌。』」（詩評）

哭進士李洞二首

李生酷愛賈浪仙詩，長江在東蜀境内，浪仙冢於此處〔一〕。

所惜絶吟聲，不悲君不榮。李端終薄宦，賈島得高名〔二〕。旅葬新墳小〔三〕，遺孤遠俗輕。猶疑隨計晚〔四〕，昨夜草蟲鳴。

自聞東蜀病，唯我獨關情。若近長江死，想君勝在生〔五〕。瘴蒸丹旐濕〔六〕，燈隔素帷清〔七〕。塚樹僧栽後，新蟬一兩聲。

【校】

題下注：「長江在」，英華作「在長江」；「境内」，英華作「嶺」，下校「一作境内」；「於」，英華作「在」。得高名：「得」，英華作「有」。新墳小：「小」，英華作「少」。「遺孤遠」，叢刊作「身猿遲」。獨關情：「獨」，叢刊作「最」。

【箋注】

〔一〕李洞：唐摭言卷一〇：「李洞，唐諸王孫也（據唐才子傳卷九，字才江，雍州人）。嘗遊兩川，慕賈閬仙爲詩，鑄銅像其儀，事之如神。洞爲終南山詩二十韻，句有……時人但誚其僻澀，而不能貴其奇峭，唯吳子華（吳融）深知之。……洞三榜裴公，第二榜策夜，簾獻曰：『公道此時如不得，昭陵慟哭一生休。』尋卒蜀中。裴公（據唐詩紀事卷五八，裴公乃裴贄）無子，人謂屈洞之致也。」賈浪仙：賈島，字浪仙，范陽（今北京市一帶）人，初連敗文場，遂爲浮屠，名無本。後還俗舉進士，因得罪宣宗，謫長江主簿，世稱賈長江，終普州司倉參軍。見新唐書卷一七〇本傳。長江：唐時縣名，屬遂州（治所在今四川省遂寧縣）。按：據登科記考卷二四裴贄大順元年（八九〇）、二年及乾寧五年（八九八）三知貢舉。按詩意，谷此詩乃作於長安，而大順時谷流寓巴蜀，故可定此詩之作，在乾寧五年稍後。

〔二〕「李端」二句：以端、島喻洞，二句爲互文。晁公武郡齋讀書志卷四上：「李端，趙州人，大曆五年進士，爲校書郎，卒官杭州司馬。」故詩云「終薄宦」。端甚有詩名，唐才子傳李端：「詩更高雅，於才子中名響錚錚。……初來長安，詩名大振。」據唐才子傳卷五，賈島雖沉淪下僚，然得韓愈賞識，自爾名著。唐詩紀事卷四〇引唐末舉子李克恭詩：「宣宗謫去爲閑事，韓愈知來已振名。」

〔三〕旅葬：葬於旅居之地。唐才子傳李洞：「（果）失意流落，往來寓蜀而卒。」

〔四〕隨計：即「計偕」，指州郡貢士。漢書武帝紀元光五年八月：「徵吏民有明當時之務、習先聖之術者，縣次續食，令與計偕。」顏師古注：「計者，上計簿使也，郡國每歲遣詣京師上之。偕者，俱也。令所徵之人與上計者俱來，而縣次給之食。」故「計偕」亦得稱「隨計」。如新唐書李商隱傳：「令狐楚帥河陽，奇其文，使與諸子游。楚從天平、宣武，皆表署巡官，歲具資裝使隨計。」

〔五〕「若近」三句：唐才子傳李洞：「家貧，吟極苦，至廢寢食。酷慕賈長江，遂銅寫島像，戴之巾中，常持數珠念賈島佛，一日千遍。人有喜島者，洞必手録島詩贈之，叮嚀再四曰：『此無異佛經，歸焚香拜之。』其仰慕一何如此之切也。……初島任長江，乃東蜀，塚在其處。鄭谷哭洞詩云：『得近長江死，想君勝在生。』」言死生不相遠也。」

〔六〕丹旐：葬禮所用銘旌。文苑英華送觀寧侯葬詩：「丹旐書空位，素帳設虛樽。」文選潘岳寡婦賦：「龍輴儼其星駕兮，飛旐翩以啓路。」李善注：「旐，喪柩之旌也。」

〔七〕素帷：孝帳。文選潘岳寡婦賦：「易錦茵以苫席兮，代羅幬以素帷。」此處素帷與上句「丹旐」爲對，當指靈堂之素帷，與潘賦之指床帷易素不同。

南康郡牧陸肱郎中辟許棠先輩爲郡從事因有寄贈〔一〕

末路思前侶〔二〕，猶爲戀故巢〔三〕。江山多勝境〔四〕，賓主是貧交〔五〕。飲舫閑依葦，琴堂雅結茅〔六〕。夜清僧伴宿，水月在松梢。

【校】

題：「辟」叢刊作「招」，豫章無「因有」字。　「末路」句：「末路」，原校「一作振鷺」，叢刊即作「振鷺」；「侶」，戊籤、豫章作「□」。　猶爲：「猶」，原校「一作難」，稿本、豫章、叢刊即作「難」。　勝境：「境」，百家作「景」。　夜清：「清」，豫章作「深」。

【箋注】

〔一〕南康郡：或稱虔州，屬江南西道，治所在贛縣（今江西省贛州市）。見元和郡縣圖志卷二八。　陸肱：唐詩紀事卷五三：「肱大中九年登進士第，咸通六年自前振武從事試平判入等，後改南康郡，辟許棠爲郡從事。……肱以春賦得名。」又李頻有送陸肱歸吳興詩，中有句云：「誰知滄海月，取桂却來秦。」知肱登第時居吳興（今浙江省湖州市）。　郡牧：州刺史。　許棠先輩：見前送許棠先輩之官涇縣注。　郡從事：見前寄邊上從事注。　唐語林卷七：「許棠初試進士，與薛能、陸肱齊名。薛擢第，尉盩厔；肱下第遊太原。棠并以詩送之。棠登第，薛已自京兆尹出鎮徐州，陸亦出守南康，招棠爲倅。」按棠登第在咸通十二年（八七一），又據吳廷燮唐方鎮年表，薛能鎮徐在咸通十四年，則肱辟棠爲從事在其時稍後，此詩當作於是時。

〔二〕末路：指衰年。　文選謝靈運酬從弟惠連：「末路值令弟，開顏披心胸。」李周翰注：「末，衰也。衰老始得逢令弟，開解我心胸也。」

〔三〕戀故巢：喻思鄉。　楚辭九章哀郢：「鳥飛返故鄉兮。」王逸注：「思故巢也。」按許棠宣州涇縣人，見前送許棠先輩之官涇縣詩。

〔四〕「江山」句：孟浩然集與諸子登峴山：「江山留勝迹，我輩復登臨。」

〔五〕貧交：史記貨殖列傳：「范蠡之陶，爲朱公。十九年中，三致千金，再分散與貧交、疏昆弟。」杜甫貧交行：「君不見管鮑貧時交，此道今人棄如土。」

〔六〕結茅：見前峽中寓止二首之二「結茅茨」注。

久不得張喬消息〔一〕

天末去程孤〔二〕，沿淮復向吳。亂離何處甚，安穩到家無〔三〕。樹盡雲垂野，檣稀月滿湖。傷心繞村落，應少舊耕夫〔四〕。

【校】

題：「張喬」，叢刊作「長橋」；「消息」下戊籤有「有寄」二字。　村落：「落」下豫章原校「一作路」。

【箋注】

〔一〕本詩當作於乾符三年（八七六）十二月至廣明元年（八八〇）之間。張喬：見前訪題進士張喬延興門外所居注。

〔二〕天末：見前顏惠詹事即孤姪舅氏……注。

〔三〕「亂離」二句：據唐詩紀事張喬條叙喬咸通末讓薦首於許棠，「未幾，巢寇爲亂，遂與伍喬之徒隱九華。」知張喬之歸池州九華山在黄巢起義後不久。據資治通鑑唐紀載乾符元年（八七四）王仙芝首事，二年六月，黄巢響應於宛句。十一月「羣盜侵淫剽掠十餘州，至於淮南。」三年十二月攻至申、光、廬、壽、舒、通諸州，淮東危急。五年攻和州、宣州，然後由江、淮入閩、粤。至廣明元年（八八〇）又北上。六月陷睦、婺、宣三州。……七月，黄巢陷滁、和二州。故云云。可知此詩當作於乾符三年十二月至廣明元年秋冬之間。

〔四〕「傷心」二句：想象喬之情狀。資治通鑑卷二五三：「黄巢遂悉衆渡淮，所過不擄掠，惟取丁壯以益兵。」

【集評】

潘德輿：晚唐於詩非聖境，不可一味鑽仰，亦不得一概抹摋。予嘗就其五七律名句，摘取數十聯，剖爲三等，俾家塾後生，知所擇焉。……如……「亂離何處甚，安穩到家無」，……五言之次也。……上者風力鬱盤，次者情思曲摯，又次者則筋骨盡露矣。（養一齋詩話卷四）

題嵩高隱者居〔一〕

豈易訪仙蹤〔二〕，雲蘿千萬重〔三〕。他年來卜隱，此景願相容。亂水林中路，深山雪裏鐘。見君琴酒樂〔四〕，迴首興何慵。

【校】

「此景」句：「景」，原校「一作境」，英華即作「境」；「願」，叢刊作「顛」。林中：「中」，英華作「前」。雪裏：「雪」，英華作「望」。

【箋注】

〔一〕嵩高：即中嶽嵩山，在今河南省登封縣北。史記封禪書：「中岳，嵩高也。」李咸用有寄嵩高隱者詩云：「昔年江上別，初入亂離中。我住匡山北，君住少室東。」咸用與谷同時。所題寄者，或爲同一人。如是，則此隱者，當於黄巢起義期間入隱嵩山。録以備參。

〔二〕仙蹤：嵩高頗多神仙傳説，如藝文類聚卷七引列仙傳：「王子喬，周靈王太子晉也。好吹笙作鳳鳴，游伊洛間，道士浮丘公接上嵩高山。」又引漢武内傳：「武帝夜夢與李少君俱上嵩高山。上半道，有繡衣使者，乘龍持節從雲中下，言太一君召。覺，即告近臣曰：『如朕夢，少君將舍朕去矣。』」

〔三〕雲蘿：喻隱者居。鮑照游思賦：「結中洲之雲蘿，託綿思於遥夕。」蘿，説文解字一篇下艸部：「蘿，莪，蒿屬。」蘿，莪也。」

〔四〕琴酒樂：見前從叔郎中誡輟自秋曹……注。

趙璘郎中席上賦蝴蝶〔一〕

尋艷復尋香，似閑還似忙。暖煙沈蕙徑，微雨宿花房。書幌輕隨夢〔二〕，歌樓誤採粧〔三〕。

王孫深屬意〔四〕，繡入舞衣裳。

【校】

題：「璘」，原校「一作林」，稿本、豫章即作「林」。稿本下校「抄本作璘」。

【箋注】

〔一〕趙璘：字澤章，南陽人，徙平原。開成三年（八三八）進士。大中時（八四七——八五九）官左補闕，遷祠部員外郎，歷度支、金部郎中，出爲衢州刺史。有因話録六卷行世，記唐史逸事（據全唐文小傳及岑仲勉讀全唐文札記）。據光緒重刊衢州府志，璘爲刺史在大中十三年。又據會稽掇英總集卷一三載，知璘咸通三年（八六二）尚在衢州刺史任上。谷生於大中五年（見傳箋），十一年隨父史至永州（卷二卷末偶題三首之二有「七歲侍行湖外去」之句），咸通三年仍在永（雲谿友議卷下買山讖）。詳卷二浯溪詩注。則詩題所云趙璘或有誤，或別是一人。或爲趙林。未可詳考。

〔二〕幌：帷幔。隨夢：莊子齊物論：「昔者莊周夢爲蝴蝶，栩栩然蝴蝶也。」

〔三〕採粧：嶺表録異卷中：「鶴生草，蔓生也。……此草蔓至春，生雙蟲，只食其葉。越女收於粧奩中，養之如蠶，摘其葉飼之。蟲老不食而蛻爲蝶。蝶赤黄色，婦女收而帶之，謂媚蝶。」採粧語本此。

〔四〕王孫：即公子。史記淮陰侯列傳：「大丈夫不能自食，吾哀王孫而進食，豈望報乎？」裴駰集解：「如言『公子』也。」屬意：文選劉琨答盧諶詩并書：「不復屬意於文，二十餘年矣。」李善注：「鄭玄儀禮注曰：『屬，綴也。』」

賀進士駱用錫登第

苦辛垂二紀〔一〕，擢第却霑裳。春榜到春晚〔二〕，一家榮一鄉〔三〕。題名登塔喜〔四〕，醵宴爲花忙〔五〕。好是東歸日，高槐蕊半黄〔六〕。

【箋注】

〔一〕紀：古文尚書畢命：「既歷三紀。」僞孔傳：「十二年曰紀。」

〔二〕春榜：唐摭言恚恨引王泠然與御史高昌宇書：「去年冬十月得送，今年春三月及第。」唐時進士發榜登第例在二、三月，故云「春榜」。薛逢與崔況秀才書：「自今日春榜到縣。」

〔三〕「一家」句：封演封氏聞見記貢舉：「（故）當代以進士登科爲登龍門，解褐多拜清緊，十數年間，擬迹廟堂。輕薄者語曰：『及第進士俯視中黄郎，落第進士揖蒲華長馬。』又云：『進士初及第，頭上七尺焰光。』」開元天寶遺事喜信條：「新進士每及第，以泥金帖子附於家書中，至鄉曲，親戚例以聲樂相慶，謂之喜信也。」

〔四〕「題名」句：國史補卷下：「（進士）既捷，列書其姓名於慈恩寺塔，謂之題名會。」唐摭言慈恩寺題名游賞賦詠雜記：「進士題名，自神龍之後，過關宴後，率皆期集於慈恩塔下題名。」南部新書乙：「韋肇初及第，偶於慈恩寺塔下題名。後進慕效之，遂成故事。」杜甫、高適、岑参皆有登慈恩寺塔詩。

〔五〕「醵宴」句：國史補卷下：「（進士既捷）大宴於曲江亭子，謂之曲江會。」曲江宴後，有杏園宴。選同科進士之俊少者探花。宋趙彦衛雲麓漫鈔：曲江宴後，次即杏園初宴，謂之探花宴，便差定先輩二人少俊者，爲兩街探花使。若他人折得花卉先開牡丹、芍藥來者，即各有罰。」孟郊登科後：「春風得意馬蹄疾，一日看盡長安花。」故云「爲花忙」。

〔六〕「好是」二句：謂用錫得第東歸，春風得意。槐半黄，當夏日。有二層意。一謂及第進士宴慶，及夏方出京。孫棨北里志自序叙大中間進士宴慶云：「自歲初登第於甲乙，春闈開送天官氏，設春闈宴，然後離居矣。近年延至仲夏。」乾符年間釐革新及第進士宴會敕曰：「其開試開宴并須在四月内。」然侈風仍不息。南部新書乙：「進士春關，宴曲江亭，在五、六月間。」可見一斑。二就未第者而言。南部新書乙又云：「……七月後投獻新課，并於諸州府拔解。人爲語曰：槐花黄，舉子忙。」

興州東池〔一〕

南連乳郡流〔二〕，闊碧浸晴樓。徹底千峰影，無風一片秋。垂楊拂蓮葉，返照媚漁舟。鑑貌還惆悵，難遮兩鬢羞〔三〕。

【校】

南連：「南」，豫章作「東」。

【箋注】

〔一〕本詩當作於廣明二年（八八一）或中和二年（八八二）秋初次避亂蜀中途中。時年三十一、二歲。興州：或稱順政郡，治所順政縣（今陝西省略陽縣）。

〔二〕「南連」句：乳，指石鍾乳。太平御覽范子計然：「石鍾乳出武都，黄白者善。」武都，山名，在今四川省綿竹縣，唐時屬漢州，在興州之南，故曰「南連乳郡流」。石鍾乳乃礦物類藥物，爲五石散（寒食散）組成部分，魏晉以來，服食之風極盛，至唐時亦未消歇，如柳宗元柳河東集有與崔饒州論石鍾乳書；唐語林德行載：「玄宗重午日，賜丞相鍾乳。」

〔三〕兩鬢差：潘岳秋興賦序：「余春秋三十有二，始見二毛。」又賦云：「斑鬢髟以承弁兮，素髮颯以垂領。」唐人多用此典，以鬢衰、鬢愁之屬代指三十左右年紀。如李益過五原胡兒飲馬泉詩「莫遣行人照容鬢，恐遣憔悴入新年」即是（參譚優學唐人行年考李益行年考）。質之谷他詩，亦可爲證。卷三輦下冬暮詠懷有云：「十年春淚催衰颯，羞向清流照鬢毛。」詩下自註初稿附記，此二句爲：「不知春到情何限，惟恐流年損鬢毛。」乃乾符末，二十八、九歲時，黄巢攻占長安前夕所作（詳見此詩注）。按黄巢攻破長安爲廣明元年（八八〇）十二月，谷奔蜀。而其蜀中三首有云「馬頭春向鹿頭關」，又云「數年留滯不歸人」，可知谷經鹿頭關入成都時飄泊已數年。由廣明元年底三十歲算起，入成都當在中和三、四年（八八三）間。三十三、四歲。則其間二年左右時間當滯留於由長安至成都中間，而興州正爲由陝入蜀要衝。如以兩鬢衰爲三十一、二歲，由生年推之，正爲廣明二年（即中和元年）與中和二年也。

渠江旅思〔一〕

流落復蹉跎，交親半逝波〔二〕。謀身非不切〔三〕，言命欲如何〔四〕？故楚春田廢〔五〕，窮巴瘴雨多〔六〕。引人鄉淚盡，夜夜竹枝歌〔七〕。

【箋注】

〔一〕詩當作於廣明後數次流落巴蜀期間，以光啓二年（八八六）春爲近是。考見卷三巴江詩注並傳箋。渠江：嘉陵江支流，在今四川省中部，源出萬頃池。渠江縣因此得名，唐時屬渠州，今四川省渠縣。

〔二〕交親：親近之交，唐人常語。如陳子昂送東萊王學士無競詩：「懷君萬里別，持贈結交親。」杜甫投贈哥舒開府二十韻：「勳業青冥上，交親氣概中。」逝波：語本論語子罕：「子在川上曰：『逝者如斯夫，不舍晝夜。』」包咸注：「逝，往也，言凡往也者，如川之流。」

〔三〕謀身：語本論語衛靈公：「君子謀道不謀食。」張説將赴朔方軍應制：「從來思博望，許國不謀身。」

〔四〕言命：見前聞進士許彬罷舉歸睦州悵然懷寄注。

〔五〕故楚：谷袁州人，袁州爲故楚地，故云。

〔六〕窮巴：渠州爲古巴國地。元和郡縣圖志山南道：「渠州，禹貢梁州之域，秦滅巴國以爲郡。」窮，極遠之義。
〔七〕竹枝歌：見前南浦謫宦注。

登杭州城〔一〕

漠漠江天外，登臨返照間。潮來無別浦〔二〕，木落見他山〔三〕。沙鳥晴飛遠，漁人夜唱閑。歲窮歸未得，心逐片帆還。

【校】

題：原校「一作題杭州樟亭，一作題樟亭驛亭。」又玄作「杭州樟亭驛閣」。「漠漠」，又玄作「故園」。潮來，「來」，又玄作「平」。

【箋注】

〔一〕大順（八九〇——八九一）年間，谷曾遊江南，見前送進士許彬詩注。本詩亦當作於此時。杭州：唐屬江南東道。他本所題樟亭、樟亭驛，爲杭州觀潮勝地。羊士諤憶江南舊遊：「樟亭八月又觀潮。」觀詩意，他本題或是。
〔二〕「潮來」句：白居易夜宿樟亭驛：「潮水白茫茫。」別浦，古人多於水濱送別，故多稱水濱爲別浦。謝莊山野憂：「淩別浦兮值泉躍。」杜甫奉送卿二翁：「蕭條別浦清。」本句意同王灣江南意：「潮平兩岸失。」

〔三〕他山：語本詩小雅鶴鳴：「它山之石，可以爲錯。……它山之石，可以攻玉。」「他」即「它」。

【集評】

徐衍：夫用文字要清濁相半，言雖容易，理必求險，句忌凡俗，意便質厚。……鄭谷杭州城樓詩：「歲窮歸未得，心逐片帆還。」此君子舍此適彼。（風騷要式）

葛立方：錢塘風物湖山之美，自古詩人，標榜爲多。如謝靈運云「定山緬雲霧，赤亭無滯薄」、鄭谷云「潮來無別浦，木落見他山」、張祜云「青壁遠光淩鳥峻，碧湖深影鑒人寒」、錢起云「漁浦浪花搖素壁，西陵樹色入秋窗」之類，皆錢塘城外江湖之景，蓋行人客子於解鞍繫纜頃刻所見爾。城中之景，惟白樂天所賦最多。（韻語陽秋卷一三）

范晞文：（鄭谷）又有句云：「潮來無別浦，木落見他山。」李洞有「樓高驚雨闊，木落覺城空」，非不佳，但「驚」「覺」兩字，失於有意，不若谷詩之自在。然谷他作，多卑弱無氣。（對牀夜語卷五）

曲江〔一〕

細草岸西東，酒旗搖水風。樓臺在烟杪〔二〕，鷗鷺下沙中。翠幄晴相接〔三〕，芳洲夜暫空〔四〕。何人賞秋景，興與此時同？

【校】

「烟杪」：「烟」，原校「一作花」，英華即作「花」。　「沙中」：「沙」，原校「一作烟」，英華即作「烟」。

【箋注】

〔一〕曲江：即曲江池，在今陝西省西安市東南。宋敏求長安志卷九：「（龍華尼寺）寺南有流水屈曲，謂之曲江。其深處下不見底。司馬相如賦（指哀二世文）曰：『臨曲江之隑洲。』蓋其所也。」康駢劇談録：「曲江池，本秦時隑洲。唐開元中疏鑿，遂爲勝境。其南有紫雲樓、芙蓉院，其西有杏園、慈恩寺。花卉環周，烟水明媚。都人游翫，盛於中和上巳之節。」

〔二〕「樓臺」句：謂春景如烟，樓臺似浮動其上。　杪，説文解字六篇上木部：「杪，木標末也。」段注：「按：引伸之，凡末皆曰杪。」

〔三〕「翠幄」句：程大昌雍録卷六：「正月晦日，三月三日，九月九日，京城士女咸即此祓禊。帟幕雲布，車馬填塞，詞人樂飲歌詩。」幄，帳。

〔四〕芳洲：楚辭九歌湘君：「采芳洲兮杜若。」王逸注：「芳洲，香草叢生之處。」

沙苑〔一〕

茫茫信馬行，不似近都城。苑吏猶迷路，江人莫問程〔二〕。聚來千嶂出，落去一川平。

日暮客心速，愁聞雁數聲。

【箋注】

〔一〕沙苑：元和郡縣圖志同州馮翊縣（今陝西省大荔縣）：「沙苑一名沙阜，在縣南十二里。東西八十里，南北三十里。後魏文帝大統三年，周太祖（指宇文泰）爲相國，與高歡戰於沙苑，大破之。其時太祖兵少，隱伏於沙草之中，以奇勝之。後於立兵之處，人栽一樹，以表其功，今樹往往猶存。仍於戰處立忠武寺。今以其處宜六畜，置沙苑監。」

〔二〕江人：自稱，南人也。唐人都以江代指南。孟郊送陸暢歸湖州因憑題故人皎然塔陸羽墳：「江調難再得，京塵徒滿躬。」

【集評】

徐衍：夫用文字要清濁相半，言雖容易，理必求險，句忌凡俗，意便質厚。如……鄭谷沙苑詩「日暮客心速，愁聞孤雁聲」，此賢人他適也。（風騷要式）

通川客舍〔一〕

奔走失前計，淹留非本心〔二〕。已難消永夜，況復聽秋霖〔三〕。漸解巴兒語〔四〕，誰憐越客吟〔五〕。黄花徒滿手〔六〕，白髮不勝簪〔七〕。

【校】

通川：「川」，豫章作「州」。

【箋注】

〔一〕通川：唐郡名，或稱通州，屬山南西道，治所在通川縣（今四川省達縣）。舊唐書地理志二：「通川，漢宕渠縣地……屬巴郡。」漢書地理志：「巴郡。」應劭注：「左氏巴子使韓服告楚。」

〔二〕淹留：久留。楚辭離騷：「時繽紛其變易兮，又何可以淹留。」王逸注：「言時俗溷濁，善惡變易，不可以久留，宜速去也。」

〔三〕霖：爾雅釋天：「久雨謂之淫，淫謂之霖。」

〔四〕巴兒語：通川古巴子國地，故云。

〔五〕越客吟：喻思鄉。史記陳軫傳載，戰國時越人莊舄仕楚，病中思越而吟越聲。後用爲思鄉典實。又自湘灕以南爲古西越之地，袁州在焉。谷用越客自喻甚切。

〔六〕黄花：指菊。禮記月令「季秋之月」：「鞠有黄華。」陸德明釋文：「鞠，本又作『菊』。」（「華」即「花」。）

〔七〕「白髮」句：谷出入巴蜀凡四次，均在景福二年（八九三）四十三歲前。「白髮」云云，乃窮愁之言。杜甫至德二年（七五七）四十六歲作春望：「白頭搔更短，渾欲不勝簪。」與此句同。鮑照行路難：「白髮零落不勝簪。」

潼關道中〔一〕

白道曉霜迷，離燈照馬嘶。秋風滿關樹，殘月隔河雞〔二〕。來往非無倦，窮通豈易齊〔三〕。
何年歸故社〔四〕，披雨翦春畦。

【校】

離燈：「離」，稿本、豫章作「籬」。　披雨：「披」，英華作「破」，誤。

【箋注】

〔一〕潼關：今名老潼關。元和郡縣圖志卷二：「潼關在（華陰）縣東北三十九里，古桃林塞也。春秋時，晉侯使詹嘉守瑕以守桃林之塞是也。關西一里有潼水，因以名關。」又云：「河在關内，南流衝擊關山，因謂之衝關。……上躋高隅，俯視洪流，盤紆峻極，實謂天險。河之北岸則風陵津，北之蒲關六十餘里。河北之險，邐迤相接。自此西望，川途曠然。蓋神明之奧區，帝宅之户牖。百二之固，信非虚言也。」

〔二〕河：黄河。潼關北臨黄河，在風陵渡對岸。

〔三〕「來往」二句：周易繫辭上：「一闔一闢謂之變，往來不窮謂之通。」繫辭下：「神農氏没，堯舜氏作，通其變，使民不倦。」又，莊子有齊物論篇，明物我可齊，死生可一。此二句反易、莊之意而用之。

〔四〕故社：故里。禮記祭法：「大夫以下，成羣立社，曰置社。」鄭玄注：「大夫以下，謂下至庶人也。大夫不得特立社，與民族居。百家以下，則共立一社，今時里社是也。」後遂以「故社」指鄉里。

【集評】

潘德輿：晚唐於詩非聖境，不可一味鑽仰，亦不得一概抹殺。予嘗就其五七律名句，摘取數十聯，剖爲三等，……如……『秋風滿關樹，殘月隔河雞』，……五言之次也。（養一齋詩話卷四）

終南白鶴觀〔一〕

步步景通真〔二〕，門前衆水分。檉蘿諸洞合〔三〕，鐘磬上清聞〔四〕。古木千尋雪〔五〕，寒山萬丈雲。終期掃壇級〔六〕，來事紫陽君〔七〕。

【校】

「諸洞」，原校「一作洞口」，英華即作「洞口」。「來事」：「事」，原校「一作伴」，叢刊即作「伴」。

【箋注】

〔一〕終南：陝西終南山。白鶴觀：神仙家傳説多有關於白鶴者。如藝文類聚卷九〇引列仙傳：「王子喬見桓良曰：『待我緱氏山頭。』至期，果乘白鶴往山顛，望之不得到。」同書卷七八引搜神記：「遼東門外有華表柱，忽有一白鶴集柱頭。時有少年舉弓欲射之。鶴乃飛，徘徊空中而言曰：『有鳥有鳥丁令威，去家千歲今來歸。城郭如故人民非，何不學仙冢累累。』遂高上沖天。」故道教常有以「白鶴」名觀者。

〔二〕真：指仙境。太平御覽卷六五九引大洞經：「從生得道，從道得仙，從仙得真，從真得爲上清君。」

〔三〕檉：爾雅釋木：「檉，河柳。」郭璞注：「今河旁赤莖小楊。」蘿：見前題嵩高隱者居注。

〔四〕上清：道教仙境，三清之一。靈寶太乙經：「四人天外曰三清境，玉清、太清、上清，亦名三天。」

〔五〕尋：詩魯頌閟宮：「是尋是尺。」鄭玄箋：「八尺曰尋。」

〔六〕壇：禮記祭法：「燔柴於泰壇，祭天也。」鄭注：「壇，折，封土爲祭處也。壇之言坦也；坦，明貌也。」

〔七〕紫陽君：道教仙人，即紫陽真人。藝文類聚卷七八引真人周君傳：「紫陽真人周義山，字委通，汝陰人也。聞有欒先生，得道在蒙山，能讀龍嶠經，乃追尋之。入蒙山，遇羨門子，乘白鹿，執羽蓋，佩青毛之節，侍從十餘玉女。君乃再拜叩頭，乞長生要訣。羨門子曰：『子名在丹臺玉室之中，無憂不仙。遠越江河來，登此何索？』」

題興善寺寂上人院〔一〕

客來風雨後，院靜似荒涼。罷講蛩離砌〔二〕，思山葉滿廊。臘高興故疾〔三〕，爐暖發餘香。

自說匡廬側〔四〕，杉陰半石牀。

【校】

杉陰：「杉」，原校「一作移」，稿本、豫章即作「移」。

【箋注】

〔一〕興善寺：長安志卷七：「大興善寺，盡一坊之地（初曰遵善寺。隋文承周武之後，大崇釋氏，以收人望。移都，先置此寺，以其本封名焉），寺殿崇廣爲京城之最（號曰大興，佛殿制度與太廟同）。」寂上人：未詳其人，據詩意，當自廬山來。

〔二〕蛩：即「蛬」，蟋蟀。爾雅釋蟲：「蟋蟀，蛬也。」

〔三〕臘高：謂僧臘已高。印度佛教僧徒每夏三個月内，禁止出外，致力坐禪修學，謂之「安居」，亦云「坐夏」或「坐臘」。每經一次安居即謂「一臘」。後遂以僧人受戒後每度一歲爲一臘，故「僧臘」即爲受戒後之年齡。

〔四〕匡廬：江西省廬山。藝文類聚卷七引周景式廬山記：「匡俗，周威王時，生而神靈，廬於此山，世稱廬君。故山取號焉。」

題水部李羽員外招國里居〔一〕

野色入前軒，翛然琴與尊〔二〕。晝僧依寺壁〔三〕，栽葦學江村。自醞花前酒，誰敲雪裏門〔四〕。不辭朝謁遠，唯要近慈恩〔五〕。

【校】

「自醞」句：「醞」，原校「一作醒」，稿本、豫章即作「醒」；「酒」，原校「一作醉」，稿本、豫章即作「醉」。

【箋注】

〔一〕水部員外：見寄前水部賈員外嵩詩注。招國：唐長安坊名，在朱雀門東第三街（見唐兩京城坊考卷三）。按李羽爲宗室詩人李洞之從叔。全唐詩卷七二三李洞詩有賀昭國從叔轉本曹郎中、上昭國水部從叔郎中詩。知李羽後由水外轉水中。洞後詩云：「極南極北遊，東泛復西流。行匝中華地，魂消四海秋。題詩在瓊府，附舶出青州。不遇一公子，彈琴弔古丘。」知李羽任水部時洞已久試不第。唐詩紀事卷五八記「洞三榜裴公（贄），第二榜策夜簾前獻詩曰：『公道此時如不得，昭陵慟哭一生休。』尋卒蜀中。」按裴贄三知貢舉在大順、乾寧年間（登科記考卷二三），則李洞上水部李羽詩當略早於此。具體難究。又舊唐書懿宗紀記咸通十年（八六九）正月「楊收黨李羽等流。」疑非此李羽，縱是，則是時已赦還。參岑仲勉郎官石柱題名新考訂祠中。

〔二〕翛然：莊子大宗師：「翛然而往，翛然而來而已矣。」釋文：「向云：『翛然，自然無心而自爾之謂。』」成玄英疏：「翛然，無係貌也。」

〔三〕「畫僧」句：謂向寺壁畫僧。依：向。

〔四〕「自醞」二句：倣賈島題李凝幽居句式：「鳥宿池邊樹，僧敲月下門。」花前酒：庾信答王褒餉酒詩：「今日小園中，桃花數樹紅。開君一壺酒，細酌對春風。」

【三】「不辭」二句：慈恩，寺名，在唐長安城東南曲江北。長安志卷八「慈恩寺」：「隋無漏寺之地。武德初廢。貞觀二十二年，高宗在春宮時，爲文德皇后立爲寺，故以「慈恩」爲名，仍選林泉形勝之所。寺成，高宗親幸。佛象幡華，並從宮中所出。太常九部樂送額至寺。寺面臨黄渠，水竹森邃，爲京都之最。」同卷載，昭(招)國坊在朱雀街東第三街即皇城東之第一街從北向南第十二坊。緊鄰第十三坊爲進昌坊，慈恩寺即在進昌坊。故下句云云。唐皇城在城北。昭國坊在城內，故上句云云。

信美寺岑上人〔一〕

巡禮諸方遍〔二〕，湘南頗有緣〔三〕。焚香老山寺，乞食向江船。紗碧籠名畫〔四〕，燈寒照淨禪〔五〕。我來能永日，蓮漏滴階前〔六〕。

【校】

題：原注云：「一作司空圖詩。」稿本、英華題下無注。當爲谷詩，參卷二贈日東鑒禪師校。「山寺」：「山」，原校「一作僧」，戊籤、稿本即作「僧」。「階前」，英華作「寒泉」。

【箋注】

【一】信美寺：未詳，據詩意當在湘南。岑上人，未詳。

〔二〕巡禮：佛教稱往各地禮拜爲巡禮。如景德傳燈録慧忠禪師：「師感悟微旨，遂給侍左右。後辭，詣諸方巡禮。」

〔三〕湘南：湘水以南，今湖南省南部。

〔四〕「紗碧」句：張彥遠歷代名畫記卷三：「會昌五年，武宗毁天下寺塔，兩京各留三兩所，故名畫在寺壁者唯存一二。……先是李德裕鎮浙西，創立甘露寺，取管内諸寺畫壁置於寺内，大約有：顧愷之畫維摩詰，在大殿外西壁。戴安道文殊在大殿外西壁。……吳道子畫僧二軀在釋迦道場外壁。」可見唐世寺壁有名畫者頗多。

〔五〕淨禪：清淨之禪那。楞嚴經卷一：「殷勤啓請十方如來，妙奢摩他，三摩禪那，最初方便。」注：「禪那，華言『靜慮』。」俱舍論卷一六：「暫永遠離一切惡行煩惱垢，故名爲『清淨』。」

〔六〕蓮漏：即蓮花漏。國史補卷下：「越僧靈澈，得蓮花漏於廬山，傳江西觀察使韋丹。初，惠遠以山中不知更漏，乃取銅葉製器，狀如蓮花，置盆水之上，底孔漏水，半之則沈。每晝夜十二沈，爲行道之節。雖冬夏短長，雲陰月黑，亦無差也。」

池上

池榭愜幽獨〔一〕，狂吟學解嘲〔二〕。露荷香自在〔三〕，風竹冷相敲。喪志嫌孤宦〔四〕，忘機愛淡

〔五〕。仙山如有分〔六〕，必擬訪三茅〔七〕。

【校】

池樹：「樹」，原校「一作樹」，英華即作「樹」。　自在：「在」，原校「一作任」，稿本、豫章、叢刊即作「任」。　喪志：「志」，英華作「忘」，誤。　忘機：「忘」，稿本、叢刊、英華作「無」。

【箋注】

〔一〕樹：國語楚語上：「故先王之爲臺榭也。」韋昭注：「積土曰臺，無室曰榭。」

〔二〕狂吟：語本論語微子：「楚狂接輿歌而過孔子曰：『鳳兮鳳兮！何德之衰？往者不可諫，來者猶可追。已而，已而，今之從政者殆而。』」解嘲：文選揚雄解嘲並序：「哀帝時，丁、傅、董賢用事，諸附離之者，起家至二千石。時雄方草創太玄，有以自守，泊如也。人有嘲雄以玄之尚白，雄解之，號曰『解嘲』。」

〔三〕自在：本佛家語，意謂「無礙」。法華經序總：「盡諸有結，心得自在。」注：「不爲三界生死所縛，心游空寂，名爲『自在』。」

〔四〕喪志：古文尚書旅獒：「玩人喪德，玩物喪志。」

〔五〕忘機：語本莊子天地：「有機械者必有機事，有機事者必有機心。機心存於胸中，則純白不備；純白不備，則神生不定；神生不定者，道之所不載者也。吾非不知，羞而不爲也。」淡交：語本莊子山木：「(且)君子之交淡若水，小人之交甘若醴。君子淡以親，小人甘以绝。」

〔六〕仙山：道教以爲，仙人多居山中。太平御覽卷六六〇引大洞真經：「長生存神者，好山水之人。仁、知，動、靜所依也。依仁者靜而壽。依智者動而樂。」

〔七〕三茅：即三茅君，指茅盈、固、衷兄弟三人，傳説漢時仙人，居於丹陽茅山。太平御覽卷六六一引茅君傳：「盈字叔申，咸陽人也。父祚，有三子，盈、固、衷也。」同書卷六七二引茅盈傳：「盈後得仙，居句曲山，鄉人因改句曲之名爲『茅君之山』。時茅君二弟聞盈方信有仙矣，棄官而去，渡江求兄相見。告二弟真訣。一十八年，道成。」

遊貴侯城南林墅〔一〕

韋杜八九月〔二〕，亭臺高下風。獨來新霽後〔三〕，閑步澹煙中。荷密連池綠，柿繁和葉紅。主人貪貴達，清境屬鄰翁。

【校】

題：貴侯：「貴」，戊籤、稿本、豫章作「章」；「墅」，叢刊作「望」。　韋杜：「杜」，叢刊作「社」，誤。　「荷密」，原校「一作莎軟」，稿本、豫章即作「莎軟」。

【箋注】

〔一〕貴侯：貴顯之士。　城南：即韋杜，在長安城南，故云。

〔二〕韋杜：指韋曲與杜曲、杜固。辛氏三秦記：「城南韋杜，去天尺五。」新唐書杜正倫傳：「諸杜所居號杜固，世傳其地有壯氣，故世衣冠。」雍録卷七韋曲杜曲薛曲：「呂圖：『韋曲在明德門外，韋后家在此。蓋皇子陂之西也。所謂「城南韋杜，去天尺五」者也。杜曲在啓夏門外，向西即少陵原也。』」

〔三〕霽：爾雅釋天：「雨濟謂之霽。」説文解字十一篇下雨部：「霽，雨止也。」段注：「濟，古多訓『止』者。……許云『雨止者』，以詁訓字易其本字也。」

江行〔一〕

漂泊病難任，逢人淚滿襟。關東多事日〔二〕，天末未歸心。夜雨荊江漲〔三〕，春雲郢樹深〔四〕。殷勤聽漁唱〔五〕，漸次入吳音。

【校】

漸次：「次」，原校「一作漸」，稿本、叢刊、英華即作「漸」。荊江漲：「漲」，原校「一作闊」。春雲：「雲」，稿本、豫章原校「一作陰」。

【箋注】

〔一〕據詩意，知爲廣明元年（八八〇）後谷長期飄泊時所作，而尤以大順元年（八九〇）向江南途中作爲近是。

按詩後四句知由荊楚向吳，而時「關東」正「多事」。大順元年，李克用軍與朱全忠部在關東潞州、澤州一帶大戰，參前送進士許彬詩注。集中杭州、湖州諸作當爲同期所作，可參。又按此詩似爲和中唐顧況南歸詩所作。今録南歸詩以備參：「老病力難任，猶多鬢雪侵。鱸魚消宦況，鷗鳥識歸心。急雨江帆重，殘更驛樹深。鄉關殊可望，漸漸入吳音。」

〔二〕關東：函谷關以東地區。史記李斯列傳：「關東爲六國，秦之乘勝役諸侯，蓋六世矣。」即以函谷關爲秦與六國分界。

〔三〕荊江：見前寄南浦謫官注。

〔四〕郢：春秋、戰國時楚都，此處泛指楚地。

〔五〕殷勤：親切意。史記司馬相如列傳：「相如乃使人重賜文君侍者，通殷勤。」

舟次通泉精舍〔一〕

江清如洛汭〔二〕，寺好似香山〔三〕。勞倦孤舟裏，登臨半日間。樹涼巢鶴健，巖響語僧閑。更共幽雲約，秋隨絳帳還。時谷將之瀘州省拜恩地〔四〕。

【校】

詩末注：稿本、叢刊無。

【箋注】

〔一〕本詩作於景福二年（八九三）春，谷往瀘州省拜座主柳玭途中。通泉：屬劍南道梓州，今四川省射洪縣東南，參舊唐書地理志四。精舍：指僧寺。世説新語棲逸：「康僧淵在豫章，去郭數十里立精舍。」

〔二〕江：指涪江。洛：洛河，黄河支流，流經今河南、陝西二省。汭：古水名。周禮夏官職方氏：「其川涇、汭。」鄭玄注：「汭在豳地。」豳，在今陝西省栒邑縣西。

〔三〕香山：在今河南省洛陽市。白居易晚年居於此，號香山居士（見新唐書白居易傳）。

〔四〕絳帳：後漢書馬融傳：「（融）常坐高堂，施絳紗帳，前授生徒，後列女樂。」後遂用以指師門。瀘州，唐時州名，又稱瀘川郡，治所在瀘川縣（今四川省瀘州市）。省，禮記曲禮上：「昏定而晨省。」鄭玄注：「省，問其安否何如。」恩地，座師，唐摭言卷四有與恩地舊交條。此指柳玭。谷光啓三年（八八七）及第，見祖無擇都官鄭谷墓表。時玭知貢舉。見登科記考卷二三。景福二年（八九三）二月，玭自渝州刺史爲瀘州刺史，見資治通鑑卷二五九。而次年谷已任鄠縣尉，參卷三結綬鄠郊縻攝府署偶有自詠詩注。故詩必爲景福二年作。又卷二將之瀘郡旅次遂州詩有云：「我拜師門更南去，荔枝春熟向渝瀘。」遂州在通泉路南，故知本詩亦春季作而略早於遂州詩。詩言「樹涼」，恰可爲證。

【集評】

徐衍：美頌不可情奢，情奢則輕浮見矣；諷刺不可怒張，怒張則筋骨露矣。賈島題李頻幽居詩：「暫去還來此，幽期不負言。」此言小人將退也。薛能題牡丹詩：「見欲欄邊安枕席，夜深聞共説相思」，此賢人復得相逢也。鄭谷舟次通泉精舍詩：「更共幽雲約，秋隨絳帳還」，此言賢人在位也。（風騷要式）

水軒

日日狎沙禽〔一〕，偷安且放吟〔二〕。讀書老不入，愛酒病還深。歉後爲羈客，兵餘問故林〔三〕。楊花滿牀席，搔首度春陰〔四〕。

【校】

歉後句：「歉」，英華作「亂」，下校云「集作兼」；「羈」，原校「一作飢」，豫章原校「一作機」，按作「羈」義長。　楊花：「楊」，豫章作「榻」，誤。　「搔首」：「首」，叢刊作「手」，誤。

【箋注】

〔一〕狎沙禽：列子黄帝：「海上之人有好漚鳥者，每旦之海上，從漚鳥游，漚鳥之至者百住而不止。」

〔二〕偷安：賈誼數寧：「夫抱火厝之積薪之下而寢其上，火未及燃，因謂之安，偷安者也。」

〔三〕故林：即舊林。文選陸機贈從兄車騎：「孤獸思故藪，離鳥悲舊林。」「故」、「舊」互文。

〔四〕「搔首」句：語本詩邶風靜女：「愛而不見，搔首踟躕。」毛傳：「言志往而行止。」

潯陽姚宰廳作〔一〕

縣幽公事稀，庭草是山薇〔二〕。足得招棋侶〔三〕，何妨着道衣。野泉當案落，汀鷺入衙飛〔四〕。寺去東林近〔五〕，多應隔宿歸。

【校】

足得：「足」，原校「一作縱」，叢刊即作「縱」。

【箋注】

〔一〕潯陽：即江州，見前送人之九江謁郡侯苗員外紳題注。宰：縣令。姚宰，未詳何人。

〔二〕山薇：史記伯夷列傳：「（伯夷、叔齊）隱於首陽山，采薇而食之。」薇，説文解字一篇下艸部：「薇，菜也，似藿。」段注：「謂似豆菜也。」

〔三〕足可：文選謝靈運初去郡：「或可憂貪競，豈足稱達生。」「可」、「足」互文，見廣釋詞卷八。

〔四〕衙：南部新書庚：「近代通謂府廷爲公衙，即古之公朝也。字本作『牙』。詩曰：『祈父，予王之爪牙。』祈父，司馬，掌武備，象獸以牙爪爲衛。故軍前大旗，謂之牙旗，出則有建牙、禡牙之事。軍中聽號令，必至牙旗之下，與府朝無異。近俗尚武，是以通呼公門爲牙門，字稱訛變轉爲『衙』。」

〔五〕東林：寺名，在廬山，東晉名僧慧遠所居。宛委山堂本説郛卷五七引蓮社高賢傳慧遠法師節：「（刺史桓)伊大敬威，乃爲建刹，名其殿曰『神運』。以在永師舍東，故號東林。時太元十一年也。」

梓潼歲暮〔一〕

江城無宿雪〔二〕，風物易爲春。酒美消磨日〔三〕，梅香著莫人〔四〕。老吟窮景象，多難損精神〔五〕。漸有還京望，綿州減戰塵〔六〕。

【校】

綿州：「州」，豫章作「川」，誤。

【箋注】

〔一〕本詩作於中和四年（八八四）歲暮。梓潼：唐時郡名，即梓州。舊唐書地理志四：「天寶元年，改爲梓潼郡。乾元元年，復爲梓州。乾元後，分蜀爲東、西川，梓州恒爲東川節度使治所。」州治在郪縣（今四川省三臺縣境）。

〔二〕江：指涪江。

〔三〕酒美：國史補卷下：「酒則有……劍南之燒春。」梓州唐時屬劍南道。

〔四〕著莫：即「着莫」，此處作「撩惹」或「沾惹」解（見張相詩詞曲語辭匯釋卷五）。

〔五〕「多難」句：黄帝内經素問上古天真論：「外不勞形於事，内無思想之患，以恬愉爲務，以自得爲功，形體不弊，精神不散。」楚辭七諫怨世：「獨寃抑而無極兮，傷精神而壽夭。」前時谷困於梓州，寃抑無極，故云。

〔六〕「漸有」二句：資治通鑑卷二五五載，廣明元年（八八〇）十二月，黃巢入長安，僖宗奔成都。中和三年（八八三）四月，李克用復京師，僖宗以宮室未完，仍留成都。時中官田令孜擅權，西川節度使陳敬瑄與令孜爲兄弟，權寵亦盛。東川節度使楊師立心不能平。中和四年正月，令孜恐其爲亂，徵師立爲右僕射。「楊師立得詔書，怒，不受代，殺官告使及監軍使，舉兵，以討陳敬瑄爲名，大將有諫者輒殺之，進屯涪城（胡三省注：「唐初屬綿州，後屬梓州。」），遣其將郝蠲襲綿州，不克。丙午，以陳敬瑄爲西川、東川、山南西道都指揮、招討、安撫、處置等使。三月，甲子，楊師立移檄行在百官及諸道將吏士庶，數陳敬瑄十罪，自言集本道將士、八州壇丁（胡三省注：「壇丁者，蜀中邊郡民兵也。」）共十五萬人，長驅問罪。詔削師立官爵，以眉州防禦使高仁厚爲東川留後，將兵五千討之。同書卷二五六：「中和四年，六月，壬辰，東川留後高仁厚奏鄭君雄斬楊師立出降。」（君雄，師立部將。）可知此詩作於中和四年歲暮。綿州，治所在巴西縣（今四川省綿竹縣東）。梓、綿二州在成都東北，戰事一起，僖宗還京之路絶。今師立之亂已息，故云「漸有還京望」。

咸陽〔一〕

咸陽城下宿，往事可悲思。未有謀身計〔二〕，頻遷反正朔〔三〕。凍河孤棹澀，老樹疊巢危。莫問今行止，漂漂不自知。

【校】

「不自知」，豫章、叢刊作「自不知」。

【箋注】

〔一〕本詩似作於光啓三年（八八七）冬至文德元年春（八八七——八八八）。咸陽：縣名，唐時屬京兆府，今陝西省咸陽縣。見舊唐書地理志一。

〔二〕謀身：見前渠江旅思注。

〔三〕「頻遷」句：所指可能有二。昭宗光化三年（九〇〇）十一月中尉劉季述、王仲先廢昭宗，太子登皇帝位。十二月鹽州都將孫德昭殺王擒劉。次年正月朔，昭宗反正（見舊唐書昭宗紀）。又先是，光啓元年九月，河東節度使王重榮反，邠寧節度使朱玫討之。十一月，河東節度使李克用叛附於王重榮。十二月癸酉，朱玫及王重榮、李克用戰於沙苑，敗績。乙亥，克用犯京師。丙子，如鳳翔。二年正月癸未，朱玫叛，寇鳳翔。二月丙申，次興元。四月，乙卯，朱玫以嗣襄王煴入於京師。十月，丙午，嗣襄王煴自立爲皇帝，尊皇帝爲太上元皇聖帝。十二月丙辰，朱玫伏誅。丁巳，煴伏誅（見新唐書僖宗紀。）資治通鑑卷二五六、二五七載，光啓三年三月壬辰，車駕至鳳翔，節度使李昌符恐軍駕還京雖不治前過，恩賞必疏，乃以宮室未完，固請駐蹕府舍，從之。文德元年二月乙亥，上不豫；壬午，發鳳翔，己丑，至長安。僖宗於光啓三年三月至鳳翔後，遲遲未返長安，逗留鳳翔近一年。詩既云「頻遷反正期」，則以此次反正爲近是。然谷光啓三年春進士及第後又復入蜀，有擢第後入蜀經羅村路見海棠盛開詩（卷二），此詩有「凍河」一語，或於光啓三年冬或次年初，谷又一度返長安附近。未能確考，書以備參。遷，變易。反正，語本公羊傳哀公十四年：「撥亂世，反諸正，莫近諸春秋。」後遂以「反正」指還復本位。如晉書王敦傳：「惠帝返正。」嗣襄王熅干犯帝位，今既伏誅，僖宗當返京踐位，故云「反正」。

長安感興

徒勞悲喪亂〔一〕，自古戒繁華〔二〕。落日狐兔徑，近年公相家〔三〕。可悲聞玉笛〔四〕，不見走香車〔五〕。寂寞牆匡裏〔六〕，春陰挫杏花〔七〕。

【箋注】

〔一〕「徒勞」句：光啓元年（八八五）三月，僖宗還京。谷亦隨駕返。三月杏花正開，故下有「春陰」句。此詩當作於是時。喪亂：指黄巢入長安事。參傳箋。

〔二〕「自古」句：古文尚書旅獒：「玩人喪德，玩物喪志……不作無益害有益，功乃成。不貴異物賤用物，民乃足。犬馬非其土性不畜，珍禽異物不育於國。不寶遠物，則遠人格。所寶惟賢，則邇人安。」資治通鑑卷二五〇：「（懿宗咸通七年）上好音樂宴游，殿前供奉樂工常近五百人，每月宴設不減十餘，水陸皆備，聽樂觀優，不知厭倦，賜與動及千緡。曲江、昆明、灞滻、南宮、北苑、昭應、咸陽，所欲游幸即行，不待供置，有司常具音樂、飲食、幄帟，諸王立馬以備陪從。每行幸，内外諸司扈從者十餘萬人，所費不可勝紀。」同書卷二五二：「（僖宗乾符二年）上時年十四，專事游戲，政事一委令孜，呼爲『阿父』。……令孜説上籍兩市商旅寶貨悉輸内庫，有陳訴者，付京兆杖殺之。」同卷：「（乾符元年）自懿宗以來，奢侈日盛，用兵不息，賦斂愈急。關東連年水旱，州縣不以實聞。上下相蒙，百姓流殍，無所控訴，相聚爲盜，所在蜂起。」

〔三〕「落日」二句：資治通鑑卷二五六：「（光啓元年）三月，丁卯，至京師：荆棘滿城，狐兔縱横，上悽然不樂。」韋莊秦婦吟有句云：「内庫燒成錦繡灰，天街踏盡公卿骨。」

〔四〕玉笛：太平御覽卷五八〇引西京雜記：「高祖初入咸陽宮，周行府庫，金玉珍寶，不可稱言，其尤驚異者，玉笛長二尺三寸，六孔。」晉書向秀傳記嵇康、吕安爲司馬氏所殺，向秀經山陽舊居，聞鄰人笛聲，感懷舊友，作思舊賦，此暗用其事。

〔五〕香車：太平御覽卷三七五引魏武與楊彪書：「今贈足下四望通幰七香車二乘。」

〔六〕牆匡：禮記檀弓下：「蠶則績而蟹有匡。」孔穎達疏：「蟹有匡者，蟹背殼似匡。」匡，即「筐」。牆匡，即牆四圍如筐。

〔七〕挫：説文解字十二篇上手部：「挫，摧也。」

聞所知遊樊川有寄〔一〕

誰無泉石趣〔二〕，朝下少同過。貪勝覺程近，愛閑經宿多。片沙留白鳥〔三〕，高木引青蘿〔四〕。醉把漁竿去，殷勤藉岸莎〔五〕。

【校】

題：原校「一本無有寄二字」，豫章即無此二字。

【箋注】

〔一〕樊川：長安志萬年縣：「樊川，一名後寬川，在縣南三十五里。十道志曰：『其地即杜陵之樊鄉。漢高祖在櫟陽，以將軍樊噲灌廢丘功最，賜噲食邑於此，故曰樊川。』三秦記：『長安正南秦嶺，嶺根水流爲秦川，一爲樊川。』」在今西安市南。

〔二〕泉石趣：梁書陶弘景傳：「有時獨游泉石，望見者以爲仙人。」

〔三〕「片沙」句：詩周頌振鷺：「振鷺于飛，于彼西雝。我客戾止，亦有斯容。」鄭玄箋：「白鳥集於西雝之澤，言所集得其處也。」白鳥，鷺。

〔四〕青蘿：藝文類聚卷七引江淹江上之山賦：「挂青蘿兮萬仞，豎丹石兮百重。……草自然而千花，樹無情而百色。嗟世道之異茲，牽憂患而來逼。」又李白贈宣城宇文太守兼呈崔侍御：「樹古青蘿懸。」

〔五〕莎：泛指草。

張谷田舍〔一〕

縣官清且儉〔二〕，深谷有人家。一徑入寒竹，小橋穿野花。碓喧春澗滿，梯倚緑桑斜。自說年來稔〔三〕，前村酒可賒。

【校】

稿本題下注「一作儲光羲詩」，按英華作谷詩，谷集諸本均録，儲集不録此詩，當爲谷作。「緑桑斜」：「斜」，英華作「科」，誤。有人家：「有」，原校「一作自」。

【箋注】

〔一〕張谷：華嶽志卷一：「即張超谷，（楊嗣易記）出玉泉院東南上爲谷口，有崇崖崿嶂，遞互虧蔽。」又云：「張仙谷在五里關南，張公超結廬於此，故名。今石室依然。（按賈志，華山谷即名張谷。此特谷中一處，蓋指霧市而言之也。）」

〔二〕縣官：此指畿輔之地。按古稱朝廷、天子爲縣官。史記絳侯世家：「庸知其盜買縣官器。」索隱：「縣官爲天子也。所以謂國家爲縣官者，夏官王畿内縣即國都也。王者官天下，故曰縣官也。」按周禮夏官司馬：「方千里曰王畿。」華嶽所在之華州在唐代爲上輔。故此以縣官稱之。句謂王畿之地，民俗清儉也。

〔三〕稔：見前送進士許彬注。

【集評】

王壽昌：何謂逸？曰：古之逸調，不可枚舉。略指其概。……近體則如……儲太祝（光羲）之「縣官清且儉，深谷有人家。一徑入寒竹，小橋穿野花。碓喧春澗滿，梯倚緑桑斜。自説年來稔，前村酒可賒。」（張谷田舍）……是也。（小清華園詩談卷上）按：此詩儲光羲集中不載，英華作谷詩，當爲王氏誤記。

深居〔一〕

吾道有誰同〔二〕，深居自固窮〔三〕。殷勤謝緑樹，朝夕惠清風。書滿閑窗下，琴横野艇中。年來頭更白，雅稱釣魚翁〔四〕。

【校】

「惠」，百家作「事」。

【箋注】

〔一〕據末句，詩似當作於天復三年（九〇三）或稍後歸隱時。參卷四黯然詩注與傳箋。

深居：吳越春秋闔閭内傳：「孫子者，名武，吳人也。善爲兵法，避隱深居。」深居即避隱意。

〔二〕「吾道」句：公羊傳哀公十四年：「西狩獲麟。孔子曰：『吾道窮矣。』」

〔三〕固窮：論語衛靈公：「在陳絶糧，從者病，莫能興。子路愠見曰：『君子亦有窮乎？』子曰：『君子固窮，小人窮斯濫矣。』」

〔四〕「雅稱」句：藝文類聚卷三六引陸機幽人賦：「世有幽人，漁釣乎玄渚，彈雲冕以辭世，披宵褐而延佇。是以物外莫得窺其奧，舉世不足揚其波；勁秋不能凋其葉，芳春不能發其華。超塵冥以絶緒，豈世網之能加？」釣魚翁即指幽人。

端居〔一〕

葉葉下高梧，端居失所圖。亂離時輩少，風月夜吟孤。舊疾衰還有〔二〕，窮愁醉暫無。秋光如水國〔三〕，不語理霜鬚。

【校】

亂離：「離」，叢刊作「罹」。

【箋注】

〔一〕端居：平居不出戶，如王維王右丞集卷五登裴迪秀才小臺作：「端居不出戶，滿目望雲山。」

〔二〕還、終：庾信奉和永豐殿下言志之八：「還思建鄴水，終憶武昌魚。」「還」、「終」互文，見廣釋詞卷四。

〔三〕水國：指谷家鄉袁州。州治宜春縣，北臨袁水，故云。

郊園

相近復相尋，山僧與水禽。煙蓑春釣靜，雪屋夜棋深。雅道誰開口，時風未醒心〔一〕。溪光何以報？祇有醉和吟。

【校】

「煙蓑」，英華作「蓑衣」。　未醒：「醒」，原校「一作省」。　溪光：「溪」，稿本、英華作「恩」。　醉和吟：「吟」，叢刊作「琴」。

【箋注】

〔一〕「雅道」二句：有感於唐季言路壅塞。新唐書僖宗紀贊：「懿、僖當唐政之始衰，而以昏庸相繼。」資治通鑑卷二五四中和元年七月：「上日夕專與宦者同處，議天下事，待外臣殊疏薄。」可參證。　雅道，語本三國志蜀志龐統傳：「當今天下大亂，雅道陵遲。」　時風，語本尚書洪範：「曰聖，時風若。」偽孔傳：「君能通理，則時風順之。」尚書大傳洪範五行傳鄭玄注：「孔子説休徵曰：『聖者，通也。兼四而明，則所謂聖。聖者，貌言視聽而載之以思心者，通以待之。君思心不通，則是非不能心明其事也。』」未醒心，即謂「君思心不通，不能心明其事」。

郊野

蓼水菊籬邊〔一〕，新晴有亂蟬。秋光終寂寞，晚醉自留連〔二〕。野濕禾中露，村閑社後天〔三〕。題詩滿紅葉〔四〕，何必浣花牋〔五〕。

【校】

題：叢刊作「郊墅」，英華作「郊墅二首之二」。　「秋光」，叢刊作「先秋」。　自留連：「自」，戊籤作「有」；「留」，英華作「流」。　禾中：「禾」，原校「一作林」。

【箋注】

〔一〕蓼水：語本莊子應帝王：「天根游於殷陽，至蓼水之上。」此處乃虛指。　菊籬邊：語本陶淵明飲酒詩之五：「採菊東籬下，悠然見南山。」

〔二〕留連：即「流連」，依戀不捨之意。語本孟子梁惠王下：「從流下而忘反，謂之流；從流上而忘反，謂之連。」

宋書樂志三載魏文帝燕歌行：「仰戴星月觀雲間，飛鳥晨鳴，聲氣可憐，留連顧懷不自存。」

〔三〕社：社日，此指秋社。太平御覽卷三十引禮記月令：「擇元日，命人社。」注：「元日，謂近春分前後戊日。」此謂春社，則秋社在近秋分前後戊日。西溪叢語卷上：「至漢方有春秋二社。」荆楚歲時記：「社日，四鄰並結綜會社，牲醪，爲屋於樹下，先祭神，然後饗其胙。」

〔四〕「題詩」句：紅葉題詩故事有數説，兹引雲溪友議卷下一則：「盧渥舍人應舉之歲，偶臨御溝，見一紅葉，命僕搴來。葉上乃有一絶句，置於巾箱，或呈於同志。及宣宗既省宫人，初下詔，許從百官司吏，獨不許貢舉人。渥後亦一任范陽，獲其退宫人。覩紅葉而吁嗟久之，曰：『當時偶題隨流，不謂郎君收藏巾篋。』驗其書迹，無不訝焉。詩曰：『流水何太急，深宫盡日閑。殷勤謝紅葉，好去到人間。』」

〔五〕浣花牋：宛委山堂本説郛弓九八引蜀牋譜：「（薛）濤僑止百花潭，躬撰深紅小彩牋，裁書供吟，獻酬賢傑，時謂之薛濤牋。」百花潭即浣花溪，故薛濤牋又名浣花牋。

旅寓洛南村舍〔一〕

村落清明近〔二〕，鞦韆稚女誇〔三〕。春陰妨柳絮，月黑見梨花。白鳥窺魚網〔四〕，青帘認酒家〔五〕。幽棲雖自適〔六〕，交友在京華。

【校】

題：「洛」，豫章作「落」，涉首句而誤。　　春陰：「陰」，叢刊作「光」。

【箋注】

〔一〕洛南：縣名。屬山南西道商州。在東、西二京間。今名同。參舊唐書地理志二。

〔二〕清明：淮南子天文：「（春分）加十五日（斗）指乙，則清明風至。」

〔三〕「鞦韆」句：唐時清明節有拔河、鞦韆、鬥雞之戲。太平御覽卷三十引古今藝術圖：「寒食鞦韆，本北方山戎之戲，以習輕趫者也。」宋張有復古編聯綿字：「千秋。案：詞人高無際作鞦韆賦序云：『漢武帝後庭之戲也。本云「千秋」，祝壽之詞也。語譌轉爲「鞦韆」。後人不本其意，乃造此二字。』」

〔四〕白鳥：鷺，見前聞所知游樊川有寄注。

〔五〕青帘：廣韻鹽韻：「帘，青帘，酒家望子。」即酒旗。

〔六〕自適：莊子大宗師：「若狐不偕、務光、……是役人之役，適人之適，而不自適其適者也。」成玄英疏：「悦樂衆人之耳目，焉能自適其情性耶？」

【集評】

周紫芝：然谷亦不可謂無好語。如「春陰妨柳絮，月黑見梨花」，風味固似不淺。惜乎其不見賞於坡公，遂不爲人所稱耳。」（竹坡詩話）

吳可：「春陰妨柳絮，月黑見梨花」，「登臨獨無語，風柳自搖村（春）」，此二聯無人拈出。（藏海詩話）

魏慶之：唐人句法……眼用活字（五言以第三字爲眼，七言以第五字爲眼）……「春陰妨柳絮，月黑見梨花。」（鄭谷村舍）」（詩人玉屑卷三）

馬位：鄭谷「月黑見梨花」，佳句也；不及退之「白花倒燭天夜明」爲雄渾，讀之氣象自别。義山李花詩「自明無月夜」，與退之未易軒輊。（秋窗隨筆）

杏花

不學梅欺雪〔一〕，輕紅照碧池。小桃新謝後，雙燕却來時。香屬登龍客〔二〕，煙籠宿蝶枝。臨軒須貌取〔三〕，風雨易離披〔四〕。

【校】

欺雪：「欺」，叢刊作「歌」，誤。　却來時：「却」，英華作「恰」。　登龍客：「客」，原校「一作室」，叢刊即作「室」，誤。

【箋注】

〔一〕梅欺雪：藝文類聚卷八六引何遜早梅詩：「銜霜當路發，映雪擬寒開。」又引江總梅花落詩：「楊柳條青樓上輕，梅花色白雪中明。」

〔二〕「香屬」句：指及第舉子，新進士及第，於杏園醵宴，故云。見前賀進士駱用錫登第注。

〔三〕貌取：謂圖其形。韓愈楸樹詩：「不得畫師來貌取，定知難見一生中。」

〔四〕離披：分散零落貌。楚辭九辯之三：「白露既下百草兮，奄離披此梧楸。」洪興祖補注：「離披，分散貌。」

【集評】

李因培：（「小桃」二句批語）托出杏花，語有風致。（唐詩觀瀾集）

水林檎花〔一〕

一露一朝新，簾櫳曉景分〔二〕。艷和蜂蝶動，香帶管弦聞。笑擬春無力，粧濃酒漸醺。直疑風起夜，飛去替行雲〔三〕。

【校】

風起：「起」，原校「一作雨」，英華即作「雨」。

【箋注】

〔一〕林檎：文選左思蜀都賦：「其園則有林檎、枇杷。」李善注：「林檎，實似赤柰而小，味如梨。」明本藝文類聚卷七八引廣志：「一名『來禽』，言味甘熟則來禽也。」即花紅，春夏之交開花，花紅色。水林檎爲林檎之一種。

見本草林檎。

〔二〕櫳：說文解字木部：「櫳，檻也。」

〔三〕「飛去」句：喻水林檎花之輕艷。替，代。行雲，即朝雲。文選宋玉高唐賦：「（楚襄王）夢見一婦人，曰：『妾，巫山之女也，爲高唐神女。聞君游高唐，願薦枕席。』王因幸之。去而辭曰：『妾在巫山之陽，高丘之阻。旦爲行雲，暮爲行雨。朝朝暮暮，陽臺之下。』」

蓼花〔一〕

蔟蔟復悠悠〔二〕，年年拂漫流。差池伴黃菊〔三〕，冷澹過清秋。晚帶鳴蟲急，寒藏宿鷺愁。故溪歸不得〔四〕，憑仗繫漁舟〔五〕。

【校】

鳴蟲：「蟲」，原校「一作蛩」，英華即作「蛩」。

【箋注】

〔一〕蓼：指水蓼。急就篇顏師古注：「蓼有數種，葉長鋭而薄，生於水中者曰水蓼。」花色淡紅。羅隱蘇城南湖陪曹使君遊詩：「水蓼花紅稻穗香。」

〔二〕蔟蔟：攢聚貌。悠悠：飛揚貌。

〔三〕差池：詩邶風燕燕：「燕燕于飛，差池其羽。」鄭玄箋：「差池其羽，謂張舒其羽翼。」此以狀蓼花之飛揚。

〔四〕故溪：喻故里。可知此詩蓋作於流寓蜀中時。

〔五〕「憑仗」句：謂傍蓼花艤舟也。憑仗：詩詞曲語辭匯釋：「憑，猶仗也；亦猶煩也；請也。」唐人詩中「憑仗」常連用，此處作「仗」解。

江梅

江梅且緩飛，前輩有歌詞〔一〕。莫惜黃金縷〔二〕，難忘白雪枝〔三〕。吟看歸不得，醉嗅立如癡。和雨和煙折，含情寄所思〔四〕。

【箋注】

〔一〕「前輩」句：樂府詩集橫吹曲辭漢橫吹曲：「梅花落，本笛中曲也。按唐大角曲亦有大單于、小單于、大梅花、小梅花等曲，今其曲猶有存者。」鮑照、徐陵、吳均、江總、盧照鄰、沈佺期等皆有梅花落詩。

〔二〕黃金縷：藝文類聚卷八六引梁簡文帝梅花賦：「梅花特早，偏能識春。或承陽而發金，乍雜雪而披銀。」

〔三〕白雪枝：樂府詩集梅花落引蘇子卿詩：「祇言花是雪，不悟有香來。」又引江總詩：「偏疑粉蝶散，乍似雪花開。」

〔四〕「和雨」二句：文選古詩十九首之九：「庭中有奇樹，緑葉發華滋。攀條折其榮，將以遺所思。」

【集評】

方回：五、六深造梅趣。（紀批瀛奎律髓卷三〇）

紀昀：二句六句俱拙鄙。三、四尤俗。七句似柳不似梅。（同前）

荔枝〔一〕

平昔誰相愛，驪山遇貴妃〔二〕。枉教生處遠，愁見摘來稀。晚奪紅霞色，晴欺瘴日威〔三〕。

南荒何所戀〔四〕，爲爾即忘歸。

【校】

荔枝：「枝」，英華作「林」，誤。「晚奪」句：「晚」，稿本、英華作「曉」；「紅」，原校「一作江」，稿本、豫章即作「江」。戀：原校「一作慰」。稿本即作「慰」。

【箋注】

〔一〕據末句，知爲廣明（八八〇）後流寓蜀中時作。具體時間難以確定。

〔二〕「平昔」二句：新唐書楊貴妃傳：「妃嗜荔枝，必欲生致之。乃置驛騎傳送，走數千里，味未變已至京師。」驪山：樂史楊太真外傳卷下：「上每年冬十月幸華清宮，常經冬還闕。去即與貴妃同輦。」（華清宮在驪山）按：荔枝爲暑日之物，而貴妃居驪山則在冬季，此與白居易長恨歌「七月七日長生殿」同，乃當時傳説，不必以事實拘。

〔三〕「晚奪」二句：國史補卷上：「楊貴妃生於蜀，好食荔枝。南海所生，尤勝蜀者，故每歲飛馳以進。然方暑爲熱，經宿則敗，後人皆不知之。」

〔四〕南荒：極南之地，此指蜀中。

駐蹕華下同年司封員外從翁許共遊西溪久違前契戲成寄贈〔一〕

北渚牽吟興〔二〕，西溪爽共游〔三〕。指期乘禁馬，故事，初入內庭，恩賜飛龍馬〔四〕。無暇狎沙鷗〔五〕。
縱目懷青島，澄心想碧流〔六〕。明公非不愛〔七〕，應待泛龍舟。

【校】

乘禁馬：「乘」，原校「一作承」，豫章即作「承」；又本句下注「賜」字，戊籤作「借」。　非不愛：「愛」，戊籤、叢刊作「要」。

【注】

〔一〕駐蹕華下：舊唐書昭宗紀載，昭宗於乾寧三年（八九六）至光化元年（八九八）在華州。見前順動後藍田偶作注。此詩當作於是時。又：光化元年「六月己亥，帝幸西溪觀競渡。天下藩牧、文武百僚上表，請車駕還京」。本詩情調逸閑，似爲亂敉後作，末句又云「應待泛龍舟」，則尤以光化元年六月略前作爲近是。同年：國史補卷下：「（進士）俱捷謂之同年。」　司封員外：見前送司封從叔員外徼赴華州裴尚書均辟注。從翁：即從父，　指伯父、叔父。　西溪：華州近西一帶諸水之稱。　隆慶華州志卷二：「（西溪）水受諸峪而成泓漾。溪初分流灌田，至故縣沙澗諸村，　則萬壑風煙，　眺游勝絶之所也。古今人慕杜司功子美之風，遂名之爲小曲江云。……西溪之水地氣漸下，今止於一溪之細流耳，非古之溪水可以競渡，　可以駐大軍也。」

〔二〕渚：詩召南江有汜：「江有渚。」毛傳：「渚，小洲也。　水枝成渚。」

〔三〕爽：失約之意。

〔四〕「指期」句並注：謂從叔不日將入爲翰林學士。　説郛卷九〇李肇翰林志：「試畢候對，可者翌日受宣，乃定。事下中書門下，於麟德殿候對，同院賜宴，……序立拜恩訖，候就宴，　又賜衣一付，　絹五十疋，　飛龍使供馬一疋。」　内庭，　代指翰林院。　資治通鑑卷二四九大中十年五月胡三省注：「翰林學士院在内庭。」　飛龍馬，新唐書百官志二：「武后萬歲通天元年置仗内六閑：一曰飛龍，二曰祥麟，三曰鳳苑，四曰鵷鸞，五日吉良，六曰六羣；亦號六厩。」

〔五〕狎沙鷗：見前水軒注。

〔六〕澄心：淮南子泰族：「凡學者能明於天人之分，通於治亂之本，澄心清意以存之，見其終始，可謂知略矣。」「澄心」即「清意」之意。

〔七〕明公：此指同年司封員外從翁。

谷自亂離之後在西蜀半紀之餘多寓止精舍與圓昉上人爲淨侶昉公於長松山舊齋嘗約他日訪會勞生多故遊宦數年曩契未諧忽聞謝世愴吟四韻以弔之〔一〕

每思聞淨話〔二〕，雨夜對禪牀〔三〕。未得重相見，秋燈照影堂〔四〕。孤雲終負約，薄宦轉堪傷。夢繞長松塔〔五〕，遥焚一柱香。

【校】

題：「亂離」，原校「一作罹亂」，叢刊、戊籤即作「罹亂」，稿本、豫章作「亂罹」。　每思：「每」，戊籤、豫章作

「幾」。

【箋注】

〔一〕「谷自亂離」二句：廣明元年（八八〇）十二月，黄巢陷長安。僖宗出奔至成都。光啓元年（八八五）三月，自成都還京師。首尾共六年。其時谷亦流寓蜀中，故云：「在西蜀半紀之餘。」此詩乃谷入仕後作。淨侶：方外之交。長松山：見前贈圓昉公注。勞生：語本莊子大宗師：「夫大塊載我以形，勞我以生，佚我以老，息我以死。」曩契：舊約。

〔二〕淨話：指佛家清淨之語。

〔三〕「雨夜」句：韋應物示全真元常詩：「寧知風雪夜，復此對牀眠。」

〔四〕影堂：原指僧寺中安放佛祖真影之室。高僧圓寂後，亦多有於寺中設影堂者。此指圓昉影堂。

〔五〕長松塔：圓昉葬處。前贈圓昉公詩有云：「長説長松寺，他年與我期。」可相參。塔原爲瘞佛骨之所，後亦用以保存僧人遺體。

【集評】

陳郁：鄭谷弔僧詩云：「幾思聞靜話，夜雨對禪牀。未得重相見，秋燈照影堂。」以後二句對前二句，扇對也。（藏一話腴一一對仗體格舉例）

蔡正孫：詩話云：「破題與領聯便作隔句對，若施之於賦，則曰：『幾思靜話，對夜雨之禪牀；未得重逢，照秋燈於影室。』此謂之隔句對也。」愚謂：此亦前輩所謂扇對法也。（詩林廣記前集卷八）

又曰：隔句遥對格，又謂之隔扇對，如鄭谷弔僧詩前半云：「幾思聞靜話，夜雨對禪牀。未得重相見，秋燈照影堂。」第四句遥對第二句也。（乾隆五十一年新鐫鄭都官集引詩法度針）

冒春榮：律詩以對仗工穩爲正格。有前二聯不相屬對者；有起聯對而次聯用流水句者，謂之换柱對；有以第三句對首句、第四句對次句者，謂之開門對。……「幾思聞靜話，夜雨對禪牀。未得重相見，秋燈照影堂。」（鄭谷）……此開門對格也。（葚原詩説卷一）

投時相十韻〔一〕

何以保孤危〔二〕，操修自不知〔三〕。衆中常杜口〔四〕，夢裏亦吟詩。失計辭山早〔五〕，非才得仕遲〔六〕。薄冰安可履〔七〕，暗室豈能欺〔八〕。勤苦流螢信〔九〕，吁嗟宿燕知〔一〇〕。殘鐘殘漏曉，落葉落花時。故舊寒門少，文章外族衰〔一一〕。此生多轗軻〔一二〕，半世足漂離〔一三〕。省署隨清品〔一四〕，漁舟爽素期〔一五〕。戀恩休未遂〔一六〕，雙鬢漸成絲。

【校】

叢刊全詩祇前八句。

題：叢刊無「十韻」二字。　自不知：「自」，戊籤、稿本、豫章作「日」。　得仕遲：「仕」，戊籤、稿本、豫章作

「事」，叢刊作「士」。

【箋注】

〔一〕據「省署」句，知此詩作於爲朝官之時，究爲何官（拾遺、補闕，抑或都官郎中），則難以斷定。

〔二〕孤危：語本戰國策秦策五：「終身闇惑，無與照姦。大者宗廟滅覆，小者身以孤危。」

〔三〕操修：操守、修養。

〔四〕杜口：戰國策秦策三：「（范雎曰）臣之所恐者，獨恐臣死之後，天下見臣盡忠而身蹶也，是以杜口裹足，莫肯即秦耳。」

〔五〕失計：語本大戴禮記解詁：「故成王中立而聽朝，則四聖維之，是以慮無失計。」

〔六〕「非才」句：谷於光啓三年（八八七）右丞柳玭下進士及第，六、七年後始授京兆鄠縣尉，時年四十二三。參卷三結綬鄠郊詩注與傳箋。

〔七〕「薄冰」句：詩小雅小旻：「戰戰兢兢，如臨深淵，如履薄冰。」鄭玄箋：「衰亂之世，賢人君子，雖無罪猶恐懼。」

〔八〕「暗室」句：駱賓王螢火賦：「類君子之有道，入暗室而不欺。」語本禮記中庸：「君子所不可及者，其唯人之所不見乎！」

〔九〕流螢信：用晉車胤典。晉書車胤傳：「家貧不常得油，夏月則練囊盛數十螢火以照書，以夜繼日焉。」又藝文類聚卷九七引傅咸螢火賦：「感詩人之攸懷，覽熠燿於前庭。」

〔一〇〕宿燕知：藝文類聚卷九二引傅咸鷰賦：「惟里仁之爲美，託君子之堂寓。逮來春而復旋，意眷眷而懷舊。一委身乃無口，豈改適而更赴？」

〔一一〕外族：谷自謂，可知谷乃此時相之母黨或妻黨。爾雅釋親：「母之考爲外王父，母之妣爲外王母。母之王考爲外曾王父，母之王妣爲外曾王母。（郭璞注：「異姓故言外。」）……妻之父爲外舅，妻之母爲外姑。」

〔一二〕「此生」句：楚辭七諫怨世：「年已過太半兮，然坎軻而留滯。」王逸注：「坎軻，不遇也。言己過五十，而坎軻沈滯，卒無所逢遇也。」轗軻，即「坎軻」、「坎坷」。

〔一三〕「半世」句：谷遭逢唐末之亂，數度流離，故云。漂離，漂泊之意，見前江行注。

〔一四〕省署：此處三省皆可指，因谷爲補闕，未知爲左爲右。

〔一五〕「漁舟」句：謂歸隱之志未遂。素期：素願、本心。

〔一六〕休：歸休。

鄭谷詩集箋注卷二

喜秀上人相訪〔一〕

雪初開一徑，師忽扣雙扉。老大情相近〔二〕，林泉約共歸〔三〕。憂榮棲省署〔四〕，孤僻謝朝衣。他夜松堂宿〔五〕，論詩更入微〔六〕。

【校】

謝朝衣：「謝」，原校「一作負」，叢刊即作「負」。

【箋注】

〔一〕據頸聯知此詩作於乾寧元年（八九四）爲朝官後，天復末（九〇四前）歸隱宜春前。參見傳箋。

秀上人：即詩僧文秀，唐詩紀事卷七四僧文秀引此詩末聯，並云：「秀，南僧也，而居長安，以文章應制。」

上人，僧人，詳見卷一寄懷元秀上人注。

〔二〕老大：文選樂府上長歌行：「老大乃傷悲。」

〔三〕「林泉」句：世説新語賞譽：「謝公（安）道：豫章（謝鯤）若遇七賢，必自把臂入林。」此化用其意。北史韋夐傳：「所居之宅，枕帶林泉。」

〔四〕省署：臺省官署。文選左思魏都賦：「紫臺省中。」李善注：「漢制，王所居曰禁中，諸公所居曰省中。」署，即寺，漢制「總羣臣聽政爲省，治公務之所爲寺」，沿用既久，遂以省署爲禁省中官署，相對地方而言也。新唐書張弘靖傳載，弘靖子文規，爲右補闕、吏部員外郎、右丞。韋温劾文規父「昔被囚，逗留不赴難」，不宜任省署，出爲安州刺史。」

〔五〕松堂：晚唐詩中多以松堂代佛堂，谷集中贈日東鑒禪師詩：「夜深雨絶松堂靜」；宜春再訪芳公言公詩：「松堂虛豁講聲圓」；又李中贈念法華經綬上人：「五更初起掃松堂」等可參證。

〔六〕「論詩」句：何遜答丘長史：「披文極詆訶，析理窮章句。」杜甫寄嚴公：「把酒宜深酌，題詩好細論。」句意由此化出。入微，探得精妙。晉書葛洪傳：「洪精辨玄賾，析理入微。」

夕陽

夕陽秋更好，瀲瀲蕙蘭中〔一〕。極浦明殘雨〔二〕，長天急遠鴻〔三〕。僧窗留半榻〔四〕，漁艇透疏篷。莫恨清光盡〔五〕，寒蟾即照空〔六〕。

【校】

瀲瀲原作「歛歛」，下校「一作瀲瀲」，戊籤、英華即作「瀲瀲」，據改。 即，叢刊作「只」，以「即」爲勝。

【箋注】

〔一〕「夕陽」二句：楚辭招魂：「光風轉蕙，泛崇蘭兮。」二句化用其意。 瀲瀲，光波緩射貌。 杜牧題齊安城樓詩：「微陽瀲瀲落寒汀。」

〔二〕極浦：水濱遥遠。楚辭九歌湘君：「望涔陽兮極浦。」明殘雨：江淹虹賦：「殘雨蕭索，光煙艷爛。」

〔三〕「長天」句：句意由王勃滕王閣賦序「落霞與孤鶩齊飛，秋水共長天一色」化出。

〔四〕「僧窗」句：白居易閒居詩：「南簷半牀日。」 留，夕照逗留也。

〔五〕清光：此指日光。江淹望山：「秋日懸清光。」

〔六〕寒蟾：冷月。王子年拾遺記：「瀛海南有金巒之觀，飾以衆寶。左懸則火精爲日，刻黑玉爲烏；右以水精爲月，削青瑶爲蟾兔。」李賀夢天：「老兔寒蟾泣天色。」

摇落〔一〕

夜來摇落悲，桑棗半空枝〔二〕。 故國無消息〔三〕，流年有亂離〔四〕。 霜秦聞雁早，煙渭認帆遲〔五〕。 日暮寒鼙急〔六〕，邊軍在雍岐〔七〕。

【校】

亂離，戊籤作「罹亂」，非是。　「日暮」句：「鼙」，豫章作「聲」，「急」，戊籤、叢刊作「隱」。

【箋注】

〔一〕據尾聯，此詩當作於昭宗乾寧二年（八九四）秋。資治通鑑卷二六〇記，是年五月，華州韓建、鳳翔李茂貞、邠寧王行瑜三鎮節度使，求擴大鎮地不遂，興兵犯闕。六月，河東李克用大舉南下，移檄三鎮。七月，三鎮黨從脅昭宗趨南山，又奔石門。克用入同州，攻華州。八月李茂貞上表請罪，合克用軍攻王、韓。詔削王行瑜官爵，以克用爲邠寧四面行營招討使，部將各有封。辛亥，昭宗返京師，克用遣騎三千駐三橋備御。九月，克用復攻行瑜，戰事綿延至本年終。「邊軍在雍岐」，正指八、九月間克用備御也。時谷任右拾遺，在長安，參傳箋。

搖落：楚辭九辯：「悲哉，秋之爲氣也，蕭索兮草木搖落而變衰。」後多以搖落代秋。

〔二〕桑棗：啓下「故國」云云，蓋桑、棗均户前常植之木，睹此而思彼也。王績遊北山賦：「澗溪沼沚之蘋艾，丘陵坂險之桑棗。」

〔三〕故國：此指故鄉。杜甫上白帝城之一：「取醉他鄉客，相逢故國人。」

〔四〕流年：一年所行之運，星相家語。　亂離：詩小雅四月：「亂離瘼矣，爰其適歸。」傳：「離，憂也。」知亂離者，政局混亂，致民憂患之謂也。後多指戰亂，漢書董祀妻傳：「後感傷亂離，追懷悲憤，作詩二章。」此用其意。

〔五〕「霜秦」二句：秦，陝西，此指長安。渭，渭水，據水經渭水注，渭水出隴西首陽縣鳥鼠山，經長安，至潼關、孟津而入河。三輔黃圖卷一：「渭水貫都，以象天河。」二句極言「故國」之思。早、遲字當互看，因雁早，更覺帆遲，以帆遲彌感雁早。

〔六〕寒鼙：鼙，小鼓也，見字林。此指軍鼓。周禮夏官大司馬：「旅帥執鼙。」因秋季，故曰寒。

〔七〕邊軍：指李克用軍。資治通鑑卷二六〇：「李克用聞三鎮兵犯闕，即日遣使十三輩發北部兵，期以來月渡河入關。」胡三省注：「北部兵，代北諸蕃落兵也。」故云。雍岐：舊唐書地理志：「隋京兆郡，武德元年改爲雍州。」又「鳳翔府，隋扶風郡……武德元年改爲岐州。」雍岐均三輔，因以指京畿。

西蜀淨衆寺松溪八韻兼寄小筆崔處士〔一〕

松因溪得名，松吹答溪聲〔二〕。繚繞能穿寺。幽奇不在城。寒煙齋後散，春雨夜中平〔三〕。染岸蒼苔古〔四〕，翹沙白鳥明〔五〕。澄分僧影瘦，光徹客心清〔六〕。帶梵侵雲響，和鐘激石鳴〔七〕。澮烹新茗爽，暖泛落花輕。此景吟難盡，憑君畫入京。

【校】

題：英華無「兼」字；「小」，英華作「水」，誤。「松吹答溪聲」，原作「溪吹答松聲」，據英華改，其義爲長，參上句「松因」云云可知：「吹」，豫章作「响」。　白鳥：「鳥」，英華作「鷺」。　激石：「激」，原作「擊」，下校「一作激」，戊籤、英華即作「激」，據改。　難盡：「盡」，英華作「窮」，失律，誤。

【箋注】

〔一〕此詩作於廣明元年（八八〇）十二月至光啓元年（八八五）春，谷避黃巢，由長安初入蜀期間，參傳箋。西蜀：蜀之西部，此指成都。唐元和後分劍南道爲東西二川節度使。西川領益、彭等二十六州，治成都，參舊唐書地理志四劍南道。　淨衆寺：在成都西笮橋門外，開元十六年（七二八），新羅僧無相至成都所募建，爲成都名勝之一，見蜀中名勝記卷二。　松溪：溪名，李洞有宿成都松溪院詩，可參證。　小筆：畫中小品。太平廣記卷二一三引尚書故實載顧況「文詞之暇，兼攻小筆。」益州名畫録附蜀八卦殿壁畫奇異記載，蜀主謂黃筌曰：「爾小筆精妙，可圖畫四時花木，蟲鳥、錦雞、鷺鷥、牡丹、躑躅之類，周於四壁，庶將觀瞻焉。」　崔處士：未詳何人。處士，荀子非十二子：「古之所謂處士者，德盛者也，能靜者也，脩正者也，知命者也，箸是者也。」

〔二〕松吹：松風鼓吹聲。吹，去聲，寘韻。皎然戲贈秦山人：「松吹時飄雨浴衣。」按松吹、竹吹云云均有天籟之意。莊子齊物論：「子游曰：『……敢問天籟？』子綦曰：『夫吹萬不同，而使其自已也，咸其自取，怒者其誰邪！』」

〔三〕「寒煙」二句：此二句倒裝。因夜雨平溪，故寒煙散遲也。齋，齋時。佛氏午前中食，過午不食爲齋。此即指午時。大乘義章：「潔清故名謂齋。」過午不食，所以清淨身心，故中食爲齋食，就食時言，謂齋時也。

〔四〕「染岸」句：庾肩吾新苔詩：「隨潮染片石。」

〔五〕翹：舉足。莊子馬蹄：「齕草飲水，翹足而立。」白鳥：白羽之鳥，鷺、鶴之屬。詩周頌振鷺毛傳：「鷺，白鳥也。」

〔六〕「澄分」二句：互文，言松溪水清，啓人禪悟。上句化用賈島送無可上人「獨行潭底影」句意；下句則從常建題破山寺後院「潭影空人心」句蜕出。

〔七〕「帶梵」二句：梵，梵唄，佛氏聲唱也。梵爲古印度別稱，沈約均聖論「華梵不同」，後與佛事相關者多冠以梵字，楞嚴經六：「梵唄咏歌，自然敷奏。」鐘，佛教唱經時鳴鐘，至二遍鐘時聲讚起。庾信登雲居寺：「躡嶺鐘聲度，中天梵響來。」可與參證。按此二句亦互文，謂松吹溪吹和同鐘梵之聲激石蕩崖，響遏行雲。

遷客〔一〕

離夜聞橫笛〔二〕，可堪吹鷓鴣〔三〕。雪寃知早晚，雨泣渡江湖。秋樹吹黄葉，臘烟垂緑蕪〔四〕。虞翻歸有日，莫便哭窮途〔五〕。

【校】

渡江湖：「渡」，豫章作「淚」，下校「一作灑，又作渡」。

【箋注】

〔一〕據此詩，谷當有被貶經歷，然諸書失記，集中他詩亦無可取證者。據考，谷以景福二年（八九三）初授京兆鄠縣尉，歷拾遺、補闕、都官郎中。至天復二、三年（九〇二——九〇三）去官歸家鄉宜春。本詩當作於居官時期。而其歸隱時有舟行詩云：「季鷹可是思鱸膾，引退知時古來難。」是爲引退而非貶謫，則此詩又當以作於入仕前期爲近是。以上參傳箋景福二年後。

遷客：謫從者。江淹恨賦：「遷客海上，流戍隴陰。」

〔二〕橫笛：羌笛，今之竹笛，古稱橫吹、橫笛，對直吹之古笛而言也（一說古笛即簫）。文選馬融長笛賦：「近世雙笛從羌起，羌人伐竹未及已。」李善注：「風俗通云：『笛元羌出，又有羌笛。』（注者按：引文與今本風俗通小異）然羌笛與笛不同，長於古笛，有三孔，大小異，故稱雙笛。」沈括夢溪筆談樂律一辨李善注云：「此乃今之橫笛耳，太常鼓吹部中謂之橫吹，非融之所賦者。」又太平御覽卷五八〇引樂纂：「梁胡歌云：『……下馬吹橫笛，愁殺路傍兒。』此歌辭原出北國，知橫笛是北國名。」按笛聲哀怨，故與離夜相聯。李益從軍北征：「橫笛偏吹行路難。」

〔三〕鷓鴣：又名鷓鴣辭、山鷓鴣，唐世新曲，崔令欽教坊記已見著録。李白秋浦清溪雪夜對酒客有唱鷓鴣者詩：「客有桂陽至，能唱山鷓鴣。」後李益、白居易、李頻等均有鷓鴣詞、山鷓鴣詞，知爲唐人所習唱。樂府詩集收入近代曲辭羽調曲。相傳鷓鴣爲貞女所化，其聲悲苦。又唐音癸籤卷一三：「其曲效鷓鴣之聲爲之。」按鷓鴣鳴聲似喚「行不得也，哥哥」，故云云。

〔四〕绿蕪：绿，青黄之色。蕪，草也（小爾雅廣言）。白居易東南行一百韻：「孤城垂绿蕪。」

〔五〕「虞翻」二句：翻字仲翔，三國吳人，籍餘姚，爲孫權騎都尉，數犯顏諫諍，多見謗毀，因謫丹楊涇縣，赦回，又徙交州。有云：「自恨疏節，骨體不媚，犯上獲罪，當長没海隅，生無可與語，死以青蠅爲弔客，使天下一人知己者，足以不恨。」在南十餘年，年七十卒，歸葬舊墓，妻子得還。事見三國志吳書本傳並注。又阮籍性放達，好老莊，常率意命駕，途窮痛哭而返。事見晉書本傳。此二句分別化用二典而寓意頗曲。虞翻歸日即死日，而老莊一死生、等窮通。句意謂雖無生還之日，然莫便似阮籍之外曠而中鬱耳。極放達之語中寓極沉痛之情焉。

蔡處士〔一〕

無著復無求〔二〕，平生不解愁。鬻蔬貧潔淨〔三〕，中酒病風流〔四〕。旨趣陶山相〔五〕，詩篇沈隱侯〔六〕。小齋江色裏，籬柱繫漁舟。

【校】

復無：「復」，原校「一作更」。　潔淨：「潔淨」，原校「一作淨潔」，稿本、豫章、叢刊即作「淨潔」。　江色：「江」，叢刊作「紅」，誤。

【箋注】

〔一〕蔡處士：未詳何人。處士，見西蜀淨衆寺松溪八韻寄小筆崔處士詩注。

〔二〕無著：佛氏語。菩薩修行十行之七爲無著行，意謂諸法圓通，無執着，無障礙。三論玄義卷中：「三世諸佛，爲六道衆生心有所著，故出世説經。四依開士，爲大小學人心有所依，故出世造論。故有依有得，爲生死之本，無住無著，爲經論大宗。」

〔三〕鬻蔬：謝承後漢書戴弘傳載，弘爲河間相，因自免歸家，不復仕。灌園蔬，以經書教授。潘岳閒居賦：「灌園鬻蔬，以供朝夕之膳。」

〔四〕「中酒」句：用李白贈孟浩然「吾愛孟夫子，風流天下聞……醉月頻中聖，迷花不事君」句意。中酒，醉酒。史記樊噲傳：「項羽既饗軍士，中酒。」張晏注：「酒酣也。」中音去聲，送韻。

〔五〕陶山相：梁隱士陶弘景，此比蔡也。南史陶弘景傳：「國家每有征討大事，無不前以諮詢。月中常有數信。時人謂之山中宰相。」

〔六〕沈隱侯：梁沈約，封建昌縣侯，卒謚隱。約爲梁世一代詩宗。撰四聲譜，明四聲八病之説，爲永明體奠基者。梁書本傳記其「又撰四聲譜，以爲在昔詞人，累千載而不寤，而獨得胸衿，窮其妙旨，自謂入神之作。」

予嘗有雪景一絶爲人所諷吟段贇善小筆精微忽爲圖畫以詩謝之〔一〕

贇善賢相後，家藏名畫多〔二〕。留心於繪素〔三〕，得意在煙波〔四〕。屬興同吟詠〔五〕。成功更琢磨〔六〕。愛予風雪句，幽絶寫漁蓑〔七〕。

【校】

題：「景」，叢刊作「茶」，誤；「段」，叢刊作「陳」，誤，詳見注〔二〕；叢刊又無「精微」字、「畫」字。得意：「意」，原作「事」，原校「一作意」，戊籤、豫章即作「意」，叢刊作「志」，據戊籤、豫章改，蓋連下句「興」字觀，其義爲長。屬興：「興」，叢刊作「典」，形近而誤。

【箋注】

〔一〕雪詩：即本卷中雪中偶題（亂飄僧舍茶煙濕）詩。小筆：見前西蜀淨衆寺松溪八韻兼寄小筆崔處士詩注。

〔二〕「贇善」二句：新唐書段文昌傳載文昌曾任穆、文二朝宰相，進封鄒平郡公。文昌家多藏名畫圖書，如唐文拾遺卷三三盧知猷盧鴻草堂圖後跋記：「相國鄒平段公，家藏圖書，並用所歷方鎮印記」云云。因知賢相即指段文昌。文昌卒於文宗大和九年（八三五），年六十三（舊唐書本傳）。其子成式卒於咸通四年（八六三）

六月（唐尉遲樞南楚新聞），據今人方南生先生段成式年譜所考，約六十一歲。以此合谷之生卒年（大中五年，八五一——後梁開平四年，九一〇稍後，詳見傳箋）觀之，則段贇善當爲文昌孫輩。贇善，東宫官屬，左、右贇善各五人，正五品（舊唐書職官志三），兩唐書文昌、成式傳及新唐書宰相世系表段氏均未記段文昌後代有爲贇善者（唐段姓宰相僅一人）。歷代名畫記卷九載有段去惑。宋郭若虛圖畫見聞志卷五以爲谷詩所言段贇善或即去惑。疑非是。

〔三〕繪素：圖畫，語出論語八佾「繪事後素」。

〔四〕得意：莊子外物：「言者所以在意，得意而忘言。」

〔五〕屬興：猶言即興，興之所會也。屬，恰值之意。左傳成公二年：「下臣不幸，屬當戎行，無所逃隱。」興，興會。世説新語任誕載王子猷雪夜訪戴安道，「經宿方至，造門不前而返。人問其故，王曰：『吾本乘興而行，興盡而返，何必見戴？』」沈約宋書謝靈運傳論「興會標舉」。

〔六〕琢磨：原指治玉，後多指探研修改詩文。語出詩衛風淇澳「如琢如磨」。

〔七〕「愛予」二句：谷雪中偶題有句「漁人披得一簑歸」。

京兆府試残月如新月 題中用韻〔一〕

榮落何相似，初終却一般〔二〕。猶疑和夕照，誰信墮朝寒〔三〕。水木輝華別，詩家比象難〔四〕。佳人應誤拜〔五〕，棲鳥反求安〔六〕。屈指期輪滿〔七〕，何心謂影殘。庾樓清賞處，吟徹曙鐘看〔八〕。

【校】

水木：「木」，豫章下注「一作國」。　詩家：「家」，原校「一作情」。　「謂」，原校「一作誚」，稿本改作「誚」。

【箋注】

〔一〕此詩作於乾符四年（八七七）秋。唐摭言卷二置等第條：「乾符四年，崔淯爲京兆尹，復置等第。差萬年縣尉公乘億爲試官。試火中寒暑退賦、殘月如新月詩。」又具列是年京兆府解送李特、韋硎等十人，谷不與焉。唐制，府試爲次年禮部春試之預選，例在十月前舉行，故必作於是年秋。

京兆：關内道京兆府，京師所在地（舊唐書地理志一）。故其府試尤爲時人所重。唐摭言卷二京兆解送條記：「神州（此指京兆）解送，自開元、天寶之際，率以在上十人，謂之等第。必求名實相副，以滋教化之源。小宗伯倚而選之，或至渾化；不然十得其七八。苟異於是，則往往牒貢院請落由。暨咸通、乾符，則爲形勢吞嚼，臨制近同及第，得之者互相誇詫，車服侈靡，不以爲僭；仍期集人事，貞實之士不復齒。所以廢置不定，職此之由。」又同卷元和元年登科記京兆等第榜叙記：「得之者搏躍雲衢，階梯蘭省，即六月沖霄之漸也。」此詩二句一層，均切「殘月如新月」之義，唐人試題詩常格也。徐松登科記考卷二三定谷爲乾符三年進士，今據此詩，可知其誤。

〔二〕「榮落」二句：「榮」、「初」，指新月；「落」、「終」，切殘月。

〔三〕「猶疑」二句：和夕照，切新月，新月初上，夕陽未盡。墮朝寒，指殘月。

〔四〕「水木」二句：謂殘月與新月光影雖有别而其形相近似，故詩家之咏月難切其微。水木，謝混游西池詩：「景昃鳴禽集，水木湛清華。」比象，刻劃描繪。文選張衡西京賦：「思比象於紫薇，恨阿房之不可廬。」皎然詩式卷一：「取象曰比。」

〔五〕「佳人」句：唐世閨中有拜新月乞巧祈福之俗，多見吟咏，如李端拜新月詩：「開簾見新月，便即下階拜」；施肩吾幼女辭：「向夜在堂前，學人拜新月。」教坊記有拜新月曲名，樂府詩集録入近代曲辭。句謂以殘月如新月，故佳人誤拜也。

〔六〕「棲烏」句：句謂殘月將曉，烏本當啼曙，然亦誤以爲初夜新月，故反安息矣。陳後主烏棲曲：「烏啼漢没天應曙。」

〔七〕「屈指」句：謂殘月本在將曉之時，以其似新月，故屈指而數何時月輪將滿。輪，滿月如輪。庾肩吾望月詩：「渡河光不濕，移輪轍巨開。」

〔八〕「庾樓」二句：庾樓，庾公樓，在武昌。晉書庾亮傳載亮都督江、荆、豫、益、梁、雍六州諸軍事，鎮武昌，「諸佐吏殷浩之徒，乘秋夜往共登南樓，俄而不覺亮至，諸人將起避之。亮徐曰：『諸君少住，老子於此興復不淺。』便據胡床與浩等談咏竟夕。」此取其「竟夕」之義合綰新月殘月二層義，謂殘月之發人清興不輸新月爾。曙鐘，古城邑以鐘報更。大唐六典卷八城門郎：「承天門擊曉鼓，聽擊鐘後一刻，鼓聲絶，皇城門開。」庾肩吾咏疏圃堂詩：「風長曙鐘近，地遠洛城遥。」

咸通十四年府試木向榮題中用韻〔一〕

園林青氣動〔二〕，衆木散寒聲。敗葉牆陰在，滋條雪後榮〔三〕。欣欣春令早，藹藹日華輕〔四〕。庾嶺梅先覺〔五〕，隋堤柳暗驚〔六〕。山川應物候〔七〕，皋壤起農情。祇待花開日，連棲出谷鶯〔八〕。

【校】

題：英華無「咸通十四年」字與題下注。　連棲：「棲」，叢刊作「樓」，形近而誤。

【箋注】

〔一〕按谷雲臺編序自述「出入舉場一十六年」。谷於光啓三年（八八七）登進士第，逆推之當於咸通十二年（八七一）初試禮部，則本詩爲其第三次府試所作，時在十四年秋。詳參傳箋。

咸通十四年：咸通，唐懿宗李漼年號；十四年爲公元八七三年。　府試：見京兆府試殘月如新月注。　木向榮：試題。　題中用韻：用題中「榮」字並所屬韻部爲韻。按廣韻「榮」爲下平十三庚，可與十三耕、十四清合用。此詩中榮、驚屬庚韻；鶯屬耕韻；聲、輕、情屬清韻。　按唐韻今僅存殘帙，而韻部劃分大體同廣韻，以下凡涉詩韻，均權依廣韻。

〔二〕青氣動：春氣萌動。初學記卷一引梁元帝纂要：「春曰青陽。」禮記月令：「孟春之月……天氣下降，地氣上騰，天地和同，草木萌動。」張説喜雨詩：「青氣含春雨。」

〔三〕滋條：新春蘇生之枝條。古詩十九首庭中有奇樹：「緑葉發華滋。」又班固答賓戲：「得氣者繁滋。」句意似從杜甫臘日「侵陵雪色還萱草，漏洩春光有柳條」化出。

〔四〕藹藹：氤氳貌。文選司馬相如長門賦：「望中庭之藹藹。」李善注：「藹藹，月光微闇之貌。」此則指日光也。日華：日光，華音花。漢書禮樂志：「日華耀以宣明。」謝朓和徐都曹：「日華川上動，風光草際浮。」

〔五〕「庾嶺」句：庾嶺，大庾嶺，五嶺之一，在贛粵交界處。元和郡縣圖志卷三四嶺南道韶州曲江縣：「大庾嶺……在縣東北一百七十里……漢伐南越，有監軍姓庾城於此，衆軍皆受庾節度，故名大庾，五嶺之戍中，此最在東。」庾嶺多梅，又稱梅嶺（舊唐書地理志四）。「紅白梅夾道，仰望青天，如一線然」（聞見近録）。庾嶺地氣暖和，植物早發，故曰「先覺」。

〔六〕「隋堤」句：隋煬帝開通濟渠，沿渠築堤，稱隋堤。開河記：「於大梁起首開掘，達廣陵。隋大業五年八月上旬建功。功既畢，虞世基獻計，請用垂柳栽於汴堤上，一則樹根四散，鞠護河堤；二乃牽舟之人護其陰。上大喜。詔民間有柳，一株賞一縑。栽畢，帝御筆寫賜垂柳姓楊，曰楊柳也。」隋堤柳，在庾梅之北，故曰「暗驚」。

〔七〕物候：萬物應節候生發，故稱。梁簡文帝晚春賦：「嗟時序之迴斡，吹物候之推移。」杜審言和晉陵陸丞春望：「偏驚物候新。」

【八】「祇待」二句：謂待春試時，願一舉登第。唐人以及第爲遷鶯，取義於詩小雅伐木：「伐木丁丁，鳥鳴嚶嚶，出自幽谷，遷於喬木。」胡震亨唐音癸籤卷二四：「詩云云，鄭箋云：嚶嚶，兩鳥聲。正文與注，皆未嘗及黄鶯。初唐人韋元旦有『遷木早鶯求』，韋嗣立有『多愧春鶯曲，相求意獨存』，孫處玄黄鶯詩『高風不借便，何處得遷喬』，於是直以嚶鳴遷木者爲黄鶯。遞相組織，用之登第進士，如『眼看龍化門前水，手放鶯飛谷口春』之類，不一而足，至今猶相沿云。」今按：張衡東京賦：「雎鳩鸝黄，關關嚶嚶。」則已以黄鸝（鶯）之鳴聲爲嚶嚶，正取義於毛詩也。唐人所用，未可爲非。

丞相孟夏祇薦南郊紀獻十韻〔一〕

節應清和候〔二〕，郊宮事潔羞〔三〕。至誠聞上帝〔四〕，明德祀圓丘〔五〕。雅用陶匏器〔六〕，馨非黍稷流〔七〕。就陽陳盛禮〔八〕，匡國禱鴻休〔九〕。漸曉蘭迎露，微涼麥弄秋〔一〇〕。壽山横紫閣〔一一〕，瑞靄抱皇州〔一二〕。外肅通班序，中懷納誓憂〔一三〕。奏歌三酒備〔一四〕，表敬百神柔〔一五〕。池碧將還鳳〔一六〕，原清再問牛〔一七〕。萬方瞻輔翼〔一八〕，共賀贊皇猷〔一九〕。

【校】

題：「祇」，英華作「禮」，非是。　清和候：「候」，叢刊作「後」，音近而誤。　禱鴻休：「禱」，英華作「稱」，非是。　漸曉句：「曉」，叢刊作「覺」；「迎」，英華作「凝」。　中懷句：原作「中嚴錫慶優」，下校「一作中懷納警憂」，豫章「優」作「憂」，英華同原校，據改。蓋中嚴爲鑾駕啓行儀式（參新唐書禮樂志一、唐會要雜郊議下），此祀由丞相代攝，不得曰中嚴也。叢刊作「中嚴納慶優」，亦非是。　奏歌：「奏」，英華作「昇」。　輔翼：「翼」，英華作「翊」，通。　皇猷：「皇」，英華作「王」。

【箋注】

〔一〕題：孟夏，農曆四月。　祗薦：祗，恭敬；薦，獻。孟夏祗獻南郊爲古代一大祀。詩周頌昊天有成命成玄英疏：「昊天有成命詩者，郊祀天地之歌也。謂於南郊祀所感之天神；於北郊祭神州之地祇也。」唐代郊祀禮屢經變更。其初大體參用貞觀、顯慶二禮。至玄宗時撰成大唐開元禮，嗣後依爲准式。其中有云：「孟夏，雩祀昊天上帝於圓丘，以太宗配，五方帝設太昊等五帝，勾芒等五官從祀。」按貞觀禮用鄭玄義，分圓丘之祭與南郊爲二。顯慶禮則用王肅注謂「南郊即圓丘，圓丘即南郊」，而合二祀爲南郊之祀。開元禮折衷之，「二禮並行，以成大雩帝之義」。則「孟夏雩祀昊天上帝於圓丘」亦即「孟夏南郊」，故詩第四句即云「明德祀圓丘」。此祭意在「爲百穀求甘雨」。郊祀常例以天子主祭，然又規定「若天子不親祭享，則三公行事；若官闕，則職事三品以上攝三公行事」（以上參舊唐書禮儀志一）。谷詩所記，即由丞相代攝。其時間史書失載，詳不可考。然題言「紀獻」，則谷乃親歷，當作於乾寧元年（八九四）至天復二、三年（九〇二——九〇三）谷爲朝官期間。參傳箋。

〔二〕清和：此特指孟夏四月。按清和本泛指春夏之際清明和暖天氣。張衡歸田賦：「仲春令月，時和氣清。」曹丕槐賦「伊暮春之既替，即青夏之初期。天清和以温潤，氣恬淡而安治」；謝靈運遊赤石進帆海詩：「首夏猶清和。」則所指時令，初非盡同。後多取謝詩之義以指孟夏。袁枚隨園隨筆以爲誤用；其實約定俗成，不必爲誤。

〔三〕「郊宮」句：郊宮，郊祀所設宮室。唐會要卷九下雜郊議載：祀前三日「尚舍設行宮於壇東南向」，此言郊宮以代南郊。張説三月二十日詔宴樂遊園賦得風字：「表裏望郊宮。」潔羞，祭品潔淨也。唐會要卷九上雜郊議上記開元新禮：「凡祀昊天上帝及配座，用蒼犢各一。五方上帝、五人帝，各用方色犢一，大明青犢一、夜明白犢一。」又須用各色禮器有差，盛以黍稷餅糗、乾果脯醢之屬（參上二書）。祀前須「省牲器」，爲大禮之準備。

〔四〕至誠：心誠之至，語見禮記中庸。

〔五〕明德：光明之德，禮記大學：「大學之道，在明明德。」祀圓丘：即南郊。按圓丘爲祭天之壇，圓形。即明、清之天壇。歷代圓丘均設京城南門外。唐會要卷九：「其壇（圓丘）在京城明德門（南門之一）外道東二里。壇制四成。各高八尺一寸；下成廣二十丈，再成廣十五丈，三成廣十丈，四成廣五丈。」以上四句總領孟夏祇薦南郊。

〔六〕「雅用」句：禮記郊特牲：「郊之祭也……器用陶匏，以象天地之性也。」陶匏，陶器與匏瓢，取其簡素也，班固東都賦：「器用陶匏，服尚玄素。」

〔七〕「馨非」句：馨，遠揚之香氣。此句用書酒誥「黍稷非馨，明德唯馨」之意，謂祀天要在明誠，祭品特其形式耳。

〔八〕「就陽」句：禮記郊特牲：「郊之祭也，迎長日之至也。大報天，而主日也。兆於南郊，就陽位也。」按南爲陽位。

〔九〕匡國：匡，正也，此爲佑護之意。　鴻休：宏大之福祉。休，吉慶。　以上四句言南郊之虔敬並所祈。

〔一〇〕「微涼」句：禮記月令：「孟夏之月，農乃登麥。」又：「仲夏之月，靡草死……麥秋至。」秋，穀物成熟。書盤庚：「若農服田力穡，乃亦有秋。」詩狀孟夏景，麥秋尚未至，弄秋，弄有迎之意。謝朓出下館詩：「麥候始清和，涼雨散炎燠。」全句似由此化出。

〔一一〕「壽山」句：壽山，終南山。元和郡縣圖志一關內道：「京兆府……萬年縣……終南山，在縣南五十里。按經傳所說，終南山一名太一，亦名中南。」詩小雅信南山：「信彼南山，維禹甸之。……先祖是皇，萬壽無疆。」張説先天應令：「唯願聖主南山壽，何愁不賞萬年春。」　紫閣：終南山峰名。讀史方輿紀要陝西西安府鄠縣：「紫閣峰，亦在縣南三十里。」杜甫秋興：「紫閣峰陰入渼陂。」

〔一二〕瑞靄：祥雲。論衡指瑞：「王者受富貴之命，故其動出見吉祥異物，見則謂之瑞。」　皇州：帝都。鮑照結客少年場行：「表裏望皇州。」

〔一三〕「外肅」二句：謂與祀百僚班行整肅，中心虔謹。　通班，文武班行。史通忤時：「僕少小從事，早躡通班。」按常禮南郊日，至行宮後「通事舍人分引文武羣官，集行宮朝堂，文左武右，舍人承旨勅羣官各還次」，然後奉駕往圓丘，各有位次（唐會要雜郊議下）。此祭雖由丞相代攝，班行次序當仍如是。納誓戒，納，內也。

誓，唐會要雜郊議下記：百官（皇帝亦然）均須齋戒誓誡，「凡大祀，齋官皆前七日集尚書省，太尉誓曰：某月日祀昊天上帝於圓丘（其誓各隨祭享祀事有之），各揚其職，不供其事。凡散齋，理事如舊。夜宿止於家正寢。惟不弔喪問疾，不作樂，不制署刑殺文書，不行刑罰，不預穢惡。致齋，惟祀事得行，其餘悉斷。」納誓憂即謂中懷常納齋時之誓。故致祀時仍虔重謹慎若憂也。憂同敬肅之義。

【一四】奏歡：郊祀時奏樂作舞數次，今尚存中宗時親祀昊天上帝樂章十首，參唐會要雜郊議下。三酒：原指事酒、昔酒、清酒：「事酒，有事而飲也；昔酒，無事而飲也；清酒，祭祀之酒。」（周禮天官酒正）唐時祭祀用酒依所祀神之主次有泛齊、醴齊、盎齊、醍齊、沈齊，清酒諸名目，於奠玉帛時，實於罍尊。進熟時酌於神前。此以三酒代指之，詳參唐會要雜郊議下。

【一五】「表敬」句：謂敬達於諸神，得其祐護。柔，撫慰之義，書舜典「柔遠能邇」，轉義爲祐。以上四句正寫祀典。

【一六】「池碧」句：池碧即河清之義，鳳爲仁鳥，藝文類聚卷九九引山海經云「（鳳）見則天下安寧」，又引春秋感精符「王者上感皇天，則鸞鳳至」。此句爲上謂將致天下太平。谷作詩時已經黃巢之變，光啓元年朱玫、李昌符之亂等多次戰亂，故云「將還鳳」。三輔黃圖卷四記漢建章宮太液池「常有鸞鳳翔舞，如琴瑟和鳴。」句或化用此典。

【一七】「原清」句：謂丞相將更關心民瘼。漢書丙吉傳載，丙吉爲相，春日野行，見牛喘吐舌，因以問掾吏牛行幾里，吏以爲丞相不當問此細事。吉答曰：「方春少陽用事，未可大熱。恐牛近行，用暑故喘，此時氣失節，恐有所傷害也。三公典調和陰陽，職所當憂，是以問之。」後因以問牛爲賢相盡職之典。

〔一八〕輔翼：指丞相。史記魯周公世家：「旦常輔翼武王。」

〔一九〕贊：贊助。皇猷：隋書牛弘傳：「今皇猷遐闡，化覃海外。」猷，通謀。以上四句結出丞相代攝祭事。

敘事感恩上狄右丞〔一〕

昔歲曾投贄〔二〕，關河在左馮〔三〕。庾公垂顧遇〔四〕，王粲許從容。頃年庾給事崇出守同州，右丞在幕席，谷退飛遊謁，始受獎知〔五〕。首薦叨殊禮〔六〕，全家寓近封〔七〕。白樓陪寫望〔八〕，青眼感遭逢〔九〕，顧念梁間燕〔一〇〕，深憐澗底松〔一一〕。嵐光蓮嶽逼〔一二〕，酒味菊花濃。同州官醞尚菊花酒〔一三〕。寇難旋移國〔一四〕，漂離幾聽蛩〔一五〕。半生悲逆旅，二紀間門墉。蜀雪隨僧蹋，荆煙逐雁衝〔一六〕。凋零歸兩鬢，舉止失前蹤。得事雖甘晚〔一七〕，陳詩未肯慵〔一八〕。邇來趨九仞〔一九〕，又伴賞三峰。時大駕在三峰〔二〇〕。棲託情何限〔二一〕，吹噓意數重〔二二〕。自茲儔侶內，無復歎龍鍾〔二三〕。

【校】

「從容」下原注「幕」，戊籤、稿本作「末」，非是；「飛」，戊籤、豫章作「避」，非是　遭逢：「遭」，豫章作「遇」，失律，誤。　「菊花濃」下原注「醞」，叢刊作「靦」。　逆旅：「逆」，戊籤、稿本、豫章作「道」。　甘晚：「晚」，叢刊作「守」，非是。

【箋注】

〔一〕狄右丞：狄歸昌。此詩作於乾寧四年（八九七）九月至光化元年（八九八）八月前。按「又伴」句下注：「時大駕在三峰（在華州華山）。」資治通鑑卷二六〇載，本年昭宗募兵數萬，交諸王統率，意欲自强。鳳翔節度使李茂貞以爲將不利於己，興兵犯闕。七月壬辰昭宗出至渭北，復奔華州依韓建。至光化元年八月始返京師。則知詩作於此期。又舊唐書昭宗紀載，乾寧四年九月癸酉朔，以御史中丞狄歸昌爲尚書右丞。又載光化元年八月己未車駕自華州返京師。因知狄右丞爲歸昌，而詩作時間如上云。

〔二〕投贄：投卷尊長以干進。唐摭言卷五：「吳融，廣明中和之際久負屈聲，雖未擢科第，同人多贄謁之如先達，有王圖，工詞賦，投卷凡旬月。」又卷六載盧延讓「貧無卷軸，未遑贄謁」。卷十二載：「延讓始投贄，卷中有説詩一篇。」知投贄即投卷也。贄通資，轉義爲卷。

〔三〕關：潼關。　河：黄河。　左馮：指同州。漢以京兆、右扶風、左馮翊爲長安三輔。舊唐書地理志一：「同州上輔，隋馮翊郡，武德元年改爲同州。領馮翊、下邽……八城。」同州東即關河也。

〔四〕庚公：即句下注所稱庚給事崇。庚崇以給事中出刺同州事史無明文，然據谷之行事考之，當在咸通、乾符之交也。參傳箋。郎官石柱題名主客員外郎十一行有庚崇，在曹鄴前三人。曹鄴咸通十年（八六九）稍後已任祠部郎中（見送祠部曹郎中出守洋州詩注），其爲主客員外郎當在此前，則庾崇之爲主客員外郎當在咸通十年稍前，其遷給事中正當在咸、乾之交矣。

〔五〕「王粲」句并注：王粲（一七七——二一七）字仲宣，建安七子之一。三國志魏書本傳記：「獻帝西遷，粲徙長安，左中郎將蔡邕見而奇之。時邕才學顯著，貴重朝廷，常車騎填巷，賓客盈坐，聞粲在門，倒屣迎之。粲至，年既幼弱，容狀短小，一坐盡驚。邕曰：『此王公孫也。有異才，吾不如也。吾家書籍文章，盡當與之。』」此以王粲自比，以蔡邕比庾崇。以粲徙長安，比下所云遷同州。退飛，唐人以登第爲飛鳴，下第爲退飛或退鷁，語出左傳僖公十六年「六鷁退飛，過宋都。」許棠獻獨孤尚書詩：「退鷁已經三十載，登龍曾見一千人。」按谷以咸通十三年初試禮部。據考，其由袁州鄉貢，至少二次，而乾符四年（八七七）已應京兆府試，則已居長安，因可知其下第謁庾狄後遷居同州，當爲咸、乾之交也。

〔六〕首薦：州府貢舉進士之首送，即解元。唐摭言卷一〇：「其年（李）頻以許棠在場席多年，以爲首薦。」唐摭言卷二：「同華解最推利市，與京兆無異，若首送，無不及者。」然谷此舉仍未及第。唐摭言卷二有府元落條，知首送、首薦落第亦時有之，可互參。

〔七〕「全家」句：謂全家遷居同州也。近封，指同州，爲三輔之一，故云。

〔八〕白樓：道光大荔縣志卷六：「白樓，舊志同州有白樓，唐賢眺詠之所。令狐楚作賦刻其上。元稹寄白樂天詩：『煙入白樓沙苑春。』」按清大荔縣即唐同州州治所在之馮翊縣（今名大荔縣）。

〔九〕青眼：晉書阮籍傳：「籍又能爲青白眼，見禮俗之士，以白眼對之。及嵇喜來弔，籍作白眼，喜不懌而退。喜弟康聞之，乃齎酒挾琴造焉，籍大悅，乃見青眼。」

〔一〇〕梁間燕：喻己之受庇於狄。

〔一一〕澗底松：喻己之淪落不遇。左思詠史之二：「鬱鬱澗底松，離離山上苗。以彼徑寸莖，蔭此百尺條。世胄躡高位，英俊沉下僚。地勢使之然，由來非一朝。」按谷詩常以「孤寒」、「孤立」自稱，其投時相十韻更云「故舊寒門少，文章外族衰」，故云云。

〔一二〕蓮嶽：華山爲西嶽，其中峰傳生千葉蓮花，故稱華山爲蓮嶽（參讀史方輿紀要卷五二）。逼：近也。同、華毗鄰，華山在華州華陰縣南八里（元和郡縣圖志卷二關内道），故云。

〔一三〕菊花：菊花酒。西京雜記卷三：「菊華舒時並採莖葉，雜黍米釀之，至來年九月九日始熟就飲焉，故謂之菊華酒。」

〔一四〕「寇難」句：廣明元年（八八〇）十二月甲申黄巢軍破長安（資治通鑑卷二五四）。移國：後漢書光武帝紀贊：「炎正中微，大盜移國。」

〔一五〕聽蛩：爾雅釋蟲：「蟋蟀，蛩也。」江淹秋夕哀：「聽蟋蟀之潛鳴。」

〔一六〕「半生」四句：谷作此詩時年四十七，故云「半生」。二紀，舉成數言，二十四年左右。由作詩之乾寧四年（八九七）逆推之，爲咸通十四年（八七三）前後。知二紀者，謂初應試（咸通十三年）至今也。其間谷先遷同州，復移京兆，又曾從事汝州。黄巢破長安後又曾四入蜀中，二泛荆湘，更有江南之遊，黔巫之行。至景福二年秋冬方授鄠尉。遷拾遺、補闕，又以李茂貞等三鎮之亂於乾寧三年再次出奔半年。至此方獲安定。四句綜括半生歷程，詳見傳箋。

〔一七〕「得事」句：谷自咸通十三年初試春官，「遊於舉場一十六年」（雲臺編序），至光啓三年（八八七）始登第。又「籠離寒谷七逢春，釋褐來年暫種芸」（結綬鄠郊縻攝府署偶有自詠），登第六、七年後始釋褐爲京兆鄠縣尉，故云云。

〔一八〕「陳詩」句：谷由詩名得仕遷升。全唐文卷八三七薛廷珪授長安縣尉楊贊禹左拾遺鄠縣鄭谷右拾遺制：「聞爾谷之詩什，往往在人口而伸王澤，舉賢勸善，允得厥中。」谷卷末偶題三首：「一卷疏蕪一百篇，名成未敢暫忘筌。」又云：「一第由來是出身，垂名俱爲國風陳。此生若不知騷雅，孤宦如何作近臣。」均可與此互參。　陳詩，禮王制「命大師陳詩，以觀民風。」注：「陳詩，謂采其詩而視之。」參前引卷末偶題詩，此指自陳其詩。

〔一九〕九仞：指爲朝官，得入宮禁。猶言九天。王維和賈至舍人早朝大明宮詩：「九天閶闔開宮殿。」按谷於乾寧元年（八九四）由鄠尉遷右拾遺。三年遷補闕。本年遷都官郎中，句即指此。詳參傳箋。

〔二〇〕「又伴」句并注：三峰，讀史方輿紀要卷五二「泰華……水經注華嶽有三峰，按勝覽云：華岳三峰：芙蓉、明星、玉女也。」此指華州。舊唐書昭宗紀記，乾寧三年秋七月昭宗避李茂貞之亂往依華州韓建。建奏曰：「願陛下且駐三峰，以圖恢復。」谷奔問三峰寓止近墅詩云「半年奔走頗驚魂，來謁行在淚眼昏」，則其至三峰行在，已在乾寧四年春矣。

〔二一〕棲託：棲息寄託，此指得狄庇護。謝靈運山居賦「遲鸞鳳之棲託。」羅隱秋寄張坤：「未知棲託處，空羨聖明朝。」

〔二〕吹嘘：原意抑揚。後漢書鄭太傳：「孔公緒清談高論，嘘枯吹生。」章懷太子注：「枯者嘘之使生，生者吹之使枯，言談論有所抑揚也。」後多用爲褒揚薦舉。文選劉孝標廣絶交論李善注引與諸弟書：「任（昉）既假以吹嘘。」

〔三〕「自兹」二句：合詩題「感恩」并上聯「棲託」、「吹嘘」云云，知谷由補闕遷都官郎中爲狄所薦舉。唐才子傳鄭谷：「授京兆鄠縣尉，遷拾遺、補闕。乾寧四年爲都官郎中。」宋祖無擇鄭都官碑銘稱其「始爲京兆府鄠縣尉，終以都官郎中老於鄉，嘗作拾遺、補闕。」可與參證。龍鍾，潦倒貌，參通雅釋詁。

詠懷〔一〕

迂疏雖可歎，心路甚男兒〔二〕。薄宦渾無味〔三〕，平生粗有詩。澹交終不破，孤達晚相宜〔四〕。直夜花前唤，朝寒雪裏追〔五〕。竹聲輸我聽，茶格共僧知〔六〕。景物還多感，情懷偶不卑〔七〕。溪鶯喧午寢，山蕨止春飢〔八〕。險事銷腸酒〔九〕，清歡敵手棋〔一〇〕。香鋤抛藥圃，烟艇憶莎陂〔一一〕。自許亨途在，儒綱復振時〔一二〕。

【校】

雪裏追：「追」，原校「一作隨」，戊籤即作「隨」，稿本作「題」，豫章作「移」。　茶格：「格」，百家作「客」。　止春飢：「止」，稿本作「正」。藥圃：「圃」，原校一作「囿」，戊籤即作「囿」。

【箋注】

〔一〕據「直夜」句，知此詩作於乾寧元年（八九四）爲朝官之後。
詠懷：晉阮籍有詠懷七十二首。後遂以「詠懷」爲吟詠情懷之詩體形式。昭明文選有「詠懷」一體。

〔二〕「迂疏」二句：總領全詩，謂雖不達世故，命途多舛而不失丈夫本色，自負語也。迂疏，迂，拘執少變通；疏，疏闊略於世故。當與試筆偶書詩「任笑孤吟僻，終嫌巧宦卑」對讀。後蘇軾貶黃州後有言郡東北詩「已坐迂疏來此地，分將勞苦送生涯」，用法相同。

〔三〕薄宦：仕宦不顯。文選任昉爲范雲讓吏部封侯第一表：「臣高祖少連，薄宦東朝。」

〔四〕「澹交」二句：謂雖爲官，不忘舊交。莊子山木：「且君子之交淡如水，小人之交甘如醴。君子淡以親，小人甘以絶。」郭象注：「無利故淡。」此用其意。據後文此「交」當爲僧人。孤特，孤介特立。

〔五〕「直夜」二句：承上言與故交相得之狀。直夜，寓直之夜，參卷一中臺五題注。花前唤，唤伴值之僧友，卷三南宫寓直詩云「僧攜新茗伴，吏掃落花迎」，可與參證。追，召唤之意，與上句「唤」互文。

〔六〕「茶格」句：茶格，猶言茶品。共僧知，點出「僧」字。按同卷宜春再訪芳公言公幽齋寫懷敘事因賦長言「顧渚一甌春有味，中林話舊亦潸然」；重陽日訪元秀上人「宜茶偏嘗霅溪泉」，可與互參。

〔七〕偶不卑：對長在官場而言也。同卷重訪黄神谷策禪者云「初塵芸閣辭禪閣，却訪支郎是老郎。我趣轉卑師趣靜，數峰秋雪一鑪香」，可與互參。

〔八〕「山蕨」句：山蕨，草本植物，葉莖可食。晉書文苑傳記，張翰清曠縱逸，同郡顧榮執其手曰：「吾亦與子采南山蕨，飲三江水耳。」李白憶崔宗之詩：「昔在南陽城，惟餐獨山蕨。」

〔九〕「險事」句：謂世事艱險，唯藉酒銷腸以忘憂。拾遺記載，張華以西羌麰漬北胡麥爲醇酒，大醉不摇蕩，令人肝腸爛，時謂銷腸酒。

〔一〇〕敵手棋：晉書謝安傳：「安常棋劣於玄。是日玄懼，便爲敵手而又相當。」姚合答友人招遊：「賭棋遭敵手。」敵，匹敵，相當也。句謂唯棋逢敵手方有清歡。

〔一一〕「香鋤」二句：謂隱居之初志不遂，唯空相憶耳。谷於十八歲前後曾隱居荆門白社。參傳箋。

〔一二〕「自許」二句：對上聯言所以出山入仕之意願。亨途，通衢，大道。易大畜：「何天之衢，亨。」此就抽象意義言，即振興儒綱之偉業。儒綱：綱，紀綱。古以儒道爲綱常，故云。

乾符丙申歲奉試春漲曲江池 用春字〔一〕

王澤尚通津，恩波此日新。深疑一夜雨，宛似五湖春〔二〕。泛灩翹振鷺〔三〕，澄清躍紫鱗〔四〕。翠低孤嶼柳，香失半汀蘋〔五〕。鳳輦尋佳境，龍舟命近臣〔六〕。桂花如入手，願作從遊人〔七〕。

【校】

題并注：戊籤題注無「用」字；稿本「春」字在「歲」下。叢刊題無「春」字，題注「春序」，非是；英華題作「奉詔漲曲江池」，題注「乾符丙申春」，非是；品彙題作「奉詔試漲曲江池」，題注「乾符丙申春」，亦非是。按岑仲勉全唐詩札記：「春字屬試題讀，故用春字韻。」釋此題甚明。　深疑：「疑」，英華作「宜」。　宛似：「宛」，英華、品彙作「遠」。

【箋注】

〔一〕乾符丙申爲乾符三年（八七六），詩即作於是年。

奉試：唐人省試詩賦稱奉試。奉，敬辭也。春漲曲江池爲是年省試題。　曲江池：漢書元帝紀「初元二年，詔罷宜春下苑」，顏師古注：「宜春下苑，即今京城東南隅曲池是。」太平寰宇記卷二五：「曲江池，漢武帝所造。名爲宜春苑，其水曲折有似廣陵之江，故名之。」　用春字：限用「春」字所屬韻部（包括同用），唐人試帖詩例以題中字限韻。按廣韻春屬上平十八諄，可與十七真、十九臻同用。本詩津、新、鱗、蘋、臣、人屬真韻，春爲諄韻。　按徐松登科記考據此詩以舊説谷光啓三年及第爲非是，而定谷爲本年進士。今按谷集本卷京兆府試殘月如新月爲次年京兆府試題，足證本年未第也。舊説不誤，詳見傳箋。

〔二〕「王澤」四句：首句謂曲江爲尚通之津，連下三句意謂：一夜春雨，曲池波漲，帝城新流，宛同五湖，暗寓王澤洽佈，君臣上下，舉國通和之意也。王澤，帝王之恩澤，此指曲江池水，蓋在帝都之故也。下句「恩波」同。尚通津，三字連讀。漢書薛宣傳：「蓋禮貴和，人道尚通。」　五湖，泛指，意同四海，溥天之內也。

〔三〕泛灩：光波浮泛貌。謝靈運怨曉月賦「浮雲褰兮收泛灩。」陳子昂于長史山池三日曲水宴：「泛灩清流滿。」

翹振鷺：見西蜀淨衆池松溪八韻注。

〔四〕躍紫鱗：文選蜀都賦：「觴以清醥，鮮以紫鱗。」岑參與鄠縣源少府泛渼陂：「吹笛驚白鷺，垂竿跳紫鱗。」

〔五〕失：水漲淹去汀蘋，故曰「失」。河岳英靈集王灣江南意：「潮平兩岸失。」

〔六〕「鳳輦」二句：想象帝王率羣臣春遊曲江，二句互文。鳳輦，龍舟，均帝王所御。沈佺期奉和幸韋嗣立山莊侍宴應制：「龍旂縈秀木，鳳輦拂疎筇。」宋史輿服志載天子車輿有云：「鳳輦，赤質，頂輪下有二柱，緋羅輪衣，絡帶，門簾皆繡雲鳳。頂有金鳳一，兩壁刻畫龜文，金鳳翅。」穆天子傳五：「天子乘鳥舟龍(舟)浮於大沼。」注：「龍下有舟字，舟皆以龍鳥爲形制。」

〔七〕「桂花」二句：謂願此舉登第以從帝王遊。唐人以登第爲折桂。唐音癸籤卷二四：「避暑録云：世以登科爲折桂，此謂郤詵對策東堂，自云桂林一枝也。自唐以來用之。温庭筠詩云：『猶喜故人折新桂，自憐羈客尚飄蓬。』其後以月中有桂，故又謂之月桂。而月中又言有蟾，故又改桂爲蟾，以登科爲登蟾宫。用郤詵事故可笑，而展轉相訛復爾。文士亦或沿襲因之，弗悟也。」按郤詵事見晉書本傳。

華山〔一〕

峭仞聳巍巍〔二〕，晴嵐染近畿〔三〕。孤高不可狀〔四〕，圖寫盡應非。絶頂神仙會，半空鸞鶴歸〔五〕。雲臺分遠靄〔六〕，樹谷隱斜暉〔七〕。墜石連村響，狂雷發廟威〔八〕。氣中寒渭闊〔九〕，影外白樓微〔一〇〕。雲對蓮花落〔一一〕，泉橫露掌飛〔一二〕。乳懸危蹬滑〔一三〕，樵徹上方稀〔一四〕。澹泊生真趣〔一五〕，逍遙息世機〔一六〕。野花明澗路，春蘚澀松圍。遠洞時聞磬，羣僧晝掩扉。他年洗塵骨，香火願相依。

【校】

題：豫章題下注「在陝西西安府華陰縣」。　鸞鶴歸：「歸」，品彙作「飛」。　遠靄：「遠」，豫章下校「一作瑞」，樵徹：「徹」，豫章下校「一作唱」。　澹泊：「泊」，品彙作「泞」。　晝掩扉：「晝」，豫章作「畫」。

【箋注】

〔一〕華山：爾雅釋地：「華山爲西嶽。」舊唐書地理志二：「華州……華陰縣……太華山，在縣南四里。」在今陝西華陰縣南。華山記云：「山頂有池，生千葉蓮花，服之羽化，因名華山。」

〔二〕「峭仞」句：山海經西山經：「太華之山，削成而四方，高五千仞，其廣十里。」唐玄宗華岳銘：「華峰峻削。」

〔三〕「晴嵐」句：嵐，山中霧氣。　近畿，舊唐書地理志二：「華州上輔。」唐玄宗華岳銘：「菡萏森爽，是曰靈岳。」讀史方輿紀要卷五二：「登華嶽之顛，俯視雲煙，皆出其下。帝座微茫，彷彿可通也。」

〔四〕孤高：特立高聳。　高適同諸公登慈恩寺浮圖：「登臨駭孤高。」

〔五〕「絕頂」二句：華山爲道家第四小洞天（雲笈七籤卷二七）。多仙靈之跡。華岳志有仙真一卷專記其事。如引神仙傳云：「漢衛叔卿得道，其子度世追至華岳，見叔卿與數人博於石上。」張昶西嶽華山堂闕碑序：「想松喬之徒，是遊是憩。」鸞鶴歸：謂衆仙跨鸞駕鶴來會也。杜子春傳記子春踐仙約，登華山，「見一居處，室屋嚴潔。綵雲遥覆，鸞鶴飛翔其上。」

〔六〕「雲臺」句：華岳志卷一：雲臺峰，北峰也。在嶽東北，其山兩峰崢嶸，四面懸絶，上冠景雲，下通地脈，嶷然獨秀，有若雲臺。」

〔七〕「樹谷」句：樹谷，當爲華山谷名，卷一送司封從叔員外徼赴華州裴尚書均辟：「敷溪秋雪岸，樹谷夕陽鐘。」又劉得仁寄厲員外「勸隱蓮峰久，期耕樹谷同」，可互參。然華嶽志未載此谷名，當因谷中多樹得名。唐達奚珣華山賦：「伊彼崇林，望之盡目，參顥氣而深秀，侔斷山之摇矗。」明王履始入華山至西峰記：「四面布伏嶺背，竊窺其旁，則深不見底，安知其幾千仞，但松頭溉溉，出没蒼煙中。」均可互參。

〔八〕「墜石」二句：華山方十里，故一石墜而連村響，多峰谷則其聲又如崩霆震怒，狂雷轟響。後明王履華山南峰記：「(朝元洞)中設三清像，諸神旁護。凡供奉之具咸在。余問故於主者岳師，師曰：昔賀老師(元賀志真)嘗此四十年，雖鑿焉而不敢碎石下墜。下墜則雷動，龍潛故也。」又華岳有雷神祠(華岳志卷一東峰)。可知華山墜石雷鳴爲歷代相傳之勝觀也。

〔九〕「氣中」句：水經注卷一九「渭水……又東過華陰縣北……縣有華山。」又元和郡縣圖志關内道華州載，華山在華陰縣南八里，渭水在縣東北三十五里。

〔一〇〕「影外」句：白樓，在同州馮翊縣南，參敍事感恩上狄右丞詩注。據舊唐書地理志二，華州在京師東一百八十里，同州在京師東北二百五十五里。故白樓較之渭水距華岳爲遠，故望渭水則曰「氣中」，曰「闊」；望白樓則曰「影外」，曰「微」。

〔一一〕蓮花：華岳志卷二：「西峰，一曰蓮花，一曰芙蓉。西峰最幽奥，有石葉如蓮瓣覆崖顛。」

〔一二〕「泉横」句：華岳志卷一：「仙掌崖在東峰東北。」據傳華岳東對首陽，本一山，「巨靈所開，今睹手跡於華岳而脚跡在首陽山下」（藝文類聚卷七引述征記）。山泉飛横仙掌上方，猶似漢武所造承露仙人掌，故稱「露掌」。

〔一三〕乳懸：石乳所凝成之懸溜。王履華山記玉女峰記，華岳石溜以仙人掌爲夥，「此掌外惟日月崖爲多，其次則東峰西壁近於楊氏石室者」，此外「比比皆有」。危蹬滑，韓愈答張徹：「洛邑得休告，華山窮絶徑。……磴蘚澾拳跼，梯颸愧分巠。」按，澾即滑義。

〔一四〕「樵徹」句：承上言高峰處，即樵夫亦蹤跡罕到。上方，高絶處。杜甫山寺：「上方重閣晚，百里見纖毫。」

〔一五〕澹泊：清心寡欲。揚雄長楊賦：「且人君以玄默爲神，淡泊爲德。」真趣，即道家所云玄趣，佛氏所謂妙諦，蓋二氏均以空寂爲本根，故云。莊子天下：「以本爲精，以物爲粗，以有積爲不足，澹然獨與神明居，古之道德有在於是者。」江淹殷東陽仲文興矚：「晨遊任所萃，悠悠藴真趣。」

〔一六〕逍遥：莊子逍遥遊陸德明釋文：「唐釋湛然止觀輔行傳引王瞀夜云：『消揺者，調暢逸豫之意。夫至理内足，無時不適。止懷應物，何往不通。以斯而遊天下，故曰消揺。』」世機：塵俗之事，猶言世情，世緣。柳宗元龍安海禪師碑：「逝耶非追，至耶誰抑。惟世之機，惟道之微。」温庭筠渭上題三首之一：「煙水何曾息世機，暫時相向亦依依。」

入閤〔一〕

祕殿臨軒日〔二〕，和鑾返正年〔三〕。兩班文武盛〔四〕，百辟羽儀全〔五〕。霜漏清中禁〔六〕，風旗拂曙天〔七〕。門嚴新勘契〔八〕，仗入乍承宣〔九〕。玉几當紅旭〔一〇〕，金鑪縱碧煙〔一一〕。對揚稱法吏〔一二〕，贊引出宮鈿〔一三〕。言動揮毫疾，雍容執簿專〔一四〕。壽山晴靉靆，顥氣暖連延〔一五〕。禮有鴛鸞集〔一六〕，恩無雨露偏〔一七〕。小臣叨備位〔一八〕，歌詠泰階前〔一九〕。

【校】

「勘契」，戊籤、英華、品彙作「契勘」；以「勘契」爲是。　「仗入」句：「仗」，戊籤、豫章作「使」；「乍」，叢刊、品彙作「邇」。　玉几：「几」，英華作「璣」，非，品彙作「机」，通。　「雍容」句：「雍」，戊籤、豫章、品彙作「威」，豫章下校「一作溫」；英華全句作「威容報薄專」。　顥氣：「氣」，叢刊作「景」。

【箋注】

〔一〕據「和鑾返正年」句，知詩作於天復元年（九〇一）春正月，時谷在都官郎中任上。按舊唐書昭宗紀載，光化三年（九〇〇）十一月，左、右軍中尉劉季述、王仲先廢昭宗，請皇太子裕監國。甲午，太子登皇帝位。十二月乙卯朔，鹽州都將孫德昭、周承誨、董彥弼以兵攻殺劉季述、王仲先。「天復元年春正月甲申朔，昭宗反正，登長樂門受朝賀。」入閤：新五代史李琪傳：「唐故事，天子日御殿見羣臣，曰常參；朔望薦食諸陵寢，有思慕之心，不能御前殿，則御便殿見羣臣，曰入閤。宣政，前殿也，謂之衙，衙有仗。紫宸，便殿也，謂之入閤。其不御前殿而御紫宸，乃自正衙喚仗，由閤門而入，百官俟朝於衙者，因隨以入見，故謂之入閤。」宋費衮梁谿漫志卷三引李琪說後又云：「自乾符已後，因亂禮闕，天子不能日見羣臣，而見朔望，故正衙常日廢仗，而朔望入閤有仗。習見既久，遂以入閤爲重。至出御前殿猶謂之入閤。」則至谷時凡朝見羣臣均謂之入閤也。然自詩意觀，所記當爲天復元年正月朔朝會，則仍當爲御紫宸便殿也。閤，梁谿漫志卷三：「或乘輿止御紫宸殿，即喚仗自宣政殿兩門入，是謂東、西上閤門也。」閤，通閣。

〔二〕祕殿：此指紫宸殿。文選王延壽魯靈光殿賦：「乃立靈光之秘殿。」李善注引詩閟宫毛萇詩傳曰：「秘，神也。」（閟、秘通）此借爲深。朱熹詩集傳閟宫注：「閟，深閉也。」可爲參證。紫宸殿在宣政殿（大明宫中心）後，故云。臨軒，原意天子不坐正殿而至殿前軒檻處稱臨軒。後漢書李膺傳：「詔膺入殿，御親臨軒。」後泛以朝會稱臨軒。大唐新語卷一：「太宗嘗臨軒謂侍臣曰」云云。軒，後漢書史丹傳師古注：「檻軒，闌版也。」

〔三〕和鑾：即和鸞，原指車鈴，特指鑾駕。詩小雅蓼蕭：「和鸞雝雝。」注云：「在軾曰和，在鑣曰鸞。」班固東都賦：「和鸞玲瓏。」返正，原意由亂歸正，語出漢書高帝紀「撥亂去，反（同返）之正。」後特指帝王復辟（位）。此指昭宗復辟。以上二句言返駕朝會。

〔四〕兩班：資治通鑑卷六六胡三省注：「唐凡朝會，文官班於東，武官班於西。」兩班即文武二班。又舊唐書職官志二：「凡文武百僚之班序，官同者先爵，爵同者先齒。」據新唐書儀衛志上，朝日，天子升御座前，百官於殿西廡傳點畢，入內門、次門，序班於通乾、觀象門南，武班居文班之次，「入宣政門，文班自東門而入，武班自西門而入，至閤門亦如之。夾階校尉十人同唱(籍)，入畢而止。宰相兩省官對班於(殿上)香案前，百官班於殿庭左右。」其班次繁複，見志及唐會要卷二四。

〔五〕百辟：詩大雅假樂：「百辟卿士。」原指諸侯，後泛指百官。宋書孔琳之傳，奏劾徐羨之：「羨之內居朝右，外司輦轂，位任隆重，百辟所瞻。」羽儀：羽飾。易漸：「鴻漸於陸，其羽可用爲儀，吉。」孔穎達疏：「上九，最居上極，是進處高潔，故曰鴻漸於陸也。」「居無位之地，是不累於位者也。處高而能不以位自累，則其羽可用爲物之儀表，可貴可法也。故曰其羽可用爲儀，吉也。」以上二句言百官盛服班列以待謁見。

〔六〕「霜漏」句：漏，見長安夜坐寄懷湖外嵇處士注。霜天之漏聲兼含清肅之義，故曰清中禁。中禁，禁中。魏書高閭傳：「閭昔在中禁，有正禮定樂之勳。」

〔七〕風旗：駱賓王宿温城望軍營詩：「風旗翻翼影。」顧況宮詞五首之一：「風獵青旗曉仗寒。」以上二句早朝前清肅景象。

〔八〕門嚴：嚴，動詞，嚴肅宮門之禁也。新唐書儀衛志：「唐制，天子居曰衙，行曰駕，皆有衛有嚴。」勘契，新唐書儀衛志上：「內謁者承旨喚仗，左右羽林軍勘以木契，自東西閤門入。」按木契者刻檀木爲魚形，名魚契，又刻檀板爲坎，契勘相合，以爲符信。劉鄴待漏院吟：「明月初沉勘契時。」

〔九〕仗入：梁谿漫志卷三入閤：「前代謂之入閤儀者，蓋隻日御紫宸，先於宣政殿前立黃麾、金吾仗，俟勘契畢喚仗，即自東西閤門入。」參見新唐書儀衛志上。承宣：承奉宣揚。漢書匡衡傳：「心存於承宣先王之德而褒大其功。」按，據新唐書儀衛志上載，朝日文武班次閤門後侍中奏「外辦」，皇帝步出西序門，索扇，扇合。皇帝升御座，扇開。左右留扇各三。左右金吾將軍一人奏「左右廂内外平安」。通事舍人贊宰相兩省官再拜，升殿。然後喚仗入閤，則仗入前，皇帝已升御座矣。故仗入時百官承宣。新唐書禮樂志九載元日朝會天子升座後，公、王以下及諸客使等以次入就位，典儀曰「再拜」。贊者承傳，在位者皆再拜。上公一人詣西階席，脱舄，跪解劍置於席，升，當御座前，北面稱賀，稱某官臣某言：「元正首祚，景福惟新，伏惟開元神武皇帝與天同休。」在位者皆再拜二次，舞蹈，三稱萬歲，又再拜。可爲此處承宣參證。

〔一〇〕玉几：天子所憑玉飾小几。書顧命：「皇后憑玉几。」新唐書陳子昂傳：「迺月孟春，乘鸞輅，駕蒼龍，朝三公九卿大夫於青陽左个，負斧扆，憑玉几，聽天下之政。」

〔一一〕金爐：殿上所陳之銅熏鑪。新唐書儀衛志上：「凡朝日，殿上設黼扆、躡席、熏鑪、香案。」天子升御座前，「宰相、兩省官對班於香案前，百官班於殿庭左右。」賈至早朝大明宮：「衣冠身惹御爐香。」金，此指銅。史記平準書：「黄金爲上，白金爲中，赤金爲下。」索隱：「銅，赤金也。」

〔一二〕對揚：全唐文紀事卷九二引考古編：「唐人以得見進對爲對揚，如太宗時，羣臣言事者，上多引古今折之，多不能對。劉洎上書曰『陛下降恩旨，假慈顔，猶恐羣下未敢對揚』是也，其意蓋取書對揚天子休命（按：原文「敢對揚天子之休命」，見書説命下）爲語，其實非也。傳説之，謂對揚者，受天子美言而答揚之於外……今劉洎所云者，對耳，非揚也。」此處同劉洎之意。法吏：執法之吏，司馬遷報任安書：「身如木石，獨與法吏爲伍。」此似指殿中侍御史。舊唐書職官志三：「殿中侍御史掌殿廷供奉之儀式，凡冬至、元正大朝會，則具服升殿。」

〔一三〕「贊引」句：贊引，喝贊夾行。文獻通考王禮：「(天子)由黄門侍郎與贊者二人夾引而出。」宋程大昌演繁露卷一唐宫人引駕出殿條：「唐會要：天祐二年敕：『今後每遇延英坐朝日，只令小黄門祗候引從，宫人不得擅出内。』乃知杜詩『户外昭容紫袖垂，雙瞻御坐引朝儀』者，真出殿引坐；而鄭谷入閣詩亦言：『導引出宫鈿。』蓋天祐始罷。」今按：據程説上二句爲狀天子出臨景象。然前述新唐書儀衛志所載，天子出殿在「仗入」之前，則本句似未可解作天子出殿。檢唐會要卷二四受朝賀條載：「會昌二年四月中書、門下奏，『元月御含元殿，百官就列，惟宰相及兩省官，皆未索扇前，立於檻欄之内；及扇開，便侍立於御前……酌於禮，意，似未得中。臣等商量，請御殿日，宰相、兩省官對班於香案前，俟扇開，通事贊兩省官再拜訖，遂升殿侍立。』從之。」據此，合上「玉几」二句知，出宫鈿者，謂扇開也。鈿，原意金玉飾物，此指宫扇。謂天子出(現)於宫扇之前也。程説及儀衛志所記「扇開」後唤仗，似均未諦。

〔一四〕「言動」二句：禮玉藻：「君舉必書：左史記行，右史記言。」唐制門下省起居郎，中書省起居舍人分掌記行、記言，當於春秋之左右史(舊唐書職官志二)。二句即狀此景象。

〔一五〕「壽山」二句：渲染昇平氣象。壽山，參丞相孟夏祗薦南郊紀獻十韻詩注。雍容，肅敬貌。顥氣，清朗之氣。文選班固西都賦「鮮顥氣之清英」，李善注：「楚辭曰：天白顥顥。說文曰：顥，白貌。」

〔一六〕「鴛鷺」：鴛通鵷，鴛鷺俱鳳屬，喻賢才，又以指百官班行。洛陽伽藍記追光寺載東平王略對蕭衍曰：「臣在本朝之日，承乏攝官。至於宗廟之美，百官之富，鴛鷺接翼，杞梓成陰。」劉禹錫和蘇十郎中謝病閒居詩：「左掖鴛鸞到室中。」

〔一七〕「恩無」句：謂帝王之恩澤下及人臣無偏頗。意同白居易寄張李杜三學士詩：「上天雨露無厚薄。」以上二句敘朝廷賢才來集，君臣洽睦。前二句從天祐言，此二句就人和言。

〔一八〕備位：謙辭，謂僅備官位而未克盡職。漢書蕭望之傳：「吾嘗備位將相。」

〔一九〕泰階：星名，即三台。上、中、下三台各六星，二二平列而成梯級狀，如見三台平列，則兆天下太平。今太(泰)平一詞即源於此。文選左思魏都賦：「故令斯民覩泰階之平。」李善注：「泰階者，天之三階也……三階平則陰陽和，風雨時，歲大登，民人息，天下平，是謂太平。」

故少師從翁隱巖別墅亂後榛蕪感舊愴懷遂有追紀〔一〕

風騷爲主人〔二〕，凡俗仰清塵〔三〕。密行稱閨闥〔四〕，明誠動搢紳〔五〕。周旋居顯重〔六〕，内外掌絲綸〔七〕。妙主蓬壺籍〔八〕，忠爲社稷臣〔九〕。大儀牆仞峻〔一〇〕，東轄紀綱新〔一一〕。聞善常開口，推公豈爲身〔一二〕。立朝鳴珮重〔一三〕，歸宅典衣貧〔一四〕。半醉看花晚，中餐煮菜春。晴臺隨鹿上〔一五〕，幽墅結僧鄰。理論知清越，清越，江左詩僧，孤卿待之甚厚〔一六〕。生徒得李頻〔一七〕。藥香沾筆硯〔一八〕，竹色染衣巾。寄鶴眠雲叟〔一九〕，騎驢入室賓。咸通中，舉子乘馬，唯張喬跨驢。喬詩苦道貞，孤卿延於門下〔三〇〕。近將姚監比，自姚秘監合主張風雅後，孤卿一人而已〔三一〕。僻與段卿親。段少常成式奥學辛勤，章句入微，孤卿爲前序〔三二〕。葉積池邊路，茶遲雪後薪。所難留著述〔三三〕，誰不秉陶鈞〔三四〕？喪亂時多變〔三五〕，追思事已陳。浮華重發作，雅正甚湮淪〔三六〕。宗從今何在？依棲素有因。七松無影響，孤卿植小松七本，自號七松處士，異代對五柳先生〔三七〕。雙淚亦悲辛。猶喜于門秀，年來屈復伸。班即孤卿侄孫，登進士科級也〔三八〕。

【校】

題：戊籤題下注「鄭薰歸老號所居爲隱巖自稱七松居士」；詩録題下注無「自稱」以下六字。顯重：「重」，叢刊本作「貴」。大儀：「大」，豫章原校「一作八」。「幽墅」句：「墅」原校「一作野」。「結」，原校「一作約」，叢刊本作「約」。藥香：「藥」，百家作「樂」，誤。「騎驢」句下注：稿本圈去「喬詩苦道貞」五字；「苦」字，叢刊本作「善」；「貞」，豫章作「真」。「僻與」句下注：「入微」字，叢刊無。「七松」句下注：「小松」字，叢刊本無。屈復伸：「復」，叢刊作「併」。下注「班」，豫章作「斑」。

【箋注】

〔一〕本詩當作於景福二年（八九三）谷入仕後。按詩題曰「亂後榛蕪」，又有句「喪亂時多變」，則已數經喪亂矣。據考，谷自廣明元年（八八〇）黄巢攻占長安後至景福二年秋冬結綬鄠尉，十餘年間漂泊於巴蜀、荆楚、江南。中唯光啓元年（八八五）春至冬、光啓三年（八八七）春二三月間、景福元年（八九二）春後至二年春，短期在長安（隱巖在長安附近），又均因時局騷亂，行色匆匆，似不得作從容之遊（參傳箋）。且此期，谷詩均多自傷病貧，而此詩意度甚夷平，當爲入仕後聲吻也。不爾，亦必在光啓元年（八八五），避黄巢入蜀六年，初返長安之後也。

少師：太子少師，東宫官屬，正二品（舊唐書職官志三）。　從翁：從祖父。少師從翁指鄭薰。新唐書本傳載，薰，字子溥。擢進士第，歷考功郎中，翰林學士，出爲宣歙觀察使，爲牙將所逐，貶棣王府長史，分司東都。懿宗立，召爲太常少卿，歷吏部侍郎，進尚書左丞，後以太子少師致仕。薰端勁，再知禮部舉，士類多之。既老，號所居爲「隱巖」，蒔松於庭，號「七松居士」云。所記正與詩題相合。又據全唐文卷七六五杜宣猷鄭左丞祭梓華府君碑陰記所載，知薰咸通七年（八六六）尚在尚書左丞任上，則其卒當在咸乾之際。　隱巖：據李頻奉和鄭薰相公詩云：「三四株松匝草亭，便成彭澤柳爲名。蓮峰隱去難辭闕，滻水朝回與出城。」張喬七松亭詩云：「七松亭上望秦川，高鳥閒雲滿目前。……明月影中宫漏近，珮聲應宿使朝天。」可知當在長安近郊。

〔二〕「風騷」句：謂薰爲當時文壇重要人物。　風騷：國風、楚辭之合稱。代指詩歌。

〔三〕清塵：漢書司馬相如諫獵賦：「犯屬車之清塵。」顔師古注：「塵爲行而起塵也。言清者，尊貴之意也。」後用以對人敬稱。文選盧諶贈劉琨并序：「自奉清塵，於今五稔。」李善注：「不敢指斥尊者，故借塵以言之，言清，尊之也。」

〔四〕「密行」句：密行，李頻題薦福寺僧棲白上人院：「高名何代比，密行幾生持。」原爲佛語持戒密行，此指慎密之行，即史稱「性端勁」也。閨闥，内室。句意即禮中庸：「莫見乎隱，莫見乎微，故君子愼其獨也。」

〔五〕「明誠」句：明誠，内心誠信清明。禮中庸：「自誠明謂之性，自明誠謂之教。誠則明矣，明則誠矣。唯天下至誠謂能盡其性，能盡其性則能盡人之性，能盡人之性則能盡物之性，能盡物之性，則可以贊天地之化育，可以贊天地之化育，則可以與天地參矣。」故稱「動搢紳」。搢紳，原指插笏於帶間。紳，大帶。代指士大夫。莊子天下：「搢紳先生多能明之。」

〔六〕周旋：謂薰歷經曲折而終居要位。地勢盤折曰周旋。列子湯問：「其山高下周旋三萬里。」借用於人。

〔七〕「内外」句：謂薰曾知制誥。禮緇衣：「王言如絲，其出如綸。」疏：「言王言初出微細如絲，及其出行於外，言更漸大如綸也。」後因稱帝王詔制爲絲綸，以知制詔爲掌絲綸。杜甫奉和賈至舍人早朝大明宮詩：「欲知世掌絲綸美，」唐宋時制詔有内外之别，以翰林學士知制誥爲内制，以三省官充爲外制。外制多以中書舍人充，亦有以郎官、侍郎充者（參翰林學士壁記）。薰殆以考功郎中知制誥，又於大中三年九月十八日自考功郎中充翰林學士；閏十一月二十七日，特恩加知制誥。四年十月七日，拜中書舍人，並依前充。十三日守本官出院。故云云（參岑仲勉翰林學士壁記注補一二一）。

〔八〕「妙主」句：謂薰曾知貢舉，據唐詩紀事卷八，在大中八年（八五四）也。蓬壺，即蓬萊，海上三神山之一，仙人所居。王嘉拾遺記卷一：「三壺則海中三山也：一曰方壺，則方丈也；二曰蓬壺，則蓬萊也；三曰瀛壺，則瀛州也。」蓬壺籍，即仙籍。唐人以及第爲登仙，稱進士題名爲「登仙籍」、「題仙籍」。會昌三年（八四三）王起典貢舉，周墀賀詩有云：「又陪金馬入蓬瀛。」新進士孟球和周墀詩有句：「仙籍共知推麗則，禁垣同得荐嘉名。」(唐摭言卷三)。故稱典貢舉爲主蓬壺籍。

〔九〕社稷臣：關係國家安危之大臣。孟子盡心上：「有安社稷臣者，以安社稷爲悦者也。」社，土神。稷，穀神，歷代建國必先立社稷壇墠，滅人之國，更新置之，故以社稷爲國家代稱。

〔一〇〕大儀：容齋四筆卷一六官稱别名記，唐人稱禮部尚書爲大儀。詞林海錯則云，唐謂禮部之長爲大儀，以禮部員外爲中儀，主事爲小儀。則大儀兼指尚書、侍郎而言。登科記考卷二三記薰大中八年以禮部侍郎知貢舉。諸史未見薰爲禮部尚書記載，則當以後説更近是。牆仞峻：論語子張：「子貢曰：『譬之宫牆，賜之牆也及肩，闚見室家之好；夫子之牆數仞，不得其門而入，不見宗廟、百官之富，得其門者或寡矣。』」

〔一一〕「東轄」句：指薰曾爲尚書左丞。初學記卷一一左右丞第七「事對」：「紀綱、管轄：蔡質漢官典職曰：『尚書左丞，凡臺中紀綱，皆無所不總。』又傅咸答辛曠詩序曰：『尚書左丞，彈八座以下，居萬機之會，斯乃皇朝之司直，天臺之管轄。』」故稱尚書左丞爲左轄。杜甫贈韋左丞丈濟：「左轄頻虚位，今年得舊儒。」東轄即左轄。蓋天子座北面南，左爲東右爲西也，猶之門下省稱左省、東臺；中書省稱右省、西臺也。

〔一二〕「聞善」二句：以漢鄭當時事擬鄭薰，取其同姓也。漢書鄭當時傳：「當時爲大吏……每朝，候上間説，未嘗不言天下長者。其推轂士及官屬丞吏，誠有味其言也。常引以爲賢於己。未嘗名吏，與官屬言，若恐傷之。聞人之善言，進之上，唯恐後。山東諸公以此翕然稱鄭莊。」又傳贊曰：「……汲黯之正直，鄭當時之推士，不如是，又何以成名哉！」聞善，語出孟子盡心上：「(舜居深山)，及其聞一善言，見一善行，若決江河，沛然莫之禦也。」開口，笑也，喜也。莊子盜跖謂人一生「其中開口而笑者，一月不過四五日而已矣」。又可解作發論進言。韓詩外傳六「仁以爲質，義以爲理。開口焉不可爲人法則者」。二解俱可通。

〔一三〕嗚珮：唐制五品官以上，朝服有劍、珮、綬諸物，太子少傅二品，佩水蒼玉（舊唐書輿服志）。禮玉藻：「古之君子必佩玉，右徵角，左宮羽，趨以采齊，行以肆夏。周還中規，折還中矩。進則揖之，退則揚之，然後玉鏘鳴也。」

〔一四〕典衣：杜甫曲江二首之二：「朝回日日典春衣。」仇注：「舊注：孫權之叔濟，嗜酒不治產業，嘗曰：『尋常行坐處，欠人酒債，欲質此縕袍償之。』考吳志初無此事。」或古本所載，録以備參。

〔一五〕隨鹿上，藝文類聚卷九五引三輔決録：「辛繕，字公文，少治春秋、詩、易，隱居弘農華陰，弟子六百餘人。所居旁有白鹿甚馴，不畏人。」白居易答元八郎中楊十二博士：「盡日觀魚臨澗坐，有時隨鹿上山行。」

〔一六〕「理論」句並注：理論，論說義理。常袞郭君墓誌：「公博識强辯，尤好理論。」清越，江左名僧。唐摭言卷四：「李頻師方干，後頻及第，詩僧清越贈干詩」云云。知與李頻時代相近。孤卿，此指太子少師。史記宋微子世家：「太師，少師，我其發出往？」集解：「孔安國曰：太師，三公，箕子也。少師，孤卿，比干也。」漢書百官公卿表：「少師、太傅、少保，是爲孤卿。」孤，特也。

〔一七〕李頻：字德新。睦州壽昌人，晚唐詩人。大中八年（八一三）鄭薰榜下進士。歷官至建州刺史，乾符三年（八七六）卒於任。有梨嶽集。中存奉和鄭薰相公詩。

〔一八〕藥：芍藥。

〔一九〕「寄鶴」句：指鄭薰山居清逸。寄鶴，豢鶴。項斯華頂道者詩：「養龍於淺水，寄鶴在高枝。」眠雲：劉禹錫試茶歌：「欲知花乳清泠味，須是眠雲跂石人。」

〔三〇〕「騎驢」句：張喬，池州人，咸通中與鄭谷等并稱「咸通十子」。集中有七松亭詩、隱巖陪鄭少師夜坐詩。後詩云：「幸喜陪騶馭，頻來向此宿。」知與喬相善。騎驢，參句下注。又唐摭言卷一二：「咸通末，執政病舉人僕馬太盛，奏請進士舉人許乘驢。鄭光業材質瓌偉，或嘲之曰：『今年敕下盡騎驢，短轡長鞦滿九衢。清瘦兒郎猶自可，就中愁殺鄭昌圖。』」則知詩下注所云乃咸通中以前情事也。騎驢爲貧爲清，杜甫奉贈韋左丞丈二十二韻：「騎驢三十載，旅食京華春。」入室，論語先進：「門人不敬子路。子曰：『由也升堂矣，未入於室也。』」

〔三一〕「近將」句並注：姚監，姚合。陝州人，開元賢相姚崇之孫，仕終秘書少監，故稱姚監。合與賈島齊名，世稱賈姚，以苦吟艱思稱。有姚少監集。又集王維等二十一人詩爲極玄集。自序云：「此皆詩家射雕手也。合於衆集中更選其極玄者，庶免後來之非。」所選不涉浮華，以王維、十才子爲主。實乃高仲武中興間氣集「體狀風雅，理致清新」（中興間氣集序）之延緒，谷所謂「主張風雅」，即指此而言，與下「浮華」云云相對也。風雅，國風、大雅小雅，爲傳統詩風代稱。

〔三二〕「僻與」句並注：段成式，字柯古。文宗朝宰相段文昌之孫，晚唐詩人。又與李商隱、溫庭筠俱行十六而均工駢文，時稱三十六體。著有酉陽雜俎等。廣搜奇聞佚事。其詩文又好用奇字僻典。王士禎分甘餘話稱其「雖奇澀不至樊紹述絳碑之甚，然亦軋軋難句矣。」陳鴻墀全唐文紀事評云：「成式好徵僻典，是其所擅也。」可爲谷詩參證。

〔三三〕「所難」句：論語述而：「述而不作，信而好古，竊比我於老彭。」疏：「此章記仲尼著述之謙也。」隋書經籍志：「史遷以後，好事者亦頗著述，然多鄙淺不足相繼。」句謂薰慎於著述也。

〔三四〕「誰不」句：秉，執掌。陶鈞：陶工所用旋轉式工具。詩小雅節南山：「秉國之鈞。」史記魯仲連鄒陽列傳：「是以聖王制世御俗，獨化於陶鈞之上。」此句承上言薰雖不汲汲於著述，然具治國化俗之才。

〔三五〕「喪亂」句：廣明元年（八八一）黃巢克長安，其後戰亂不絕。光啓元年（八八五）中官田令孜結邠寧朱玫、鳳翔李昌符，與河中王重榮、河東李克用交兵。克用軍逼長安，僖宗再次出奔，至光啓四年（八八八）始返長安。此外各地戰亂不勝舉。

〔三六〕「浮華」二句：唐末詩風輕靡，故云。

〔三七〕「七松」句並注：無影響：無遺跡。書大禹謨「惟影響」傳：「若影之隨形，響之應聲。」五柳先生：陶淵明植五柳於門前，作五柳先生傳，因稱五柳先生。

〔三八〕「于門」二句並注：謂薰積善而幸有餘慶。漢書于定國傳：「始，定國父于公，其閭門壞，父老方共治之。于公謂曰：『少高大閭門，令容駟馬高蓋車。我治獄多陰德，未嘗有所冤，子孫必有興者。』至定國爲丞相，永（定國子）爲御史大夫，封侯傳世云。」劉峻辨命論：「于公高門之待封。」

送吏部曹郎中免官南歸〔一〕

高名向己求，古韻古無儔〔二〕。風月拋蘭省〔三〕，江山復桂州〔四〕。賢人知止足〔五〕，中歲便歸休〔六〕。雲鶴深相待，公卿不易留〔七〕。滿朝張祖席〔八〕，半路上仙舟〔九〕。篋重藏吳畫〔一〇〕，茶新換越甌〔一一〕。郡迎紅燭宴，寺宿翠嵐樓。觸目成幽興，全家是勝遊〔一二〕。篷聲漁叟雨，葦色鷺鷥秋〔一三〕。久別郊園改，將歸里巷修。桑麻勝祿食，節序免鄉愁。陽朔花迎櫂，崇賢葉滿溝〔一四〕。席春歡促膝，簷日暖梳頭〔一五〕。道暢應爲蝶，時來必問牛。終須康庶品，未爽漱寒流〔一六〕。議在歸羣望，情難戀自由〔一七〕。小生誠淺拙，早歲便依投。夏課每垂奬，雪天常見憂。遠招伴宿直，首薦向公侯。攀送偏揮灑，龍鍾志未酬〔一八〕。

【校】

題：「吏」下原校「一作祠」，未詳何本，非是，參注〔一〕；「曹」下英華有「鄭」字，按此曹郎中當爲曹鄴，參注〔一〕。

復桂州：「復」，原校「一作向」，英華即作「向」。　祖席：「祖」，稿本作「爼」，非是。　換越甌：「換」，叢刊作「滿」。　「翠嵐樓」，英華作「翠風流」。　「崇賢」句下：英華原注「郎中崇賢里有幽居」。　促膝：「膝」，豫章作「席」，涉上「席春」字而誤。　暖梳頭：「暖」，叢刊作「晚」；「梳」，原校「一作扶」，英華即作「扶」。

爲蝶：「蝶」，原校「一作虎」，叢刊即作「虎」，亦通。　未爽：「爽」，原校「一作許」。

【箋注】

〔一〕本詩當作於咸通末（八七四）至乾符年間（八七四——八七九）。吏部曹郎中，曹鄴，字鄴之，桂州陽朔（今廣西陽朔縣北）人（明蔣冕二曹詩跋）。大中四年（八五〇）張温琪榜進士（唐才子傳卷七）。咸通初官太常博士（唐詩紀事卷一〇），後以祠部郎中出守洋州（同上）。谷集卷一有送祠部郎中出守洋州詩。檢郎官石柱題名祠部郎中，鄴在張禓之下。禓咸通九年六月由刑郎員外郎遷祠中，九月加制誥，十年七月遷中書舍人（翰林學士壁記），則鄴爲祠中當在十年七月後，而出守洋州當在咸通末期（咸通凡十五年）。本詩題稱「曹郎中」，詩云「陽朔花迎櫂」，又言「早歲便依投」，參之鄴送鄭谷歸宜春詩「莫便閒吟去，須期接盛科」云云，其爲鄴可以無疑。題又稱「吏部曹郎中」，按吏部郎中爲前行，祠部郎中爲後行，依唐人轉官常例當由後行轉中行、前行。則鄴當於守洋州後由祠中轉吏中，其時當在咸、乾之際也。谷爲光啓三年（八八七進士，而詩言「首薦向公侯」，然又「龍鍾志未酬」，則在登第前。又考谷於廣明元年（八八〇）十二月黄巢攻破長安後，避蜀六年，至光啓元年始返長安，旋又以兵亂於元年底再度出奔，至三年方再返長安應試登第，而此詩略無戰亂痕跡，故定爲咸通末至乾符年間所作。又按李洞有弔曹監詩云「桂林詩骨葬雲根」，洞與鄴過往甚密，另有贈曹郎中崇賢所居、送曹郎中罷官南歸詩。則似曹鄴仕終秘書監或秘書少監。然他無資料可印證，録以備參。

〔二〕「高名」二句：贊鄴之人品詩格。唐詩紀事卷六〇：「鄴能文，有特操。咸通初，爲太常博士。白敏中卒，議謚，鄭責其病不堅退，且逐諫臣，舉怙威肆行，謚曰『醜』。高元裕子璩，懿宗時爲相，卒，鄭建言，璩爲宰相，交遊醜雜，進取多蹊徑。謚法：不思安愛曰『刺』，請謚爲『刺』。」唐才子傳卷七稱其「雅道甚古，時爲舍人韋慤所知，力舉於禮部侍郎裴休。」（後因及第）。又卷八云：「觀唐詩至此間（唐末），弊亦極矣。獨奈何國運將弛，士氣日喪，文不能不如之。嘲雲戲月，刻翠黏紅，不見裨於采風，徒務巧於一聯，或伐善於隻字，悦心快口，何異秋蟬亂鳴也。于濆、邵謁、劉駕、曹鄴等，能返棹下流，更唱瘖俗，置聲祿於度外，患大雅之凌遲，使耳厭鄭、衛，而忽洗雲和；心醉醇醲，而乍爽玄酒。所謂清清泠泠，愈病析醒。逃空虛者，聞人足音，不亦快哉。」

〔三〕「風月」句：意謂拋蘭省之風月。風月，清風明月，此有歲月清閑之義。文心雕龍明詩：「並憐風月，狎池苑，述恩榮，敍酣宴。」蘭省，尚書省，取義於漢官儀尚書郎握蘭之故事（唐六典卷一）。

〔四〕桂州：屬嶺南道，桂州下都督府首府（治在今廣西桂林市）。鄭故鄉陽朔縣屬焉。

〔五〕賢人：春秋繁露：「氣之清者爲精，人之清者爲賢。」知止足：老子上篇：「知足不辱，知止不殆。」漢書疏廣傳：「疏廣行止足之計，免辱殆之纍。」

〔六〕中歲：中年，古人以三四十歲爲中年。中歲，謝朓貧民田詩：「中歲歷三臺。」歸休：致仕退隱。莊子逍遥遊：「歸休乎否，吾無所用天下爲！」

〔七〕「雲鶴」二句：雲鶴待其歸隱，暗寓贊鄭高潔之意。三國志魏書邴原傳裴注引原别傳：「積十餘年，後乃遁還。南行已數日，而（遼東太守公孫）度甫覺。度知原之不可復追也，因曰：『邴君所謂雲中白鶴，非鶉鷃之網所能羅矣。又吾自遣之，勿復求也。」

〔八〕祖席：餞行之宴。詩大雅韓奕：「韓侯出祖。」鄭箋：「祖，將去而犯軷也。」原意爲祭路神，引伸而作餞行。姚合送韓湘赴江西從事詩：「祖席皆詩人。」

〔九〕「半路」句：後漢書郭太傳：「乃遊於洛陽。始見河南尹李膺。膺大奇之，遂相友善，於是名震京師。後歸鄉里，衣冠之士送至河上，車數千兩。林宗（太字）唯與李膺同舟而濟，衆賓望之，以爲神仙焉。」此用其典。又按據此句，本詩似當作於谷任汝州從事時。谷有題汝州從事廳詩，據考作於咸通末，乾符初（參傳箋）。汝州近洛，句用郭太典，又云「半路」，則當爲鄴返鄉由長安經洛陽谷往送行所作也。以上十句言鄴免官南歸。

〔一〇〕吳畫：吳道子畫，道子唐時有畫聖之稱，其畫法稱「吳裝」，所作稱「吳畫」，參圖畫見聞志卷一。白居易遊悟真寺詩：「粉壁有吳畫。」又，據詩意此吳又借爲地名之吳與越相對也。

〔一一〕越甌：越瓷爲瓷中珍品。茶經盌：「越瓷青而茶色緑，青則益茶。」陸龜蒙秘色越器詩：「九秋風露越窑開，奪得千峰翠色來。」

〔一二〕「全家」句：全，作動詞用。謂家得以全，足爲勝遊矣。

〔一三〕「葦色」句：點明時令，謂秋葦色同鷺鷥也。詩秦風蒹葭：「蒹葭蒼蒼，白露爲霜。」毛傳「蒼蒼，盛也。」蒹葭即蘆葦，盛時開灰白色花。按：以上八句設想行程。

〔一四〕「陽朔」二句：謂南中地氣暖和，京華已秋而鄴家鄉猶似春也。崇賢，崇賢坊，長安坊名，英華本句下注

「郎中崇賢里有幽居。」李洞有贈曹郎中崇賢所居可參證。長安志卷一〇載，崇賢坊在朱雀街之第三街，即皇城西之第一街街西從北向南第八坊。

〔一五〕「簷日」句：按以上八句想象鄭到家情景。

〔一六〕「道暢」四句：謂鄭達則兼濟，窮則獨善，達道之人，後將復出。爲蝶，言物我同一。莊子齊物論：「昔者莊周夢爲蝴蝶，栩栩然蝴蝶也。自喻適志與，不知周也。俄然覺，則蘧蘧然周也。不知周之夢爲蝴蝶與，蝴蝶之夢爲周與？」成玄英疏：「昔夢爲蝶，甚有暢情；今作莊周，亦言適志。」問牛，言入世，用漢書丙吉傳典，見前丞相孟夏祗薦南郊詩注。康庶品，使百姓安康。庶品，即庶民。潄寒流，言出世。三國志蜀書彭羕傳：「伏見處士秦宓……枕石潄流，吟詠縕袍，偃息於仁義之途，恬淡於浩然之域。」

〔一七〕「議在」二句：此承上四句謂鄭立朝時論議猶在，爲羣望所歸，不久必將「問牛」、「康庶品」，居時便不得隱逸自適之自由矣。以上六句言鄭暫歸必出。羣望，即人望。後漢書盧植傳：「盧尚書海內大儒，人之望也。」南史江淹傳：「人望所歸，四勝也。」情，情勢。

〔一八〕「小生」八句：敍己與鄭交往，結出送別意。按谷咸通末應春官試之初（十三年——十五年間）鄭有送鄭谷歸宜春詩云：「無成歸故國，上馬亦高歌。況是飛鳴後，殊爲喜慶多。暑銷嵩岳雨，涼吹洞庭波。莫便閒吟去，須期接盛科。」可見谷「早歲」即受鄭關注。夏課，唐進士試「籍而入選：謂之春闈……退而肄業，謂之過夏；執業而出，謂之夏課」（唐國史補卷下）。宿直，見卷一中臺五題之一注。首薦，見卷二敍事感恩上狄右丞詩注。龍鍾，潦倒，見同詩注。

迴鑾〔一〕

妖星沈雨露〔二〕，和氣滿京關〔三〕，上將忠勳立〔四〕，明君法駕還〔五〕。順風調雅樂〔六〕，夾道序羣班〔七〕。香泛傳宣裏〔八〕，塵清指顧間〔九〕。樓臺新紫氣〔一〇〕，雲物舊黄山〔一一〕。曉渭行朝肅〔一二〕，秋郊曠望閒。廟靈安國步〔一三〕，日角動天顔〔一四〕。浩浩昇平曲，流歌徹百鑾〔一五〕。

【校】

序羣班：「序」，稿本作「敍」。　秋郊：「郊」，豫章作「高」。

【箋注】

〔一〕據題并詩意，此詩當作於乾寧二年（八九五）八月。迴鑾，天子鑾駕返京師。詩言「妖星」，知爲亂後返駕。言「秋郊」，則爲秋月。唐季天子多次因亂出奔，而於秋日返駕僅二次。其一爲乾寧二年七月，王行瑜、李茂貞、韓建三鎮犯闕，昭宗出奔，駐蹕南山石門鎮（在長安西南郊），至八月辛亥亂平返京（資治通鑑卷二六〇）。其二則爲乾寧三年七月鳳翔節度使李茂貞犯闕，昭宗出奔，依華州韓建（在長安東）。至光化元年八月己未，車駕返京（資治通鑑卷二六一）。二次亂後迴鑾，俗分别在補闕與都官郎中任上（見傳箋），均有可能作迴鑾詩。然詩又云「雲物奮黃山」，黃山，即黃麓山，在長安西南興平縣，與石門鎮相近，而與華州不相及，故知乾寧二年八月作也。

〔二〕「妖星」句：謂亂弭。　沈雨露，妖星爲雨露所沈。　妖星，晉書天文志中載妖星凡二十一，均主兵變喪亂。　如其九曰昭明，出則「大人凶，兵大起」。　易乾：「時乘六龍，以御天也。雲行雨施，天下平也。」盧綸皇帝感詞狀德宗平朱泚亂後由興元迴鑾有云：「天香五鳳彩，御馬六龍文。雨露清馳道，風雷翊上軍。」

〔三〕和氣：祥瑞昇平之氣。　劉向條災異封事：「和氣致祥，乖氣致異。」杜甫上三大禮賦表：「漱吮甘液，游泳和氣。」京關：京，西京長安；關，函谷關，此泛指長安一帶關中之地。

〔四〕上將：大將之傑出者。孫子地形：「料敵制勝，計險阨遠近，上將之道也。」此指勤王諸將。按昭宗此次出幸，諸將功勳卓著者有薛王知柔、彰義節度使張鐇、河東節度使李克用等。而以克用爲最。「克用表請上還京，上許之。　令克用遣騎三千駐三橋爲備禦。　辛亥，車駕還京師。」（資治通鑑卷二六一）

〔五〕法駕：史記呂太后本紀：「迺奉天子法駕，迎代王於邸。」集解引蔡邕說：「法駕，上所乘，用金根車，駕六馬。」杜甫寄岳州賈司馬：「法駕還雙闕。」

〔六〕順風：書洪範：「休徵……曰聖，時風若。」疏：「若，順也，君能通理，則曰風順時也。」　雅樂：論語陽貨：「惡鄭聲之亂雅樂也。」疏：「惡其淫聲亂正也。」知雅樂即正樂。　唐時與用於宴饗之燕樂相對，用於郊廟朝廷者也。　新唐書禮樂志一一：「初，祖孝孫已定樂，乃曰大樂與天地同和者也，製十二和。」又同書儀衛志上載，天子駕還，三鼓三嚴後，「黃門侍郎奏『請駕發』」，鼓傳音，駕發，鼓吹振作。」

〔七〕「夾道」句：新唐書儀衛志上載，天子駕出，黃門侍郎與贊者夾引而出，千牛將軍夾路以趨，侍衛之官各督其屬左右翊駕，中書令以下夾侍路前，百官隨衛仗序位各有差。事繁不贅。

〔八〕傳宣：傳達制命。新唐書儀衛志上載天子駕出，警蹕，鼓傳音，黃門侍郎與贊者夾引天子出後，「侍郎乘馬奏『駕少留，敕侍臣乘馬』，侍中前承制，退稱：『制曰可。』黃門侍郎退稱：『侍臣乘馬。』贊者承傳，侍臣皆乘。」後漢書公孫瓚傳：「令婦人習爲大言聲，使聞數百步，以傳宣教令。」

〔九〕塵清：風塵清廓，謂戰亂敉平。漢書終軍傳：「邊境時有風塵之警。」指顧間：喻輕易而就。班固東都賦：「指顧倏忽，獲車已實。」新唐書李晟傳稱晟每與賊戰，「必錦裘繡帽自表，指顧陣前。」

〔一〇〕紫氣：王者之氣。司馬德操與劉恭嗣書：「黃旗紫氣，恒見東南。終成天下者，揚州之君乎？」

〔一一〕雲物：周禮保章氏：「以五雲之物辨吉凶水旱降豐荒之祲祥。」王僧孺秋日愁居答孔主簿詩：「首秋雲物善。」黃山：張衡西京賦：「繞黃山而款牛首。」李善注：「漢書：右扶風槐里縣有黃山宮。」長安志載京兆府興平縣即漢之槐里縣，「漢黃山宮在縣西南三十里」。舊黃山，「舊」承上引西京賦句而言山河依舊，山河永固之意。

〔一二〕渭：渭水。水經渭水下：「渭水又東過槐里縣南，又東，澇水從南來注。」酈注：「渭水逕縣之故城南。」元和郡縣圖志關內道二京兆下：「興平縣……渭水南去縣二十九里。」行朝：即行在，天子行幸所在之地。後漢書光武帝紀：「悉令罷兵，詣行在所。」注引蔡邕獨斷：「天子以四海爲家，故謂所居爲行在所。」肅：肅穆。新唐書儀衛志上：「天子居曰衙，行曰駕，皆有衛有嚴……蓋所以爲慎重也。故慎重則尊嚴，尊嚴則肅恭。夫儀衞所以尊君而肅臣也。」

〔一三〕「廟靈」句：謂有祖宗神靈祐護。廟靈，宋書孝武帝紀：「憑七廟之靈，獲上帝之力。」按天子宗廟有七。書咸有一德：「七世之廟，可以觀德。」國步，國運。詩大雅桑柔：「國步斯頻。」毛傳：「步，行也。」安，使之安也。

〔一四〕日角：額角隆起如日。尚書中候鄭氏注：「日角謂庭中隆起，狀如日。」孝經援神契：「伏羲氏日角衡連珠。」舊以爲大貴之相。後以指帝王。舊唐書唐儉傳：高祖召訪時事，儉曰：「明公日角龍庭，李氏又在圖牒，天下屬望，指麾可取。」谷詩則指昭宗。天顏：天子之顏。吳越春秋勾踐歸國外傳：「羣臣拜舞天顏舒。」杜甫紫宸殿退朝口號：「天顏有喜近臣知。」

〔一五〕「浩浩」二句：普天同慶之意。昇平曲，唐會要卷三三有武成昇平樂，太簇商，觀調名當係奏凱慶祝之曲，似即指此。又同卷凱樂四曲之一應聖期歌辭有云：「聖德期昌運，雍熙萬寓清。乾坤資化育，海嶽共休明。闢土欣耕稼，銷戈遂偃兵。殊方歌帝澤，執贄賀昇平。」連本詩下句觀，意亦相合，則亦或指此曲，録以備參。百蠻，詩大雅韓奕：「以先祖受命，因時百蠻。」原指周禮夏官職方氏所稱九服之一蠻服内之各族，後泛指各少數民族。班固東都賦：「内撫諸夏，外服百蠻。」

峽中〔一〕

萬重煙靄裏，隱隱見夔州〔二〕。夜靜明月峽〔三〕，春寒堆雪樓〔四〕。獨吟誰會解，多病自淹留。往事如今日，聊同子美愁〔五〕。

【校】

萬重：「重」，叢刊作「疊」。　自淹留：「自」，稿本作「日」。按：下有「今日」字，此作「日」非是。

【箋注】

〔一〕本詩作於光啓三年（八八七）初春由萬州（今四川萬縣）向夔州（今四川奉節）途中，詳見傳箋。峽中，三峽之中。

〔二〕夔州：唐屬山南東道，治奉節。見舊唐書地理志二。

〔三〕明月峽：即巫峽。藝文類聚卷六引庾仲雍荆州記：「巴楚有明月峽、廣德峽、東突峽，今謂之巫峽，秭歸峽、歸鄉峽。」巫峽在夔州附近。舊唐書地理志二：山南東道夔州有：「巫山縣，漢巫縣，屬南郡。隋加『山』字，以巫山硤爲名。」

〔四〕堆雪樓：據上句，似爲樓名，未詳。

〔五〕「往事」二句：子美，杜甫字。杜甫於大曆元年（七六六）由萬、夔間之雲安至夔州，淹留至三年春去夔出峽。其老病詩有云「老病巫山裏，稽留楚客中」，又峽中覽物詩云「舟中得病移衾枕」。據考，谷以光啓元年（八八五）冬，避王重榮、李克用之亂，二入巴蜀。至二年秋抵萬州附近。意欲東下江陵舊居，然以秦宗權兵圍荆州一年餘，進退無路，故淹留峽中，又復多病，其事與子美當年頗類似，故云云。詳見傳箋並卷一峽中寓止二首注。

蜀中寓止夏日自貽〔一〕

展轉攲孤枕，風幃信寂寥。漲江垂螮蝀〔二〕，驟雨鬧芭蕉。道阻歸期晚，年加記性銷。故人衰颯盡，相望在行朝〔三〕。

【校】

題：叢刊無「寓止」字。　行朝：「行」，叢刊作「今」。

【箋注】

〔一〕本詩作於黃巢攻克長安，谷初次避難蜀中期間。谷此次避難，起廣明元年（八八〇）十二月，迄光啓元年（八八五）春，首尾六年。按其行止，此詩以中和二、三年（八八二——八八三）夏所作爲近是。時谷年三十三、四歲。詳見傳箋，參卷三蜀中三首注。

〔二〕漲江：郭璞江賦：「衡巫峽以迅疾，躋江津而起漲。」螮蝀：虹也。詩鄘風蝃蝀「蝃（螮）蝀在東。」蔡邕獨斷：「虹，螮蝀也。」

〔三〕行朝：行幸地所立之朝廷，參迴鑾詩注。按唐僖宗於廣明元年（八八〇）十二月由長安出奔。中和元年（八八一）正月丁丑抵成都。至光啓元年（八八五）由成都迴鑾（資治通鑑卷二五四——二五六）。

試筆偶書〔一〕

沙鳥與山麋，由來性不羈〔二〕。可憑唯在道〔三〕，難解莫過詩〔四〕。任笑孤吟僻，終嫌巧宦卑〔五〕。乖慵恩地恕〔六〕，冷澹好僧知。華省慚公器〔七〕，滄江負釣師〔八〕。露花春直夜〔九〕，煙鼓早朝時〔一〇〕。世路多艱梗，家風免墜遺〔一一〕。殷勤一蓑雨，祇得夢中披。

【校】

在道：「在」，原校「一作有」，叢刊即作「有」。任笑：「任」，叢刊作「狂」。華省：「華」，稿本作「畫」，亦通。煙鼓：「煙」，叢刊作「燈」。

【箋注】

〔一〕由「華省」四句可知此詩作於乾寧三年（八九六）爲都官郎中後，天復中歸隱前，參傳箋。

〔二〕「沙鳥」二句：嵇康與山巨源絶交書：「此由禽鹿少見馴育，則服從教制。長而見羈，則狂顧頓纓，赴湯蹈火，雖飾以金鑣，饗以嘉肴，逾思長林而志在豐草也。」句意由此化出。

〔三〕「可憑」句：禮記中庸：「道也者，不可須臾離也。」

〔四〕「難解」句：謂與詩結不解緣。賈島戲贈友人：「一日不作詩，心源如廢井。」

〔五〕巧宦：史記汲黯列傳：「黯姑姊子司馬安亦少與黯爲太子洗馬，安文深巧善宦，官四至九卿。」潘岳閑居賦序：「至司馬安四至九卿，而良史書之，題以巧宦之目。」

〔六〕乖慵：疏懶不合時。賈島寄題廬山二林寺：「上方薇蕨滿，歸去養乖慵。」恩地：及第舉人稱座主爲恩地。李商隱爲舉人上蕭侍郎書：「倘蒙猶枉鉛華，更施丹雘，俾其恩地，不在他門。」

〔七〕華省：見卷一從叔郎中誠詩注。華省指清要官署，故知爲都官郎中後作也。潘岳秋興賦：「獨輾轉於華省。」序謂：「時以太尉掾兼虎賁中郎將，寓直於散騎之省。」公器：舊唐書張九齡傳載，九齡言於張說曰：「官爵者，天下之公器。」王維獻始興公詩：「所不慚公器，動爲蒼生謀。」

〔八〕「滄江」句：謂有負隱遁之素志。杜甫又觀打魚：「滄江漁子清晨集。」

〔九〕直：寓直。見卷一中臺五題乳毛松注。

〔一〇〕「煙鼓」句：早朝，晨靄似煙，故云。唐六典卷八：「承天門擊曉鼓，聽擊鍾後一刻，鼓聲絶，皇城門開。第一鼕鼕聲絶，宮城門及左右延明、乾化門開。第二鼕鼕聲絶，宮殿門開。」

〔一一〕「家風」句：卷一投時相十韻：「故舊寒門少，文章外族衰。」可互參。

奔避〔一〕

奔避投人遠，漂零易感恩。愁髯霜颯颯，病眼淚昏昏。孤館秋聲樹〔二〕，寒江落照村〔三〕。

更聞歸路絶，新寨截荆門〔四〕。

【校】

霜颯颯：「霜」，豫章作「雲」。　秋聲：「秋」，叢刊本誤作「愁」。

【箋注】

〔一〕本詩作於光啓二年（八八七）秋，李克用、王重榮兵亂，僖宗再度出奔，谷二次入蜀，輾轉擬向荆門故居途中。參傳箋、卷一峽中寓止注。

〔二〕秋聲樹：白居易吳中好風景二首之二：「秋聲八月樹。」

〔三〕「寒江」句：薛能黄河：「灣中秋景樹，闊外夕陽村。」

〔四〕「更聞」二句：資治通鑑卷二五六、二五七載，光啓元年閏二月，秦宗權遣其弟宗言寇荆南，九月圍荆南，至二年十二月末圍方解。其時正爲谷二次奔避入蜀間。合谷峽中寓止二首有云「荆州未解圍，小縣結茅茨」，「傳聞殊不定，鑾輅幾時還」云云，可知谷以上年冬再次奔蜀後擬返荆門故居，因遇蔡軍圍荆而淹滯於蜀。荆門，荆門山。在山南東道荆州江陵府所屬硤州宜都縣西北五十里，爲由巴蜀向荆州咽喉之地，參元和郡縣圖志山南道（逸文）。

弔水部賈員外嵩〔一〕

八韻與五字〔二〕，俱爲時所先〔三〕。幽魂應自慰，李白墓相連〔四〕。

【校】

此詩全唐詩又録入張喬卷中。今檢宋洪邁萬首唐人絶句屬此詩於谷名下，故從之。

題：原注「一本無嵩字」，戊籤、豫章無「嵩」字，萬首題作「弔賈員外」。　所先：「先」，萬首作「傳」。

【箋注】

〔一〕水部賈員外嵩：水部員外郎賈嵩，見卷一寄前水部賈員外嵩詩注，據寄前水部賈員外嵩詩及趙嘏贈解頭賈嵩詩，可知嵩當爲谷前輩；而頗爲谷所欽仰。賈嵩卒年不詳，據詩末句，或作於大順年間（八九〇——八九一）谷作江南之遊時。參傳箋。

〔二〕八韻：與「五字」句中對，當指八韻律賦，唐世進士科舉試一詩一賦，賦多用八韻。唐摭言卷一〇：「周繇，池州青陽人，兄繇，以詩篇中第；繇工八韻，有飛卿之風。」又能改齋漫録卷二試賦八字韻脚條：「至開元二年，王邱員外知貢舉，試旗賦，始有八字韻脚。」又澠水燕談録卷六貢舉：「唐制，禮部試舉人，夜試以三鼓爲定。無名子嘲之曰：『三條燭盡，燒殘學士之心；八韻賦成，笑破侍郎之口。』」　五字：此指五言律詩。唐人試帖詩多用五言六韻排律。賈島贈友人：「五字詩成卷，清新韻具偕。……却歸登第日，名近榜頭排。」

〔三〕「俱爲」句：趙嘏贈解頭賈嵩詩：「賈生名跡忽無倫，十月長安看盡春，顧我先鳴還自笑，空沾一第是何人。」可參證。

〔四〕「李白」句：李嘉言賈島年譜外記：「清陳其元庸閒齋筆記卷四賈島墓條曰：『唐詩人賈島墓在安徽太平府

城外甘棠村，湮没失矣……』陳氏又記斷碣之文曰：『有唐水部員外郎賈閬仙先生墓。』嘉言按：此賈嵩墓碑也。鄭谷弔水部賈員外嵩曰（詩略）。李白墓在太平府城東青山之北（一統志），與嵩墓爲近，故鄭云『李白墓相連』，『嵩』、『島』二字形似，因碑斷壞，遂傳會爲賈島墓。」按李説近是，録以備參。

貧女吟〔一〕

塵壓鴛鴦廢錦機〔二〕，滿頭空插麗春枝〔三〕。東鄰舞妓多金翠，笑翦燈花學畫眉。

【箋注】

〔一〕吟：歌行體之一種。張表臣珊瑚鉤詩話卷三：「吁嗟慨嘆，悲憂深思謂之吟。」白石道人詩説：「悲如蛩螿曰吟。」

〔二〕鴛鴦：錦上之圖案也。古詩：「客從遠方來，遺我一端綺。……文彩雙鴛鴦，裁爲合歡被。」

〔三〕麗春：花木考：游默齋云：「金陵麗春，罌粟别種也，紅紫白黄，江浙皆有之，獨金陵者尤異。」一説即虞美人。

席上貽歌者

花月樓臺近九衢〔一〕，清歌一曲倒金壺〔二〕。座中亦有江南客〔三〕，莫向春風唱鷓鴣〔四〕。

【校】

題：「貽」，英華作「贈」。　花月：「月」，英華作「木」。　「亦有」，原校「一作半是」。　「春風」，原校「一作尊前」，英華作「清風」。

【箋注】

〔一〕九衢：楚辭天問王逸注：「九交道曰衢。」九，多也。沈約歲暮愍衰草：「彫芳卉之九衢。」

〔二〕「清歌」句：金壺，銅壺，滴漏之盛水器，參入閣注。陸機漏刻賦：「挈金壺以南羅，藏幽水而北戢。」李白烏棲曲：「銀箭金壺漏水多，起看秋月墜江波。」句謂歌聲清越與漏滴金壺之聲渾成一體。

〔三〕江南客：自謂也。谷家袁州宜春，唐屬江南西道。

〔四〕「莫向」句：鷓鴣，唐教坊曲名，參遷客詩注。其曲辭多唱南國之思。許渾聽歌鷓鴣辭：「南國多情多豔辭，鷓鴣清怨繞梁飛。」明彭大翼山堂肆考徵一六：「鷓鴣辭，近代思歸之詞曲也。」並引谷此詩以證之。

【集評】

翁方綱：鄭都官以鷓鴣詩得名，今即指「暖戲煙蕪」云云之七律也。此詩殊非高作，何以得名於時？鄭又有貽歌者云：「座中亦有江南客，莫向春風唱鷓鴣。」此雖淺，然較彼詠鷓鴣之長律却勝。（石洲詩話卷二）

菊〔一〕

王孫莫把比荆蒿〔二〕，九日枝枝近鬢毛〔三〕。露溼秋香滿池岸，由來不羨瓦松高〔四〕。

【校】

王孫：「孫」，叢刊作「子」，誤。　荆蒿：「荆」，叢刊作「蓬」。　瓦松：「瓦」，原校「一作五」，叢刊即作「五」，誤。

【箋注】

〔一〕據詩意，當作於光啓三年（八八七）及第前。

〔二〕王孫：史記淮陰侯列傳：「吾哀王孫而進食，豈望報乎？」集解：「如言公子也。」楚辭招隱士：「王孫兮歸來。」荆蒿：荆，灌木名，種類繁多，如牡荆、山荆等，見廣志。蒿，青蒿、蒿子，草名，見爾雅釋草疏。

〔三〕「九日」句：九日，九九重陽也。藝文類聚卷八一引崔寔月令：「九月九日可採菊花。」杜甫九日五首之三：「即今蓬鬢改，但愧菊花開。」杜牧九日齊山登高：「塵世難逢開口笑，菊花須插滿頭歸。」可知唐人九日以菊插鬢。

〔四〕「由來」句：瓦松，草名，亦名昔耶、瓦花、昨葉何草等，多生屋瓦及山石縫中，見本草二一草一〇。崔融有瓦松賦：「煌煌特秀，狀金芝之產霤；歷歷虛懸，若星榆之種天。……間紫苔而裛露，凌碧瓦而含煙。」酉陽雜俎卷一九有專條辨之，可參。又陸龜蒙苔賦：「高有瓦松，低有澤葵。」句意脱胎自左思詠史：「鬱鬱澗底松，離離山上苗，以彼徑寸莖，蔭此百尺條。」故知爲未第時作也。

下峽〔一〕

憶子啼猿繞樹哀〔二〕，雨隨孤櫂過陽臺〔三〕。波頭未白人頭白，瞥見春風灩澦堆〔四〕。

【箋注】

〔一〕此詩作於光啓三年（八八七）初春出三峽向荆州時，參前奔避詩注並傳箋。峽，三峽，見前峽中詩注。

〔二〕「憶子」句：世説新語黜免：「桓公入蜀，至三峽中，部伍中有得猿子者，其母緣岸哀號，行百餘里不去，遂跳上船，至便即絶，破視其腹中，腸皆寸寸斷。」荆州記：「峽長七百里……常有高猿長嘯，屬引清遠。漁者歌曰：『巴東三峽巫峽長，猿鳴三聲淚沾裳。』」

〔三〕陽臺：蜀中名勝記卷二二「巫山縣……西北五十步有雲陽臺，高一百二十丈，南枕長江。宋玉賦云『游陽雲之臺，望高唐之觀』，晉孟康注曰：『言其高出雲之陽也。』」

〔四〕「波頭」二句：灩澦堆，水經注卷三三：「江水又東經魚復故城……江中有孤石，爲淫預石，冬出水二十餘丈，夏則没。」朱箋：「李膺益州記云：『灩澦堆，夏水漲没數十丈，其狀如馬，舟人不敢進。又曰猶豫，言舟子取途不決水脈，故猶豫也。』樂府作淫豫。其歌曰：『淫豫大如馬，瞿塘不可下。』」李肇國史補卷下記此堆「大抵峽路峻急……四月五月爲尤險時。」谷下峽在春時，故云波頭未白，而水勢仍峻急，故曰人頭爲之急白也。

文昌寓直〔一〕

何遜空階夜雨平〔二〕，朝來交直雨新晴〔三〕。落花亂上花塼上，不忍和苔蹋紫英。

【校】

夜雨平：「平」，叢刊作「頻」。　亂上：「上」，原校「一作下」。豫章、萬首即作「下」。　紫英：「紫」，叢刊作「翠」。

【箋注】

〔一〕詩題：文昌，尚書省也，知爲乾寧四年（八九七）任都官郎中後至天復（九〇一——九〇四）中歸隱前所作。文昌：文昌臺，武則天光宅元年（六八四）改尚書省爲文昌臺，又改文昌都省（舊唐書職官志二）。按史記天官書：「斗魁戴匡六星曰文昌宫。」取義於此也。寓直，值夜。見中臺五題之一注。

〔二〕「何遜」句：何遜，南朝梁東海郯人，字仲言，官至尚書水部郎，著名詩人。其臨行與故遊夜別詩：「夜雨滴空階，曉燈暗離室。」

〔三〕交直：夜值罷交班。按寓直有直簿，日一人直，轉以爲次，故云。參唐會要卷八二當直。

街西晚歸〔一〕

御溝春水繞閒坊〔二〕，信馬歸來傍短牆。幽榭名園臨紫陌〔三〕，晚風時帶牡丹香〔四〕。

【箋注】

〔一〕街西：長安志卷七：「當皇城南面朱雀門有南北大街，曰朱雀門街，東西廣百步，萬年、長安二縣以此街爲界。萬年領街東五十四坊及東市；長安領街西五十四坊及西市。」集卷三有宣義里舍冬暮自貽詩。宣義里爲街西第二街第六坊（長安志卷九），其詩有云：「名如有分終須立，道若離心豈易寬。滿眼塵埃馳鶩去，獨尋煙竹剪漁竿。」可知宣義里爲谷未貴時所居。又有右省張補闕茂樞同在諫院連居光德新春賦詠聊以寄懷詩。則知乾寧元年（八九四）任拾遺後居光德里，是爲街西第三街第六坊（長安志卷一〇）。本詩情志閒豫，似由禁中歸家，則以歸光德里爲近是，當作於乾寧元年（八九四）後也。

〔二〕御溝：流入宮内之河道。三輔黃圖卷六：「長安御溝，謂之楊溝，謂植高楊於其上也。」雍録卷六唐都城導水條：「唐以渠導水入城者三。一曰龍首渠，自城東南導滻水至長樂坡，釃爲二渠。其一北流入苑，其一經通化門、興慶宮，自皇城入太極宮。二曰永安渠。導交水自大安坊西街入城，北流入苑注渭。三曰清明渠，導水自大安坊東街入城，由皇城入太極宮。」按大安坊爲街西第三街第十三坊，與光德坊同在一街。則知谷詩中之御溝，當爲起永安渠或清明渠者也。

〔三〕「幽榭」句：杜牧街西長句：「碧池新漲浴嬌鴉，分鎖長安富貴家。遊騎偶同人鬭酒，名園相倚杏交花。」郝天挺注：「長安臨街西五十四坊及西市，多王公貴戚之家。」詳可參長安志卷九、卷一〇。

〔四〕「晚風」句：李肇唐國史補卷中：「京城貴遊，尚牡丹三十餘年矣。每春暮車馬若狂，以不耽玩爲恥。執金吾鋪官圍外寺觀種以求利，一本有值數萬者。」元、白詩中尤多題詠，可參看。

十日菊〔一〕

節去蜂愁蝶不知，曉庭還繞折殘枝〔二〕。自緣今日人心别，未必秋香一夜衰〔三〕。

【校】

題：「日」，原校「一作月」，戊籤作即「月」，誤，參詩注。　蜂愁：「蜂」，原校「一作風」。　曉庭：「庭」，原校「一作來」，英華即作「來」。　殘枝：「殘」，英華作「花」。

【箋注】

〔一〕十日菊：十日，九月初十也。古人九九重陽有飲菊酒、折菊、插菊之俗（參菊詩注）。菊以節重，節去花輕，故以十日菊爲題以寄感諷。賈島對菊詩云：「九日不出門，十日見黄菊，灼灼尚繁花，美人無消息。」可與谷詩互參。

〔二〕「節去」二句：以蜂蝶猶繞折殘枝，襯下人心變化。蜂愁蝶不知，由世人以爲蜂勤蝶惰生想。

〔三〕「自緣」二句：謂九九甫過，菊英仍繁，而問津之人頓少（參前引賈島詩），暗寓人情冷暖，循名不責實之慨。

【集評】

惠洪：山谷言：詩意無窮，而人才有限，以有限之才追無窮之意，雖淵明、少陵不得工也。不易其意而造其語，謂之換骨法。規摹其意而形容之，謂之奪胎法。如鄭谷詩「自緣今日人心別，未必秋香一夜衰」，此意甚佳而病在氣不長。西漢文章，雄深雅健，其氣長故也。（冷齋夜話，引自苕溪漁隱叢話前集卷三五）

陳知柔：唐人嘗詠十日菊「自緣今日人心別，未必秋香一夜衰」，世以爲工，蓋不隨物而盡：如「酒盞此時須在手，菊花明日便愁人」，自覺氣不長耳。（休齋詩話二詩貴不隨物而盡。引自宋詩話輯佚）

吳旦生：休齋謂詠十日菊，世以爲工，蓋其意不隨物而盡：如「酒盞此時須在手，菊花明日更愁人」，自覺氣不長耳。曾子固亦云，詩當使人一覽語盡而意有餘，乃古人用心處。如詠十日菊是也。荆公「千花萬卉凋零盡，始見閒人把一枝」，其病亦在氣不長耳。山谷反以詠十日菊爲病在氣不長。因言文章以氣爲主，西漢文章，所以雄深雅健者，其氣長故也。其論不同，須細參之。何燕泉云：陳無己九日詩：「人事自生今日異，寒花祇作去年香。」鄭谷十日菊詩：「自緣今日人心別，未必秋香一夜衰。」陳詩於菊無詩，而鄭詩無貶。人之視菊，直繫其時焉耳。當其時則重之，而非爲其有所加；過其時則否，而非爲其有所損也。噫，亦可嘆耳。東坡小詞：「萬事到頭都是夢，休休，明日黄花蝶也愁。」達者處世，盍於是求之，其心休休，何愁之有。（歷代詩話庚集卷八）

鷺鷥〔一〕

閑立春塘煙澹澹，靜眠寒葦雨颼颼。漁翁歸後汀沙晚，飛下灘頭更自由。

【校】

春塘：「塘」，原校「一作蕪」。 「汀沙」：原校「一作沙汀，又作江洲」，戊籤、英華、萬首均作「沙汀」。 飛下：「下」，原校「一作上」，叢刊即作「上」。

【箋注】

〔一〕鷺鷥：藝文類聚卷九二引詩義疏曰：「鷺，水鳥也。好而潔白，謂之白鳥。齊魯謂之舂鋤，遼東樂浪吳揚謂之白鷺。」

柳

半煙半雨江橋畔〔一〕，映杏映桃山路中〔二〕。會得離人無限意，千絲萬絮惹春風〔三〕。

【校】

江橋：「江」，原校「一作溪」，英華即作「溪」。

【箋注】

〔一〕「半烟」句：杜牧柳絶句：「半掩村橋半拂溪。」又獨柳：「含烟一株柳。」又柳長句：「巫娥廟裏低含雨。」

〔二〕映杏映桃：杜牧柳長句：「深感杏花相映紅。」四民月令：「三月昏，參星夕，杏花盛，桑葉白。」禮記月令：「仲春之月，桃始華。」

〔三〕「會得」二句：詩小雅采薇：「昔我往矣，楊柳依依。」朱放送魏校書：「楊花撩亂撲流水，愁煞行人知不知。」絲，南齊書張緒傳載，劉悛之爲益州刺史，獻蜀柳數枝，條甚長，狀若絲縷。」絮，本草經：「柳花一名絮。」

【集評】

蔡正孫：胡苕溪叢話云：鄭谷柳詩，或戲謂此乃柳謎子，觀者試一思方知之。可見其爲善謔也。（詩林廣記前集卷八）

吳旦生：雲溪子云：杜牧詩：「巫娥廟里低含雨，宋玉堂前斜帶風。」滕邁詩：「陶令門前罥接䍦，亞父堂前拂朱旗。」不言「楊柳」二字爲妙。冷齋夜話云：荆公詩「含風鴨緑粼粼起，弄日鵝黄裊裊垂。」此言水柳，妙在言其用而不言其名也。然余觀鄭谷詩：「半烟半雨谿橋畔，間杏間桃山路中。」漁隱叢話以爲此乃柳謎子。詩家又不可不知。（歷代詩話庚集卷八）

下第退居二首〔一〕

年來還未上丹梯〔二〕，且著漁蓑謝故溪〔三〕。落盡梨花春又了〔四〕，破籬殘雨晚鶯啼。

未嘗青杏出長安〔五〕，豪士應疑怕牡丹〔六〕。祇有退耕耕不得〔七〕，茫然村落水吹殘。

【校】

且著：「且」，原校「一作正」，叢刊即作「正」；「著」，萬首作「着」。　怕牡丹：「怕」，豫章作「拍」，誤。　茫然：「茫」，原校「一作默」，萬首即作「默」，叢刊誤作「忙」。

【箋注】

〔一〕谷自咸通十三年（八七二）至光啓三年（八八七）遊於舉場十六年，而詩言「年來」，「長安」，又不涉長安殘破景象，則當爲廣明元年（八八〇）十二月黄巢破長安，谷奔蜀前所作也（參傳箋）。

〔二〕上丹梯：登第。全唐文卷六九〇符載遺袁校書歸秘書省序：「國朝以進士擢第爲入官者千仞之梯，以蘭臺秘書爲黄綬者九品之英。」

〔三〕謝：愧。見喜秀上人相訪詩注。

〔四〕「落盡」句：唐人春試多在二月進行，三月放榜，故云。

〔五〕「未嘗」句：唐制，新進士集宴於曲江杏園，初會稱探花宴，又以少俊二人爲探花使（見說郛七四引李淖秦中歲時記)，故以折青杏代稱登第。

〔六〕「豪士」句：唐摭言卷三譏名條記新進士譏名有十，中有「牡丹譏」。句謂下第後觸目傷心，故竟怕見牡丹。

〔七〕退耕：即歸耕。漢書夏侯勝傳：「學經不明，不如歸耕。」宋之問奉使嵩山途經緱嶺詩：「大隱德所薄，歸來可退耕。」耕不得：謂按古訓下第本應退耕，然科場之心不死，故下句又有「茫然」云云。

江宿聞蘆管 商船小童善吹〔一〕

塞曲淒清楚水濱〔二〕，聲聲吹出落梅春〔三〕。須知風月千檣下，亦有葫蘆河畔人〔四〕。

【校】

題下注：「小」，叢刊作「正」。　「塞曲」句：「塞」，原校「一作寒」，稿本即作「寒」；「清」，原校「一作涼」。　落梅：「梅」，叢刊作「花」。　千檣：「千」，萬首作「干」，誤。

【箋注】

〔一〕據詩末句，疑非谷作，然影宋本(叢刊本)及萬首均作谷詩，姑存以待識者。蘆管：陳暘樂書：「蘆管之製，胡人截蘆爲之。大概與觱篥相類。出於北國者也。唐宣宗善吹蘆管，自製楊柳枝、新傾盃二曲。」岑參蘆管歌：「夜半高堂客未回，祇將蘆管送君杯。」

〔二〕塞曲：塞外之曲。如塞上、塞下、出塞、隴頭歌之屬。楚水：古楚地之河流，按谷足跡所及兩湖、江西、江南，均屬古楚之地，詩簡未能確指。

〔三〕落梅：即落梅花、梅花落，笛曲，出羌族，段安節樂府雜録笛録：「笛者，羌樂也，古有落梅花曲。」李白與史郎中欽聽黃鶴樓上吹笛：「黃鶴樓中吹玉笛，江城五月落梅花。」

〔四〕葫蘆河：元和郡縣圖志卷三：「原州……蕭關縣……蔚茹水，在縣之西，一名葫蘆河，源出原州西南頹沙山下。」按據此句：作詩者似當爲原州一帶人。今權存作谷詩，强解之可云：唐原州多胡人，故云云。

閒題

舉世何人肯自知，須逢精鑑定妍媸〔一〕。若教嫫母臨明鏡，也道不勞紅粉施〔二〕。

【箋注】

〔一〕「須逢」句：傅咸鏡賦：「不有心於妍醜，而衆形其必詳。」此用其意。精鑑：精良之鏡。劉得仁上丁學士詩：「五字投精鑑，慚非大雅詞。」

〔二〕「若教」二句：謂世人多無自知之明也。楚辭九章惜往日「妒佳冶之芬芳兮，嫫母姣而自好。」嫫母，荀子賦篇：「嫫母力父，是之喜也。」楊倞注：「嫫母，醜女，黃帝時人。」

曲江春草〔一〕

花落江堤蔟暖煙〔二〕，雨餘草色遠相連〔三〕。香輪莫輾青青破〔四〕，留與愁人一醉眠。

【校】

題：「草」，叢刊作「事」，非是。　暖煙：「暖」，原校「一作晚」，萬首即作「晚」。　草色：「草」，原校「一作江，又作山」，叢刊、英華、萬首均作「江」；「色」，三體作「包」。　愁人：「愁」，原校「一作遊」，稿本、豫章、萬首即作「遊」，非是。

【箋注】

〔一〕曲江：見卷一曲江注。按唐李淖歲時記：「上巳錫宴曲江，都人於江頭禊飲，踐踏青草。」詩似即此感發。

〔二〕暖煙：春暖花木氣如煙霧。吳融東歸次瀛上：「暖煙輕淡草霏霏。」

〔三〕「雨餘」句：韓愈早春呈水部張十八員外：「天街小雨潤如酥，草色遥看近却無。」

〔四〕香輪：香車。駱賓王代女道士王靈妃贈道士李榮：「寶騎連花鐵作錢，香輪鶩水珠爲網。」曹操與楊彪書：「今贈足下四望通幰七香車二乘。」

【集評】

楊慎：成文幹中秋月：「王母妝成鏡未收，倚欄人在水晶樓。笙歌莫占清光盡，留與溪翁下釣舟。」此厭繁華而樂

淸靜之意。鄭谷春草詩「香輪莫碾青青破，留與遊人一醉眠」，亦此意也。（升庵詩話卷四）

洪亮吉：詩除三百篇外，即古詩十九首亦時有化工之筆。即如「青青河畔草」及「四顧何茫茫，東風搖百草」，後人詠草詩有能及之否？次則「池塘生春草」、「春草碧色」，尚有自然之致。又次則王冑之「春草無人隨意緑」，可稱佳句，至唐，白傅之「草緑裙腰一道斜」、鄭都官之「香輪莫碾青青破」，則纖巧而俗矣。孰謂詩不以時代降耶？（北江詩話卷三）

雪中偶題

亂飄僧舍茶煙溼〔一〕，密灑歌樓酒力微〔二〕。江上晚來堪畫處，漁人披得一簑歸〔三〕。

【校】

稿本題下批注：「有段贊善者善畫，因採其詩意寫之成圖，曲盡瀟灑之意，持以贈谷。」「歌」，原校「一作高」，稿本、豫章、叢刊即作「高」。

【箋注】

〔一〕亂飄：北周劉璠雪賦：「散亂徘徊，雰霏皎潔……始飄颻而稍落，遂紛糅而無窮。」

〔二〕密灑：謝惠連雪賦：「俄而微霰零，密雪下。」韓愈喜雪：「氣嚴當酒暖，密灑聽窗知。」

〔三〕「江上」二句：謂望中漁人雪歸之景，正堪入畫。全唐詩話續編引古今詩話：「鄭谷雪詩云云（詩略），有段贊善善畫，因採其詩爲圖，曲盡蕭灑之意，持以贈谷，谷爲詩以謝。」參前予嘗有雪景一絶爲人所諷吟段贊善小筆精微忽爲圖畫以詩謝之詩。

【集評】

柳永：「亂飄僧舍，密灑歌樓，迤邐漸迷鴛瓦。好是漁人，披得一簑歸去，江上晚來堪畫。滿長安，高却旗亭酒價。」（樂章集望遠行）

蘇軾：黄州故縣張憨子，行止如狂人，見人輒駡云：「放火賊！」稍知書，見紙輒書鄭谷雪詩。人使力作，終日不辭。時從人乞，予之錢，不受。冬夏一布褐。三十年不易，然近之不覺有垢穢氣。（東坡志林卷三）

又云：鄭谷詩「江上晚來堪畫處，漁人披得一簑歸」，此村學中詩也。（苕溪漁隱叢話前集卷一九引洪駒父詩話）

葉夢得：詩禁體物語，此學詩者類能言之也。歐陽文忠公守汝陰，嘗與客賦雪於聚星堂，舉此令，往往皆閣筆不能下。然此亦定法，若能者，則出入縱横，何可拘礙。鄭谷「亂飄僧舍茶煙濕，密灑歌樓酒力微」，非不去體物語，而氣格如此其卑。蘇子瞻「凍合玉樓寒起粟，光摇銀海眩生花」，超然飛動，何害其言玉樓銀海。韓退之兩篇，力欲去此弊，雖冥搜奇譎，亦不免有縞帶銀杯之句。杜子美「暗度南樓月，寒生北渚雲」，初不避雲月字。若「隨風且開葉，帶雨不成花」，則退之兩篇，工殆無以愈也。（石林詩話卷下）

周紫芝：鄭谷雪詩，如「江上晚來堪畫處，漁人披得一簑歸」之句，人皆以爲奇絶，而不知其氣象之淺俗也。東坡以謂此小學中教童蒙詩，可謂知言矣。然谷亦不可謂無好語，如「春陰妨柳絮，月黑見梨花」，風味固似不淺，惜

乎其不見賞于蘇公，遂不爲人所稱耳。（竹坡詩話）

尤袤：柳宗元雪詩云：「千山鳥飛絶，萬徑人踪滅。孤舟簑笠翁，獨釣寒江雪。」視鄭谷「亂飄僧舍」之句，不侔矣，東坡居士云。（全唐詩話卷三）

俞文豹：東坡效歐陽體作雪詩，不用鹽、玉、鶴、鷺、絮、蝶、飛、舞、皓、白、潔、素等字。中間云：「老僧斫路出門去，寒液滿鼻清淋漓。洒袍入袖濕靴底，亦有執板上階墀。」其他形容皆類此。然古今雪詩，不犯東坡所記字，如鄭谷「亂飄僧舍……」，又盧次春「看來天地不知夜，飛入園林總是春」，二詩亦未易及。（吹劍録）

王士禛：余論古今雪詩，惟羊孚一贊，及陶淵明「傾耳無希聲，在目皓已潔」，及祖詠「終南陰嶺秀」一篇，右丞「灑空深巷靜，積素廣庭閒」，韋左司「門對寒流雪滿山」句最佳。若柳子厚「千山鳥飛絶」已不免俗。降而鄭谷之「亂飄僧舍」、「密灑歌樓」益俗下欲嘔。韓退之「銀盃」、「縞帶」亦成笑柄。世人訹於盛名，不敢議耳。（漁洋詩話卷上）

吳旦生：詩話類編云：東坡再用韻（雪後書北臺壁）二首云：「……漁簑句好真堪畫，柳絮才高不道鹽。」方（萬里）云：鄭谷「漁簑」，道韞「柳絮」，賴此增光。（歷代詩話辛集卷四）

沈德潛：古人詠雪多偶然及之。漢人「前月風雪中，故人從此去」，謝康樂「明月照積雪」，王龍標「空山多雨雪，獨立君始悟」，何天真絶俗也！鄭都官「亂飄僧舍茶煙濕，密灑歌樓酒力微」，已落坑塹矣。昌黎之「凹中初蓋底，凸處盡成堆」，張承吉（按當爲李長吉）之「戰退玉龍三百萬，敗鱗殘甲滿天飛」，是成底語？東坡尖叉韻詩，偶然遊戲，學之恐入於魔。（說詩晬語卷下）

題慈恩寺默公院〔一〕

雖近曲江居古寺〔二〕，舊山終憶九華峰〔三〕。春來老病厭迎送，翦卻牡丹栽野松〔四〕。

【箋注】

〔一〕慈恩寺：長安佛寺，長安志卷八唐京城二：「朱雀街東第三街，即皇城東之第一街，街東從北經南第十二坊，進（晉）昌坊「半以東，大慈恩寺。隋無漏寺之地。武德初廢，貞觀二十二年，高宗在春宮，爲文德皇后立爲寺，故以『慈恩』爲名。」默公：賈島有寄白閣默公詩，姚合有寄白閣默然詩，二詩同韻，當爲同賦，則知賈、姚時長安有僧默然（白閣在長安近郊）。按賈島卒於會昌三年（八四三），年六十五（姚與賈同歲），若以默然與賈姚年齡相仿，則至谷成年後初試長安（咸通十三年，八七二）默然已九十五歲左右。故谷詩之默公是否即此默然未可遽定，姑存以備參。

〔二〕「雖近」句：曲江，見卷一曲江注。曲江位於朱雀街東第四街第十五坊曲池坊東側（長安志卷八）與進昌坊之慈恩故寺相近。曲江爲勝遊處，句意謂默公超脱紅塵也。

〔三〕「舊山」句：據此則默公當爲安徽池州人，或早年曾住池州。九華，九華山，在江南西道池州青陽縣（今名同），山有九峰，初名九子山，李白遊江南，見九峰如蓮花，改名九華，見李白改九子山爲九華山聯句序。

〔四〕「翦却」句：唐俗重牡丹，句亦出俗之意。

江上阻風

水天春暗暮寒濃，船閉篷窗細雨中。聞道漁家酒初熟，晚來翻喜打頭風〔一〕。

【校】

晚來：「晚」，豫章、萬首作「夜」。

【箋注】

〔一〕打頭風：逆風。打音頂，今吳方言猶存此語。白居易小舫：「黄柳影籠隨棹月，白蘋香起打頭風。」句謂因逆風，船不能啓行，方得嚐漁家新酒，故曰「翻喜」。

淮上與友人别〔一〕

揚子江頭楊柳春〔二〕，楊花愁殺渡江人〔三〕。數聲風笛離亭晚〔四〕，君向瀟湘我向秦〔五〕。

【校】

題：品彙作「淮上别故人」。

【箋注】

〔一〕本詩當作於大順元年（八九二）春，參傳箋並卷一送進士許彬詩注。

〔二〕揚子江：揚州江都縣（今名同）南有古津渡名揚子津。故稱江水由夏口（今漢口）至江都一截爲揚子江。參嘉慶一統志揚州府。

〔三〕「楊花」句：朱放送魏校書：「楊花撩亂撲流水，愁殺行人知不知。」

〔四〕離亭：陰鏗江津送劉光禄不及詩：「離亭已散人，林寒正下葉。」

〔五〕「君向」句：顧況送李秀才入京：「君向長安余適越，獨登秦望望秦川。」

【集評】

王鏊：「君向瀟湘我向秦」，不言悵別，而悵別之意溢於言外。（震澤長語）

謝榛：（絶句）凡起句當如爆竹，驟響易徹。結句當如撞鐘，清音有餘。鄭谷淮上別友詩「君向瀟湘我向秦」，此結如爆竹而無餘音。予易爲起句，足成一絶曰：「君向瀟湘我向秦，楊花愁殺渡江人。數聲長笛離亭晚，落日空江不見春。」（四溟詩話卷一）

陳繼儒：以一句情語轉上三句，便覺離思纏綿，茫茫別意，只在兩「向」字上寫出。（唐詩三集合編）

賀貽孫：詩有極尋常語，以作發局無味，倒用作結方妙者。如鄭谷淮上別故人詩云云（略）。蓋題中正意，只「君向瀟湘我向秦」七字而已，若開頭便說，則淺直無味，此卻倒用作結，悠然情深，令讀者低迴流連，覺尚有數十句在後未竟者。唐人倒句之妙，往往如此，姑舉其一爲例。（詩筏）

黄生：後二語真若離亭笛聲，悽其欲絶。（唐詩摘鈔）

沈德潛：落句不言離情，却從言外領取，與韋左司聞雁詩同一法也。謝茂秦尚不得其旨而欲顛倒其文，安問悠悠流俗。（唐詩別裁卷二〇）

潘德輿：王濟之曰：讀詩至綠衣、燕燕、碩人、黍離等篇，有言外無窮之感。唐人詩尚有此意。如「君向瀟湘我向秦」，不言悵別而悵別之意溢於言外。（養一齋詩話卷一）

黄叔燦：不用雕鏤，自然意厚，此盛唐風格也，酷似龍標、右丞筆墨。（唐詩箋注）

宋顧樂：情致微婉，格調高響。（唐人萬首絶句選評）

宋宗元：筆意彷彿青蓮，可謂晚唐中之空谷足音矣。（網師園唐詩選）

郭兆麒：首二語情景一時俱到。所謂妙於發端。「渡江人」三字已含下「君」字、「我」字在。三句用「風笛離亭」點綴，乃拖接法。末句「君」字、「我」字互見，實指出「渡江人」來。且「瀟湘」字、「秦」字回映「揚子江」，見一分手便有天涯之感。（梅崖詩話）

吴昌祺：以第三句襯起末句，所以有餘響，有餘情。（删訂唐詩解）

俞陛雲：送別詩，惟「西出陽關」，久推絶唱。此詩情文并美，可稱嗣響。凡長亭送客，已情所難堪。客中送客，倍覺銷魂也。（詩境淺說續編）

忍公小軒二首〔一〕

松溪水色緑於松，每到松溪到暮鐘。閒得心源祇如此〔二〕，問禪何必向雙峰〔三〕。

舊遊前事半埃塵〔四〕，多向林中結淨因〔五〕。一念一爐香火裏〔六〕，後身唯願似師身〔七〕。

【校】

題：原校「一本題上有西蜀淨衆寺五字」，戊籤即有此五字。按此爲西蜀淨衆寺五題中詩。參水詩校。「林中」，稿本、豫章、叢刊、萬首作「中林」。　似師身：「似」，萬首作「事」。

【箋注】

〔一〕此詩當作於廣明元年（八八〇）十二月至光啓元年（八八五）春，黄巢破長安，谷入蜀六年間，以中和二、三年間（八八二——八八三）爲最近是，參前西蜀淨衆寺松溪八韻兼寄小筆崔處士、卷三蜀中三首注并傳箋。

忍公：成都淨衆寺僧，蓋詩言松溪可知也，其生平無考。　淨衆寺、松溪：俱見前舉詩注。

〔二〕心源：佛語，意謂心乃萬法之源。菩提心論：「妄心若起，知而勿隨。妄若息時，心源空寂。萬法斯具，妙因無窮。」

〔三〕問禪：禪，佛語，梵曰禪那，意譯思維修、靜慮。心定於一境而審思慮之義。禪爲學道之至要，得禪即離欲界煩惱。故佛理亦稱禪理。問禪即參禪，研問佛理也。　雙峰：南宗禪六祖慧能住廣東韶州曹溪雙峰。壇經第三十九節：「慧能大師，於韶州城東三十五里曹溪山住。」又高僧傳慧能傳：「時刺史韋璩命主大梵寺，苦辭，入雙峰曹侯溪矣。」又按佛氏所言雙峰頗多，如佛祖釋迦牟尼涅槃於雙峰，即拘尸杖（釋氏要覽），禪宗五祖弘忍住湖北黄梅縣東馮墓山雙峰（壇經、高僧傳弘忍傳）。然中唐以降，天下「凡言禪皆本曹溪」（柳宗元曹溪大鑒禪師（慧能）碑），谷又多交南宗禪僧，故以曹溪雙峰爲當。

〔四〕埃塵：左思詠史：「貴者雖自貴，視之若埃塵。」

〔五〕淨因：即佛緣，佛性清淨，故佛教稱淨教、佛土稱淨土，佛性稱淨心。而結緣於佛氏則稱淨因。晉永熙中丹徒建有淨因寺。淨衆寺者亦本此義。

〔六〕一念：佛語一心正念。意謂一心專致，更不餘緣，皈依於佛。孟浩然臘月八日於剡縣石城寺禮拜：「下生彌勒見，回向一心歸。」句意同此。

〔七〕後身：佛語死後更投胎所得之身。李白答湖州迦葉司馬問白是何人詩：「金粟如來是後身。」

淮上漁者〔一〕

白頭波上白頭翁〔二〕，家逐船移浦浦風〔三〕。一尺鱸魚新釣得，兒孫吹火荻花中〔四〕。

【校】

波上：「波」，豫章作「江」，非是。　浦浦：詩録作「蒲蒲」。

【箋注】

〔一〕此詩當是鄭谷大順景福間（八九〇——八九三）遊江南往返途中所作。參傳箋并卷一送進士許彬詩、本卷淮上與友人別詩注。

〔二〕「白頭」句：白居易臨江送夏瞻詩：「愁見舟行風又起，白頭浪裏白頭人。」句意由後句化出。後蘇軾八月十五日看潮之三云：「江邊身世兩悠悠，久與滄波共白頭。」則又從白、鄭詩化出。

〔三〕「家逐」句：即岑參漁父歌「鼓枻乘流無定居」之意。　浦浦，一浦更接一浦。浦，水濱，詩大雅常武「率彼淮浦」疏：「浦，涯也。」

〔四〕荻：即蒹葭，似蘆葦而差小，見爾雅釋草。藝文類聚卷八二引晉中興書童謡「官家養蘆化成荻」，知蘆荻有別也。

【集評】

羅大經：農圃家風，漁樵樂事，唐人絶句模寫精矣。余摘十首題壁間，每菜羹豆飯飽後，啜苦茗一杯，偃臥松窗竹榻間，令兒童吟誦數過，自謂勝如吹竹彈絲。今記於此。……鄭谷云：「白頭波上白頭翁……。」（鶴林玉露卷二）

興州江館〔一〕

向蜀還秦計未成〔二〕，寒蛩一夜繞牀鳴〔三〕。愁眠不穩孤燈盡，坐聽嘉陵江水聲〔四〕。

【箋注】

〔一〕本詩當作於廣明二年（八八一）秋。卷一有興州東池詩，有云「無風一片秋」，與此詩「寒蛩」云云，時令相接；又云「鑑貌還惆悵，難遮二鬢羞」，則用潘岳年三十二鬢見二毛之典。知詩當作於三十二歲左右。按廣明元年（八八〇）十二月谷因黃巢入長安出奔，時年三十。至二年秋當仍滯留興州，而年已三十一，故有此二詩。參傳箋並卷一興州東池詩注。

興州：唐蜀山南西道。治今陝西略陽。　江館：江畔驛館，江，指嘉陵江。元和郡縣圖志卷二二載，嘉陵江在興州長舉縣南十里。

〔二〕「向蜀」句：興州，元和郡縣圖志卷二二：「東北至上都（長安）九百五十里……南沿流至興元府三泉縣一百五十里。」按由三泉更南下沿流經利州綿谷即至劍門。元和郡縣圖志同卷又云：「初，蜀以其處當衝要，遣蔣舒爲武興督守之，及鍾會伐蜀，舒遂降魏，即其處也。城雖在平地，甚牢實，周圍五百許步，唯開西北一門，外有壘，三面周匝。」可見爲入蜀要衝也。按廣明二年三月僖宗至成都，以鄭畋爲京城四面諸軍行營招討都統，會各路勤王之師，於四月收復長安及同、華、商諸州。後長安復失而京城四周諸州至秋尚多在唐軍控制中，軍事形勢蒼黄反覆。谷之滯留興州，當爲觀望形勢以定進退之計，故云云。

〔三〕「寒蛩」句：詩豳風七月：「十月蟋蟀入我床下。」蛩，蟋蟀。

〔四〕「愁眠」二句：盧綸晚次鄂州：「估客晝眠知浪静，舟人夜語覺潮生。」二句似由此化出。

題無本上人小齋〔一〕

寒寺唯應我訪師，人稀境静雪銷遲。竹西落照侵窗好，堪惜歸時落照時〔二〕。

【校】

題：戊籤無「題」字，萬首作「無本上人小齋一首」。

【箋注】

〔一〕本卷後又有别修覺寺無本上人詩，知無本上人爲修覺寺僧也。蜀州新津縣有修覺山，山有寺，名修覺寺（明一統志蜀州），則知本詩作於蜀中避亂時也。谷前後入蜀凡四次。唯廣明元年（八八〇）至光啓元年（八八五）避黄巢兵時居於成都。時當中和年間（八八一——八八五）。新津在益蜀二州交界處，而集中與無本二詩均甚閒逸，谷蜀中諸詩亦唯中和間，以暫時安定，亂中取静，而有此格調，故以中和中作近是。又按賈島法名無本，然與谷年不相及，此無本當别爲一人。

〔二〕「竹西」二句：李商隱樂遊原：「夕陽無限好，只是近黄昏。」

七祖院小山〔一〕

小巧功成雨蘚斑，軒車日日扣松關〔二〕。峨嵋咫尺無人去，卻向僧窗看假山〔三〕。

【校】

題：原校「一本題上有西蜀淨衆寺五字」，戊籤即有此五字。此詩爲西蜀淨衆寺五題中詩，參後水詩校。

【箋注】

〔一〕本詩作於中和間初次避亂蜀中時，參上詩注并傳箋。西蜀淨衆寺在成都西，見西蜀淨衆寺松溪八韻注。七祖，佛氏傳宗弘法之第七代祖師，或前後七代祖師。蓋淨衆寺爲新羅無相禪師創於開元十六年（蜀中名勝記卷二）。七祖院或即供奉禪宗七代祖師之院。方志無載，待考。

〔二〕軒車：此泛指車。文選江淹別賦：「朱軒繡軸。」李善注：「軒，車通稱也。」松關：松行茂密如門户然。藝文類聚卷八八引王羲之遊四郡記曰：「永寧縣界海中有松門。西岸及嶼上皆生松，故名松門。」孟郊退居：「日暮靜歸時，幽幽叩松關。」多以指佛寺門户。許渾重遊鬱林寺道玄上人院：「藤杖叩松關。」

〔三〕「峨嵋」二句：峨嵋大山在劍南道嘉州峨眉縣西七里，兩山相對，望之如蛾眉，故名。山有洞天石室，高七十六里。又有中峨眉山、小峨眉山，均在大山附近。見元和郡縣圖志卷三一。嘉州在成都西南，故言咫尺。二句極言假山之美，引人入勝。

定水寺行香〔一〕

聽松看畫繞虛廊〔二〕，風拂金鑪待賜香〔三〕。丞相未來春雪密，暫偷閒卧老僧床〔四〕。

【校】

聽松：「松」，原作「經」，下校「一作松」，豫章、叢刊、萬首均作「松」，據改，其義爲長，蓋聽經未能繞廊也。金鑪：「鑪」，萬首作「壚」，非是。

【箋注】

〔一〕玩詩意知爲祗候丞相至定水寺行香所作，當在乾寧元年（八九四）至天復二、三年（九〇二——九〇三）爲朝官時。

定水寺：長安志卷九：「朱雀街西第二街，北當皇城南面之含光門，街西從北第一太平坊，西南隅溫國寺……西門之北定水寺，隋荆州總管上明公楊文紀以宅立寺。」

〔二〕聽松：上官昭儀遊長寧公主流杯亭詩：「水中看樹影，風裏聽松聲。」看畫：唐寺觀多壁畫，兩京尤盛。歷代名畫記卷三：「定水寺（王羲之題額，從荆州將來），餘七神及下小神並解倩畫。殿内東壁，孫尚子畫維摩詰。其後屏風臨古迹帖，亦妙。中間亦孫尚子畫。東間不是孫，亦妙，失人名。内東、西壁及前面門上似展（按展子虔）畫，甚妙。前面有三圓光，皆突出壁窗間，菩薩亦妙。」

〔三〕金鑪：銅鑪，美稱之也，參入閣注。賜香：連下句，知丞相代天子行香，故稱賜。

〔四〕「丞相」二句：唐會要卷二三緣祀裁製：「其年（按開元二十九年）正月二十日詔，自今以後，有大祭，宜差丞相、特進、少保、少傅、尚書，賓客、御史大夫攝行事。至天寶七載六月八日勅：自今以後，每差攝祭官，宜令吏部採擇朝廷有德望者充。」故知唐世丞相多替天子攝祭事。 偷閒，時丞相未抵，百官祗候寺中，故得「偷閒」。 春雪密，時當早春也。唐世正月常祭凡十二（唐會要卷二二），更有不時之祭，詩略，未可詳考。

浯　溪〔一〕

湛湛清江疊疊山，白雲白鳥在其間〔二〕。 漁翁醉睡又醒睡，誰道皇天最惜閒〔三〕。

【校】

題：「浯」，叢刊作「語」；「溪」，百家作「江」，均誤。

【箋注】

〔一〕此詩當爲谷少時隨父史在永州刺史任上所作，時年十歲前後，當大中、咸通之交。按谷七齡能詩（參卷末偶題詩），集中少作可考者唯此一詩，體學南國民歌，與元結、顧況山南諸作尤相近。詳見傳箋。

浯溪：在今湖南祁陽縣西南五里，唐屬江南西道永州祁陽縣（舊唐書地理志三）。元結浯溪銘序：「浯溪在湘水之南，北匯於湘。愛其勝異，遂家溪畔。溪世無名稱者也，爲自愛之故，命曰浯溪。」

〔二〕「湛湛」二句：句格同顧況簡寂觀：「清嶂清溪直復斜，白雞白犬到人家。」湛湛，水深清貌。楚辭招魂：「湛湛江水兮上有楓。」白鳥：白鷺、白鶴之屬，前屢見。

〔三〕「漁翁」二句：元結宿丹崖翁宅：「兒孫棹船抱酒甕，醉裏長歌揮釣車，吾將求退與翁遊，學翁歌醉在漁舟。」詩取意於此。皇天，許慎五經異義引尚書說：「天有五號，尊而君之，則曰皇天。」

悶題

莫厭九衢塵土間，秋晴滿眼是南山〔一〕。僧家未必全無事，道著訪僧心且閑〔二〕。

【箋注】

〔一〕「莫厭」二句：意即禪家所謂：「自性念起，雖即見聞覺知，不染萬境，而常自在。」（壇經第十七節）按禪宗倡心佛說，以爲自性清淨，則萬象皆真，故稍後僧文益門徒德韶又云：「通玄峰頂，不是人間；心外無法，滿目青山。」（五燈會元卷一〇〇）句意正與此同。九衢，見席上貽歌者注。塵土：語意雙關，指九衢飛塵，亦含塵世之意。南山，終南山。前屢見。

〔二〕「僧家」二句：隱含禪家住著與無住無著之觀念。佛氏亦不免衣食住行等，故云「未必全無事」，然以心佛論觀之，凡不執着事相，自性清淨，則雖有所行，亦無非佛心體現，稱「無住」、「無著」，故詩又曰：「道著訪僧心且閒。」金剛經開宗明義首節云：「爾時世尊，食時著衣持鉢，入舍衛大城乞食。於其城中，次第乞已，還至本處，飯食訖，收衣鉢，洗足已，敷座而坐。」壇經十四節闡述云：「一行三昧者，於一切時中，常行直心是。」

重訪黄神谷策禪者〔一〕

初塵芸閣辭禪閣〔二〕，卻訪支郎是老郎〔三〕。我趣轉卑師趣靜，數峰秋雪一鑪香。

【校】

題：「策」，戊籤作「東」，稿本、豫章、萬首、詩録作「東」；「東」當爲「東」之誤。「初塵」句：「塵」，豫章作「升」；「辭」，原校「一作來」，戊籤、詩録即作「來」。

【箋注】

〔一〕此詩所述與谷之仕歷不合，疑非谷作，今權存，參傳箋。黄神谷：華嶽志卷一旁列之谷：「黄神谷：華嶽集：在嶽東，真人黄盧子隱居之所也。」爲華嶽十七名谷之一，華山神祠在焉（參華嶽志卷一、卷三）。策禪者：無考。

〔二〕「初塵」句：謂當初釋褐從宦爲秘書省官員而去佛寺也。芸閣，祕書省。初學記卷一二三引魏魚豢典略：「芸香辟紙魚蠹，故藏書臺稱芸臺。」亦稱芸閣。劉知幾史通忤時：「芸閣之中，英武接奇。」陳子昂高府君墓誌：「祖欽仁，檢校秘書郎，持三寸筆，終入芸香之閣。」按唐人多於進士登第經吏部覆試後釋褐爲秘書省校書郎，故符載遺袁校書歸秘書省序：「國朝以進士擢第爲入官者千仞之梯，以蘭臺校書爲黄綬者九品之英。」按谷有關傳記資料並本人詩文均無爲秘省官之記載（卷一有秘閣伴直詩，然伴直非當直，不必爲秘省中人）。而卷三結綬鄠郊縻攝府署偶有自詠詩有云：「鶯離寒谷七逢春，釋褐來年暫種芸。自言老爲梅少府，可堪貧攝鮑參軍。」因知谷光啓三年登第後六、七年釋褐爲官乃任鄠縣尉（釋褐授尉亦唐人常徑），而非秘省官也。此後谷仕歷拾遺、補闕、都郎，歷歷可考。故疑本詩非谷所作也。

〔三〕「却訪」句：謂重訪禪師已多歷年所矣。　支郎，僧人代稱。隋費長房歷代三寶記魏吳録載：三國時月支國僧支謙，人稱：「支郎服中黄，形軀雖細是智囊。」後以「支郎」代僧人也。　老郎：漢文帝時，顔駟爲郎，至武帝嘗輦過郎署，見駟尨眉皓髮，上問曰：「叟何時爲郎，何其老也？」駟歷述在文、景、武三世際遇，云：「是以三世不遇，老於郎署。」按唐時稱尚書省郎中（正郎）、員外郎爲郎官，與漢世侍衛之郎不同，然詩文中習用之。又按本詩若爲谷作，當在乾寧四年（八九七）爲都官郎中後，時年四十七至五十二、三歲。

別修覺寺無本上人〔一〕

松上閒雲石上苔，自嫌歸去夕陽催。山門握手無他語〔二〕，祇約今冬看雪來。

【校】

閒雲：「閒」，叢刊、英華均作「江」，非是。

【箋注】

〔一〕本詩當爲中和間在蜀中作，並修覺寺、無本上人均參前題無本上人小軒齋詩注。

〔二〕山門：佛寺大門。原作三門。釋氏要覽上住處：「凡寺院有開三門者，只有一門亦呼爲三門者何也？佛地論云：大宮殿，三解脱門……謂空門，無相門、無作門。」後多呼作山門。錢起題延州聖僧穴詩：「默默山門宵閉月。」

贈日東鑒禪師〔一〕

故國無心渡海潮，老禪方丈倚中條〔二〕。夜深雨絶松堂靜〔三〕，一點山螢照寂寥〔四〕。

【校】

本詩全唐詩又録入司空圖卷。今按英華卷二六四有鄭谷贈日東鑒禪師詩，題下注：「已見二百二十四卷。」卷二二四録司空圖上陌梯寺懷舊僧二首。其後爲寄懷元秀上人，詩題下缺名，亦無「前人」字樣（英華通例録某人二題以上，第二題起均署「前人」字樣）。又另行注「以下七首均見集本」。下七首題爲次韻和秀上人遊南五臺、贈圓昉上人、贈信美寺岑上人、寄贈詩僧秀公、重陽日訪元秀上人、贈日東鑒禪師。題下並題作「前人」。本詩下又注：「此詩二百六十四卷重出，今已削去，注異，同爲一作。」據此，參萬首亦以此詩隸谷名下，谷集諸本亦均録此詩，則知英華卷二二四寄懷元秀上人下脱著者姓名「鄭谷」二字也。以下七詩均當爲谷作。此八詩全唐詩均二見於鄭谷、司空圖，蓋未審英華以上脱文情况也。故定此詩爲谷作，參餘七詩校。

題：「東」，品彙作「本」。　雨絶：「絶」，三體作「絁」。　山螢：「山」，英華作「飛」。

【箋注】

〔一〕日東：日本。舊唐書東夷傳：「日本國者，倭國之别種也，以其國在日邊，故以日本爲名。或曰：倭國自惡其名不雅，改爲日本。或云日本舊小國，併倭國之地。」杜甫戲題王宰畫山水圖歌：「巴陵洞庭日本東。」鑒禪師：日僧，留華不歸，生平未詳。

〔二〕方丈：佛寺長老及住持説法所。法苑珠林卷三八：「以笏量基止，有十笏，故號方丈之室也。」能改齋漫録事始辯其始末云：「僧道誠釋氏要覽云：『方丈，寺院之正寢。始因唐顯慶年中，敕差衛尉寺丞李義，表前融州黄水令王元策往西域充使。至毗耶黎城東北四里許維摩居士宅，示疾之室，遺址壘石爲之。元策躬以手板縱横量之，得十笏，故號方丈。』余按，文選王簡棲頭陀寺碑云：『宋大明五年，始立方丈，茅茨以庇經像』，李善注引高誘曰：『堵長一丈，高一丈，回環一堵爲方丈，故曰環堵，以其小也。』」據此，方丈之爲説法所，乃後起義也。中條：山名。又名雷首山、首陽山，山形狹長若條，在唐河東、河南、關内道交界處。東太行，西華嶽，此山居中，故名中條。參元和郡縣圖志河東道、河南道。

〔三〕松堂：僧堂，參見喜秀上人相訪詩注。

〔四〕「一點」句：傅咸螢火賦：「潛空館之寂寂，意遥遥而靡寧，夜耿耿而不寐，憂悄悄以傷情。感詩人之攸懷，覽熠耀於前庭。」詩意由此化出。

傳經院壁畫松〔一〕

危根瘦蓋聳孤峰〔二〕，珍重江僧好筆蹤〔三〕。得向遊人多處畫，卻勝澗底作真松〔四〕。

【校】

題：原校「一本題上有西蜀淨衆寺五字」，戊籤即有此五字。按蜀中名勝記卷一録此詩於淨衆寺下。瘦蓋：「蓋」，原作「盡」，據稿本、豫章、萬首及蜀中名勝記改。此爲西蜀淨衆寺五題中詩，參後水詩校。

【箋注】

〔一〕本詩當作於中和間初入蜀寓居成都時。參卷三蜀中三首注並前西蜀淨衆寺松溪八韻詩。淨衆寺：亦見上詩。畫松：傳經院壁畫。淨衆寺多壁畫，見益州名畫録卷上，然其傳經院之畫松未見記載。據次句當爲南國僧人所畫。

〔二〕瘦蓋：藝文類聚卷八八引玉策：「千載松柏樹，枝葉上梢不長，望如偃蓋。」

〔三〕江僧：南僧。唐人多以江代南方。孟郊弔皎然塔陸羽墳：「江調難再得，京塵徒滿躬。」按皎、陸均南人也。

〔四〕「得向」二句：左思詠史：「鬱鬱澗底松，離離山上苗，以彼徑寸莖，蔭此百尺條。世胄躡高位，英俊沉下僚。」此用其意以諷世。

高蟾先輩以詩筆相示抒成寄酬〔一〕

張生故國三千里，知者唯應杜紫微。杜牧舍人贈張祜處士云：「可憐故國三千里，虛唱歌詞滿六宫〔二〕。」
君有君恩秋後葉，可能更羡謝玄暉。蟾有後宫詞云：「君恩秋後葉，日日向人疏〔三〕。」

【校】

題：「示」，叢刊作「市」；「抒」，叢刊作「杼」，均誤。萬首題作「酬高蟾先輩」。杜紫微：「紫」，叢刊作「子」，誤。「知者」句下注「贈」，叢刊作「時」，萬首無此注。「可能」句下注「蟾」，叢刊作「年」，「疏」下稿本有「也」字，萬首無此注。

【箋注】

〔一〕本詩當作於咸通十三年（八七二）谷初應進士試後，乾符三年（八七六）高蟾登進士第前。

高蟾：唐才子傳卷九：「蟾，河朔間人。乾符三年孔緘榜及第，與鄭郎中谷爲友，酬贈稱『高先輩』。……官至御史中丞。蟾本寒士，遑遑於一名，十年始就。性倜儻離羣，稍尚氣節。人與千金無故，即身死亦不受。其胸次磊塊，詩酒能爲消破耳。詩體則氣勢雄偉，態度諧遠，如狂風猛雨之來，物物竦動，深造理窟。亦一奇縫掖也。詩集一卷，今傳。」先輩：李肇唐國史補卷下云，進士「互相推敬謂之先輩」。唐語林卷二謂「得第謂之前輩，相推敬爲先輩」，則釋先輩與李肇同。然胡應麟唐音癸籤卷一八云：「先輩原以稱及第者，觀諸家詩集中題有下第獻新先輩詩可見；後乃以爲應試舉子通稱。」顧炎武日知録卷六先輩條云：「先輩乃同試而先得第者之稱……而唐李肇國史補謂『互相推敬謂之先輩』，此又後人之濫也。」又引魏、晉事並韋莊癸丑年下第獻新先輩詩證之。本題所稱先輩就詩意觀之似以同試者敬稱爲近是。

〔二〕「張生」二句：張生，張祜，字承吉，中、晚唐際著名詩人，生卒年及籍貫均難以確考，久居蘇州，遊於江淮吳楚間。一生未第，遍干諸侯而未顯用，然詩名噪於一時，其宮詞二首之一有云：「故國三千里，深宮二十年，一聲河滿子，雙淚落君前。」尤爲時人所傳唱。杜紫微，杜牧，曾任中書舍人，唐稱中書省爲紫微，故稱。杜牧於張祜極其推崇。其贈張祜詩有云：「薦衡昔日知文舉，乞火無人作蒯通……可憐故國三千里，虛唱歌辭滿六宮。」又云：「睫在眼前長不見，道非身外更何求？誰人得似張公子，千首詩輕萬户侯。」二詩均贊祜詩名之盛而惜其無人舉薦。谷用此事，可知時高蟾尚未第也。

〔三〕「君有」二句：蟾亦有宮詞，中云：「君恩秋後葉，明日向人疏。」故前二句以張祜擬之。謝玄暉：謝朓，字玄暉，南齊書本傳載，文壇宗匠沈約見玄暉詩嘆云：「二百年後，見此文章。」可能，推論之詞，此猶云難道，何至。二句謂蟾雖盛名不遇如張祜，然後必當有知音者也。

【集評】

葛立方：張祜詩：「故國三千里，深宮二十年。」杜牧賞之，作詩云：「可憐故國三千里，虛唱宮詞滿六宮。」故鄭谷云：「張生故國三千里，知者惟應杜紫微。」諸賢品題如是，祜之詩名安得不重乎？其後有「解道澄江靜如練，世間惟有謝玄暉」，「解道江南斷腸句，世間惟有賀方回」等語，皆祖其意也。（韻語陽秋卷四）

爲人題〔一〕

淚溼孤鸞曉鏡昏〔二〕，近來方解惜青春〔三〕。杏花楊柳年年好，不忍迴看舊寫真〔四〕。

【箋注】

〔一〕就字面觀之，本詩爲一青春蹉跎之孤身女子寫照，「人」，不可考，亦不必究，或爲作者假託，則楚辭芳草美人之遺意也。

〔二〕「淚溼」句：劉宋范泰鸞鳥詩序：「昔罽賓王結罝祁郊之山，獲一鸞鳥，王甚愛之，欲其鳴而不致也。乃飾以金樊，饗以珍羞。對之愈戚，三年不鳴。其夫人曰：嘗聞鳥見其類而後鳴。何不懸鏡以映之？王從其意。鸞睹形悲鳴，哀響中霄，一奮而絶。」徐陵鴛鴦賦：「孤鸞照鏡不成雙。」後多以鸞形飾鏡，稱鸞鏡。白居易太行路：「何況如今鸞鏡中，妾顏未改君心改。」此句謂淚滴鸞鏡，而兼用孤鸞不成雙之意。

〔三〕青春：楚辭大招：「青春受謝，白日昭只。」王逸注：「青，東方春位，其色青也。」後喻少年。文選潘尼贈陸機出爲吳王郎中令：「子登青春。」李善注：「青春，喻少也。」此處兼用二意。

〔四〕「杏花」二句：借花木之年年好，以襯人之漸衰也。寫真，畫像。顏氏家訓雜藝：「武烈太子偏能寫真，坐上賓客，隨宜點染，即成數人。」

越　鳥〔一〕

背霜南雁不到處〔二〕，倚櫂北人初聽時〔三〕。梅雨滿江春草歇〔四〕，一聲聲在荔枝枝〔五〕。

【校】

據第二句，本詩不類谷所作，然諸集本皆收録。英華、萬首亦隸谷名下，姑存。參見注〔三〕。「霜」，原校「一作宿」，稿本即作「宿」。

【箋注】

〔一〕越：今江浙粵閩贛，古越族所居之地均稱越地。連下句觀，則當指嶺南一帶。

〔二〕「背霜」句：背，避也。荀子解蔽：「背而走。」傳云衡陽有回雁峰，北雁南飛至此而回。見讀史方輿紀要卷八〇衡陽府。唐宋人詩多用爲故實。據此知「越」乃指嶺南也。

〔三〕北人：谷爲袁州宜春（今名同）人，亦古越地，不當自稱北人，故疑非谷作。不然則以袁州在嶺南之北故云。或爲泛詠，則可不拘。

〔四〕梅雨：江南農曆四、五月間梅子黃熟時常陰雨連綿，稱梅雨。初學記卷二引梁元帝纂要：「梅熟而雨曰梅雨（江東呼爲黃梅雨）。」春草歇：王維山居秋暝：「隨意春芳歇，王孫自可留。」用楚辭招隱士「王孫遊兮不歸，春草生兮萋萋」句意。此兼有二義。

〔五〕荔枝：廣志載：「荔枝樹高五六丈，大如桂樹，綠葉蓬蓬，冬夏榮茂，青華朱實，大如雞子。核黃黑似熟蓮子，實白如肪，甘而多汁，似安石榴。」漢時即已見記載。東觀漢記記，單于來朝，賜橙橘、龍眼、荔支。

黃　鶯〔一〕

春雲薄薄日輝輝，宮樹煙深隔水飛。應爲能歌繫仙籍，麻姑乞與女真衣〔二〕。

【校】

「薄薄」，原校「一作滄滄」，戊籤、英華即作「滄滄」。　女真：「真」，豫章作「貞」。

【箋注】

〔一〕黃鶯：藝文類聚卷九二引詩義疏：「黃鳥，鸝鶹也。或謂黃栗留。幽州謂之黃鸎，或謂之黃鳥，一名倉庚，一名商庚，一名鵹黃，齊人謂之摶黍，關西謂之黃鳥。」

〔二〕「應爲」二句：麻姑，女仙，葛洪神仙傳載其曾三見東海爲桑田。乞，給也。女真，此爲雙關，道家稱修真得道者爲真人，女真，切上「仙」意，又鶯羽黃，黃色中有女真黃者，道家亦衣黃，故稱。元劉因薔薇詩：「色染女真黃，露凝天水碧。」可參證。

失鷺鷥

野格由來倦小池〔一〕，驚飛卻下碧江涯。月昏風急何處宿，秋岸蕭蕭黄葦枝。

【校】

「何處宿」，原校「一作宿何處」，戊籤、豫章、叢刊、萬首均作「宿何處」。　黄葦：「葦」，叢刊作「草」，非是。

【箋注】

〔一〕野格：天然不羈之格致。

苔錢〔一〕

春青秋紫繞池臺〔二〕，箇箇圓如濟世財〔三〕。雨後無端滿窮巷〔四〕，買花不得買愁來〔五〕。

【校】

春青：「青」，原作「紅」，據英華改，其義爲長。

【箋注】

〔一〕觀詩意，似當在景福二年（八九三）入仕前作。

苔錢：藝文類聚卷八二引崔豹古今注：「苔，或紫或青，一名員蘚，一名綠錢，一名綠蘚。」

〔二〕「春青」句：苔春生時爲青色，經秋霜後色轉紫。江淹青苔賦：「襟帶湖沼，綿亙池林。」

〔三〕濟世財：銅錢也，苔圓形似錢，故云。按此言濟世，語含諧謔，反跌三、四句耳。晉魯褒有錢神論：「錢能轉禍爲福，因敗爲成。危者得安，死者得生，性命長短，相祿貴賤，皆在乎錢。」

〔四〕窮巷：僻陋之街巷。宋玉風賦：「夫塕然起乎窮巷之間，……此所謂庶人之雌風也。」

〔五〕買愁：江淹青苔賦：「必居閒而就寂，似幽意而深傷。」句意本此。

蓮葉

移舟水濺差差綠〔一〕，倚檻風搖柄柄香。多謝浣溪人不折〔二〕，雨中留得蓋鴛鴦〔三〕。

【校】

風搖：「搖」下稿本校「一作斜」。「多謝」句：「溪」，原校「一作紗」；「不」，原校「一作未，又作莫」，戊籤作「未」。

【箋注】

〔一〕差差：荀子正名：「涉然而精，俛然而類，差差然而齊。」楊倞注「差差，不齊貌。」此言蓮葉參差不一。

〔二〕浣溪：詩篇未可確指，可能有二：一爲浣花溪，在成都，見蜀中賞海棠詩注，則詩作於中和間也（見前）；二爲浣沙溪，在越州，則詩當作於大順、景福間江南之遊時。並存備參。

〔三〕蓋鴛鴦：詩人多以蓮荷與鴛鴦連用。徐陵鴛鴦賦：「拂荇戲而波散，排荷翻而水落。」蓮葉似傘蓋。梁元帝採蓮賦：「緑房兮翠蓋。」

蜀中賞海棠〔一〕

濃澹芳春滿蜀鄉，半隨風雨斷鶯腸〔二〕。浣花溪上堪惆悵，子美無心爲發揚。杜工部居西蜀，詩集中無海棠之題〔三〕。

【校】

鶯腸：「鶯」，原校「一作人」。無心：「心」，原校「一作情」，萬首即作「情」。「子美」句注「居西蜀」，叢刊作「老於西蜀」，詩録作「居兩蜀」。

【箋注】

〔一〕此詩作於中和中（八八一——八八五）避亂蜀中時。參傳箋、卷三蜀中三首注、前西蜀淨衆寺松溪八韻詩注。

海棠：蜀中盛産海棠。沈立海棠記「海棠盛於蜀而秦中次之」，「蜀花稱美者，有海棠焉」。

〔二〕「濃澹」二句：沈立海棠記：「其花五出，初極紅，如燕脂點點然。及開，則漸成纈暈，至落，則若宿妝淡粉矣。於葉間或三萼，或五萼爲叢而生，其蕊如金粟，蕊中有鬚三，如紫絲。」詩中所狀海棠已半隨風雨凋落，故濃淡相間也。

〔三〕「浣花」二句：參原注。子美，杜甫字，曾加檢校工部員外郎，世稱杜工部。薛能海棠詩序：「蜀海棠有聞，而詩無聞。杜子美於斯，興象靡出。」谷論似本於此。浣花溪，蜀中名勝記卷二成都府二：「方輿勝覽云：浣花溪在城西五里，一名百花潭。按吳中復冀國夫人任氏碑記云：夫人微時，以四月十九日見一僧墜污渠，爲濯其衣，頃刻百花滿潭。因名曰百花潭。按蜀志補遺：浣花溪有石刻浣花夫人像，三月三日，爲夫人生辰，傾城出遊。成都記云：夫人姓任氏，崔寧之妾。按通鑒，成都節度使崔旰入朝，楊子琳乘虛突入成都。旰妾任氏出家財募兵，得數千人，自帥以擊之，子琳敗走，朝廷封旰尚書，賜名寧，任氏封夫人也。」

【集評】

葛立方：杜子美居蜀累數年，吟詠殆遍，海棠奇艷，而詩章獨不及，何邪？鄭谷詩云：「浣花溪上堪惆悵，子美無情爲發揚。」是已。本朝名士賦海棠甚多，往往皆用此爲實事。如石延年云：「杜甫句何略，薛能詩未工。」錢易云：「子美無情甚，都官著意頻。」（韻語陽秋卷一六）

投所知〔一〕

砌下芝蘭新滿徑〔二〕，門前桃李舊垂陰〔三〕。卻應迴念江邊草，放出春煙一寸心〔四〕。

【箋注】

〔一〕玩詩意爲求薦之作，蓋作於光啓三年（八八七）登進士第之前也。

〔二〕「砌下」句：謂所知者子弟成材。世説新語言語：「謝太傅問諸子姪：『子弟亦何預人事，而正欲使其佳？』諸人莫有言者。車騎（謝玄）答曰：『譬如芝蘭玉樹，欲使其生於階庭耳。』」

〔三〕「門前」句：謂所知者門生、薦士之多。韓詩外傳：「夫春樹桃李，夏得蔭其下，秋得食其實。」後因以桃李指門生、薦士。劉禹錫宣上人遠寄賀禮部王侍郎放牓後詩因而繼和詩：「一日聲名徧天下，滿城桃李屬春官。」是指門生。白居易春和令公緑野堂種花詩：「令公桃李滿天下，何用堂前更種花。」是指薦士。

〔四〕「卻應」二句：自喻以求薦。孟郊遊子吟：「誰言寸草心，報得三春暉。」李商隱初食筍呈座中諸公：「嫩籜香苞初出林，於陵論價重千金。皇都陸海應無數，忍翦凌雲一寸心。」此用孟詩「寸草心」字面，而取李詩「一寸心」之詩意。按古人以心爲方寸之地，故言寸心。陸機文賦：「吐滂沛乎寸心。」

早入諫院二首〔一〕

玉階春冷未催班〔二〕，暫拂塵衣就笏眠〔三〕。孤立小心還自笑〔四〕，夢魂潛繞御鑪煙。

紫雲重疊抱春城〔五〕，廊下人稀唱漏聲〔六〕。偷得微吟斜倚柱，滿衣花露聽宮鶯。

【校】

就笏：就，原校「一作枕」，萬首即作「枕」。

【注箋】

〔一〕此二詩當作於乾寧元年（八九四）至乾寧四年（八九七）任拾遺、補闕時。參傳箋。

諫院：參前次韻和王駕校書結綬見寄之什詩注。早入諫院，待朝也。唐制早朝催班前百官祗候於省署，見新唐書儀衛志上。

〔二〕催班：新唐書儀衛志上：「朝日，殿上設黼扆，躡席，熏爐，香案。御史大夫領屬官至殿西廡，從官朱衣傳呼，促百官就班，文武列於兩觀。」

〔三〕笏：朝會時所執手版，書事以備忘也。禮玉藻：「笏，天子以球玉，諸侯以象，大夫以魚須文竹，士竹本，象可也。」（後世惟品官執之）晉書輿服志：「手版即古笏也。」唐會要卷三二輿服下笏：「開元八年九月勅：諸笏，三品已上前屈後直，五品已上，前屈後挫，並用象，九品已上，竹木，上挫下方。」谷時爲右拾遺，或補闕（左右無明文可考），爲從八品上或從七品上，當執竹木笏上挫下方者也。

〔四〕孤立：謂無黨援。司馬遷報任安書：「獨身孤立。」

〔五〕紫雲：祥瑞之雲。南史宋文帝紀：「（少帝景平）二年，江陵城上有紫雲，望氣者皆以爲帝王之符當在西方。」

春城：王維早朝：「春深五鳳城。」又，奉和聖制十五夜然燈繼以酺宴應制：「春城漏刻長。」

〔六〕唱漏：報更。周禮春官鷄人：「夜呼旦以驚起百官。」後漢書百官志三注引蔡質漢儀：「凡宮中夜漏盡，鼓鳴則起，鍾鳴則息。衛士甲乙徼相傳，甲夜畢，傳乙夜，相傳盡五更。衛士傳言五更，未明三刻後，鷄鳴，衛士踵承郎趨嚴上臺，不畜宮中鷄，汝南出鷄鳴，衛士候朱爵門外，專傳鷄鳴於宮中。」唱漏即鷄唱遺制。大唐六典卷一〇秘書省：「漏刻生三百六十人，隋置，習漏刻之節，以時唱漏。皇朝因之，皆中小男爲之，轉補爲典鐘、典鼓。」

【集評】

袁枚：富貴詩有絶妙者。如唐人「偷得微吟斜倚柱，滿衣花露聽宫鶯」；宋人「一院有花春晝永，八荒無事詔書稀」；誰謂歡娱之言難工耶！（隨園詩話卷三）

忝官諫垣明日轉對〔一〕

吾君英睿相君賢〔二〕，其那寰區未晏然〔三〕。明日紫華春殿下，不知何語可聞天〔四〕。

【校】

其那：「那」，原校「一作奈」，戊籤、英華即作「奈」。按「那」、「奈」此通。

【箋注】

〔一〕由題意並詩意觀之，當爲乾寧元年（八九四）初爲右拾遺時作。蓋卷三春暮詠懷寄集賢韋起居衮詩有云：「長安一夜殘春雨，右省三年老拾遺。坐看羣賢爭得路，退量孤分且吟詩。」故知久爲拾遺後決無本詩之恭謹也。

諫垣：即諫院。白居易張十八詩「諫垣幾見遷遺補，憲府頻聞轉殿監。」轉對：百官按日輪奏政事之得失。事物紀原公式姓諱部：「轉對：唐會要曰：貞元中詔，每御延英，令諸司長官二人奏本司事，常參官每日二人引見，訪以政事。謂之巡對。宋朝因之曰轉對。」按，據谷此詩知轉對之稱唐世即有。

〔二〕吾君：唐昭宗李曄，龍紀元年（八八九）——天復四年（九〇四）在位。相君：據資治通鑑唐紀考之，乾寧元年時曾任宰相者有韋昭度、孔緯、張濬、劉崇望、鄭延昌、鄭綮、徐彥若、李谿等多人。此處泛指，不必拘定何人。

〔三〕「其那」句：唐末戰亂不息。本年河東李克用、李存孝父子交兵已二年，至是存孝出降，車裂。克用又攻取幽州，節度使李匡籌敗逃滄州，爲義昌節度使盧彥威所殺。又蔡軍將劉建鋒、馬殷取潭州；鳳翔李茂貞攻拔閬州，西川楊復恭、楊守亮兄弟被擒殺等等，具見兩唐書昭宗紀及資治通鑑本年所記。

〔四〕「明日」二句：意同杜甫春宿左省：「不寢聽金鑰，因風想玉珂。明朝有封事，數問夜如何？」翠華春殿下，即春殿翠華下，謂上殿對天子也。翠華，天子儀仗。文選司馬相如上林賦「建翠華之旗」，李善注：「翠華，以翠羽爲旗上葆也。」盧照鄰樂章：「玉轡垂日，翠華凌煙。」天，指朝廷、天子。左傳宣公四年：「君，天也。」

再經南陽〔一〕

平蕪漠漠失樓臺〔二〕，昔日遊人亂後來〔三〕。寥落牆匡春欲暮，燒殘官樹有花開〔四〕。

【校】

官樹：「官」，萬首作「宫」。

【箋注】

〔一〕本詩當作於光啓三年（八八八）後，而以景福元年（八九二）春南遊江南後返長安途中作之可能性最大。按詩言「亂後來」，則必作於黄巢事平後。據考谷在巢入長安後，入蜀六年，於光啓元年（八八五）春始返長安，是年冬後又二次入蜀。至三年春復返長安，應試登進士第，旋又三次入蜀。以後五年中漂流巴蜀荆楚間，均無可能到南陽。大順間（八九〇——八九一）谷遊江南乃由荆州舊居前往，亦不經南陽，景福元年春由江南返長安，曾由江入淮，更往西北行，則可能途經南陽。故以景福元年春爲近是。參傳箋。

南陽：唐山南東道鄧州南陽縣（今河南南陽市），見舊唐書地理志二。

〔二〕平蕪：平野。高適真定即事詩：「出門何所見，春色滿平蕪。」失：隱去也。庾信彭城公夫人尒朱氏墓誌：「煙埋杳嶂，霧失遥村。」

〔三〕「昔日」句：谷於亂前遊南陽事不可確考。唯知咸乾之交，谷曾任汝州從事（見傳箋），汝、鄧相鄰，或於此時往遊。

〔四〕「寥落」二句：唐季鄧州數被兵燹。黄巢攻破長安前曾攻略鄧州。至中和三年（八八三）巢軍撤出長安後，移師東向。資治通鑑卷二五五記：「（五月）縱兵四掠，自河南、許、汝、唐、鄧、孟、鄭、曹、濮、徐、兖等數十州咸被其毒。」又十一月，「忠武大將鹿晏弘帥所部自河中南掠襄、鄧、金、洋，所過屠滅，聲云西赴行在。」資治通鑑卷二五六又記：中和四年十二月，「時黄巢雖平，秦宗權復熾，命將出兵，寇掠鄰道……（命）秦誥陷襄、唐、鄧……所至屠翦焚蕩，殆無孑遺。其殘暴又甚於巢。」此後方鎮交兵，鄧州復數度被難。二句正狀亂後殘破景象。

贈下第舉公〔一〕

見君失意我惆悵，記得當年落第情。出去無憀歸又悶〔二〕，花南慢打講鐘聲〔三〕。

【校】

花南：「花」，原校「一作苑」，叢刊即作「苑」。

【箋注】

〔一〕本詩當爲景福二年（八九三）入仕後於長安作。按谷雖於光啓三年（八八七）登進士第，然六、七年後方釋褐結綬。其間多危苦之辭，此詩則分明得意後聲吻。

舉公：即舉人、舉子，尊稱之也。唐時稱由貢舉應進士試者爲舉子、舉人。白居易把酒思閑事詩：「乞錢羈客面，落第舉人心。」李淖秦中歲時記記時諺有云：「槐花黄，舉子忙。」

〔二〕無憀：無聊賴。温庭筠菩薩蠻：「無憀獨倚門。」憀，賴也，見淮南子兵略「吏民不相憀」注。

〔三〕花南：盧綸曲江春望：「簫管曲長吹未盡，花南水北雨濛濛。」講鐘：講經時所撞之鐘。韓愈華山女：「街東街西講佛經，撞鐘吹螺鬧宮庭。」張籍寄李渤詩：「五度溪頭躑躅紅，嵩陽寺裏講時鐘。」按曲江北有龍華尼寺，南有貞元普濟寺（見長安志卷九），此講鐘或爲二寺所撞。

春陰〔一〕

推琴當酒度春陰〔二〕，不解謀生祗解吟。舞蝶歌鶯莫相試，老郎心是老僧心〔三〕。

【校】

推琴：「推」，原校「一作攜」，戊籤、豫章、叢刊、英華、萬首即作「攜」。相試：「試」，原校「一作誚」，未詳何本，叢刊作「説」。

【箋注】

〔一〕據末句，知本詩作於乾寧四年（八九七）爲都官郎中後，天復中歸隱前。

〔二〕「推琴」二句：推琴，莊子讓王載，孔子窮於陳蔡之間，七日不火食。子路、子貢相與言，有云夫子數阨，然「弦歌鼓琴，未嘗絶音，君子之無恥也若此乎？」顔回以告孔子，「孔子推琴喟然而嘆曰：『由與賜，細人也，召而來，吾語之。』」當酒，對酒，當，去聲。此句與下句即曹操短歌行「對酒當歌，人生幾何」之意。

〔三〕「舞蝶」二句：寓禪意，謂己心如真如法性，不爲外物所染。楞嚴經六欲界：「我無欲，應女行事，當横陳時，味同嚼蠟。」皎然答李季蘭詩：「天女來相試，將花欲染衣。禪心竟不起，還捧舊花歸。」老郎，見重訪黃神谷策禪者注。

送張逸人〔一〕

人間疏散更無人〔二〕，浪兀孤舟酒兀身〔三〕。蘆筍鱸魚拋不得〔四〕，五陵珍重五湖春〔五〕。

【校】

浪兀：「兀」，原校「一作泛」。　拋不得：「不」，叢刊作「下」，非是。

【箋注】

〔一〕張逸人：生平未詳，據三、四句當爲江南人。又羅隱有題袁溪張逸人所居詩。袁皓重歸宜春偶成十六韻寄朝中知己詩，有云：「水香甘似醴，知是入袁溪。」知袁溪在宜春。谷詩之張逸人與羅隱詩之張逸人可能爲同一人，則當爲谷之同鄉。逸人：隱者。

〔二〕疏散：疏懶散放，即放散。阮籍元父賦：「其民放散肴亂，藪竄澤居。」

〔三〕兀：語助辭。

〔四〕「蘆筍」句：晉書張翰傳載，翰，吳人。爲齊王冏大司馬東曹掾，見世事日亂，託言秋風起，思故鄉菰菜、蓴羹、鱸魚膾而去官歸隱，此以擬張逸人。

〔五〕「五陵」句：承上句云張在長安而思念東吳故鄉，故有此行。五陵，文選班固西都賦：「北眺五陵。」李善注：「（漢）高帝葬長陵，惠帝葬安陵，景帝葬陽陵，武帝葬茂陵，昭帝葬平陵。」五陵均在長安郊外，後多以代長安。五湖，據上句，代指東南，周禮夏官職方氏：「東南曰揚州，……其川三江，其浸五湖。」所指舊説不一，職方氏注疏謂即太湖。國語越語下載，越滅吳，范蠡辭於王，「遂乘輕舟以浮於五湖，莫知其所終極」。

初還京師寓止府署偶題屋壁〔一〕

秋光不見舊亭臺，四顧荒涼瓦礫堆〔二〕。火力不能銷地力，亂前黄菊眼前開〔三〕。

【校】

題：萬首作「初回京師」。「秋光」句：「亭」，戊籤、叢刊作「池」；豫章全句作「驚心不見舊池臺」。荒涼：「荒」，豫章作「淒」。「銷」，原校「一作燒」，萬首即作「燒」；稿本、豫章作「消」，通。

【箋注】

〔一〕本詩當作於光化元年（八九八）秋，隨昭宗自華州返京時。參傳箋並下注。府署：京兆府官署。州郡官署稱府寺。漢書馮當世傳：「攻隴西府寺，燔燒置亭。」寺，通署。資治通鑑卷二六〇：「昭宗至華州，以府署爲行宮。」

〔二〕「秋光」二句：資治通鑑卷二六〇記：昭宗乾寧三年（八九六）「秋七月……（李）茂貞遂入長安，自中和以來所葺宮室、市肆，燔燒殆盡。」又卷二六一記：「乾寧五年（八九八）八月己未，車駕發華州，壬戌，至長安。甲子，赦天下，改元（光化）。」

〔二〕「火力」二句：白居易賦得原上草：「野火燒不盡，春風吹又生。」二句由此蛻出。火力，焚燒。地力，韓非子五蠹：「盡其地力，以多其積。」論衡效力：「地力盛者，草木暢茂。」

擢第後入蜀經羅村路見海棠盛開偶有題詠〔一〕

上國休誇紅杏豔，深溪自照綠苔磯〔二〕。一枝低帶流鶯睡〔三〕，數片狂和舞蝶飛〔四〕。堪恨路長移不得，可無人與畫將歸。手中已有新春桂，多謝煙香更入衣〔五〕。

【校】

題：「羅村」，稿本作「羅利」，按「利」字亦通，謂由羅村至利州之路。由陝入蜀，過羅村即向利州。戊籤「路」上有「溪」字。　紅杏豔：「豔」，原校，「同艷，一作絶」，戊籤、豫章、叢刊即作「絶」。英華作「花」，誤。　狂和：「和」，英華作「花」。　入衣：「入」，原校「一作惹」，英華即作「惹」。

【箋注】

〔一〕本詩作於光啓三年（八八七）春二、三月間，谷三入蜀中時。祖無擇都官鄭谷墓志銘：「光啓三年進士及第。」按谷及第年，明以前人均記爲光啓三年。然徐松登科記考改作乾符三年(八七六)，誤，辨見傳箋，并參前京兆府試殘月如新月詩注。

羅村：寧羌州志卷一古蹟：「古城，一在羅村。」(陝西寧强縣東八里)爲由梁州取劍閣道入蜀之必由之路。

海棠盛開：秦、蜀之地盛産海棠(見蜀中賞海棠詩注)，其盛開在二、三月間。

〔二〕「上國」二句：上國，此指京城。劉長卿客舍贈别韋九建赴任河南：「頃者遊上國，獨能光選曹。」按光啓三年二、三月間，僖宗因元年十二月李克用犯闕，出奔在梁州，至本年三月壬辰方移駕鳳翔，則是年春試當在梁州(興元府)舉行。二句謂雖不能有京師新進士曲江杏園之宴，然羅村溪邊，海棠花艷比杏花，亦足慰人意。李淖秦中歲時記載，新進士初宴杏園，最爲時重，詳見前下第退居二首注。 艷，潘岳閒居賦：「梅杏郁棣，華實照耀。」庾信詠杏詩：「依稀映村塢，爛漫開而成。」李商隱杏花：「上國昔相值，亭亭如欲言。」沈立海棠記：「其株翛然出塵，俯視羣芳，有超羣絶類之勢，而其花甚豐，其葉甚茂，其枝甚柔，望之綽約如處女。非若他花冶容不正者比。」故云「休誇」云云。

〔三〕「一枝」句：所謂「其葉甚茂，其枝甚柔」也。

〔四〕「數片」句：沈立海棠記：「二月開小紅花，實至八月迺熟。」唐進士試多於二月考試，二、三月之交放榜。故擢第後海棠花已盛而漸見落花矣。

〔五〕「手中」二句：新春桂，謂登第。用晉書郤詵傳典，前屢見。 煙香，語意雙關。明謂花氣入衣，暗指不日當入朝爲官。蓋唐時朝會殿上焚香。賈至早朝大明宮詩：「衣冠身惹御鑪香。」按全芳備祖卷七海棠引花譜：

「海棠有色無香，惟蜀中嘉州海棠有香，其木合抱。」則「煙香」云云或詩人寄興，未必實有。又按谷及第後實至六、七年後方釋褐爲鄠縣尉，見卷三結綬鄠郊縻攝府署詩注及下詩各注。

次韻和禮部盧郎中江上秋夕寓懷〔一〕

盧郎到處覺風生〔二〕，蜀郡留連亞相情。時中儀在瀘州，恩門大夫待遇優厚〔三〕。亂後江山悲庾信，夜來煙月屬袁宏〔四〕。夢歸蘭省寒星動〔五〕，吟向莎洲宿鷺驚。未脱白衣頭半白，叨陪屬和倍爲榮〔六〕。

【校】

題：「盧郎中」原作「盧侍郎」，下校「一作郎中，一本又多一極字」，稿本作「盧郎中」，戊籤、英華即作「盧郎中極」。今從改「侍郎」爲「郎中」。

盧郎：「盧」下原校「一作望」，叢刊即作「望」。「亞相情」下原注叢刊無。

宿鷺：「鷺」下原校「一作鳥」，叢刊即作「鳥」。　倍爲榮：「倍」，豫章作「信」。

【箋注】

〔一〕本詩作於景福二年（八九三）秋，谷四次入蜀往瀘州謁座主柳玭時，參見傳箋。

次韻：步他人詩原韻並依其原次序作詩。元稹自叙：「居易雅能詩……小生自審不能過之。往往戲排舊韻，別創新意，名爲次韻相酬。」　盧郎中，未詳何人。戊籤、英華題作盧郎中極，盧極未見史載。又舊唐書卷一三一盧簡辭傳載，簡辭弟簡求，簡求子嗣業，「廣明初，以長安尉直昭文館、左拾遺、右補闕。王鐸徵兵收兩京，辟爲都統判官，檢校禮部郎中，卒。」未知是否此人，録以備參。　江上秋夕寓懷，盧郎中原唱詩題。按詩作於瀘州，江當指長江上游之汶江、中江水（參元和郡縣圖志卷三三劍南道下瀘州）。

【二】盧郎：即盧郎中，故稱，原本或作「望郎」者，亦通。玉谿生詩集箋注酬令狐郎中見寄詩：「望郎臨古郡。」馮注：「山公啓事：『舊選尚書郎，極清望也，號稱大臣之副。』按：稱清郎、望郎以此。」　風生：漢書趙廣漢傳：「廣漢由是侵犯貴戚大臣，所居好用世吏子孫新進少年者，專厲彊壯蠭氣，見事風生，無所迴避。」師古注曰：「風生，言其速疾不可當也。」

【三】「蜀郡」句並原注：據注，蜀郡此指瀘州，唐屬劍南道，治所在瀘州（今瀘州市），見舊唐書地理志四。谷爲光啓三年進士，其年主考爲禮部侍郎柳玭（登科記考卷二三）。新唐書柳玭傳：「文德元年（八八八）以吏部侍郎修國史（按，據唐會要卷六三當在大順二年，八九一），拜御史大夫……坐事貶瀘州刺史。」資治通鑑卷二五九：「景福二年二月以渝州刺史柳玭爲瀘州刺史。」（通鑑考異：「當是先貶渝州，後移瀘州。」）又考得谷景福二年秋冬已釋褐鄠縣尉，則知此詩必作於景福二年秋。參傳箋。　亞相：玭曾爲御史大夫，故稱。蓋秦漢以御史大夫爲丞相副職，多以遞補，故稱御史大夫爲亞相。杜甫哭韋大夫之晉：「漢道中興盛，韋經亞相傳。」中儀：禮部郎中別稱。集卷三寄同年禮部趙郎中詩「小儀澄澹轉中儀」可證。請參故少師從翁……詩注。　恩門大夫：唐進士稱主考爲恩門，自稱門生，玭曾爲御史大夫，故稱恩門大夫。　趙嘏送同年鄭祥先輩歸漢南詩：「家去恩門四千里，只應從此夢旌旗。」

〔四〕「亂後」二句：庾信，字子山，南陽新野人。由梁使北周，爲周主脅迫仕周。梁亡，「乃作哀江南賦，以致其意」（梁書本傳）。 袁宏，晉陽夏人。「文章絶美，曾爲詠史詩，是其風情所寄。少孤貧，以運租自業。謝尚時鎮牛渚，秋夜乘月，率爾與左右微服泛江。會宏在舫中諷詠，聲既清會，辭又超拔，遂駐聽久之，遣問焉。答云：『是袁臨汝朗誦詩。』即其詠史之作也。尚傾率有勝致，即迎升舟，與之譚論，申旦不寐，自此名譽日盛。」（晉書袁宏傳）按：二句承上聯言，以庾信賦比盧能文有悲慨，以袁宏見知於謝尚比盧受柳優遇。亂後，泛言唐季戰亂。

〔五〕「夢歸」句：蘭省，尚書省，禮部屬焉。 參送吏部曹郎中免官南歸詩注。 寒星，駱賓王遠使海曲春夜多懷詩：「流星疑伴使。」按晉書天文志：「流星，天使也。」故古代稱使者爲星使。 李季蘭寄校書七兄：「寒星伴使車。」三句謂盧出使蜀中而思歸，作江上秋夕詠懷詩。 盧原唱當有夢憶長安之類語句。

〔六〕「未脱」二句：篇末點和詩之意，並寄興慨。 白衣，未仕也。 史記儒林列傳：「公孫弘以春秋白衣爲天子三公。」 頭半白，是年谷四十二歲。按谷以光啓三年登第，六七年後方仕，時當本年由蜀返秦後。作此詩時爲登第而白衣者。 唐摭言卷一散序進士條稱當時推重進士爲「白衣卿相」，「一品白衫」，知進士及第未授官仍爲白衣耳。

宜春再訪芳公言公幽齋寫懷敍事因賦長言〔一〕

入門長恐先師在，香印紗燈似昔年〔二〕。澗路縈迴齋處遠，松堂虛豁講聲圓〔三〕。頃爲弟子曾同社〔四〕，今忝星郎更契緣〔五〕。顧渚一甌春有味〔六〕，中林話舊亦潸然。

【校】

講聲：「講」，叢刊作「語」。　「顧渚一甌」，叢刊作「故渚當年」。

【箋注】

〔一〕據六句「星郎」云云知在乾寧四年（八九七）爲都官郎中後，返鄉探省時所作。具體年月未詳。宜春：唐江南西道袁州宜春縣（今宜春市），見舊唐書地理志三，爲谷故鄉。祖無擇都官鄭谷墓志銘：「公名谷，字守愚，袁州宜春人。」芳公、言公：二僧人，生平無考。長言：又稱長句，七言詩也。以每句字數多於五言，故稱。杜甫蘇端薛復筵簡薛華醉歌：「近來海内爲長句，汝與山東李白好。」

〔二〕「入門」二句：謂舊地重遊故物依然，似覺已故之師尊尚在世。恐，說文一〇：「怵，恐也……惕，敬也。」段注「孟子云：怵惕」；知恐有敬懼之義。按敍事感恩上狄右丞詩云：「半生悲逆旅，二紀間門墉。」其由咸通末離宜春初應試至作詩時已閱二十餘載，故云云。　香印，篆文形之香，似印章，故稱香印（一說以金屬印格印製前後一貫之文字形香），原以計時，後用於佛堂。　紗燈，此指佛堂所用燈。白居易酬夢得以予五月長齋延僧徒絶賓友見戲十韻：「香印朝煙細，紗燈夕焰明。」香譜：「百刻香，近世尚奇者作香篆，其文凖十二辰，分一百刻，凡燃一晝夜，已。」

〔三〕松堂：佛堂，見喜秀上人相訪詩注。虚豁：空闊。庾信步虚詞：「有象猶虚豁。」講聲圓：講經聲清亮肅穆。按佛氏講經兼用聲唱。高僧傳有雜科聲德一門，專記擅長聲唱者，如其二集記釋法建有云：「法建登座爲誦，或似急流之注峻壑，其吐納音句，呼噏氣息，類清風之入高松。」

〔四〕「頃爲」句：謂往昔曾與二僧同爲「先師」之門徒。按唐世文人多依佛門爲弟子而不必出家或修行，如梁肅、柳宗元等均然。社：佛氏法社。晉釋慧遠、慧永與劉遺民、雷次宗等三十八人於廬山東林寺結白蓮社，同修淨土之緣。是爲法社之濫觴。

〔五〕「今忝」句，謂雖入仕爲官而初衷未變，與二僧恩緣有加。星郎，郎官。後漢書明帝紀：「館陶公主爲子求郎，不許，而賜錢千萬。謂羣臣曰：『郎官上應列宿，出宰百里，有非其人，則民受其殃。』」後世因稱郎官爲星郎。岑參送李別將還伊吾令充使赴武威便寄崔員外：「遥知竹林下，星使對星郎。」

〔六〕顧渚：湖州顧渚山茶品極佳，唐時爲貢茶之一，稱「顧渚貢焙」。陸羽茶經：「浙品以湖州爲上，常州次之。湖州生長興縣顧渚山中，常州義興縣，生君山懸脚嶺北峰下。」

讀李白集〔一〕

何事文星與酒星〔二〕，一時鍾在李先生。高吟大醉三千首〔三〕，留著人間伴月明。

【校】

「鍾在」，原校一作「分付」。叢刊即作「分付」。留著：「著」，叢刊作「看」。

【箋注】

〔一〕李白集：今知唐時李白詩文集有李陽冰編草堂集十卷。魏顥所纂李翰林集二卷。又度北門集一卷，宋時已佚（或疑爲南唐時李白作，又疑爲李白度作北門集，未可詳考，見鄭樵通志藝文略）。

〔二〕「何事」句：東方朔別傳：「朔遊鴻濛，忽遇母採桑於白海之濱，有黃君翁指母以語朔曰：『昔爲我妻，記形爲太白之精，今汝亦此星之精也。』」李白字太白，正取此意。酒星：晉書天文志上：「軒轅右角南三日酒旗，酒官之旗也，主宴饗飲食。」後以指能酒者。李益答竇二曹長留酒還榼詩：「榼小非由榼，星郎是酒星。」皮日休李翰林詩：「吾愛李太白，身是酒星魄。」

〔三〕高吟大醉：杜甫飲中八仙歌：「李白一斗詩百篇，長安市上酒家眠。天子呼來不上船，自稱臣是酒中仙。」三千首，極言其作詩之多。李陽冰草堂集序稱白嘗有「草稿萬卷」，然當時已十佚其九。

卷末偶題三首〔一〕

一卷疏蕪一百篇〔二〕，名成未敢暫忘筌〔三〕。何如海日生殘夜，一句能令萬古傳〔四〕。

七歲侍行湖外去〔五〕，岳陽樓上敢題詩〔六〕。如今寒晚無功業，何以勝任國士知〔七〕。
一第由來是出身，垂名俱爲國風陳〔八〕。此生若不知騷雅〔九〕，孤宦如何作近臣〔一〇〕。

【校】

暫忘筌：「暫」，原校「一作便」。　寒晚：「寒」，萬首作「衰」。　俱爲：「俱」，豫章、萬首作「須」。　騷雅：「騷」，戈鐖作「風」。　「如何」：原校「一作何由」。

【箋注】

〔一〕雲臺編序有云：「著述近千首……喪亂奔離，散墜殆盡。乾寧初，上幸三峰，朝謁多暇，寓止雲臺道舍，因以所記得章句，綴於牋毫；或得於故侯屋壁，或聞於江左近儒，或祇省一聯，或不得落句，遂拾墜補遺，編成三百首，分爲上中下三卷，目之爲雲臺編。」按昭宗乾寧三年秋避李茂貞亂奔華州。谷於其年冬或次年春輾轉至華州行在，至五年秋隨駕返長安。其間由尚書右丞狄歸昌薦徙都官郎中，此三詩有「何以勝任國士知」之句，且多敬上自勉之辭，則知集當編成於轉都官郎中後，以乾寧四年爲近是（唐才子傳鄭谷：「乾寧四年轉都官郎中。」），三詩亦當題於詩集初成時（參傳箋）。

〔二〕疏蕪：疏闊蕪雜，自謙也。

〔三〕忘筌：莊子外物：「筌者所以在魚，得魚而忘筌。」後以喻事成後忘却原所依憑者。薛廷珪授鄠縣鄭谷右拾遺制：「聞爾谷之詩什，往往在人口而伸王澤。舉賢勸善，允得厥中。」知谷由詩成名也。

〔四〕「何如」二句：「海日生殘夜，江春入舊年」，爲王灣江南意名句。唐詩紀事卷一五王灣記云：「詩人以來，未有此句。張公（張説）居相府，手題於政事堂，每示能文，令爲楷式。」二句自誡亦自勉。

〔五〕「七歲」句：谷於七歲時，父史由長安國子監易學博士（一説國子博士）任外放永州刺史，谷隨往焉。湖外，湖南。永州在洞庭湖南，唐屬江南西道。按唐詩紀事卷五六鄭史記：「史，開成元年進士……終國子博士。」宜春縣志卷一八：「鄭史，字惟直，開成元年進士，爲易學博士，歷官永州刺史。」按以宜春縣志説爲是，辨見傳箋。

〔六〕「岳陽樓」句：雲臺編序：「谷勤苦於風雅者，自騎竹之年，則有賦詠。雖屬對音律未暢，而不無自諷。同年丈人故川守李公朋、同官丈人馬博士戴嘗撫頂嘆勉，謂他日必垂名。」據考，谷赴永前即受蒙訓於李朋，時約五歲，故七歲能詩。岳陽樓，在湖南岳陽城西門上。岳陽風土記：「岳陽樓，城西門樓也。下瞰洞庭，景物寬闊。唐開元四年，中書令張説除守此州，每與才士登樓賦詩，自爾名著。」

〔七〕「國士」：見前敍事感恩上狄右丞詩注。

〔八〕「一第」二句：謂進士及第雖爲進身之階（參前下第退居二首注），而名垂後世，則須憑能承繼詩教傳統之好詩。國風，詩經十五國風，歷來以爲詩教之典型。陳，陳詩，禮王制：「命大師陳詩，以觀民風。」

〔九〕騷雅：楚辭、大雅、小雅，亦代指優秀詩歌。杜甫陳拾遺故宅：「有才繼騷雅，哲匠不比肩。」

〔一〇〕孤宦：外出爲官而無黨援。崔滌望韓公堆詩：「孤宦一身千里外，未知歸日是何年。」近臣：朝官，以近天子之故，故稱。杜甫紫宸殿退朝口號：「天顏有喜近臣知。」谷時爲都官郎中，屬刑部，從五品上（舊唐書職官志二）。

讀前集二首

殷璠裁鑒英靈集，頗覺同才得旨深〔一〕。何事後來高仲武，品題間氣未公心〔二〕。

風騷如線不勝悲〔三〕，國步多難即此時〔四〕。愛日滿階看古集〔五〕，祇應陶集是吾師〔六〕。

【校】

「裁鑒」，豫章作「鑒裁」。　得旨：「旨」，原校「一作契」，稿本、豫章即作「契」。

【箋注】

〔一〕「殷璠」二句：殷璠，丹陽人，盛唐選家，鄉貢進士（河嶽英靈集自署）。曾纂丹陽集、河嶽英靈集等。河嶽英靈集凡三卷，自叙云：「粵若王維、昌齡、儲光羲等二十四人，皆河嶽英靈也。此集便以『河嶽英靈』爲號。詩二百三十四首，分爲上中下三卷，起甲寅（開元二年），終癸巳（天寶十二載），綸次於敍。品藻各冠篇額。如名不副實，才不合道，縱權壓梁竇，終無取焉。」其集論又述選詩宗旨云：「璠今所集，頗異諸家，既閑新聲，復曉古體。文質半取，風騷兩挾。言氣骨則建安爲傳，論宮商則太康不逮。將來秀士，無致深憾。」二句謂璠之所選有别裁，探文心，遥仰前躅，有共通之感。

〔二〕「何事」二句：高仲武，渤海人，中唐選家。選有中興間氣集二卷。其序有云：「唐興一百七十載，屬方隅叛泱，戎事紛綸，業文之人，述作中廢。粤若肅宗先帝，以殷憂啓聖，反正中原。伏惟皇帝（指代宗）以出震繼明，保安區宇，國風雅頌，蔚然復興。所謂文明御時，上以化下者也。」意謂所收皆中興之世傑出之才也。又云：「起自至德元首，終於大曆暮年。述者數千，選者二十六人，詩總一百三十二首，分爲兩卷，七言附之。略叙品彙人倫，命曰中興間氣集。」又論選詩宗旨云：「但使體狀風雅，理致清新。觀者易心，聽者竦耳。則朝野通取，格律兼收，自鄶以下，非所敢隸焉。」所選以錢起、郎士元爲上、下卷首，偏於清新一格，已失盛唐渾厚之氣，故谷稱其品題未公。　間氣，春秋演孔圖：「正氣爲帝，間氣爲臣。」太平御覽引此云：「間氣不苞一行，各受一星以生。若蕭何感昴精，樊噲感狼精，周勃感亢精者也。」以其受星以生，故稱傑出之才。　柳宗元祭楊憑詹事文：「公稟間氣，心靈洞開。」

〔三〕「風騷」句：李白古風一：「大雅久不作，吾衰竟誰陳。王風委蔓草，戰國多荆榛。正聲何微茫，哀怨起騷人。自從建安來，綺麗不足珍。」意本於此。

〔四〕國步：見前迴鑾詩注。　多難：泛指唐末戰亂。

〔五〕愛日：左傳文公七年：「趙衰，冬日之日也，趙盾，夏日之日也。」杜預注：「冬日可愛，夏日可畏。」此指冬日和煦也。

〔六〕「祇應」句：謂亂世當以陶潛之獨善其身爲師。　蕭統陶淵明集序稱：「有疑陶淵明詩篇篇有酒，吾觀其意不在酒，亦寄酒爲迹者也……語時事則指而可想，論懷抱則曠而且真。加以貞志不休，安道苦節，不以躬耕爲恥，不以無財爲病，自非大賢篤志，與道污隆，孰能如此乎……嘗謂有能觀淵明之文者，馳競之情遣，鄙吝之意祛，貪夫可以廉，懦夫可以立，豈止仁義可蹈，抑亦爵禄可辭。不必旁遊太華，遠求柱史，此亦有助於風教也。」

渚宫亂後作〔一〕

鄉人來話亂離情，淚滴殘陽問楚荆。白社已應無故老〔二〕，清江依舊繞空城。高秋軍旅齊山樹，昔日漁家是野營。牢落故居灰燼後〔三〕，黄花紫蔓上牆生。

【校】

「亂離」：「離」，叢刊作「羅」。淚滴：「滴」，豫章下校「一作滿」。空城：「空」，原校「一作孤」，豫章即作「孤」。是野營：「是」，原校「一作盡」，詩録即作「盡」，豫章下校「一作盡，又作楚」。「牢落」句：「居」，豫章下校「一作園」，叢刊作「君」，誤；「灰燼」，豫章下校「一作征戰」。紫蔓：「紫」，原校「一作緑」，戊籤、詩録即作「緑」，又豫章下校「又作野」。

【箋注】

〔一〕本詩當作於乾符五年（八七八）至廣明元年（八八〇）秋日。渚宫，水經注卷三四：「江水又東經江陵縣故城南。禹貢：『荆及衡陽惟荆州。』蓋即荆山之稱而制州名矣。故楚也。子革曰：『我先君僻處荆山，以供王事。』遂遷紀郢。今城，楚船官地也，春秋之渚宫矣。」唐屬山南東道荆州江陵府，故址在今湖北江陵城内。按資治通鑑卷二五三載，乾符五年春正月，王仙芝攻荆南。山南東道節度使李福率衆并沙陀五百騎擊仙芝，仙芝敗，「焚掠江陵而去，江陵城下舊三十萬户，至是死者什三四」。同卷載，乾符六年十月江陵守王鐸將兵馳援襄陽，留其將劉漢宏守江陵。漢宏大掠江陵，「焚蕩殆盡，士民逃竄山谷，會大雪，僵尸滿野。」詩言「高秋」，則當爲五年至七年秋，而以五年秋爲近是。時谷在長安，參傳箋。

〔二〕白社：谷舊隱地。嘉慶一統志卷三五二：「白社，在荆門州南一百三十里。名勝志：『古隱士之居以白茅爲屋，唐都官鄭谷常居於此。』」據考，谷隱白社當在咸通九年（八六八）十八歲前後。又按漢董威輦隱居白社。抱朴子雜應：「洛陽有道士董威輦常止白社中。」谷隱處名「白社」，當仿此例也。

〔三〕牢落：即寥落，牢、寥一聲之轉。此指荒廢。左思魏都賦：「伊洛榛曠，崤函荒蕪，臨菑牢落，鄢郢丘墟。」

鷓鴣

谷以此詩得名，時號爲鄭鷓鴣〔一〕。

暖戲煙蕪錦翼齊，品流應得近山雞〔二〕。雨昏青草湖邊過〔三〕，花落黄陵廟裏啼〔四〕。遊子乍聞征袖溼，佳人纔唱翠眉低〔五〕。相呼相應湘江闊，苦竹叢深春日西〔六〕。

【校】

題下注：豫章、叢刊無。　煙蕪：「煙」，才調作「平」。　近山雞：「近」，才調作「入」。　黃陵廟：「陵」，英華作「庭」，誤。　「遊子」，英華作「行客」。　佳人：「佳」，英華作「歌」。　「相呼」句：「應」，原校「一作喚」，戊籤、英華、三體、品彙、詩録即作「喚」：「闊」，原校「一作遠，又作曲」，才調作「浦」，三體、品彙作「曲」。後五字英華下注「集作相應湘天遠」。

【箋注】

〔一〕鷓鴣：崔豹古今注中：「南山有鳥，名鷓鴣，自呼其名，常向日而飛，畏霜露，早晚稀出。有時夜棲，則以樹葉覆其背。」異物記：「鷓鴣白黑成文，其鳴自呼，象小雉，其志懷南，不北徂也。」徐凝山鷓鴣詞：「南越嶺頭山鷓鴣，傳是當時守貞女。化爲飛鳥怨何人，猶有啼聲帶蠻語。」

〔二〕「品流」句：禽經：「隨陽，越雉，鷓鴣也。」廣志：「鷓鴣似雌雉。」

〔三〕青草湖：水經注卷三八：「湘水又北，枝分北出，逕汨羅戍西，又北逕壘石山東，又北逕壘石山西，謂之苟道逕矣。而合湘水，自汨口而逕壘石山西，而對青草湖，亦或謂之爲青草山也。」古五湖之一。史記河渠書：「五湖者，郭璞江賦云：具區、洮滆、彭蠡、青草、洞庭是也。」在洞庭湖南，今湖南省境內。

〔四〕黃陵廟：水經注卷三八：「（湘水）又北，東會大對水口，西接三津逕，湘水又北徑黃陵亭西，又合黃陵水口，其水上承大湖，湖水西流，逕二妃廟南，世謂之黃陵廟也。言大舜之陟方也，二妃從征，溺於湘江。神遊洞庭之淵，出入瀟湘之浦，……故民爲立祠於水側焉，荊州牧劉表刊石立碑，樹之於廟，以旌不朽之傳矣。」

在今湖南湘陰縣北。

〔五〕「遊子」二句：鷓鴣啼聲悲苦，其鳴有如「行不得也哥哥」，傳爲貞女所化，故民間仿其聲作山鷓鴣曲辭，多言思歸之情。

〔六〕「苦竹」句：李白山鷓鴣：「苦竹嶺頭秋月輝，苦竹南枝鷓鴣飛。」白居易山鷓鴣：「山鷓鴣，朝朝暮暮啼復啼。啼時露白風淒淒，黄茅岡頭秋日晚，苦竹嶺下寒月低。」苦竹，戴凱之竹譜：「苦竹有白有紫而味苦。」

【集評】

葛立方：評渾韶州夜讌詩云：「鸚鵡未知狂客醉，鷓鴣先聽美人歌。」聽歌鷓鴣詞云：「南國多情多艷詞，鷓鴣清怨繞梁飛。」又有聽吹鷓鴣一絶，知其爲當時新聲，而未知其所以。及觀李白詩云：「客有桂陽至，能吟山鷓鴣。清風動窗竹，越鳥起相呼。」鄭谷亦有「佳人才唱翠眉低」之句，而繼之以「相呼相應湘江闊」，則知鷓鴣曲效鷓鴣之聲，故能使鳥相呼矣。（韻語陽秋卷一五）

方回：鄭都官因此詩，俗遂稱之曰鄭鷓鴣。（紀昀批：「相呼相喚」字複，本草衍義引作「相呼相應」，宜改之。）（瀛奎律髓卷二七）

金聖嘆：詠物詩純用興最好，純用比亦最好，獨有純用賦却不好。何則？詩之爲言，思也。其出也，必於人之思；其入也，必於人之思。以其出入於人之思，夫是故謂之詩焉。若使不比不興而徒賦一物，則是畫工金碧屏障，人其何故睹之而忽悲忽喜？夫特地作詩，而人不悲不喜，然則不如無作。此皆不比不興，純用賦體之故也。相傳鄭都官當時實以此詩得名，豈非以其「雨昏」、「花落」之兩句？然此猶是賦也。我則猶愛其「苦竹叢深春日西」之七字，深得比興之道也。　前解寫鷓鴣，後解寫聞鷓鴣者。若不分解，豈非廟裏啼，江岸又啼耶？故知「花落黃陵」，祇是閑寫鷓鴣。此七與八，乃是另寫一人聞之而身心登時茫然。然後悟詠物詩中，多半是詠人之句，如之何後賢乃更作賦體？（貫華堂選批唐才子詩卷九）

賀裳：詠物詩惟精切乃佳，如少陵之詠馬詠鷹，雖寫生者不能到。至於晚唐，氣益靡弱，間於長律中出一二俊語，便囂然得名。然八句中率着牽湊，不能全佳，間有形容入俗者。如雍陶白鷺詩曰「立當青草人先見，行傍白蓮魚未知」，可爲佳絶。至「一足獨拳寒雨裏，數聲相叫早秋時」，已成俗韻。此黏皮帶骨之累也。末句「林塘得爾須增價，況是詩家物色宜」，竟成打油惡道矣。鄭谷以鷓鴣詩得名，雖全篇匀淨，警句竟不如雍。如「雨昏青草湖邊過，花落黃陵廟裏啼」，不過淡淡寫景，未能刻畫。（黃白山評：「鄭語正以韻勝，雍句反以刻畫失之，賀之評賞倒置如此！」）（載酒園詩話卷一）

吳喬：問曰：措詞如何？答曰：詩人措詞，頗似禪家下語。禪家問曰「如何是佛」？非問佛，探其迷悟也。以三身四智對謂之韓盧逐兔，喫棒有分。雲門對曰「乾屎橛」，作家語也。劉禹錫之玄都觀二詩，是作家語。崔珏鴛鴦、鄭谷鷓鴣，死説二物，全無自己，韓盧逐兔，喫棒有分者也。（圍爐詩話卷一）

顧嗣立：詩家點染法，有以物色襯地名者，如鄭都官「雨昏青草湖邊過，花落黃陵廟裏啼」是也。有以地名襯物色者，如韋端己「落星樓上吹殘角，偃月營中挂夕暉」是也。（寒廳詩話）

沈德潛：詠物詩刻露不如神韻。三四語勝於「鈎輈格磔」也。詩家稱鄭鷓鴣以此。（唐詩別裁卷一六）

冒春榮：詠物，小小體也，而老杜最爲擅長。如鄭谷詠鷓鴣則云：「雨昏青草湖邊過，花落黄陵廟裏啼。」此以神韻勝。東坡詠尖叉韻詩，偶然遊戲，學之恐入於魔。彼胸無寄託，筆無遠情，如謝宗可、瞿佑之流，直猜謎語耳。（葚原詩説卷二）

王壽昌：從來詠物之詩，能切者未必能工，能工者未必能精，能精者未必能妙。李建勳「惜花無計又花殘，……」落花。切矣而未工也。羅隱「似共東風别有因，……」牡丹。又「暖觸衣襟漠漠香，……」杏花。暨李中之「森森移得自山莊，……」竹。工矣而未精也。雍陶之「雙鷺應憐水滿池，……」詠雙白鷺。精矣而未妙也。鄭谷之「暖戲煙蕪錦翼齊，……」鷓鴣。暨杜牧之「金河秋半虜弦開，……」早雁。如此等作，斯爲能盡其妙耳。（小清華園詩談卷上）

燕

年去年來來去忙，春寒煙暝渡瀟湘〔一〕。低飛緑岸和梅雨，亂入紅樓揀杏梁〔二〕。閒几硯中窺水淺，落花徑裏得泥香〔三〕。千言萬語無人會，又逐流鶯過短牆〔四〕。

【校】

來去：「去」，叢刊作「又」。　亂入紅樓：「亂」，英華作「散」；「紅」，叢刊作「江」。　閒几：「几」，稿本改「机」。

【箋注】

〔一〕「年去」二句：越燕南來。　瀟湘，見前淮上與友人别注。

〔二〕「低飛」二句：越燕由野入户。　梅雨，見卷一送進士盧棨東歸詩注。　紅樓，即朱樓。　白居易秦中吟議婚：「紅樓富家女，金縷繡羅襦。」　杏梁，司馬相如長門賦：「飾文杏以爲梁。」李商隱越燕二首之二「盧家文杏好，試近莫愁飛」，後句詩意似由此化出。　按越燕多在梁上作巢，胡燕則多在檐下，此當爲越燕也。　參越燕二首馮浩注引陶隱居（弘景）説。

〔三〕「閒几」二句：謂歸燕營巢。　後句則脱自越燕二首之二：「將泥紅蓼岸，得草緑楊村。」

〔四〕「千言」二句：燕不受知於人而隨鶯飛去。　就二句觀，此詩若有寓意。　李商隱流鶯詩：「巧囀豈能無本意，良辰未必有佳期，風朝露夜陰晴裏，萬户千門開閉時。」乃以流鶯寄不遇之慨，谷詩由此翻出，此透過一層法也。

【集評】

文彧：冥搜意句，全在一字包括大義。　賈島詩：「秋江待明月，夜語恨無僧。」此「僧」字有得也。　鄭谷詩詠燕：「閒几硯中窺水淺，落花徑裏得泥香。」此「香」字有得也。（文彧詩格論詩有所得字）

方回：（鄭）都官詩格雖不高，鷓鴣、海棠、燕三着題詩亦不可廢也。（紀昀批：此亦淺俗，有何不可廢。）（瀛奎律髓卷二七）

侯家鷓鴣〔一〕

江天梅雨濕江蘺〔二〕，到處煙香是此時。苦竹嶺無歸去日〔三〕，海棠花落舊棲枝。春宵思極蘭燈暗，曉月啼多錦幕垂〔四〕。唯有佳人憶南国，殷勤爲爾唱愁詞〔五〕。

【校】

到處：「到」，稿本、豫章、叢刊作「此」，「到」字義長。　錦幕：「幕」，豫章作「幄」。

【箋注】

〔一〕據詩意，當爲廣明後漂流巴蜀荆楚時作，具體難定。

侯家鷓鴣：侯姓藝人所唱鷓鴣詞。

〔二〕江蘺：香草名。離騷：「扈江離與薜芷兮，紉秋蘭以爲佩。」王逸注：「江離、芷，皆香草名。」按蘺、離此通。張華博物志卷七：「芎藭，苗曰江蘺，根曰芎藭。」

〔三〕苦竹嶺：江南通志：「苦竹嶺在池州原三保，李白嘗讀書於此。」參鷓鴣詩注。許渾歌鷓鴣詞：「甘棠城上客先醉，苦竹嶺頭人未歸。」

〔四〕「春宵」二句：狀聽侯家鷓鴣之聯想，參前鷓鴣注。蘭燈，張衡七辨：「假明蘭燈。」按，蘭燈當爲以香蘭煉油所燃之燈。楚辭招魂王逸注：「蘭膏，以蘭香煉膏也。」

〔五〕「唯有」二句：佳人，指唱鷓鴣之歌伎，或即侯姓者，或其門徒。憶南國，鷓鴣辭有南國之思。愁詞，鷓鴣辭。參鷓鴣注。

雁〔一〕

八月悲風九月霜，蓼花紅澹葦條黃〔二〕。石頭城下波搖影，星子灣西雲間行〔三〕。驚散漁家吹短笛，失羣征戍鎖殘陽〔四〕。故鄉聞爾亦惆悵，何況扁舟非故鄉。

【箋注】

〔一〕據詩意，當作於廣明後至景福間（八八〇——八九二）飄泊荊楚時，據詩中地名與尾聯，更以大順元年（八九〇）由荊州向江南途中作爲近是。參傳箋。

〔二〕蓼：此指水蓼，參蓼花詩注。

〔三〕「石頭」二句：石頭城，在今南京市西石頭山後，漢建安十六年孫權始建，晉義熙中加磚壘石，因名石頭城，又稱石首城，見讀史方輿紀要卷二〇江寧府。又晉書庾亮傳：「亮懼亂，於是出溫嶠爲江州（治南昌）以廣聲援，修石頭以備之。」是即石頭城，在今江西南昌市北。星子灣：即星灣，落星灣：水經注卷三九廬江水：「（彭蠡）湖中有落星石，周迴百餘步，高五丈，上生竹木，傳曰：有星墜此，因以名焉。」圖經：「廬山東，有星墜水，化爲澤，當彭蠡灣，號落星灣。」李中廬山詩：「湓浦春煙到，星灣晚景沉。」五代於此置星子鎭，宋升星子縣，屬江州（參嘉慶一統志卷三一六南康府一）。按江州爲由荆州沿江下江南之必經之地，詩首句又云「八月悲風九月霜」，亦正與傳箋所考谷於大順元年秋冬之交在杭州時間相應（參卷一送進士許彬、登杭州城詩注）。故知以大順元年秋作爲近是。

〔四〕「驚散」二句：謂雁陣爲漁笛驚散，由驚散，故有失羣者，獨飛於殘陽籠照之征戍間。征戍，原意遠行屯戍，此指屯戍之所。

水 西蜀淨衆寺五題〔一〕

竹院松廊分數派，不空清泚亦透迤〔二〕。落花相逐去何處，幽鷺獨來無限時。洗鉢老僧臨岸久，釣魚閒客捲綸遲〔三〕。晚晴一片連莎緑，悔與滄浪有舊期〔四〕。

【校】

題：戊籤、英華題作「西蜀淨衆寺題水」。按題下注所稱五題，據豫章、叢刊卷一爲水、七祖院小山、忍公小軒二首、傳經院壁畫松，題下均有小注「一本題上有西蜀淨衆寺五字」。然以上五詩實僅四題。檢本卷前尚有西蜀淨衆寺松溪八韻兼寄小筆崔處士詩。五題者，或含此詩也。　不空：「不」下原校「一作晴」。　去何處：「去」，原校「一作向」，英華即作「向」。　幽鷺：「鷺」，原校「一作鳥」，英華即作「鳥」。　晚晴：「晴」，原校「一作來」，戊籤即作「來」，叢刊作「時」。　「有舊期」，英華作「舊有期」。

【箋注】

〔一〕西蜀淨衆寺，見前西蜀淨衆寺松溪八韻兼寄小筆崔處士詩注，據此當作於中和中（八八一——八八五）初次避亂蜀中時，考見前。

〔二〕「不空」句：謂水質清澄，若有似無，曲折而流。不空，佛語。淨因繼成論：「一乘圓教，乃不有而圓，不空而空義也。」此借用，言不空而兼「而空」之義。謂水雖不空，而清泚如空。清泚，清澄。謝朓始出尚書省詩：「寒泉自清泚。」

〔三〕「洸鉢」二句：極言此水之清美動人。鉢，僧人食器，梵語鉢多羅。綸，釣絲。

〔四〕「悔與」句：謂爲此水所吸引，遂有長住不歸舊隱之意。滄浪，水名，浪，平聲。書禹貢：「嶓冢導漾，東流爲漢，又東爲滄浪之水。」楚辭漁父：「滄浪之水清兮，可以濯吾纓。滄浪之水濁兮，可以濯我足。」後多以滄浪比隱居處。又谷十八歲前後曾隱居荆州白社（見渚宫亂後作注）。爾雅釋地：「漢南曰荆州。」此用滄浪，亦兼漢南之意也。

海　棠〔一〕

春風用意匀顔色〔二〕，銷得攜觴與賦詩〔三〕。穠麗最宜新著雨，嬌饒全在欲開時。莫愁粉黛臨窗懶〔四〕，梁廣丹青點筆遲〔五〕。朝醉暮吟看不足，羡他蝴蝶宿深枝。

【校】

匀顔色：「匀」，豫章作「勾」，叢刊作「自」。均誤。　穠麗：「穠」，叢刊、英華作「艷」。　「梁廣」，稿本、豫章作「果信」。

【箋注】

〔一〕此詩當爲中和間在蜀中作。參西蜀淨衆寺松溪八韻兼寄小筆崔處士詩注。又此詩與前蜀中賞海棠詩歸爲一組詩，參後集評朱翌、胡仔説。

〔二〕春風：海棠二月始開小紅花，見沈立海棠記。　匀顔色：海棠花「初極紅，如燕脂點點然。及開則漸成纈暈」（沈立海棠記）。匀字即謂花色如暈似經妝飾。月令廣義：「明皇時有牡丹名楊家紅，蓋貴妃匀面而口脂在手，偶印於花上。」

〔三〕銷得句：謂海棠雖麗而雅。廣羣芳譜引賈耽花譜謂海棠爲花中神仙。又云：「其枝脩然出塵，俯視衆芳，有超羣絶類之勢。望之綽約如處女，非若他花冶容不正者比。」

〔四〕「莫愁」句：莫愁，舊唐書音樂志引南朝舊樂有莫愁樂，云石城有女子名莫愁，善歌謡，石城樂中復有「莫愁」聲，故歌云：「莫愁在何處，莫愁石城西，艇子打兩槳，催送莫愁來。」按據音樂志，莫愁樂出石城樂。石城樂爲劉宋臧質所作。志又載莫愁樂於石城樂及劉宋隨王誕襄陽樂之間，知莫愁樂亦爲宋曲，而莫愁爲劉宋女子。後遂以爲美貌少女代稱。梁武帝河中之水歌：「洛陽女兒名莫愁。」（或謂有二莫愁，一石城人，一洛陽人，非是。）連下句觀，句意謂海棠嬌嬈如美女憑窗。

〔五〕「梁廣」句：梁廣，唐畫家。歷代名畫記卷一〇載：「梁廣工花鳥，善賦彩，筆迹不及邊鸞。」句謂海棠之美，丹青高手亦難描畫。

【集評】

朱翌：鄭谷海棠詩云：「穠麗正宜新著雨，嬌嬈全在欲開時。」百花惟海棠未開時最可觀，雨中尤佳。東坡云「雨中有淚亦淒愴」，亦此意也。五代詩格卑弱，然體物命意，亦有功夫。卒章云：「浣花溪上堪惆悵，子美無心爲發揚。」故王介甫梅云：「少陵爲爾詩興牽，可是無心賦海棠。」（猗覺寮雜記卷上）

胡仔：鄭谷海棠詩云：「穠麗最宜新著雨，妖嬈全在欲開時。」前輩謂此兩句説盡海棠好處。今持國「柔艷着雨更相宜」之句乃用鄭谷語也。（苕溪漁隱叢話後集卷二八韓持國節）

又曰：鄭谷詠海棠云：「穠艷最宜新著雨，妖嬈全在欲開時。」……凡此皆以一聯名世者。（同前，後集卷二一楚漢魏六朝下節）

又曰：復齋漫録云：鄭谷蜀中海棠詩二首：前一云：「濃麗最宜新著雨，嬌嬈全在欲開時。」一云：「浣花溪上堪惆悵，子美無情爲發揚。」故錢希白海棠詩云：「子美無情甚，郎官着意頻。」歐公以鄭詩爲格卑。近世陳去非常用鄭意賦海棠云：「海棠默默要詩催，日暮紫錦無數開。欲識此花奇絶處，明朝有雨試重來。」雖本鄭意，便覺才力相去不侔矣。山谷亦有「紫綿揉色海棠開」之句。（同前，後集卷二八韓持國節）

方回：三四似覺下句偏枯，然亦可充海棠案祖也。末句有風味，恨不得如是蝶之宿於是花。別有絶句云：「浣花溪上堪惆悵，子美無心爲發揚。」又和路見海棠中二聯云：「一枝低帶流鶯睡，數片狂和舞蝶飛。堪恨

路長移不得，可無人與負將歸。」亦新美。（紀昀批：三、四似小有致，終是卑靡之音。）（瀛奎律髓卷二七）

竹〔一〕

宜煙宜雨又宜風〔二〕，拂水藏村復間松。移得蕭騷從遠寺〔三〕，洗來疏淨見前峯〔四〕。侵階蘚拆春芽迸〔五〕，繞徑莎微夏蔭濃。無賴杏花多意緒〔六〕，數枝穿翠好相容。

【校】

侵階：「侵」，英華作「幽」。　蘚拆：「拆」，叢刊作「坼」，通。

【箋注】

〔一〕本詩或爲中和間（八八一——八八五）在蜀作。參水注。

〔二〕「宜煙」句：白居易畫竹歌「蕭颯盡得風煙情」，又云「東叢八莖疏且寒，曾憶湘妃廟裏雨中看」。

〔三〕蕭騷：象聲詞。韋莊南省伴直詩「滿庭風雨竹蕭騷」，可與互參。此代指竹。

〔四〕「洗來」句：構想略同岑參丘中春卧寄王子：「花缺露春山。」

〔五〕侵階：韓愈和侯協律詠筍：「已復侵危階，非徒出短垣。」　蘚拆春芽迸：岑參范公叢竹歌：「迸筍穿階踏還來。」李頻留題姚氏山齋：「迸筍出苔莓。」

〔六〕無賴：可喜撩人，含親昵意。隋煬帝嘲羅羅：「箇儂無賴是横波。」杜甫奉陪鄭駙馬韋曲：「韋曲花無賴，家家惱殺人。」

荔枝樹〔一〕

二京曾見畫圖中〔二〕，數本芳菲色不同。孤櫂今來巴徼外〔三〕，一枝煙雨思無窮。夜郎城近含香瘴〔四〕，杜宇巢低起暝風〔五〕。腸斷渝瀘霜霰薄，不教葉似灞陵紅〔六〕。

【箋注】

〔一〕詩言「渝、瀘」，當爲景福二年（八九三）向瀘州省拜座主柳玭時所作。卷三將之瀘郡旅次遂州二首之二云「我拜師門更南去，荔枝春熟向渝瀘」，可與互參。詳見前次韻和禮部盧侍郎江上秋夕寓懷注并傳箋。按蜀中盛産荔枝，蜀都賦：「旁挺龍目，側生荔枝。」

〔二〕二京：西京長安、東京洛陽。舊唐書地理志一河南府：「天寶元年，改東都爲東京也。……在西京之東八百五十里。」畫圖中：白居易有荔枝圖序云：「荔枝生巴峽間，樹形如帷蓋，葉如冬青，花如橘而春榮，實如丹而夏熟，朵如枇杷，殼如紅繒，膜如紫綃，肉潔白如冰雪，漿液甘酸如醴酪。」可知中晚唐間巴蜀荔枝在二京尚爲罕物而爲人所圖畫。

〔三〕巴：四川東部爲古巴國，渝、瀘二州屬焉。元和郡縣圖志劍南道下：「渝州，禹貢梁州之地，古之巴國也。」又瀘州，禹貢梁州之域，春秋、戰國時爲巴子國。」 徼：邊界、邊遠之地。史記司馬相如傳：「南至牂柯爲徼。」古以巴蜀爲蠻荒之地，故云。

〔四〕夜郎，史記西南夷列傳：「西南夷君長以什數，夜郎最大。」索隱引韋昭云：「漢爲縣，屬牂柯。」正義：「今瀘州南大江南岸協州、曲州，本夜郎國。」 近：協、曲屬劍南道戎州，與瀘州爲鄰州。故云。 香瘴：瘴氣中荔枝香。按蜀中四時有瘴氣，瀘水尤盛，三四月間衝人必死，五月上伏即無害（見益州記）。此詩後云霜霰薄，則爲初秋或中秋時，瘴氣已薄，故得云香瘴。

〔五〕杜宇：即杜鵑、子規。相傳蜀帝杜宇所化。十三州志：「當七國稱王，獨杜宇稱帝於蜀……望帝（即杜宇）使鼈冷鑿巫山治水，有功，望帝自以德薄，乃委國禪鼈冷，號曰開明，遂自亡去，化爲子規。」

〔六〕「腸斷」二句：因見荔枝於秋日，頓思灞陵紅葉。腸斷，曹丕燕歌行之一：「念君客遊思斷腸。」灞陵：灞，原古地名，霸上，漢有霸城縣，漢文帝建陵於此，稱霸陵（縣改灞陵縣），在長安城南白鹿原上，辨見雍録卷七、卷八，唐人多以霸陵代指長安。關中秋來多紅葉，許渾將赴闕題潼關城樓：「紅葉晚蕭蕭，長亭酒一瓢。」

錦二首〔一〕

布素豪家定不看，若無文彩入時難。紅迷天子帆邊日〔二〕，紫奪星郎帳外蘭〔三〕。春水濯來雲雁活〔四〕，夜機挑處雨燈寒〔五〕。舞衣轉轉求新樣，不問流離桑柘殘〔六〕。

文君手裏曙霞生〔七〕，美號仍聞借蜀城〔八〕。奪得始知袍更貴〔九〕，著歸方覺晝偏榮〔一〇〕。

宮花顔色開時麗，池雁毛衣浴後明〔一一〕。禮部郎官人所重，省中別占好窠名〔一二〕。

【校】

文彩：「文」，原校「一作花」，戊籤、稿本、豫章即作「花」。　流離：「流」，原校「一作亂」，戊籤即作「亂」，二字叢刊本作「亂罹」。　池雁：「雁」，稿本、豫章、叢刊本作「鳳」。

【箋注】

〔一〕據第一首尾聯，第二首首聯，知作於中和間（八八一——八八五）避亂蜀中時。參水詩注。

錦：此指蜀錦，杜甫白絲行「越羅蜀錦金粟尺」，杜工部草堂詩箋注云：「越羅蜀錦，天下之奇紋也。」元費著撰有蜀錦譜，均可見蜀錦之精美。唐世蜀錦爲貢品，參元和郡縣圖志卷三一。

〔二〕「紅迷」句：古今樂録載估客樂一曲，解題云煬帝龍舟「以紅越布爲帆，緑絲爲帆縴」。又開河記載隋煬帝遊江南時，「錦帆過處，香聞十里」。又載二百里内「錦帆成林」。李商隱隋宮：「玉璽不緣歸日角，錦帆應是到天涯。」

〔三〕「紫奪」句：星郎，郎官，見前宜春再訪芳公言公幽齋詩注。帳外蘭，大唐六典卷一尚書都省：「漢制，尚書郎主作文書起草，更直於建禮門内，臺給白綬（綾）被，或以錦被，帷帳，氈褥，晝通中枕。」故唐人常稱尚書郎爲錦帳郎。盧綸和王員外冬夜寓直詩：「高步長裾錦帳郎。」大中二年（八四八）杜牧由睦州刺史入爲司勳員外郎，有除官歸京睦州雨霽詩云：「豈意籠飛鳥，還爲錦帳郎。」卷三春夕陪同年禮部趙員外省直「錦帳名郎重錦科」。大唐六典同卷又云漢制，「尚書郎握蘭含雞舌香」，故又稱尚書省爲蘭省。此句合用二事。

〔四〕「春水」句：水經注三三江水：「文翁爲蜀守，立講堂，作石室於南城。永初後，學堂遇火，後守更增二石室。後州奪郡學，移夷星橋南岸橋東，道西城，故錦官也。言錦工織錦則濯之江流，而錦至鮮明，濯以他江，則錦色弱矣，遂命之爲錦里也。」

〔五〕「夜機」句：謂民女夜織辛苦，襯下聯也。

〔六〕「舞衣」二句：謂豪家奢求蜀錦新樣，以爲聲色之樂而不問民貧時亂。按據此二句，二詩以作於中和四年（八八四）爲近是。資治通鑑卷二五五載，中和四年東川節度使楊師立，與西川節度使陳敬瑄及其兄中官田令孜交兵，至六月師立敗死。先此，李克用已收復長安，然僖宗因蜀中兵亂不得返長安。「流離桑柘殘」指蜀民流離失所，故以中和四年作爲近是。

〔七〕「文君」句：史記司馬相如傳載，相如以琴心挑臨邛卓王孫女文君，「文君夜亡奔相如，相如乃與馳歸成都。」此以代蜀女。曙霞，指蜀錦光艷如曙霞。

〔八〕「美號」句：成都因錦而名錦官城。蜀城，成都。元和郡縣圖志卷三一劍南道：「成都府……秦惠王元年，蜀人來朝。八年，因五丁伐蜀，滅之，封公子通爲蜀侯，於成都置蜀郡，以張若爲守，因蜀山以爲郡名也。」

〔九〕「奪得」句：唐詩紀事卷一一：「武后遊龍門，命羣官賦詩，先成者賜以錦袍。左史東方虬詩成，拜賜，坐未安，（宋）之問詩後成，文理兼美，左右莫不稱善。乃就奪錦袍衣之。」

〔一〇〕「著歸」句：三國志魏書張既傳：「魏國既建，爲尚書，出爲雍州刺史，太祖謂既曰：『還君本州，可謂衣錦晝行矣。』」又舊唐書張士貴傳：「虢州盧氏人也……從平東都，授虢州刺史，高祖謂之曰：『欲卿衣錦晝遊耳。』」

〔一一〕「宮花」二句：均狀錦上織繡精美鮮麗。

〔一二〕「禮部」二句：春明退朝録：「唐禮部郎中掌省中文翰，謂之南宮舍人，又謂員外郎爲瑞錦窠。」故云云。

蠟燭〔一〕

仙漏遲遲出建章〔二〕，宮簾不動透清光。金閨露白新裁詔，畫閣春紅正試妝〔三〕。淚滴杯盤何所恨，燼飄蘭麝暗和香〔四〕。多情更有分明處，照得歌塵下燕梁〔五〕。

【校】

新裁詔：「新」，豫章下校「一作初」。

【箋注】

〔一〕此爲情詩，本事無考，或爲虛擬。詩中所云地點、情事均不必坐實泥看。

〔二〕「仙漏」句：仙漏，宮中滴漏，猶稱宮中儀仗爲仙仗之類。建章，漢宮名，見三輔黄圖卷三，此代指唐宮。

出，漏聲傳出。

〔三〕「金閨」二句：承上謂當「我」宮中夜直草詔之際，正意中人閨樓相待之時。「露白」爲夜，「春紅」爲拂曉，點明時令，又互文見義，由夜及曉。　金閨，黄閣之美稱。黄閣即黄閤，原指丞相聽事閤與三公官署。漢舊儀上：「丞相……聽事閤曰黄閤。」宋書禮樂志二：「三公黄閤。」此泛指禁中官署。按李商隱爲崔從事寄尚書彭城公啟：「曉趨清禁，則瓊樹一枝；夜值黄閣，則金釭二等。」彭城公即令狐楚，大和九年十月守尚書左僕射，進封彭城郡開國公（舊唐書本傳），故知黄閣即黄閤。閨、閤，俱宫室小門也。

〔四〕「淚滴」二句：李賀惱公：「蠟淚垂蘭燼。」白居易房家夜宴詩：「燭淚黏盤壘葡萄。」李商隱無題：「蠟炬成灰淚始乾。」古時燈燭多合以澤蘭、麝香等香料，故云云。　參侯家鵾鴣詩注。二句承上謂意中人相待之久。

〔五〕歌塵：藝文類聚卷四三引劉向別録：「漢興以來，善雅歌者，魯人虞公，發聲清哀，蓋動梁塵。」　燕梁：越燕多於梁上作巢，盧照鄰長安古意：「雙燕雙飛繞畫梁。」沈佺期獨不見：「海燕雙棲玳瑁梁。」

燈〔一〕

雨向莎階滴未休，冷光孤恨兩悠悠〔二〕。船中聞雁洞庭宿，牀下有蛩長信秋〔三〕。背照翠簾新灑別〔四〕，不挑紅燼正含愁〔五〕。蕭騷寒竹南窗静〔六〕，一局閒棋爲爾留。

【箋注】

〔一〕此詩詠燈而狀離別之情，亦似虛擬之作。詩格稚弱，多模擬之跡，當爲早期所作。

〔二〕「雨向」二句：何遜臨行與故游夜別：「夜雨滴空階，曉燈暗離室。」詩意由此化出。莎階，階砌隙中生有莎草。李中秋夜吟：「莎階應獨聽寒螿。」可與互參。

〔三〕「船中」二句：言聽秋雁秋蟲鳴啼，思情人遠去。洞庭、長信（漢宫名）皆用成詞，不必膠泥。劉孝標賦得始歸雁詩：「洞庭春水緑。衡陽旅雁歸。」王昌齡有長信秋詞五首。牀下有蛩，詩豳風七月：「十月蟋蟀入我牀下。」

〔四〕「背照」句：李商隱無題：「夢爲遠别啼難唤，書被催成墨未濃。蠟照半籠金翡翠，麝熏微度繡芙蓉。」詩境由此化出。

〔五〕「不挑」句：白居易長恨歌：「孤燈挑盡未成眠。」此變化其詞而用其意。

〔六〕蕭騷：見前竹詩注。

宗人作尉唐昌官署幽勝而又博學精富得以言談將欲他之留書屋壁〔一〕

公堂瀟灑有林泉，祇隔苔牆是渚田〔二〕。宗黨相親離亂世，春秋閒論戰爭年〔三〕。遠江驚鷺來池口〔四〕，絶頂歸雲過竹邊〔五〕。風雨夜長同一宿，舊遊多共憶樊川〔六〕。

【校】

題：叢刊無「書」字。　舊遊：「遊」，叢刊作「言」。

【箋注】

〔一〕本詩作於中和中（八八一——八八五）避亂蜀中時。參卷三蜀中三首注並傳箋。宗人，同宗之人，父黨之親戚。　尉，縣尉。　唐昌，縣名。元和郡縣圖志卷三一劍南道上：「成都府……彭州……唐昌縣，東至州三十里，本郫縣、導江、九隴三縣之地。儀鳳二年於此分置唐昌縣。」在成都北。

〔二〕渚田：水邊之地。蜀中名勝記成都府新繁縣：「水經注云：成都江北，則左對繁田，文翁又穿湔洩以溉灌之，凡一千七百頃。」元和郡縣圖志卷三成都府九隴縣：「本漢繁縣地，舊曰小郫，言土地肥良，比之郫縣也。」唐昌正在成都北，新繁、郫縣、九隴之間，故多渚田。

〔三〕「宗黨」二句：謂親戚亂世相逢，因閒話歷代戰爭之事，切題「博學精富」字。　宗黨，即宗親。黨亦親族之義。禮坊記：「睦於父母之黨，可謂孝矣。」新唐書獨孤及傳：「立身行道，揚名於後世，宗黨奇之。」

〔四〕遠江：元和郡縣圖志卷三一記江水在唐昌縣西北四里。池口，或指灌口，在導江縣西二十六里，文翁穿湔江灌溉處。

〔五〕絶頂：元和郡縣圖志卷三一載：唐昌縣北九里有昌化山，北十三里有九隴山，後者「連峰迤邐，凡有九曲」。

〔六〕樊川：水名，在今陝西長安縣南，唐時爲遊覽勝地，故多以代長安。文選潘岳西征賦：「倬樊川以激池。」李善注引三秦記云：「長安正南秦嶺，嶺根水流爲秦川，一名樊川。漢武上林，唯此爲盛。」

爲户部李郎中與令季端公寓止渠州洊江寺偶作寄獻〔一〕

退居瀟灑寄禪關，高掛朝簪淨室間。孤島雖留雙鶴歇〔二〕，五雲爭放二龍閒〔三〕？輕舟共泛花邊水，野屐同登竹外山。仙署金閨虛位久〔四〕，夜清應夢近天顔〔五〕。

【校】

題：「洊江」，「洊」字原無。叢刊、英華「江」上有「洴」字，按「洴」爲「洊」之誤，今參二本補「洊」。　雖留：「雖」，原校「一作暫」，英華即作「暫」。　野屐：「屐」，英華作「履」。

【箋注】

〔一〕谷光啓元年（八八五）十二月二次奔避巴蜀，二年春曾在渠州，本詩當作於此時。參傳箋。　户部李郎中：户部，尚書省六部有户部，下設户部、度支、金部、倉部四部。（四部之）户部設郎中一員，從五品上，掌分理户口、井田之事（舊唐書職官志二）。　令季：對他人兄弟之美稱。　端公：侍御史。因話録卷五：「御史臺三院，一曰臺院，其僚曰侍御史，衆呼爲端公。」　渠州：唐山南西道屬州，治流江（舊唐書地理志二），今名渠縣。　洊江寺：蜀中名勝記卷二八渠縣：「方輿又載鄭谷渠州洊江寺詩（詩略），按古洊江寺，在縣東起文峰下，宋改爲祥符寺矣。」

〔二〕雙鶴：謂李郎中昆弟，暫時退居巴蜀之地。藝文類聚卷九〇引淮南八公相鶴經稱鶴：「羽族之宗長，仙人之騏驥也。」後多以鶴與退隱、退居生活相聯繫。

〔三〕「五雲」句：謂李郎中昆弟才學出衆，必不久放。五雲，五色瑞雲，此指帝京。李白侍從宜春苑詩：「是時君王在鎬京，五雲垂輝耀紫清。」二龍，後漢書許劭傳：「許劭字子將，汝南平輿人也。少峻名節，好人倫，多所賞識……兄虔亦知名，汝南人稱平輿淵有兩龍焉。」又三國志吳書劉繇傳載，繇字正禮，東萊牟平人，兄岱，字公山。平原陶丘洪薦之於刺史云：「若明使君用公山於前，擢正禮於後，所謂御二龍於長塗，騁騏驥於千里，不亦可乎！」

〔四〕仙署：唐人稱尚書省各部曹爲仙署、仙曹。白帖：「諸曹郎曰粉署，亦曰仙署。」馬戴山中寄姚合員外詩：「敢招仙署客，暫此拂朝衣。」許渾和畢員外雪中見寄：「仙署掩清景，雪華松桂陰。」金閨：金馬門，閨，宮中小門。謝朓始出尚書省：「既通金閨籍，復酌瓊筵醴。」虚位，空出官位以待賢。任昉爲蕭揚州薦士表：「養素丘園，臺階虚位。庠序公朝，萬夫傾望。」

〔五〕天顔：天子之儀容。杜甫紫宸殿退朝口號：「天顔有喜近臣知。」

重陽日訪元秀上人〔一〕

紅葉黄花秋景寬，醉吟朝夕在樊川〔二〕。却嫌今日登山俗〔三〕，且共高僧對榻眠〔四〕。別晝長懷吳寺壁〔五〕，宜茶偏賞霅溪泉〔六〕。歸來童稚爭相笑，何事無人與酒船〔七〕。

【校】

本詩全唐詩又録作司空圖詩。當爲谷詩，辨見前寄日東鑒禪師校記。

題：紀事卷七四僧文秀引此詩題作「重訪秀上人」。「且共」：英華作「共與」。別晝：「別」，紀事作「展」。

【箋注】

〔一〕詩當作於乾寧後爲朝官時。參喜秀上人相訪詩注。元秀，疑文秀之訛。

〔二〕樊川：長安南勝遊處，見宗人作尉唐昌官署幽勝詩注。

〔三〕登山俗：以九月九日登山之習爲俗。藝文類聚卷四引續齊諧記：「汝南桓景，隨費長房遊學累年。長房謂之曰：『九月九日，汝家當有災厄，急宜去，令家人各作絳囊，盛茱萸以繫臂，登高飲菊酒，此禍可消。』景如言，舉家登山。夕還家，見雞狗牛羊，一時暴死。長房聞之曰：『代之矣。』今世人每至九日，登山飲菊酒，婦人帶茱萸囊是也。」

〔四〕對榻眠：吳景旭歷代詩話辛集卷四辨云：「韋蘇州示元真元常詩（按「寧知風雨夜，復此對床眠」），二蘇祖之以入詠，遂以夜雨對床爲兄弟事用矣。然觀野客叢書云：韋又有詩贈令狐士曹曰：『秋檐滴滴對床寢，山路迢迢聯騎行。』則當時對床夜雨，不特兄弟爲然，於朋友亦然。白樂天招張司業詩：『能令同宿者，聽雨對床眠。』此善用韋意。又觀鄭谷訪元秀上人詩：『且共高僧對榻眠。』思圓昉上人詩：『每思聞淨話，夜雨對繩床。』施於僧亦未爲不可。然則聽雨對床，不止一事。今人但知爲兄弟事，而莫知其他。」

〔五〕「別畫」句：秀，南僧，見唐詩紀事卷七四，故云云。別，辨也。按別畫，唐詩紀事作「展畫」，則爲展子虔畫也。參前定水寺行香詩注。

〔六〕霅溪：在湖州，合四水爲一溪，自德清縣前北流至州南興國寺前曰霅溪。見太平寰宇記卷九四。

〔七〕「歸來」二句：李白襄陽歌：「落日欲没峴山西，倒著接䍦花下迷。襄陽小兒齊拍手，攔街爭唱白銅鞮。傍人借問笑何事，笑殺山公醉似泥。」此化用之。酒船：晉書畢卓傳載卓言：「得酒滿數百斛船，四時甘味置兩頭，右手持酒杯，左手持蟹螯，拍浮酒船中，便足了一生矣。」

鄭谷詩集箋注卷三

闕下春日〔一〕

建章宫殿紫雲飄〔二〕，春漏遲遲下絳霄。綺陌暖風嘶去馬〔三〕，粉廊初日照趨朝〔四〕。花經宿雨香難拾，鶯在豪家語更嬌。秦楚年年有離別，揚鞭揮袖灞陵橋〔五〕。

【校】

春漏：「漏」，豫章作滿，誤。　粉廊：「廊」，叢刊作「郎」，誤。

【箋注】

〔一〕據「粉廊」句知此詩作於乾寧四年（八九七）任都官郎中後至天復（九〇一——九〇四）中去官前。參傳箋。

〔二〕建章宫：三輔黃圖卷二：「武帝作建章宫，度爲千門萬户。」紫雲：祥瑞也。藝文類聚卷九八引漢書：「宣帝祠甘泉，紫雲從西北來，散於殿前。」南史宋文帝紀：「江陵城上有紫雲，望氣者皆以爲帝王之符。」

〔三〕綺陌：錦繡繁華之街道。藝文類聚卷六三引梁簡文帝登烽火樓詩：「萬邑王畿曠，三條綺陌平。」

〔四〕粉廊：粉署也。漢官儀：「省中皆胡粉塗壁，故曰粉署。」唐人稱尚書省爲粉署。白帖：「諸曹郎曰粉署，亦曰仙署。」

〔五〕灞陵橋：在長安東，昔人送客至此，多折柳贈別。開元天寶遺事：「長安東灞陵有橋，來迎去送，皆至此橋爲離別之地，故人呼之爲銷魂橋也。」

贈劉神童六歲及第〔一〕

習讀在前生〔二〕，僧談足可明。還家雖解喜，登第未知榮。時果曾霑賜，上召於便殿親試稱旨，賜以果實。春闈不掛情〔三〕。燈前猶惡睡，寤語讀書聲。

【校】

題：豫章「六歲及第」四字爲正題。足可：「足」，稿本、豫章作「是」，誤。寤語：「寤」，原校「一作寐」，稿本、叢刊即作「寐」。

【箋注】

〔一〕劉神童：名不詳。登科記考卷二七：「太平寰記引鄭谷詩集，劉神童者，昭宗朝以鄉薦擢第，時年六歲。」神童：新唐書選舉志：「唐制，取士之科，多因隋舊。……其科之目，有秀才，有明經，……有童子……

凡童子科，十歲以下能通一經及孝經、論語，卷誦文十，通者予官。」舊唐書劉晏傳：「年七歲，舉神童，授秘書省正字。」

〔二〕前生：佛教輪迴説，以此生前一生爲前生。寒山子詩：「今日如許貧，總是前生作。」法華經方便品：「以諸欲因緣，墜墮三惡道，輪迴六趣中。」心地觀經三：「有情輪迴生六道，猶如車輪無始終。」

〔三〕春闈：唐制，進士考試例在春季舉行，稱春闈。李肇國史補下：「凡進士籍而入選，謂之春闈。」

遠遊〔一〕

江湖猶足事，食宿戍鼙喧。久客秋風起，孤舟夜浪翻〔二〕。鄉音離楚水，廟貌入湘源〔三〕。岸闊梟鸞小〔四〕，林垂橘柚繁〔五〕。津官來有意〔六〕，漁者笑無言〔七〕。早晚酬僧約〔八〕，中條有藥園〔九〕。

【校】

戍鼙：「戍」，豫章作「成」，誤。　岸闊：「闊」，品彙作「對」。　「中條」：「條」，叢刊作「朝」，非是。

【箋注】

〔一〕此詩作於光啓四年（八八八）至大順元年（八九〇）期間。谷時漂泊於荆楚。

遠遊：楚辭遠遊：「悲時俗之迫阨兮，願輕舉而遠遊。」參傳箋。

〔二〕「久客」二句：盧綸晚次鄂州：「估客晝眠知浪靜，舟人夜語覺潮生。」句意由此化出。

〔三〕「鄉音」二句：謂發自家鄉袁州，而入湘源一帶，則此行乃順渝水西行至株州，更順湘水向西南行。廟貌，釋名釋宫室：「廟，貌也。先祖形貌所在也。」柳宗元南府君睢陽廟碑序：「廟貌斯存，碑表攸託。」湘源，唐有湘源縣。舊唐書地理志三江南西道永州：「隋零陵郡。武德四年，平蕭銑，置永州，領零陵、湘源、祁陽、灌陽四縣。」此「湘源」泛指湘水上游地區。

〔四〕鳧鷖：鷖，音翳（yì），鷗鳥之一種。詩大雅鳧鷖：「鳧鷖在涇。」

〔五〕「林垂」句：從杜甫放船：「青惜峰巒過，黃知橘柚來。」句意化出。

〔六〕津官：管理江河渡口、舟楫之官員。舊唐書職官志三：「諸津，令一人，丞一人，津令各掌其津濟渡舟梁之事。」此用趙津女娟事，列女傳趙津女娟：「初，簡子南擊楚，與津吏期。簡子至，津吏醉卧不能渡。簡子欲殺之。娟懼，對曰：「……妾父聞主君來渡不測之水，恐風波之起，水神動駭，故禱祠九江三淮之神，供具備禮，御釐受福，不勝玉祝杯酌餘瀝，醉至於此。君欲殺之，妾願以鄙軀易父之死。」

〔七〕「漁者」句：楚辭漁父：「屈原既放，游於江潭，行吟澤畔，顏色憔悴，形容枯槁……漁父見而問之。……屈原曰：『寧赴湘流，葬於江魚之腹中，安能以皓皓之白而蒙世俗之塵埃乎？』漁父莞爾而笑，鼓枻而去，歌曰：『滄浪之水清兮，可以濯吾纓；滄浪之水濁兮，可以濯吾足。』遂去，不復與言。」

〔八〕早晚：何時，何日。李白口號贈楊徵君：「不知楊伯起，早晚向關西？」

〔九〕中條：山名。見卷二贈日東鑒禪師注。

光化戊午年舉公見示省試春草碧色詩偶賦是題〔一〕

萇弘血染新〔二〕，含露滿江濱。想得尋花徑，應迷拾翠人〔三〕。窗紗迎擁砌〔四〕，簪玉妬成茵〔五〕。天借新晴色，雲饒落日春〔六〕。嵐光垂處合〔七〕，眉黛看時嚬〔八〕。願與仙桃比〔九〕，無令惹路塵。

【校】

「迎擁」，豫章下校「一作横映」。「簪玉妬成」，叢刊「妬」作「始」，豫章下校「一作袍袖半遮」。

【箋注】

〔一〕詩作於光化元年（八九八）八月後。按乾寧五年八月改元光化。見舊唐書昭宗紀。登科記考卷二四：「乾寧五年（戊午）八月壬戌，車駕自華還京師。甲子，大赦，改元光化。進士二十人，試春草碧色詩……羊紹素狀元。」知貢舉者禮部尚書裴贄。省試：由禮部主持所進行的考試。新唐書選舉志上：「每歲仲冬，州、縣、館、監舉其成者送之尚書省；而舉選不繇館、學者，謂之鄉貢，皆懷牒自列於州、縣。……既至省，皆疏名列到，結款通保及所居，始由户部集閱，而關於考功員外郎試之。」「（開元）二十四年，考功員外郎李昂爲舉人詆訶，帝以員外郎望輕，遂移貢舉於禮部，以侍郎主之。禮部選士自此始。」省試題春草碧色，出自江淹別賦：「春草碧色，春水緑波。」

〔二〕萇弘：春秋時周人，忠而見殺。莊子外物：「萇弘死於蜀，藏其血，三年化而爲碧。」

〔三〕「拾翠」句：極言草色之碧，拾翠羽者爲之目迷。曹植洛神賦：「或採明珠，或拾翠羽。」杜甫秋興之八：「佳人拾翠春相問。」

〔四〕窗紗：窗紗多用緑色。劉方平月色：「蟲聲新透緑窗紗。」擁砌：依階也。梁元帝細草：「依階疑緑蘚，傍渚若青苔。」

〔五〕簪玉：玉簪，首飾也。常以碧玉琢成。韓愈送桂州嚴大夫：「江作青羅帶，山如碧玉簪。」

〔六〕饒：多也。

〔七〕嵐光：山林間霧氣，遠望如青色。

〔八〕眉黛：黛爲青黑色顔料，古代女子用以畫眉。事文類聚：「漢明帝宫人掃青黛蛾眉。」温庭筠春日詩：「草色將林彩，相添入黛眉。」嚬，通顰，蹙眉也。李白擣衣篇：「閨裏佳人年十餘，嚬蛾對影恨離居。」

〔九〕仙桃：王母所帶之仙桃爲青色。漢武内傳：「西王母以七月七日降於帝宫，玉盤盛桃七枚，大如雞卵，形圓色青。」集仙録：「金母降謝自然，將桃一枚懸臂上，碧色，大如椀。」

【集評】

李鶴峰：「想得尋花徑」，虚寫；「窗紗迎擁砌」二句從碧色鬭合到草；「天借新晴色」，正寫碧色；「嵐光垂處合」，又襯碧色；「願與仙桃比」，不脱碧色；「無令惹路塵」，不脱春草。細膩風光，無一字不工妙，堪爲法式。（唐詩觀瀾集卷一九）

馬廷相：「天借」、「雲饒」一聯，誦之覺鮮芳滿齒頰。賦詩至此，幾於泣鬼神矣。（引自乾隆五十一年新鐫鄭都官集集評）

江際〔一〕

杳杳漁舟破暝煙，疎疎蘆葦舊江天。那堪流落逢搖落，可得潸然是偶然。萬頃白波迷宿鷺，一林黃葉送殘蟬。兵車未息年華促〔二〕，早晚閒吟向滻川〔三〕？

【校】

可得：「得」，原校「一作謂」。　殘蟬：「殘」，原校「一作寒」，英華即作「寒」；下校「一作秋」，三體詩即作「秋」。

【箋注】

〔一〕此詩寫作時間難於確考，據頷聯及尾聯「流落」、「兵車未息」諸語，大致可知爲光啓三年（八八七）至大順元年（九〇〇）漂寓巴蜀荆楚時作。

〔二〕兵車：春秋戰國時期車戰，後世遂以兵車代戰爭。論語憲問：「桓公九合諸侯，不以兵車，管仲之力也。」

〔三〕「早晚」句：謂何時可天下太平，得歸長安也。滻川，源出陝西藍田西南，在長安附近與灞水合流。新唐書地理志一：「滻爲關内八川，在萬年縣。」

將之瀘郡旅次遂州遇裴晤員外謫居於此話舊淒涼因寄二首〔一〕

誰解登高問上玄〔二〕，謫仙何事謫詩仙〔三〕。雲遮列宿離華省〔四〕，樹蔭澄江入野船。黄鳥晚啼愁瘴雨，青梅早落中蠻煙〔五〕。不知幾首南行曲，留與巴兒萬古傳〔六〕。

昔年共照松溪影〔七〕，松折溪荒僧已無。今日重思錦城事〔八〕，雪銷花謝夢何殊。亂離未定身俱老〔九〕，騷雅全休道甚孤。我拜師門更南去，荔枝春熟向渝瀘〔一〇〕。

【校】

上玄：「玄」，豫章作「天」。　謫仙：「仙」，原校「一作官」，戊籤即作「官」。　中蠻煙：「中」，叢刊作「帶」。

重思：「重」，原校「一作同」，戊籤、稿本即作「同」。　雪銷：「銷」，原校「一作鋪」，戊籤、稿本、豫章即作「鋪」。

師門：「師」，稿本作「帥」，誤。

【箋注】

〔一〕此詩作於景福二年（八九三）初夏往瀘州省拜座主柳玭途中。參卷一舟次通泉精舍，卷二次韻和禮部盧侍郎江上秋夕寓懷注。

瀘郡：即瀘州，劍南道屬州。治所在瀘川（今瀘州市），見元和郡縣圖志三三。遂州：今四川遂寧。舊唐書地理志四劍南道：「遂州，隋遂寧郡，武德元年改爲遂州。」裴晤員外：不詳。

〔二〕上玄：上天也。文選揚雄甘泉賦：「郊上玄，定泰畤。」

〔三〕謫仙：神仙有罪謫居下方。李白玉壺吟：「世人不識東方朔，大隱金門是謫仙。」

〔四〕「雲遮」句：謂裴晤遭讒被貶。楚辭宋玉九辯：「何氾濫之浮雲兮，猋壅蔽此明月。」王逸注：「猋，速疾貌。言浮雲之蔽月，以比讒賊之害賢也。」列宿，指郎官。前屢見。華省，省署美稱，前屢見。

〔五〕「瘴雨蠻煙」句：見卷一南遊詩注。

〔六〕「巴兒」句：川東、鄂西，古爲巴國地。元和郡縣圖志卷三三：「渝州，禹貢梁州之域，古之巴國也。閬、白二水東南流，曲折如「巴」字，故謂之巴。然則巴國因水爲名。武王伐殷，巴人助焉，其人勇鋭，歌舞以淩殷郊。」

〔七〕松溪：在成都淨衆寺中。見卷二西蜀淨衆寺松溪八韻兼寄小筆崔處士詩注。

〔八〕錦城：成都之別稱。見卷二錦詩注。

〔九〕「亂離」句：是年昭宗討鳳翔節度使李茂貞，兵敗。宰相杜讓能因此被誘過責令自盡。蜀中，利州王建攻殺西川節度使陳敬瑄及乃兄中官田令孜。此外汴、徐、河南、河北、福建等地大戰不絶，詳見資治通鑑唐紀本年。自乾符元年（八七四），王仙芝首揭義旗起，至本年，戰亂綿延已及二十年矣，而谷已四十二歲，故云。

〔一〇〕渝瀘：渝州，山南西道屬州，治所在巴縣（今重慶市）。按，由遂州向瀘州，須由涪江水南下先至渝州，更折入江水向西南行至瀘州。

【集評】

嚴羽：有扇對，又謂之隔句對，如鄭都官「昔年共照松溪影，松折碑荒僧已無。今日還思錦城事，雪消花謝夢何如」是也。蓋以第一句對第三句，第二句對第四句。（滄浪詩話卷二）

次韻和秀上人長安寺居言懷寄渚宮禪者〔一〕

舊齋松老別多年，香社人稀喪亂間〔二〕。出寺祇知趨內殿〔三〕，閉門長似在深山。卧聽秦樹秋鐘斷，吟想荆江夕鳥還〔四〕。唯恐興來飛錫去〔五〕，老郎無路更追攀〔六〕。

【校】

香社：「香」，原校「一作蓮，又作鄉」，英華即作「蓮」，亦可通。蓮社，高賢傳：「遠法師與諸賢結蓮社。」　喪亂：「喪」，原校「一作離」，戊籤即作「離」。　秦寺：「寺」，原校「一作甸」。

【箋注】

〔一〕據末句，知此詩作於乾寧四年（八九七）爲都官郎中後，天復末（九〇四）歸隱宜春前。

秀上人：即江南詩僧文秀，參卷二喜秀上人相訪詩注。　渚宮：春秋時楚國別宮，故址在荆州，參卷二渚宮亂後作注。

〔二〕「香社」句：指江陵戰亂事，見卷二渚宮亂後作詩注。香社，舊唐書白居易傳：「與香山僧如滿結香火社。」其制起於晉宋間慧遠在廬山所結白蓮社，參卷二宜春再訪芳公言公幽齋詩注。

〔三〕「出寺」句：秀上人以文章應制宮庭，參卷二喜秀上人相訪注。

〔四〕「吟想」句：秀爲南僧，谷亦曾隱居江陵白社，故吟想而起遐思也。參渚宮亂後作注。

〔五〕飛錫：錫，見卷一贈尚顏上人詩注。孫綽遊天台山賦：「應真飛錫以躡虛。」

〔六〕老郎：見卷二重訪黄神谷策禪者詩注。

蜀中春日〔一〕

海棠風外獨霑巾〔二〕，襟袖無端惹蜀塵。和暖又逢挑菜日〔三〕，寂寥未是探花人〔四〕。不嫌蟻酒衝愁肺〔五〕，却憶漁簑覆病身。何事晚來微雨後，錦江春學曲江春〔六〕。

【校】

題：「日」，原校「一作雨」；叢刊、英華即作「雨」。豫章題下注「一作益州春雨」。探花：「探」，豫章下校「一作采」。雨後：「後」，原校「一作過」。春學：「學」，原校「一作似」。

【箋注】

〔一〕此詩作於中和元年(八八一)或二年春二月，鄭谷避亂入蜀時。

〔二〕「海棠」句：蜀中盛産海棠，二月始開小紅花，故云「海棠風」，參卷二蜀中賞海棠詩、海棠詩注。

〔三〕挑菜日：二月二日也。説郛卷六九引秦中歲時記：「二月二日，曲江採菜，士民游觀極盛。」劉禹錫淮陰行：「無奈挑菜時，清淮春浪軟。」

〔四〕「寂寥」句：用李賀酬答二首之二：「試問酒旗歌板地，今朝誰是拗花人？」句意。　探花人，説郛卷七四引秦中歲時記：「進士杏園初會，謂之探花宴，以少俊二人爲探花使，遍游名園。」

〔五〕蟻酒：蟻，酒面之浮沫，亦稱緑蟻或浮蟻。文選張衡南都賦：「醪敷徑寸，浮蟻若蓱。」劉良注：「酒膏徑寸，布於酒上，亦有浮蟻如水萍也。」　愁肺：李賀潞州張大宅病酒遇江使寄上十四兄：「旅酒侵愁肺，離歌繞懦絃。」

〔六〕錦江：在四川境内，一名府河，又名流江。元和郡縣圖志卷三一：「大江，一名流江，經(成都)縣南七里。蜀守李冰穿二江成都中，皆可行舟，溉田萬頃。蜀人又謂流江爲懸笮橋水，此水濯錦，鮮於他水。」　曲江在長安，前屢見。

遊蜀〔一〕

所向明知是暗投〔二〕，兩行清淚語前流，雲横新寨遮秦甸〔三〕，花落空山入閬州〔四〕。不忿黄鸝驚曉夢〔五〕，惟應杜宇信春愁〔六〕。 梅黄麥緑無歸處，可得漂漂愛浪遊〔七〕。

【校】

題：原校「一作蜀中春暮」。鼓吹即作「蜀中春暮」。「所向」，原校「一作到處」，豫章下校「一作別處」。「兩行」句，「清」，叢刊作「新」；「語」，叢刊作「爲」。「雲横」句：「寨」，原作「塞」，叢刊、百家作「寨」，據改；「甸」，原校「一作水」。「忿」，稿本、豫章作「分」，此通。信春愁：「信」，豫章下校「一作起」。

【箋注】

〔一〕廣明元年（八八〇）後谷曾四入巴蜀。其中第三次光啓三年（八八七）擢第後有擢第後入蜀經羅村路見海棠盛開詩，詩意歡快；第四次景福二年（八九三）往瀘州省拜座師柳玭。此二詩均與本詩首聯情景不合，且當時秦、蜀間無戰事，與「雲横新寨遮秦甸」句亦不符，似可排除。第一次爲廣明元年冬末，黄巢攻破長安後入蜀六年，第二次爲光啓元年冬李克用、王重榮進逼長安後入蜀二年，均有可能。然據考，第一次入蜀時，由長安出發後，谷曾在興州羈留多時，然後經鹿頭關至成都，與閬州方向不合，見卷一興州東池詩注，本卷蜀中三首詩注。第二次則在光啓二年初春至巴江（見本卷巴江詩注），秋月至萬州（見卷一寄南浦謫宦、卷三峽中詩注），中途可能往閬州，故以第二次入蜀後光啓二年春夏間作（梅黄麥緑）最爲近是。參傳箋。

〔二〕暗投：才識之士所事非人也。史記魯仲連鄒陽列傳：「臣聞明月之珠，夜光之璧，以暗投人於道路，人無不按劍相眄者，何則？無因而至前也。」

〔三〕「雲橫」句：謂由陝入蜀，兵火阻絕歸路，回望長安不可見矣。新寨，資治通鑑卷二五六載，李克用、王重榮進逼長安後，唐僖宗爲中官田令孜挾持出奔，先至鳳翔，光啓二年春正月至寶鷄，欲向興元（即梁州）。邠寧朱玫、鳳翔李昌符倒戈與李、王合，共討令孜。二月，「朱玫、李昌符使山南西道節度使石君涉栅絕險要，燒郵驛，上由他道以進。山谷崎嶇，邠軍迫其後，危殆者數四，僅得達山南。三月壬午（初三），石君涉棄鎮逃歸朱玫。……丙申（十七）車駕至興元。」正爲春末事，谷奔亡途中聞訊當略晚，或已在春末夏初矣。録以備考。秦甸，秦中。書禹貢：「五百里甸服。」故稱。此指長安。

〔四〕閬州：舊唐書地理志四劍南道：「……閬州，隋巴西郡。武德元年改爲隆州，先天元年改爲閬州。」治閬中縣。今名同。

〔五〕不忿：不滿，嫌惡也。杜甫送路六侍御入朝：「不分桃花紅勝錦，生憎柳絮白於綿。」

〔六〕杜宇：杜鵑，相傳爲蜀王魂魄所化。華陽國志卷三：「杜宇稱帝，號曰望帝。……禪位於開明，帝升西山隱焉。時適二月，子鵑鳥鳴，故蜀人悲子鵑鳥鳴也。」

〔七〕漂漂：漂流無依。戰國策齊策三：「今子東國之桃梗也，刻削子以爲人，淄水至，流子而去，則漂漂者將如何耳。」浪遊：漫遊。杜牧見穆三十宅中庭海榴花謝：「堪恨王孫浪遊去，落英狼籍始歸來。」

峽中嘗茶〔一〕

簇簇新英摘露光，小江園裏火煎嘗〔二〕。吳僧漫説鴉山好〔三〕，蜀叟休誇鳥觜香〔四〕。合座半甌輕泛緑，開緘數片淺含黄〔五〕。鹿門病客不歸去〔六〕，酒渴更知春味長。

【校】

火煎嘗：「火」，豫章下校「一作水」。　蜀叟：「叟」，原校「一作客」。　合座：「合」，原校「一作入」，戊籤即作「入」。

【箋注】

〔一〕谷四次入蜀，其中由峽路出蜀者凡二次。其一光啓元年（八八五）冬入蜀，至三年初春出峽向荆州，又由漢水向長安赴試（見卷一峽中寓止二首注）；其二光啓三年及第後旋又入蜀（見上詩注），至晚在大順初出蜀，從其荆渚八月十五日夜值雨寄同年李嶼詩「共待輝光夜，翻成黯淡秋，正宜清路望，潛起滴階愁。……明年佳景在，相約向神州」，可知及第後之入蜀，其出蜀亦由峽路向荆州也。本詩言嘗新茶，以時令度之，前一次由峽路出蜀時新茶未下，故當以第二次爲近是。峽中：巫峽也。詳見卷二峽中詩注。

〔二〕「煎嘗」句：飲茶重煎煮之法。陸羽茶經卷下：「其火用炭，次用勁薪。其水用山水，山水上，江水中，井水下。其沸如魚目，微有聲爲一沸；緣邊如湧泉連珠爲二沸；騰波鼓浪爲三沸。」葛立方韻語陽秋卷一七：「子由煎茶詩云：『煎茶舊法出西蜀，水聲火態猶能諳。』」

〔三〕「吳僧」句：唐時佛教禪宗流行於南方，禪僧多善飲茶。鴉山，今安徽郎溪縣以南，産名茶。張又新煎茶水記：「鴉山著於無歙。」

〔四〕鳥觜：巴蜀名茶。太平寰宇記卷七五引茶譜：「蜀州晉原、洞口、横源、味江、青城。其横源雀舌、鳥觜、麥顆，蓋取其嫩芽所造，以其芽似之也。」

〔五〕「合座」二句：贊新茶葉嫩汁美。按吳旦生歷代詩話辛集卷一辨云：學林新編：「茶之佳品其色白，若碧緑者，乃常品也。鄭谷茶詩曰：『入（合）坐半甌輕泛緑，開緘數片淺含香（黄）。』鄭雲叟茶詩曰：『羅憂碧粉碎，嘗見緑花生。』沈存中論茶謂：『黄金碾畔緑塵飛，碧玉甌中翠濤起。』宜改緑爲玉，翠爲素。」今按盧仝走筆謝孟諫議寄新茶詩稱孟所贈茶爲御用者，而有句云：「先春抽出黄金芽。」又云：「碧雲引風吹不斷，白花浮光凝椀面。」則唐人固以葉嫩黄、汁青碧，有白花浮起者爲佳品也。谷詩未可爲非是。

〔六〕鹿門：山名，在湖北襄陽東南三十里。湖北通志卷八：「建武中襄陽侯習郁立蘇嶺祠，刻二石鹿夾神道，百姓謂之鹿門廟，遂以廟名山也。漢龐德公、唐龐蕴俱隱居焉。」本卷多情詩云「薄宦因循抛峴首」，峴首山在襄陽縣南，則似谷曾一度隱於襄陽，唯時間未能確定。

輦下冬暮詠懷〔一〕

永巷閑吟一徑蒿〔二〕，輕肥大笑事風騷〔三〕。煙含紫禁花期近〔四〕，雪滿長安酒價高〔五〕。失路漸驚前計錯〔六〕，逢僧更念此生勞。十年春淚催衰颯，羞向清流照鬢毛〔七〕。初稿附記：見句干名祇自勞，苦吟殊未補風騷。煙開水國花期近，雪滿長安酒價高。舊業已荒青靄徑，寒江空憶白雲濤。不知春到情何限，惟恐流年損鬢毛。

【校】

「冬暮」，百家、叢刊作「暮冬」，才調、又玄作「京師」。　詩末原注，百家、豫章、叢刊無，才調、又玄作爲正文。稿本單作一詩，題「京師冬暮詠懷」。

【箋注】

〔一〕詩作於乾符五、六年（八七八——八七九）前後。

輦下：輦，天子所乘車也。輦下或輦轂下指京城。漢書司馬遷傳：「僕賴先人緒業，得待罪輦轂下。」杜牧冬至日遇京使發寄舍弟：「樽前豈解愁家國，輦下唯能憶弟兄。」

〔二〕永巷：長巷。　一徑蒿：藝文類聚卷八二引三輔決録：「張仲蔚，平陵人也。與同郡魏景卿，俱隱身不仕，所居蓬蒿没人。」

〔三〕「輕肥」句：此爲倒裝，大笑輕肥也。　輕肥，論語公冶長：「乘肥馬，衣輕裘。」杜甫秋興二：「同學少年多不賤，五陵衣馬自輕肥。」

〔四〕紫禁：即宫禁。　文選謝莊宋孝武宣貴妃誄：「掩影瑶光，收華紫禁。」吕延濟注：「紫禁，即紫宫，天子所居也。」

〔五〕「雪滿」句：南史梁元帝紀：「長安酒食，於此價高。」

〔六〕失路：失意。漢書揚雄傳：「當塗者升青雲，失路者委溝壑。」

〔七〕「十年」二句：十年春淚，指應試十年，此爲約指。谷雲臺編自序稱遊於舉場一十六年方第。谷爲光啓三年（八八七）進士，如以十年未第計，逆推當爲廣明二年（八八一）。然前已考，廣明元年（八八〇）谷因避黃巢軍入蜀達六年，則廣明二年不得在輦下稱「雪滿長安」云云，故知當爲乾符五、六年間冬暮作。谷生於大中五年（八五一），至是爲二十八、九歲。詩云「羞向清流照鬢毛」，用潘岳秋興賦「余春秋三十有二，始見二毛」之典；而初稿附記則云「惟恐流年損鬢毛」，則當時實尚未達二毛之年，祇以嗟老嘆貧改作「羞向」云云（唐人用潘典常指三十歲左右），與乾符五、六年作，亦正相合。

【集評】

吴喬：開成以後，詩非一種，不當概以晚唐視之。如「時挑野菜和根煮」、「雪滿長安酒價高」之類，極爲可笑。平淺成篇者，亦不足觀。（圍爐詩話卷三）

鄭都官「雪滿長安酒價高」句，正用南史王僧辯平侯景表也。表云：「長安酒食，於此價高。」隸事若絶不知有事，此爲得隸事之法。（引自乾隆五十一年新鐫鄭都官集集評）

石城〔一〕

石城昔爲莫愁鄉〔二〕，莫愁魂散石城荒。江人依舊棹舴艋〔三〕，江岸還飛雙鴛鴦。帆去帆來風浩渺，花開花落春悲涼。煙濃草遠望不盡，千古漢陽閒夕陽〔四〕。

【校】

魂散：「散」，戊籤作「在」。

【箋注】

〔一〕此詩當作於漂流荆楚時，具體時間，不可詳究。石城：今湖北竟陵。元和郡縣圖志卷二一山南道襄州：「長壽縣，本漢竟陵縣地，宋分置長壽縣，理石城，即今縣理是也。」「縣城，本古之石城，背山臨漢水，吳於此置牙門戍城，羊祜鎮荆州，亦置戍焉。」

〔二〕莫愁：民間美女，善歌詠。樂府有石城樂。舊唐書音樂志：「石城，宋臧質所作也。石城在竟陵，質嘗爲竟陵郡，於城上眺矚，見郡少年歌謡通暢，因作此曲。……莫愁樂，出於石城樂。石城有女子名莫愁，善歌謡。石城樂和中復有『莫愁』聲，故歌云：『莫愁在何處？莫愁石城西。艇子打兩槳，催送莫愁來。』」

〔三〕舴艋：小舟。藝文類聚卷七一引宋元嘉起居注曰：「餘姚令何玢之，造作平牀一，乘船舴艋一艘，精麗過常。」

〔四〕漢陽：唐有漢陽縣，屬江南道沔州，此指漢水之陽。

【集評】

金聖歎：千古人祇知李青蓮欲學黄鶴樓，何曾知鄭鷓鴣曾學黄鶴樓耶？看其一、二照樣脱胎出來，分明鬼偷神卸，已不必多賞。吾更賞其三、四「江人」、「江岸」之句，真乃自翻機杼，另出新裁，不甚規摹黄鶴，而凡黄鶴所有未盡之極筆，反似與他補寫極盡。此真採神妙手，信乎名下無虛也。○人生世間，前浪自滅，後浪自起，有何古人？純是今人也。祇如「舴艋」、「鴛鴦」，明是一場扯淡，而彼牛山尚有揮淚之老翁，此亦甚爲不達時務也。（下四句）更不必云秦、楚、漢、魏，祇此「帆來帆去」，「花開花謝」，便盡從來圈檟矣。「浩渺」字妙，「悲涼」字妙。從古至今，從今至後，祇有「浩渺」，祇有「悲涼」，欲悟亦無事可悟，欲迷亦無處得迷，看他如此，後解亦復奚讓黄鶴耶？「漢陽」、「夕陽」中間着二「閒」字，不知是「漢陽」閒、「夕陽」閒，吾亦曰：「眼前有景道不得，鄭谷題詩在上頭。」（貫華堂選唐才子詩卷九）

蜀中三首〔一〕

馬頭春向鹿頭關〔二〕，遠樹平蕪一望閒〔三〕。雪下文君沽酒市〔四〕，雲藏李白讀書山〔五〕。江樓客恨黄梅後，村落人歌紫芋間〔六〕。堤月橋燈好時景，漢庭無事不征蠻〔七〕。

夜無多雨曉生塵，草色嵐光日日新。蒙頂茶畦千點露〔八〕，浣花牋紙一溪春〔九〕。揚雄宅在唯喬木〔一〇〕，杜甫臺荒絶舊鄰〔一一〕。却共海棠花有約，數年留滯不歸人。

渚遠江清碧簟紋〔一二〕，小桃花繞薛濤墳〔一三〕。朱橋直指金門路〔一四〕，粉堞高連玉壘雲〔一五〕。窗下斲琴翘鳳足〔一六〕，波中濯錦散鷗羣〔一七〕。子規夜夜啼巴樹〔一八〕，不並吳鄉楚國聞。

【校】

客恨：「客」，叢刊作「酒」。　橋燈：「橋」，豫章作「槗」，誤。　無事：「事」，叢刊作「士」，誤。　「無多」：原校「一作多無」，戊籤、稿本、豫章即作「多無」。　薛濤：「濤」，叢刊作「陶」，誤。　「窗下」句：「斲」，原作「斷」，據叢刊改：「翹」，豫章下校「一作蹺」。　巴樹：「樹」，原校「一作蜀」，稿本、豫章即作「蜀」。

【箋注】

〔一〕此三詩俱爲春景，當係同期所作。詩中廣取成都附近名勝，當爲初次入蜀情境。曰「馬頭春向鹿頭關」，又曰「數年留滯不歸人」，鹿頭關爲入成都之要隘，則知此游巴蜀已數年方入成都。谷於廣明元年（八八一）十二月離長安，曾於興州羈留，是爲秋日（見卷一興州東池、卷二興州江館詩注），則當爲中和元年（八八一）或稍後之秋日。此三詩又爲春景，則當爲中和二年（八八二）或稍後之春日也。又資治通鑑卷二五五載，中和四年春正月起，東川節度使楊師立與西川節度使陳敬瑄及其兄中官田令孜爭權交兵，至六月師立將「高仁厚奏，鄭君雄斬楊師立出降」。其間二軍對峙於鹿頭關月餘，唐末蜀中兵亂由此始。則谷之經鹿頭關入成都當在中和四年（八八四）前，合以上所析推斷，三詩以中和二、三年春作爲近是，時入巴蜀已三年左右，心情相對穩定，而蜀中亦尚平靜，故三詩雖微見悵惘之意，而大抵節奏明快。

〔二〕鹿頭關：由長安入成都必經之地。元和郡縣圖志卷三一：「鹿頭戍在德陽縣北三十八里。」

〔三〕「遠樹」句：蜀道險阻，鹿頭關以西則平坦矣。杜甫鹿頭山：「及兹險阻盡，始喜原野闊。」

〔四〕「雪下」句：史記司馬相如列傳「文君夜亡奔相如，相如乃與馳歸成都」，又「與俱之臨邛」，「買一酒舍酤酒，而令文君當壚」。臨邛在成都之西。相如故宅及文君琴臺在成都西門。曹學佺蜀中廣記卷二：「成都府西門之勝：「張儀樓、石筍街、笮橋、琴臺。司馬相如宅在州笮橋北百許步。」

〔五〕「雲藏」句：今四川省江油縣之匡山爲李白讀書之處。曹學佺蜀中廣記卷九：「白本宗室子。其先避地客蜀，居蜀郡之彰明(今江油)，太白生焉。彰明有大小匡山，大匡乃白讀書處。」杜甫不見：「不見李生久，佯狂真可哀。……匡山讀書處，頭白好歸來。」彰明之匡山，在成都之北。

〔六〕紫芋：俗稱芋艿或芋頭。葉片盾形，柄長而肥，地下有肉質球莖，可食。本草綱目卷二七：「芋有六種：青芋、紫芋……」左思蜀都賦：「蹲鴟所伏。」李善注：「蹲鴟，大芋也。其形類蹲鴟。」杜甫秋日夔府詠懷：「紫收岷嶺芋，白種陸池蓮。」

〔七〕「征蠻」句：東漢馬援曾征五溪蠻。後漢書馬援傳：「馬援將十二郡募士及弛刑四萬餘人征五溪。」此指南詔。資治通鑑卷二五〇至二五二載：咸通二年七月，南詔攻邕州，陷之。四年正月，南詔陷交趾。三月，南蠻寇左、右江，浸逼邕州。十二月，南詔寇西川。咸通十年十月，南詔驃信酋龍傾國入寇，十二月，陷嘉州，進陷黎、雅。咸通十一年二月，蠻合梯衝四面攻成都。甲午，顏慶復大破蠻軍。蠻知有備，自是不復犯成都矣。

〔八〕蒙頂：蒙山，在四川名山縣西四十五里，峰頂産茶。蜀中廣記卷一四：「上川南道雅州名山縣：九州記云：『蒙』者，沐也，言雨露常蒙也。山有五頂，最高者名上清峰，有甘露井，水極清冽。圖經云蒙頂茶受陽氣全，故芳香獨烈。」李肇國史補：「風俗貴茶，茶之名品益衆。劍南有蒙頂、石花，號爲第一。」蒙山在成都之西北。

【九】浣花牋：見卷一郊野詩注。

【一〇】揚雄宅：揚雄字子雲，西漢辭賦家。蜀中廣記卷三：「成都府北門之勝，武擔山、子雲宅、金馬祠。寰宇記云子雲宅在少城西南角，一名草玄堂。何涉讀易堂記云揚雄有宅一區在錦官西郭，隘巷著書，墨池在焉。」

【一一】「杜甫臺」句：杜甫於上元二年卜宅成都城西浣花溪畔，見其卜居等詩。杜甫南鄰：「錦里先生烏角巾，園收芋栗未全貧。」北鄰：「明府豈辭滿，藏身方告勞。青錢買野竹，白幘岸江皋。」過南鄰朱山人水亭：「相近竹參差，相過人不知。」

【一二】碧簟紋：此喻水紋。

【一三】小桃：陸游老學庵筆記卷四：「小桃者，上元前後即着花，狀如垂絲海棠。曾子固雜識云：『正月二十間天章閣賞小桃。』正爲此也。」　薛濤墳：薛濤，唐女詩人。唐才子傳卷六：「濤字洪度，成都樂妓也，性辨惠，嫻翰墨。居浣花里。……太和中卒。有錦江集五卷，今傳，中多名公贈答云。」民國華陽縣志卷三〇：「（薛濤）墓在今縣東五里薛家巷。……地直薛濤井後約兩里許。」

【一四】「朱橋」句：用司馬相如題柱事。華陽國志卷三：「城北十里昇仙橋，有送客觀。司馬相如初入長安，題市門曰：『不乘赤車駟馬，不過汝下也。』」　金門：金馬門之略稱。史記滑稽列傳：「（東方朔）歌曰：『陸沈於俗，避世金馬門。……』金馬門者，宦署門也。門旁有銅馬，故謂之曰金馬門。」

【一五】粉堞：城上矮牆，又名女牆。　玉壘：山名。元和郡縣圖志卷三一：「玉壘山在（灌）縣西北二十九里。」文選左思蜀都賦：「包玉壘而爲宇。」

〔一六〕斵琴：斵，zhuó，音琢。國史補下：「蜀中雷氏斵琴，常自品第。第一以玉徽，次者以瑟瑟徽。」鳳足：元稹小胡笳引：「朱弦宛轉盤鳳足，驟擊數聲風雨迴。」則鳳足當爲琴上攀弦之物。

〔一七〕濯錦：見卷二錦二首詩注。

〔一八〕子規：即杜鵑，見遊蜀詩注。

【集評】

王夫之：匀好不入俗，都官之長止此矣。鷓鴣、海棠取悦里耳而已。（唐詩評選卷四）

吳騫：唐茂業興元沈氏莊云：「江繞武侯籌筆地，雨昏張載勒銘山。」又蒲津河亭云：「煙横博望乘槎水，日上文王避雨陵。」世爲名句，同時鄭都官蜀中詩，亦有「雪下文君沽酒市，雲藏李白讀書山」之句。然氣象殊不逮爾。（拜經樓詩話卷一）

少華甘露寺〔一〕

石門蘿徑與天鄰〔二〕，雨檜風篁遠近聞〔三〕。飲澗鹿喧雙派水，上樓僧踏一梯雲。孤煙薄暮關城没〔四〕，遠色初晴渭曲分〔五〕。長欲然香來此宿，北林猿鶴舊同羣〔六〕。

【校】

「上樓」，原校「一作登山」，叢刊即作「登山」。　「長欲」句：「欲」，原校「一作憶」，英華即作「憶」；「香」，豫章下校「別本作燈」，品彙即作「燈」。

【箋注】

〔一〕由尾聯可知時谷已入仕，或爲乾寧四年（八九七）隨昭宗奔逃至華州，寓居華山時作。少華：一作小華山。元和郡縣圖志卷二：「少華山在鄭縣東南十里。」陝西通志二九：「甘露寺，在華州南八里，少華峰之西。」

〔二〕石門：少華山有東、西石門。陝西通志卷一三：「自玉泉院至關五里，巨石突塞谷口爲石門。人佝僂而上若隧道然。」

〔三〕「雨檜」句：從文選謝莊月賦「涼夜自淒，風篁成韻」句意化出。檜，一名圓柏或檜柏。爾雅釋木：「柏葉松身曰檜。」篁，竹名。晉戴凱之竹譜：「篁竹，堅而促節，體圓而質堅，皮白如霜粉。」此泛指竹。

〔四〕關城：潼關。元和郡縣圖志卷二：「潼關在縣東北三十九里。」此言自少華山東望所見。

〔五〕渭曲：在陝西大荔縣東南。周書文帝紀：「至沙苑，李弼曰：『此東十里有渭曲，可先據以待之。』」元和郡縣圖志卷二：「沙苑一名沙阜，在縣南十二里，……後魏文帝大統三年，周太祖爲相國，與高歡戰於沙苑，大破之。」此言自少華山北望所見。

〔六〕「北林」句：自孔稚珪北山移文「蕙帳空兮夜鶴怨，山人去兮曉猿驚」句意化出。

【集評】

李調元：鄭谷詩喜用「僧」字，余獨愛其「上樓僧踏一梯雲」之句，以其神韻遠也。他皆不及。（雨村詩話卷下）

黄生：字眼重複是詩一病。在盛唐特爲小疵，至晚則此例當嚴矣。前詩重西字，此詩重遠字，而取之何也？蓋虛字猶可重，實字不可重。又當相其字法所在，礙與不礙耳。結句言外云：猿鶴與我有舊，想不見阻耳。（唐詩摘抄卷三）

慈恩寺偶題〔一〕

往事悠悠添浩歎，勞生擾擾竟何能〔二〕。故山歲晚不歸去，高塔晴來獨自登。林下聽經秋苑鹿〔三〕，江邊掃葉夕陽僧。吟餘却起雙峰念〔四〕，曾看庵西瀑布冰〔五〕。

【校】

題：三體無「寺」字。　「添」：三體作「成」。　秋苑鹿：「苑」，原校「一作院」。

【箋注】

〔一〕慈恩寺：見卷二題慈恩寺默公院注。

〔二〕勞生：莊子大宗師：「夫大塊載我以形，勞我以生，佚我以老，息我以死。」　擾擾：列子周穆王：「存亡得失，哀樂好惡，擾擾萬端起矣。」

〔三〕「林下」句：佩文韻府卷二八引法苑珠林：「仁壽元年，海内諸州，一時起塔，各感靈應。楚州野鹿來聽，雁翔塔上。」三體唐詩句下有注曰：「宋書明帝紀：『魏主建鹿野浮圖於苑中西山，與禪師共居，苑鹿聽經。』」按：此條不見於宋書。苑鹿聽經事，或由釋迦牟尼於鹿野苑説經事推衍而來。鹿野苑，又名施鹿林、仙人論處、仙人國，在波羅奈國，爲釋迦牟尼始説經處。大毗婆沙論一八二：「問何故名仙人論處，答若作是説諸佛定於此處轉法輪者，彼説佛是最勝仙人，皆是於此處動轉法輪，故名仙人論處。……問何故名施鹿林，答恒有諸鹿游止此林，故名鹿林。」

〔四〕雙峰：湖北通志卷七：「雙峰山在黄梅縣西三十里，一名西山，一名破額山，亦曰四祖山，即大醫禪師道場。」舊唐書方伎傳記禪宗世系：「達摩傳慧可，慧可嘗斷其左臂以求法。慧可傳璨，璨傳道信，道信傳弘忍。弘忍與道信，並住蘄州雙峰山東山寺，故謂其法爲東山法門。」

〔五〕「曾看」句：齊己題終南山隱者室：「時向圭峰宿，僧房瀑布寒。」可互參。

【集評】

金聖歎：不着邊際，斗然發喝，真是登塔神理。「成浩歎」妙，便盡攝過去。二「竟何能」妙，便盡攝未來。三、四承之，不惟不是高興，兼亦不是遣興；不惟無勝可攬，兼亦無涕可揮。此爲唐人氣盡之作也。五祇是寫秋，六祇是寫夕，言歲則已秋，日則又夕，「雙峰」、故「庵」，便使力疾速去，又是瀑布成冰時候矣。（貫華堂選批唐才子詩卷九）

石門山泉〔一〕

一脈清泠何所之？縈莎漱蘚入僧池。雲邊野客窮來處，石上寒猿見落時〔二〕。聚沫繞崖殘雪在，迸流穿樹墜花隨。煙春雨晚閑吟去，不復遠尋皇子陂〔三〕。

【校】

清泠：「泠」，英華作「冷」，按乾隆三水縣志作「流」。石門谷有石門湯，爲唐代名勝，與首句「一脈清泠」不合，似以「清流」爲妥。　繞崖：「崖」，原校「一作槎」，稿本、豫章、叢刊即作「槎」。

【箋注】

〔一〕石門山泉：長安志卷一六：「石門谷，在藍田縣西南四十里。……石門谷水自秦嶺出，北流三十里入萬年界。……石門湯在縣西南四十里石門谷口。舊圖經曰：『唐初有異僧止於此。大雪，其地雪融不積，僧曰：「必溫泉也。」掘之果有湯泉涌出，遂置舍兩區。』」按石門甚多。據末句知爲此石門。

〔二〕「石上」句：從謝靈運石門新營所住四面高山迴溪石瀨茂林修竹「俯濯石下潭，仰看條上猿」句意化出。

〔三〕皇子陂：長安附近游覽勝地。括地志輯略卷一：「皇子陂在雍州藍田縣西。」長安志卷一一：「永安坡在藍田縣南二十五里，周七里。十道志曰：秦葬皇子，起冢陂北原上，因名皇子陂。」

渭陽樓閒望〔一〕

千重二華見皇州〔二〕，望盡凝嵐即此樓。細雨不藏秦樹色，夕陽空照渭河流。後車寧見前車覆〔三〕，今日難忘昨日憂〔四〕。擾擾塵中猶未已，可能疏傅獨能休〔五〕。

【校】

「今日」句：「今」，稿本作「本」；「昨」，原校「一作昔」。稿本即作「昔」。猶未：「猶」，原校「一作殊」。

【箋注】

〔一〕據末句此詩應作乾寧元年（八九四）爲朝官之後，天復末歸隱之前。

渭陽樓：不詳。

〔二〕二華：太華山與少華山合稱。文選張衡西京賦：「綴以二華。」皇州：帝都。鮑照代結客少年場行：「昇高臨四關，表裏望皇州。」

〔三〕「後車」句：喻可引爲教訓的往事。荀子成相篇：「前車已覆，後未知更何覺時。」賈誼陳政事疏：「前車覆，後車誡。」

〔四〕「今日」句：論語述而：「樂以忘憂。」

〔五〕疏傅：西漢疏廣、疏受官太傅與少傅，「父子並爲師傅，朝廷以爲榮。在位五歲……廣謂受曰：『吾聞「知足不辱，知止不殆。天之道也。』遂辭歸鄉里。」（見漢書本傳）後世以爲功成身退之典型。

送田光〔一〕

九陌低迷誰問我〔二〕？五湖流浪可悲君〔三〕。著書笑破蘇司業〔四〕，賦詠思齊鄭廣文〔五〕。理棹好攜三百首，阻風須飲幾千分〔六〕。耒陽江口春山緑〔七〕，慟哭應尋杜甫墳〔八〕。

【校】

題：「田」下原校「一作沈」，英華即作「沈光」，疑非是。唐才子傳卷八：「沈光，吴興人，咸通七年禮部侍郎趙隲下進士。」其時谷年方十六，尚未至長安。又詩中以杜甫作比，而沈爲吴興人，歸途無因至江湘也。

【箋注】

〔一〕觀首聯「誰問」、「可悲」句，知其時谷之失意與田光侔，當爲咸通十三年（八七二）至乾符六年（八七九）困守長安期間所作，參傳箋。

田光：不詳。

〔二〕九陌：三輔黄圖卷一：「漢長安城中有八街九陌。」

〔三〕五湖：具體何指衆説不一。此處泛指，猶言四海也。

〔四〕蘇司業：蘇源明，京兆武功人。初名預，字弱夫，曾任國子司業。新唐書有傳。蘇氏著作宏富。新唐書藝文志：「蘇源明前集三十卷。」又衛元嵩元包十卷，蘇源明注。」直齋書録解題卷一稱其：「每卦之下各爲數語，用意僻怪，文意險澀，不可深曉也。」

〔五〕鄭廣文：新唐書文藝傳：「鄭虔，鄭州滎陽人。天寶初爲協律郎。……玄宗愛其才，欲置左右，以不事事，更爲置廣文館，以虔爲博士。……善圖山水，好書……嘗自寫其詩并畫以獻，帝大署其尾曰：『鄭虔三絶。』……諸儒服其善著書，時號鄭廣文。在官貧約甚，澹如也。杜甫嘗贈以詩曰：『才名四十年，坐客寒無氈』云。」 思齊：論語里仁：「見賢而思齊焉。」

〔六〕「理棹」二句：謂田光以扁舟飄泊江湖，唯以詩酒自娛，如杜甫當年。杜工部集卷一七有舟中，卷一八又有迴棹、纜船苦風戲題等詩。 三百首，即詩經。史記太史公自序：「詩三百篇，大抵賢聖發憤之所爲作也。」分，當爲唐人俗語，其義未詳。

〔七〕耒陽：元和郡縣圖志卷二九：「耒陽，本秦縣，因耒水在縣東爲名。」

〔八〕杜甫墳：舊唐書杜甫傳：「啗牛肉白酒，一夕而卒於耒陽。」湖南通志卷三八陵墓三：「唐工部員外郎左拾遺襄陽杜甫墓在耒陽縣北韓洲上。」

送進士吳延保及第後南遊〔一〕

得意卻思尋舊跡，新銜未切向蘭臺〔二〕。吟看秋草出關去，逢見故人隨計來〔三〕。勝地昔年詩板在〔四〕，清歌幾處郡筵開。江湖易有淹留興，莫待春風落庾梅〔五〕。

【校】

「新銜」句：「切」，原校「一作得」；「向」，原校「一作上」：二字英華即作「得上」。郡筵：「郡」，豫章作「卧」，誤。易有：「有」，英華作「見」，誤。「莫待」句：「落」，原校「一作綻，一作吹」，叢刊即作「綻」，百家作「大」，「庾」，原校一作「瘦」。

【箋注】

〔一〕據頷聯「故人隨計」，知此故人即谷自己。谷隨計入關應在咸通十三年(八七二)至乾符初(八七四)。吳延保：登科記考卷二七有吳延保名，不詳其籍貫、事跡。齊己有亂中聞鄭谷吳延保下世詩，知卒年與谷相同或相近。當後梁開平末(九一一)也。

〔二〕「得意」二句：唐摭言卷三：「神龍已來，杏園宴後，皆於慈恩寺塔下題名。同年中推一善書者紀之。他時有將相，則朱書之。及第後知聞，或遇未及第時題名處，則爲添『前』字。或詩曰：『曾題名處添前字。』姚合及第夜中書事：『新銜添一字。』」未切，不急也。謂不急於出仕。蘭臺，漢代藏圖書秘籍之所。唐龍朔三年(六六二)曾詔改秘書省爲蘭臺。新進士及第往往於蘭臺任職。符載送袁校書歸秘書省序：「國朝以進士擢第爲入官者千仞之梯，以蘭臺校書爲黃綬者九品之英。」

〔三〕隨計：見卷一哭進士李洞二首注。

〔四〕詩板：唐人題詩於木板上，是爲詩板。唐詩紀事卷三〇：「蜀路有飛泉亭，中詩板百餘篇。後薛能佐李福於蜀，道過此，題云：『賈掾曾空去，題詩豈易哉！』悉去諸板，唯留(李)端巫山高一篇而已。」

〔五〕庾梅：大庾嶺梅花。讀史方輿紀要卷八三：「大庾嶺在南安府西南二十五里，廣東南雄府北六十里，磅礴高聳，爲五嶺之一。……張九齡集云：『初，嶺東廢，路人苦峻極。開元四載冬俾使臣左拾遺內供奉張九齡緣磴道披灌叢，相其山谷之宜，革其坂險之故，人始便之。』……嶺上多植梅，因又名爲梅嶺。白居易云大庾多梅，南枝既落，北枝始開是也。」

送進士王駕下第歸蒲中 時行朝在西蜀〔一〕。

失意離愁春不知，到家時是落花時。孤單取事休言命〔二〕，早晚逢人苦愛詩，度塞風沙歸路遠，傍河桑柘舊居移〔三〕。應嗟我又巴江去〔四〕，遊子悠悠聽子規〔五〕。

【校】

題：豫章無「下第」字，稿本無題下注。　取事：「事」，豫章、叢刊本作「士」。

【箋注】

〔一〕詩作於中和二、三年(八八二——八八三)谷避亂入成都後，光啓元年(八八五)春僖宗返駕前。王駕：見卷一次韻和王駕校書結綬見寄之什注。　蒲中：今山西永濟、河津、臨猗、聞喜一帶，舊唐書地理志二：

「河中府：隋河東郡，武德元年，置蒲州，治桑泉縣，領河東、桑泉、猗氏、虞鄉四縣。」行朝：帝王出幸駐留之地。舊唐書崔胤傳：「臣今見與李茂貞要約，釋兩地猜嫌……伏乞詔赴行朝，以備還駕。」參卷二迴鑾詩注。

〔二〕孤單：謂王駕出自寒素，無大力者爲之援手。南齊書韓靈敏傳：「同里陳穰父母死，孤單無親戚，丁氏收養之。」休言命：論語顏淵：「死生由命，富貴在天。」

〔三〕桑柘：柘，桑屬落葉喬木，葉厚而尖，可飼蠶。禮記月令：「季春無伐桑柘。」古人多於户前植桑柘，故每用爲故居代稱。

〔四〕巴江：蜀中廣記卷二五：「巴江源出大巴山，至當州東南，分爲三流，而中央横貫，勢若巴字。」

〔五〕子規：杜鵑鳥，前屢見，請參。

作尉鄠郊送進士潘爲下第南歸〔一〕

歸去宜春春水深，麥秋梅雨過湘陰〔二〕。鄉園幾度經狂寇〔三〕，桑柘誰家有舊林。結綬位卑甘晚達〔四〕，登龍心在且高吟〔五〕。灞陵橋上楊花裏，酒滿芳樽淚滿襟。

【校】

題：原校「一本無題上四字」，百家即無「作尉鄠郊」四字。

【箋注】

〔一〕此詩作於乾寧元年（八九四）春，詳見後結綬鄠郊兼攝府署詩注并傳箋。鄠縣：今陝西户縣北。元和郡縣圖志卷二：「鄠縣，本夏之扈國，啓與有扈戰於甘之野。地理志古扈國，有户谷、户亭，又有甘亭。扈至秦改爲鄠邑，漢屬右扶風，自後魏屬京兆，後遂因之。」

〔二〕湘陰：舊唐書地理志三：「湘陰，漢羅縣，屬長沙國。宋置湘陰縣。縣界汨水，注入湘江。」此泛指湘水南岸。蓋由長安向袁州，須取漢水南下至江陵，過洞庭，更泛湘水南下至渌口戍東折入漉水、渝水而至焉。

〔三〕「鄉園」句：資治通鑑卷二五三載：乾符五年三月，黄巢引兵渡江，攻陷虔、吉、饒、信等州。六年十一月，「賊勢復振，攻鄂州。轉掠饒、信、池、宣、歙、杭等十五州。」

〔四〕「結綬」句：自指。結綬，見卷一次韻和王駕校書結綬見寄之什注。

〔五〕「登龍」句：指潘爲。登龍，喻及第。封演封氏聞見記：「當代以進士登科爲登龍門。」

送進士韋序赴舉〔一〕

丹霞照上三清路〔二〕，瑞錦裁成五色毫〔三〕。波浪不能隨世態〔四〕，鸞凰應得入吾曹〔五〕。秋山晚水吟情遠，雪竹風松醉格高。預想明年騰躍處，龍津春碧浸仙桃〔六〕。

【校】

「隨」：原注「一作傾」，叢刊即作「傾」。　「鸞凰」，豫章作「鳳鸞」。

【箋注】

〔一〕據第四句知作於乾寧元年（八九四）爲朝官後。

韋序：見卷一寄左省韋起居序注。

〔二〕丹霞：紅霞，祥瑞也。洞冥記卷一：「景帝夢一赤彘，從雲中直下，入崇蘭閣。帝覺而坐於閣上，果見赤氣如煙霧，來蔽戶牖，望上有丹霞蓊鬱而起。」三清：見卷一終南白鶴觀注。

〔三〕五色毫：即五色筆，喻文才。梁江淹，少時夢人授以五色筆，文思大進。晚年又夢一人，自稱郭璞，索還其筆，自後作詩，再無佳句。見南史本傳。李商隱縣中惱飲席：「若無江氏五色筆，爭奈河陽一縣花。」

〔四〕「波浪」句：化用屈原與漁父對答之言。見前遠遊注。

〔五〕鸞凰：喻才俊之士。爾雅釋鳥：「鸞鳥，鳳凰之屬也。」禰衡鸚鵡賦：「配鸞凰而等美，焉比德與衆禽。」又朝官班行稱鵷鸞行，見卷二入閣詩。此二用之，謂韋高才，必能入朝爲官與己同列。曹：輩也。史記黥布傳：「率其曹偶。」

〔六〕龍津：指御水。仙桃，此指御苑桃花。

寄獻狄右丞〔一〕

逐勝偷閑向杜陵〔二〕，愛僧不愛紫衣僧〔三〕。身爲醉客思吟客，官自中丞拜右丞〔四〕。殘月露垂朝闕蓋，落花風動宿齋燈。孤單小諫漁舟在〔五〕，心戀清潭去未能。

【校】

漁舟：「漁」，叢刊作「輕」。

【箋注】

〔一〕題：舊唐書昭宗紀：「乾寧四年（八九七）九月「以御史中丞狄歸昌爲尚書右丞。」光化元年（八九八）九月「以御史中丞狄歸昌爲尚書左丞。」（按唐官職尚左）知本詩作於乾寧四年九月後，光化元年九月前。又詩言「落花」則必爲光化元年三月。

〔二〕杜陵：漢宣帝陵，其旁即樂游原。漢書宣帝紀：「以杜東原上爲初陵，更名杜縣爲杜陵。」元和郡縣圖志卷一：「杜陵在（萬年）縣東南二十里，漢宣帝陵也。」

〔三〕「愛僧」句：孫光憲北夢瑣言卷一〇：「狄歸昌愛與僧游，每誦前輩詩云：『因過竹院逢僧話，略得浮生半日閑。』（按：此詩亦見李涉集中）其有服紫袈裟者，乃疏之。」紫衣僧，見卷一贈圓昉公注。

〔四〕「身爲」二句：用李商隱杜工部蜀中離席：「座中醉客延醒客，江上晴雲雜雨雲」句格。醉客，醉酒之人。

魏志徐邈傳：「時科禁酒，而邈私飲至於沈醉。校事趙達問以曹事，邈曰：『中聖人』。達白之太祖，太祖甚怒。度遼將軍鮮于輔進曰：『平日醉客謂酒清者爲聖人。』」中丞拜右丞，中丞爲御史臺官職，正五品上；右丞爲尚書省副長官，正四品下。

〔五〕小諫：拾遺之別稱，然此處爲謙稱。卷一順動後藍田偶作詩注：「時丙辰初夏月。」詩云：「小諫昇中諫，三年侍玉除。」則丙辰年（乾寧三年，八九六）已爲中諫，即補闕。作詩時以小諫自謙耳。

轉正郎後寄獻集賢相公〔一〕

干名初在德門前，屈指年來三十年〔二〕。自賀孤危終際會〔三〕，別將流涕感階緣〔四〕。止陪鴛鷺居清秩〔五〕，濫應星辰浼上玄〔六〕。平昔苦心何所恨，受恩多是舊詩篇。

【校】

干名：「干」，原作「予」，原校「一作干」，叢刊即作「干」，據改。　居清秩：「居」，豫章作「君」，誤。　「自賀」，叢刊作「閨賀」。　「感」，叢刊作「灑」。　何所恨：「何」，原校「一作無」，稿本、豫章、叢刊即作「無」。

【箋注】

〔一〕此詩作於乾寧四年（八九八）初爲都官郎中時。蓋正郎即郎中，對外郎即員外郎言。新唐書選舉志：「時李嶠爲尚書，又置員外郎二千餘員，悉用勢家親戚，給俸祿，使釐務，至與正員爭事相毆者。」括異志載：「有徐郎中某，初，遇神人爲之換鼻，曰：『好一正郎鼻也。』徐鼻自爾端正，歷官正郎。」集賢相公：舊唐書職官志二載集賢殿書院，開元十三年置。漢魏以來，職在秘書，院有集賢學士，「每宰相爲學士者，爲知院事。……張說代元行沖，改院爲集賢，以說爲大學士，知院事，說懇讓『大』字，詔許之。自是每以宰相一人知院事。」唐人稱宰相入爲集賢學士、大學士者爲集賢相公。據史載，乾寧四年前後集賢相公有裴贄、陸扆、崔胤、崔遠四人。谷所獻詩者當爲崔遠。按資治通鑑卷二六〇載乾寧三年九月，「以翰林學士承旨、兵部侍郎崔遠同平章事。」又舊唐書昭宗紀載：光化三年（九〇〇）九月，「制光祿大夫、中書侍郎、兼吏部尚書、同平章事、充集賢殿大學士、判戶部事、博陵郡開國公、食邑二千戶崔遠罷知政事，守本官。」按唐末通例，宰相（同平章事）入充集賢殿大學士，例在爲相後數月至一年內。則可推斷崔遠入爲集賢殿大學士當在乾寧四年秋前。參以詩首二句，可知爲崔遠也。詳下。

〔二〕「干名」二句：谷於咸通十三年（八七二）初次應舉，至乾寧四年（八九七）首尾二十六年，「三十」取其成數。時知貢舉者爲中書舍人崔沆，屬博陵安平崔氏大房，而崔遠屬二房，因可知集賢相公必爲崔遠。干名，干，求也。書大禹謨：「罔違道以干百姓之譽。」德門，南史謝晦傳：「謝氏自晉以降，雅道相傳，可謂德門者矣。」

〔三〕孤危：孤立危殆。谷自謂門第寒微。戰國策秦策三：「大者宗廟滅覆，小者身以孤危。」際會：張衡同聲歌：「邂逅承際會，得充君後房。」周書文帝紀：「侯莫陳悅本屬庸材，遭逢際會，遂叨委任。」

〔四〕階緣：晉書庾亮傳：「階緣戚屬。」

〔五〕駕鶩：見卷一送司封從叔員外徵赴華州裴尚書均辟詩注。　清秩：參見卷一投時相十韻注。

〔六〕星辰：指郎官，前屢注。　浼：同浼，污也。孟子萬章下：「爾焉能浼我哉。」　上玄：即蒼天。天玄地黃。文選揚雄甘泉賦：「惟漢十世，將郊上玄。」李善注：「上玄，天也。」

所知從事近藩偶有懷寄〔一〕

官舍種莎僧對榻〔二〕，生涯如在舊山貧。酒醒草檄聞殘漏〔三〕，花落移廚送晚春〔四〕。水墨畫松清睡眼，雲霞仙氅掛吟身〔五〕。霜臺伏首思歸切〔六〕，莫把漁竿逐逸人〔七〕。

【校】

官舍：「官」，豫章作「宮」。

【箋注】

〔一〕從事：見卷一寄邊上從事詩注。　近藩：近京之方鎮。

〔二〕莎：參寄懷元秀上人詩注。　官舍種莎，可見主人清雅。　對榻：見卷一谷自亂離之後……詩注。

〔三〕草檄：檄，官府用以征召、曉喻或征討之文書。漢書申屠嘉傳：「嘉爲檄召鄧通詣丞相府。」

〔四〕廚：紗幮，紗帳也。司空圖王官詩：「盡日無人只高卧，一雙白鳥隔紗廚。」

〔五〕仙鼇：見卷一次韻和王駕校書結綬見寄之什詩注。

〔六〕霜臺：御史臺也。御史職司彈劾，爲風霜之任。唐人亦以此稱御史及其屬吏。李白在水軍宴贈幕府諸侍御：「霜臺降羣彥，水國奉戎旃。」通典卷二四職官六：「御史爲風霜之任，彈糾不法，百僚震恐，官之雄峻，莫之比焉。」

〔七〕逸人：遁世隱居之人。論語堯曰：「興滅國，繼絶世，擧逸民，天下之民歸心焉。」

獻大京兆薛常侍能〔一〕

耻將官業競前途，自愛篇章古不如〔二〕。一炷香新開道院，數坊人聚避朝車。縱游藉草花垂酒，閑卧臨窗燕拂書。惟有明公賞新句〔三〕，秋風不敢憶鱸魚〔四〕。

【校】

題：原校「一本無能字」，稿本、英華即無「能」字。　官業：「業」，原校「一作職」。　「聚」，原校「一作靜」，英華即作「靜」。

【箋注】

〔一〕薛常侍能：唐詩紀事卷六〇唐才子傳卷七載：（薛）能字太拙，汾州人。會昌六年（八五二）狄慎思榜登第。大中末（八六〇），書判入等中選，補盩厔尉，辟太原、陝虢、河陽從事。李福鎮滑臺，表置觀察判官。歷御史，都官、刑部員外郎。福從帥西蜀，奏以自副。咸通（八六〇——八七四）中，攝嘉州刺史。造朝，遷主客度支刑部郎中，俄爲同州刺史，京兆尹温璋貶，命權知尹事。出領感化節度，入授工書，復節度徐州，從忠武。廣明元年（八八〇），徐兵赴溵水，經許。能以前帥徐，軍吏懷恩，館之州内。許軍懼徐人見襲，大將周岌因衆怒逐能，自稱留後。能全家遇害。按舊唐書懿宗紀，温璋咸通十一年九月貶，「十月，以給事中薛能爲京兆尹。」吳廷燮唐方鎮年表卷三記，薛能之任感化節度，始於咸通十四年（月份不明），則能爲京兆尹始咸通十一年十月，終十四年也。又考谷咸通十三年初試禮部（十二年秋至京），詩爲春景，必爲是年或下年春也。

〔二〕「自愛」句：薛能自視極高，容齋隨筆卷七有薛能條專録其事，如其柳枝詞：「劉白蘇臺總近時，當初章句是誰推。纖腰舞盡春楊柳，未有儂家一首詩。」故容齋稱其「大言如此，但稍推杜陵，視劉、白以下蔑如也。」可與互參。

〔三〕明公：對權貴長官之尊稱。後漢書鄧禹傳：「光武見之甚歡。……禹曰：『但願明公威德加於四海，禹得效其尺寸，垂功名於竹帛耳。』」

〔四〕「秋風」句：世説新語識鑒：「張季鷹辟齊王東曹掾，在洛見秋風起，因思吳中菰菜羹、鱸魚膾，曰：『人生貴得適意爾，何能羈宦數千里以要名爵！』遂命駕便歸。」

寄贈孫路處士〔一〕

平生詩譽更誰過，歸老東吳命若何〔二〕？知己凋零垂白髮，故園寥落近滄波。酒醒蘚砌花陰轉，病起漁舟鷺跡多。深入富春人不見〔三〕，閑門空掩半庭莎。

【箋注】

〔一〕孫路：又作孫璐，隱士。李頻富春贈孫璐：「天柱與天目，曾棲絶頂房。青雲求禄晚，白日坐家長。井氣通潮信，窗風引海涼。平生詩稿在，老達亦何妨。」又許彬寄懷孫處士：「生平酌與吟，誰是見君心。上國一歸去，滄波閑至今。鐘繁秋寺遠，岸闊晚濤深。疏放長如此，何人更得尋？」

〔二〕東吳：古地域名。三國時吳處江東，亦稱東吳。後常以此泛指太湖地區。

〔三〕富春：地名。舊唐書地理志三：「江南道睦州，桐廬，吳分富春縣置。武德四年於縣置嚴州。」亦指浙江之經由富陽、桐廬縣内者。

獻制誥楊舍人〔一〕

爲郡東吳衹飲冰〔二〕，瑣闈頻降鳳書徵〔三〕。隨行已有朱衣吏〔四〕，伴直多招紫閣僧〔五〕。窗下調琴鳴遠水，簾前睡鶴背秋燈。葦陂竹塢情無限，閑話毗陵問杜陵〔六〕。

【校】

「瑣闈」句：「頻」，稿本、叢刊作「須」，誤；「鳳」，原校「一作詔」，英華即作「詔」。　閑話：「話」，原校「一作語」，叢刊即作「語」。

【箋注】

〔一〕制誥楊舍人：大唐六典卷九：「中書舍人六人，正五品上……掌侍奉進奏，參議表章，凡詔旨敕制，及璽書册命，皆按典故起草進畫。……按今中書舍人、給事中，每年各一人，監考内外官使，其中書舍人在省，以年深者爲閣老，兼判本省雜事，一人專掌畫，謂之知制誥，得食政事之食。」據詩意，其人曾於毗陵（常州）任職，據康熙常州府志職官表：唐中葉後刺史楊姓可考者二：楊假，宣宗大中間任，時代不合；楊恂，字莊己，楊虞卿之孫，履歷無考。虞卿大和九年（八三五）四月爲京兆尹，貶死虔州（舊唐書本傳），其孫與谷時代相及，疑即爲恂。

〔二〕「爲郡」句：謂楊舍人曾刺毗陵郡。　飲冰，小心從事，戰戰兢兢。莊子人間世：「朝受命而夕飲冰，我其内熱與。」郭象注：「所饌儉薄而内熱飲冰者，誠憂事之難，非美食之爲。」

〔三〕瑣闈：瑣，門上裝飾花紋，刻作連瑣，塗爲青色。闈，宫中小門。杜詩鏡銓注引宫闕簿：「青瑣門在南宫。」此泛指禁中。　鳳書：詔書也。事物紀原：「後趙石季龍詔書用五色紙銜于木鳳口而頒之。」

〔四〕「隨行」句：新唐書賈餗傳：「拜常州刺史。舊制，兩省官出使，得朱衣吏前導。」

〔五〕伴直：見卷一秘閣伴直注。紫閣：終南山有紫閣峰。日光照射，爛然而紫。李白君子有所思行：「紫閣連終南，青冥天倪色。」

〔六〕毗陵：今江蘇常州。舊唐書地理志三：「隋毗陵郡。武德三年，杜伏威歸化，置常州，領晉陵、義興、無錫、武進四縣。……天寶元年，改爲晉陵郡。乾元元年，復爲常州。」

次韻酬張補闕因寒食見寄之什〔一〕

柳近清明翠縷長，多情右衮不相忘〔二〕。開緘雖覩新篇麗，破鼻須聞冷酒香〔三〕。時態懶隨人上下〔四〕，花心甘被蝶分張〔五〕。朝稀且莫輕春賞，勝事由來在帝鄉〔六〕。

【校】

懶隨：「懶」，原校「一作頗」。甘被：「甘」，原校「一作首」，叢刊即作「首」，誤。稿本、豫章作「日」。朝稀：「稀」，叢刊作「晞」。

【箋注】

〔一〕此詩應作於乾寧初（八九四——八九五），谷任諫職時。張補闕：據後右省張補闕茂樞同在諫垣連居光德新春賦詠聊以寄懷詩，知此張補闕即張茂樞。新唐書張嘉貞傳：「(張弘清)孫茂樞，字休府，及進士第，天祐中，累遷祠部郎中，知制誥。坐柳璨事，貶博昌尉。」補闕：職司進諫，右補闕屬中書省，左補闕屬門下省，從七品上。舊唐書職官志二：「補闕拾遺之職，掌供奉諷諫，扈從乘輿。凡發令舉事，有不便於時，不合於道，大則廷議，小則上封。」寒食：節令名，清明前二日。鄴中記：「寒食三日，作醴酪，又煮粳米及麥爲酪。」

〔二〕右袞：袞，古代帝王及上公的禮服。詩豳風九罭：「我覯之子，袞衣綉裳。」詩大雅烝民：「袞職有闕，維仲山甫補之。」張華尚書令箴：「仲山翼周，靡剛靡柔，補我袞闕，闡我王猷。」唐人稱左、右補闕爲左、右袞。

〔三〕破鼻：即撲鼻。撲、破一聲之轉。冷酒：寒食不舉火，故云。

〔四〕「時態」句：見遠遊詩注。

〔五〕花心：李商隱蝶詩：「相兼唯柳絮，所得是花心。」分張：分據。文選鍾會檄蜀文：「而巴蜀一州之衆，分張守備，難以禦天下之師。」

〔六〕帝鄉：京城。許渾秋日赴闕題潼關驛樓：「帝鄉明日到，猶自夢漁樵。」語出莊子天地：「乘彼白雲，至於帝鄉。」

贈宗人前公安宰君〔一〕

喧卑從宦出喧卑〔二〕，別畫能琴又解棋〔三〕。海上春耕因亂廢〔四〕，年來冬薦得官遲〔五〕。風中夜犬驚槐巷，月下寒驢嚙槿籬〔六〕。孤散恨無推唱路〔七〕，耽懷吟得贈君詩〔八〕。

【校】

推唱：「推」，叢刊作「懽」，誤。

【箋注】

〔一〕宗人：同族之人。禮記文王世子：「宗人授事以官。」公安：今湖北公安縣，唐屬江陵府。舊唐書地理志二：「公安，吳孱縣地。漢末左將軍劉備自襄陽來鎮此，時號左公，乃改名公安。」辛君：辛，一邑之長也。論語雍也：「子游爲武城宰。」宰君，尊稱。

〔二〕「喧卑」句：謂此宗人仕而復隱。文選鮑照舞鶴賦：「去帝鄉之岑寂，歸人寰之喧卑。」

〔三〕別畫：「別」爲唐人俗語，有「別花」、「別畫」等，意謂鑒賞判別。

〔四〕「海上」句：謂世亂不得爲隱逸。後漢書逸民傳序：「甘心畎畝之中，憔悴江海之上。」

〔五〕冬薦：唐制，每年冬季銓選任用官員，省、司官員可推薦人材。通志略卷三四：「凡旨授官，悉由尚書，文官屬吏部，武官屬兵部，謂之銓選。凡吏部兵部文武選事各分爲三銓，尚書典其一，侍郎分其二。文選舊制：尚書掌六品七品選，侍郎掌八品九品選。景雲初宋璟爲吏部尚書，始通其品員而分典之，遂以爲常，凡選始於孟冬，終於季春。」

〔六〕槿籬：槿，落葉灌木，夏秋開花，可植以爲籬。文選沈約宿東園詩：「槿籬疎復密，荆扉新且故。」

〔七〕推唱：推薦鼓吹。書周官：「推賢讓能。」禮記儒行：「下弗推。」推猶進也。

〔八〕耿，憂貌。詩邶風柏舟：「耿耿不寐，如有隱憂。」蕭衍敕答釋明徹：「省疏增其憂耿。」蕭統與殷鈞書：「甚似酸耿。」

寄贈楊夔處士〔一〕

結茅衹約釣魚臺〔二〕，濺水鸕鷀去又迴。春卧甕邊聽酒熟，露吟庭際待花開。三江勝景遨遊徧〔三〕，百氏羣書講貫來〔四〕。國步未安風雅薄〔五〕，可能高尚掞天才〔六〕。

【校】

衹約：「衹」，原校「一作依」，戊籤即作「依」。　三江：「三」，原校「一作吳」，稿本、豫章即作「吳」。　講貫：「講」，豫章作「讀」；「貫」，原校「一作論」。　掞天才：「掞」，百家作「仰」。

【箋注】

〔一〕此詩年代難以確證，據尾聯「國步未安」句，當作於黃巢起義後至唐亡前。楊夔：十國春秋吳二：「楊夔，有俊才，與殷文圭、杜荀鶴、康軿、夏侯淑、王希羽等同爲宣州田頵上客。夔知頵不足抗太祖，著溺賦數百言以戒之。頵不用，竟至於敗。夔有紀梁公對、原晉亂說，當世爭傳其文。」

〔二〕結茅：見卷一峽中寓止詩注。　釣魚臺：元和郡縣圖志卷二五：「桐廬縣……桐廬江，源出杭州於潛縣界天目山，南流至縣東一里入浙江。嚴子陵釣臺，在縣西三十里，浙江北岸也。」

〔三〕三江：書禹貢：「三江既入，震澤底定。」周禮夏官職方氏：「東南曰揚州，其川三江。」具體何指，衆說不一。常以借指東南。此即是。

〔四〕講貫：國語魯：「士朝受業，晝而講貫，夕而習復。」注：「貫，習也。」

〔五〕國步：國運也。見卷二讀前集二首之二注。風雅薄：參卷二故少師從翁隱巖別墅詩「浮華重發作，雅正甚湮淪」注。

〔六〕高尚：不卑屈。易蠱：「不事王侯，高尚其事。」陶淵明桃花源記：「南陽劉子驥，高尚士也。」掞天才：掞音艷，yan，發舒，鋪張。左思蜀都賦：「摛藻掞天庭。」

寄同年禮部趙郎中〔一〕

仙步徐徐整羽衣〔二〕，小儀澄澹轉中儀〔三〕。樺飄紅燼趨朝路〔四〕，蘭縱清香宿省時。彩筆煙霞供不足〔五〕，綸闈鸞鳳訝來遲〔六〕。自憐孤宦誰相念，禱祝空吟一首詩。

【校】

「樺」，原校「一作花」，稿本、豫章即作「花」，誤。　綸闈：「綸」，原校「一作粉」。　空吟：「吟」，原校「一作憑」。

【箋注】

〔一〕此詩作於乾寧元年(八九四)任拾遺後。

禮部趙郎中：不詳。據登科記考卷二三，光啓三年與谷同第者有趙姓三人，昌翰(狀頭)、光庭、光裔。以光裔爲近是，光裔傳附見於舊唐書趙隱傳：「光裔，光啓三年進士及第。乾寧中，累遷司勳郎中，弘文館學士，改膳部郎中，知制誥，賜金紫之服，兄弟對掌内外制命，時人榮之。」未記任職禮部事。岑仲勉郎官石柱新考訂謂光裔任禮中或在任勳中之後。又其兄光逢曾歷禮部、司勳、吏部三員外郎，後又轉禮部郎中，景福中知制誥。新舊唐書、新舊五代史均有傳，或史官記述有誤，以光裔事竄入光逢傳，存疑。

〔二〕「仙步」句：郎官有仙郎之稱，尚書省各部有仙曹之號，前屢見。故以神仙儀態褒美之。羽衣：鳥羽所製的衣服。史記封禪書：「使使衣羽衣，夜立白茅上，五利將軍亦衣羽衣，夜立白茅上受印。」漢書郊祀志注：「羽衣，以鳥羽爲衣，取其神仙飛翔之意也。」按此對仙步言，實指朝服，非真羽衣。

〔三〕「小儀」句：謂由禮部員外郎轉禮部郎中。按容齋四筆及詞林海錯釋唐禮部官職別稱説法不一，此據佩文韻府儀部引此詩所釋。參卷二次韻和盧郎中江上秋夕寓懷注。

〔四〕「樺飄」句：樺樹皮多油，可卷爲燭炬，見玉篇及本草樺。白居易行簡初授拾遺同早朝入閣：「宿雨沙堤潤，秋風樺燭香。」

〔五〕彩筆：即五色筆，見本卷送進士韋序赴舉「五色毫」注。

〔六〕綸閣：即綸閣，中書省別稱，草詔處。晉書王湛傳贊：「或寄重文昌，允釐於衮職；或任華綸閣，密勿於王言。」初學記卷一一中書令：「又中書職掌綸誥，前代詞人，因謂綸閣。」　鸞鳳：喻出羣之才。藝文類聚卷九九引郭璞鸞鳥贊：「鸞翔女床，鳳出丹穴。拊翼相和，以應聖哲。」按光裔以禮（膳）部郎中知制誥，故云。

春暮詠懷寄集賢韋起居衮〔一〕

寂寂風簾信自垂〔二〕，楊花筍籜正離披〔三〕。長安一夜殘春雨，右省三年老拾遺〔四〕。坐看羣賢爭得路〔五〕，退量孤分且吟詩〔六〕。五湖煙網非無意，未去難忘國士知〔七〕。

【校】

題：叢刊無「寄集賢韋起居衮」七字。

【箋注】

〔一〕詩作於乾寧三年（八九六）春。

集賢：見轉正郎後寄獻集賢相公詩注。　韋衮：不詳。按新唐書宰相世系表四上：「韋氏鄖公房，出自文惠公旭次子叔裕，字孝寬，隋尚書令，鄖襄公。」鄖公子津後有「韋衮，駕部員外郎」，爲武后時宰相韋安石孫輩。時代不合，應爲同名姓者。　起居：記史之官也。舊唐書職官志二：「門下省：起居郎掌起居注，録天子之言動法度，以修記事之史。」

〔二〕「寂寂」句：狀生涯閑靜，左思詠史：「寂寂揚子宅，門無卿相輿。」南史顧愷之傳：「愷之爲山陰令，御繁事以約，縣用無事，晝日垂簾，門階閑寂。」信，聽憑，任意也。荀子哀公：「明主任計不信怒，闇主信怒不任計。」

〔三〕筍籜：籜，筍殼。謝靈運於南山往北山經湖中瞻眺：「初篁苞緑籜，新蒲含紫茸。」離披：分散貌。楚辭宋玉九辯：「白露既下降百草兮，奄離披此梧楸。」

〔四〕「右省」句：谷自乾寧元年任拾遺，見卷一順動後藍田偶作詩注。至乾寧三年恰正三年。

〔五〕「坐看」句：用文選古詩十九首「何不策高足，先據要路津」句意。

〔六〕退量：退而自省。舊唐書職官志二：「若官非其人，理失其事，則白侍中而退量焉。」

〔七〕國士：一國之中所共推爲才傑者。史記淮陰侯列傳：「若韓信者，國士無雙也。」

多情〔一〕

賦分多情却自嗟，蕭衰未必爲年華。睡輕可忍風敲竹，飲散那堪月在花〔二〕。薄宦因循抛峴首〔三〕，故人流落向天涯。鶯春雁夜常如此，賴是幽居近酒家。

【校】

可忍：「忍」，豫章下校：「一作思」。

【箋注】

〔一〕從頸聯可知作於景福二年（八九三）入仕後至天復末（九〇四）歸隱前。

〔二〕「睡輕」二句：自李益竹窗聞風寄苗發司空曙詩「開門風動竹，疑是故人來」及沈亞之詩（全篇今佚）「徘徊花上月，虛度可憐宵」化出。

〔三〕「薄宦」句：言己一官羈身而失山水吟詠之樂。薄宦，冷官。宋書陶潛傳：「潛弱年薄宦，不潔去就之迹。自以曾祖晉世宰輔，恥復屈身後代。」因循，不振作之義。顏氏家訓勉學：「因循面牆。」韓愈酬裴功曹：「多才自勞苦，無用祇因循。」峴首，即峴山。晉書羊祜傳：「祜樂山水，每風景，必造峴山，置酒言詠，終日不倦。嘗慨然歎息，顧謂從事中郎鄒湛等曰：『自有宇宙，便有此山。由來賢達勝士，登此遠望，如我與卿多矣！』」光緒襄陽府志卷二：「峴山在（襄陽）縣南七里，一名峴首山，山上有桓宣所築城，又有桓宣碑。羊祜之鎮襄陽也，與鄒潤甫常登之。」

【集評】

葉夢得：「開簾風動竹，疑是故人來」，與「徘徊花上月，空度可憐宵」，此兩聯雖見唐人小說中，其實佳句也。鄭谷詩「睡輕可忍風敲竹，飲散那堪月在花」，意蓋與此同。然論其格力，適堪揭酒家壁，與市人書扇耳。天下事每思自以爲工處著力太過，何但詩也。（石林詩話卷一）

葛立方：「陳去非嘗爲余言：「唐人皆苦思作詩，所謂『吟安一個字，撚斷數莖鬚』、『句向夜深得，心從天外歸』、『吟成五字句，用破一生心』之類是也。故造語皆工，得句皆奇，但韻格不高，故不能參少陵逸步。後之學詩者，倘或能取唐人語而掇入少陵繩墨步驟中，此速肖之術也。」余嘗以此語似葉少藴。少藴云：「李益詩云『開門風動竹，疑是故人來』，沈亞之詩云『徘徊花上月，虛度可憐宵』，皆佳句也。鄭谷掇取而用之，乃云『睡輕可忍風敲竹，飲散那堪月在花』，真可與李、沈作僕奴。」由是論之，作詩者興致先自高遠，則去非之言可用，倘不然，便與鄭都官無異。」（韻語陽秋卷二）

感懷投時相〔一〕

非才偶忝直文昌〔二〕，兩鬢年深一鏡霜。待漏敢辭稱小吏〔三〕，立班猶未出中行〔四〕。孤吟馬跡拋槐陌〔五〕，遠夢漁竿擲葦鄉〔六〕。丞相舊知爲學苦，更教何處貢篇章。

【校】

猶未：「猶」，稿本、叢刊作「由」。　「丞相」句：「爲」，戊籤作「非」，誤；「苦」，豫章作「古」。

【箋注】

〔一〕作於乾寧、光化間爲都官郎中時。其時任丞相者有崔遠、陸扆、王摶、崔胤等人。據七句，此疑爲崔遠，參前轉正郎後寄獻集賢相公詩注。

〔二〕非才：才能低下，猶言不才。薛逢潼關驛亭：「寸禄應知霑有份，一官常懼處非才。」文昌：尚書省。參卷一中臺五題玉蕊注。

〔三〕待漏：羣臣聽漏刻入朝。故將入朝時謂之待漏。長安志卷六：「大明宮建福門，門外有百官待漏院。」

〔四〕中行：新唐書百官志一注：「六尚書兵部吏部爲前行，刑部户部爲中行，工部禮部爲後行。」都官屬刑部，故云。

〔五〕槐陌：海録碎事帝王識記載苻堅時，隴西人歌曰：「長安大街，兩邊樹槐，下走朱輪，上有鸞棲。」李肇國史補上：「貞元中，度支欲斫取兩京道路中槐樹造車，先符牒渭南縣尉張造，造批其牒曰『恭惟此樹，其來久遠，東西列植，南北成行。』」又周禮秋朝：「朝士掌三槐，三公位焉。」此處雙關。

〔六〕葦鄉：葦洲也。

自貽〔一〕

飲筵博席與心違〔二〕，野眺春吟更是誰。琴有澗風聲轉澹，詩無僧字格還卑。恨抛水國荷蓑雨，貧過長安櫻筍時〔三〕。頭角俊髦應指笑〔四〕，權門蹤跡獨差池〔五〕。

【校】

更是：「是」，戊籤作「自」。　荷蓑：「荷」，原校「一作釣」，戊籤、稿本、豫章、叢刊即作「釣」。　俊髦：「俊」，原校「一作英」，戊籤、稿本、豫章即作「英」。

【箋注】

〔一〕由頸聯及尾聯可知谷貧守長安，尚未入仕，應爲咸通十二年（八七一）至廣明元年（八八〇）數年初夏作。

〔二〕博席：博，說文作簙，局戲也。西京雜記：「許博昌善陸博，竇嬰好之，常與居處。法用六箸，或謂之究，以竹爲之，長六分。」漢代流行之博戲爲六博，唐代則爲雙陸。

〔三〕櫻筍時：櫻桃、竹筍俱於春夏之交應市，故以代指農曆三月。說郛卷六九引秦中歲時記：「長安四月已後自堂廚至百司廚通謂之櫻筍廚，公餗之盛常日不同。」

〔四〕頭角：青年人顯露的氣概才華。韓愈柳子厚墓志銘：「嶄然見頭角。」俊髦：才華出衆之人。爾雅釋言「髦」字疏：「毛中之長毫曰髦，士之俊選者也。」詩經小雅甫田：「烝我髦士。」

〔五〕「權門」句：言己獨不及履於權門。權門，權貴之門。後漢書丁鴻傳：「依託權門，傾覆諂諛。」差池，參差不齊貌。詩邶風燕燕：「燕燕于飛，差池其羽。」

【集評】

鄭谷有「詩無僧字格還卑」之格，故其詩入僧字者甚多。昔人譏之。然大曆以後諸公借阿師作吟料久矣。（詩法大傳，引自乾隆五十一年新鐫鄭都官集集評）

自遣〔一〕

强健宦途何足謂，入微章句更難論〔二〕。誰知野性真天性，不扣權門扣道門〔三〕。窺硯晚鶯臨砌樹，迸階春筍隔籬根。朝迴何處消長日，紫閣峰南有舊村〔四〕。

【校】

强健句：「健」，原校「一作事」，叢刊即作「事」；「宦」，叢刊作「官」。窺硯：「硯」，豫章作「牖」。紫閣句：「南」，叢刊作「高」；「有」，原校「一作省」，稿本、豫章即作「省」。

【箋注】

〔一〕此詩作於乾寧至天復間（八九四——九〇四），谷在朝任職時。自遣：自行排遣也。杜甫自京赴奉先縣詠懷五百字：「沉飲聊自遣，放歌破愁絶。」

〔二〕入微章句：見卷二喜秀上人相訪詩注。

〔三〕道門：僧道方外之門。谷喜與僧遊也。

〔四〕紫閣峰：見前獻制誥楊舍人注。

中年〔一〕

漠漠秦雲澹澹天〔二〕，新年景象入中年。情多最恨花無語，愁破方知酒有權〔三〕。苔色滿牆尋故第，雨聲一夜憶春田。衰遲自喜添詩學〔四〕，更把前題改數聯。

【校】

尋故第：「尋」原校「一作思」，三體即作「思」。　一夜：「一」，三體作「入」。　前題：「題」，豫章作「編」。

【箋注】

〔一〕作於廣明元年（八八〇）春，時谷三十歲。蓋古人以三、四十歲爲中年。詩言「入中年」，則爲入三十歲。駱賓王上司列太常伯啓：「中年誓心，不期聞達。」據傅璇琮先生盧照鄰楊炯簡譜附考駱賓王生年，時賓王正三十或稍有餘。

〔二〕漠漠：彌漫貌。楚辭王逸九思：「時昢昢兮旦旦，塵漠漠兮未晞。」澹澹：通「淡淡」，若隱若現也。列子湯問：「淡淡焉若有物存，莫識其狀。」

〔三〕「愁破」句：杜甫王十五司馬弟出郭相訪遺營草堂貲：「肯來尋一老，愁破是今朝。」酒有權，謂酒量無定，因心情而易，句即以酒澆愁之意。

〔四〕「衰遲」句：用杜甫遣悶戲呈路十九曹長「晚節漸於詩律細」句意。

自適〔一〕

紫陌奔馳不暫停〔二〕，送迎終日在郊坰〔三〕。年來鬢畔未垂白〔四〕，雨後江頭且蹋青。浮蟻滿盃難暫捨〔五〕，貫珠一曲莫辭聽〔六〕。春風秪有九十日，可合花前半日醒。

【校】

奔馳：「馳」，叢刊作「驢」。

【箋注】

〔一〕從頷聯「未垂白」語，知尚未入中年也。約作於乾符間長安應試時。

自適：自快也。莊子齊物論：「昔者莊周夢爲蝴蝶，栩栩然蝴蝶也，自喻適意歟！」郭象注：「自快得意，悅豫而行。」江淹擬陶潛詩：「雖有荷鋤倦，濁酒聊自適。」

〔二〕紫陌：帝京道路。李白南都行：「高樓對紫陌，甲第連青山。」奔馳不暫停，用楚辭屈原離騷「忽馳騖以追逐兮，非余心之所急」句意。

〔三〕郊坰：坰，遠郊。爾雅釋地：「邑外謂之野，野外謂之林，林外謂之坰。」

〔四〕垂白：將白，將老也。時谷年近三十，將入中年，故用潘岳二毛之典。鮑照擬古：「結髮起躍馬，垂白對講書。」

〔五〕浮蟻：見蜀中春日詩注。

〔六〕貫珠：形容歌聲美妙，如珠之成串。禮樂記：「故歌者上如抗，下如隊，曲如折，……纍纍乎端如貫珠。」

結綬鄠郊縻攝府署偶有自詠〔一〕

鶯離寒谷七逢春，釋褐來年暫種芸〔二〕。自笑老爲梅少府〔三〕，可堪貧攝鮑參軍〔四〕。酒醒往事多興念，吟苦鄰居必厭聞。推却簿書搔短髮〔五〕，落花飛絮正紛紛。

【校】

七逢春：「七」，原作「士」，原校「一作七」，稿本即作「七」今從。辨見注〔三〕。豫章作「土」。　酒醒：「醒」，豫章作「酣」。　鄰居：「居」，豫章下校「一作家」。

【箋注】

〔一〕此詩作於乾寧元年（八九四）春。谷於上年冬爲鄠尉，次年暫攝府署。結綬：初仕。見卷一次韻和王駕校書結綬見寄之什詩注。　縻：牽系、束縛。　攝，代也，階官低於所行職事曰攝。左傳隱公元年：「春王周正月，不書即位，攝也。」觀頷聯「貧攝鮑參軍」語，鮑照嘗爲臨海王前軍參軍，掌書記之職。谷所攝事必與之相近。鄠爲畿縣，舊唐書職官志三：「京兆府：司録參軍二人，正七品。……功倉户兵法士等六曹參軍各二人，正七品下。府史、參軍事六人，正八品下。」三者品階均高於鄠縣尉(正九品下)。

〔二〕「鶯離」二句：謂及第七年始仕(計入及第當年)，而次年春兼攝府署。按谷光啓三年(八八七)及進士第，至景福二年(八九三)爲七年。由卷二次韻和禮部盧郎中詩知谷於景福二年秋仍爲「白衣」。由卷一順動後藍田偶作知乾寧元年已由鄠尉轉右拾遺，則其初任鄠尉必爲景福二年秋冬，故知原本「士」字非是，故改「七」。鶯離寒谷，喻顯達也。駱賓王上兗州崔長史啓：「峻曲岸於鶯谷，時遺公叔之冠。」盧照鄰五悲悲今日：「各自雲騰羽仕，谷變鶯遷。」釋褐，初仕。種芸，藝文類聚卷八一：「晉傅玄賦序曰：月令，仲春三月，芸始生。」鄭玄云：「香草也，世人種之中庭。」按此用種芸典含義不詳，參上句並下聯上句云爲尉，下句謂任州府參軍，則知釋褐初仕爲作鄠尉而種芸當與攝府署有關。

〔三〕梅少府：漢書楊胡朱梅云傳：「梅福字子真，九江壽春人也，少學長安，明尚書、穀梁春秋，爲郡文學，補南昌尉。……至元始中，王莽顓政，福一朝棄妻子，去九江。至今傳以爲仙。」少府，縣尉，前屢見。

〔四〕鮑參軍：南史臨川烈武王道規傳：「鮑照字明遠，東海人，文辭贍逸。嘗爲古樂府，文甚遒麗。臨海王子頊爲荊州，照爲前軍參軍，掌書記之任。」

〔五〕簿書：文書。短髮：謂垂老。杜甫九日藍田崔氏莊：「羞將短髮還吹帽。」時甫年四十五。乾寧元年谷年四十四，故云。

漂泊〔一〕

槿墜蓬疏池館清〔二〕，日光風緒澹無情〔三〕。鱸魚斫鱠輸張翰〔四〕，橘樹呼奴羨李衡〔五〕。十口漂零猶寄食，兩川消息未休兵〔六〕。黄花催促重陽近，何處登高望二京〔七〕。

【校】

蓬疏：「蓬」，原注「一作蓮」，豫章即作「蓮」。　「催促」：叢刊作「將折」。　重陽近：「近」，原注「一作酒」，稿本、豫章即作「酒」。

【箋注】

〔一〕據兩川句知在蜀中作。廣明元年避黄巢起義始，谷曾四次入蜀，此難以確指。

〔二〕「槿墜」句：從阮籍詠懷詩「徘徊蓬池上，還顧望大梁」句意化出。

〔三〕風緒：緒，意緒，情懷。張九齡自始興溪夜上赴嶺：「深林風緒結，遥夜客情懸。」

〔四〕「鱸魚」句：張翰事已見前注。此云「輸張翰」者，爲欲歸不得也。輸，不及之意。

〔五〕「橘樹」句：此言治生無術，徒羨古人耳。三國志吳志三嗣主傳注引襄陽記：「（李衡）密遣客十人於武陵龍陽氾洲上作宅，種甘橘千株。臨死，敕兒曰：『……吾州里有千頭木奴，不責汝衣食，歲上一匹絹。』」

〔六〕「兩川」句：唐末蜀中連年戰亂，此難以確指。

〔七〕二京：西京長安、東京洛陽。

弔故禮部韋員外序〔一〕

臘雪初晴共舉盃，便期攜手上春臺〔二〕。高情唯怕酒不滿〔三〕，長逝可悲花正開。曉奠鶯啼殘漏在，風幃燕覓舊巢來〔四〕。杜陵芳草年年緑〔五〕，醉魄吟魂無復迴〔六〕。

【校】

題：原校「一本無序字」，叢刊即無「序」字；「韋」，英華作「常」，不取。　長逝：「逝」，稿本、豫章、叢刊、英華作「慟」。

【箋注】

〔一〕韋序：見卷一寄左省韋起居序詩注。

〔二〕「便期」句：攜手：阮籍詠懷：「攜手同歡愛。」　春臺：老子：「如登春臺。」

〔三〕高情：情致超逸。世説新語品藻：「支道林問孫興公：『君何如許掾？』孫曰：『高情遠致，弟子早已服膺。一吟一詠，許將北面。』」　酒不滿：後漢書孔融傳：「（孔融）常嘆曰：『坐上客恒滿，尊中酒不空，吾無憂矣。』」

〔四〕「風幃」句：燕歸舊巢而逝者不可復返。藝文類聚卷九二：「晉傅咸燕賦：『有言燕今年巢在此，明歲故復來者，其將逝，翦爪識之。其後果至焉。』」

〔五〕杜陵：見前寄獻狄右丞注。

〔六〕醉魄吟魂：韋序生前能詩善酒，故云。

渼陂〔一〕

昔事東流共不迴，春深獨向渼陂來。亂前别業依稀在，雨裏繁花寂寞開。却展漁絲無野艇，舊題詩句没蒼苔。潸然四顧難消遣，祇有佯狂泥酒盃〔二〕。

【校】

題：豫章作「漾陂」。　渼陂：「渼」，豫章作「漾」。　繁花：「繁」，原校「一作梨」，稿本、豫章、叢刊、英華即作「梨」。

【箋注】

〔一〕本詩當作於光啓元年（八八五）春或三年春。按谷漂遊巴、蜀、荆楚，四次返長安。其中大亂後凡三次，而光化元年一次爲秋日，與詩景不合。光啓元年黄巢平後，資治通鑑卷二五六記：「二月，丙申，車駕至鳳翔。三月，丁卯，至京師；荆棘滿城，狐兔縱横。」谷當隨衆返長安，與詩景合。又光啓元年十二月，李茂貞、李克用之亂「諸道兵入城縱掠，焚府寺民居什六七。王徽累年補葺，僅完一二，至是復爲亂兵焚掠，無孑遺矣。」(同上)谷再度出奔，至三年春返京赴試(見卷二擢第後入蜀詩注)，詩景亦合。渼陂：遊覽勝地，唐以後乾涸。長安志卷一五：「渼陂在鄠縣西五里，出終南諸谷，合朝公泉爲陂。十道志曰有五味陂，陂魚甚美，因誤名之。」

〔三〕佯狂：故作瘋狂。荀子堯問：「然則孫卿懷將聖之心，蒙佯狂之色。」史記宋微子世家：「乃被髮佯狂而爲奴。」　泥：膠著之意。泥酒盃即沉溺於酒。

【集評】

金聖嘆：「昔事」，謂渼陂之昔事也；「別業」，此別業也；「梨花」，此梨花也。俯首思之，曾幾何時，而風流雲散，遂至今日。陪一「東流」，妙，妙；便寫盡昔年如同電拂，永無還理。一任刻苦思量，究竟無法可處也。「依稀在」，要知其不是寫別業；「寂寞開」，要知其不是寫梨花，此是極寫春深獨來之一「獨」字也。展「釣絲」是餘興尚在，看「蒼苔」是陳跡盡非，祇有「佯狂」飲「酒」。我讀此言，而不覺深悲國破家亡，又未得死之人，真不知其何以爲活也！(貫華堂選批唐才子詩卷九)

代秋扇詞〔一〕

露入庭蕪恨已深，熱時天下是知音。汗流浹背曾施力〔二〕，氣爽中宵便負心。一片山溪從蠹損，數行文字任塵侵〔三〕。綠槐陰合清和後〔四〕，不會何顔又見尋〔五〕。

【校】

「汗流」句：「浹」，原校「一作洽」，稿本、叢刊即作「洽」；「曾」，原校「一作普」，戊籤、稿本作「普」；「力」，原校「一作手」，戊籤、稿本、豫章即作「手」。

【箋注】

〔一〕此詩全篇由班婕妤怨歌行詩意翻出，録班詩以爲參：「新裂齊紈素，皎潔如霜雪。裁爲合歡扇，團團似明月。出入君懷袖，動搖微風發。常恐秋節至，涼飇奪炎熱。棄捐篋笥中，恩情中道絶。」代，擬也。

〔二〕汗流浹背：漢書楊敞傳：「敞驚懼，不知所言，汗流洽（浹）背。」原形驚恐，此指炎熱。

〔三〕「一片」二句：均指扇面書畫。

〔四〕清和：初夏。謝靈運遊赤石進帆海：「首夏猶清和，芳草亦未歇。」參卷一丞相孟夏祇薦南郊詩注。

〔五〕不會：不理解。

宣義里舍冬暮自貽〔一〕

幽居不稱在長安，溝淺浮春岸雪殘。板屋漸移方帶野，水車新入夜添寒。名如有分終須立〔二〕，道若離心豈易寬〔三〕。滿眼塵埃馳騖去〔四〕，獨尋煙竹翦漁竿。

【箋注】

〔一〕此詩寫作年月不詳，以首聯「幽居」及頸聯「立名」之語對參，或爲咸通至廣明間（八六〇——八八一）應試居長安時作。宣義里：長安城坊名。長安志卷九載朱雀門街西第二街，北當皇城南面之含光門，街西從北向南第六坊爲宣義坊。谷爲朝官後居光德里，見後右省張補闕茂樞同在諫垣連居光德詩。則亦可證宣義爲未達時所居。

〔二〕「名如」句：楚辭屈原離騷：「老冉冉其將至兮，恐修名之不立。」此反其意而用之。

〔三〕「道若」句：謂心意堅定，守道不二。即論語泰伯「守死善道」之意。

〔四〕馳騖：奔走。楚辭屈原離騷：「忽馳騖以追逐兮，非余心之所急。」

省中偶作〔一〕

三轉郎曹自勉旃〔二〕，莎階吟步想前賢。未如何遜無佳句〔三〕，若比馮唐是壯年〔四〕。捧制名題黃紙尾〔五〕，約僧心在白雲邊。乳毛松雪春來好〔六〕，直夜清閑且學禪。

【校】

未如，「未」：英華作「不」。

【箋注】

〔一〕作於乾寧五年（八九八）春或略後一二年間。

〔二〕三轉郎曹：谷乾寧初任拾遺，乾寧三年遷補闕，乾寧四年轉都官郎中。　旃：語末助詞，之焉合音。詩唐風采苓「舍旃舍旃」箋：「旃之言焉也。舍之焉，舍之焉。」

〔三〕何遜：南朝梁代詩人，長於寫景煉字。梁書文學上：「何遜字仲言，……八歲能賦詩，弱冠舉州秀才。……爲安西安成王參軍事，兼尚書水部郎。……初，遜文章與劉孝綽並見重於世，世謂之『何劉』。世祖著論論之云：『詩多而能者沈約，少而能者謝朓、何遜。』」

〔四〕馮唐：西漢人，文帝時爲中郎署長，武帝時舉賢良，時馮唐年已九旬，不能爲官。文選左思詠史詩：「馮公豈不偉，白首不見招。」李善注引荀悅漢紀：「馮唐白首，屈於郎署。」按時谷年五十左右，故云云。

〔五〕「捧制」句：帝王詔書，多以黄紙寫。程大昌演繁露卷四：「唐世王言之别有七，其一爲册書，次爲制書，又其次爲發日敕。册書惟除拜王公將相則用白麻紙。……自制書已下至發日敕則用黄麻紙書之。」紙尾，南史蔡廓傳：「廓徵爲吏部尚書。……（徐）羨之曰：『黄門郎以下悉以委蔡，自此以上，故宜共參同異。』廓曰：『我不能爲徐干木署紙尾。』遂不拜。選案黄紙，録尚書與吏部尚書連名，故廓言署紙尾也。」

〔六〕乳毛松：見卷一中臺五題乳毛松詩注。

同志顧雲下第住京偶有寄勉〔一〕

凰策聯華是國華，顧雲著述目爲凰策聯華〔二〕。春來偶未上仙槎〔三〕。鄉連南渡思菰米〔四〕，淚滴東風避杏花。吟聒暮鶯歸廟院，睡消遲日寄僧家〔五〕。一般情緒應相信〔六〕，門靜莎深樹影斜。

【校】

題：「住」原作「出」，叢刊作「往」，按當作「住」，「往」爲「住」之誤，因「往」不通，故臆改作「出」，均誤。參注〔五〕。

「國華」下注「述」，叢刊作「極」，誤。

【箋注】

〔一〕作於咸通十三、十四年（八七一——八七二）春，蓋谷，咸通十三年春初由江外赴試長安，而顧雲爲咸通十五年進士，此詩爲慰其落第作，必在十三、十四年春。

同志：周禮大司徒：「五曰聯朋友。」注：「同志曰友。」顧雲：登科記考卷二三：「顧雲字垂象，一字士龍，貴池人，咸通十五年進士第。」唐語林卷七：「顧雲受知於令狐相公，雖鹺商子而風韻詳整。顧賦爲時所稱。」

〔二〕鳳策聯華：顧雲文集名。直齋書錄解題卷三：「鳳策聯華三卷，唐虞部郎中淮南從事秋浦顧雲垂象撰，多以擬古爲題。」國華：國之精華，喻顧文之美。國語魯語：「季文子曰：『吾聞以德榮爲國華，不聞以妾與馬。』」顏延之贈王太常：「舒文廣國華，敷言遠朝列。」

〔三〕仙槎：登仙界所乘之船。未上仙槎喻落第。張華博物志卷一〇：「舊説天河與海通。近世有人居海渚者，年年八月有浮槎去來不失期。人有奇志，立飛閣於查上，乘槎而去。……奄至一處，有城郭狀屋舍甚嚴，遥望宫中多織婦，見一丈夫牽牛渚次飲之。」唐摭言卷三録李潛和周墀上座主王起詩：「恩波昔是仙舟客，德宇新添月桂名。」知唐人常以登仙舟喻及第。

〔四〕菰米：菰，多年生植物，生於池沼邊，其莖名「茭白」，其實名「菰米」，又名雕胡米，爲六穀之一。杜甫秋興：「波漂菰米沉雲黑。」

〔五〕「吟聒」二句：南部新書乙卷：「長安舉子，自六月已後，落第者不出京，謂之過夏，多借靜坊廟院及閑宅居住，謂之夏課。」二句謂顧借廟院居住過夏，故知詩題當爲「住京」。

〔六〕一般情緒：此詩慰顧雲落第，而谷應與同時落第，故云。情緒：心緒，心境。江淹泣賦：「闃寂以思，情緒留連。」相信：互以信誠相待，與今義有别。

敷溪高士〔一〕

敷溪南岸掩柴荆〔二〕，掛却朝衣愛淨名〔三〕。閑得林園栽樹法，喜聞兒姪讀書聲。眠窗日暖添幽夢，步野風清散酒酲〔四〕。謫去徵還何擾擾，片雲相伴看衰榮〔五〕。

【校】

柴荆：「荆」，叢刊作「扃」，誤。　淨名：「淨」，原校「一作静」，戊籤、稿本、豫章、叢刊即作「静」。　風清：「清」，叢刊作「春」。　酒酲：「酲」，豫章、叢刊作「醒」。

【箋注】

〔一〕敷溪：敷溪即敷水，見卷一送司封從叔員外赴華州詩注。　高士：志行高潔之士。王充論衡自紀：「高士之文雅，言無不可曉，指無不可睹。」此敷溪高士不知何人，由首聯「掛却朝衣」句知曾在朝任職。

〔二〕柴荆：柴門荆户之合稱。文選謝靈運初去郡詩：「恭承古人意，促裝返柴荆。」

〔三〕挂却朝衣：辭官，義同掛冠（見後漢書逢萌傳）。　淨名：毗摩羅詰佛與維摩詰經之別稱，多用作佛教代稱。

〔四〕酒酲：詩小雅節南山：「憂心如酲。」毛傳：「病酒曰酲。」

〔五〕「片雲」句：謂脱略無拘，旁觀世事。錢起九日登玉山：「忘歸更有處，松下片雲幽。」

九日偶懷寄左省張起居〔一〕

令節爭歡我獨閑〔二〕，荒臺盡日向晴山。渾無酒泛金英菊〔三〕，漫道宫趨玉笋班〔四〕。深愧青莎迎野步，不堪紅葉照衰顔。羡君官重多吟興，醉帶南陂落照還〔五〕。

【校】

獨閑：「獨」，叢刊作「偶」。　「南陂」，原校「一作天坡」，英華即作「天坡」，百家作「朱坡」。

【箋注】

〔一〕左省張起居：疑即張茂樞，詩殆作於光化三年（九〇〇）前後。辨見卷末寄左省張起居詩注。　九日：重陽節。見卷二重陽日訪元秀上人注。

〔二〕「令節」句：令節，佳節。宋之問奉和九日幸臨渭亭登高應制：「令節三秋晚，重陽九日歡。」魏文帝與鍾繇書：「歲往月來，忽復九月九日，九爲陽數，而日月並應，俗嘉其名，以爲宜於長久，故以享宴高會。」

〔三〕渾無：全無。　金英：菊以黄色居多，故稱金英。藝文類聚卷八一孫楚菊花賦：「手折纖枝，飛金英以浮旨酒。」

〔四〕玉筍班：北夢瑣言卷五：「唐末朝士中有人物者（言秀美），時號玉筍班。」

〔五〕南陂：泛指游覽處。長安游覽勝地曲江、樊川、皇子陂等大多在城南。按谷有郊墅在城南韋曲，末句切偶懷，而有招遊之意。　蓋唐時令節休假，谷當在韋曲别墅作此詩。

春夕伴同年禮部趙員外省直〔一〕

錦帳名郎重錦科〔二〕，清宵寓直縱吟哦。冰含玉鏡春寒在〔三〕，粉傳仙闈月色多〔四〕。視草即應歸屬望〔五〕，握蘭知道暫經過〔六〕。流鶯百囀和殘漏，猶把芳樽藉露莎。

【校】

題：「夕」，原校「一作日」，百家、豫章即作「日」；「省直」，叢刊作「直省」。　錦科：「科」，原校「一作窠」，「粉傳」，原校「一作柳轉」，稿本、豫章作「柳傳」。叢刊作「粉轉」。

【箋注】

〔一〕同年禮部趙員外：見寄同年禮部趙郎中詩注。詩當作於乾寧元年（八九四）後。

〔二〕錦帳：見卷一送司封從叔員外徽赴華州裴尚書均辟詩注。　錦科：即錦窠，瑞錦窠也，謂禮部郎（一説單指禮部員外郎，見卷二錦二首之二注）。稱謂録禮部瑞錦窠：「鄭谷伴禮郎員外省直詩：『錦帳名郎重錦窠。』」或他本即作「窠」。

〔三〕「冰含」句：月色清明，有如冰玉。藝文類聚卷八三晉庾肅之玉贊：「圓璧玉鏡，璆琭星羅。結秀藍田，輝真映和。」藝文類聚卷七〇梁簡文帝鏡銘：「金精石英，冰輝沼清。」

〔四〕「粉傳」句：大唐六典卷一：漢代「省中皆胡粉塗壁，畫古賢列女。」

〔五〕「視草」二句：言趙員外暫居郎官之職，不久當入翰林院，執掌制誥也。　視草，漢書淮南王安傳：「每爲報書及賜，常召司馬相如等視草乃遣。」注：「草，謂爲文之藳草。」　歸屬望，歸於衆望所屬之人，謂趙員外，

〔六〕握蘭：漢制尚書郎握蘭。見卷二送吏部曹郎中免官南歸詩注。

倦客〔一〕

十年五年歧路中〔二〕，千里萬里西復東。匹馬愁衝晚村雪，孤舟悶阻春江風。達士由來知道在〔三〕，昔賢何必哭途窮〔四〕。閑烹蘆筍炊菰米，會向源鄉作醉翁〔五〕。

【校】

晚村：「晚」，原校「一作晚」，英華即作「晚」。　由來：「由」，稿本、叢刊作「猶」。　源鄉：「源」，原校「一作漁」，英華即作「漁」；「鄉」，叢刊作「流」，誤。

【箋注】

〔一〕作於大順元年（八九〇）前後，見注〔二〕。
倦客：陸機長安有狹邪行：「余本倦游客。」

〔二〕「十年」句：谷自廣明元年（八八〇）冬長安破，漂泊入蜀，至大順元年爲十年。「十年」舉其成數。卷二叙事感恩上狄右丞詩：「寇難旋移國，飄零幾聽蛩。半生悲逆旅，二紀間門墉。」可與互參。　歧路，釋名釋道：「二達曰歧旁，物兩爲歧。」列子湯問：「楊子之鄰人亡羊，既率其黨，又請楊子之豎追之。楊子曰：『嘻！亡一羊，何追者之衆？』鄰人曰：『多歧路。』既反，問：『獲羊乎？』曰：『亡之矣。』曰：『奚亡之？』曰：『歧路之中又有歧焉。』」

〔三〕達士：呂氏春秋知分：「達士者，達乎死生之分。」
〔四〕哭途窮：晉書阮籍傳：「時率意獨駕，不由徑路。車跡所窮，輒慟哭而返。」
〔五〕源鄉：即醉鄉。曹植酒賦：「獻酬交錯，宴笑無方。於是飲者並醉，縱横讙譁，或揚袂屢舞，或叩劍清歌。……於是矯俗先生聞之而歎曰：『噫夫，言何容易，此乃淫荒之源，非作者之事。』」

温處士能畫鷺鷥以四韻換之〔一〕

昔年吟醉繞江蘺〔二〕，愛把漁竿伴鷺鷥。聞説小毫能縱逸〔三〕，敢憑輕素寫幽奇〔四〕。涓涓浪濺殘菱蔓，戛戛風搜折葦枝。得向曉窗閑掛翫，雪簑煙艇恨無遺。

【校】

小毫：「小」，叢刊作「妙」，非是。　殘菱蔓：「殘」，稿本作「牽」。　風搜：「搜」，原校「一作披」，戊籤即作「披」。

【箋注】

〔一〕温處士：未詳其人。　處士：隱居不仕者，前屢見。
〔二〕江蘺：一名蘼蕪，多年生草本，羽狀複葉，夏日開小花，白色，有清香。楚辭屈原離騷：「扈江蘺與辟芷兮，紉秋蘭以爲佩。」

〔三〕小毫：即小筆，見卷二西蜀淨衆寺松溪八韻兼寄小筆崔處士注。

〔四〕輕素：素絹。　幽奇：鷺鷥「林棲水食，……潔白如雪」（本草鷺集解）。卷二水詩「幽鷺獨來無限時」可参證。蕭穎士白鷴賦：「白鷴，羽族之幽奇也。」

駕部鄭郎中三十八丈尹貳東周榮加金紫谷以末派之外恩舊事深因賀送〔一〕

香浮玉陛曉辭天〔二〕，袍拂蒲茸稱少年〔三〕。郎署轉曹雖久次〔四〕，京河亞尹是優賢〔五〕。縱遊雲水無公事，貴買琴書有俸錢。今日龍門看松雪，探春明日向平泉〔六〕。

【校】

題：「丈」，原校「一作大」，稿本、叢刊即作「大」。按：下有「尹貳」，則爲少尹，大字非：「東周」，豫章、叢刊作「河東」，下更有「聞」字。　袍拂：「拂」，叢刊作「紼」。

【箋注】

〔一〕駕部鄭郎中三十八丈：不詳。駕部爲尚書省二十四司之一，屬兵部。新唐書百官志一：「掌輿輦、車乘、傳驛、厩牧馬牛雜畜之籍。」尹貳東周：出任河南少尹。貳，副也。周禮天官大宰：「乃施法於官府，而建其正，立其貳。」東周，即河南地。漢書地理志：河南郡河南，故郟鄏地，周武王遷九鼎，周公營以爲都。」新唐書百官志四下：「京兆、河南牧，大都督，大都護，皆親王遙領。兩府之政，以尹主之。」「少尹二人，從四品下，掌貳府州之事，歲終則更次入計。」鄭郎中三十八丈尹貳東周，領聯又稱其爲「京河亞尹」，可知其任河南少尹之職。榮加金紫：謂其得敕借金魚紫服也。唐制：三品以上官員服紫，佩金魚袋。四品服緋，佩銀魚袋。鄭職爲河南少尹，從四品上，例應服緋，佩銀魚袋。而得佩金魚袋服紫者，爲敕借之殊榮也。新唐書車服志：「親王及三品、二王後，服大科綾羅，色用紫，飾以玉。五品以上服小科綾羅，色用朱，飾以金。」「三品以上龜袋飾以金，四品以銀。天授二年改佩龜皆爲魚。景雲中，詔衣紫者魚袋以金飾之，衣緋者以銀飾之。開元初，駙馬都尉從五品者假紫、金魚袋。都督、刺史品卑者假緋、魚袋。」末派：同族之疏遠者。

〔二〕玉陛：陛爲宮中台階。蔡邕獨斷：「陛，階也，所由升堂也。」

〔三〕蒲茸：蒲，香蒲，多年生草，高五六尺，葉細長而尖，花序如燭形，花蕊如金粉。葉可製席、扇。茸，草尖之初生者。謝靈運於南山往北山經湖中瞻眺：「新蒲含紫茸。」此化用其意，切鄭以少年而加紫服也。

〔四〕久次：久不升遷。次，停留。

〔五〕京河亞尹：河南少尹。京河，黃河流經東京洛陽的一段。揚雄豫州箴：「煌煌京河。」

〔六〕「今日」二句：龍門，山名，即伊闕，在洛陽縣南。元和郡縣圖志卷五：「（洛陽宮）北據邙山，南直伊闕之口。……初煬帝嘗登邙山，觀伊闕，顧曰：「此非龍門耶，自古何因不建都於此？」平泉，唐武宗宰相李德裕別墅。舊唐書李德裕傳：「東都於伊闕南置平泉別墅，清流翠篠，樹石幽奇。」按二句暗寓祝三十八丈今日榮升，他日當入相之意。

攲　枕〔一〕

攲枕高眠日午春〔二〕，酒酣睡足最閑身。明朝會得窮通理〔三〕，未必輸他馬上人〔四〕。

【校】

高眠：「眠」，稿本、叢刊作「歌」，誤。　明朝：「朝」，稿本、豫章、叢刊作「明」。

【箋注】

〔一〕由末句「未必輸他馬上人」推測，似作於光啓三年（八八七）前尚未及第時。

〔二〕高眠：猶高卧也，言其安閑無事。晉書陶潛傳：「嘗言夏月虛閑，高卧北窗之下。」

〔三〕「明朝」句：領會貧困與顯達之理，語出莊子讓王：「古之得道者，窮亦樂，通亦樂，所樂非窮通也，道德於此，則窮通爲寒暑風雨之序矣。」

〔四〕馬上人：富而貴者。論語雍也：「乘肥馬，衣輕裘。」

野步

翠嵐迎步興何長，笑領漁翁入醉鄉〔一〕。日暮渚田微雨後，鷺鷥閑暇稻花香。

【校】

稻花香：「香」，叢刊作「涼」。

【箋注】

〔一〕醉鄉：醉中境界。王績醉鄉記：「阮嗣宗、陶淵明等十數人並遊於醉鄉，没身不返，死葬其壤，中國以爲酒仙云。」

偶書〔一〕

承時偷喜負明神〔二〕，務實那能得庇身〔三〕？不會蒼蒼主何事，忍飢多是力耕人〔四〕。

【箋注】

〔一〕據詩意，當作於景福二年（八九三）入仕後。

〔二〕「承時」句：承時，承平之時。易坤：「坤道其順乎，承天而時行。」偷喜，義同偷幸，苟且之意。管子權修：「有無積而徒食者，則民偷幸。」明神，詩大雅雲漢：「敬恭明神。」句意謂時平而偷安，有負明神。

〔三〕務實：求實。國語晉語六：「武子曰：『美哉！昔吾逮事莊主，華則榮矣，實之不知，請務實乎。』」

〔四〕「不會」二句：承上而言，其意略同韋應物寄李儋元錫詩：「邑有流亡愧俸錢。」

靜吟

騷雅荒涼我未安〔一〕，月和餘雪夜吟寒〔二〕。相門相客應相笑〔三〕，得句勝於得好官。

【校】

未安：「未」，原校「一作自」，戊籤即作「自」。「得好」，叢刊作「相得」。

【箋注】

〔一〕騷雅：見卷一寄前水部賈員外嵩注。

〔二〕「月和」句：用王徽之故事。晉書王羲之傳：「王徽之嘗居山陰，夜雪初霽，月色清朗，四望浩然，獨酌酒，詠左思招隱詩。」

〔三〕相門：丞相之門，借指權貴。史記孟嘗君列傳：「文聞將門必有將，相門必有相。」

和知己秋日傷懷

流水歌聲共不迴，去年天氣舊亭臺〔一〕。梁塵寂寞燕歸去〔二〕，黃蜀葵花一朵開〔三〕。

【校】

題：稿本無「懷」字。　梁塵：「塵」，叢刊作「亭」，誤。

【箋注】

〔一〕「去年」句：宋晏殊浣溪沙詞：「一曲新詞酒一杯，去年天氣舊亭臺，夕陽西下幾時回？　無可奈何花落去，似曾相識燕歸來。小園香徑獨徘徊。」第二句全用本詩成句。

〔二〕「梁塵」句：用隋薛道衡昔昔鹽「空梁落燕泥」句意。

〔三〕黃蜀葵花：爾雅釋草：「葥，戎葵。」郭璞注：「今蜀葵也。似葵，華如木槿花。」花亦可觀賞，梁王筠有蜀葵花賦。蜀葵花多爲紫色，白色，此言黃色，爲罕見者。　一朵開：蜀葵花開在六月頃，此時已入秋，花殘，尚有一朵開耳。

谷卅歲受同年文人故川守李侍郎教諭衰晏龍鍾益用感歎遂以章句自貽〔一〕

多感京河李丈人〔二〕，童蒙受教便書紳〔三〕。文章至竟無功業〔四〕，名宦由來致苦辛。皎日還應知守道〔五〕，平生自信辭甘貧〔六〕。孤單所得皆逾分，歸種數溪一畝春。

【校】

題：「丱歲」，原作「比歲」，比，原校「一作丱」，依戊籤作「丱」，叢刊作「癸卯歲」，癸卯即中和三年（八八三），谷年逾三旬，非復童蒙，誤；百家題作「自眙」，「谷比歲」云云爲題下小注。

【箋注】

〔一〕由衰晏龍鍾語，知爲晚年作。

丱歲：丱，音慣 guàn，束髮兩角貌。詩齊風甫田：「總角丱兮。」丱歲即童幼。故川守李侍郎，李朋也。雲臺編序：「谷勤苦於風雅者，自騎竹馬年則有賦詠。雖屬對聲律未暢，而不無旨諷。同年丈人故川守李公朋、同官丈人馬博士戴嘗撫頂嘆勉，謂他日必垂名。及冠，編軸盈笥，求試春闈。」又樊川文集李朋除刑部員外郎制：「將仕郎侍御史内供奉李朋……可守刑部員外郎。」杜牧大中五年秋擢考功員外，知制誥，六年遷中書舍人，其年十一月卒（繆鉞杜牧年譜）。則知朋之除刑部員外郎在大中五、六年間。其遷侍郎爲川守當多年後。據考谷於大中十一年（八五七）七歲時隨父史由國子監易學博士任往赴永州刺史任（見卷二卷末偶題注），至咸通三年（八六二）尚在永州（參浯溪詩注）。題言丱歲，詩稱童蒙，參諸谷自稱七歲題詩岳陽樓（卷末偶題），知其啓蒙於李朋爲刑部員外郎或稍後時。此時谷父史任易學博士，谷當隨在京師。卷一訪姨兄王斌渭口別墅「少小曾來此」可爲佐證。衰晏龍鍾：年邁行動遲緩貌。王維夏日過青龍寺謁操禪師：「龍鍾一老翁。」此爲自指。

〔二〕京河：見駕部鄭郎中三十八丈尹貳東周詩注。 文人：對長輩之尊稱，據此句，李朋當爲洛陽人。

〔三〕「童蒙」句：自幼少時即受教誨。易蒙：「非我求童蒙，童蒙求我。」 書紳：論語衛靈公：「子張書諸紳。」疏：「紳，大帶也。 子張以孔子之言書之紳帶，意其佩服無忽忘也。」

〔四〕「文章」句：用李賀南園十三首之六「尋章摘句老雕蟲，曉月當簾掛玉弓。不見年年遼海上，文章何處哭秋風」詩意。

〔五〕「皎日」句：指皎日爲證以守道。 皎日，皎潔明亮的太陽。詩王風大車：「謂予不信，有如皎日。」 守道：論語泰伯：「守死善道。」三國志魏志崔琰傳：「楊訓雖才好不足而清貞守道。」

〔六〕「平生」句：言清貧自守。 論語雍也：「子曰：『賢哉，回也！一簞食，一瓢飲，在陋巷，人不堪其憂，回也不改其樂。賢哉，回也。』」

郊墅

韋曲樊川雨半晴〔一〕，竹莊花院遍題名。畫成煙景垂楊色，滴破春愁壓酒聲〔二〕。滿野紅塵誰得路〔三〕，連天紫閣獨關情〔四〕。渼陂水色澄於鏡〔五〕，何必滄浪始濯纓〔六〕。

【校】

渼陂：「渼」，豫章作「漾」。

【箋注】

〔一〕韋曲、樊川：見卷一遊貴侯城南林墅注。谷郊墅在焉。長安圖志卷中引浮丘居士水磨賦序曰：「浮丘既投跡少陵，一日有以水磨求售者，相其地，乃古之宜春苑也，今謂之韋曲。自漢唐以來，諸韋居之。與後周逍遥公曬書臺、唐杜岐公、韓退之舊業，鄭都官之園池，鄰里籬落，根堮皆在。」

〔二〕「滴破」句：米酒釀製將熟時，壓榨出酒。李白金陵酒肆留別：「風吹柳花滿店香，吳姬壓酒勸客嘗。」李賀將進酒：「小槽酒滴真珠紅。」

〔三〕紅塵：鬧市之飛塵。文選班固西都賦：「紅塵四合，煙雲相連。」得路，用古詩十九首「何不策高足，先據要路津」句意。

〔四〕「紫閣」句：謂心在山林，不圖富貴也。紫閣即終南山之紫閣峰，前屢見。關情，關心也。

〔五〕渼陂：見前渼陂詩注。

〔六〕「何必」句：反用孟子離婁：「有孺子歌曰：『滄浪之水清兮，可以濯我纓；滄浪之水濁兮，可以濯我足。』」

舟行〔一〕

九派迢迢九月殘〔二〕，舟人相語且相寬。村逢好處嫌風便，酒到醒來覺夜寒。蓼渚白波喧夏口〔三〕，柿園紅葉憶長安〔四〕。季鷹可是思鱸鱠〔五〕，引退知時自古難〔六〕。

【校】

相寬：「寬」，叢刊作「看」。　蓼渚：「渚」，原校「一作水」，戊籤、稿本、豫章即作「水」。　「夏口」，原校「一作落日」，誤。稿本原作「夏日」，圈去「夏」字，下注「空一字」。

【箋注】

〔一〕由尾聯「引退知時」句知爲天復三年（九〇二）歸隱宜春時作，參卷四黯然詩注。

〔二〕九派：長江於湖北、江西一帶支流甚多，習稱九派。文選郭璞江賦：「源二分於崌崍，流九派乎潯陽。」

〔三〕夏口：夏水注入長江之處，亦稱沔口或漢口。太平寰宇記卷一一二江南西道鄂州：「沔水自江別至南郡、華容爲夏水，過郡入江，故曰江夏。又江夏記云，一名夏口。」

〔四〕「柿園」句：謂見柿園而憶長安也。長安多柿園。新唐書鄭虔傳：「虔善圖山水，好書，常苦無紙，於是慈恩寺貯柿葉數屋。」韓愈遊青龍寺贈崔大補闕：「正值萬株紅葉滿。」即狀柿樹。谷遊貴侯城南林墅詩亦云：「柿繁和葉紅。」可參證。

〔五〕季鷹：張翰字季鷹，爲齊王冏大司馬東曹掾，見晉末世亂，託言「見秋風起，乃思吳中菰菜、蓴羹、鱸魚膾」，辭官而歸。「俄而冏敗，人皆謂之見機。」見晉書本傳。

〔六〕引退：官吏自請退職。宋書謝莊傳：「前以聖道初開，未遑引退。及此諸夏事寧，方陳微請。」知時：即見機。

奔問三峰寓止近墅〔一〕

半年奔走頗驚魂，來謁行宮淚眼昏〔二〕。鴛鷺入朝同待漏〔三〕，牛羊送日獨歸村〔四〕。灞陵散失詩千首〔五〕，太華淒涼酒一尊〔六〕。兵革未休無異術〔七〕，不知何以受君恩〔八〕。

【校】

「半年」句：「半」，豫章、叢刊作「二」；「頗」，豫章作「破」。　行宮：「宮」，叢刊作「官」，誤。　鴛鷺：「鴛」，稿本、豫章作「鵷」。

【箋注】

〔一〕此詩作於乾寧四年（八九七）。舊唐書昭宗紀：乾寧三年秋七月，「岐軍進逼京師。諸王率禁兵奉車駕將幸太原。華州韓建來朝，泣奏曰：『願陛下且駐三峰，以圖恢復。』丙申，駐蹕華州，以衙城爲行宮。」資治通鑑卷二六〇，乾寧三年秋，七月，「（李）茂貞進逼京師，延王戒丕曰：『今關中藩鎮無可依者，不若自鄜州濟河，幸太原，臣請先往告之。』辛卯，詔幸鄜州。壬辰，上出至渭北。韓建遣其子從允奉表請幸華州，上不許。……而建奉表相繼，上及從官亦憚遠去，癸巳，至富平，遣宣徽使元公訊召建，面議去留。甲午，建詣富平見上，頓首涕泣言：『方今藩臣跋扈者，非止茂貞。陛下若去宗廟園陵，遠巡邊鄙，臣恐車駕濟河，無復還期。今華州兵力雖微，控帶關輔，亦足自固。臣積聚訓厲，十五年矣，西距長安不遠，願陛下臨之，以圖興復。」上乃從之。乙未，宿下邽；丙申，至華州，以府署爲行宮。」昭宗至華州，谷並未隨行，故首聯「半年奔走」句，當於年底或下一年歲初方至華州，寓居華山之雲臺觀。雲臺編序：「乾寧初上幸三峰，朝謁多暇，寓止雲臺道舍。」

三峰：華山之代稱，因華山有明星、玉女、芙蓉三名峰。亦用以代華州。太平寰宇記卷二九引名山記：「華岳有三峰，直上數千仞。」

〔二〕行宮：帝王出巡暫居處。文選左思吳都賦：「古昔帝代，曾覽八紘之洪緒，一六合而光宅。……爲闕梁岷，有卧方之館，行宮之基歟。」李善注：「天子行所立，名曰行宮。」

〔三〕鴛鷺：朝班。見卷一送司封從叔員外詩注。

〔四〕「牛羊下日」：詩小雅君子于役：「日之夕矣，羊牛下來。」歷來以爲是「刺平王東遷，役者獨無歸宿」。昭宗東奔華州，與平王事類。

〔五〕「灞陵」句：谷雲臺編序：「游舉場凡十六年，著述近千餘首，自可者無幾。登第之後，孜孜忘倦，甚於始學也。喪亂奔離，散墜略盡。」

〔六〕太華：即華山。書禹貢：「西傾朱圉鳥鼠，至於太華。」

〔七〕兵革：兵器與衣甲之合稱，指代戰事。詩鄭風野有蔓草序：「君之澤不下流，民窮於兵革。」異術：異能。史記仲尼弟子列傳：「受業身通者七十有七人，皆異能之士也。」

〔八〕「不知」句：谷於乾寧四年秋轉都官郎中，昭宗奔華之次年。參卷二叙事感恩上狄右丞詩注。

朝直〔一〕

朝直叨居省閣間，由來疏退校安閑。落花夜靜宮中漏，微雨春寒廊下班。自扣玄門齊寵辱〔二〕，從他榮路用機關〔三〕。孤峰未得深歸去〔四〕，名畫偏求水墨山。

【箋注】

〔一〕由「省閣」可知此詩應作於乾寧五年（八九八）至天復（九〇一）間，由頸聯及尾聯知谷已有退隱之意。朝直：直宿於朝。唐會要卷八二：「故事，尚書省官每一日一人宿直。都司執直簿轉以爲次。凡內外官，日出視事，午而退，有事則直。」

〔二〕玄門：玄妙法門。老子首章：「玄之又玄，衆妙之門。」寵辱：老子十三章：「寵辱若驚。」莊子齊物論：「王倪曰：『至人神矣。……死生無變於己，而況利害之端乎。』」

〔三〕榮路：爲官仕進之路。後漢書左雄傳：「榮路既廣，觖望難裁。」機關：用漢陰丈人灌圃事。莊子天地篇：「子貢南游於楚，反於晉，過漢陰，見一丈人，方將爲圃畦，鑿隧而入井，抱瓮而出灌。……子貢曰：『有械於此，一日浸百畦，用力甚寡而見功多，夫子不欲乎？』……爲圃者忿然作色而笑曰：『吾聞之吾師，有機械者必有機事，有機事者必有機心，機心存於胸中則純白不備，純白不備則神生不定，神生不定者道之所不載也。吾非不知，羞而不爲也。』」

〔四〕「孤峰」句：從裴迪送崔九詩「歸山深淺去，須盡丘壑美。莫學武陵人，暫遊桃源裏」詩意化出。

巴江 時僖宗省方南梁〔一〕。

亂來奔走巴江濱，愁客多於江徼人〔二〕。朝醉暮醉雪開霽，一枝兩枝梅探春。詔書罪己方哀痛〔三〕，鄉縣徵兵尚苦辛。鬢禿又驚逢獻歲〔四〕，眼前渾不見交親。

【校】

交親：「交」，豫章作「高」。

【箋注】

〔一〕本詩作於光啓二年（八八六）春。按：南梁，山南西道梁州興元府。省方南梁，實爲奔避南梁之婉稱。史載僖宗奔南梁凡二次，其一爲廣明元年（八八〇）十二月甲申黄巢破長安，僖宗出奔，丁酉，車駕至興元。二年春正月發興元向成都，此行興元非目的地，乃暫駐，時間僅半月左右。見資治通鑑卷二五四。其二爲光啓二年（八八六）十二月李克用進逼京師，田令孜挾僖宗出奔，二年正月戊子幸興元，三月甲申抵達，在興元一年之久。至三年二月亂事初敉方移駕鳳翔（同書卷二五六、二五七）。僖宗爲李儇廟號，知原注爲谷乾寧中編集時所加，或者更爲後人所注。當以指後者長期駐蹕興元爲是。又詩云「鬢禿」，廣明二年谷僅三十一歲，其時前後所著詩有「唯恐流年損鬢毛」（輦下冬暮詠懷初稿）；「鑑貌還惆悵，難遮兩鬢羞」。

（興州東池）等句。顯與「弱冠」不合，至光啓二年三十六歲稍近之。

巴江：巴水，源出大巴山，西南入蜀境，經南江縣至巴中縣東南，合南江水爲巴江。流域頗廣，此難以確指何段。　省方：視察四方。易觀：「先王以省方觀民設教。」疏：「以省視萬方，觀看民之風俗，以設於教。」

〔二〕「愁客」句：愁客謂己等避亂入蜀一干人。　徼，邊界。漢書鄧通傳：「人有告通盜出徼外鑄錢。」顏師古注：「徼，猶塞也。」

〔三〕詔書罪己：古代帝王遇天災人禍時，下詔自責以安撫人心，是爲罪己詔。左傳莊公十一年：「禹湯罪己。」舊唐書玄宗紀：「天寶十五載八月，御蜀都府衙，宣詔曰：『朕以薄德，嗣守神器，每乾乾惕厲，勤念生靈。一物失所，無忘罪己。』」按史未載僖宗罪己詔事，唯黄巢事平後，秦宗權爲亂，史稱「其殘暴又甚於巢」（資治通鑑卷二五六）。光啓元年春正月，戊午，僖宗下詔招撫之，或中有罪己之語。待考。

〔四〕獻歲：一年之始。楚辭招魂：「獻歲發春兮，汨吾南征。」

故許昌薛尚書能嘗爲都官郎中後數歲故建州李員外頻自憲府内彈拜都官員外八座外郎皆一時騷雅宗師則都官之曹振盛於此予早年請益實受深知今忝此官復是正秩豈惟俯慰孤宦何以仰繼前賢榮惕在衷遂賦自賀〔一〕

都官雖未是名郎，踐歷曾聞薛許昌〔二〕。復有李公陪雅躅〔三〕，豈宜鄭子忝餘光〔四〕。榮爲後進趨蘭署〔五〕，喜拂前題在粉牆。八座、外郎於省中題記多在〔六〕。他日節旄如可繼〔七〕，不嫌曹冷在中行〔八〕。

【校】

題：「仰」，叢刊作「祖」。

【箋注】

〔一〕由題可知作於乾寧四年（八九七）秋任都官郎中後不久。

故許昌薛尚書能：唐詩紀事卷六薛能：「歷侍御史、都官、刑部員外郎。」又薛能曾以工部尚書爲忠武軍節度使（治所許昌），能卒於廣明元年，因稱。參獻大京兆薛尚書能詩。故建州李員外頻自憲府内彈拜都官員外：李頻由侍御史擢都官員外郎，出爲建州刺史。乾符三年卒於任，故稱，參卷一哭建州李員外頻注。唐才子傳卷七李頻：「懿宗嘉之，賜緋銀魚，擢侍御史。守法不阿，遷都官員外郎。」八座：指薛尚書。初學記：「隋以六尚書、左右僕射爲八座，唐同。」外郎：指李員外。通典卷一九：「神龍二年三月，又置員外官二千餘人，於是遂有員外。」注：「員外官其初但云員外，至永徽六年以蔣孝璋爲尚藥奉御員外特置，仍同正員。自是員外官復有同正員者，惟不給職田耳，其禄俸賜與正官同，單言員外者，則俸禄減正官之半。」宗師：爲人所尊崇，奉爲師表之人。後漢書朱浮傳：「尋博士之官，爲天下宗師。」請益：雲臺編序：「故薛許昌能、李建州頻不以晚輩見待。預於唱和之流，而忝所得爲多。」正秩：秩，品級、職位。左傳文公六年：「委之正秩。」此指郎中(正郎)。　榮惕在衷：心中充滿榮耀敬畏之感。惕，説文：「惕，憂懼。」易无咎：「夕惕若厲。」

〔二〕踐歷：曾任此職。

〔三〕雅躅：風雅之足跡。史記萬石張叔列傳：「敏行訥言，俱嗣芳躅。」漢書叙傳：「伏孔周之軌躅。」

〔四〕餘光：分沾恩惠。史記甘茂列傳：「貧人女與富人女會績，貧人女曰：『我無以買燭，而子之燭光幸有餘，子可分我餘光。』」

〔五〕後進：後輩。論語先進：「後進於禮樂。」　蘭署：即蘭省，尚書省也。前屢見。

〔六〕「喜拂」句：唐代習俗，政府各部門廳堂皆有壁記。南部新書甲：「尚書諸廳，歷者有壁記，入相則以朱點之。」封氏聞見記：「朝廷百司諸廳皆有壁記，原其作意，蓋欲著前政履歷，而發將來健羨焉。」前題，指郎官石柱題名之在己之前者。

〔七〕節旄：古代使者表示身份之憑證，唐節度使授職時賜雙旌雙節，中唐後刺史亦假雙旌，李頻爲建州刺史，谷意謂己當步薛、李之後塵。

〔八〕曹冷：曹即司，都官爲刑部屬司，非要職，故曰冷。　中行：見前感懷投時相注。

【集評】

胡仔：蔡寬夫詩話云：「官名有因人而重，遂爲故事者。……劉原甫嘗以鄭谷戲梅聖俞爲梅都官，然谷詩有云，『都官雖未是名郎，踐歷曾聞薛許昌。復有李公陪雅躅，豈宜鄭子忝餘光。』其自序以爲『薛能、李頻皆嘗歷拜，

其實由之振盛』。則都官之重，自谷時已云然也。」（苕溪漁隱叢話前編卷二一）

訪題表兄王藻渭上別業〔一〕

桑林搖落渭川西，蓼水瀰瀰接稻泥〔二〕。幽檻靜來漁唱遠，暝天寒極雁行低。濁醪最稱看山醉，冷句偏宜選竹題〔三〕。中表人稀離亂後，花時莫惜重相攜。

【校】

題：「業」，叢刊作「墅」。　桑林：「林」，叢刊作「村」，英華作「樹」。　看山：「山」，稿本原作「水」，圈去改「山」。

離亂：「離」，叢刊作「罹」。

【箋注】

〔一〕據七句，當作於光啓元年（八八五）由蜀返京後至天復末（九〇四）歸隱前。王藻：據卷一訪姨兄王斌渭口別墅詩，知亦當爲谷姨表兄。

〔二〕蓼水：蓼爲蓼科植物之總稱，多生於水邊。　瀰瀰：水盛貌。詩邶風新臺：「河水瀰瀰。」

〔三〕「冷句」句：從李賀南園十三首「舍南有竹堪書字」句意化出。

題汝州從事廳〔一〕

詩人公署如山舍，祇向階前便採薇〔二〕。驚燕拂簾閑睡覺，落花沾硯會餐歸。壁看舊記官多達〔三〕，牓掛明文吏莫違。自說小池栽葦後，雨涼頻見鷺鷥飛。

【校】

會餐：「餐」，稿本、豫章作「飡」。

【箋注】

〔一〕按張喬有送鄭谷先輩赴汝州辟命詩。前已考張喬於乾符三年（八七六）前返九華山隱居（見卷一久不得張喬消息詩注），而谷初試禮部爲咸通十三年（八七二），是年與下年不第後均歸宜春（見傳箋此二年條）。則詩當作於咸通至乾符初。又詩意閑適，當在乾符元年十二月王仙芝起兵長垣，二年六月黃巢起於冤句前，因二地與汝州相近。兩相較之，當以咸通十五年或乾符元年、二年春日作爲近是。汝州：因境内汝水而得名，今河南臨汝縣。新唐書地理志二：「汝州臨汝郡，本伊州襄城郡。」

〔二〕採薇：薇，野生植物，可食。詩召南草蟲：「陟彼南山，言採其薇。」階前採薇，見其幽寂。

〔三〕「壁看」句：唐時州縣公署諸廳亦有壁記，如韓愈有藍田縣丞廳壁記。

谷初忝諫垣今憲長薛公方在西閣知奬隆異以四韻

代述榮感〔一〕

舊詩常得在高吟，不奈公心愛苦心〔二〕。道自瑣闈言下振，舍人於閣下衆中奬嘆頃年篇什。恩從仙殿對迴深。谷累陪舍人轉對，偶免乖儀，舍人深以知奬〔三〕。流年漸覺霜欺鬢，至藥能教土化金〔四〕。自拂青萍知有地〔五〕，齋誠旦夕望爲霖〔六〕。

【校】

題：「知奬」，叢刊作「奬也」。不奈：「奈」，豫章作「禁」。「對迴深」下注：「累」，豫章作「屢」。齋誠：「誠」，叢刊作「心」。

【箋注】

〔一〕據詩題「初忝諫垣」，當作於乾寧元年（八九四）任右拾遺後數年內。（參卷一順動後藍田偶作詩注）。諫垣：見卷二忝官諫垣明日轉對詩注。憲長薛公：或即薛逢子薛廷珪。舊唐書薛廷珪傳：「廷珪，中和中登進士第，大順初，累遷司勳員外郎，知制誥，正拜中書舍人。乾寧三年，奉使太原復命，昭宗幸華州，改左散騎常侍，移疾免，客游成都。光化中復爲中書舍人，遷刑部、吏部二侍郎，權知禮部貢舉，拜尚書左丞。」 憲長：御史臺之長，由御史大夫任，或以御史中丞代。 唐會要卷六〇：「會昌二年十二月敕：中丞爲大夫之貳，緣大夫秩崇，官不常置，中丞爲憲臺長。」 西閣：西臺也，即中書省。 新唐書百官志：「龍朔元年，改中書省曰西臺。」 據舊五代史薛廷珪傳云：「廷珪，中和年在西川登進士第，累歷臺省。」或即指廷珪曾任此官。

〔二〕「不奈」句：不奈，奈通耐，不奈即不耐。 張相詩詞曲語辭匯釋卷二「耐」(三)：「耐，猶宜也，稱也，配也。」 苦心，詩思也。 杜甫解悶十二首之七：「孰知二謝將能事，頗學陰何苦用心。」 薛廷珪於谷詩稱許備至， 見其鄠縣鄭谷遷右拾遺制（引見卷二卷末偶題三首注）。 谷寄張茂樞有云：「紫垣名士推揚切，爲話心孤倍感知。」注：「紫薇薛公獎譽頗深。 補袞即紫薇中表，嘗傳重旨。」谷自謙詩才不足辱薛氏青眼。

〔三〕「恩從」句：見卷二忝官諫垣明日轉對詩注。 對即轉對。 句下注：乖儀，失儀也。乖，不一致。 左傳昭公三十年：「楚執政衆而乖。」

〔四〕「至藥」句：方士所云丹藥，可點化黃金。 史記封禪書：「李少君言上曰：『祠竈則致物，致物而丹砂可化爲黃金。』」此喻薛氏之恩顧。

〔五〕「自拂」句：藝文類聚卷八二萍：「周禮曰：穀雨一日，萍始生。」 此用其意。 同卷何晏詩：「願爲緑蘋草，託身寄清池。」言己於薛氏之感激。

〔六〕齋誠：誠，真純之心意。 齋誠即齋心誠意，專一不二也。 列子黃帝：「齋心服形。」陳子昂續唐故中嶽體玄先生潘正師碑：「齋心潔意緬相望。」 霖：甘雨，喻恩澤。 左傳隱公九年：「凡雨，自三日以往爲霖。」古文尚書說命：「若歲大旱，用汝作霖雨。」杜甫上韋左相二十韻：「霖雨思賢佐。」

兵部盧郎中光濟借示詩集以四韻謝之〔一〕

七子風騷尋失主〔二〕，五君歌誦久無聲〔三〕。調和雅樂歸時正〔四〕，澄濾頽波到底清〔五〕。才大始知寰宇窄〔六〕，吟高何止鬼神驚〔七〕。葉公好尚渾疏闊，忽見真龍幾喪明〔八〕。

【校】

題：原校「一本題中無光濟二字」，稿本即無，叢刊本作「宿兵部盧郎中乃蒙出示詩集」。　七子：「七」，原校「一作士」，稿本、豫章即作「士」，誤。　五君：「五」，原校「一作吾」，稿本即作「吾」，誤。

【箋注】

〔一〕盧光濟：新唐書宰相世系表三范陽盧氏：「光濟字子垂。」其弟「光啟字子忠，相昭宗。」又新唐書盧光啟傳：「（光啟）累擢兵部侍郎。昭宗幸鳳翔，以光啟權總中書事，兼判三司，進左諫議大夫參知機務，復拜兵部侍郎，同中書門下平章……」按昭宗幸鳳翔，爲光化四年（九〇一）事，此前光啟已爲兵部侍郎。光濟爲其兄，其任兵部郎中似當在前。

兵部郎中：新唐書百官志一：「（兵部）郎中一人判帳及武官階品、衛府衆寡、校告、給告身之事；一人判簿及軍戎調遣之名數、朝集、祿賜、假告之常。」

〔二〕七子風騷：漢末孔融、陳琳、王粲、徐幹、阮瑀、應瑒、劉楨等七人，稱建安七子，其作品言語剛健、辭情慷慨，世謂之「漢魏風骨」。此云唐季文風綺靡，漢魏風骨之傳統已無人繼承。

〔三〕五君：南朝宋顔延之作五君詠，詠晉「竹林七賢」中阮籍、嵇康、劉伶、阮咸、向秀五人。

〔四〕「調和」句：雅樂，周漢以來之正樂，對俗樂而言。舊唐書音樂志：「隋文帝家世士人，鋭興禮樂，踐祚之始，詔太常卿牛弘、祭酒辛彦之增修雅樂，……歎曰：『此華夏正聲也，非吾此舉，世何得聞。』」此借謂盧光濟詩能振興風雅，以歸正聲。

〔五〕「澄濾」句：盧藏用右拾遺陳子昂文集序：「君諱子昂，字伯玉，蜀人也。崛起江漢，虎視函夏，卓立千古，横制頽波，天下翕然，質文一變。」李白古風：「揚馬激頽波，開流蕩無垠。」

〔六〕「才大」句：此用宋謝靈運論才之語意。宋無名氏釋常談八斗之才：「謝靈運嘗曰：『天下才有一石，曹子建獨佔八斗，我得一斗，天下共分一斗。』」又陸機文賦：「籠大地於形内，挫萬物於筆端。」

〔七〕「吟高」句：用杜甫寄李十二白二十韻「筆落驚風雨，詩成泣鬼神」句意。

〔八〕「葉公」二句：謙言己如葉公之徒好假龍，而以真龍贊盧詩之高明。葉公，劉向新序：「葉公子高好龍，鉤以寫龍，鑿以寫龍，屋室雕文以寫龍。於是天龍聞而下之，窺頭於牖，施尾於堂。葉公見之，棄而還走，失其魂魄，五色無主。是葉公非好龍也，好夫似龍而非龍者也。」好尚，愛好，崇尚。三國志蜀志法正傳：「諸葛亮與法正雖好尚不同，而以公義相取。」疏闊，粗疏。漢書賈誼傳：「天下初定，制度疏闊。」衷明，失明。禮檀弓：「子夏喪其子而喪其明。」

賀左省新除韋拾遺〔一〕

初昇諫署是真仙〔二〕，浪透桃花恰五年〔三〕。垂白郎官居座末〔四〕，著緋人吏立階前〔五〕。百寮班列趨丹陛〔六〕，兩掖風清上碧天〔七〕。從此追飛何處去，金鑾殿與玉堂連〔八〕。

【箋注】

〔一〕由三句，知作於乾寧四年（八九七）谷爲都官郎中後。左省：即門下省，長安志卷六：「宣政殿，……殿前東廊曰日華門，東有門下省。……殿前西廊曰月華門，西有中書省。」故門下省又稱左省，中書省又稱右省。　新除：除，拜官授職。

〔二〕「初昇」句：禁中稱爲仙掖，故云「是真仙」。　諫署，即諫垣，諫官所居公署。見卷二忝官諫垣明日轉對詩注。

〔三〕浪透桃花：三秦記：「河津一名龍門，桃花浪起，鯉躍而上之，過者爲龍，否則點額而退。」按唐世多以過龍門喻及第。

〔四〕垂白郎官：谷自指，乾寧四年時谷已四十七歲。　垂白，鬢髮將白。漢書杜欽傳：「誠哀老姊垂白。」

〔五〕著緋人吏：舊唐書輿服志：「自外及民任雜掌無官品者，皆平巾幘，緋衫，大口袴，朝集從事則服之。」參前獻制誥楊舍人注。

〔六〕丹陛：古代宮殿前石階，漆作朱色，是爲丹陛。文選張衡西京賦：「右平左墄，青瑣丹墀。」

〔七〕「兩掖」：掖通「腋」。漢書高后紀：「入未央宮腋門。」注：「非正門而在兩旁，若人之臂掖也。」門下、中書二省在大明宮宣政門兩側，日華門、月華門之列，故稱兩掖或腋省。碧天，指天廷。朝廷。此句切首聯「初升諫署是真仙」句。

〔八〕「從此」二句：謂韋日後將入翰林院。金鑾殿：宮殿名，在大明宮中。長安志卷六：「金鑾殿在環周殿西北，與翰林院相接。」文獻通考職官八：「前朝因金鑾坡以爲門名，唐時與翰林院相接。」玉堂：官署名，漢有玉堂署，漢書李尋傳：「過隨衆賢待詔，食太官，衣御府，久汚玉堂之署。」王先謙補注：「何焯曰：『漢時待詔於玉堂殿，唐時待詔於翰林院，至宋以後，翰林院遂並蒙玉堂之號。』」

右省張補闕茂樞同在諫垣連居光德新春賦詠聊以寄懷〔一〕

小梅零落雪欺殘，浩蕩窮愁豈易寬〔二〕。惟有朗吟償晚景，且無濃醉厭春寒。高齋每喜追攀近〔三〕，麗句先憂屬和難。十五年前諳苦節〔四〕，知心不獨爲同官。

【校】

題：「樞」，叢刊作「相」，誤。「且無」句：「醉」，原校「一作酒」；「厭」，原校「一作壓」，叢刊即作「壓」，此通。

諳苦節：「諳」，原校「一作諧」，稿本、豫章即作「諧」。

【箋注】

〔一〕據尾聯「知心不獨爲同官」語，谷之官職與張氏近似。此詩當作於乾寧元年（八九四）至四年谷爲拾遺補闕時某春日。

〔二〕張補闕茂樞：見次韻酬張補闕因寒食見寄之什詩注。光德：里坊名。長安志卷一〇載光德坊爲朱雀街之第三街，即皇城西之第一街，街西從北第六坊。

〔三〕浩蕩：原狀水勢洶湧貌。此指愁思。李白沙丘城下寄杜甫：「思君若汶水，浩蕩寄南征。」窮愁：史記平原君虞卿列傳：「太史公曰：『然虞卿非窮愁，亦不能著書以自見於後世云。』」

〔四〕「高齋」句：謂連居也。高齋，南史庾肩吾傳：「（肩吾）在雍州被命與劉孝威、江伯摇、孔敬通、申子悦、徐防、徐摛、王囿、孔鑠、鮑至等十人抄撰衆籍，豐其果饌，號高齋學士。」喻張及己之身份。

〔五〕「十五年前」句：謂與張相識已十五年。苦節，見卷一從叔郎中諴輟自秋曹詩注。

右省補闕張茂樞同在諫垣鄰居光德迭和篇什未嘗間時忽見貽謂谷將來履歷必在文昌當與何水部宋考功爲儔谷雖賦於風雅實用兢惶因抒酬寄〔一〕

何宋清名動粉闈〔二〕，不才今日偶陳詩。考功豈敢聞題品，水部猶須繫挈維〔三〕。積雪巷深酬唱夜，落花牆隔笑言時。紫垣名士推揚切〔四〕，爲話心孤信感知。紫薇薛公獎譽頗深，補袞即紫薇中表，當傳重旨，故有此句。

【校】

題：「德」，叢刊作「得」，誤；「爲」下豫章有「同」字；「抒」，叢刊作「行」，誤。牆隔：「隔」，豫章作「間」，誤。

篇末注，稿本删去。

【箋注】

〔一〕此詩寫作年代與上篇同。

文昌：見卷一寄前水部賈員外嵩詩注。何水部：即何遜。見省中偶作詩注。宋考功：舊唐書文苑傳：「宋之問，弱冠知名，尤善五言詩，當時無能出其右者。……預修三教珠英。常扈從游宴，則天幸洛陽龍門，令從官賦詩，左史東方虬詩先成，則天以錦袍賜之；及之問詩成，則天稱其詞愈高，奪虬錦袍以賞之。……景龍中再轉考功員外郎。」

〔二〕粉闈：即粉署，尚書省別稱。見闕下春日詩注。

〔三〕「考功」二句：均爲倒裝，意謂不敢與何遜、宋之問比評高下。 題品，評論人物。後漢書許劭傳：「好共覈論鄉黨人物，每月輒更其品題。」 挈維，挈，提也，維，繫也。引申爲提攜、帶領。穀梁傳僖公二年：「挈其妻子以奔曹。」詩小雅白駒：「皎皎白駒，食我場苗，挈之維之，以永今朝。」

〔四〕紫垣：紫薇垣（星宿名）之簡稱，即中書省。新唐書百官志一：「開元元年改中書省曰紫薇省，中書令曰紫薇令。」紫垣名士即谷初忝諫垣詩中之薛廷珪。

寄職方李員外〔一〕

曾袖篇章謁長卿〔二〕，今來附鳳事何榮〔三〕。星臨南省陪仙步〔四〕，春滿東朝接珮聲。員外攝事儲宮，谷忝獲攀接〔五〕。談笑不拘先後禮，歲寒仍契子孫情〔六〕。龍墀仗下天街暖〔七〕，共看圭峰並馬行〔八〕。

【校】

「珮聲」下注：「事」，叢刊、英華作「史」；「接」，叢刊、英華作「附」，豫章作「援」。　仍契：「契」，豫章作「挈」。

【箋注】

〔一〕職方李員外：不詳。新唐書百官志一兵部職方：「員外郎掌地圖、城隍、鎮戍、烽堠。」

〔二〕袖篇章：趙彦衛雲麓漫鈔卷八：「唐之舉人，先藉當世顯人以姓名達之主司，然後以所業投獻，逾數日又投，謂之温卷。」宋程大昌演繁露卷七：「唐人舉進士必行卷者，爲緘軸録其所著文以獻主司也。」　謁長卿：史記司馬相如列傳：「卓氏客以百數，至日中，謁司馬長卿。長卿謝病不能往，臨邛令不敢嘗食，自往迎相如。」

〔三〕附鳳：揚雄法言：「攀龍鱗，附鳳翼。」龍鳳喻聖賢，謂羣弟子因聖賢而成名。

〔四〕星臨：郎官上應星宿，前屢見。　南省：尚書省。　仙步：省署稱仙署，故云，前屢見。

〔五〕東朝：東宫，太子所居，亦用以代指太子。詩衛風碩人：「東宫之妹。」孔穎達疏：「太子居東宫，因以表太子。」顔延之應詔讌曲水：「君彼東朝，金昭玉粹。」　接珮聲：唐制六品以上官員帶劍及玉珮，行步相隨，珮聲相接。新唐書車服志載：一品之服，金寶玉飾劍鏢首，山玄玉佩。二品至五品之服：金飾劍，水蒼玉珮。」　攝事：輔助。詩大雅既醉：「朋友攸攝，攝以威儀。」　儲宫：太子稱儲君。儲，副也，公羊傳僖公五年：「世子，猶世世子也。」注：「言當世父位，儲君副主。」潘尼贈陸機出爲吴王郎中令：「乃漸上京，乃儀儲宫。」

〔六〕歲寒：喻暮年。文選潘岳金谷集作詩：「春榮誰不慕，歲寒良獨希。」李善注：「春榮，喻少，歲寒，喻老也。」

子孫情：用白居易與元八卜鄰先有是贈「可獨終身數相見，子孫常作隔牆人」句意。

〔七〕龍墀：宮殿階石。天街：京中街道。高適酬裴員外以詩代書：「自從拜郎官，列宿焕天街。」

〔八〕圭峰：見卷一訪姨兄王斌渭上別墅詩注。

寄題詩僧秀公〔一〕

靈一心傳清塞心，可公吟後楚公吟〔二〕。近來雅道相親少〔三〕，惟仰吾師所得深。好句未停無暇日，舊山歸老有東林〔四〕。冷曹孤宦甘寥落〔五〕，多謝攜筇數訪尋。

【箋注】

〔一〕據七句知本詩作於乾寧四年（八九七）爲都官郎中後。秀公：見卷二喜秀上人相訪詩注。

〔二〕「靈一」二句：此四人皆中晚唐詩僧。靈一，姓吳氏，廣陵人，唐著名詩僧。寶應元年冬十月十六日寂滅於杭州龍興寺，春秋三十五（高僧傳三集卷一五）。全唐詩録存其詩一卷。唐詩紀事卷七二：「靈一，大曆貞元間僧也。」誤。高仲武中興間氣集：「自齊梁以來，道人工文者多矣，罕有入其流者。一公乃能刻意精妙，與士大夫更唱迭和。」清塞，唐詩紀事卷七六：「師東洛人，姓周氏，少從浮圖法，遇姚合而返初，易名賀，初與賈長江、無可齊名。」可公，無可。唐才子傳卷六：「無可，長安人，高僧。世工詩，多爲五言。初，賈島棄俗，時同居青龍寺，呼島爲從兄。與馬戴、姚合、厲玄多有酬唱。」楚公，似爲懷楚，安州白兆竺乾院僧，嗣青原系下七世（見五燈會元卷八）。唐詩紀事録其詩二首，時代當略早於文秀。

〔三〕雅道：風雅之道。藝文類聚卷三六隋江總莊周畫頌：「丹青可久，雅道斯存。」

〔四〕東林：湖州東林山。卷二重陽日訪元（文）秀上人詩有云：「別畫常懷吳寺壁，宜茶偏賞霅溪泉。」霅溪爲湖州名溪，知秀原住湖州，唐詩紀事稱秀爲南僧。湖州府志卷四：「東林山在府城西五十四里。」又吳興掌故集：「東林山，歸安縣南五十四里，又名具錦峰，上有浮圖，下有祇園寺。」按湖州又名吳興。

〔五〕冷曹孤宦：谷自指。冷曹，此指都官郎中。前故薛許昌尚書能嘗爲都官郎中詩有云「不嫌曹冷在中行」句可參。

【集評】

金聖歎：此亦倒裝詩。爲欲謝彼訪我，因先述我仰彼也。輕輕抬出四前輩，妙！此非請四公比秀公，亦非推秀公接四公，只是遠遠舉得四公便住口，已後更不肯輕向齒縫唇尖再許一箇半箇。於是遂使近來字，少字，惟仰字，字字清清冷冷，如扣哀玉之聲也。（貫華堂唐才子詩集卷八）

此言秀公凡有四不應訪也。一、句字未安，不應輟筆也。一、林泉得意，不應下山也。一、官落閑曹，料無河潤也。一、人方獨立，別無奥援也。是爲反覆尋求，決無訪理。而今方且不惟一訪而已，至於再，至於數；然則款曲寄謝，必不可得也。（同上）

東蜀春晚〔一〕

如此浮生更別離〔二〕，可堪長慟送春歸。潼江水上楊花雪，剛逐孤舟繚繞飛〔三〕。

【箋注】

〔一〕約作於中和四年（八八四），谷由西川到東川後。參卷一梓潼歲暮詩注。

〔二〕浮生：人生也。莊子刻意：「其生若浮，其死若休。」李白春夜宴從弟桃花園序：「夫天地者萬物之逆旅，光陰者百代之過客。而浮生若夢，爲歡幾何？」

〔三〕「潼江」二句：此指梓潼水。水經注卷三二：「梓潼水出廣漢縣北界，西南入於涪，又西南至小廣魏南入於墊江。」元和郡縣圖志卷三三：「梓潼縣……梓潼水，一名馳水，北自陰平縣界流入。」文選張衡南都賦：「修袖繚繞而滿庭。」朱放送魏校書：「楊花撩亂撲流水，愁殺行人知不知。」吳融春歸次金陵：「更被東風動離思，楊花千里雪中行。」

永日有懷〔一〕

能消永日是摴蒲〔二〕，坑塹由來似宦途〔三〕。兩擲未終楗橛內，座中何惜爲呼盧〔四〕。

【校】

題：「懷」，萬首作「寄」。　　未終：「終」，原校「一作離」，萬首即作「離」。「揵㩎」，原校「一作捷㩎」，稿本、豫章即作「捷㩎」。何惜：「何」，原校「一作可」。

【箋注】

〔一〕由二句可知爲景福二年（八九二）谷入仕後作。永日：長日。詩唐風山有樞：「子有酒食，何不日鼓瑟？且以喜樂，且以永日。」

〔二〕樗蒱：也作「樗蒲」，古代一種博戲。

〔三〕坑塹：局上之布置。唐人説薈四集李翺五木經：「凡擊馬及王采皆又投（擊馬謂打敵人子也，打子得雋，王者自專）。馬出初關疊行，非王采不出關不越坑（馬出關亦自專之義也，名爲落坑，義在難出，故用王采能出也）。入坑有謫，行不擇篋馬，一矢爲坑（謂矢行致馬落坑也）。」

〔四〕「兩擲」二句：李肇國史補下載摴蒱戲，「其法：三分其子三百六十，限以二關，人執六馬，其骰五枚，分上爲黑，下爲白。黑者刻二爲犢，白者刻二爲雉。擲之全黑者爲盧，其采十六；二雉三黑爲雉，其采十四；二犢三白爲犢，其采十；全白爲白，其采八；四者貴采也。開爲十二，塞爲十一，塔爲五，秃爲四，撅爲三，梟爲二；六者雜采也。貴采得連擲，得打馬，得過關，餘采則否，新加進九退六兩采。」據此知，揵㩎，當即雜采之「撅」，爲低點之采。「盧」，則爲貴采之最。呼盧，擲骰時呼喊「盧」之出現。晉書劉毅傳：「（劉裕擲子）既而四子俱黑，其一子轉躍未定，裕厲聲喝之，即成盧焉。」李白少年行：「呼盧百萬終不惜。」二句喻世態人情，謂正如擲骰者未得貴采，旁觀者不惜爲之助威呼盧，自己宦途未亨，旁人每多順承人情耳。谷景福二年秋冬爲鄠縣尉，乾寧元年遷右拾遺，四年轉補闕。詩言兩擲未終，得無在右拾遺任上作耶？以摴蒱之制今已不詳，姑釋以備參。

【集評】

葛立方：樗蒱用博齒五枚，如銀杏狀，各上黑下白，内取二黑刻爲犢，其背刻爲雉。故李翶五木經云「樗蒱五木黑白判，厥二作雉背作牛」是也。以盧白雉犢四爲王采，取其全；把八采爲甿者，惡其駁也。按前史，三擲三盧如慕容寶，五擲五盧如李安人，王思政之擲印爲盧，劉裕之喝盧勝雉，嘗以爲前途富貴之先兆。卒之其應如響，亦可謂異矣。鄭谷詩云：「能消永日是樗蒱，坑塹由來似宦途，兩擲未離操擷内，坐中何惜爲呼盧。」然盧可呼而得，宦可倖而致乎？（韻語陽秋卷一七）

槐花〔一〕

毿毿金蕊撲晴空〔二〕，舉子魂驚落照中。今日老郎猶有恨〔三〕，昔年相虐十秋風〔四〕。

【校】

相虐：「虐」，原校「一作謔，又作戲」，戊籤作「謔」，萬首作「戲」。

【箋注】

〔一〕據「老郎」云云知此詩爲乾寧四年（八九七）爲都官郎中後，天復中（九〇一——九〇四）歸隱前作。

槐花：南部新書乙：「長安舉子七月後投獻新課，並於諸州府拔解，人爲語曰：槐花黄，舉子忙。」翁承贊詠槐花詩：「雨中妝點望中黄，勾引蟬聲送夕陽。憶得當年隨計吏，馬蹄終日爲君忙。」

〔二〕毿毿：毿，音山，shān，毛髮、枝條細長貌，此指花蕊。

〔三〕老郎：見卷二重訪黄神谷策禪師注。

〔四〕「昔年」句：雲臺編序：「游舉場凡十六年。」此處言「十秋」，舉其成數也。

小　桃〔一〕

和煙和雨遮敷水〔二〕，映竹映村連灞橋〔三〕。撩亂春風耐寒令，到頭贏得杏花嬌〔四〕。

【校】

灞橋：「橋」，原校「一作陵」，萬首即作「陵」。　撩亂：「撩」，原注「一作掩」，稿本即作「掩」；「亂」，原注「一作弄」，稿本下注「一作撩弄」（連上字而言）。　寒令：「令」，稿本、豫章作「冷」。　杏花嬌：「嬌」，原校「一作憎」，萬首即作「憎」。

【箋注】

〔一〕小桃：見蜀中之三詩注。

〔二〕敷水：水名。在陝西華陰縣以西。水經注卷一九：「渭水又東，敷水注之。水南出石山之敷谷。」

〔三〕灞橋：灞陵橋，見闕下春日詩注。

〔四〕杏花：見卷一賀進士駱用錫登第詩注。

長江縣經賈島墓〔一〕

水繞荒墳縣路斜，耕人訝我久咨嗟。重來兼恐無尋處〔二〕，落日風吹鼓子花〔三〕。

【校】

題：萬首、三體作「經賈島墓」。「落日」，原校「一作日落」，萬首即作「日落」。

【箋注】

〔一〕長江縣：元和郡縣圖志卷三三：「長江縣，本楚巴興縣。魏恭帝改爲長江縣。」賈島墓：賈島，中唐詩人，見卷一哭進士李洞二首注。三體詩題下有小注：「島爲普州司户，墓在遂州長江縣。」蜀中廣記卷三〇：「長江，後魏置縣，即巴興縣也，有明月山，在縣西南二里。……志云，浪仙有墓在焉。」按：中和四年前後谷避亂至東蜀（見前東蜀詩及卷一梓潼歲暮詩），地近長江，可能謁島墓。又景福二年由京至瀘拜謁恩地柳玭時，有舟次通泉精舍詩（卷一），將之瀘郡旅次遂州詩（卷三），長江正處通泉、遂州之間。亦可能作於此時。

〔二〕「重來」句：是懸想之詞。

〔三〕皷子花：旋花之别名。本草綱目卷一八：「旋花田野塍塹皆生，逐節延蔓，葉如菠菜葉而小，至秋開花，如白牽牛子花，粉紅色。」

嘉陵〔一〕

細雨溼萋萋，人稀江日西。春愁腸已斷〔二〕，不在子規啼。

【校】

「萋萋」，萬首作「淒淒」。　春愁句：萬首作「春腸已愁斷」。　不在：「在」，戊籤、豫章作「待」。

【箋注】

〔一〕嘉陵：見卷二興州江館詩注。或與上詩同期作。

〔二〕腸斷：見卷二下峽詩注。

中秋〔一〕

清香聞曉蓮，水國雨餘天。天氣正得所〔二〕，客心剛悄然〔三〕。亂兵何日息，故老幾人全〔四〕。此際難消遣，從來未學禪〔五〕。

【箋注】

〔一〕據首聯「水國」語，此詩應作於光啓（八八五）至景福（八九二）中，時谷漂寓荆楚、江南時。參傳箋。

〔二〕得所：得到適宜處置，即舒適宜人也。易繫辭下：「交易而退，各得其所。」

〔三〕剛：偏也。張相詩詞曲語辭匯釋卷二：「剛，猶偏也。」隋煬帝夜飲朝眠曲：「憶睡時，待來剛不來。」悄然：憂愁貌。詩邶風柏舟：「憂心悄悄。」白居易長恨歌：「夕殿螢飛思悄然。」

〔四〕「亂兵」二句：時連年戰亂，京畿、巴蜀、荆楚各地被兵之情，詳見傳箋及前有關各詩注中。

〔五〕從來：過往之意。學禪：學禪則無往無執無我也。上云「難消遣」，未學禪則無以解之。禪，見卷一谷自亂離之後在西蜀詩注。

朝謁〔一〕

捧日整朝簪〔二〕，千官一片心〔三〕。班趨黄道急〔四〕，殿接紫宸深〔五〕。威鳳迴香扆〔六〕，新鶯囀上林〔七〕。小松含瑞露〔八〕，春翠易成陰。武德殿前新栽小松〔九〕。

【校】

殿接：「接」，原校「一作揖」，戊籤、稿本、豫章即作「揖」。

【箋注】

〔一〕據詩意作於乾寧元年（八九四）或稍後一二年初爲朝官時。朝謁：早朝謁見。唐會要卷二五有文武百官朝謁序條。唐世朝謁分常朝與朔望朝參二類，下言紫宸，當爲朔望朝參，詳見卷二入閣注。

〔二〕「捧日」句：謂輔佐帝王也。捧日，三國志魏志程昱傳注：「昱少時常夢上泰山兩手捧日，……太祖曰：『卿終當爲我腹心。』」盧照鄰中和樂：「歌雲佐漢，捧日匡堯。」朝簪，見卷二爲户部李郎中與令季端公寓止渠州江寺偶作寄獻詩注。

〔三〕千官：岑參早朝大明宫：「金闕曉鐘開萬户，玉階仙仗擁千官。」

〔四〕班：班行，朝官進謁之行列，參卷二入閣詩注。黄道：本指日行之路。漢書天文志：「日有中道，月有九行，中道曰黄道，一曰光道。」又，日爲君象，志云：「凡君行急則日行疾，君行緩則日行遲。」又按老學庵筆記卷七記：「高廟駐蹕臨安，艱難之時，出行猶以黄沙鋪道，謂之黄道。」則常日殿中亦應有黄道之設。唯其制今已不詳。西京雜記載漢朝輿駕有黄道侯二人。宋之問奉和幸神皋亭應制：「清蹕喧黄道，乘輿降紫微。」

〔五〕「殿接」句：紫宸，宫殿名。長安志卷六：「龍朔二年，造蓬萊宫、含元殿。又造宣政、紫宸、蓬萊三殿。」此爲便殿，朔望御之。詳見卷二入閣詩注。

〔六〕「威鳳」句：屏風所繪圖案。威鳳，有威儀之鳳鳥，象徵吉祥。漢書宣帝紀：「威鳳爲寶。」注：「鳳之有威儀者。」香扆，扆，音以，ㄧˇ，屏風。爾雅釋宮：「牖户之間謂之扆。」郭璞注：「窗東户西也。」此指殿上之所陳。新唐書儀衛志上：「朝日，殿上設黼扆、躡席、熏爐、香案。」香扆或可解作香木所製之扆，或可解作扆前有爐香之氣縈繞。

〔七〕上林：宮苑名。秦代設置，在陝西長安縣西及盩厔、鄠縣界。後泛指宮苑。李白有侍從宜春苑奉詔賦龍池柳色初青聽新鶯百囀歌。

〔八〕「小松」句：瑞露，甘露也。從孟郊和錢侍郎甘露「玄天何以言，瑞露青松繁」句意化出。按谷春暮詠懷寄集賢韋起居袞有「右省三年老拾遺」之歎，則知本詩必爲初爲朝官時作。

〔九〕武德殿：宫名。長安志卷六：「西内：太極殿北曰朱明門，左曰乾化門。……乾化門東曰武德門，……西有掖庭，左有神龍門，内曰神龍殿，在武德殿後。」

【集評】

李鶴峰：氣象都小，然意味却厚。（唐詩觀瀾集卷七）

錦浦〔一〕

流落夜凄凄，春寒錦浦西。不甘花逐水〔二〕，可惜雪成泥〔三〕。病眼嫌燈近，離腸賴酒迷〔四〕。憑君囑鵯鴂，莫向五更啼〔五〕。

【校】

「鶺鴒」，原校「一作鶺鴒」，戊籤、稿本即作「鶺鴒」，豫章作「鶺鴒」。

【箋注】

〔一〕此詩爲廣明後四入蜀中時作，而以廣明元年（八八〇）至光啓元年（八八五）入蜀六年爲近是。蓋此次谷曾於成都久居也。

錦浦：錦江之濱。浦，水濱也。詩大雅常武：「率彼淮浦，省此徐土。」傳：「浦，涯也。」錦江前屢見。

〔二〕「不甘」句，用杜甫漫興「輕薄桃花逐水流」句意。

〔三〕雪成泥：李商隱西南行却寄相送者：「百里陰雲覆雪泥，行人只在雪雲西。」

〔四〕「離腸」句：從宋之問留别之望舍弟「强飲離前酒，終傷别後神」句意化出。

〔五〕「憑君」二句：鶺鴒，音卑夾，一名鵯鵊（音毗立），又名催明鳥。爾雅義疏：「鵯鵊聲轉爲批鴔，即批鴔鳥也。」荆楚歲時記云春分有鳥如烏，先雞而鳴，聲如加格加格。二句意由南朝吳聲歌讀曲歌「打殺長鳴雞，彈去烏臼鳥，願得連冥不復曙，一年都一曉」（樂府詩集清商曲辭）及金昌緒春怨「打起黄鶯兒，莫教枝上啼。啼時驚妾夢，不得到遼西」化出。

峨嵋雪〔一〕

萬仞白雲端〔二〕，經春雪未殘。夏消江峽滿，晴照蜀樓寒。造境知僧熟〔三〕，歸林認鶴難〔四〕。會須朝闕去，祇有畫圖看。

【校】

題：「雪」，原作「山」，校「一作雪」，此詩全首詠雪，以「雪」爲是，依戊籤改。

【箋注】

〔一〕約作於中和二、三年（八八二、八八三）春夏間。參傳箋。

峨嵋：山名。太平御覽卷四〇引益州記：「峨眉山在南安縣界，當縣南八十里，兩山首相望如峨眉。」

〔二〕萬仞：仞，古代長度單位。「萬仞」極言其高。列子湯問：「太形、王屋二山，方七百里，高萬仞。」

〔三〕造境：至此地域。造，到也，往也。修禪者務求靈臺澄澈無垢，如積雪之光明，故云「知僧熟」也。

〔四〕「歸林」句：鶴羽白，故歸林即難於相辨。

蜀江有弔

僖宗幸蜀，時田令孜用事。左拾遺孟昭圖疏論之，令孜矯貶嘉州司户，使人沈之蟇頤津，事見令孜傳〔一〕。

孟子有良策〔二〕，惜哉今已而〔三〕。徒將心體國〔四〕，不識道消時〔五〕。折檻未爲切〔六〕，沈湘何足悲〔七〕。蒼蒼無問處〔八〕，煙雨遍江蘺〔九〕。

【校】

題：稿本、百家、豫章無題下小注，此詩作於中和間，時無「僖宗」之廟號，田令孜方用事，本傳未立。此注文爲後人所加無疑。

【箋注】

〔一〕據蟇頤津地理位置（在眉州），當與上詩同一次遊歷時所作。資治通鑑卷二五四：「中和元年七月。上日夕專與宦者同處，議天下事，待外臣殊疏薄。庚午，左拾遺孟昭圖上疏，以爲：「治安之代，遐邇猶應同心；多難之時，中外尤當一體。去冬車駕西幸，不告南司，遂使宰相、僕射以下悉爲賊所屠。獨北司平善。況今朝臣至者，皆冒死崎嶇，遠奉君親，所宜自茲同休等戚。伏見前夕黄頭軍作亂，陛下獨與令孜、敬瑄及諸內臣閉城登樓，並不召王鐸以下及收朝臣入城，翌日，又不對宰相，又不宣慰朝臣。臣備位諫官，至今未知聖躬安否，況疏冗乎！儻羣臣不顧君上，罪固當誅；若陛下不恤羣臣，於義安在！夫天下者，高祖、太宗之天下，非北司之天下；天子者，四海九州之天子，非北司之天子。北司未必盡可信，南司未必盡無用。豈天子與宰相了無關涉，朝臣皆若路人！如此，恐收復之期，尚勞宸慮，尸禄之士，得以晏安。臣躬被寵榮，職在裨益，雖遂事不諫，而來者可追。」疏入，令孜屏不奏。辛未，矯詔貶昭圖嘉州司户，遣人沉於蟇頤津（蟇頤山，在眉州眉山東七里，山狀如蟇頤，因名，山臨江津，今有孟拾遺祠）。」

田令孜：僖宗寵幸之宦者。新唐書田令孜傳：「田令孜字仲則，蜀人也。……僖宗即位，擢令孜左神策軍中尉。……始，帝爲王時，與令孜同卧起，至是以其知書能處事，又帝資狂昏，故政事一委之，呼爲父。」「令孜知帝不足憚，則販鬻官爵，除拜不待旨，假賜緋紫不以聞，百度崩弛，內外垢玩。」

〔二〕孟子：孟昭圖也。

〔三〕「惜哉」句：指孟氏遇害事。新唐書田令孜傳：「初，昭圖知正言必見害，謂家隸曰：『大盜未殄，宦豎離間君臣，吾以諫爲官，不可坐觀覆亡。疏入必死，而能收吾骸乎？』隸許諾，卒葬其尸。朝廷痛之。」

〔四〕「徒將」句：關心國事，周禮天官冢宰：「唯王建國，體國經野。」文選左思三都賦序：「體國經制。」

〔五〕「不識」句：出易否卦：「內小人而外君子，小人道長，君子道消也。」喻田令孜用事。

〔六〕折檻：用朱雲事。漢書朱雲傳：「朱雲曰：『臣願賜尚方斬馬劍，斷佞臣一人以厲其餘。』上問：『誰也？』對曰：『安昌侯張禹。』上大怒，曰：『小臣居下訕上，廷辱師傅，罪死不赦。』御史將雲下，雲攀殿檻，檻折。……及後當治檻，上曰：『勿易，因而輯之，以旌直臣。』」孟之直諫與朱雲彷，而漢成帝未殺朱雲，且留折檻以旌直臣。故云「未爲切」也。

〔七〕沈湘：謂孟子事可敬憫，甚於屈原。

〔八〕蒼蒼：上蒼，上天。蔡琰胡笳十八拍：「泣血仰頭兮訴蒼蒼，胡爲生我兮獨罹此殃。」

〔九〕江蘺：見温處士能畫鷺鷥以四韻換之詩注。

書村叟壁〔一〕

草肥朝牧牛，桑緑晚鳴鳩〔二〕。列岫簷前見，清泉碓下流〔三〕。春蔬和雨割，社酒向花篘〔四〕。引我南陂去〔五〕，籬邊有小舟。

【校】

「陂去」，原校「一作臨水」，英華即作「臨水」。

【箋注】

〔一〕據「南陂」云云，知爲谷乾寧後爲朝官時，建郊墅於城南韋曲，休暇日作。參前郊墅、九日偶懷寄左省張起居詩。

〔二〕鳴鳩：鳩，鳥名，鳩鴿科部分種類之通稱。禮記月令：「季春之月，鳴鳩拂其羽，戴勝降於桑。」

〔三〕「列岫」二句：從王維山居秋暝：「明月松間照，清泉石上流」句意化出。列岫：岫，音袖，xiù，峰巒。謝靈運郡前高齋閑望：「窗中列遠岫。」　碓，韋曲多水力碓磨房，參郊墅詩注。

〔四〕社酒：見卷一郊野詩注。　向花篘：篘音搊，漉酒也。此言對花而漉酒。

〔五〕南陂：前九日偶懷寄左省張起居詩：「羨君官重多吟興，醉帶南陂落照還。」知爲長安城南之原陂也。參該詩注。

題進士王駕郊居〔一〕

前山微有雨，永巷淨無塵〔二〕。牛卧籬陰晚，鳩鳴村意春。時浮應寡合〔三〕，道在不嫌貧〔四〕。後徑臨陂水，菰蒲是切鄰〔五〕。

【箋注】

〔一〕此詩應作於大順元年（八九〇）王駕登第前。題中稱王駕爲進士，知其時尚未及第也。王駕：見卷一次韻和王駕校書結綬見寄之什詩注。

〔二〕「永巷」句：取意於左思詠史：「落落窮巷士，抱影守空廬。」

〔三〕寡合：落落難合也。後漢書耿弇傳：「將軍前在南陽，建此大策，常以爲落落難合。有志者事竟成也。」

〔四〕「道在」句：出論語學而：「子貢曰：『貧而無諂，富而無驕，何如？』子曰：『可也，未若貧而樂，富而好禮者也。』」又史記仲尼弟子列傳：「子貢相衛，結駟連騎，排藜藿入窮閻，過謝原憲。原憲攝敝衣冠見子貢，子貢恥之，曰：『夫子豈病乎？』原憲曰：『吾聞之，無財者謂之貧，學道而不能行者謂之病。若憲，貧也，非病也。』」

〔五〕切鄰：猶近鄰也，應上句「臨陂水」言，亦含「落落難合」意。

題莊嚴寺休公院〔一〕

秋深庭色好，紅葉間青松。病客殊無著〔二〕，吾師甚見容。疏鐘和細溜〔三〕，高塔等遥峰。未省求名侣，頻於此地逢。

【校】

高塔：「高」，原校「一作孤」。

【箋注】

〔一〕此詩寫作年代較難確定，從頷聯「病客無著」及尾聯「求名侣」二語參詳，似作於長安困守舉場時，即咸通十三年（八七二）至廣明元年（八八〇）。或光啓元年、二年（八八五——八八六）之秋日。莊嚴寺：長安名刹。唐兩京城坊考卷四：「朱雀門街西第五街，街西從北第十三坊永陽坊。坊之西南，即京城之西南隅。半以東，大莊嚴寺，隋初置。仁壽三年，文帝爲獻后立爲禪定寺，武德元年改爲莊嚴寺。」

〔二〕無著：合尾聯以觀之，當爲無執著於事物之念也，爲佛家之論。金剛經如法受持分第十三：「然真性本空，無所執著，智慧達彼岸之説，吾性中亦豈有是哉。」

〔三〕細溜：細水流。

題興善寺〔一〕

寺在帝城陰，清虛勝二林〔二〕。蘚侵隋畫暗〔三〕，茶助越甌深〔四〕。巢鶴和鐘唳，詩僧倚錫吟。煙莎後池水，前跡杳難尋。十才子詩集多有興善寺後池之作，今寺在池無，每用追歎〔五〕。

【校】

詩末小注：百家無。「十」，叢刊作「七」，誤；「無」，稿本作「蕪」，下更有「没」字。

【箋注】

〔一〕興善寺：在長安靖善坊，詳見卷一題興善寺寂上人院詩注。

〔二〕「清虛」句：此言寺之清涼幽寂，出世之感，爲廬山東林西林二寺所不及。二林，廬山有東林、西林二寺。白居易東林寺白氏文集記：「昔余爲江州司馬時，常與廬山長老於東林寺經藏中，披閲遠大師與諸文士唱和集卷。今余前後所著文，編次既畢，納於藏中，且欲與二林結他生之緣。」

〔三〕隋畫：唐人説薈第三集裴孝源貞觀公私畫史：「隋興善寺，劉烏畫。」

〔四〕越甌：越地産瓷器也。見卷二送吏部曹郎中免官南歸詩注。

〔五〕「煙莎」二句：此言興善寺後池既堙，昔日煙水迷離，岸莎萋萋景象不可再見，而十才子行吟之迹亦無從追尋，是以感歎。新唐書盧綸傳：「綸與吉中孚、韓翃、錢起、司空曙、苗發、崔峒、耿湋、夏侯審、李端，皆能詩齊名，號大曆十才子。」盧綸題興善寺後池：「隔窗棲白鶴，似與鏡湖鄰。月照何年樹，花逢幾遍人。岸莎青有路，苔徑緑無塵。永願容依止，僧中老此身。」李端宿興善寺後堂池：「草堂高樹下，月向後池生。野客如僧靜，新荷共水平。錦鱗沉不食，繡羽亂相鳴。即事思江海，誰能萬里行。」

宿澄泉蘭若〔一〕

山半古招提〔二〕，空林雪月迷〔三〕。亂流分石上，斜漢在松西〔四〕。雲集寒菴宿，猿先曉磬啼。此心如了了，即此是曹溪〔五〕。

【校】

即此：「即」，原校「一作到」，叢刊、品彙作「祇」。

【箋注】

〔一〕澄泉：疑泉名，不詳。蘭若：寺院。梵語「阿蘭若」之省稱，意爲寂淨，無苦惱煩亂之處。

〔二〕招提：寺院之別稱。宋書謝靈運傳山居賦：「建招提於幽峰，冀振錫之息肩。」自注：「招提，謂僧不能常住者，可持作坐處也。」

〔三〕空林：林色清虚也。王維積雨輞川莊作：「積雨空林煙火遲。」

〔四〕斜漢：漢，又稱天漢、星漢，即天河。詩小雅大東：「維天有漢，監亦有光。」傳：「漢，天河也。有光而無所明。」文選曹丕雜詩：「天漢迴西流。」

〔五〕「此心」二句：禪宗六祖慧能，居廣東韶州曹溪寶林寺，倡頓悟法門，其宗旨爲淨心，自悟，心即是佛。壇經：「若欲修行，在家亦得，不由在寺。在家能行，如東方人心善；在寺不修，如西方人心惡。但心清淨，即是自性西方。」又：「自心迷悟不同，迷心外見，修行覓佛，未悟自性，即是小報。若開悟頓教，不執外修，但於自心常起正見，煩惱塵勞，常不能染，即是見性。」了了，聰明，此指悟性也。世説新語賞譽：「阿戎了了解人意。」曹溪，廣東通志卷一〇三：「曹溪在曲江縣東南五十里，源出縣界狗耳嶺，西流三十里合溱水。梁天監元年有天竺僧智藥自西土來，泛舶尋流至韶州曹溪水，聞其香，掬嘗其味曰：『此水上流必有勝地。』尋之，遂開山立石寶林云：『後百七十年，當有無上法師在此演法。』今六祖南華寺也。」

【集評】

方回：末句好，谷詩多用僧字，凡四十餘處。

紀昀：三、四自然，五、六刻意爲之，而亦不傷澀，惟集字滯相耳。末句不甚好，詩可參禪味，不可作禪語。（瀛奎律髓卷四七）

送舉子下第東歸〔一〕

夫子道何孤〔二〕，青雲未得途〔三〕。詩書難捨魯〔四〕，山水暫遊吳。野緑梅陰重，江春浪勢麤〔五〕。秣陵兵役後〔六〕，舊業半成蕪。

【箋注】

〔一〕此詩應作於光啓三年（八八七）後，題云「送舉子」，則谷已及第。

〔二〕「夫子」句：此舉子未知姓名，據詩中所用「道孤」、「捨魯」、「遊吳」、「舊業」在秣陵一帶等，似爲孔裔而居吳者。此「夫子」語意雙關。夫子，男子敬稱。孟子梁惠王：「願夫子輔吾志。」

〔三〕青雲：喻前途也。史記范雎傳：「須賈曰：『賈不意君能自致於青雲之上。』」揚雄解嘲：「當塗者昇青雲，失路者委溝渠。」

〔四〕捨魯：禮記禮運：「我觀周道，幽厲傷之。吾捨魯何適矣。」揚雄反離騷：「昔仲尼之去魯兮，斐斐遲遲而周邁。」

〔五〕「江春」句：江水洶湧也。麤，通粗，周禮天官内宰：「佐後而受獻功者，比其小大，及其麤良，而賞罰云。」疏：「布帛之等，縷小者則細良，縷大者則麤惡。」

〔六〕秣陵：今南京也。元和郡縣圖志卷二五：「上元縣，本金陵也。秦始皇時望氣者云：『五百年後金陵有都邑之氣。』故始皇東遊以厭之，改其地曰秣陵。」中和、光啓後江淮戰亂頻起。其較著者有：資治通鑑卷二五六：「中和四年二月，秦宗權復熾，命將出兵，寇掠鄰道。陳彦侵淮南、秦賢侵江南……北至衛、滑，西及關輔，東盡青、齊，南出江、淮，州鎮存者僅保一城，極目千里，無復煙火。」卷二五七：「光啓三年夏四月，（徐）約逐蘇州刺史張雄，帥其衆逃入海，……自海泝江，屯於東塘，遣其將趙暉入據上元。」「甲午，秦彦將宣歙兵三萬餘人，乘竹筏沿江而下，趙暉邀擊於上元，殺溺殆半。」同卷：「畢師鐸之攻廣陵也，呂用之詐爲高駢牒，署廬州刺史楊行密行軍司馬，追兵入援。廬江人袁襲説行密曰：『高公昏惑，用之姦邪，師鐸悖逆，兇德參會，而求兵於我，此天以淮南授明公也，趣赴之。』行密乃悉發廬州兵，合數千人赴之。……楊行密圍廣陵且半年，秦彥、畢師鐸大小數十戰，多不利，城中無食，米斗直錢五十緡，草根木實皆盡。」同卷：「行密自稱淮南留後，秦宗權遣其弟宗衡將兵萬人渡淮，與楊行密爭揚州。十二月，錢鏐以杜稜爲常州制置使，命阮結等進攻潤州，丙申，克之。」胡三省注：「光啓三年，劉浩逐周寶而奉薛朗，至是而後，楊行密、孫儒之兵迭爭常、潤，二州之民死於兵荒，其存者什無一二矣。」

寄察院李侍御文炬〔一〕

古柏間疎篁，清陰在印牀〔二〕。宿郊虔點饌〔三〕，秋寺靜監香〔四〕。參集行多揖，風儀見即莊〔五〕。佇聞横擘去，帷集諫書囊〔六〕。

【校】

題：英華無「文炬」。　疎篁：「疎」，原校「一作松」，豫章、英華即作「松」，豫章下校「一作蔬」，「疏」之誤也，「參集」句：「集」，豫章作「座」；「揖」，原校「一作儹」。　横擘：「擘」，原校「一作臂」。

【箋注】

〔一〕作於仕朝時，乾寧元年（八九四）至天復末（九〇四）。 李侍御文炬：不詳。 察院：御史臺所屬機構。 新唐書百官志三：「御史臺，其屬有三院：一曰臺院，侍御史隸焉；二曰殿院，殿中侍御史隸焉；三曰察院，監察御史隸焉。」詳参送徐渙端公南歸、李夷過侍御久滯水鄉因抒寄懷注。

〔二〕印牀：藏印章之文具。 朱慶餘夏日題武功姚主簿：「僧來茶竈動，吏去印牀閑。」

〔三〕「宿郊」句：即言監祀祭事。 宿郊，郊指郊祀，宿即宿戒。 宿戒者，祀前之戒齋。 唐會要雜郊議下：「凡應祀之官，散齋四日，致齋三日。 近侍之官應從升者及從祀羣官、諸方客使各於本司館清齋一宿。」此以郊祀指代凡所祀典。

〔四〕「秋寺」句：即言監決囚徒事。 秋寺，大理寺，梁稱秋卿。蓋爲周禮秋官司寇之所屬，故稱。 唐時犯至流死，均由大理寺詳質申刑部，仍於中書、門下詳覆，然後仍由大理寺執行，故云云。

〔五〕「参集」二句：言朝會、尚書省會議及百官宴集時監其過謬，衆人見之風儀即莊也。

〔六〕「佇聞」三句：意謂李侍御必將升達而去，清名流芳。 佇，久而待立。 詩邶風燕燕：「佇立以泣。」 横擘去，義同横飛去，擘，分也，擘天而去之意。 「帷集」，帷，車帷也，以諫書囊集成，既見其監察之勤，又見其操守之廉。 太平御覽卷六九九引益都耆舊傳：「漢文帝連上書囊爲帷。」

偶懷寄臺院孫端公棨〔一〕

才拙道仍孤，無何捨釣徒〔二〕。班雖沾玉筍，香不近金爐〔三〕。雨露瞻雙闕，煙波隔五湖〔四〕。唯君應見念，曾共伏青蒲。谷舊與端公同在諫垣〔五〕。

【校】

「曾共」句：百家無小注，稿本無「舊」字。

【箋注】

〔一〕據頸聯「煙波隔五湖」語，知爲谷天復中（九〇一——九〇四）歸隱後所作。臺院：御史臺三院之一。見上詩注。端公：侍御史之別稱。李肇國史補：「侍御史相呼爲端公。」孫棨：新唐書宰相世系表三：「（孫）棨字文威，中書舍人。」又唐才子傳卷九：「趙光遠，丞相隱之猶子也。幼而聰悟。咸通、乾符中，稱氣焰，善爲詩。……嘗將子弟恣遊狹邪，著北里志，頗述青樓紅粉之事。……有孫啟、崔珏，同時恣心狂狎，相爲唱和。」按：今傳北里志題爲孫棨撰。

〔二〕「才拙」二句：言同被識拔，才德平平，無謂出仕。無何，無由也。釣徒，謂隱逸之士。後漢書嚴光傳：「嚴光字子陵，少有高名。及光武即位，乃變名姓，隱身不見。帝思其賢，乃令以物色訪之。後齊國上言：『有一男子，披羊裘釣澤中。』」

〔三〕「班雖」二句：言雖得廁身朝官，而品位不顯。　玉笋，見九日偶懷寄左省張起居詩注。　金爐，新唐書儀衛志：「宣政朝日，殿上設黼扆、躡席、薰爐、香案，而宰相兩省官對班於香案前。」谷所任都官郎中爲中行郎中，故云云。

〔四〕「雨露」二句：謂昔雖沾聖恩，今則已遠隔江湖矣。　雨露，恩情，恩澤也。　高適送李少府貶峽中：「聖代即今多雨露。」　五湖，此泛指江湖。

〔五〕青蒲：鋪地之席，或云以青色畫地。　漢書史丹傳：「丹以親密臣得侍視疾，候上間獨寢時，丹直入卧內，頓首伏青蒲上。」　據詩末注可知孫棨曾於乾寧元年至四年間，任拾遺或補闕之職。

次韻和秀上人遊南五臺〔一〕

中峰曾到處，題記没蒼苔。　振錫傳深谷〔二〕，翻經想舊臺〔三〕。　蒼松臨砌偃，驚麈驀溪來〔四〕。　内殿評詩切，師以文章應制。身迴心未迴。

【校】

題：原校「一作司空圖詩」。　應爲谷詩，參卷二贈日東鑒禪師校。　蒼松：「蒼」，稿本作「花」，按上有「蒼苔」字，疑「花」字爲近是。

【箋注】

〔一〕秀上人：即文秀，見卷二喜秀上人過訪詩注。南五臺：山名，在陝西長安縣南終南山麓。雍正陝西通志卷八：「五臺山，在（咸寧）縣南五十里，一名南五臺，延袤十里許，有奇峰五，其上有觀音寺，火龍洞。南山佳麗，以此爲最。」乾隆西安府志卷二引三秦記：「太一在驪山，西山之秀者也，一名地肺山，今稱南五臺山，道由石鼈谷東南竹谷入。」

〔二〕振錫：僧徒經行時持錫杖，振動有聲。宋書謝靈運傳山居賦：「建招提於幽峰，冀振錫之息肩。」

〔三〕「翻經」句：五臺華嚴寺澄觀曾譯經。清涼山志卷三清涼國師傳：「唐清涼國師，諱澄觀，會稽人，天寶七年出家。肅宗二年奉詔入内，勑譯華嚴。大曆三年詔入内與太辯三藏譯經，爲潤文大德，既而辭入五臺大華嚴寺。貞元十二年，特旨同罽賓般若三藏翻譯馬茶國所進華嚴後分梵夾，帝親預譯場。開成三年三月六日逝，是爲華嚴六祖。」舊臺：即謝靈運翻經臺。顔真卿撫州寶應寺翻經臺記：「撫州城東南四里有翻經臺，宋康樂侯謝公元嘉年初於此翻譯涅槃經。」按：以上翻經故實，均與南五臺無關。或其時山寺中有「翻經」之遺跡，或僅因「五臺」之名而連及。又晒經亦稱翻經，見清嘉録卷六。此以前義爲長。

〔四〕驀溪：驀，超越。

乖慵〔一〕

乖慵居竹裏，涼冷臥池東〔二〕。一霎芰荷雨〔三〕，幾迴簾幕風。遠僧來扣寂〔四〕，小吏笑書空〔五〕。衰鬢霜供白，愁顏酒借紅。扇輕搖鷺羽〔六〕，屏古畫漁翁。自得無端趣〔七〕，琴棋舫子中〔八〕。

〔校〕

霜供：「霜」，百家作「雪」，誤。

【箋注】

〔一〕此詩寫作年代難以確指，據「書空」語觀之，似宦途不得意時作。乖慵：參卷二試筆偶書注。

〔二〕「涼冷」句：用孟浩然夏日南亭懷辛大「山光忽西落，池月漸東上，散髮乘夕涼，開軒卧閑敞」句意境。

〔三〕芰荷：泛指菱荷之屬。

〔四〕扣寂：王建武陵春日：「不似冥心叩塵寂，玉編金軸有仙方。」

〔五〕書空：世説新語黜免：「殷中軍（浩）被廢，終日恒書空作字，……竊視，唯作『咄咄怪事』四字。」

〔六〕鷺羽：鷺毛羽。藝文類聚卷六九晉傅咸羽扇賦：「吳人截鳥翼而搖風。」

〔七〕無端趣：不可蹤跡言傳之趣。漢書律曆志：「周旋無端，終而復止。」

〔八〕舫子：有艙室的船。藝文類聚卷七一引吳書：「上賜陸遜船一舫，繒綵舟梁。」

【集評】

王直方：白樂天有詩云：「醉貌如霜葉，雖紅不是春。」東坡有詩云：「兒童誤喜朱顏在，一笑那知是酒紅。」鄭谷有詩云：「衰鬢霜供白，愁顏酒借紅。」老杜有詩云：「髮少何勞白，顏衰肯更紅。」無己詩云：「髮短愁催白，顏衰

酒借紅。」皆相類也。然無己初出此一聯，大爲諸公所稱賞。（王直方詩話）

吳旦生：冷齋夜話曰：「山谷言詩意無窮，而人才有限。以有限之才，追無窮之意，雖淵明、杜陵不得工也。不易其意而造其語，謂之換骨法，規摹其意而形容之，謂之奪胎法。樂天謂：『醉貌如霜葉，雖紅不是春。』東坡詩：『兒童誤喜朱顏在，一笑那知是酒紅。』此奪胎法也。」（歷代詩話辛集卷四）

又曰：此種語意，不止白蘇。觀王直方詩話，知又有鄭谷詩：「衰鬢霜供白，愁顏酒借紅。」老杜詩：「髮少何勞白，顏衰肯更紅。」陳無己詩：「髮短愁催白，顏衰酒借紅。」皆相類也。（同上）

南宮寓直〔一〕

寓直事非輕，宦孤憂凡榮〔二〕。制承黃紙重〔三〕，詞見紫垣清〔四〕。曉霽庭松色，風和禁漏聲。僧攜新茗伴，吏掃落花迎。鎖印詩心動〔五〕，垂簾睡思生。粉廊曾試處，直事稍暇，即於都堂四廊下尋頃年試所題名記，至今多在〔六〕。石柱昔賢名〔七〕。來誤宮窗燕，啼疑死樹鶯。殘陽應更好〔八〕，歸促恨嚴城〔九〕。

【校】

「風和」，豫章作「和風」，按與上「曉霽」對，原本爲是。 僧攜：「僧」，原校「一作曾」，英華即作「曾」，誤。唐人宿直時常招僧伴。　吏掃：「吏」，原校「一作更」，英華即作「更」。亦誤。　「粉廊」句下注：「都」，稿本、豫章誤作「郡」。「所題名記」，百家、豫章作「題所記多在」。　來誤：「來」，豫章作「求」。　應吏：「應」，原校「一作晴」，英華即作「晴」。　「歸促」句：「促」，原校「一作速」，戊籤、稿本作「速」；「恨」，原校「一作限」。

【箋注】

〔一〕據詩意作於乾寧四年（八九七）秋谷初任都官郎中後不久。詩爲春景，殆爲五年春。

南宮寓直：南宮，尚書省，見卷一中臺五題石柱注。舊唐書職官志二：「凡尚書省官，每日一人宿直。」

〔二〕官孤：孤官之倒文，單身仕宦在外。崔滌望韓公堆：「孤宦一身千里外。」

〔三〕黄紙：見省中偶作詩注。

〔四〕紫垣：即紫微垣。史記天官書：「中宮天極星，其一明者，太一常居也。……環之臣衛十二星藩臣，皆曰紫宮。」索隱引春秋合誠圖云：「北辰，其星五，在紫微。」紫垣喻帝宮也。

〔五〕鎖印：唐會要卷五七：「故事除兵部吏部外共用都司印。至聖曆二年二月九日初備文昌臺二十四司印，本司郎官主之，歸則收於家。建中三年，左丞趙涓始令納於直廳，其假日及不及日即都用當郎官本司印，餘印亦都不開。」因話錄卷五：「尚書省二十四司印，故事悉納於直廳。楊虔州虞卿任吏部員外郎，始置櫃加鐍以貯之。」

〔六〕粉廊句：參南唐元宗試貢士日慶春雪詩：「密雪分天地，羣才坐粉廊。」應爲典試之處。漢尚書省以胡粉塗壁，後因稱尚書省爲粉署，其廊廡則稱粉廊。參大唐六典卷一。注中所稱都堂，即尚書都省正堂。長安志卷七：「順天門街之東第四橫街之北，從西第一尚書省……省内當中有都堂，本尚書領廳事。」

〔七〕石柱：見卷一中臺五題詩注。

〔八〕「殘陽」句：用李商隱晚晴「天意憐幽草，人間重晚晴」句意。

〔九〕嚴城：嚴，夜嚴。見新唐書禮樂志五。嚴城，夜嚴之城。文選沈約齊故安陸昭王碑：「北風未起，馬首便以南向；寒草未衰，嚴城於焉早閉。」

恩門小諫雨中乞菊栽〔一〕

握蘭將滿歲〔二〕，栽菊伴吟詩。老去慵趨世〔三〕，朝迴獨繞籬〔四〕。遞香風細細，澆綠水瀰瀰〔五〕。祇共山僧賞，何當國士移〔六〕。孤根深有託，微雨正相宜〔七〕。更待金英發，憑君插一枝〔八〕。

【校】

題：「恩」，豫章下校「一作思」，誤。

【箋注】

〔一〕據首聯「握蘭滿歲」語，此詩作於乾寧五年（八九八）秋。蓋谷乾寧四年秋遷都官郎中。恩門：即谷之恩地柳玭。見卷二次韻和禮部盧侍郎詩注。　小諫：拾遺之別稱，恩門小諫當爲柳玭子姪輩或門下之爲小諫者。

〔二〕握蘭：見卷二送吏部曹郎中免官南歸詩注。

〔三〕趨世：趨奉世態也。　三國志魏志董昭傳：「竊見當今年少，不復以學問爲本，專更以交遊爲業；國士不以孝悌清修爲首，乃以趨勢遊利爲藝。」

〔四〕「朝迴」句：陶潛飲酒：「采菊東籬下，悠然見南山。」

〔五〕瀰瀰：水深滿貌。　詩邶風新臺：「新臺有泚，河水瀰瀰。」

〔六〕國士：見春暮詠懷寄集賢韋起居袞注，此指恩門小諫，即末句之「君」。

〔七〕「孤根」二句：雨露宜花，寓己原得恩門汲引意。

〔八〕「更待」二句：寓小諫後日當更發揚師門榮光之意。

荆渚八月十五夜值雨寄同年李嶼〔一〕

共待輝光夜，翻成黯淡秋〔二〕，正宜清路望，潛起滴堦愁〔三〕。棹倚袁宏渚〔四〕，簾垂庾亮樓〔五〕。桂無香實落〔六〕，蘭有露花休〔七〕。玉漏添蕭索〔八〕，金尊阻獻酬〔九〕。明年佳景在，相約向神州。

【校】

輝光：「輝」，原校「一作清」。　黯澹：「黯」，原校「一作暗」，百家即作「暗」。　一袁宏」，稿本、豫章作「袁安」，誤。　向神州：「向」，原校「一作會，又作在」，戊籤作「在」。

【箋注】

〔一〕由詩意觀，可知本詩作於光啓三年（八八七）登第後，景福二年（八九三）初仕鄠尉前。時漂寓荆楚，見傳箋。

荆渚：渚，水中小塊陸地。爾雅釋水：「水中可居者曰洲，小洲曰渚。」　李嶼：光啓三年進士。唐詩紀事卷五八：「（李）郢子嶼，字魯珍，生於南海，尤能詩。每一篇成，必膾炙人口。」十國春秋卷六四：「李嶼，事（南漢）中宗爲給事中，乾和時交州吳昌文來稱臣，中宗假以靜海節鎮，兼安南都護，令嶼持旌節招焉。昌文意中變，嶼方抵白州地，遂使人止之，曰：『海寇竊發，道途阻塞。』嶼遂回，後數年卒。」嶼父郢，亦爲詩人。唐詩紀事卷五八，唐才子傳卷八有傳。

〔二〕「輝光」二句：輝光，光輝之倒文。　藝文類聚卷一梁虞騫視月：「靡靡露方垂，暉暉光稍没。」二句切題八月十五、夜雨。又語意雙關，啟下云云。

〔三〕「正宜」二句：言己與李嶼二人及第後本望授職入仕，今滴階之雨反引起愁思也。　清路望，即清望之路，指臺省侍御等官，以得參侍從，有名望而稱。唐六典卷一載，以八品至四品爲清官，二品以上爲清望官，新唐書韋嗣立傳：「凡諸曹侍御、兩省、二臺及五品以上清望官，當先選用刺史、縣令，所冀守宰稱職，以守太平。」　滴階愁，何遜臨行與故遊夜別：「夜雨滴空階，曉燈暗離室。相悲各罷酒，何時同促膝。」

〔四〕袁宏渚：晉書袁宏傳：「謝尚時鎮牛渚，秋夜乘月，卒爾與左右微服泛江。會宏在舫中諷詠，聲既清會，辭又藻拔。遂駐聽久之，即迎升舟。」

〔五〕庾亮樓：見卷一送人之九江謁郡侯苗員外紳詩注。

〔六〕「桂無」句：語意雙關，月中有桂，故以桂代月。夜雨則中秋亦無月，實謂己雖有折桂之名，而無其實也。唐以折桂喻及第，語出晉書郤詵傳：「武帝於東堂會送。問詵曰：『卿自以爲何如？』詵對曰：『臣舉賢良對策，爲天下第一，猶桂林之一枝，崑山之片玉。』」沈約登臺望秋月：「桂宫裊裊落桂枝。」洞冥記：「有遠飛雞朝往夕還，常銜桂實歸於南土。」

〔七〕「蘭有」句：蘭遇露而萎。文選江淹別賦：「見紅蘭之受露，望青楸之離霜。」藝文類聚卷三二梁元帝蕩婦思秋賦：「露萎庭蕙，霜封階砌。」

〔八〕「玉漏」：滴漏之美稱。蘇味道正月十五日：「金吾不禁夜，玉漏莫相催。」　蕭索：抑鬱，寂寞。世說新語賞譽：「子敬與子猷書，道兄伯蕭索寡會，遇酒則酣暢忘反。」

〔九〕「金尊」句：謂蕭索愁寂，無心飲酬也。　獻酬，飲酒相酬，詩小雅楚茨：「爲賓爲客，獻醻交錯。」

寄左省張起居〔一〕

含香復記言〔二〕，清秩稱當年〔三〕。點筆非常筆，朝天最近天〔四〕。家聲三相後〔五〕，公事一人前〔六〕。詩句江郎伏〔七〕，書蹤甯氏傳。起居今太師盧公宅相，傳授書法〔八〕。風標欺鷺鶴〔九〕，才力湧沙泉〔一〇〕。居僻貧無慮，名高退更堅〔一一〕。漁舟思靜泛，僧榻寄閑眠。消息當彌入，絲綸的粲然〔一二〕。依棲常接跡〔一三〕，屬和舊盈編。開口人皆信〔一四〕，凄涼是謝氈。谷在舉場時與起居有恩也〔一五〕。

【校】

三相：「三」，稿本作「一」，誤，參注〔五〕。

【箋注】

〔一〕左省張起居，據「家聲三相後」句，當爲張茂樞，參注〔六〕。此詩當作於光化、天復（八九八——九〇四）之後。據首句，張時應兼任郎官。張與谷同居諫垣時爲乾寧中（八九四——八九八），職居右袞，從七品上，起居郎爲從六品上。舊唐書哀帝紀：「天祐元年（九〇四）七月，張茂樞由勳外轉禮部。」勳外亦爲從六品上，與起居郎等。左省，門下省。

〔二〕含香：漢尚書郎含雞舌香，前屢見。故知張起居兼爲尚書郎。記言：漢書藝文志：「古之王者，世有史官，君舉必書，所以慎言行，昭法式也。左史記言，右史記事。」舊唐書職官志二：「起居郎二員，從六品上，……龍朔二年改爲左史，咸亨復。天授元年又改爲左史，神龍復也。……起居郎掌起居注，録天子之言動法度以修記事之史。」

〔三〕清秩：清貴之職。全唐文蘇頲授李寮太子中允制：「勉奉清秩，無曠厥官。」

〔四〕「點筆」二句：新唐書百官志二：「每仗下，議政事，起居郎一人執筆記録於前，史官隨之。」唐會要卷五六：「太和九年十二月，敕，宜令起居郎起居舍人准故事入閤，日賫紙筆於螭頭下記言記事。」

〔五〕「家聲」句：家聲，漢書司馬遷傳：「李陵既生降，隤其家聲。」三相，新唐書宰相世系表二下河東張氏載，張嘉貞相玄宗，張延賞相德宗，張弘靖相憲宗。又新唐書張弘靖傳：「弘靖少有令問，歷臺閣顯級，人以爲有輔相才。……先第在東都思順里，盛麗甲當時，歷五世無所增葺，時號『三相張家』云。」據宰相世系表，張氏三相之後未見有爲起居郎者。而其中與谷交善者爲張茂樞。集中與張起居交遊詩多首，參以注〔二〕所云茂樞列仕，斷爲茂樞，當近是。

〔六〕一人：帝皇也。書呂刑：「一人有慶，兆民賴之。」傳：「一人，天子也。」

〔七〕江郎：江淹。前屢見。

〔八〕「書蹤」句：書法得外家所授。晉書魏舒傳：「舒少孤，爲外家甯氏所養。甯氏起宅，相宅者云：『當出貴甥。』……舒曰：『當爲外氏成此宅相。』」據句下注，知張起居外祖當爲盧知猷。新唐書盧知猷傳：「知猷字子賓，中進士第，登宏辭。補秘書省正字。蕭鄴鎮荆南、劍南，再辟掌書記，入遷右補闕，出爲饒州刺史，以政最聞。累遷中書舍人。朱玫亂，避難不出。僖宗還京，召拜工部侍郎，史館修撰，户部尚書，至太子太師。……知猷器量渾厚，世推爲長者，善書，有楷法。」

〔九〕風標：猶風度，品格也。世説新語賞譽注引虞預晉書：「戴儼字若思，才義辯濟，有風標鋒穎。」李羣玉辱綿州于中丞書信：「風標想見瑶臺鶴。」

〔一〇〕「才力」句：才思敏捷，如泉水涌地而出。易林卷三：「涌泉涓涓，南流不絶。」曹植王仲宣誄：「文若春華，思若涌泉。」

〔一一〕「居僻」二句：用原憲事，見題進士王駕郊居詩注。據此句與下句，張當去官閒居。

〔一二〕「消息」二句：謂張當起復并入掌制誥。卷一有寄司勳張員外學士詩，則茂樞似不久入爲翰林學士。絲綸粲然，絲綸，指制誥，見卷二故少師從翁詩注。粲然，鮮明，燦爛也。詩唐風葛生：「角枕粲兮，錦衾爛兮。」

〔一三〕「依棲」句：謂二人曾「同在諫垣，連居光德。」依棲，依倚，棲託也。宋書謝靈運傳山居賦：「企山陽之游踐，遲鸞鷖之棲託。」接跡，指武也。足跡前後相接。禮曲禮：「堂上接武，堂下步武。」

〔一四〕開口：韓詩外傳卷六：「仁以爲質，義以爲理。開口無不可爲人法式。」

〔一五〕謝氈：南史江革傳：「謝朓嘗行還過候革，時大寒雪，見革弊絮單席而躭學不倦，嗟歎久之，乃脱其所著襦，並手割半氈與革充卧具而去。」句下注：按谷右省張補闕茂樞同在諫垣連居光德新春賦詠聊以寄懷詩云："十五年前黯苦節，知心不獨爲同官。"可與印證，則更可斷定起居爲茂樞無疑。

前寄左省張起居一百言尋蒙唱酬見譽過實即用舊韻重答〔一〕

減瘦經多難〔二〕，憂傷集晚年。吟高風過樹，坐久夜涼天。旅退慚隨衆〔三〕，孤飛怯向前〔四〕。釣朋蓑叟在。藥術衲僧傳〔五〕。鬢禿趨榮路〔六〕，腸焦鄙盜泉〔七〕。品徒誠有隔〔八〕，推唱意何堅〔九〕。寒地殊知感〔一〇〕，秋燈耿不眠。從來甘默爾〔一一〕，自此倍怡然。蘭爲官須握〔一二〕，蒲因學更編〔一三〕。預愁搖落後，子美笑無氈。杜工部贈鄭廣文詩云："科名四十年，座客寒無氈。"〔一四〕

【校】

題："譽"，戊籤作"舉"，誤。

【箋注】

〔一〕與前首寄左省張起居同時作。

張起居，張茂樞，見前考。一百言，即指上詩，凡二十句，一百字。

〔二〕「減瘦」句：谷自廣明後奔波漂寓，多歷憂患。卷二叙事感恩上狄右丞詩云：「寇難旋移國，漂離幾聽蛩。半生悲逆旅，二紀間門墉。蜀雪隨僧蹋，荆煙逐雁衝。凋零歸兩鬢，舉止失前蹤。」

〔三〕旅退：禮記樂記：「今夫古樂，進旅退旅。」鄭玄注：「旅猶俱也，俱進俱退，言齊一也。」引申爲隨班進退，無所建樹。

〔四〕孤飛：獨自也。文選謝惠連雪賦：「對庭鵾之雙舞，瞻雲雁之孤飛。」

〔五〕衲僧：衲，音納，補也，綴也。廣雅釋詁四：「衲，補也。」僧徒之衣常以碎布補綴而成，稱衲衣，僧徒爲衲僧。佛祖統紀卷五：「我今亦當隨佛出家，即著壞色衲衣，自剃鬚髮。」貫休寄新定桂雍：「獨自住烏龍，應憐是衲僧。」

〔六〕榮路：謂仕途。後漢書左雄傳：「榮路既廣，觖望難裁。」

〔七〕盜泉：嘉慶一統志卷一六五：「盜泉，在泗水縣東北。」水經注：「盜泉出卞城東北卞山之陰。」孔子家語：「孔子忍渴於盜泉。」

〔八〕「品徒」句：謂二人品流之有異也。張爲三相之裔，谷出於寒門，故云「誠有隔」。徒，同類之人。左傳宣公十二年：「知季曰：『原屏咎之徒也。』」注：「徒，黨也。」

〔九〕推唱：推揚也。見右省補闕張茂樞同在諫垣鄰居光德詩注。

〔一〇〕寒地：寒門也。因平仄聲韻改。三國志蜀先主傳注引益郡耆舊雜記：「張任，蜀郡人，家世寒門。」

〔一一〕默爾：靜默。易繫辭：「君子之道，或出或處，或默或語。」

〔一二〕「蘭爲」句：谷時任都官郎中，張時任起居而兼勳郎，均屬尚書省，故云。

〔一三〕「蒲因」句：刻苦學習、著書也。漢書路溫舒傳：「溫舒取澤中蒲，截以爲牒，編用寫書。」

〔一四〕「預愁」二句：言清貧也。杜甫戲簡鄭廣文虔兼呈蘇司業：「才名四十年，坐客寒無氈。賴有蘇司業，時時與酒錢。」 搖落，原指秋日，取義於宋玉九辯：「悲哉，秋之爲氣也。草木搖落而變衰。」此指暮年。

讀故許昌薛尚書詩集〔一〕

篇篇高且真，真爲國風陳〔二〕。澹薄雖師古〔三〕，縱橫得意新〔四〕。翦裁成幾篋，近世詩人述作，公篇什最多〔五〕。唱和是誰人〔六〕？華岳題無敵，黃河句絕倫。華岳、黃河二詩序云「此皆二京之內巨題目也」〔七〕。吟殘荔枝雨，詠徹海棠春。公有海棠、荔枝二首，序云：「杜子美老於兩蜀，而無此詠。」〔八〕李白欺前輩，公有寄符郎中詩云：「我生若在開元日，爭遣名爲李翰林。」陶潛仰後塵。公有論詩一章云：「李白終無取，陶潛固不刊。」〔九〕難忘嵩室下，公有嵩山巨篇〔一〇〕。不負蜀江濱。公嘗從事蜀中，著江干集〔一一〕。屬思看山眼，冥搜倚樹身〔一二〕。楷模勞夢想，諷誦爽精神。落筆空追愴〔一三〕，曾蒙借斧斤〔一四〕。

【校】

幾篋：「篋」，原校「一作帙」。「黃河」句下注，戊籤無「之内」、「也」三字，下多「不負不負」，稿本圈去「二」字。百家無「目也」二字，多「自序不責不負」。

【箋注】

〔一〕此詩作於廣明元年（八八〇）薛能卒後。參前獻大京兆薛常侍能詩注。

〔二〕「篇篇」二句：言薛之詩高古而率真，有國風之遺意。司空圖詩品高古云：「畸人乘真，手把芙蓉，泛彼浩刼，窅然空縱。月出東斗，好風相從，太華夜碧，人聞清鐘。虛佇神素，脱然畦封，黃唐在獨，落落元宗。」

〔三〕「澹薄」句：言薛之詩風能師法古人。此針對當時纖麗詩風而言，即兵部盧郎中光濟借示詩集以四韻謝之詩中所云「七子風騷尋失主，五君歌誦久無聲」者也。杜牧唐故平盧軍節度巡官隴西李府君墓誌銘：「詩者可以歌，可以流於竹，鼓於詩，婦人小兒皆欲諷誦。國俗薄厚扇之於詩，如風之疾速。嘗痛自元和以來，有元、白詩者，纖艷不逞，非莊士雅人，多爲其所破壞，流於民間，疏於屏壁，子父女母，交口教授。淫言媟語，冬寒夏熱，入人肌骨，不可除去。」

〔四〕「縱橫」句：此連上句而言，謂能師古而通變也。文心雕龍通變：「今才穎之士，刻意學文，多略漢篇，師範宋集，雖古今備閱，然近附而遠疎矣。夫青生於藍，絳生於蒨，雖踰本色，不能復化。桓君山云：『予見新進麗文，美而無采；及見劉、揚言辭，常輒有得。』此其驗也。故練青濯絳，必歸藍蒨，矯訛翻淺，還宗經誥。斯斟酌乎質文之間，而檃括乎雅俗之際。」縱橫，杜甫戲爲六絕句：「凌雲健筆意縱橫。」

〔五〕「剪裁」句：文心雕龍鎔裁：「規範本體謂之鎔，剪截浮詞謂之裁。」此指作詩。新唐書藝文志載：「薛能詩集十卷，又繁城集一卷。」

〔六〕「唱和」句：謂薛能詩無人可與匹敵。

〔七〕「華岳」二句：華岳、黄河二詩見薛能集卷一。詩前小序今無。

〔八〕「荔枝」二句：荔枝詩見薛能集卷四，序云：「杜工部老居兩蜀，不賦是詩，豈有意而不及歟？白尚書曾有是作，興旨卑泥，與無詩同，予遂爲之題。」海棠詩見薛能集卷三，序云：「蜀海棠有聞而詩無聞。杜子美於斯興象靡出，没而有懷，天之厚余，謹不敢讓。」

〔九〕「李白」二句：意謂李白杜爲前輩，而詩風直仰接陶潛，故曰「終無取」、「固不刊」也，亦即「澹薄師古」之意也。薛能寄符郎中及論詩二詩已佚。後塵，車輛前馳，塵土後起。文選張協七命：「余雖不敏，請尋後塵。」李善注：「應瑗與桓元則書曰：『敢不策馳，敬尋後塵。』」

〔一〇〕嵩室，即嵩山。蓋嵩山太室、少室二山爲之體。薛能嵩山詩佚。

〔一一〕「不負」句下注「從事蜀中」：唐才子傳薛能傳：「李福鎮滑臺，表置觀察判官。歷御史都官、刑部員外郎。福徙帥西蜀，奏以自副。」據吳廷燮唐方鎮年表，李福之鎮西蜀在咸通五至七年(八六四——八六六)。

〔一二〕「屬思」二句：謂苦思而後得自然之趣。皎然詩式取境：「又云：不要苦思，苦思則喪自然之質。此亦不然。夫不入虎穴，焉得虎子。取境之時，須至難至險，始見奇句。成篇之後，觀其氣貌，有似等閑，不思而得，此高手也。」屬思，綴思也。屬，連接。書禹貢：「涇屬渭汭。」疏：「屬謂相連。」看山，陶潛飲酒：「採菊東籬下，悠然見南山。」冥搜，苦思也。孫綽游天台山賦序：「夫非遠寄冥搜，何肯遙想而存之。」詩式序：「精思一搜，萬象不能藏其巧。其作用也，放意須險，定句須難，雖取由我衷，而得若神表。」倚樹身，賈島詩云：「獨行潭底影，數息樹邊身。」自注：「二句三年得，一吟雙淚流。」莊子德充符：「倚樹而吟，據槁梧而瞑。」

〔一三〕追愴：追憶感傷。三國志魏鄧哀王沖傳注引魏書載策：「追悼之懷，愴然攸傷。」

〔一四〕斧斤：砍木之器具，引申爲修改文字。荀子勸學：「林木茂而斧斤至焉。」雲臺編序：「故薛許昌能、李建州頻不以晚輩見待，預於唱和之流而忝所得爲多。」

【集評】

毛西河：薛(能)又有論詩一章云：「李白終無取，陶潛固不刊。」故鄭谷讀薛尚書集亦有云：「李白欺前輩，陶潛仰後塵。」然則白之詩，其不爲唐人所肯者久矣。(毛西河詩話引自乾隆五十一年新鐫鄭都官集集評)

鄭谷詩集箋注卷四

送水部張郎中彥回宰洛陽〔一〕

何遜蘭休握〔二〕，陶潛柳正垂〔三〕。官清真塞詔〔四〕，事簡好吟詩。春漏懷丹闕〔五〕，涼船泛碧伊〔六〕。已虛西閣位〔七〕，朝夕鳳書追〔八〕。

【校】

題：「宰」上稿本有「之」字。

【箋注】

〔一〕水部郎中：見前寄前水部賈員外嵩注。張彥回：出河東張氏，德宗朝相延賞、憲宗朝相弘靖之後（新唐書宰相世系表十二下）。宰洛陽：任洛陽縣令。舊唐書職官志三：「長安、萬年、河南、洛陽、太原、晉陽六縣，謂之京縣。」

〔二〕何遜：見前寄前水部賈員外嵩注。握蘭：見卷一府中寓止寄趙大諫注。句謂張由郎官外放也。

〔三〕「陶潛」句：南史隱逸傳四：「陶潛字淵明，有高趣。宅邊有五柳樹，故嘗著五柳先生傳。」

〔四〕官清：公事清簡，與下句「事簡」互文。　褰詔：「褰責敷衍」之意。語本漢書刑法志：「有司無仲山甫將明之材，不能因時廣宣主恩，建立明制，爲一代之法，而徒鉤摭微細，毛舉數事，以褰詔而已。」

〔五〕春漏：指春日。漏，見前長安夜坐寄懷湖外嵇處士注，此處以喻時間。　丹闕：古今注都邑：「闕，觀也。古每門樹兩觀於其前，所以標表宮門也。其上可居，登之則可遠觀，故謂之觀。人臣將朝，至此則思其所闕多少，故謂之闕。其上皆丹堊，其下皆畫雲氣仙靈、奇禽怪獸，以昭示四方焉。」因「其上皆丹堊」，故謂之丹闕。

〔六〕碧伊：文選張衡東京賦：「總風雨之所交，然後以建王城，審曲面勢，泝洛背河，左伊右瀍。」東京，洛陽；伊，伊水（今伊河）。

〔七〕西閣：見前寄獻湖州從叔員外注。

〔八〕鳳書：即鳳詔，皇帝詔書。陸翽鄴中記：「石季龍（虎）與皇后在觀上爲詔書，五色紙，著鳳口中。鳳既銜詔，侍人放數百丈緋繩，轆轤回轉，鳳凰飛下，謂之鳳詔。」

贈咸陽王主簿〔一〕

可愛咸陽王主簿，窮經盡到昔賢心。登科未足酬多學〔二〕，執卷猶聞惜寸陰〔三〕。自與山妻春斗粟，祇憑鄰叟典孤琴〔四〕。我來賒酒相留宿，聽我披衣看雪吟。

【校】

「執卷」，叢刊作「積業」。　我來：「來」，叢刊作「家」。

【箋注】

〔一〕咸陽：縣名，唐時屬京兆府（見通典卷一七三），今陝西省咸陽縣。　主簿：舊唐書職官志三：「京兆、河南、太原所管諸縣，謂之畿縣，令各一人，丞一人，主簿一人。」通典卷三三：「主簿，漢有之，晉亦有之，他史多闕。大唐赤縣置二人，他縣各一人，掌付事勾稽，省署鈔目，糾正縣內非違，監印，給紙筆。」

〔二〕登科：唐時有二義。一指進士及第，如封氏聞見記貢舉：「當代以進士登科爲登龍門。」一指中吏部試，如新唐書選舉志下：「凡選有文武。文選，吏部主之。……凡選人之法有四：一曰身，體貌豐偉；二曰言，言辭辯正；三曰書，楷法遒美；四曰判，文理優長。……凡試判登科，謂之入等。」

〔三〕寸陰：世說新語政事注載晉陽秋引陶侃語：「民生在勤。大禹聖人，猶惜寸陰。至於凡俗，當惜分陰，豈可游逸？」

〔四〕「自與」二句：謂王清貧高雅。山妻，自稱其妻，唐人常用，如李白贈范金卿之一：「祇應自索漠，留舌示山妻。」典孤琴，說郛卷二三隋侯白啓顏録王元景條：「北齊王元景爲尚書，性雖懦緩，而每事機敏。有一奴名典琴，嘗旦起，令索食，謂之解齋。典琴曰：『公不作齋，何故嘗云解齋？』元景徐謂典琴曰：『我不作齋，不得爲解齋。汝作字典琴，何處有琴可典？』」「典琴」語本此。

松

下視垂楊拂路塵，雙峰石上覆苔文。濃霜滿逕無紅葉，晚日高枝有白雲〔一〕。春砌花飄僧旋掃，寒溪子落鶴先聞〔二〕。那堪寂寞悲風起，千樹深藏李白墳〔三〕。

【校】

「濃霜」，原校「一作霜濃」。　「晚日」，原校「一作日晚」。

【箋注】

〔一〕「高枝有白雲」：藝文類聚卷八八載先聖本紀引許由語：「余坐華堂，森然有松生於户，雲生於牖，雖面雙闕，異乎鸞之榮崑崙，余安知其所以取榮哉？」

〔二〕「寒溪」句：藝文類聚卷八八引神境記：「滎（按當作「營」）陽郡南有石室，室後有孤松千尺，常有雙鶴，晨必接翮，夕輒偶影。」又同書卷九〇引風土記：「鳴鶴戒露。此鳥性警，至八月白露降，流於草上，滴滴有聲，因即高鳴相警，移所宿處，慮有變害也。」

〔三〕「那堪」二句：古人墓上多種松柏，古詩十九首：「松柏夾廣路。」古詩：「松柏冢纍纍。」李白墳，李白晚年，依當塗令李陽冰，卒於其地。新唐書文藝列傳中：「白晚好黄老，度牛渚磯，至姑熟，悦謝家青山，欲終焉。及卒，葬東麓。元和末，宣歙觀察使范傳正祭其冢，禁樵採。訪後裔，惟三孫女嫁爲民妻，進止仍有風範。

因泣曰：『先祖志在青山，頃葬東麓，非本意。』傳正爲改葬，立二碑焉。」李華李翰林墓誌：「姑熟東南，青山北址，有唐高士李白之墓。」姑熟，古城名，在今安徽省當塗縣。謝家青山，即敬亭山，在今安徽省宣城縣北，相傳爲謝脁賦詩之所。又四川江油縣亦有李白墳，二處谷均曾遊歷，詩簡未可確指。

梅

江國正寒春信穩〔一〕，嶺頭枝上雪飄飄〔二〕。何言落處堪惆悵，直是開時也寂寥〔三〕。素艷照尊桃莫比，孤香黏袖李須饒。離人南去腸應斷，片片隨鞭過楚橋〔四〕。

【箋注】

〔一〕「江國」句：藝文類聚卷八六引何遜詠早梅詩：「兔園摽物序，驚時最是梅。銜霜當路發，映雪擬寒開。」春信，即「摽物序」之義。江指長江，江國，荆吳之地也。

〔二〕「嶺頭」句：吳震方嶺南雜記卷上：「庾嶺又名梅嶺，以漢庾勝、梅鋗得名。然庾嶺多梅，古昔已然。自有『折梅逢驛使』、『淚盡北枝花』之句，而好事者往往增殖之。」庾嶺即大庾嶺，在今江西、廣東二省交界處。雪飄飄，聯上句觀，當指落梅如雪。嶺南地氣暖，梅當較大江左右早發先落。

〔三〕「何言」二句：上句承二句，下句逆接首句。

〔四〕「片片」句：梅嶺在古楚地之南，過楚橋而更向南，故云。

鶴

一自王喬放自由〔一〕，俗人行處懶回頭〔二〕。睡輕旋覺松花墮〔三〕，舞罷閑聽澗水流〔四〕。羽翼光明欺積雪〔五〕，風神灑落占高秋〔六〕。應嫌白鷺無仙骨，長伴漁翁宿葦洲。

【箋注】

〔一〕「一自」句：文選孫綽遊天台山賦：「王喬控鶴以沖天。」李善注引列仙傳：「王子喬者，周靈王太子晉也。道人浮邱公接以上嵩高山。三十餘年後，人於山上見之。『告我家，於七月七日待我於緱氏山頭。』果乘白鶴，駐山頭。」

〔二〕「俗人」句：喻鶴之高潔。藝文類聚卷九〇引竹林七賢論：「嵇紹入洛，或謂王戎曰：『昨於稠人中始見嵇紹，昂昂然若野鶴之在雞羣。』」

〔三〕「睡輕」句：見前松詩注。

〔四〕「舞罷」句：文選鮑照舞鶴賦：「散幽經以驗物，偉胎化之仙禽。」李善注引鶴經：「軒前垂後則善舞。」

〔五〕「羽翼」句：同上李善注引鶴經：「色雪白，泥水不能汚。」

〔六〕風神：世説新語賞譽下：「張天錫世雄涼州，以力弱詣京師。……王彌有儁才美譽，當時聞而造焉。既至，天錫見其風神清令，言話如流……」灑落：蕭灑脱俗。慧皎高僧傳卷四竺法雅：「雅風彩灑落，善於樞機。」高秋：語本楚辭宋玉九辯之一：「悲哉，秋之爲氣也，……泬寥兮天高而氣清。」王逸注：「秋天高朗，體清明也。」

重陽夜旅懷〔一〕

强插黄花三兩枝〔二〕，還圖一醉浸愁眉。半牀斜月醉醒後，惆悵多於未醉時。

【箋注】

〔一〕重陽：見卷三九月偶懷寄左省張起居詩注。

〔二〕「强插」句：見卷二菊詩注。

壬戌西幸後〔一〕

武德門前顥氣新〔二〕，雪融鴛瓦土膏春〔三〕。夜來夢到宣麻處〔四〕，草没龍墀不見人〔五〕。

【箋注】

〔一〕壬戌西幸：昭宗天復元年（九〇一），「冬，十月，朱全忠大舉兵發大梁。……戊申，朱全忠至河中，表請車駕幸東都。京城大駭，士民亡竄山谷。……十一月，辛酉，昭宗因韓全誨之逼出京。壬戌，至鳳翔。」(見資治通鑑卷二六二)天復二年爲壬戌，此詩當作於是年正月。

〔二〕武德門：唐宫城内門名，在虔化門東、武德殿南，見兩京城坊考。

〔三〕鴛瓦：即鴛鴦瓦，瓦成對如鴛鴦。陸翽鄴中記：「鄴中銅雀臺，皆鴛鴦瓦。」語本魏文帝夢兩瓦墮地化爲鴛鴦事。三國志魏書方伎傳：「文帝問(周)宣曰：『吾夢兩瓦墮地，化爲雙鴛鴦，此何爲也？』」　土膏春：國語周語上：「陽氣俱蒸，土膏其動。」韋昭注：「膏，潤也，其動潤澤欲行。」

〔四〕宣麻：李肇翰林志：「凡赦書、德音、立后、建儲、大誅討、拜免三公宰相、命將，並用白麻，不用印。」唐會要翰林院：「故事，中書以黄白二麻，爲綸命重輕之辨。近者所由，猶得用黄麻。其白麻皆在此院。自非國之重事拜授，於德音赦宥者，則不得由于斯矣。」

〔五〕龍墀：即丹墀。漢書梅福傳：「故願登文石之陛，涉赤墀之塗。」顔師古注：「以丹淹泥塗殿上也。」

多虞〔一〕

多虞難住人稀處，近耗渾無戰罷棋〔二〕。向闕歸山俱未得〔三〕，且沽春酒且吟詩。

【箋注】

〔一〕多虞：詩魯頌閟宫：「無貳無虞，上帝臨汝。」毛傳：「虞，誤也。」

〔二〕「近耗」句：意謂戰事方酣，如棋局之尚未罷也。耗，音信。

〔三〕向闕：喻出仕。莊子讓王：「身在江海之上，心居乎魏闕之下。」陸德明釋文：「象魏觀闕，人君門也，言心存榮貴。」此指歸京。歸山：喻隱居。見前秘閣伴直注。

短褐〔一〕

閑披短褐杖山藤，頭不是僧心是僧。坐睡覺來清夜半，芭蕉影動道場燈〔二〕。

【箋注】

〔一〕短褐：粗布衣，古平民所服。漢書貢禹傳：「妻子穅豆不贍，裋褐不完。」顔師古注：「裋者，謂僮豎所著布衣長襦也；褐，毛布之衣也。」

〔二〕道場：即佛寺。宋釋贊寧僧史略：「後魏太武帝始光元年，創立伽藍，爲招提之號。隋煬帝大業中改天下寺爲道場，至唐復爲寺也。」然唐人詩文多沿用隋稱。

曲江紅杏〔一〕

遮莫江頭柳色遮〔二〕，日濃鶯睡一枝斜。女郎折得殷勤看，道是春風及第花〔三〕。

【箋注】

〔一〕曲江紅杏：國史補卷下：「（進士既捷）大宴於曲江亭子，謂之曲江會。」説郛卷七四引李綽秦中歲時記：「進士杏園初宴謂之探花宴，差少俊二人爲探花使，遍游名園。若他人先折花，二人皆罰。」

〔二〕遮莫：羅大經鶴林玉露丙編卷一：「遮莫，俗話所謂儘教也。」

〔三〕「女郎」三句：唐摭言卷三散序：「（曲江大會）爾來漸加侈靡，皆爲上列所據，向之下第舉人，不復預矣。所以長安游手之民，自相鳩集，目之爲『進士團』。初則至寡，洎大中、咸通已來，人數頗衆。……大凡謝後便往期集院。院内供帳宴饌，卑於輦轂。其日，狀元與同年相見後，便請一人爲録事。其餘主宴、主酒、主樂、探花、主茶之類，咸以其日辟之。主兩人，一人主飲妓。放榜後，大科頭兩人，常詰旦至期集院；常宴則小科頭主張，大宴則大科頭。縱無宴席，科頭亦逐日請給茶錢。……曲江之宴，行市羅列，長安幾於半空。公卿家率以其日揀選東牀，車馬闐塞，莫可殫述。洎巢寇之亂，不復舊態矣。」杏花開於三月，進士及第亦在三月，故云「春風及第花」。

折得梅〔一〕

寒步江村折得梅，孤香不肯待春催。滿枝盡是愁人淚，莫殢朝來露濕來。

【箋注】

〔一〕折得梅：太平御覽卷九七〇引荆州記：「陸凱與范曄相善，自江南寄梅花一枝，詣長安與曄，並贈花詩曰：『折花逢驛使，寄與隴頭人。江南無所有，聊贈一枝春。』」

牡丹

晝堂簾卷張清宴，含香帶霧情無限。春風愛惜未放開，柘枝鼓振紅英綻〔一〕。

【箋注】

〔一〕「柘枝」句：樂府詩集柘枝詞：「樂府雜録曰：『健舞曲有柘枝，軟舞曲有曲柘。』樂苑曰：『羽調有柘枝曲，商調有屈柘枝。此舞因曲爲名，用二女童，帽施金鈴，抃轉有聲。其來也，於二蓮花中藏，花坼而後見。對舞相占，實舞中雅妙者也。』舞時唱曲，以鼓節拍。張祜池州周員外出柘枝詩：『珠帽著聽歌遍匝，錦靴行踏鼓聲來。』又感王將軍柘枝妓殁詩：『晝鼓不聞招節拍，錦靴空想挫腰支。』」

寂寞〔一〕

江郡人稀便是村，踏青天氣欲黄昏〔二〕。春愁不破還成醉〔三〕，衣上淚痕和酒痕。

【箋注】

〔一〕據「江郡」句，知此詩作於南方。

〔二〕踏青：月令粹編引秦中歲時記：「上巳賜宴曲江，都人於江頭禊飲，踐踏青草，謂之踏青履。」又歲華紀麗譜：「二月二日踏青節也。」據此則唐時踏青時間不一。

〔三〕破：盡。見張相詩詞曲語辭匯釋卷三。

亂後灞上〔一〕

柳絲牽水杏房紅〔二〕，煙岸人稀草色中。日暮一行高鳥處，依稀合是望春宮〔三〕。

【箋注】

〔一〕亂後灞上：廣明元年（八八〇）黄巢入長安後，長安迭遭戰火，見前中臺五題牡丹注。此詩確切年月難定。灞：灞水，在長安東。舊唐書地理志一：「禁苑，在皇城之北。苑城東西二十七里，南北三十里，東至灞水，西連故長安城，南連京城，北枕渭水。苑内離宫、亭、館二十四所。」

〔二〕「柳絲」句：三輔黄圖卷六：「霸橋在長安東，跨水作橋，漢人送客至此橋，折柳贈别。」（霸，即灞）

〔三〕望春宮：新唐書地理志一：「有南望春宮，臨滻水，西岸有北望春宮，宮東有廣運潭。」

長門怨二首〔一〕

閑把羅衣泣鳳皇，先朝曾教舞霓裳〔二〕。春來却羨庭花落，得逐春風出禁牆。

流水君恩共不回〔三〕，杏花爭忍掃成堆。殘春未必多煙雨，淚滴閑階長綠苔。

【校】

題下稿本墨批「樂府詩」。　庭花：「庭」，原校「一作桃」；稿本原作「桃」，改「庭」。

【箋注】

〔一〕長門怨：樂府詩集卷四二引樂府解題：「長門怨者，爲陳皇后作也。后退居長門宫，愁悶悲思，聞司馬相如工文章，奉黄金百斤，令爲解愁之辭。相如爲作長門賦。帝見而傷之，復得親幸。後人因其賦而爲長門怨也。」

〔二〕「先朝」句：唐語林卷七：「舊制，三二歲，必於春時，内殿賜宴宰輔及百官，備太常諸樂，設魚龍曼衍之戲，連三日，抵暮方罷。宣宗妙於音律，每賜宴前，必製新曲，俾宫婢習之。至日，出數百人，衣以珠翠緹繡，分行列隊，連袂而歌，其聲清怨，殆不類人間。其曲，……有霓裳曲者，率皆執幡節，被羽服，飄然有翔雲飛鶴之勢。」按其時之霓裳舞與玄宗時不同（參看陳寅恪元白詩箋證稿第一章長恨歌）。

〔三〕「流水」句：語本李商隱宮辭：「君恩如水向東流。」二者又均由顧況葉上題詩由苑中流出「君恩不閉東流水」句化出。

郊野戲題〔一〕

竹巷溪橋天氣涼，荷開稻熟村酒香。唯憂野叟相迴避〔二〕，莫道儂家是漢郎〔三〕。

【校】

題：「野」，戊籤作「墅」。

【箋注】

〔一〕此詩作於乾寧四年後。

〔二〕「唯憂」句：語本莊子寓言：「(陽子居)其往也，……舍者避席，煬者避竈；其反也，舍者與之爭席矣。」郭象注：「去其夸矜故也。」意謂惟憂不能和光同塵，使野叟避席也。

〔三〕儂家：即「吾家」。漢郎：漢家尚書郎。漢以尚書郎爲清望官，號稱大臣之副。見前送祠部曹郎中鄭出守洋州「望郎」注。山濤所言即爲漢制。據唐才子傳，谷於乾寧四年(八九七)爲都官郎中。可知此詩作於是年以後。

宗人惠四藥

宗人忽惠西山藥，四味清新香助茶〔一〕。爽得心神便騎鶴〔二〕，何須燒得白硃砂〔三〕。

【箋注】

〔一〕香助茶：中唐以後，茶道大行（見封氏聞見記卷六飲茶），以爲有益心神。南部新書辛：「大中三年，東都進一僧，年一百二十歲。宣皇問：『服何藥而至此？』僧曰：『臣少也賤，素不知藥性。本好茶，至處唯茶是求。或出，亦日過百餘椀。如常日，亦不下四五十椀。』因賜茶五十斤，令居保壽寺。」

〔二〕騎鶴：喻成仙得道。見前鶴詩注。

〔三〕「何須」句：抱朴子金丹：「凡草木燒之即燼，而丹砂燒之成水銀，積變又還成丹砂，其去凡草木亦遠矣，故能令人長生。神仙獨見此理矣，其去俗人亦何緬邈之無限乎！世人少所識多所怪，或不知水銀出於丹砂，告之終不肯信，云丹砂本赤物，從何得成此白物？又云丹砂是石耳，今燒諸石皆成灰，而丹砂何獨得爾。此近易之事，猶不可喻，其聞仙道而大笑之，不亦宜乎。」朱砂即丹砂，主要化學成分爲硫化汞，燒後汞析出，故其色由朱變白。同書仙藥：「仙藥之上者丹砂，次則黃金，次則白銀，……」

題張衡廟〔一〕

遠俗祇憑淫祀切〔二〕，多年平子固悠悠。江煙日午無簫鼓，直到如今詠四愁〔三〕。

【箋注】

〔一〕張衡廟：通典卷一七七南陽郡（鄧州）向城條：「漢西鄂縣故城。今縣南有魯陽關及魯陽山及青山。漢張衡墓亦在縣南，崔瑗作碑。」張衡，東漢南陽郡西鄂人，字平子。其廟當亦在鄧州向城。鄧、汝二州相鄰，故此詩當作於谷爲汝州從事時。

〔二〕憑：「隨任」之義。淫祀：禮記曲禮下：「非其所祭而祭之，名曰淫祀。淫祀無福。」

〔三〕詠四愁：文選張衡四愁詩序：「張衡不樂久處機密，陽嘉中出爲河間相。時國王驕奢，不遵法度，又多豪右并兼之家。衡下車，治威嚴。能內察，屬縣姦猾行巧劫，皆密知名，下吏收捕，盡服擒。諸豪俠游客悉惶懼，逃出境。郡中大治，爭訟息，獄無繫囚。時天下漸弊，鬱鬱不得志，爲四愁詩。屈原以美人爲君子，以珍寶爲仁義，以水深雪雰爲小人，思以道術相報，貽於時君，而懼讒邪，不得以通。」

山鳥

驚飛失勢粉牆高，好箇聲音好羽毛。小婢不須催柘彈〔一〕，且從枝上吃櫻桃。

【箋注】

〔一〕柘彈：柘木製彈弓，即烏號弓。太平御覽卷九五八引古史考：「烏號弓，以柘枝爲也。」又引譙周曰：「野柘枝，勁烏集之，飛起，烏乃驚號。伐取爲弓，故稱烏號弓。」又引風俗通：「柘材爲弓，彈而放快。」馮贄南部煙花記柘彈：「陳宮人喜於春秋放柘彈。」

黯然〔一〕

搢紳奔避復淪亡〔二〕，消息春來到水鄉〔三〕。屈指故人能幾許？月明花好更悲涼。

【箋注】

〔一〕黯然：文選江淹別賦：「黯然銷魂者，唯別而已矣。」李善注：「黯，失色將敗之貌。」此詩蓋作於天復四年（九〇四），時谷已歸隱。

〔二〕「搢紳」句：資治通鑑卷二六四載，天復四年正月，朱全忠再度移書昭宗，請遷都洛陽。宰臣裴樞遂驅百官東行，「戊午，驅徙士民，號哭滿路……老幼繈屬，月餘不絕。」正與「搢紳奔避」相合。下言「花好」，當爲二、三月，亦正與「正月」時間相接，又言「水鄉」，知已歸隱矣。搢紳，語本莊子天下：「鄒魯之士搢紳先生多能明之。」成玄英疏：「搢，笏也，亦插也。紳，大帶也。先生，儒士也。」後遂用以指士大夫。

〔三〕水鄉：指谷家鄉宜春。

借薛尚書集〔一〕

江天冬暖似花時，上國音塵杳未知。正被蟲聲喧老耳，今君又借薛能詩。

【箋注】

〔一〕薛尚書：見卷三故許昌薛尚書……遂賦自賀詩注。

小北廳閒題〔一〕

冷曹孤宦本相宜〔二〕，山在牆南落照時。洗竹澆莎足公事，一來贏寫一聯詩。

【箋注】

〔一〕作於乾寧四年（八九七）秋任都官郎中後。小北廳，指都官郎中官署。

〔二〕冷曹：見故許昌薛尚書能……詩注。

菊

日日池邊載酒行，黄昏猶自繞黄英〔一〕。重陽過後頻來此，甚覺多情勝薄情。

【箋注】

〔一〕黄英：指菊，語本禮記月令季秋之月：「鞠有黄華。」鞠即菊。

贈楊夔二首〔一〕

散賦冗書高且奇〔二〕，百篇仍有百篇詩。江湖休灑春風淚，十軸香於一桂枝〔三〕。

時無韓柳道難窮〔四〕，也覺天公不至公〔五〕。看取年年金牓上，幾人才氣似揚雄〔六〕。

【箋注】

〔一〕楊夔：宜春人，見卷三寄贈楊夔處士注。又據宜春縣志，夔有集五卷、冗書十卷、冗餘集一卷。今全唐文有文二卷（卷八六六、八六七），全唐詩有詩十二首（卷七六六）。按夔爲田頵客，頵領宣歙，自乾寧元年至天復三年（八九四——九〇三），知此詩作於乾寧後。

〔二〕散賦：當指溺賦。

〔三〕「十軸」句：謂夔著述甚富，應試雖未中式，名聲當甚於及第者。桂枝，喻進士及第。前屢見。

〔四〕韓柳：韓愈、柳宗元。二人倡文以明道，故云。窮：探究。

〔五〕「也覺」句：意謂天道當公不公。藝文類聚卷一引申子：「天道無私，是以恒正。」宋書天文志二：「而石虎頻年再閉關，不通信使。此復是天公憒憒，無皂白之徵也。」荀子君道：「然後明分職，序事業，材技官能，莫不治理，則公道達而私門塞矣。」

〔六〕揚雄：字子雲，西漢蜀郡成都人，長於辭賦。此以比楊夔。

附録一 軼詩存疑詩辨僞詩

軼詩存疑詩

□□□□□□

敲門誰訪□（我），□（來）客即□（吾）師。應是逢新雪，高吟得好詩。格清無俗字，思苦有卷髭。諷味都忘倦，抛琴復舍棋。

【按】此詩録自齊己白蓮集孫光憲序（四部叢刊本白蓮集、全唐文卷九〇〇同）。齊己從谷學詩，光憲與己同時代，又均久居荆南，所引當爲可靠。括號中字爲箋校者擬補。

胡笳曲

月明星稀霜滿野，氊車夜宿陰山下。漢家自失李將軍，單于公然來牧馬。

【按】此詩録自元楊士弘唐音遺響（卷一五）。未知何據。清沈德潛唐詩別裁卷二〇作無名氏詩。今録以備考。

春遊郇邑

百里花封俗化淳，名蹤盛跡半猶存。谷評白虎藏巖洞，地湧金泉過石門。舊縣城積三水鎮，故家樹老五林郇。碑殘墮落夫人冢，苔蘚年年長淚痕。

【按】此詩録自孫星衍修乾隆三水縣志卷一。未知何據。郇邑，唐河東道蒲州猗氏縣西南四里有故郇邑，春秋晉地，左傳僖公二四年「軍於郇」者是也。雷首山近焉。（參元和郡縣志卷一二河東道河東縣、猗氏縣）谷詩贈日東鑒禪師有云：「故國無名渡海潮，老禪方丈倚中條。」中條即雷首，元和郡縣志卷一二河東縣「雷首山，一名中條山，在縣南一五里」，則知谷曾往遊河東，郇邑之作，尚有可能。以本詩出處過晚，未敢遽定，録以備參。

辨僞詩

登第後宿平康里作詩

春來無處不閒行，楚閏相看別有情。好是五更殘酒醒，耳邊聞唤狀元聲。

【按】此詩見詩話總龜三狂放門引古今詩話，繫於鄭谷名下，韻語陽秋卷一八因仍之，實誤。檢唐摭言卷三慈恩寺題名遊賞賦詠雜記：「鄭合敬先輩及第後宿平康里，詩云云」。合敬，宰相鄭延沐後，鄭涯之子，乾符二年狀元（辨見徐松登科記考卷二三）。全唐詩卷六六七録此詩於鄭合名下，下注「一作鄭合敬」。知宋時先訛鄭合啟爲鄭合，更因「合」，形近而訛作「谷」矣。

嚴塘經亂書事二首

塵生宫闕霧濛濛，萬騎龍飛幸蜀中。野策傳嚴君不夢，軒乘衛懿鶴何功。雖知四海同盟久，未合中原武備空。星落夜原妖氛滿，漢家麟閣待英雄。

梁園皓色月如珪，清景傷時一慘凄。未見山前歸牧馬，猶聞江上滯征鞞。鯤爲魚隊潛鱗困，鶴處雞羣病翅低。正是四郊多壘日，波濤早晚静鯨鯢。

【按】此詩見同治袁州府志。全唐詩卷六六七録此二詩爲谷兄鄭啟詩。正德袁州府志不録二詩，道光宜春縣志録爲鄭啟詩。同治袁州府志宜春縣志遂録誤作谷詩。説見文學遺産一九八五年第四期傅義先生嚴塘經亂書事非鄭谷詩文。

附録二　序　跋

雲臺編自序

唐　鄭谷

谷勤苦於風雅者，自騎竹之年，則有賦詠。雖屬對音律未暢，而不無旨諷。同年丈人故川守李公朋、同官丈人馬博士戴嘗撫頂歎勉，謂他日必垂名。及冠，則編軸盈笥，求試春闈，歷干於大匠。故少師相國太原公深推奬之。故薛許昌能、李建州頻不以晚輩見待，預於唱和之流，而忝所得爲多。游舉場凡十六年，著述近千餘首，自可者無幾。登第之後，孜孜忘倦，甚於始學也。喪亂奔離，散墜略盡。乾寧初上幸三峰，朝謁多暇，寓止雲臺道舍。因以所記或得章句綴於箋毫，或得於故侯屋壁，或聞於江左近儒，或祇省一聯，或不知落句。遂拾墜補遺，編成三百首，分爲上、中、下三卷，目爲雲臺編。所不能自負初心，非敢矜於作者。乾寧甲寅三月望鄭谷自序。

雲臺編後序

宋　童宗説

宗説始見唐書藝文志所載鄭谷雲臺編三卷，以謂谷之詩盡于此。及考祖擇之所作墓表，稱雲臺編與外集詩凡四百篇行於世。自至和甲午迄今百有七年，外集又闕其半，則知谷于道舍詮次之外，著述尚多而傳者寡也。谷字守愚，宜春人，永州刺史史之子，幼負雋聲，司空圖許爲一代風騷主，而薛能、李頻，當世名士，咸愛重之。擢第於光啓三年。嘗作拾遺、補闕。乾寧中，以尚書都官郎中退居於仰山東莊之書堂。高尚其事，以至於卒。蓋唐自牛、李植黨之後，學士大夫不擇所附，貪得躁進者罕能獨守義命之戒而不牽於名利之域。至於吟詠性情，出處語默之際，能不悖於理者，固希矣，況至於僖、昭之世哉！守愚獨能知足不辱，盡心於聖門六藝之一，豐入而嗇出之。論其格雖若不甚高，要其煅煉句意鮮有不合于道。其所得于內者又能信而充之。韜晦里閭，全去就始終之大節。嘗取其退居、淨吟等篇三復而賢之，因其言以求其爲人，又知其行之可賢也。惜其有補於風教，而重之者以村學堂中兒童諷誦，往往視爲發蒙之具，曾不獲齒偏裨於李杜詩將之壇。日往月來，殆將磨滅。蓋跡其表裏所得而以世俗耳鑒決之，彼烏能知守愚之意哉。顧宗説道榛力綿，豈足軒輊其詩，使得以行遠，因典教於此，而重其鄉之先賢之難得也。亟請諸郡邑，葺其墓宇，又得賢使君家藏善本，鋟木流通而序其顛末，所以致區區之意焉。宋袁州教授南城童宗説序。

雲臺編序

明　嚴嵩

孔子言夏殷之禮，有杞宋不足徵之歎。吾袁爲州，僻在江介，波嶺澄複，代有文賢。昔在李唐，藝文特盛。若都官郎中鄭谷，摛藻鑄詞，見推當時。其詩散見各帙。每得一編，咸可膾炙。獨世罕全集，郡中無傳。稽古者每爲之浩歎。相傳州南仰山有都官書堂遺址，乃余攀磴踐棘往尋之，不可復識。徒見泉聲嶽彩，悄愴幽邃，殆非人間。意時謳吟嘯歌，斯境有助歟。夫詩之道難言矣。非天景勝奇，無以發靈智；非功力深到，無以造微頤。予讀都官之作，精刻洗鍊，時有月露煙雲之思。永夜靜吟，至謂「得句勝於得好官」，則其平生殫力於斯，可謂勤矣。世之人落筆出語，未得古人一字，而遽已訾病之，豈可乎哉？此集余往得之吳中故少傅王文恪公。公本録自秘閣，予假以歸，手自讐校，正其譌闕三之一，刻之，庶幾以補是州文獻之闕遺云耳。

書後

明　嚴嵩

予始得都官雲臺編，手録刻之，不獨重其詩也，重夫鄉之先賢。以爲若一藝名于世者，猶表見之，不忍使其泯滅不聞，況復有大勛德節義者乎。及在秘閣閲所藏宜春志集，有童宗説撰雲臺編後序，其論都官當僖宗時獨能知足不辱，韜晦里閭，全去就始終之大節，異於其時貪得躁進者。而祖公無擇表其墓，圖像配於韓文公之祠，則其行之可賢又如此。而世徒以詩目都官，豈知言者哉。夫誦其詩而不知其人可乎？此孟子有尚論其世之歎也。予故併録宗説之文、無擇之表刻附兹集。詩曰：「高山仰止，景行行止。」後之君子當有同予之情者。

欽定四庫全書總目提要

唐鄭谷撰。谷字守愚，宜春人，光啓三年進士。乾寧中仕至都官郎中。谷父嘗爲永州刺史，與司空圖同院。圖見谷即奇之，謂當爲一代風騷主。詩名盛於唐末，人多傳諷，稱爲鄭都官。史不立傳，其事蹟頗見計有功唐詩紀事中。新唐書藝文志載谷所著有雲臺編三卷，宜陽集三卷。今宜陽集已佚，惟此編存。所録詩約三百首。其云雲臺編者，據自序稱：「乾寧初上幸三峰，朝謁多暇，寓止雲臺道舍，因以所紀編而成之。」蓋昭宗幸華州時也。谷以鷓鴣詩得名，至有鄭鷓鴣之稱。而其詩格調卑下，第七句相呼相喚字尤重複。寇宗奭本草衍義引作「相呼相應」，差無語病，然亦非上乘。方回瀛奎律髓又稱谷詩多用僧字，凡四十餘處。谷自有句云「詩無僧字格還卑」，此與張端義貴耳集謂詩句中有梅花二字便覺有清意者同一雅中之俗，未可遽舉爲美談。至其他作，則往往於風調之中獨饒思致，汰其膚淺，擷其菁華，固亦晚唐之巨擘矣。

四部叢刊鄭守愚文集跋

胡文楷

新唐書藝文志載谷有雲臺編三卷，宜陽集三卷。晁氏郡齋讀書志有雲臺編三卷，宜陽外編一卷。晁志又稱谷字守愚，宜陽人，光啓三年擢高第，遷右拾遺，歷都官郎中。乾寧四年歸宜春，卒於別墅。其集號雲臺編者，以其扈從華山觀居所編次云。是本前有谷自序，次總目，凡三卷，每卷首行標「鄭守愚文集卷第幾」，下題子目，雲臺編殆猶華山覿手編舊第歟？是爲南宋蜀本。首尾有翰林國史院官書長方木記，周香嚴所謂「元官印」，可貴也。今行谷詩全唐作四卷，席刻百名家作三卷，無第四卷，一至三卷兩刻編次相同，均與是本異，且其篇數有出是本外者。全唐第四卷贈咸陽王主簿七律一首，乃見是本卷三中。附注各本異同之字，與此亦不盡合。孤本晚出，宜爲當時所不見也。四庫總目稱「谷以鷓鴣詩得名，第七句相呼相喚字尤重複，寇宗奭本草衍義引作相呼相應，差無語病」，今是本正作相應，則庫本所據，又與此異矣。全唐、席刻傳世最廣，因取兩本互讐一過，録爲校記附後。民國二十三年十月，崑山胡文楷。

豫章叢書二唐人集跋

胡思敬

右盧子發文標集三卷，據嘉慶辛炳喬本付刊；鄭守愚雲臺編三卷，據明嘉靖嚴介谿本付刊。江西宋以前專集，淵明而外，今可見者衹此，而皆出自袁郡，故合兩家爲一書，本毛氏汲古閣例也。盧集許編百篇本在宋紹興時已不可得。童編據其自序，衹賦一、詩二十六、記二、碑、銘、書、贊各一。辛氏所輯，視童編溢出詩六首，賦三首，碑、銘、書、贊俱無。劍贊得自道觀。既失固難復求，而文粹所載上僕射書、新興碑銘並非秘本，辛氏亦闕而勿載，殊不可曉。今削辛氏附録而從文粹補碑、銘、書各一首，又據全唐文補律賦一首，雖不能盡窺全豹，而子發之精神亦約略可覩矣。鄭詩傳於今者，以嚴刻爲最古。席百家本即從此出。嚴氏雖不足道，而表章先哲不爲無功，因黜去序文，編次悉仍其舊，並采全唐詩五言五首，七言三首附於後焉。戊午八月胡思敬跋。

明鈔雲臺編跋

傅增湘

雲臺編三卷，唐都官郎中鄭谷著。明人寫本，綿紙，藍格，半葉九行，每行二十字，卷首自序，次目録，書籤爲金冬心手翰。全書經何義門先生校勘批點，朱筆燦然，古香異彩，溢於函帙。義門所校，乃據明嘉靖乙未袁郡刻本，又以宋本次第不同者注於闌上。然余曾見蜀刻鄭守愚集，取席刻勘正一通，其次第與義門所引宋本皆不合，知何氏經眼者乃别一宋刊也。而席刻次第又與此明鈔差異，是鄭氏之詩，一時乃有四本，彼此咸不相同。其先後傳衍之緒竟莫由攷訂，殊足異矣。余之得此書也，在壬子三月之杪。自辛亥十月奉袁内閣命，隨唐少川赴上海參與和議，因而留滯南中者半年不歸。逮至三月，孫黄同唐氏北上，時局底定，始定歸計。攜僕登新銘海舶。布置粗定，方引枕欲卧，忽書友陳蘊山來舟次，言新自金陵、吳門歸，所獲殊夥，欲邀至寓所一觀。余詢之舟人，云啓椗尚有三四時，遂隨之而往。至則盡發其篋笥，檢取明翻宋本春秋經傳集解等十數種，而是書爲之冠。評價既定，抱書疾走，抵埠四顧，則船影渺然，蓋鼓輪東發久矣。不得已，折回客邸，訪孫君蔭庭貸資斧，假衣衾，守候四日，乃重買舟旋津，今檢書及此，聊述其事，知余年少氣盛，嗜好事篤。聞有異書，如蟻之集羶，蛾之赴火，縱歷艱難挫折而曾不少恤。今老矣，雖雅尚猶存，而豪情已減，無復昔年壯往之慨。迴溯舊游，宛如夢境。此買書失舟一段故事，聊取附卷尾，留爲後人之雅談而已。甲戌三月十九日藏園雨窗書。

卷中有約菴居士、臣恩復、秦伯敦父、石研齋、秦氏藏印諸印記。約菴疑爲何氏印，原跋録左：

嘉靖乙未，袁郡有雲臺編刻本，嚴介溪爲序，云得之故少傅王文恪公。公本録自秘閣，蓋出於宋刻也。蔣生子遵所收葉文九來家書中有之，借校一過。康熙辛卯春日焯記。

四庫全書提要辨證

余嘉錫

雲臺編三卷，唐鄭谷撰。谷字守愚，宜春人，光啓三年進士，乾寧中仕至都官郎中。史不立傳，其事蹟頗見計有功唐詩紀事中。谷以鷓鴣詩得名，至有「鄭鷓鴣」之稱，而其詩格調卑下，第七句「相呼相喚」字尤重複；寇宗奭本草衍義引作「相呼相應」，差無語病，然亦非上乘。

嘉錫案：周亮工因樹屋書影卷八云：「吳興鄭侯升秕言：鄭谷鷓鴣詩既曰『相呼』，又曰『相喚』，則複矣；既曰『青草湖邊』、『黄陵廟裏』，又曰『湘江曲』，亦欠變矣。及觀本草載此詩云『相呼相應湘天闊』，宋本草衍義卷十六云：鷓鴣，鄭谷所謂『相呼相應湘天闊』者。語既無病，更清曠。按本草衍義，乃宋政和中寇宗奭所撰。據此，則宋代尚有唐詩善本，後乃傳訛耳。侯升發前人未發，妙解也。」提要此條，蓋本於此。鄭明選字侯升，歸安人，萬曆己丑進士，官南京刑科給事中。如著秕言十卷，見總目雜家存目三。考席啓寓刻唐詩百名家集本雲臺編卷中，鷓鴣詩作「相呼相應湘江闊」，「江」字雖誤，「應」字、「闊」字固不誤也。蓋席氏百名家集多用宋本或舊刻本重雕，鄭明選、周亮工及四庫館臣所見，皆明代俗本爾。

附録三　著録

新唐書藝文志　宋　陳振孫

鄭谷雲臺編三卷

又宜陽集三卷字守愚，袁州人，爲右拾遺。乾寧中，以都官郎中卒於家。

直齋書録解題卷十九　宋　陳振孫

雲臺編三卷唐都官郎中宜春鄭谷守愚撰，光啓三年進士。

郡齋讀書志卷四　宋　晁公武

雲臺編三卷宜陽外編一卷

右唐鄭谷字守愚，宜陽人，光啓三年擢高第，遷右拾遺，歷都官郎中。乾寧四年歸宜春，卒於別墅。其集號雲臺編，以其㞐從華山觀居所編次云。谷詩屬思頗切於理，而格韻凡猥，語句浮俚，不爲議者所多。然一時傳誦，號鄭都官而弗名也。

崇文總目卷五

鄭谷雲臺編三卷

鄭谷宜陽外編一卷

宋史藝文志

鄭谷詩三卷又詩一卷外集一卷

天一閣藏書總目

雲臺編一部

唐都官郎中鄭谷著，其自序稱游舉場凡十六年，著述近千餘首，自可者無幾。登第後孜孜忘倦，甚于始學。乾寧初上幸三峰，朝謁多暇，寓止雲臺道舍。因以所記，或得章句綴於牋毫，或得於故侯屋壁，或聞於江左近儒，或祇省一聯，或不知落句。遂拾墜補遺，編成三百首，分爲上中下三卷，目之爲雲臺編。所不能自負初心，非敢矜於作者。又嘉靖乙未袁郡嚴嵩刻雲臺編序曰：都官郎中鄭谷集，予往得之吳中故少傅王文恪公，公本録自秘閣，予假以歸，手自讐校，正其譌缺三之一，刻之以補是州文獻之闕遺云。

趙定宇書目　明　趙用賢

鄭谷雲臺編三册

百川書志　明　高儒

雲臺編三卷　都官郎中宜春鄭谷守愚撰，凡三百首。

紅雨樓書目　明　徐𤊹

鄭谷守愚雲臺編一卷

絳雲樓書目卷三　清　錢謙益

鄭都官谷雲臺集一册。三卷

虞山錢遵王藏書目録彙編　清　錢曾

鄭谷雲臺集二卷述詩集鄭谷雲臺集二卷　又宋板書目鄭谷雲臺編三卷三本。

述古堂藏書目卷二　　清　錢曾

鄭谷雲臺集二卷

四庫全書總目卷一五一集部別集類四

雲臺編三卷江蘇巡撫採進本

蕘圃藏書題識續録卷三　　清　黄丕烈

雲臺編二卷明鈔本

鄭守愚雲臺編共三卷，此脱上卷，俗人妄改卷中爲卷上以滅其痕，殊爲可惜。幸有葉石君藏本可參校也。蕘圃記。

皕宋樓藏書志　　清　陸心源

雲臺編二卷　明嘉靖刊本

唐都官郎中鄭谷撰。自序。嚴嵩序嘉靖乙未。

四庫全書簡明目録　　清　永　瑢

雲臺編三卷

唐鄭谷撰。詩家所謂鄭都官也。其集以乾寧初，扈從登華山，於雲臺觀編次，即以爲名。谷鷓鴣詩最得名，而非高唱；雪詩至傳爲畫圖，格調亦卑。然其他一花一草，亦時有姿致。

四庫全書總目提要補正　　胡玉縉

雲臺編三卷

所録詩約三百首。張氏藏書志有舊鈔本，云：「後附補遺十三首，及祖無擇撰墓表，又附録四則，曹鄴等投贈詩八首，則毛氏子晉所輯也。」玉縉案：附録爲毛輯，補遺及墓表爲王鏊從秘閣鈔出原有。

帶經堂書目　　清　陳樹杓

鄭都官集三卷附録一卷明鈔本

郘亭知見傳本書目　　清　莫友芝

雲臺編三卷唐鄭谷撰　嘉靖乙未嚴嵩刻本　席氏刻本　張目有汲古閣舊鈔本

宋元舊本書經眼録

清 莫友芝

雲臺編 明本

唐鄭谷撰，嚴嵩序。後有康熙辛卯何義門題字，又有葉氏藏書一印。」

善本書室藏書志

清 丁丙

雲臺編三卷 影明嘉靖刊本

都官郎中鄭谷

谷字守愚，宜春人，光啓三年進士，仕至都官郎中。新唐書藝文志載有雲臺編、宜陽集各三卷，今獨存此編，自序云：「乾寧初，上謁三峰。朝謁多暇，寓止雲臺道舍，因以所記編成三百首。」末附拾遺，當爲後人所補，明嘉靖乙未袁郡嚴嵩序稱州南仰山有都官書堂遺址，尋之不可復識，此集得之吳中故少傅王文恪公。公録自秘閣。假歸，正其譌缺刻之。

藏園羣書經眼録卷十二

傅增湘

雲臺編三卷 唐鄭谷撰

明藍格寫本，九行二十字。何焯以朱筆校，有跋録後：

「嘉靖乙未，袁郡有雲臺編刻本，嚴介溪爲序，云得之故少傅王文恪公，公之本録自秘閣本，蓋出於宋刻也。蔣生子遵所收葉文九來家書中有之，借校一過。康熙辛卯春日焯記。」

雲臺編三卷唐鄭谷撰

席氏刻本。　陳乃乾假沈曾植藏明嚴嵩刊本校。

增訂四庫簡明目録標注卷十五　邵懿辰　邵章

雲臺編三卷唐鄭谷撰

席氏刊本。　嘉靖乙未嚴嵩刊本。

〔續録〕張目有汲古閣舊鈔本，附補遺十三首。傅沅叔有何義門據宋本校明鈔本，又據嘉靖本校改。

豫章叢書本。

崇雅堂書録　甘鵬雲

雲臺編三卷　唐鄭谷撰　席刻百家唐詩本　豫章叢書本　四庫著録

民國宜春縣志卷二〇

國風正誤一卷，佚，鄭谷

雲臺編三卷，共四百篇，自序。明分宜嚴嵩自秘閣録出復刻。全唐詩録三百三十首。清乾隆己巳分宜嚴宗定、萬載辛炳喬先後重鐫。嘉靖乙亥袁錫光編入袁州唐集内梓行。

宜陽外編一卷

按諸志載谷詩，於雲臺編三卷外，又云有宜陽集三卷，攷宜陽集邑人劉松輯，其輯谷詩三卷即雲臺編詩，非宜陽另又一集。

附録四　傳記資料

授長安縣尉直弘文館楊贊禹左拾遺鄠縣尉鄭谷右拾遺制　　唐　薛廷珪

勑具官楊贊禹等：以贊禹挺生公族，雅有令名，檢身如履其春冰，操心不愧於屋漏。而言行無玷，文章可觀，連中殊科，首冠羣彦。捨而不顧，去奉良知，三年於兹，澄濬一致。自待之意，何其遠歟。以谷二雅馳聲，甲科得儁，亦承遺構，自致亨衢。求諸輩流，兼慎行止。朕方求理道，允屬淹滯，聞爾贊禹之規爲，可以厚風俗而敦教化；聞爾谷之詩什，往往在人口而伸王澤。舉賢勸善，允得厥中。並命諫垣，我爲公選；汝於職業，勉自激揚。可依前件。（全唐文卷八三七）

唐摭言　　五代　王定保

張喬，池州九華人也，詩句清雅，敻無與倫。咸通末，京兆府解，李建州時爲京兆參軍主試。同時有許棠與喬，及俞坦之、劇燕、任濤、吳罕、張蠙、周繇、鄭谷、李棲遠、温憲、李昌符，謂之十哲。（卷一〇）

都官鄭谷墓表

宋　祖無擇

予既作韓文公祠成，因畫尚書都官鄭公守愚像於東壁以配。未幾，都人之戴白者以公墓所在來告。乃率僚屬亟往視之。距城纔七里而獲焉。於是增封樹植宇隊前，周以垣墉，限以閈閎，伐石爲碣，表於路隅。公名谷，字守愚，袁州宜春人，光啓三年進士及第。始爲京兆府鄠縣尉，終以都官郎中老于鄉。嘗作拾遺、補闕，當時正人多稱其善。尤工五七言詩，爲薛能、李頻所知。有雲臺編與外集凡四百篇行焉。士大夫家暨委巷間教兒童，咸以公詩與六甲相先後。蓋取諸辭意清婉明白，不俚不野故然。嗚呼！人患不學，學患不惠，雖小善必聞。古之醫師日者之類，有能臻其極，猶或不磨滅於後世。矧詩者吾聖人之門六藝之一乎？宜乎公之名與世俱存也。予觀今袁人，服儒而志古者，誠不少矣。他日卓然以文章事業與前人並駕，則誰與？予是舉也，將以勉後學未至耳。墓在宜春縣信義鄉仁成里。至和元年二月五日記。（祖龍學集收有此文，文字訛奪甚多，今據袁州府志逐録。）

五代史補

宋　陶岳

僧齊己，長沙人。長沙有大潙同慶寺，僧多而地廣，佃户僅千餘家。齊己則佃户胡氏之子也。七歲，與諸童子爲寺司牧牛。然天性穎悟，於風雅之道日有所得，往往以竹枝畫牛背爲篇什。衆僧奇之，且欲壯其山門，遂勸令出家。時鄭谷在袁州，齊己因攜所爲詩往謁焉，有早梅詩曰：「前村深雪裏，昨夜數枝開。」谷笑謂曰：「數枝非早，不若一枝則佳。」齊己矍然，不覺兼三衣叩地膜拜。自是士林以谷爲齊己一字之師。（卷三齊己條）

唐詩紀事　宋　計有功

殘月如新月云（詩略）。谷自序云：「幼受知於李公朋、馬博士戴，求試春闈。故薛許昌能、李建州頻，不以晚輩見待。游舉場十六年，著述千餘首。乾寧初，上幸三峰，朝謁多暇，寓止雲臺道舍。遂拾墜補遺，成三百首，目爲雲臺編。」

谷字守愚，袁州人，故永州刺史之子。幼年，司空圖與刺史同院，見而奇之，曰：「曾吟得文丈詩否？」曰：「吟得。」「莫有病否？」曰：「文丈曲江晚望斷篇云：『村南斜日閑迴首，一對鴛鴦落渡頭。』即深意矣。」司空嘆惜，撫背曰：「當爲一代風騷主。」乾寧中，爲都官郎中，卒於家。谷自敍云：「故許昌薛尚書能爲都官郎中，後數年，建州李員外頻自憲府内彈拜都官員外，皆一時騷雅宗師。都官之曹，振盛於此。余早受知，今忝此官，復是正秩，何以相繼前賢耶？」（卷七〇鄭谷條）

正德袁州府志

鄭谷字守愚，宜春人。七歲能詩。司空圖見而奇之，因拊其背曰：「當爲一代風騷主。」光啓三年，舉進士，授京兆鄠縣尉。乾寧間，以都官郎中退居仰山書堂卒。有宜陽集三卷，號雲臺編。其詩清婉明白，爲薛能輩所稱。時僧齊己亦以能詩名。及見谷，深敬服焉。其詠鷓鴣詩尤工，世號「鄭鷓鴣」。（卷八）

同治袁州府志

鄭谷，字守愚，穎悟絶倫，七歲能詩。司空圖嘗與其父史同院，見谷奇之，拊其背曰：「當爲一代風騷主。」光啓三年進士，始爲京兆府鄠縣尉，後爲拾遺、補闕。乾寧四年，以都官郎中退居於仰山東莊之書堂以卒。谷詩清婉明白，爲薛能、李頻所稱。齊己有詩名，詠早梅云：「前村深雪裏，昨夜數枝開。」谷曰：「數枝非早也，未若一枝。」齊己不覺下拜。士林呼爲「一字師」。谷始登第，與許棠、任濤、張蠙、李栖遠等十人同有聲，謂之十哲。而谷尤以吟諷顯，有詩四百篇。嘗從僖宗登三峰，朝謁之暇，寓止雲臺道舍，自編其集曰雲臺編、宜陽集，各三卷。其鷓鴣詩尤工，世號「鄭鷓鴣」。宋祖無擇守郡日，作韓文公祠成，晝都官像於東壁以配，並爲其墓植樹立碑祀鄉賢。（卷八之一）

附録五　贈別弔懷詩

題作鄭拾遺、鄭補闕、友人歸宜春等而無確據爲谷者不録。

送鄭谷歸宜春　唐　曹鄴

無成歸故國，上馬亦高歌。况是飛鳴後，殊爲喜慶多。暑銷嵩岳雨，涼吹洞庭波。莫便閒吟去，須期棲盛科。（全唐詩卷五九三）

送鄭谷先輩赴汝州辟命　唐　張喬

看花興未休，已散曲江遊。載筆離秦甸，從軍過洛州。嵩雲將雨去，汝水背城流。應念依門客，蒿萊滿徑秋。（全唐詩卷三六八）

寄鄭谷　唐　王貞白

五百首新詩，緘封寄去時。祇憑夫子鑒，不要俗人知。火鼠重收布，冰蠶乍吐絲。直須天上手，裁作領巾披。（全唐詩卷七〇一）

秋日旅懷寄右省鄭拾遺　　前人

永夕愁不寐，草蟲喧客庭。半窗分曉月，當枕落殘星。鬢髮遊梁白，家山近越青。知音在諫省，苦調有誰聽！（同上）

送鄭谷　　唐楊夔

春江瀲瀲清且急，春雨濛濛密復疏。一曲狂歌兩行淚，送君兼寄故鄉書。（全唐詩卷七六六）

獻鄭都官　　唐虛中

早晚辭班列，歸尋舊山峰。代移家集在，身老詔書重。藥祕仙都訣，茶開蜀國封。何當答羣望，高躡傅巖蹤。（全唐詩卷八四八）

和鄭谷郎中看棋　　唐齊己

箇是仙家事，何人合用心。幾時終一局，萬木老千岑。有路如飛出，無機似陸沉。樵夫可能解，也此廢光陰。（全唐詩卷八三八）

戊辰歲湘中寄鄭谷郎中　前　人

白髮久慵簪，常聞病亦吟。瘦應成鶴骨，閑想似禪心。上國楊花亂，滄洲荻筍深。不堪思翠巘，西望獨沾襟。（同上）

亂中聞鄭谷吳延保下世　前　人

小諫纔埋玉，星郎亦逝川。國由多聚盜，天似不容賢。兵火焚詩草，江流漲墓田。長安已塗炭，追想更淒然。（同上）

永夜感懷寄鄭谷郎中　前　人

展轉復展轉，所思安可論。夜涼難就枕，月好重開門。霜殺百草盡，蛩歸四壁根。生來苦章句，早遇至公言。（同上）

寄鄭谷郎中　前　人

高名喧省闥，雅頌出吾唐。疊巘供秋望，無雲到夕陽。自封修藥院，別掃著僧牀。幾夢中朝事，依依鵷鷺行。（同上書卷八三九）

傷鄭谷郎中　　前人

鍾陵千首作，筆絶亦身終。知落干戈裏，誰家煨燼中。吟齋春長蕨，釣渚夜鳴鴻。惆悵秋江月，曾招我看同。（同上）

次韻酬鄭谷郎中　　前人

林下高眠起，相招得句時。開門流水入，靜話鷺鷥知。每許題成晚，多嫌雪阻期。西齋坐來久，風竹撼疏籬。（同上）

和鄭谷郎中幽棲之什　　前人

誰知閒退跡，門逕入寒汀。靜倚雲僧杖，孤看野燒星。墨霑吟石黑，苔染釣船青。相對唯溪寺，初宵聞念經。（同上書卷八四〇）

寄鄭谷郎中　　前人

詩心何以傳，所證自同禪。覓句如探虎，逢知似得仙。神清太古在，字好雅風全。曾沐星郎許，終慚是斐然。（同上）

寄孫闢呈鄭谷郎中　前人

衡岳去都忘，清吟戀省郎。淹留才半月，酬唱頗盈箱。雪長松樫格，茶添語話香。因論樂安子，年少老篇章。（同上書卷八四一）

赴鄭谷郎中招遊龍興觀讀題詩板謁七真儀像因有十八韻　前人

何處陪遊勝，龍興古觀時。詩懸大雅作，殿禮七真儀。遠繼周南美，彌旌拱北思。雄方垂朴略，後輩仰箴規。對坐茵花暖，偕行薜陣隳。僧絛初學結，朝服久慵披。到處琴棋傍，登樓筆硯隨。論禪忘視聽，譚老極希夷。照日江光遠，遮軒檜影敧。觸鞋松子響，窺立鶴雛癡。始貴茶巡爽，終憐酒散遲。放懷還把杖，憩石或搘頤。眺遠凝清眄，吟高動白髭。風鵬心不小，蒿雀志徒卑。顧我專無作，於身忘有爲。叨因五字解，每忝重言期。捨此應休也，何人更賞之？淹留仙境晚，迴騎雪風吹。（同上書卷八四三）

哭鄭谷郎中　前人

朝衣閒典盡，酒病覺難醫。下世無遺恨，傳家有大詩。新墳青嶂疊，寒食白雲垂。長憶招吟夜，前年風雪時。（同上）

題鄭谷郎中仰山居　　　前　人

簷壁層層映水天，半乘岡壠半民田。王維愛甚難抛畫，支遁憐多不惜錢。巨石盡含金玉氣，亂峰深鎖棟梁煙。秦爭漢奪虚勞力，却是巢由得穩眠。（同上書卷八四四）

寄鄭谷郎中　　　前　人

上國誰傳消息過，醉眠醒坐對嵯峨。身離道士衣裳少，筆答禪師句偈多。南岸郡鐘涼度枕，西齋竹露冷霑莎。還應笑我降心外，惹得詩魔助佛魔。（同上書卷八四五）

題鄭都官墳祠　　　宋　柳　淇

人死固等耳，死有名不湮。非爲功業著，即爲文字珍。鄭公守愚者，專以詩發身。清骨與土腐，高篇俱世新。臨編一諷讀，蕭然想其人。會來作袁官，荒祠拜下塵。故居宅他主，遠孫編細民。擇之賢太守，嘉事發幽淪。選僚驅車駕，訪道披荆榛。增土助風勢，繚垣周山垠。刊文表行路，築堂妥晬神。遂使袁之秀，攀慕相趨循。觀古所稱道，伊人滋弗泯。

六先生詠　鄭守愚谷　　明　葉涵雲

有唐三百年，風雅雄一代。矯矯不可幾，李杜文章在。下此則錢劉，沈宋元白輩。先生與頡頏，針鋒足相對。騷雅妙英年，司空發長慨。早梅一字師，齊己謝不逮。煌煌雲臺篇，淋漓傳海内。何以鷓鴣詩，膾炙於千載。可知世俗名，大美多爲晦。獨幸此文禽，藉掛詩人喙。

六先生詠　鄭守愚　　明　費嘉樹

騷壇樹赤幟，羣賢拜下風。謂爲一字師，齊己亦英雄。試誦雲臺集，無語非化工。李杜相頡頏，豈與郊島同。流俗少持誦，嘖嘖相褒崇。獨有鷓鴣詩，播傳及兒童。鷓鴣詩誠美，先生才未窮。以此留千載，轉使先生恫。不然謝蝴蝶，刻翠而剪紅。不然崔鴛鴦，亦中商與宫。歎息古才士，多爲俗所蒙。識之孩提年，我服表聖公。

鄭谷讀書堂　　明　嚴宗璧

臨空臺閣許追攀，曾有高人此往還。花發深林爭秀麗，水維極浦響潺湲。星河半落庭前樹，雲霧全銷雨後山。惆悵風流今已遠，鷓鴣聲韻動江關。

袁州讀鄭守愚集　清　施閏章

高文冰雪寸心孤，笑殺人呼鄭鷓鴣。秀浦城南君故里，江山何事一詩無。

詠鄭都官　清　曾煥

有唐三百年，風雅道爲盛。詩隨國運衰，都官猶後勁。雲臺佳句多，何必鷓鴣詠？

仰山家守愚公讀書處　清　鄭爗

大仰岡巒映碧潯，鷓鴣聲倚古松陰。萬山煙雨孤燈下，應有雙龍聽夜吟。

鄭守愚　清　江爲龍

篇署雲臺真俊逸，同時李杜可齊驅。緣何一代風騷主，却祇人呼鄭鷓鴣。

袁州雜詠　清　林有彬

都官高塚踞荒村，石表崚嶒凍雨痕。隔岸鷓鴣啼不住，聲聲猶似咽芳魂。

附録六　評論 凡贈答詩、序跋中有關評論均不復録。

孟賓于：昔者仲尼删三百篇。梁太子選十九首。厥後沿朝，垂名者不少，苦志者彌多。入室升堂有其數矣。然六藝之旨，二南之風，後來未曾窮目，沉淪者怨刺傷多，取事者雅頌一貫。亂後江南，鄭都官、王貞白，用情創志，不共轍，不同途，懼不及矣。（全唐文卷八七二碧雲集序）

歐陽修：鄭谷詩名盛於唐末，號雲臺編，而世俗但稱其官爲鄭都官詩。其詩極有意思，亦多佳句，但其格不甚高。以其易曉，人家多以教小兒，余爲兒時猶誦之，今其集不行於世矣。梅聖俞晚年，官亦至都官，一日會飲余家，劉原父戲之曰：「聖俞官必止於此。」坐客皆驚。原父曰：「昔有鄭都官，今有梅都官也。」聖俞頗不樂。未幾，聖俞病卒。余爲序其詩爲宛陵集，而今人但謂之「梅都官詩」。一言之謔，後遂果然，斯可歎也！（六一詩話）

劉原甫：梅聖俞河豚詩曰：「春洲生荻芽，春岸飛楊花。河豚於此時，貴不數魚蝦。」劉原甫戲曰：「鄭都官有鷓鴣詩，謂之鄭鷓鴣。聖俞有河豚詩，當呼有梅河豚也。」（宋詩話輯佚古今詩話）

葛立方：杜荀鶴、鄭谷詩，皆一句内好用二字相疊，然荀鶴多用於前後散句，而鄭谷用於中間對聯。荀鶴詩云：「文星漸見射台星」，「非謁朱門謁孔門」，「常仰門風繼國風」，「忽地晴天作雨天」，

「猶把中才謁上才」，皆用於散聯。鄭谷「那堪流落逢搖落，可得潸然是偶然」，「身爲醉客思吟客，官自中丞拜右丞」，「初塵芸閣辭禪閣，却訪支郎是老郎」，「誰知野性非天性，不扣權門扣道門」，皆用於對聯也。（韻語陽秋卷一）

又曰：郎官之選，唐朝尤重。順宗初政，柳子厚爲禮部郎，與蕭俛書云：「僕年三十三，年甚少，自御史裏行得禮部員外，超取顯美，欲免世之求進者怪怒媢嫉，其可得乎！」杜子美一檢校工部爾，而詩中數及之，衒詑不已。鄭谷自好稱老郎，贈秀上人詩云：「惟恐興來飛錫去，老郎無路更追攀。」訪策禪者詩云：「初塵芸閣辭禪閣，却訪支郎是老郎。」春陰詩云：「舞燕歌鶯莫相認，老郎心是老僧心。」是也。至於轉正郎則云：「止陪鴛鷺居清秩，濫應星辰浼上天。」省中作則云：「未如何遜無佳句，若比馮唐是壯年。」是亦未免於衒詑者。（韻語陽秋卷一一）

胡仔：細素雜記云：鄭谷與僧齊己、黃損等共定今體詩格云：「凡詩用韻有數格：一曰葫蘆，一曰轆轤，一曰進退。葫蘆韻者，先二後四；轆轤韻者，雙出雙入；進退韻者，一進一退。失此則謬矣。（苕溪漁隱叢話前集卷三一梅聖俞節）

又曰：鄭谷等共定今體詩格，一進一退韻，如李師中送唐介七言八句是也。子蒼於五言八句近體詩亦用此格。其詩云：「盜賊猶如此，蒼生困未蘇。今年起安石，不用哭包胥。子去朝行在，人應問老夫。髭鬚衰白盡，瘦地日攜鉏。」蓋「蘇」、「夫」在十虞字韻，「胥」、「鉏」在九魚字韻。（苕溪

漁隱叢話後集卷三四韓子蒼節）

劉克莊：鄭谷多佳句，而格苦不高，甚推尊薛能，能自負不淺，其實一謬妄人耳。其黄河、太華二篇，尤自詩詡。然以弱筆賦鉅題，每篇押十四韻，殊無警策，曾不如司空表聖「地勢遥尊岳，河流側讓關」十字道盡，尚不足以望表聖。如「吳楚東南坼，乾坤日夜浮」、「齊魯青未了」等句法，何嘗夢見彷彿，谷北面之，良不可曉。（後村詩話後集卷一）

又曰：鄭谷五言云「春陰妨柳絮，月黑見梨花」；又云「露蔬貧潔淨，中酒病風流」；又云「染岸蒼苔古，翹沙白鳥鳴」；又云「潮來無別浦，木落見他山」；夕陽云「長天急遠鴻」；潯陽縣廳云「野泉當案落，汀鷺入衙飛」；又云「縣官清且儉，深谷有人家。一徑入寒竹，小橋穿野花。碓喧春澗滿，梯倚緑桑斜。自説年來稔，前邨酒可賒」。七言云「愛僧不愛紫衣僧」；又云「酒醒蘚砌花陰轉，病起漁舟鷺迹多」；又云「夜深雨絶松堂靜，一點山螢照寂寥」；又雪云「亂飄僧舍茶煙溼，密灑高樓酒力微。江上晚來堪畫處，漁人披得一簑歸」；秋扇云「汗流浹背曾施手，氣爽中宵便負心」；七祖院小山云「峨眉咫尺無人去，却向僧窗看假山」；海棠云「穠麗最宜新著雨，嬌嬈全在欲開時」；鷓鴣云「雨昏青草湖邊過，花落黄陵廟裏啼。遊子乍聞征袖濕，佳人纔唱翠眉低」；讀李白集云「何處文星與酒星，一時鍾在李先生。高吟大醉三千首，留着人間伴月明」；燕云「低飛緑岸和梅雨，亂入紅樓掠杏梁，閑几硯中窺水淺，落花徑裏得泥香。千言萬語無人會，又逐流鶯過短牆」。谷集名雲臺編，有詩三百首，五、七言多警聯，今録其尤者於編。谷詩自好，然集中所作若步趨薛能者。讀能集云：「李白欺前輩，陶潛仰後塵。」太白視谷斐然小子。淵明人物高勝，何至仰能輩後塵？然余所録以意義爲主，不可以人廢言。（同上書新集卷四）

又曰：（薛）能詩十卷，僅數百首，絶句佳者已入選。其未入選者，姑摘出一聯或一、二句。又答寄茶七言云：「羸官乞與真拋却，賴有詩情合得嘗。」此一聯不在集中，殊不可曉。鄭谷師若人詩，安得高出其上。（同上）

范德機：馬御史云：「東夷、西戎、南蠻、北狄，四方偏氣之語，不相通曉，互相憎惡。惟中原漢音，四方可以通行，四方之人皆喜於習説。蓋中原天地之中，得氣之正，聲音散布，各能相入，是以詩中宜用中原之韻。則便官樣不凡，押韻不可用啞韻，如五支、二十四鹽，啞韻也。

凡例祇要明暗二例，諸作皆然。杜甫、鄭谷四詩可法。

明二首

黑鷹　杜甫

黑鷹不省人間有，度海疑從北極來。正翮摶風超紫塞，玄冬幾夜宿陽臺。虞羅自覺虚施巧，春雁同歸必見猜。萬里寒空祇一日，金眸玉爪不凡材。

雙鷺　鄭谷（三體作雍陶）

雙鷺應憐水滿池，風飄不動頂絲垂。立當青草人先見，行傍白蓮魚未知。一足獨拳寒雨裏，數聲相叫早秋時。林塘得爾須增價，況與詩家物色移。

暗二首

白鷹　杜甫

雪飛玉立盡清秋，不惜奇毛恣遠遊。在野祇教心力破，干人何事網羅求。一生自獵知無敵，百中爭能恥下韝。鵬礙九天須却避，兔經三窟莫深憂。

鷓鴣　鄭谷

暖戲煙蕪錦翼齊，品流應得近山雞。雨昏青草湖邊過，花落黃陵廟裏啼。遊子乍聞征袖溼，佳人纔唱翠眉低。相呼相喚湘江曲，苦竹叢深春日西。（木天禁語音節）

王世貞：義山浪子，薄有才藻，遂工儷對，宋人慕之，號爲「西崑」。楊、劉輩竭力馳騁，僅爾窺藩。許渾、鄭谷厭厭有就泉下意，渾差有思句，故勝之。（藝苑卮言卷四）

胡應麟：中唐絶，如劉長卿、韓翃、李益、劉禹錫，尚多可諷詠，晚唐則李義山、温庭筠、杜牧、許渾、鄭谷，然途軌紛出，漸入宋、元，多歧亡羊，信哉！（詩藪内編卷六）

許學夷：王元美云許渾、鄭谷厭厭有就泉下意。渾差有思句，故勝之。愚按晚唐諸子體格雖卑，然亦是一種精神所注。渾五七言律工巧襯貼，便是其精神所注也。若格雖初盛而庸淺無奇，

則又奚取焉。孟子曰：「五穀者，種之美者也，苟爲不熟，不如荑稗。」以此論詩則有實得矣。（詩源辨體卷三〇）

又曰：鄭谷字守愚詩以全集觀，去許渾、韋莊實遠。五言律如「春亦怯邊遊」、「萬里念江海」二篇聲氣稍勝，但前篇起語甚稚，後篇結語太弱耳。如「漂泊病難任」、「凄涼懷古意」、「澤國逢知己」三篇亦中唐佳製。「男兒懷壯節」一篇實晚唐俊調。「幾思聞靜話」效樂天隔句扇對。七言律如「飲澗鹿喧雙派水，上樓僧踏一梯雲」；「林下聽經秋苑鹿，江邊掃葉夕陽僧」；「萬頃白波迷宿鷺，一林黃葉送殘蟬」；「情多最恨花無語，愁破方知酒有權」等句皆晚唐語。至如「殘月露垂朝闕蓋，落花風動宿齋燈」；「畫成煙景垂楊色，滴破春愁壓酒聲」；「紅迷天子帆邊日，紫奪星郎帳外蘭」詠錦；「低飛綠岸和海雨，亂入紅樓揀杏梁」詠燕；「一枝低帶流鶯睡，數片狂和舞蝶飛」海棠等句則聲盡輕浮語盡纖巧矣。然集中諸體僅得二三十篇，餘皆村陋不足録也。（同上書卷三二）

又曰：鄭谷七言絶較之開成，句亦不甚殊而聲韻益卑，唐人絶句至此不可復振矣，要亦正變也。中如「紫雲重叠」、「塵壓鴛鴦」、「花落江堤」、「半煙半雨」、「移舟水濺」等篇皆聲韻益卑者也。胡元瑞云「『數聲風笛離亭晚，君向瀟湘我向秦』，豈不一唱三歎，而氣韻衰颯殊甚。『渭城朝雨』自是口語而千載如新。此論盛唐晚唐三昧。」已上八句皆元瑞語。下至李山甫、羅隱不更述矣。（同上書卷三二）

又曰：或問唐人律詩以劉長卿，錢起、柳宗元、許渾、鄭谷、韋莊、李山甫、羅隱爲正變；古詩以元和諸子爲大變，何也？曰：律詩由盛唐變至錢、劉，由錢、劉變至柳宗元，許渾、韋莊、鄭谷、李山甫、羅隱皆自一源流出，體雖漸降而調實相承，故爲正變。古詩若元和諸子則萬怪千奇，其派各出而不與李杜高岑諸子同源，故爲大變。其正變如堂陛之有階級，自上而下，級級相對而實非有意爲之。晚唐律詩即李商隱、温庭筠、于武陵、劉滄、趙嘏，雖或出正變之上，終不免稍偏矣。（同上書卷三二）

又曰：或問許渾、韋莊、鄭谷、李山甫、羅隱律詩較元和諸子古詩品第若何？曰：許渾、韋莊、鄭谷、李山甫、羅隱譬今世之儒，元和諸子如老莊楊墨。今世之儒安可便與老莊楊墨爭衡乎？（同上書卷三二）

胡震亨：鄭都官谷，詩非不尖新，無奈骨體太孱，以其近人，宋初家户習之。（唐音癸籤卷八）

又曰：谷有「詩無僧字格還卑」之句，故其詩入「僧」字者甚多，昔人嘗以爲譏。然大曆已後，諸公借阿師作吟料久矣。（同上）

又曰：齊己詩清潤平淡，亦復高遠冷峭。一經都官點化，白蓮一集，駕出雲臺之上，可謂智過其師。（同上）

又曰：七言律自杜審言、沈佺期首創工密，至崔顥、李白，時出古意，一變也。高岑王李，風格大備，又一變也。杜陵雄深浩蕩，超忽縱橫，又一變也。錢劉稍加流暢，降爲中唐，又一變也。大曆十才子，中唐體備，又一變也。樂天才具泛瀾，夢得骨力豪勁，在中、晚間自爲一格，又一變也。張籍、王建，略去葩藻，求取情實，漸入晚唐，又一變也。嗣後温、李之競事組織，薛能之過爲芟刊，杜牧、劉滄之時作拗峭，韋莊、羅隱之務趨條暢，皮日休、陸龜蒙之塡塞古事，鄭都官、杜荀鶴之不避俚俗，變又難可悉紀。律體愈趨愈下，而唐祚亦告訖矣。（同上書卷一〇）

施閏章：唐史文藝傳序稱：韋應物、沈亞之、閻防、祖詠、薛能、鄭谷等，其類尚多，皆班班有文在人間，史家逸其行事，故弗得稱述云。按此，則詩文人不可無傳如此。（蠖齋詩話）

賀裳：詩家宗派，雖有淵源，然推遷既多，往往耳孫不符鼻祖。如鄭谷受知於李頻，李頻受知於姚合，姚合與賈島友善，兼效其詩體。今以姚、鄭並觀，何異皐橋廡下賃舂婦與臨邛當壚者同列，始知凡事盡然，子夏之後有莊周，良不足怪。（黄白山評：「姚詩亦未必美如彼，鄭詩亦未必醜如此，何其軒輊過甚耶！」）（載酒園詩話卷一）

又曰：鄭谷詩以淺切而妙，如寄孫處士：「酒醒蘚砌花陰轉，病起漁舟鷺迹多。」題少華甘露寺：「飲澗鹿喧雙派水，上樓僧踏一梯雲。」贈敷溪高士：「眠窗日暖添幽夢，步野風清散酒醒。」舟行：「村逢好處嫌風便，酒到醒時覺夜寒。」羅村路見海棠：「一枝低帶流鶯睡，數片狂和舞蝶飛。」中年：「情多最恨花無語，愁破方知酒有權。」寄楊處士：「春卧甕邊聽酒熟，露吟庭際待花開。」皆入情切景，然終傷婉弱，漸近宋、元格調。吾尤恨其「衰遲自喜添詩學，更把前題改數聯」，何遽作此老婢聲！獨絶句是一名家，不在浣花、丁卯之下。（同上書又編）

又曰：詩至晚唐而敗壞極矣，不待宋人。大都綺麗無骨。至鄭谷、李建勳，益復靡靡，樸澹則寡味，李頻、許棠，尤無取焉。（同上）

查爲仁：詠物有二種，一種刻畫似畫家小李將軍，則李義山、鄭谷、曹唐是也；一種寫意，工者頗多，要以少陵爲正宗。（蓮坡詩話）

汪師韓：魏文帝典論曰：「詩賦欲麗。」陸士衡文賦曰：「詩緣情而綺靡。」……以綺麗説詩，後之君子所斥爲不知理義之歸也。嘗讀東山之詩矣，周公但言「慆慆不歸」及「勿士行枚」數言而已，足矣。彼夫蠋在桑野，瓜在栗薪，……未至而「婦歎於室」，既至而「親結其縭」，皆贅言也。又嘗讀離騷矣，屈子但言「國無人莫我知」及「指九天以爲正」，亦數言而可畢矣。……是則少陵之傑句，無如「老夫清晨梳白頭」；昌黎之佳句，莫若「老翁真箇似童兒」。「一二三四五六七」，固唐賢人日之著題；「枇杷橘栗桃李梅」，且漢代大官之本色。香山長慶集，必老嫗可解也；鄭谷雲臺編，必小兒可教也。……典論、文賦之言，竊謂未可盡非也。（詩學纂聞）

沈德潛：李滄溟推王昌齡「秦時明月」爲壓卷，王鳳洲推王翰「蒲萄美酒」爲壓卷，本朝王阮亭則云：「必求壓卷，王維之「渭城」，李白之「白帝」，王昌齡之「奉帚平明」、王之渙之「黄河遠上」其庶幾乎？而終唐之世，亦無出四章之右者矣。」滄溟、鳳洲主氣，阮亭主神，各自有見。愚謂：李益之「回樂峰前」、柳宗元之「破額山前」、劉禹錫之「山圍故國」、杜牧之「煙籠寒水」、鄭谷之「揚子江頭」，氣象稍殊，亦堪接武。（説詩晬語）

又曰：七言絶句，貴言微旨遠，語淺情深。如清廟之瑟，一倡而三嘆，有遺音者也。開元之時，龍標、供奉，允稱神品。外此，高、岑起激壯之音，右丞多凄婉之調，以至「蒲桃美酒」之詞，「黄河遠上」之曲，皆擅場也。後李庶子、劉賓客、杜司勳、李樊南、鄭都官諸家，記興幽微，克稱嗣響。（唐詩別裁集凡例）

薛雪：鄭守愚聲調悲涼，吟來可念。豈特爲鷓鴣一首，始享不朽之盛名？（一瓢詩話）

又曰：口熟手溜，用慣不覺，亦詩人之病，而前人往往有之。若李長吉之「死」，鄭守愚之「僧」，温飛卿之「平橋」，韋端己之「夕陽」，不一而足；薩天錫之「芙蓉」，李滄溟之「風塵」，則又爲後生也。（同上）

翁方綱：咸通十哲，概乏風骨。方干、羅隱皆極負詩名，而一望荒蕪，實無足採。杜荀鶴至令嚴滄浪目爲一體，亦殊淺易。大約讀唐詩到此時，披沙揀金，殊爲不易。即追想錢、劉諸公，已爲高、曾規矩，又毋論開、寶也。（石洲詩話卷二）

又曰：詩話載唐僧齊己謁鄭谷獻詩「自封修藥院，別下著僧牀」。谷覽之云：「請改一字，方可

相見。」經數日再謁，改云：「別掃着僧牀。」谷嘉賞，結爲詩友。此一字元本、改本俱無好處，不知鄭谷何以賞之？（同上）

葉矯然：晚唐七言律，佳句有雄快絶倫者，有高逸孤寄者，有頹放縱筆生姿者，如「題詩朝憶復暮憶，見月上弦還下弦」，「故山歲晚不歸去，高塔天晴獨自登」，「漁人依舊棹舴艋，江岸還是飛鴛鴦」，諸如此類是也。誰謂晚唐無詩哉！（龍性堂詩話）

李懷民：清真僻苦主：賈島。上入室：李洞；入室：周賀、喻鳧、曹松；升堂：馬戴、裴説、許棠、唐求；及門：張祜、鄭谷、方干、于鄴、林寬。（中晚唐詩主客圖）

余成教：鄭守愚谷幼年見賞於司空圖，謂當爲一代風騷主。李朋、馬戴撫頂歎勉，謂他日必垂名。薛能、李頻不以晚輩見待。及仕於朝，人號爲鄭都官而不名。與張喬、許棠輩同稱十哲。雖以鷓鴣得名，而知己之多，享名之盛，爲晚唐所未有。五言如「春陰妨柳絮，月黑見梨花」、「潮來無別浦，木落見他山」、「碓喧春澗滿，梯倚綠桑斜」、「極浦明殘雨，長天急遠鴻」之類，尚多佳句。七言神韻完足，格律整齊，却無佳句可摘。（石園詩話）

延君壽：溫飛卿七律，如贈蜀將、馬嵬、陳琳墓、五丈原、蘇武廟諸作，能與義山分駕，永宜楷式。至皮、陸兩家，多工於琢句，可讀可不讀。司空表聖神韻音節，勝於皮、陸。方干、羅隱、鄭谷、周朴輩，皆有可觀。至「鴛鴦」、「鷓鴣」等名目，皆近場屋一派，又當別論。大約晚唐諸人詩，總當以義山爲宗，餘皆從略。（老生常談）。

方南堂：晚唐自應首推李、杜，義山之沉鬱奇譎，樊川之縱横傲岸，求之全唐中，亦不多見，而氣體不如大曆諸公者，時代限之也。次則温飛卿、許丁卯，次則馬虞臣、鄭都官，五律猶有可觀，外此則邾、莒之下矣。（輟鍛録）

潘德輿：文昌「洛陽城裏見秋風」一絶，七絶之絶境，盛唐諸鉅手到此者亦罕，不獨樂府古澹，足與盛唐爭衡也。王新城、沈長洲數唐人七絶擅長者各四章，獨遺此作。沈於鄭谷之「揚子江頭」亦盛稱之，而不及此，此猶以聲調論詩也。（養一齋詩話卷三）

又曰：司空表聖奇鄭都官幼慧，評爲一代風騷主。然觀其早入諫院詩云：「紫雲重叠抱春城，廊下人稀静漏聲。偷得微吟閒倚柱，滿衣花露聽宫鶯。」詩雖旖旎，豈諫院中言語？風騷意旨，未易窺尋也。「揚子江頭」一絶，今古流誦。然「花月樓臺近九衢，清歌一曲倒金壺。坐中亦有江南客，莫向春風唱鷓鴣。」何不以此鷓鴣得名？較之「雨昏青草湖邊過，花落黄陵廟裏啼」，不尤有風調耶？「遊子乍聞征袖溼，佳人纔唱翠眉低」，亦屬卑卑語，與「雪下文君酤酒市，雲藏李白讀書山」，「煙開水國花期近，雪滿長安酒價高」，皆便於流俗之耳目，無當於詩家之雅音。其詠懷云：「苦吟殊未補風騷。」自知者能自屈也。（同上書卷四）

朱庭珍：兩漢之詩，不可以家數論也。自建安作者，始有以詩傳世之志。古今合計，惟陳思王、阮步兵、陶淵明、謝康樂、李太白、杜工部、韓昌黎、蘇東坡可爲今古大家。若左太沖、郭景純、鮑明遠、謝宣城、王右丞、韋蘇州、李義山、岑嘉州、黄山谷、歐陽文忠、王半山、陸放翁、元遺山，則次於大家，可謂名大家。如王仲宣、張景陽、陸士衡、顔延之、沈隱侯、江文通、庾子山、陳伯玉、張曲江、孟襄陽、高達夫、李東川、常盱眙、儲太祝、王龍標、柳柳州、劉中山、白香山、杜牧之、劉文房、李長吉、温飛卿、陳後山、張宛丘、晁沖之、陳簡齋等，雖成就家數各異，然皆名家也。如郊、島、張、王，則郊猶可附列名家，島則小家，張、王亦是小家。即初唐四子及沈、宋二家，並中晚之郎士元、錢起、元微之、李庶子、鄭都官、羅江東、馬戴，及宋之秦淮海、梅聖俞、蘇子美、范石湖等，皆小家也。（筱園詩話卷二）

又曰：自來得名之句，有卓然可傳者，有不佳而倖成名者。名篇亦然。蓋非諧俗，不能風行一時，人人傳誦，所以不足爲據。若夫卓然可傳之作，當日得名，必其時風雅極盛，能詩者在朝在野，皆多有之。……若晚唐崔鴛鴦、鄭鷓鴣、雍白鷺、羅牡丹之流，及宋人大小宋落花之什，元人謝宗可蝴蝶之吟，皆倖得名，而詩則卑靡淺俗，意格凡近，了無風骨，品斯劣矣。（同上書卷四）

附録七　鄭谷傳箋

趙昌平

鄭谷傳箋

谷字守愚，袁州宜春人。父史，開成中爲永州刺史。

此本唐詩紀事卷七〇：「谷字守愚，袁州人，故永州刺史之子。」

按宋祖無擇都官鄭谷墓表：「公名谷，字守愚，袁州宜春人。」宜春，今江西宜春市也。紀事卷五六：「鄭史，開成元年（八三六）登第……史終國子博士。」徐松登科記考卷二一，開成元年有鄭史，云：「永樂大典引宜春志：鄭史字惟直，宜春人，登開成元年進士第。」卷二三乾符三年記鄭谷（按此書繫谷登第年誤）云：「永樂大典引宜春志亦云：鄭谷，史之子，光啓三年登進士第。」宜春縣志卷一八云：「鄭史，字惟直，開成元年進士，爲易學博士，歷官永州刺史，有賦百篇，亡。又有詩十二首，見宜陽集，子啓，見全唐詩，谷，另有傳。」所記史之仕歷異於紀事。

今按：以宜春縣志説爲是。資治通鑑卷二五〇引實録：「咸通三年……三月，以蔡京充荆襄以南宣慰安撫使，五月以京爲嶺南西道節度使。」雲溪友議卷上買山讖條：「蔡京假節邕交，道經湘口，零陵（即永州）太守鄭史與京同年，遠以酒樂相追。」按嶺西節度例兼邕州刺史，知咸通三年

（八六二）時鄭史在永州刺史任上。谷集雲臺編卷二卷末偶題三首之二云：「七歲侍行湖外去，岳陽樓上敢題詩。」湖外即湖南；侍行，隨侍赴任，知史初牧永州時谷爲七歲，故欲定史之仕歷須先考谷之生年。

按雲臺編自序有云：「谷勤苦於風雅者，自騎竹之年，則有賦詠，同年丈人李公朋，同官丈人馬博士戴嘗撫頂嘆勉，謂他日必垂名。及冠，則編軸盈笥，求試春闈……游舉場凡十六年。」谷爲光啓三年（八八七）進士（參下考），逆推十六年，則其初應舉爲咸通十三年（八七二），是年及冠，以二十歲計，則生年當爲大中七年（八五三）。然集卷三中年詩云：「漠漠秦雲淡淡天，新年景象入中年。」古人以三、四十歲爲中年，曰「入中年」，則當爲正進入三十歲，詩正有感於此而作，言「秦雲」，則知三十歲時在長安。若以大中七年生推之，其三十歲爲中和二年（八八二）。按谷敍事感恩上狄右丞詩（卷二）有云：「寇難旋移國，飄零幾聽蛩。半生悲逆旅，二紀間門墉。蜀雪隨僧踏，荆煙逐雁衝。」知谷於廣明元年（八八〇）十二月黄巢攻破長安後，即長期漂游巴蜀荆楚（廣明元年十二月谷初奔巴蜀首尾爲六年，見下考），則中和二年（八八二）時谷不得在長安矣。因知中年詩當作於廣明元年春或略前，是年三十歲，則生於大中五年（八五一），至咸通十三年（八七二）爲二十二歲，亦得稱「及冠」，故定谷生年於大中五年。若以中年詩作於廣明元年更前，則應舉年大於二十二歲，與「及冠」不盡相合。

谷既生於大中五年（八五一），則其七歲侍父出守湖南永州，爲大中十一年（八五七），其時已能題詩岳陽樓，則其啓蒙，更當於七歲之前。集卷三有谷丱歲受同年丈人故川守李侍郎教諭詩，有云：「多感京河李丈人，童蒙受教便書紳。」前引雲臺編序則稱「自騎竹之年」，受知於「同年丈人故川守李公朋」，則知詩之李侍郎，即李朋。樊川文集卷一七有李朋授刑部員外郎制稱朋由將仕郎侍御史內供奉充刑部員外郎。杜牧於大中五年秋擢考功郎中，知制誥，六年遷中舍，其年十一月卒（參繆鉞先生杜牧年譜），則知朋之充刑外在大中五、六年間，其遷轉侍郎外放川守，按唐人仕進慣例，至少須四、五年時間，則知大中五、六年至十年前後，李朋在長安，則谷之發蒙當在長安矣。集卷一訪姨兄王斌渭口別墅詩云「少小曾來此」，正可爲谷幼年在長安之佐證。雲臺編序又稱「同官丈人馬博士戴，嘗撫頂嘆勉。」檢鄭史仕歷，唯任國子監博士（正五品上），或國子監易學博士（正六品）方得與馬戴爲同官，則知谷幼年在長安啓蒙時，鄭史當在國子監任上，唯其爲國博抑或易博，未可詳知。至大中十一年（八五七）谷七歲時，外放永州刺史（正四品上）至咸通三年（八六二）尚在永州，已爲二任矣。辛氏稱史「開成中爲永州刺史」，大誤。

綜上谷幼年情況如次：大中五年（八五一）生，約大中九年（八五五）五歲前後在長安啓蒙，以早慧見賞於李朋、馬戴，大中十一年（八五七）隨侍永州，至咸通三年（八六二）尚在永州，前後至少六年。谷集卷一有浯溪詩云：「湛湛清江疊疊山，白雲白鳥在其間。漁翁醉睡又醒睡，誰道皇天最惜閒。」浯溪在永州，當作於大中、咸通間，是爲谷可考知大體年代之第一詩，此詩全效南國俗體，此種早年習染於谷一生創作關係甚鉅。

谷幼穎悟絶倫，七歲能詩。司空侍郎圖與史同院，見而奇之，問曰：「予詩有病否？」曰：「大夫曲江晚望云：『村南斜日閑迴首，一對鴛鴦落渡頭。』此意深矣！」圖拊谷背曰：「當爲一代風騷主也。」

此本紀事卷七〇：「幼年，司空圖與史同院，見而奇之，曰：『曾吟得丈丈詩否？』曰：『吟得。』『莫有病否？』曰：『丈丈曲江晚望斷篇云：「村南斜日閑迴首，一對鴛鴦落渡頭」，即深意矣。』司空嘆息撫背曰：『當爲一代風騷主。』」

今按此事未能徵信。舊唐書卷一九〇下司空圖傳記：「圖咸通十年登進士第。」未記曾任國子監職司，所稱「同院」，當爲御史臺三院，然鄭史未見有御史之拜，而咸通十年時，早已由國子監任外放永守六年後又四年，此不可信之一。又舊唐書本傳稱圖：「唐祚亡之明年，聞輝王遇弑於濟陰，不懌而疾，數日卒，時年七十二。」唐亡之次年爲公元九〇八年，逆推之，圖當生於開成二年（八三七），至谷五歲時（大中九年，八五五），方二十三歲，安得以「丈丈」自稱，此不可信者二。此事源其終始，當因雲臺編序記有馬戴撫頂嘆勉，謂「他日必成名」事，而宋時雲臺編序有脱漏（見附考一），奪「馬戴」云云二十一字；然谷少小受知前輩事則播於人口，遂訛馬戴爲司空圖也。

光啓三年，右丞柳玭下及第。

此本祖無擇都官鄭谷墓表：「光啓三年（八八七）進士及第。」「右丞柳玭」云云當本已佚之唐人登科記。徐松登科記考卷二三「光啓三年……知貢舉：尚書右丞柳玭」，可參證。然徐松登科記考卷二三「乾符三年」又駁辛氏云：「唐才子傳云云。永樂大典引宜春志亦云：『鄭谷，史之子，光啓三年登進士第。』按文苑英華載鄭谷漲曲江池詩，注云『乾符丙申歲春』，則鄭谷當於乾符三年（八七六）及第，光啓爲乾符之訛，今改正。」其光啓三年下不列鄭谷。今按，徐說非是。谷集卷二有京兆府試殘月如新月詩。唐摭言卷二記此詩爲乾符四年京兆府試題，則谷斷不能於三年及進士第。舊說光啓三年及第不誤，證據尚多，參後考。

光啓三年谷三十六歲。辛氏於咸通中至本年二十餘年間谷之行事未置一詞，今略考其大概。

隱居荆門，嘉慶一統志卷二五二荆門州：「白社，在荆門州（今江陵縣）南一百三十里。名勝志：古隱士之居以白茅爲屋。唐都官鄭谷常居於此。」今按谷集卷一悶題詩有云：「落第春相困，無心惜落花。荆山歸不得，歸得亦無家。」卷二渚宮亂後作云：「鄉人來話亂離情，淚滴殘陽問楚荆。白社已應無故老，清江依舊繞空城。」卷三次韻和秀上人長安寺居言懷寄渚宮禪者詩更云：「舊齋松老別多年，香社人稀喪亂間。」渚宮，爲故楚別宮，在江陵（元和郡縣圖志山南道江陵府），所云「亂離」，指乾符四年（八七七）、六年（八七九）王仙芝與劉漢宏先後攻焚江陵事（通鑑卷二五三），知谷於此前曾居江陵。又從下考可知咸通十二年秋谷已由宜春鄉貢，此後不久遷居同州、京兆，則其隱白社更當在此前。

咸通十三年谷初應春官試，見前考。按唐人慣例，當於十二年（八七一）秋鄉貢，至廣明元年（八八〇）冬十二月因黄巢攻破長安，出奔巴蜀前，首尾十年。卷三輦下冬暮詠懷云：「十年春淚催衰颯，羞向清流照鬢毛。」（初稿附記：「不知春到情何限，惟恐流年損鬢毛。」）可證。

此期，谷先由宜春鄉貢，至少二次。按全唐詩卷五九三有曹鄴送鄭谷歸宜春詩云：「無成歸故國，上馬亦高歌。況是飛鳴後，殊爲喜慶多。暑銷嵩岳雨，涼吹洞庭波。莫便閒吟去，須期接盛科。」卷七六七楊夔送鄭谷詩又云：「春江瀲瀲清且急，春雨濛濛密復疏。一曲狂歌兩行淚，送君兼寄故鄉書。」（楊夔，宜春人，見宜春縣志卷一八文苑）。曹詩秋景，楊詩春景，故知至少二次由宜春鄉貢下第歸，當爲咸通十三、十四二年也（八七二、八七三）。曹詩所言「飛鳴」，頗可注意，全詩爲送下第歸甚明，故飛鳴非爲登第。集卷二有送吏部曹郎中下第南歸詩有「江山復桂州」及「崇賢葉滿溝」句。曹鄴桂林人（蔣冕二曹（鄴、唐）詩跋），居長安崇賢坊，可知所送爲曹鄴。詩又云：「小生誠淺拙，早歲便依投……遠招伴宿直，首薦向公侯。」則知谷曾因鄴之推援爲首送，即鄭詩「飛鳴」云云是也。

約於咸通末乾符初，谷由宜春舉家遷同州，曾爲同州解首送；更於乾符四年（八七七）應京兆府試，當已遷京兆。按集卷二有京兆府試殘月似新月詩。唐摭言卷二置等第：「乾符四年，崔湝爲京兆尹，復置等第。差萬年縣尉公乘億爲試官，試火中寒暑退賦，殘月如新月詩。」谷又有宣義里舍冬暮自貽詩，宣義里在長安，詩云：「幽居不稱在長安，溝淺浮春岸雪殘。板屋漸移方帶野，水車新入夜添寒。名如有分終須立，道若離心豈易寬。滿眼塵埃馳騖去，獨尋煙竹翦漁竿。」爲未達情懷，知乾符年間，谷於長安居宣義里（達後居光德里，見下考）。集卷二叙事感恩上狄右丞詩又云：「昔年曾投贄，關河在左馮。庾公垂顧遇，王粲許從容。首薦叨殊禮，全家寓近封……寇難旋移國，漂零幾聽蛩。」詩中自注：「頃年庾給事崇出守同州，右丞在幕席，谷退飛遊謁，始受獎知。」又注：「同州官醖尚菊花酒。」知谷先移同州，更遷京兆。

谷居同州、京兆時期，又一度赴汝州爲幕賓。按全唐詩卷六三八有張喬送鄭谷先輩赴汝州辟命詩，谷集卷一亦有題汝州從事廳詩，谷詩云：「詩人公署如山舍，祇向階前便采薇。驚燕拂簾閑睡覺，落花沾泥會餐歸。」爲時平閒逸景象。檢通鑑卷二五二，乾符元年（八七四），王仙芝首義於滑州長垣（今河南蒲城縣），二年（六七五）六月黄巢應於曹州冤句（今河南定陶縣西），衆至數萬。二地均與汝州（治今河南臨汝）相近，谷不當有如此閒逸情致。唐詩紀事卷七八張喬又記咸通中（按十二年）京兆府試，張喬擅場，禮讓許棠爲首薦，「未幾，巢寇爲亂，遂與伍喬之徒隱九華（在池州）。」谷集卷一久不得張喬消息詩云：「天末去程孤，沿淮復向吳。亂離何處甚？安穩到家無？」通鑑卷二二二記乾符二年十一月「羣盜侵淫，剽掠十餘州，至於淮南。」三年十二月，義軍攻至申、光、廬、壽、舒、通諸州，淮東危急，正與谷詩「沿淮復向吳」、「亂離何處甚」諸句相合，則知喬之歸九華必在乾符二、三年間，則其送谷往汝州，合上引谷汝州詩觀，必在王、黄起義略前，以乾符一、二年爲最近是。

咸、乾之間，谷廣謁前輩，詩聲初著。前輩中除曹鄴而外更有：

薛能：集卷二有獻大京兆薛常侍能。按舊唐書懿宗紀記咸通十一年十月「以給事中薛能爲京兆尹」。吳廷燮唐方鎮年表卷三感化記，薛能咸通十四年始爲感化節度。唐詩紀事卷六〇薛能：「京兆尹温璋貶（按據舊紀爲咸通十一年九月），命（能）權知尹事，出鎮感化。」鄭谷謁薛能詩寫春景，據谷咸通十二年秋方由宜春鄉貢入京，則其謁薛必爲咸通十三、四年之春。

李頻：卷一有哭建州李員外頻。按新唐書李頻傳稱頻卒於建州刺史任所。舊唐書僖宗紀記乾符二年正月「以都官員外郎李頻爲建州刺史。」乾符三年十一月，「以度支分巡院使李仲章爲建州刺史。」則李頻之卒當在乾符三年十一月或稍前。谷詩云：「獨夜吟還泣，前年伴直廬。」則在乾符初，已拜識李頻，受知而至伴其宿直矣。

谷贊曹鄴云：「高名向已求，古韻古無儔。」（送吏部曹郎中免官南歸），贊薛能曰：「篇篇高且真，真爲國風陳。澹薄雖師古，縱横得意新。」（讀故許昌薛尚書詩集）贊李頻：「舊友誰爲誌，清風豈易書。」（哭李建州頻），知其對前輩詩人取轉益多師之態度，此於其形成自身之特殊風格，具重要影響。

咸、乾之際谷又爲時人列入「咸通十子」。唐摭言卷一〇張喬條記：「張喬，池州九華人也。詩句清雅，夐無與倫，咸通末，京兆府解，李建州頻時爲京兆參軍，主試。同時有許棠與喬，及俞坦之、劇燕、任濤、吳罕、張蠙、周繇、鄭谷、李棲遠、温憲、李昌符，謂之十哲。其年，頻以許棠在場屋多年，以爲首薦。」按許棠登第爲咸通十二年（參登科記考卷二三）。此記咸通十子爲十二人。按李昌符爲咸通四年進士（參登科記考卷二三），谷咸通十三年首應春官試，知十二年京兆府解，十二人當去昌符與谷，然王定保時代與十子緊接，不當爲無根之説，因知「咸通十子」之目與「大曆十才子」相仿，前後歷時甚長，而人選依時容有出入，蓋以十二人咸、乾間詩名著稱於時耳。

廣明元年（八八〇）十二月甲申黄巢攻破長安，谷初奔巴蜀，首尾六年。集卷二叙事感恩上狄右丞云：「寇難旋移國，飄零幾聽蛩。」知長安破時，谷即出奔。卷一又有谷自亂離之後在西蜀半紀之餘多寓止精舍與圓昉上人爲淨侶昉公於長松山舊齋嘗約他日訪會勞生多故遊宦數年曩契未諧忽聞謝世愴吟四韻以弔之詩。按巢破長安至光啓元年（八八五）僖宗返鑾，首尾正爲六年（半紀），因知谷初次奔蜀爲六年。其行蹤大體如次：

中和元年（八八一），滯留興州（今陝西略陽），觀望形勢，以定進止。卷一有興州東池詩：「徹底千峰影，無風一片秋。垂楊拂蓮葉，返照媚漁舟。鑑貌還惆悵，難遮兩鬢羞。」詩用潘岳秋興賦三十二歲，鬢已二毛之典，當爲三十二歲前後作。由生年推之中和元年谷爲三十一歲。卷二又有興州江館詩云：「向蜀還秦計未成，寒蛩一夜繞牀鳴，愁眠不穩孤燈盡，坐聽嘉陵江水聲。」連上詩知在興州爲秋日，而去向未定。谷出奔於廣明元年（八八〇）十二月，則知淹留興州當爲中和元年（八八一）之秋日矣。

中和二年或三年春，已經由鹿頭關（今四川綿陽市西南）至成都。按卷三有蜀中三首。三詩均寫春景，當爲同時作，詩中所擧「文君沽酒市」、「李白讀書山」、「蒙頂」、「浣花溪」、「杜甫臺」、「揚雄宅」、「薛濤墳」等，均成都或其周圍古蹟名勝，知作於成都。其一有云：「馬頭春向鹿頭關，遠樹平蕪一望間。」知由鹿頭關入成都，合上興州詩觀之，當取劍閣道也。其二有云：「却共海棠花有約，數年留滯不歸人。」則時奔亡已數年。上考知中和元年尚在興州，下考可知中和四年（八八三）谷已移東蜀，則其入成都必爲中和二年（八八二）或三年（八八三）之春。谷在成都期間曾遊歷西蜀諸名勝，就今存詩觀之曾至成都西北之彭州（卷二宗人作尉唐昌官署幽勝詩），東北綿州李白讀書之匡山，西南雅州之蒙頂，又南至眉州，於蟇頤津弔孟昭圖（卷三蜀江有弔），並遊峨眉（卷三峨眉山），東南至簡州長松山，與圓昉有他日之約（見前）。事細，不詳考。僅羅列備參。

中和四年（八八四）由西蜀至東蜀。按卷一有梓潼歲暮詩。梓潼（今名同）在東川劍州。此詩末云：「漸有還京望，綿州減戰塵。」據通鑑卷二五五記，中和三年四月，李克用克復長安，黄巢起義失敗。僖宗以長安宫室未完暫留成都。然至四年正月東川楊師立、西川陳敬瑄交兵，綿、漢二州交界處之鹿頭關爲主戰場，陝蜀道被阻。六月，楊師立敗死，戰事告戢，然至歲末僖宗仍未返駕。梓潼處綿州西北，初不因鹿頭關戰事影響返京，然大駕未行，局勢未穩，故谷滯留東川。「漸有還京望，綿州減戰塵」云云，正爲望僖宗返鑾也。故知中和四年時已至東川。

光啓元年（八八五）春正月僖宗返駕，「三月丁卯，至京師，荆棘滿城，狐兔縱横」（通鑑卷二五六）。谷集卷一長安感興云：「徒勞悲喪亂，自古戒繁華。落日狐兔徑，近年公相家。可悲聞玉笛，不見走香車。寂寞牆匡裏，春陰挫杏花。」所述正與史載相合，知是時谷已返長安矣。

光啓元年十二月至光啓三年春，谷二次奔避巴蜀，略考如次。

通鑑卷二五六記，是年七月中官田令孜以爭解縣鹽利事，結邠寧朱玫、鳳翔李昌符（與咸通十子之李昌符爲二人），攻河中王重榮。河東李克用援王，破朱、李軍，進逼京師。「十二月，己亥夜，令孜奉天子自開遠門出幸鳳翔」，長安「至是復爲亂兵焚掠無遺」。光啓二年正月戊子，令孜復請僖宗幸興元，三月甲申抵興元，駐蹕一年之久，至三年二月亂事初敉，方移駕鳳翔。按谷集卷三有巴江詩：「亂來奔走巴江濱，愁客多於江徼人。朝醉暮醉雪開霽，一枝兩枝梅探春。詔書罪己方哀痛，鄉縣徵兵尚苦辛，鬢秃又驚逢獻歲，眼前渾不見交親。」詩題下注：「時僖宗省方南梁。」按僖宗爲李儇廟號，知此注當爲昭宗乾寧時谷自編詩集時所加（參下）。詩言「詔書罪己方哀痛，鄉縣徵兵尚苦辛」，正言大亂重起，言「鬢秃」，對前舉廣明、中和時初次出奔前後詩所云「惟恐流年損鬢毛」，「臨鑑還惆悵，難遮兩鬢羞」觀之，又多歷年所，注言「南梁」，即僖宗二次奔難駐蹕之興元。故知谷光啓元年底二次奔避，於二年（八八六）新春（獻歲）時抵巴江。

集卷二有奔避詩云：「孤館秋聲樹，寒江落照村。更聞歸路絶，新寨截荆門。」又卷一峽中寓止二首之一云：「荆州未解圍，小縣結茅茨。」之二云：「傳聞殊不定，鑾輅幾時還。俗易無常性，江清見老顔。夜船歸草市，春步上茶山。」合觀之知作此三詩時天子播遷在外，而荆州復有由秋及春之長圍。合於此二條件者唯光啓元年至三年一次。通鑑卷二五六記，光啓元年九月「蔡軍圍荆南（蔡軍，秦宗權所遣秦宗言軍也）。光啓二年十二月：「秦宗言圍荆南二年（去年九月圍荆南），張瓌嬰城自守，城中米斗直錢四十緡，食甲鼓皆盡，擊門扉以警夜，死者相枕，宗言竟不能克而去。」此時正值僖宗避亂在興元。因可知谷光啓元年十二月二次出奔，至巴江後復南下至峽中，擬取長江水路東下荆州舊居，其行程當如下：

集卷一渠江旅思詩云：「故楚春田廢，窮巴瘴雨多。引人鄉淚盡，夜夜竹枝歌。」渠江，縣名，屬山南西道渠州，在巴水西側，詩言「故楚」、「鄉淚」云云，已顯露東歸意向。而時當春末夏初，卷一又有通川客舍詩，通川（今四川達縣）在巴水東側，屬通州，與渠州接壤，而詩言「黃花徒滿手，白髮不勝簪」，已爲秋日，知光啓二年由春及秋，谷漂遊於巴江一帶。卷一又有寄南浦謫官詩，有句「青山繞萬州」，則此南浦即山南西道萬州之首縣南浦縣（今四川萬縣）。又云：「醉倚梅障曉，歌厭竹枝秋。懷闕望鄉淚，荆江水共流。」知秋日更由通川東南行至萬州，入長江水路，「荆江」云云，正表露返荆州意向。荆州長圍雖解於光啓二年十二月末，然消息傳來已爲三年初春。此可於卷二峽中詩窺得，詩云：「萬重煙靄裏，隱隱見夔州。夜靜明月峽，春寒堆雪樓。獨吟誰會解，多病自淹留。往事如今日，聊同子美愁。」可知春寒雪未消時，已由萬向夔；又用杜甫大曆初滯止峽中，大曆三年正月去夔向江陵事，知谷於光啓三年初春知荆州圍解，繼續東下。卷二下峽詩云：「憶子啼猿繞樹哀，雨隨孤櫂過陽臺。波頭未白人頭白，瞥見春風灩澦堆。」按灩澦四、五月間水勢最猛，云「波頭未白」，則仍爲春日也。

光啓三年春，谷進士及第，已見前考，以二月春試推之，谷下峽仍當在正月，必爲出峽後至江陵，溯漢水西上至興元應試也。集卷二又有擢第後入蜀經羅村路見海棠盛開偶有題詠詩。羅村在山南西道利州，今陝西省寧强縣（萬曆寧羌（强）州志與地一），爲陝蜀道必經之地。谷及第後即又匆匆入蜀，似當爲隻身赴考，復返蜀搬取家小也。

授京兆鄠縣尉，遷右拾遺、補闕。乾寧四年，爲都官郎中，詩家稱「鄭都官」，又嘗賦鷓鴣警絶，復稱「鄭鷓鴣」云。

祖無擇都官鄭谷墓表：「始爲京兆府鄠縣（今陝西户縣），終以都官郎中，老於鄉，嘗作拾遺、補闕。」紀事・鄭谷：「乾寧中，爲都官郎中，卒於家。」是爲辛氏敍谷仕歷之所本。

全唐文卷八七二孟賓于序李中碧雲集稱：「亂後江南，鄭都官、王貞白用情創志，不共轍、不同途，傎不及矣。」歐陽修六一詩話：「鄭谷詩名盛於唐末，號雲臺編，而世俗但稱其官爲『鄭都官詩』。」是爲辛氏云「詩家稱鄭都官」所本。

古今詩話記劉原甫戲梅堯臣云：「鄭都官有鷓鴣詩，謂之『鄭鷓鴣』，聖俞有河豚詩，當呼有『梅河豚』也。」（見《宋詩話輯佚》）是爲辛氏所云「復稱鄭鷓鴣」之所本。鷓鴣七律見存集卷二，以「雨昏青草湖邊過，花落黄陵廟裏啼」一聯著稱，詩家多評述，文繁不録。

今按辛氏此所記上接光啓三年及第事，似以谷得第即釋褐爲尉。實非。據考谷之釋褐爲景福二年（八九三），上距得第已六、七年矣。卷三結綬鄠郊縻攝府署偶有自詠有云「鶯離寒谷七逢春，釋褐來年暫種芸。」謂得第六年釋褐爲尉，第七年春兼攝本府（京兆府）參軍。今略考此七年行蹤如次：

光啓三年春及第後由陝蜀路三入巴蜀，已見前考，就前舉詩題並詩意觀并未授官。通鑑卷二五七記是年三月山南西道節度使楊守亮忌利州刺史王建驍勇，説其東取閬州，以攻東川節度使顧彥朗，彥朗則與王建相約互不干犯。十一月西川節度陳敬瑄畏顧、王相結，不利於己，乃謀於其兄中官田令孜，招取王建。建進至鹿頭關，陳反悔阻絶之，「建怒，破關而進，直逼成都」，蜀中戰亂復起，綿延七年，至景福二年王建攻殺陳、田方戢。集卷二有漂泊詩云：「槿墜蓮疏池館清，日光風緒淡無情。鱸魚斫鱠輸張翰，橘樹呼奴羨李衡。十口飄零猶寄食，兩川消息未休兵。黄花催促重陽近，何處登高望二京。」正與上述史事相合。「十口飄零」云云，可證家眷在蜀，「望二京」，則時天子在京，與上二次奔避天子播遷在外不侔，知必爲此行所作。卷三又有倦客詩：「十年五年道路中，千里萬里西復東。」由廣明元年初次奔避至龍紀元年（八八九）爲十年，雖舉成數言，知光啓三年（八八七）至龍紀時仍處漂泊之中，可爲上説佐證。集卷三又有荆渚八月十五日夜雨値同年李嶼詩，有云：「共待輝光夜，翻成黯淡秋。正宜清路望，潛起滴階愁……桂無香實落，蘭有露花休。明年佳景在，相約向神州。」稱「同年」，則及第後作。言「荆渚」，則復又沿江由蜀二返荆州故居矣。「共待」四句用比興，謂及第本望授官，然折「桂」有名而無實，握「蘭」之念亦已可休，「清路無望」，翻增愁思耳，故結云「相約向神州」，知是時仍未授官。谷此次由蜀返荆時間按以下所考，當在文德、龍紀之間（八八八——八八九）。

向歸荆渚後又有湘南黔巫之遊。卷一遠遊詩云：「江湖猶足事，食宿戍鼙喧。久客秋風起，孤舟夜浪翻。鄉音離楚水，廟貌入湘源。」湘源，本爲縣名，永州屬縣，此當泛指永州一帶湘水源頭處。知「久客」後，復事遠遊。同卷又有頓惠詹事即孤姪舅氏謫官黔巫舟中有遇愴然有寄詩，有云：「謫官君何遠，窮遊我自强。」黔巫，即黔中道巫州，與永州相近，詩云「自强」，與上詩「猶足事」同意，似當爲同時所遊，其時間由下考推之當在龍紀元年（八八九）至大順元年（八九〇）。

大順年間（八九〇——八九一）有江南之遊。集卷一有送進士許彬詩，有云：「泗上未休兵，壺關事可驚，流年催我老，遠道念君行。殘雪臨晴水，寒梅發故城。何當食新稻，歲稔又時平。」按許彬，睦州人（唐詩紀事卷七一），題曰「送進士」，詩由泗上而及壺關，可知在江南送許應舉，時爲初春。檢通鑑卷二五九景福元年（八九二）云：「朱全忠連年攻時溥（注：光啓三年徐、汴始交兵），徐、泗、濠三州民不得耕穫。兗、鄆、河東兵救之皆無功。復值水災，人死者十六七。」可知大順時正爲「泗上未休兵」時。通鑑卷二五八記龍紀元年（八八九）起，河東李克用四出攻掠。大順元年（八九〇）正月又取邢州，二月巡潞州。朱全忠請率汴、滑、孟三軍與河北三鎮討李。五月，昭宗用張濬等議，詔削克用官爵、屬籍，以張濬爲河東行營都招討制置宣慰使，京兆尹孫揆副之。集朱全忠等討克用。此戰，壺關及其所屬之潞州爲主戰場，結果唐師大敗，孫揆被殺。十一月張濬兵潰，「撤民屋爲柹以濟河」，逃歸，師徒喪失殆盡。克用二表數張濬等罪，聲言「集蕃漢兵五十萬，欲直抵蒲、潼」。大順二年（八九一）春正月詔貶張濬連州刺史，二月加克用守中書令，再貶張濬繡州司户，此戰「朝廷震恐」，又正與「壺關事可驚」相合。通檢史籍，泗上，壺關同時有重大戰事唯此一次，因可知谷送進士許彬詩，必作於唐師新敗之大順二年初春也。

谷之至江南又可從其詩尋迹起程之時。卷一江行詩云：「漂泊病難任，逢人淚滿襟。關東多事日，天末未歸心。夜雨荆江漲，春雲郢樹深。殷勤聽漁唱，漸次入吳音。」詩亦春景，言「關東多事日」，正與前述大順元年（八九〇）初春李克用攻邢洺，朱全忠議伐河東事相合，又言「荆江」、「郢樹」，知大順元年春發自荆州也。此行似爲投親干謁，卷一有寄獻湖州從叔員外詩可知。詩言「茶香紫筍露」，知大順元年初抵湖州。又有登杭州城詩，有句「木落見他山」、「歲窮歸未得」，已爲是年秋冬之交，越冬至二年早春遂有送許彬詩矣。

大順三年（八九一）或景福元年（八九二）春谷由江南返長安，參下考。

景福二年春谷四次入蜀，省拜恩地柳玭。卷一有舟次通泉精舍詩，有云「更共幽雲約，秋隨絳帳還。」原注「谷將之瀘州省拜恩地。」卷三又有將之瀘郡旅次遂州詩，有云：「我拜師門更南去，荔枝春熟向渝瀘。」前考谷座主爲柳玭。新唐書柳玭傳：「文德元年（八八八），以吏部侍郎修國史（按唐會要卷六三，當爲大順二年），拜御史大夫。……坐事貶瀘州。」通鑑卷二五九記，景福二年（八九三）二月「以渝州刺史柳玭爲瀘州刺史」。知玭乃先貶渝（今重慶）後遷瀘（今四川瀘州市）。（參通鑑胡三省注），由下考可知谷於本年秋冬已爲鄠尉，則其此行衹能在景福二年春啓行。就前云通泉（今四川射洪縣南）、遂州（今四川遂寧縣）及渝、瀘四地名觀，此行當由長安取陝蜀道入劍閣，取梓潼水入涪江，南下經通泉，遂州、渝州，更溯江水往瀘州也。由此亦可知行前已由江南返長安。大順二年（八九一）早春尚在江南，景福二年（八九三）春已在遂州，卷一又有淮上別友人詩云：「揚子江頭楊柳春，楊花愁殺渡江人。數聲風笛離亭晚，君向瀟湘我向秦。」顯爲由江南返長安所作，時爲晚春，則必爲大順二年（八九一）或景福元年（八九二）之晚春也。一年後方回省拜恩地之行。

集卷二次韻和禮部盧侍郎江上秋夕寓懷詩云：「盧郎到處覺風生，蜀郡留連亞相情。亂後江山悲庾信，夜來煙月屬袁宏。夢歸蘭省寒星動，吟向莎洲宿鷺驚。未脱白衣頭半白，叨陪屬和倍爲榮。」自注：「時中儀在瀘州，恩門大夫待遇優厚。」言恩門大夫、亞相、瀘州，知指柳玭以御史大夫貶渝、瀘。題云「秋夕」，知景福二年秋尚在瀘州。「未脱白衣」，知尚未釋褐，上距光啓三年（八八七）登第，已六年矣。

景福二年冬或乾寧元年（八九四）春釋褐爲鄠縣尉，尋兼攝京兆府參軍。已見前考。

乾寧元年（八九四）爲右拾遺，三年（八九六）遷補闕。按卷一有順動後藍田偶作詩，題下注：「時丙辰初夏月。」丙辰爲乾寧三年，是年六月鳳翔李茂貞犯闕，昭宗奔華州依韓建，「自中和以來所葺宮闕市肆，燔燒殆盡。」（通鑑卷二六〇）順動即指天子出幸，詩又云：「宮闕飛灰燼，嬪嬙落里閭。藍峰秋更碧，霑灑望鑾輿。」與史載相符。知題注年份不誤，唯「夏」字當爲「秋」之訛。此首二句又云：「小諫升中諫，三年傳玉除。」參卷三春暮寄懷韋起居衮詩「長安一夜殘春雨，右省三年老拾遺」句，知乾寧元年兼攝府參軍後不久遷拾遺（小諫），至三年丙辰夏秋又升轉補闕矣。乾寧四年遷都官郎中。谷奔問三峰寓止近墅詩云：「半年奔走頗驚魂，來謁行在淚眼昏。」（卷三）知李茂貞犯闕時，谷奔藍田（參上年），半年後至華州三峰昭宗行在，當在乾寧四年初矣。卷二又有叙事感恩上狄右丞詩。按舊唐書昭宗紀載，乾寧四年九月，以御史中丞狄歸昌爲尚書右丞，五年八月昭宗返鑾，九月，以御史中丞狄歸昌爲尚書左丞。右丞正四品下；左丞，正四品上，知五年九月當由右丞遷左丞（或因四年右丞之拜爲暫署，故五年九月仍云云）。因知谷「感恩」詩必作於四年秋至五年秋之間，詩中自注「時大駕在華州」可爲佐證。題云「感恩」，詩更云：「遛來趨九仞，又泮賞三峰。棲託情何限。吹嘘意數重。自兹儔侶内，無復歎龍鍾。」知詩爲謝狄右丞（歸昌）吹嘘推舉，因得遷陞清要而作。唐人以郎官爲清望，有「仙郎」之稱，與詩「趨九重」合。又史料、谷詩文及友人贈谷詩稱谷官職，僅有鄠尉、右拾遺，補闕、都官郎中四職。因知辛氏稱谷乾寧四年遷都官郎中，在無明確反證前，當爲可信①。

①補闕，以階次較高之左補闕而言爲從七品上；都官郎中爲從五品上，遷轉似過速，然在動亂期間，亦不無可能。卷三省中偶作云「三轉郎曹自勉旃」，可解作三轉而至於郎曹（一轉拾遺，二轉補闕，三轉都郎）；亦可解作於郎曹中三轉而止於都郎，故此處如此提爲穩妥。

未幾告歸，退隱仰山草堂，卒於北巖別墅。

宋袁州教授童宗説雲臺編後序：「乾寧中，以尚書都官郎中退居於仰山東莊之書堂，高尚其事，以至於卒。」是當爲辛氏所本，唯所云「卒於北巖別墅」，未知何據。

按，童説乾寧中退居，辛云爲都郎後「未幾告歸」，均非是。集卷三有光化戊午年舉公見示省試春草碧色詩，乾寧五年八月改光化元年，即戊午也，知光化初尚在都郎任上。卷四有壬戌西幸後詩。壬戌爲天復二年（九〇二），通鑑卷二六二載，天復元年十月朱全忠請昭宗幸東都，十一月車駕西奔，壬戌至鳳翔。二年春仍在行在，谷詩言「武德門前顥氣新，雪融鴛瓦土膏春。夜來夢到宣麻處，草没龍墀不見人。」當爲是年春在行在遥想長安作。由光化元年，至天復元年首尾四年，其間尚有詩可證谷在長安，事繫不贅。

谷之歸隱宜春，當在天復二、三年（九〇二——九〇三）秋。按集卷四有黯然詩，有云：「搢紳奔避復淪亡，消息春來到水鄉。屈指故人能幾許？月明花好更悲涼。」按通鑑卷二六四載，天復四年（九〇四），朱全忠再度移書昭宗請遷都洛陽。宰相裴樞遂驅百官東行，「戊午，驅徙士民，號哭滿路。罵曰：『賊臣崔胤召朱温來傾覆社稷，使我曹流離至此。』老幼繦屬，月餘不絶。」詩言「水鄉」，知已歸隱，言「搢紳奔避」，亦與史載合。言「花好」，當爲二、三月間，正與「正月」史事相唧接，因知天復四年時谷已在江南。前考二年春尚在鳳翔行在，則其歸隱必在二年春至四年春之間。集卷三舟行詩云：「九派迢迢九月殘，舟人相語且相寬。……李膺可是思鱸膾，引退知時古來難。」知爲歸隱途中作，時爲九月，則當爲天福二年或三年之九月，其啓程則至早在七、八月間。

谷之卒年，無明確記載，今按全唐詩卷八四三齊己哭鄭谷郎中詩云：「長憶招吟夜，前年風雪時。」齊己贈谷詩有確切年代可考者爲戊辰歲湘中寄鄭谷郎中（全唐詩卷八三八），假設此爲谷招齊己會吟之末一次，則據「前年」云云，當爲己巳或庚午年（前年可稱去年亦可稱今義之前年），即後梁開平三、四年（九〇九——九一〇），然戊辰未必爲谷與齊己最後相聚之年，故谷之卒年當稱開平四年（九一〇）或稍後數年，享年六十餘。

谷詩清婉明白，不俚而切，爲薛能、李頻所賞。

此本祖無擇墓表：「當時正人，咸稱其善，尤工五七言詩，爲薛能、李頻所知，有雲臺編與外集凡四百篇行焉。士大夫家暨委巷間，教兒童咸以公詩，與六甲相先後，蓋取其辭意清婉明白，不俚不野故然。」又谷有故許昌薛尚書嘗爲都官郎中後數歲故建州李員外頻從憲府内彈拜都官員外八座外郎皆一時騷雅宗師則都官之曹振盛於此予早年請益實受深知今忝此官復是正秩豈唯俯慰孤宦何以仰鑒前賢榮惕在衷遂賦自賀詩（卷三），可知其受知於薛、李，且對二子之推崇。

與許棠、任濤、張蠙、李栖遠、張喬、喻坦之、周繇、温憲、李昌符唱答往還，號「芳林十哲」。

谷與張喬等稱「咸通十哲」事已見前考。辛稱「芳林十哲」，記誤。唐摭言卷九另有「芳林十哲」條，云「今記得八人」：沈雲翔、林繕、鄭玘、劉業、唐珣、吳商叟、秦韜玉、郭薰，「咸通中，自雲翔輩凡十人，今所記者有八，皆交通中貴，號『芳林十哲』。芳林，門名，由此入内故也。」

谷多結契，山僧曰：「蜀茶似僧，未必皆美，不能捨之。」

谷自貽詩有云「詩無僧字格還卑」，集中所及僧人十名，晚歲，齊己更從之學詩。「蜀茶似僧」云云，未詳所出。

齊己攜詩卷來袁謁谷，早梅云：「前村深雪裏，昨夜數枝開。」谷曰：「數枝非早也，未若一枝佳。」己不覺投拜曰：「我一字師也。」

此本陶岳五代史補卷三：「鄭谷在袁州，齊己攜詩詣之。有早梅詩云：『前村深雪裏，昨夜數枝開。』谷曰：『數枝非早也，不若一枝。』齊己不覺下拜，自是士林以谷爲一字師。」又潘若同郡閣雅言記谷啓發齊己改「此波涵聖澤」句之「波」字爲「中」字，亦稱「一字師」（見詩話總龜前集卷一一所引）。所記不同，可互參，早梅詩存齊己白蓮集卷六。

白蓮集中贈、弔谷詩多達十八作，推許備至。嘗從僖宗登三峰，朝謁之暇，寓於雲臺道舍，編所作爲雲臺編三卷；歸編宜陽集三卷，及撰國風正訣一卷，分六門，摭詩聯注，其比象君臣賢否、國家治亂之意，今並傳焉。

此本雲臺編自序：「著述近千餘首，自可者無幾。登第之後，孜孜忘倦，甚於始學也。喪亂奔離，散墜略盡。乾寧初上幸三峰，朝謁多暇，寓止雲臺道舍。因以所記或得章句綴於箋毫，或得於故侯屋壁，或聞於江左近儒，或祇省一聯，或不知落句。遂拾墜補遺，編成三百首，分爲上、中、下三卷，目爲雲臺編。所不能自負初心，非敢矜於作者。乾寧甲寅三月望鄭谷自序。」此爲辛氏述雲臺編之所本。今按上引「乾寧甲寅」云云，當爲後人所加。蓋甲寅爲乾寧元年，然昭宗幸三峰在乾寧三年也（已見前考）。谷集卷二又有卷末偶題三首，有云：「一卷疏蕪一百篇，名成未敢暫忘筌。」可與自序互參。

新唐書藝文志載谷雲臺編三卷外，又載有宜陽集三卷。然崇文總目卷五、郡齋讀書志卷四，於宜陽集僅載宜陽外編一卷；直齋書録解題後諸書録，均不載宜陽集或宜陽外編。按祖無擇墓表稱：「有雲臺編與外集，凡四百篇行焉。」童宗説後序稱：「自至和甲午迄今百又七年（當爲紹興三十年）外集又闕其半。」由以上所載可知宜陽外編實爲外集，僅百首上下，至南宋初已佚其半，宋以後更不存焉。新志謂「宜陽集三卷」，蓋誤。正德袁州府志卷八載谷有宜陽集三卷，號雲臺編。

民國宜春縣志於雲臺編三卷外載「宜陽外編一卷」。注：「按諸志載谷詩，於雲臺編三卷外，又云有宜陽集三卷。考宜陽集，邑人劉松輯，其輯谷詩三卷，即雲臺編詩，非宜陽另有一集。」録以備參。今存谷集中有乾寧三年後詩，如光化戊午年舉公見示省試春草碧色詩偶賦是題（卷三），則今本雲臺編（又名鄭守愚文集）已非原帙矣（詳見前言）。

宋史藝文志記谷有國風正訣一卷，當爲辛氏所本，據辛氏所稱，元時尚存，後亦佚失。緗素雜記及苕溪漁隱叢話後集卷三四等書又載谷與齊己、黄損「共定今體詩格。」十國春秋南漢黄損謂此書「爲湖海騷人所宗」。按唐末至宋初詩格類著作盛行，鄭谷當推爲先行者也。

谷歸隱宜春後，又有齊己、黄損（見前）、孫魴（十國春秋南唐孫魴傳）、虛中（參全唐詩卷八四八虛中獻鄭都官詩）等從之學詩。歐陽修六一詩話稱「鄭谷詩名盛於唐末」，其後學之弘揚，未可忽視。